女性文学研究资料

程光炜 主编

孟 远 编

中国当代文学史资料丛书

百花洲文艺出版社
BAIHUAZHOU LITERATURE AND ART PRESS

图书在版编目（CIP）数据

女性文学研究资料/孟远编. — 南昌：百花洲文艺出版社,2017.8
（中国当代文学史资料丛书/程光炜主编）
ISBN 978-7-5500-2190-7

Ⅰ.①女…　Ⅱ.①孟…　Ⅲ.①妇女文学 – 文学研究 – 中国 – 当代
Ⅳ.①I206.7

中国版本图书馆CIP数据核字（2017）第090720号

女性文学研究资料

NÜXING WENXUE YANJIU ZILIAO

孟远　编

出 版 人	姚雪雪	
责任编辑	梁 菁　臧利娟	
书籍设计	方 方	
制 作	何 丹	
出版发行	百花洲文艺出版社	
社 址	南昌市红谷滩世贸路898号博能中心一期A座20楼	
邮 编	330038	
经 销	全国新华书店	
印 刷	江西千叶彩印有限公司	
开 本	720mm×1000mm　1/16	印张　24.25
版 次	2018年4月第1版第1次印刷	
字 数	370千字	
书 号	ISBN 978-7-5500-2190-7	
定 价	49.00元	

赣版权登字　05-2017-134
邮购联系　0791-86895108
网　　址　http://www.bhzwy.com
图书若有印装错误，影响阅读，可向承印厂联系调换。

总　序

◎程光炜

一

中国当代文学史（1949—2009）有"前三十年"和"后三十年"之分期。后三十年中，又有"七十年代文学""八十年代文学"和"九十年代文学"等不同段落。本丛书的选编对象，是后三十年文学。然而，文学发展脉络除不同段落之外，还应有先后出现的流派、现象和社团将之串联成一个整体。在中国现代文学史上，仅二十年代的文学就有文学研究会、创造社、沉钟社、未名社等大大小小的社团或流派，从这些现象中，既可观察这一段落文学的起伏跌宕、相互排斥与前后照应，也能对它们的纹理组织和贯穿线索有清楚的了解。

由于当代文学史的历史沉淀不够，研究者与研究对象之间的历史距离还较短，它作为一个历史河床的激流险滩就来不及显露出来，供研究者做准确的测量、计算和评估。按照我做历史研究的习惯，凡是漂浮在文学批评和各种文坛传说中的文学现象，都不会列入研究目标，我会耐心地等它逐渐沉淀下来，待纹理组织和脉络线索都清楚显露出来之后，才把一个个作家作品这种单位摆放进去，设置一个位置。观察思潮，也应该强调它的历史稳定性，否则宁愿放着不做。但是我们知道，自所谓新时期文学开始运作之后，被文学批评推出的文学现象就层出不穷，例如伤痕文学、反思文学、寻根文学、先锋小说、新写实小说、女性文学等等，而且它们大都被已经出版的许多文学史著作所采用，在大学中文系文学史课堂上讲授了几十年。我没做过统计，关于它们的各种论文不说上千万字，少说也有几百万字。更值得注意的是，有很多研究论文详细讨论它们之间的承传关系①，或者对某现象的内涵外延加以界定②，也分析到某现象在向另一现象转型过程中出现的种种问题③，如此等等。由此说明，当代文学史历史分期、段落传承、概念界定、现象、社团和流派等等的历史化研究，也并不像有些悲观者认为的那样犹如散兵游勇，布不成阵。④

因资料整理和学术研究没有跟上来，从伤痕文学、反思文学、先锋话剧、朦胧诗、寻根文学、先锋小说、新写实小说、女性文学、第三代诗歌、文化散文、九十年代长篇小说到60后作家三十年来的文学史序列，除作家主动提倡、文学批评和杂志组织等推动因素外，是否还有社会思潮的刺激、外国文学的影响和文学圈子的催发，还都没有被认真清理和反思。关于现代文学史上的文学研究会、创造社、太阳社、沉钟社、新感觉派、乡土小说、京派、海派等社团和流派的文献史料，是经过几代学者数十年来默默无闻地爬梳、搜集、辑佚、整理和研究，才逐渐浮出历史表面，最后被确定下来，成为学科的概念、术语、范畴的。而我知道，对当代文学史上这些重要现象文献史料的收集整理，还只是处在启动的状态，更不用说以一所大学之力，几代学者之力，开辟为研究领域了。虽然如上所说，零星的"关系""转型""段落传承"等研究已有不错成果，但与现代文学史如此大规模、长时段和投入几代学者之力的宏大工作相比，远没有提到议事日程上来。这个事实，必须引起学界同人足够的重视。

二

本丛书的编撰是一项进一步充实当代文学史文献史料整理的工作。它分为《伤痕文学研究资料》《反思文学研究资料》《改革文学研究资料》《寻根文学研究资料》《先锋小说研究资料》《新写实小说研究资料》《新历史小说研究资料》《女性文学研究资料》《朦胧诗研究资料》《第三代诗歌研究资料》《先锋话剧研究资料》《文化散文研究资料》《九十年代诗歌研究资料》《茅盾文学奖研究资料》《九十年代长篇小说研究资料》和《外国文学译介研究资料》，总计十六种，基本涵盖了当代文学史后三十年的重要现象。如果按照本文第一部分讨论现代文学史社团、流派、现象的观点，可以将十六种资料略作分类。第一类为文学现象，如"伤痕文学""反思文学""改革文学""新历史小说""先锋话剧""文化散文""茅盾文学奖""长篇小说""外国文学译介"等；第二类为社团，如"朦胧诗""第三代诗歌""九十年代诗歌"等；第三类为流派，例如"寻根文学""先锋小说""新写实小说""女性文学"等。所谓文学现象，是指受到当时社会文化思潮和文学思潮的影响而兴起的一种文学创作现象，集中反映着当时作家、批评家的思想状况、文学观念和审美意识，尤其是文学探索的精神。随着这些思潮的转移、跌落，这些现象也随之弱化和消失。所谓文学社团，按照既定的文学史认知，它一定有社团章程、组织、文学主张和相对固定的文学圈子，有固定的批评家和文学受众，关于这一点，"朦胧诗""第三代诗歌"和"九十年代诗歌"都符合这些条件。

从文学史的角度说，凡文学社团都有社团章程、组织、文学主张和固定的文学圈子，有固定的批评家和文学受众。例如"朦胧诗"，它源于1969年出现于河北白洋淀插队知青中的"白洋淀诗人"，主要成员有姜世伟（芒克）、栗世征（多多）、岳重（根子）、孙康（方含）、宋海泉、白青、潘青萍、陶雒涌、戎雪兰等，在北京工作或在外地插队的北岛、江河、严力、彭刚、史保嘉、甘铁生、郑义、陈凯歌等，也曾与这些诗人有交往。1978年12月，创办了诗歌小说和美术杂志《今天》，而以发表诗歌为主。杂志主编是北岛、芒克，成员有方含、江河、严力、食指、舒婷、顾城、杨炼等。由北岛起草的"发刊词"代表了该杂志的章程、组织和文学主张，他们宣称：该杂志是要"植根于过去古老的沃土里，植根于为之而生、为之而死的信念中。过去的已经过去，未来尚且遥远，对于我们这代人来讲，今天，只有今天！"⑤《今天》这个文学社团从1978年到今天，已经存在了三十七年，是中国当代文学史上存在时间最长、杂志延续至今的一个社团。虽然，它的主编、编委和成员几度变化，该杂志后来还转移到国外，但仍然一直坚持了下来。在我看来，"寻根文学""先锋小说"和"新写实小说"是可以作为文学流派来研究的。首先，它们都曾有自己的"文学宣言"，固定的作者圈子，相对统一的创作风格，不仅影响了后来一代作家的创作，而且通过创作转型，当年的创始者后来也一直延续着当年的文学主张、审美意识和创作风格，例如莫言、贾平凹、韩少功、李锐（寻根），余华、苏童（先锋）等。

鉴于上述社团、流派和现象的史料非常分散，缺乏系统整理，本丛书拟以"资料专集"的形式出版。作为同类著作的第一套大型工具书，我们力图通过勾勒后三十年文学发展的基本脉络，展现大量而丰富的历史信息。同时意识到，这套丛书的出版，将为下一步更为细化、具体的史料整理工作开辟一条新路。如果从当代文学史文献收集、辑佚和整理工作的长远考虑，中国当代文学史的"社团史""流派史"等，也应在不远的未来启动和开展。比如，"白洋淀诗人群"与《今天》杂志的沿革关系，至今还是众说纷纭，有一些模糊不清的诗人回忆文章，但缺乏详细可靠的考证。又比如《今天》杂志编委会在八十年代的改组和分裂，也是各执一词，史料并不可靠。"寻根文学"的发起是1984年12月在杭州召开的那次文学的"当代性"会议，然而这次会议由哪些人发起、组织，具体策划是什么，与会人员名单是如何选择、确定，没有翔实材料予以叙述，零星片断的叙述倒是不少，仍不能令人满足。另外，散会后，韩少功、阿城等是如何产生写作那些"宣言式"文章念头的，具体情形包括活动情况，研究者仍然不得而知。在我看来，如果没有大量的建立在考证基础上的"社团史""流派史"史料丛书的陆续问世，仅凭简单材料写出的同类著作不仅价值不高，历史可信度也很低。这套书的工作，仅仅是为这一长期并意义深远的学术工作，打下一点初步基础而已。

三

在编选体例上，我们在遵循过去文学史史料丛书规则的前提下，也对这次编选提出了自己的要求。

一、每本书的结构，分为主选论文和资料索引两个部分。主选论文是全文收录，资料索引只选篇目和文章出处。在资料索引部分，要求编选者尽量穷尽能够找到的资料，当然非正式出版的报刊不在此列。

二、视野尽量开阔，观点具有历史包容性，强调点与面的结合。主选论文，应以当时文学思潮、论争文章和后来有价值的研究文章为编选对象；突出主要作家作品，一般作家作品可放在资料索引部分，作为对主选论文的陪衬，但也要求尽可能地丰富全面。

三、鉴于每本资料只有三十万字左右规模，这就要求编选者具有"选家"的眼光，用大海淘沙的耐心和精细触角，把对于历史来说，值得发掘和发现的文献史料贡献给各位读者。

由于各位编选者都在大学工作，承担着繁重的教学科研任务，尽管这套丛书筹备了好几年时间，还经过开会商讨和电子邮件的多次协商，但展现在读者面前的丛书，仍有不少遗憾之处，它的疏漏也在所难免，望读者批评指正。

2015年5月11日于北京

注释：

①杨晓帆：《知青小说如何"寻根"》，《南方文坛》2010年第6期。这篇论文运用详细材料，叙述了阿城1984年发表短篇小说《棋王》后，被仲呈祥、王蒙等归入知青小说。1985年提倡"寻根文学"后，更多的批评家开始按照对寻根文学的理解，认为它是这种现象的代表作之一，之后在接受各种访谈时，阿城也有意无意根据采访要求，重新讲述这篇小说是如何寻根的故事。这个案例，一定程度上说明，"知青小说"向"寻根文学"转换过程中的某种秘密。

②旷新年：《写在"伤痕文学"边上》，《文艺理论与批评》2005年第1期。作者力图在五十至七十年代文学和九十年代文学的关系脉络中，分析"伤痕文学"产生的原因，以及它如何在九十年代全球化大潮中逐渐衰老的深层背景。

③吴义勤的《告别"虚伪的形式"》（《文艺争鸣》2000年第1期）论及余华八十年代／九十年代小说的"转型"问题。还有很多学者，都有这方面的论述。

④从事现代文学研究的赵园，一次就曾当面对笔者谈到"当代文学"就像一个"菜市场"。这种认为当代文学史研究状况，始终没有自己的学科自觉和秩序的看法，在现代文学研究界十分普遍，一方面说明当代文学史研究确实存在问题，与此同时，也表明许多学者在耐心阅读已有成果之前就下结论的草率。

⑤《致读者》，载《今天》1978年12月23日《创刊号》。

目　录

新时期"女性文学"漫谈

不管人们承认与否，近几年来在中国的文坛上，一个前所未有、人数众多的女作家群已经形成，它恰如异军突起，大有与男作家并驾齐驱的势头。从女作家的创作情况来看，比较复杂。因为出身、经历、年龄、职业、性格、情趣等主客观条件的差异，她们的作品也是千姿百态、各有千秋。但由于共同的女性生活经验，又使她们的作品在观察和反映生活方面在不同程度上显示出与男性作家不同的特点。这些女作家的作品，尽管称不上流派，也很难归入一个文学品种，但作为一种客观存在的实体，在当代文学领域，仍然具有独特的价值。所以有的评论家称之为"女性文学"（或"妇女文学"）。这种提法，在国外实际上早已有之，但含义却不尽相同。有广义的，泛指一切女作家的作品；也有狭义的，专指那些从妇女的切身体验去描写妇女生活的作品。这说明了，女性作家的共同特点已几乎消除了国家的界限，成为一种世界性的文学现象。

我国的女性文学出现较晚，与之相联系的文学批评也刚刚在初创阶段，有许多问题还有待于在发展中研究。

一

我国新时期"女性文学"的崛起，是一个复杂的历史现象和文学现象，它是多重因素作用的结果。它的兴起，固然可以用新中国妇女地位的改善、文化程度的提高得到某种解释，但这一说法并不能成为以往二十多年女作家寥若晨星这一现象的注脚。显然，真正的决定因素在生活的深层而不在表面。

1

女性文学研究资料

有的评论者把目光转向了十年"文革"，指出，正是深重的民族苦难，把许多人"推向了社会底层，推向了社会斗争的漩涡"，而这些苦难"在柔弱敏感的女性心灵中，也许会发生更强烈的反响"。①这一说法显然已经开始接触问题的实质，找到了新时期文学繁荣的社会原因，但它仍然没有区分出"女性文学"兴起的特殊条件。

如果不是对妇女抱有偏见，如果对于妇女的命运还表示关心和同情的话，那么，任何一个人都不能否认这样一个事实：正是妇女身受的苦难和妇女的新觉醒，直接促成了新时期"女性文学"的繁荣。

一九一九年的"五四"运动，曾一度猛烈冲击了封建的传统观念，为中国妇女的解放带来了福音。然而当时觉醒者太少，要以她们的微薄之力去解放那还在苦难的深渊里挣扎的不觉悟的姐妹，也只能是幻想。后来，在中国共产党的指引下，广大妇女虽也跟随男子走上了解放的道路，但多半也是出于自发的反抗，对于妇女自身的命运没有明确的自觉意识。正如青年女作家航鹰在小说《前妻》中感慨的那样："几千年封建文明的堆积层实在是太厚太厚了，'五四'以来几十年的开垦，实在是太短太短了……"建国以来，虽然在我们的宪法上明文规定着男女公民在政治、经济等方面的平等权利，但这种法律上的平等，由于我国长期以来法制的不健全，在许多方面实际上是名存实亡、形同虚设的。在我国，男子占支配地位的情形仍未根本改变。这是因为，任何一个时代妇女地位的高低，都受着社会生产力发展水平和文明程度的制约。应当看到，比起旧中国的妇女来，当代中国妇女至少已在劳动上赢得了与男子基本平等的权利，这显然是一种历史的进步。但是，由于我国现阶段生产力水平还相当低下，大部分劳动还是主要靠笨重的体力支出，这样，身单力薄的女子在社会生产中不能不处于次要地位。另外，目前我国家务劳动社会化的程度很低，大部分仍需家庭承担，这样，历来主"治内"的妇女，不得不把许多精力耗费在烦琐沉重的家务劳动上。因此，妇女无论在社会上还是在家庭中，都面临着比男子更多的困难和障碍，有时甚至受到歧视。不过，中国妇女历来有贤惠顺从、吃苦耐劳的传统美德。所以，这一切事实上的不平等往往都被妇女默认和忍受了。然而，也正是妇女的这种顺从和不觉醒，给十年"文革"期间回潮的封建势力钻了空子，从社会上的歧视妇女到家庭中的典妻卖女，一时之间，中国妇女真有回到中世纪的牢笼里去的恐怖。直到近几年，农村中的买卖婚姻，城市中的溺杀女婴，还时有发生。中国妇女解放的步履蹒跚沉重，仍在徘徊不前。

但是，历史毕竟不能倒退，随着"四人帮"的垮台和思想解放运动洪流的冲击，中国妇女也表现了新的觉醒。从政治、经济、文化等各个方面都涌现了一批自觉争取和维护妇女权利的积极活动者。其中，最先觉醒的是女知识分子，而最积极最活跃的是女文学家。女性文学正是在这样的历史背景下应运而生的，从某种意义上可以说，它又是新时期妇女解放运动的先驱和喉舌。

凡新时期涌现的女作家，几乎都以各种方式，从不同的方面表现了中国妇女的这种新觉醒。有趣的是，这种新觉醒，在不同的女作家笔下，呈现出不同的色彩，甚至体现出不同发展阶段的特点。这是因为，我国尚处在新旧交替时代，妇女解放运动也呈现出比较复杂而多层次的特点。起点较低的恐怕要数描写男子对女子始乱终弃这一类题材的作品，这几乎是几千年的传统题材了，基本上没超出反封建的范畴。值得注意的是当代女作家写这一类题材的作品较少（大多出自男作家之手）。这一现象说明，女作家已不希望她们笔下的女主人公只是一个被侮辱、被损害的、乞求同情和哀怜的形象（尽管生活中仍不乏这一类现象），而有了较之于旧时代的妇女更高的生活追求，并希望在精神上获得与男子平等的地位。

但是，我们也不能不看到，中国妇女长期以来由于处于屈辱地位，形成了思想性格的两重性：一方面是对一切外来压迫的强烈的反抗性；另一方面则是抗争中的软弱性和对男子的依赖性。从相当一部分女作家的作品看，在貌似提倡妇女解放的主题之中，往往隐藏着某种对男性的依赖心理。最典型的是遇罗锦的《一个冬天的童话》和《春天的童话》。这两篇东西尽管内容不尽相同，格调也有高下，但两者都表现出作者内心的深刻矛盾。她笔下的女主人公往往既想反抗男子的粗暴占有，同时又渴望男子的强有力的保护，于是对于男性表现出两种截然不同的态度：或是病态的反抗与报复，或是无条件地顺从。社会舆论往往看不到她笔下女主人公性格上的矛盾和分裂，往往只对其性格的某一方面下判断，或是寄予深切的同情，或是愤怒地斥责，这显然都是不够全面的，而且没有触及事物的本质。

"女性文学"中所表现出来的中国当代妇女这种双重性格和复杂心理，往往连青年作家也不能免。张抗抗的《北极光》描写了女主人公芩芩对生活伴侣前后三次严格的选择，这种对理想的爱情的执着追求，原也无可非议，但我们仍可以从芩芩希望找到一个"能在她最需要的时候支持她的爱人"这一目标本身，隐约感觉到潜藏其中的软弱性和依赖性的因素。

倒是比她年长得多的张洁，显得比较清醒和刚强。这位已过了"不惑之年"的女作家，虽然也偶有激情来袭，但更多的是对女性本身力量的挖掘和探求。她的中篇小说《方舟》，可以看作是当代中国文学中女性的自我意识体现得最强烈、突出的代表作品。作者以饱蘸泪水的笔，写下了三个不同职业和性格的离婚妇女的辛酸和悲哀，对于社会旧势力加给妇女（特别是离婚独身妇女）的不公正待遇，提出了愤怒的抗议。作品的题词是这样一句话："你将格外地不幸，因为你是女人。"这句话，提纲挈领、笼罩全篇。但作者并没有停留在这消极的呻吟和悲叹之中，而是通过形象本身，向广大妇女展示了一条自我解放的道路。作者在作品的后半部发出了这样的议论："女人，这依旧懦弱的姐妹，要争得妇女的解放，决不仅仅是政治地位和经济地位的解放，它要靠妇女的自强不息，靠对自身存在价值的自信和实现。"这是针对妇女本身的弱点提出的奋斗方向。与此同时，张洁还塑造了另一类女性形象（如千娇百媚的女翻译钱秀瑛之流），对她们以媚态取悦于男性的奴性进行了无情的嘲讽，表示了极大的鄙视。《方舟》这部中篇小说可以说高度集中地反映了当代妇女的命运，也是当代文学中第一次最鲜明地提出了妇女必须通过自强奋斗争得自身解放这一思想的作品。笔者认为，把《方舟》列为当代女性文学的开山力作，一点不为过。可喜的是，社会毕竟前进了，发生在老一辈妇女身上的悲剧，到了年轻一代，已较少重演的可能了。如果说，在以张洁为代表的中年一代妇女的心上，还较多旧传统的阴影，那么，在今天二三十岁的青年身上，已较少这种旧的因袭。一方面，她们较少老一辈妇女逆来顺受的"美德"，而更多地具有反抗性和独立性，另一方面，她们也有足够强大的精神力量来抵御旧的习惯势力。张洁理想中的新的境界和新的生活，已开始在年轻的女作家笔下相继出现，如王安忆的《金灿灿的落叶》、陆星儿的《啊！青鸟》等。其中，以张辛欣的中篇小说《在同一地平线上》最典型，也最富于现代色彩，它描写的是一对青年夫妇因为各自要求在事业上有所发展而离异的故事。反映家庭与事业的矛盾，这在当代女作家笔下也屡见不鲜，但像张辛欣这样的处理方法似乎还绝无仅有。小说中的女主人公不仅不安于当助手、做后勤，为了事业，她甚至不

中国当代文学史资料丛书

惜与不支持自己的丈夫离异（尽管对他仍深深爱恋）。这一形象具有一定的复杂性，她已完全是一个现代社会的女性，一个具有很强的独立性和进取精神、然而又多少被现代社会的生活异化了的、带有一定男性特征的女性。尽管这一形象由于在某些方面违背女子的天性，显得不合情理，未必会征服多少读者（特别是男读者），但她所显示的那种前代女性少有的战胜自己、冲向社会的勇气和力量（前代女性只有在争取爱情和保护儿女时才有极大的勇气），对于热心社会工作，有志于大众事业的青年女性，具有一定的鼓舞和激励作用。

由此看来，新时期女性文学表现出来的女性自觉意识程度并不一致，作者的认识水平和作品格调也不很平衡，从总的发展状况看，还不很令人乐观。尽管如此，新时期女性文学仍然不愧是当代中国妇女的一面光辉的旗帜。我们可以注意到，新时期的许多女作家都曾大胆地触及某些神圣的禁区，进行过多方面的探索，这些曾引起过部分读者的非议甚至攻击（其中也包括一部分女读者）。但是，这些女作家并无退缩之意，正像舒婷在她的诗作《献给我的同代人》中所写的那样：

为开拓心灵的处女地
走入禁区，也许——
就在那里牺牲
留下歪歪斜斜的脚印
给后来者
签署通行证

作为妇女中先知先觉者的女作家们，为今天妇女的进一步解放，不仅付出了辛勤劳动的心血与汗水，而且付出了巨大的牺牲，——包括对女性最为珍视的名誉的牺牲，这种勇气和牺牲精神，往往只有开拓者才具有。

二

新时期女性文学的兴起，除了社会条件之外，还有文学本身发展的因素。从世界范围来看，女作家的创作历史并不很短，如果从古希腊的女诗人萨福算起，也已有两千多年的历史，但因为古代女作家及其作品数量太少，一直没有引起人们足够的重视。只是到了现代，随着妇女地位的日益提高，女作家在文学中的影响越来越大，才逐渐引起人们的注目和研究。第一个总结出女作家创作特点的是英国现代女作家弗吉尼亚·伍尔夫，她在著名的演说《自己的一间屋》中指出，妇女的特殊生活条件决定了她在观察世界和分析性格方面的特点以及这种特点决定了她在创作中最适合采用的体裁。此后，欧美各国对于女性文学的批评和研究风行一时，而各国的女性文学也在评论界的促进下日益走向成熟。

我国女性文学的形成，如果追根溯源，当推到"五四"时期。当时，由于新思潮的影响，一批勇敢无畏的女青年首先冲出封建家庭，争取受教育的权利，其中不少人后来执笔为文，为中国女性文学写下了光辉的第一页。其中有冰心、庐隐、丁玲、冯沅君、萧红、冯铿、李伯钊、陈学昭、凤子、草明等等，她们都曾在中国现代文学史上留下过自己的足迹。但是，因为人数尚少，且女作家命运多蹇，不少人在与旧社会的抗争中或早夭，或回到家庭。因此，"五四"时的女性文学的盛况也只是像流星一般转瞬即逝。

建国以后，虽然女作家的作品也有一定的数量，但由于"左"的干扰，较少能够显示女性的特点，其成就反不如"五四"时代。

新时期的到来，给文艺提供了繁荣的契机，正在走向成熟的中国当代文学，也结束了十年的停顿和非正常发展，按着本身发展的规律，开拓着自己前进的道路。这时候，文学界出现了一个奇特的现象：许多不同时令的花朵同时开放，老、中、青三代作家同堂，出现了作家与作品高度集中的局面。而新时期的女性文学也正是在这种特殊的历史条件下迅速地积聚了自己的力量，扩大了自己的阵营，作为一支独立的力量崛起于文艺新潮之中。

不过，应当指出的是，新时期的女性文学之所以逐渐为人们承认与首肯，并不仅仅在于女作家及其作品数量越来越多，主要原因是，随着创作实践的日益丰富，这些新崛起的女作家们已基本摆脱文学中男子传统的束缚，在创作中日益显示出独特的女性风格。这种独特风格并不与当代文学主流相违背，它恰恰与当代中国的文艺主潮息息相通，与民族文学的传统血肉相连，成为当代中国文学的不可或缺的重要组成部分。

我们应当看到，在现代科技飞速发展的今天，文学正朝着两极发展：一是在宏观上反映更加广阔的外部世界；二是在微观上要把握更加细微的内部世界。由于男女在生活视野、心理素质与思维方式等方面存在着明显的区别，因此，对社会生活的宏观把握和反映往往是男性作家的特长，而对人的内心世界的微观把握和反映，则更加适合于女性作家。

新时期女性文学对内心的开拓，概括起来，有以下几个方面。

首先是表现人的内在感情变化的细微程度日益提高。女性较之于男性，本来在感受外界信息方面，更加敏锐而且细腻。往往是一缕轻风，一点细雨，都可能掀起她们内心的轩然大波。而且，她们常常能凭直觉感受到发生在其他人心灵深处隐隐颤动的神秘变化。这种心理特点常使女作家们醉心于表现人物（特别是女主人公）的内心情绪变化，而不是像男作家那样更多地把注意力放在引起情绪变化的外部原因上。青年女作家王安忆就曾明确地表示，她所要极力表现和传达的是主人公心里的"微微一颤，轻轻一动"，而不在乎她的睫毛是长是短，脸形是圆是尖。她的短篇小说《雨，沙沙沙》，就十分准确地捕捉和表现了女主人公雯雯在感情上产生的一种微妙变化和对爱情的朦胧追求。作者十分巧妙地把淅淅沥沥、迷迷蒙蒙、若有若无的细细雨丝和主人公内心飘忽不定、难以言传的心理变化和谐地交织在一起，使无形的内心变化找到了某种外在的表现形式。

其次，女性文学对内心的开拓还表现为向更深的层次进军。随着社会生活的日益复杂多变，人的内心世界也日趋复杂，而人类在探索外部世界的同时，对自身的探索也日渐深入。到了当代，人们已不满足于仅仅触及心灵的表层，而是努力探究深层的奥秘，这在当代文学作品中已司空见惯。而女性文学的独特贡献在于对女性心理的深入剖析。因为女性在精神活动方面的特点是多被动、静态的活动，较少能动、动态的活动，正如罗丹所说的："妇女多半是静静地忍受痛苦。"②因此，女性的心理活动往往潜藏在心灵深处，难以觉察。以往虽也有男作家描写女性心理成功的例子（如托尔斯泰笔下的安娜的心理活动），但毕竟不如女性作家描写得那般细致、深入、真切。近几年来这方面影响较大的作品像张洁的《爱，是不能忘记的》，心理描写就很成功。它向读者揭示了一位中年妇女的特殊的爱情生活，挖掘了她那在内心深层被压抑了的激情和难以表达的痛苦。作品以其真诚和大胆坦露人物内心而震动了文学界，并波及社会，引起了一场大争论。这场争论，尽管至今未曾平息，但作品将以其对内心的新开拓而被载入当代文学史册。

随着笔触的日益深入，新时期的女性文学也开始光顾无意识（潜意识）领域。戴厚英的《人啊，人！》，谌容的《人到中年》《玫瑰色的晚餐》，宗璞的《我是谁？》《蜗居》等都写了人的梦境或幻觉，接触到了人的潜意识领域。潜意识是人的精神的冰山埋藏在水下的部分，它是个人一生的精神积累和某种集团、社会意识的复合体。对于人类这一意识深层的科学研究目前尚待深入，而作家们的探究无疑是有益的。从近几年小说创作情况看，被评论界认为运用过"意识流"手法的，女作家数量多于男作家。茹志鹃、谌容、宗璞、张洁、戴厚英、王安忆、张抗抗等都曾在不同程度上作过这方面的尝试。有的评论者把这种有益的尝试看作是对西方"意识流"小说的简单模仿，恐怕这结论下得过于武断。女作家在这一领域的探索与成就，大约与女性较强的直觉能力和半封闭式的精神视野有关。难怪西方的意识流小说刚刚出现时，有人就把它与女性联系起来，称之为"女性现实主义"。这种联系，恐怕不是偶然的。

由此可见，当代中国文学向内心的深入开拓，使女性文学得以扬长避短，内外契合，获得了前所未有的良好的生长条件。这是新时期女性文学初步繁荣的又一重要因素。

三

近年来，根据有关部门调查，占人数比例不大的女作家，却拥有人数众多的读者群（包括一大部分男性读者），而且这些读者往往具有较高的文化修养和审美趣味。这一现象的产生，原因是多方面的，但其中有一条不可忽视的重要原因，那就是女作家的作品往往具有与男作家的作品不同的美学价值。

关于女性的心灵之美和女性文学之美，早已有人注意到了。李大钊就曾认为，"男子的气质包含着专制的成分很多，全赖那半数的妇女的平和、优美、慈爱的气质相与调剂，才能保住人类气质的自然均等"③。鲁迅也曾在给许广平的一封信里指出过女性文学的特点，他说："我所谓'女性'的文章，倒不专在'唉，呀，哟……'之多，就是在抒情文，则多用好看字样，多讲风景，多怀家庭，见秋花而心伤，对明月而泪下之类。"

新时期的女性文学，可以说是充分地体现了女性的心灵之美和文学之美的。它一方面以丰富的情感、温柔的笔调，打动人的心灵，另一方面又以其空灵、超脱的韵味和魅力，深深地吸引着广大读者，给当代文坛带来了一股清新、优美的气息。

女性文学之美，在内容方面多表现为歌颂崇高的思想、美好的心灵和高尚的行为。因为女性的形象思维能力较之于男性更强，因此更富于想象力，她们常常超脱现实，生活在理想的精神王国之中。同时，女性的气质又使她们对于美特别敏感。所以，有人说，女性的心灵就像一座熔炉，生活在这里得到了过滤和净化，淘汰杂质，留下来的是美的结晶。这一类纯净的作品在女性文学中比比皆是。航鹰的短篇小说《明姑娘》，写的是一位盲姑娘的故事，在写作中，作者略去了残废者生理上的痛苦、缺陷和丑陋，通过想象和夸张，把内在美和外在美集于明姑娘一身，使之成为美的化身。即使是反映爱情生活的作品，女作家也极少有低级趣味的描写。这不仅与民族传统有关，而且与男女两性间在爱情上的不同境界有关。英国现代美学家李斯托威尔曾对此有如下论述："深陷在爱情之中的女人，非常美妙地把生理上的欲望与她所爱慕的男人那种炽热的感情糅合在一起，从而达到了一种和谐。这种和谐，是那种具有更为粗野、更为狂暴的本性的男人很少能够企及的。"④这一论断虽然难以为一般男子所接受，但已为现代生理学和心理学所证实。这两种不同的爱情心理反映在文学中，就形成了重感官和重精神的两种不同趣味和格调。一般说来，女性作家追求的是两者的和谐统一或是更加偏重于精神。譬如张洁的《爱，是不能忘记的》鼓吹的就是一种柏拉图式的、超凡脱俗的精神恋爱。张抗抗《北极光》中女主人公芩芩理想中的爱情，也是建立在互相理解基础上的，并不低俗。而陆星儿的描写婚外爱情的《美的结构》，追求的是人与人之间的一种精神相知、心灵相通的美好的关系和结构，而且女主人公的行为很高尚，在发现所爱者已有妻室时悄然离去。以上作品尽管遭到了部分读者的非议，但因格调较高，较少世俗的铜臭和浊气，因而获得了更多读者的赞赏。

女性文学之美，往往还表现在意境的优美上。中国艺术历来十分讲究意境，但意境之高低、浓淡、深浅却因人而异，若从审美角度看，按我国传统美学分法，又有"阳刚"与"阴柔"之区分。女作家的作品一般来说更具"阴柔"之美。其审美特征正如清代著名散文家姚鼐所总结的那样，"其得于阴与柔之美者，则其为文如升初日，如清风、如云、如霞、如烟、如幽林曲涧，如沦如漾，如珠玉之辉，如鸿鹄之鸣……"⑤这种阴柔之美，在西方一般被称作"优美"，但对于优美的理解却不尽相同。有的认为，优美是在有生命的物体身上精力消耗的节省；有的把它看作是在于外界的运动中感知到了某种轻巧；也有的把它归之于人的感性方面与精神方面所取得的和谐，等等。如果仔细分析，这些看起来并不一致的理解却与女性的生理和心理特点有某种内在的一致，娇小、轻巧、柔弱、圆润、温和、和谐……诸如此类的特点，往往在女性身上体现得最为充分。

纵观新时期女作家以及她们的作品，除了极少数表现出男性的气质（如青年散文作者王英琦、话剧《秦王李世民》的作者颜海平）以外，绝大多数都或多或少地体现了阴柔的审美特征。那些"多讲风景"、多写"秋花""明月"的小夜曲一般的作品，它们往往在女性作家的笔下显得更加柔和温雅，令人心醉神迷。

即使是那些出自女性手笔的鸿篇巨制，也与男作家的大不相同。譬如同是描写新时期经济改革的重大题材的作品，张洁的《沉重的翅膀》与蒋子龙的《乔厂长上任记》等作品就显示了由于性别不同带来的明显区别。蒋子龙的作品对人物多作粗浅条的大笔勾勒，显得刚健、粗犷、气势宏大。而张洁的《沉重的翅膀》在人物刻画上则多细腻的心理描写和内心感受的抒发。因此，在她的笔下，这部描写广阔社会生活的交响乐，却始终回响着一支柔和优美的心灵的主旋律，别具一番韵味。

此外，女作家的作品，又如鲁迅指出的那样，"多用好看字样"，换句话说，也即指女性文学比较注意语言的美。我们知道，女作家在反映社会生活时，多喜欢撷取美的部分，在创作中，生活又经过进一步的净化，变得美而又纯。因此，在反映美的生活时，女作家们必然要努力寻找比较能反映事物美的特征，同时又能唤起读者美的联想的字、词、句。这一类例子真是不胜枚举。而且，不同的作家还往往显示出不同的语言色彩和风格，所谓"语言的美"也并不是千篇一律的。老作家冰心曾经对自己早年的创作作过如下的总结，她认为自己的作品在去国之前是文字多于情绪，而去国之后则情绪多于文字。因此，同是美的语言，因作者的生活感受的不同，侧重点不同。生活积累较少、感受并不很丰富的年轻作家，往往多在语言文字本身下功夫，因此作品显得气象峥嵘、色彩绚丽；而阅历丰富、文字功夫也渐入炉火纯青程度的中、老年作家，语言文字大多比较平淡，注重内在的神韵和言外之"意"。

综上所述，正是美的内容、美的意境、美的语言，构成了美的"女性文学"，而女性文学的独特的美学价值，将引起越来越多的人的注意。

新时期的女性文学，已经取得了可喜的成绩。但是，我们也不能不看到，当代女作家的人数与男作家相比，还是很不平衡的。而且，从反映的社会生活面来看，还比较狭窄，即使是描写妇女生活的作品，也多局限在知识妇女的圈子里。这当然与整个民族的文化水准和妇女解放的程度有直接关系，是不必苛求于作者的。从发展的势头看，可以预见，随着我国社会主义物质和精神文明水平的不断提高，当代女性文学的阵营将越来越壮大，祖国的文艺星空必将出现女作家群星灿烂的美好景象。与此同时，我们也期待着有关女性文学的文艺批评的形成和发展。

1982年12月初稿

1983年1月二稿

注释：

①见《当代文艺思潮》1982年第3期，张维安文。

②［德］海伦·娜称蒂兹著《罗丹在谈话和信札中》，转引自《文艺论丛》第10期。

③李大钊《妇女解放与Democracy》。

④［英］李斯托威尔《近代美学史评述》（蒋孔阳译）。

⑤姚鼐《复鲁絜非书》。

原载《当代文艺思潮》1983年第4期

从祥林嫂、莎菲女士到《方舟》

夏中义

历史是容易被遗忘的，文学却往往是清醒剂。鲁迅的祥林嫂，丁玲的莎菲女士，张洁《方舟》中的梁倩、荆华、柳泉诸形象，颇像活的雕塑，里程碑似的标出了中国妇女在各历史阶段走过的路。我们所以把祥林嫂、莎菲女士和《方舟》作为一个系列来考察，不仅因为将有助于从一定侧面来揭示百年来中国妇女解放的历史线索，更是企图为《方舟》读者及评论家提供一个结实的、富有历史纵深感的视点，以便能在冷静的比较中，去公正地估量《方舟》的思想价值。

一

妇女在很长的历史时期内一直被贬为祸水。长期受封建礼教高压的中国妇女的社会地位则更低。于是便有了时起时伏的，与中国社会变革相伴随的妇女解放运动。各时代的文学回音壁上也不时激荡起女权的呼声。

所谓女权，是一定社会的妇女的合理需要或利益在法律上的反映。恩格斯曾称赞伟大的空想共产主义先驱傅立叶，说他"第一个表明了这样的思想：在任何社会中，妇女解放的程度是衡量普遍解放的天然尺度"（《马克思恩格斯选集》第三卷第461页），傅立叶说："某一时代的社会进步和变迁是同妇女走向自由的程度相适应的"，"妇女权利的扩大是一切社会进步的基本原则"（引自《马克思恩格斯选集》第三卷第654页）。而权利的实现就是对一定的合理需要的追求与满足。人的合理需要大致分如下几个层次，构成一个由低向高的级差系列，这就是：

A. 生理需要——包括吃穿住行与性要求等，是最原始的基本需要；

B. 安全需要——包括对生命、财产、劳动工作方面的安全保障；

C. 社会性需要——通过与他人发生关系而得到满足，如爱情、友谊等；

D. 心理需要——如满足自尊心，对名誉、独立、自由、地位的追求；

E. 自我成就或事业需要——要求最充分地发挥自己的潜在能力，从而实现抱负；

F. 追求真理的需要——这是人的社会价值的最高标志。

这在实际上，我们已得到一个判别中国近代、现代与当代妇女的解放程度乃至社会进步的理论性参数。即是说，哪个社会的妇女所追求的合理需要层次越高，说明其解放程度越大，社会亦越进步；反之，哪个社会的妇女所追求的合理需要层次越低，说明其解放程度越低，社会亦越落后。

鲁迅《祝福》里的鲁镇是近代落后中国的缩影。被"政权、神权、族权、夫权"等封建绳索勒得透不过气来的祥林嫂，作为旧式农妇的典型是无所谓"妇女解放"的，她的需要层次是最低微的，近乎原始本能性质，即只渴望生存权。她是寡妇。为了躲避婆家转卖，初到鲁家帮佣，"比勤快的男人还勤快。到年底，扫尘、洗地、杀鸡、宰鹅，彻夜地煮福礼，全是一人担当，竟没有添短工。然而她反满足，口角边渐渐地有了笑影，脸上也白胖了"。后被婆家绑嫁至贺家坳，贺老六不幸暴病而亡，她回到鲁镇听柳妈说阴府里的两个男人会将其撕成各半，她又虔诚地赴土地庙捐门槛，归来时竟"神气很舒畅，眼光也分外有神"。她唯一的夙愿是活下去，只要鲁四老爷承认她是一头有生命的任劳任怨的牛马，她就很荣幸了；若在尘世活得不太平，那么她神往能在阎王殿享以安生。现实中不得满足的权利，她到虚幻的、香烟袅袅的宗教中去乞讨。何等愚昧、麻木、凄惨得令人心颤的冤魂！

比起霉雪霏霏的古镇，莎菲女士则是生活在有点欧化的三十年代的现代都市。她有知识，不愁吃穿，却因生活的空虚、孤独、沉寂而烦恼。她的需要层次显然比祥林嫂高一级。一种活泼泼的爱的欲望在她心底萌动。她搬家了，为了便于同凌吉士幽会。她发现这丰仪翩翩的南洋骑士的灵魂极为卑劣，也知道他不过是将她视为妓女的一种变体，但她还是屡悔而不弃，任其玩弄。青年女性的天然合理的爱的权利，结果被现实扭曲成一种畸形、病态的性癫狂。一个无力抵御人生寂寞，却又狂热寻求爱的欢乐，涉世不深，精神苍白的弱女子，在旧社会很容易经不住诱惑而堕落。她在日记里写道："但我却宁肯能找些新的不快活，不满足；只是新的，无论好坏，似乎都隔得我太远了。"渴到极点却又找不着清泉的人，趴到了阴沟里去解渴。你可以厌恶她、蔑视她，却又不能不夹带一点怜悯。因为正是这个罪恶现实将爱的种子孕育成道德上的怪胎，人类神圣的爱蜕化为一种低级的禽兽发情与交尾。何等不幸，荒诞得令人鄙夷，却又发人同情的牺牲品！

张洁《方舟》中的女主角有幸成长在红旗飘拂的新中国。时代不同了，她们的需要层次无疑将更高。假如说近代祥林嫂乞求低下的生存权，现代莎菲女士希冀片面的爱的权利，那么，受过高等教育的，有思想的当代女性梁倩、荆华、柳泉她们"所思虑、所悲伤、耗尽全心而关注的，早已有了不同的内容"，这就是力争全面的权益：爱情、人格、事业和真理。女人也是人，也具有独立的、大写的人的价值。她们既不像祥林嫂卑贱地生，也不像莎菲女士屈辱地爱。

是的，她们也需要纯洁的爱："女人和男人不一样，她总要爱点什么，好像她们生来就是为了爱点什么而生存的。或爱丈夫，或爱孩子……"当梁倩在新婚之夜被琴音般纯净的月光映得像"淡紫色的、透明的、亮晶晶的、薄羽似的轻云"飘浮起来的时候，当身患腰疾的荆华跌倒在暴雨之夜而"需要一双有力的胳膊"的时候，当柳泉在外事局横遭冷眼而想起"他有一个宽阔的胸脯"的时候，她们多么热望有个高尚、忠贞、疼爱自己的伴侣！但不幸，她们一个个被上帝逐出了伊甸园，好像全是偷食禁果的夏娃似的。她们也不屑赖在那儿做亚当的花瓶、生孩子的工具或泄欲的对象。

——"你会在男人怀里撒娇吗？""你知道什么是男人的虚荣？"白复山这么问梁倩。他不希望这个电影学院导演系毕业的高才生去"拼死拼活"拍片，她"可以安心在家当个太太，养得再胖一点"。梁倩提出离婚。"'离婚？何必呢？咱不兴离婚这一套，不如来个君子协定，各行其是，互不干涉。……对外还能维持住你我的面子，岂不实惠？'白复山说这些话的时候绝不激动，跟在自由市场上和卖活鱼的小商小贩讨价还价一般。"不禁令人想起安娜的丈夫，虚伪的卡列宁。叫梁倩怎么接受这张市侩的"永远好意思的笑脸"？！

——"为了养活你家里的人，就做人工流产，我娶你这个老婆图的什么，啊？！离婚！"荆华在梦中不时被这伐木工的怒吼所吓醒！这个献身于马克思哲学的理论工作者是"为了养活被打成反动权威的父亲和因此失去了生活保障的妹妹"，才嫁到林区的。"她可以回忆起每一个拳头落在她身上或脸上的痛楚的感觉；……回忆起每一桩受过的侮辱；回忆起他贴在她教书的那个小学校的墙壁上，列举她不贤不惠的大字报里的每一句话……"叫荆华怎么忘却这像霍桑《红字》般"烫在她身上"的"烙印"？！

——"你是不是我的老婆？"柳泉怕黑夜。"每当黄昏来临，太阳慢慢落山的时候，一阵阵轻微的寒战便慢慢地向她袭来。"这个外语学院的优等生命苦，其父在"文革"时一眨眼成了"间谍"，"她多么想靠在那胸膛前，诉说一下她所受到的冷漠和羞辱，她多么希望那是一片绿荫覆盖的草地，可以让她躺在那里得以怡憩。然而他却喷着满嘴的酒气，强迫她'做爱'"。"从他们结婚以来，每个夜晚，都好像是他花钱买来的。如果不是这样，他便好像蚀了本。"柳泉不情愿，他就"粗暴地扭着她问：'你是不是我的老婆？'"叫柳泉怎么忍受这长夜的"奴役"？！

梁倩说得好："妇女并不是性而是人。"爱人的观念是全体，妓女的观念是肉体。夫妇之情确是以性爱为基础的，但正如恩格斯指出的："现代的性爱，同单纯的性欲""是根本不同的"，其区别在于"它是以所爱者的互爱为前提的；在这方面，妇女处于同男子平等的地位"（《马克思恩格斯选集》第四卷第73页）；而不是像白复山之辈仅仅将妻子视为"性"，而全然不顾及女方的自尊、人格与事业。既然作为男女爱情的平等基础被否定，那么爱情也就完了。假如法律意义上的家庭形式已无力保障美满的婚姻，弥合破裂的感情和捍卫她们的平等权利，她们宁可当寡妇（中国国情告诉我们，不是每个人有勇气当寡妇的）。这就是说，她们已不满足于法律给予的形式上的权利，而要求将形式转化为实质。对一个有头脑、有事业心，崇尚真理的当代妇女来说，没有什么能比独立和自由更可珍贵的了；反之，也没有什么能比将她们重新沦为男子的附庸更为悲哀的了。何等自觉、果敢、庄重得令人肃然起敬的新女性！

探讨从祥林嫂、莎菲女士到《方舟》主角这一形象系列，我们确可在某种程度上发现一条横贯百年的中国妇女从自在到自为的解放线索，从而窥视中国社会从近代发展到当代的文明历程。因为现实主义的叙事性文学形象，既然是以变迁中的社会现实为原型的，那么其作品也就或多或少带有认识性，即反映出生活的客观进程。生活中的人们总是在非常现实的条件下创造历史的。妇女在不同时代所普遍追求的某一需要层次或权利，从个人看来似是纯主观的；但从总体看来，任何个人都是社会一分子或个体性社会存在，所以，女权的扩大程度又必然是和社会文明程度成正比的。事实上，人们从来只提出现实可能满足的某些需要，或只有当现实已经显露出兑现的萌芽，人们才会明确地提出相应的权利。假如说，饥寒交迫、蒙昧不化的祥林嫂在近代中国决不会产生莎菲式的爱的逸情，那么，虚荣孤傲、及时行乐的莎菲的精神境界在现代中国也决不会升华到《方舟》主角的高度。可以说，《方舟》的思想价值首先就体现在这里：即在当今文坛，还没有哪位作家能像张洁那样敏锐地颖悟到只有在比以往历史阶段更为发展的当代社会主义中国，才可能涌现出愈来愈多的梁倩、荆华、柳泉那样有觉悟、有文化、勇于追求全面权益的新女性。这是一大发现。

二

与祥林嫂、莎菲所处的时代相比，梁倩们确逢上了好世道，经济、政治、文化上都翻了身。祥林嫂哪有她们吃得好，莎菲女士的文化水准也没她们高。但又不是净土一片。"男尊女卑"的封建幽灵并未因末代皇帝的垮台而葬进坟墓，也没被天安门前的"五四"浪潮席卷干净。这不仅是因为没经资本主义阶段的中国背着过重的封建包袱，也不仅是因为党领导的新民主主义革命主要诉诸武器的批判而无暇对传统意识施以系统清理；更重要的原因是，渗透在我们民族精神深处的封建毒素已化为"最可怕的""千百万人的习惯势力"（列宁），这是一种阻碍历史前进的顽强惰力，不愿随着社会制度的根本变更而自行消退。一旦将妖魔放出神龛，任何咒语也难以把它唤回。

当然市场缩小了。曾像洪水般吞没旧中国的"男尊女卑"在当今社会已不能公然横行了，但它在某些家庭私生活及某些人的精神角落还盘踞着最后一道发霉的防线；尤其是对寡妇。从这个意义上可以说，以前欺凌过祥林嫂、莎菲的鲁四老爷、凌吉士并没死尽，他们有的脱下老监生的马褂、南洋的西服，又披上当代的中山装而还魂了。《方舟》中的白复山、魏经理就是活着的鲁四老爷、凌吉士。所不同的是，讲理学的鲁四爷多少还有点伪善，只在幕后不许"败坏风俗的"祥林嫂染指祭礼，风流倜傥的凌吉士也多少是凭借浪漫手段来猎取艳情；而白复山、魏经理凌辱寡妇时，却连这点伪装都甩掉了，无耻到赤裸裸的程度！

假如白复山还有一点人情，能这么打量前妻梁倩吗："他顺着这短裤一路上看上去，上面是细得麻秆一样的小腿，再往上是窄小的胯，再往上是瘪的胸，再上，是暗黄的、没一点光泽的脸。……她在他的心里再也引不起男人对女人的一丁点儿兴趣。""像块风干牛肉"，这就是结论。魏经理则更无人味。他觉得"他对柳泉有一种权力"，好像不属于谁的寡妇就该属于他。

还令人愤懑的是个别女人，年老的、缠过裹脚布的和年轻的、足蹬高跟凉鞋的，也爱从寡妇身上"满足一下自己高人一等的欲望"。你招架得住贾主任那双贼眼吗？你抵挡得了钱秀瑛那根"歹毒的舌头"吗？这又不禁令人联想起《祝福》中柳妈为代表的那群旧式妇女，一方面她们和祥林嫂一样受苦，为她的厄运而掉泪；另一方面她们又刻薄、鄙夷地嘲笑"她额上的伤疤"，因为她是寡妇。

问题的严重性正在这里：正当梁倩们像真正的人那样挺起来，以自己的生命和才华为祖国的银幕、理论及其外事工作争光时，却又不得不分心去对抗那祥林嫂、莎菲时代遗留下来的传统力量。这就使梁倩们所承受的精神负荷并不比祥林嫂与莎菲轻：祥林嫂与莎菲所寻觅的生存权与爱是个体性的，而梁倩们则以主人翁的高度责任感将自我与社会相维系，超越了纯粹私利的狭隘眼界，一肩扛起开拓新世纪的战戟，一肩压着旧意识的闸门，立体交叉成梁倩们所亲临的处境。"女人们要面对的是两个世界。能够有所作为的女人，一定得比男人更强大才行。"——这就是当今的现实。《方舟》的思想价值之二也正在这里：即张洁以女性特有的深切的感受力体验到，有抱负、却又遭遇生活挫折的中国妇女在当代的命运将是悲壮的。妇女解放的道路并未走完。激越的主题不时掠过悲愁焦躁的和弦，谱织成既激人奋进又催人泪下的人生交响曲。

毋庸讳言，《方舟》中没有牧歌，没有莺吟燕语的田园风格，只有一颗颗在新生活的闪电同旧传统的乌云激烈碰撞中历劫磨难、不时变态的女人的心。她们不是幻想化的、耸立于古希腊城堡的雅典娜，这个智慧和胜利女神，一手持剑，一身华美的纱裙，威严而可爱；她们是现实化的，从中国这古老土地上仰起不屈头颅的普通女人。每个人都有自己的心理负荷上限。一旦超载了过多的委屈、郁闷与幻灭，谁都不免会一时失去精神平衡。于是便有心理变态。除了神经、生理性原因外，变态主要来自于外界不合理的压抑。淡化压抑感的即时途径是向亲爱者宣泄。痛哭一场能产生亚里斯多德所说的"净化"效能。但叫梁倩们去向谁哭诉？白复山吗？他正在街头陪小姐吃冰淇淋。去向澄澄、蒙蒙诉苦吗？他们还小，母亲不忍心朝已布满迷雾的少年心灵掷冰凉的泪。"寡妇俱乐部"里还剩谁呢？"三个孤身的女人，坐在那盏落地灯的阴影里"，谁也懒得去洗碗，扫屋子，没福气祝酒，便懵头抽烟，烟圈像问号在眼前扭来扭去。像落魄的男人，雄化了。她们"多么愿意做一个女人，做一个被人疼爱、也疼爱别人的女人"。究竟是什么在强迫她们？！……

多么细腻、真切、精彩的变态心理刻画！舍此将无法展示主人翁的丰富、复杂、多层次的心灵真实及其悲壮人生，亦将无力指控封建残余压抑当代妇女所造成的严重后果。假如说，鲁迅对祥林嫂丧子后的痴呆、捐门槛后的神采等变态心理的捕捉，丁玲对莎菲如醉如狂的情痴、哀婉痛切的追悔等变态心理的渲染，为这两个寓有严肃主题的近代、现代妇女形象增添了巨大的艺术魅力的话，那么，张洁对当代妇女变态心理的成功描绘，也有助于《方舟》的深刻思想放射异彩。

三

历史是沿螺旋形阶梯上升的。有时似有反复，却是在更高阶段的循环。不论《方舟》主角身上还有这样那样的弱点，她们毕竟是站在远为发展的历史基点上追求着更高目标，对自身的社会价值的认识，也远较祥林嫂、莎菲女士明彻和坚定。

面对吃人的封建鲁镇，祥林嫂完全是漠然、被动、消极的。除了生命的延续和死后的安宁，她别无他求，也不知为何生存。祥林嫂之死，不仅是一出控诉封建礼教的社会悲剧，也是一出揭露近代妇女自我压迫的精神悲剧。后者的悲剧性可能比前者更深刻。"男尊女卑"原是封建阶级为统治社会、首先是为控制被剥削者而杜撰的一个荒唐观念，但正像列宁在《怎么办》指出的一样：一个工人若没有独立的社会主义思想体系，势必接受资产阶级的统治思想，封建阶级的统治思想也很容易因此泛滥为一种汪洋大海般的社会传统势力，并反过来包围祥林嫂那样的缺乏阶级觉悟的文盲，渗透到她心灵，被奉为天条。公开的阶级压迫由此转化为一种隐蔽的、被剥削者的自我压抑形式，妄自菲薄，自我贬值，即精神上的慢性自杀。天下于是太平。

"女子无才便是德"不是笑话，而是封建伦理的经典原理。一个妇女愈有才智，思辨能力愈强，便愈易发现或珍视自身需要及价值，对"男尊女卑"就愈反感。有抗药性乃至批判力，将不利于封建秩序的巩固。莎菲女士有文化，所以特别敏感爱欲的苏醒，她比祥林嫂懂得妇女的权利与价值，但她也不是社会传统势力的对手。

看来，历史正是这么安排的：既然近代农民阶级的蒙昧无知使祥林嫂自投封建罗网，现代小资产阶级的狂热脆弱亦没使莎菲冲决封建羁绊，那么，争取中国妇女彻底解放的使命也就逻辑地落到梁倩们肩上。她们是新中国培养的工人阶级知识分子，作为先进阶级最有文化的一部分，她们身上正酝酿着一次很宝贵的新的理性飞跃：即不仅认识到妇女解放是整个无产阶级革命事业的一部分，更认识到光有无产阶级革命给妇女带来的经济上和政治上的解放还不够，"还应该包括妇女本人以及社会对她们存在的意义和价值的正确认识"，这样，妇女解放才是完整的，彻底的。这飞跃表明中国妇女中的先进分子已完成了从自在到自为的转折。社会制度的更新只是为妇女解放开辟了广阔道路，而真正攀上"男女平等"的理想境界还"要靠妇女的自强不息"。

梁倩、荆华正是这样的敢于直面人生、卓有远见，又脚踏实地的当代妇女解放战士。她们的精神境界远远地高出祥林嫂、莎菲女士和"花蝴蝶"钱秀瑛，也高于有些懦弱的柳泉。厄运使柳泉有时怀疑自己的价值："夜深人静，她一个人伴着那盏孤零零的台灯"，"起劲地念着一本顺手抓来的英文杂志的时候，她会猛然清醒：她这是在干什么？英文，大学五年栏栏写的都是5的成绩册，还和她有什么关系啊？"有点消沉。荆华比她坚强。她明明知道："一个女人要是一天到晚只会讲辩证法和唯物主义，会把一切男人吓跑的"，但"要让荆华丢掉这癖好是不可能的。那等于让一个跛子丢掉两个拐，一个歌唱家割去他的声带"。她为何投身理论界的思想解放潮流"写挨批的论文"？因为她有她的信念："人要是没有这点社会责任感，人人都想从这个社会里拿点什么，而不想给这个社会点什么，那可怎么办呢？"她像梁倩一样深信"自身存在的价值"——"对人类、对社会、对朋友，你是有用的"。这是符合马克思主义价值观的。马克思主张，价值就是凝聚着一定社会劳动量的产品的一种对人类有用的属性（见《马克思恩格斯选集》第二卷第172页）。而从某种意义上说，每个人也是他所参与的那个社会实践的产品，他的价值高低与他本人的能力及其社会贡献的大小成正比。这个价值观也是梁倩忍辱负重、百折不挠、抗争奋进的精神支柱。"她也有她的悲哀，但这悲哀只藏在她的心底深处。"她把心血都倾注在分镜头上。她是艺术家，为人民创造艺术带给她无限的欣慰与欢乐。也"只有在这时，她才觉得自己是有活力的"、充满了"自由感"："梁倩的眼睛亮了。她眼睛亮起来的时候真美，仿佛她灵魂里的两盏灯。"感谢张洁，她以思想家的睿智和诗人的深情，为我们创造出一组觉悟到自己的权利和价值，将自身解放与社会进步相结合，并为之不懈奋斗的中国妇女中的最可爱的人。

有人不同意上述评价，说："张洁写了三个怪女人。"他们感到不安的地方，恰恰是《方舟》最大的思想价值之所在。作品评价的分歧现象，颇像商品的价格浮动。商品的价值与市场价格之间时常不平衡。商品价值是被一定量的必要社会劳动时间所规定的，市场价格则随时受供求关系的变动而上下波动。同样，作品价值也是一种客观存在（即有一种内在的、相对稳定的质的规定性），至于社会评价迥异，根子是在各个读者群之间的思想差异。因为，几乎每颗人脑都不免有这类惯性，即只根据自己所习惯的观念或偏见来判断对象的强烈倾向。我们猜测：某些读者群对《方舟》评价偏低，可能与他们头脑中残存的"贤妻良母"模式不无关系。

从历史发展眼光看，莎菲女士无疑要比祥林嫂进步，不无一点可取之处；至于梁倩们则比前两者更高，当然有权争得社会的理解和尊敬。《方舟》的思想成就在于：张洁能站在新的历史时期妇女解放的高度来疾呼，中国需要梁倩！无论是对于自觉争取更多解放的当代妇女来说，还是对于正在建设社会主义高度精神文明的国家来说，梁倩都不是多了，而是太少！太少！

请为梁倩们干杯吧！历史的曲折应以历史的进步来补偿。中国大地不仅洒遍了秋瑾、向警予、张志新的血，还饱含着祥林嫂、莎菲女士和梁倩们的泪。让一切女人的不幸，让一切历史的不公正，都到此为止吧！

原载《当代文艺思潮》1983年第5期

我们需要两个世界

张抗抗

在西柏林参加这个妇女文学讨论会，很高兴。但我希望，我首先是以一个作家，然后才是以一个女作家的身份发言。

并不是说我不喜欢作为一个女人。尽管在我三十五年的生活经历中，饱尝了种种女人的艰辛，我仍然庆幸父母没有把我创造成一个男人。当我感觉到自己内心的那种强烈的女性意识的时候，我为自己感到自豪。

但即使在我们国内，书籍报刊每逢介绍我们的时候，总是强调说：这是一位女作家。好像唯其因为我是女性，我才能被称为一个作家。这种特殊的身份让人产生不愉快的联想。就像伤残人运动会上，人们欢呼伤残运动员同正常人一样跑步是一项奇迹，虽然他们跑得并不快，但正因为大多数观众认为他们根本不会跑，也不应该跑，所以他们了不起。我想这种赞扬在心理上是不平等的。因为，只有对一种显然是出乎意料的事才值得如此大惊小怪。七十年代末，中国女作家崛起，使得各阶层的男子大为惊叹，许多人纷纷研究女作家涌现的性别优势，好像女作家的成功有什么不可思议的秘诀。而人们在谈论男性作家的时候，从不特别声明说这是一位男作家，似乎男人成为作家是天经地义的事，他们生来就应该是作家。这里有一个差点被我们忽略了的前提，在座的各位朋友们，我们什么时候才能够不需要在一块被特别划分出来的空地上自然而然地体现我们的价值，也不需要向读者特别指明我们的性别来引起他们的兴趣，而是任其自由选择我们的作品时，我们才获得了与男作家同样的平等权利。

我的开场白太长了。

开场白似乎在故意拖延时间。因为我不知道以下我应该谈些什么。对于妇女文学，老实说，我没有什么研究。没有研究的主要原因是我还没有来得及很好地关心它。感谢这次讨论会使我有机会接触这一个关于我们自己的题目，并且有可能在今后的日子里开始对它发生兴趣。

我不太清楚欧洲关于妇女文学的概念，仅仅是指女作家的作品，还是一切有关妇女的题材和所有反映妇女生活、包括男作家描写妇女的文学作品？如果仅仅是前者，那么妇女文学的含义就太狭窄了。因为，这是一个男人和女人共同的世界，男人笔下的妇女形象恰是女人塑造自己的一个不可缺少的补充。托尔斯泰的《安娜·卡列尼娜》《复活》，联邦德国作家伯尔的《无主之家》《丧失了名誉的卡塔琳娜·勃罗姆》，奥地利作家茨威格的《一个女人一生中的二十四小时》等优秀作品，都深刻地揭示了女性永久的痛苦和追求。所以我理解妇女文学是一个范围广阔的领域，在这里浸透了男人和女人共同体验到的妇女对生活的一切爱和恨。

我没有更多的发言权，因为我尽管塑造了许多青年妇女的形象，但我认为我的作品似乎并不属于"妇女文学"的范畴。

严格说，中国当代文学的森林中尚未长出"妇女文学"这一棵大树，中国还没有形成妇女文学的主潮。

这个看法只代表我个人。

因为中国的当代文学中，很少有作家专门去诉说妇女的苦难、单纯讲述女人的经历和心理历程，或者着重反映妇女们某一方面待解决的社会问题。茹志鹃写过《家务事》《儿女情》等描写妇女生活的小说，她的女儿王安忆写过纯情少女雯雯的梦想，张洁写过《爱，是不能忘记的》，乔雪竹写过反映劳动妇女婚姻自主的《北国红豆也相思》，还有问彬的《心祭》，写一个孤独的寡母希望改嫁给青年时期的恋人，却由于得不到孩子们的理解，终于郁郁死去的故事。但是像这样的小说为数不多。

谌容的中篇《人到中年》，主人公是一位女医生，可实际上反映的是中国中年知识分子的苦恼。

我的中篇《北极光》，写一个青年女子婚前的烦恼，实际上写的是我们这代人对生活的态度。

这是一个奇怪的现象，女作家们的注意力似乎都没有集中在她们自己的问题上。当代文学也没有出现在千百万妇女中引起轰然回响的作品。

一种解释是：比起世界上其他国家，现代中国妇女的地位已经得到了比较确定的保证，早在五十年代，妇女就纷纷走出厨房参加了工作，建立了"双职工"的家庭结构。目前中国女职工已占全国职工总人数的三分之一。这种家庭由夫妇双方共同承担家务劳动，男人做饭带孩子甚至洗尿布也是较为普遍的事情。在农村，妇女一般只要付出与男人同样的劳动，就可以得到相同的报酬。职业妇女在婚后、生孩子后的工作和工资，都有绝对的保障。旧中国束缚妇女的第四根绳索"夫权"，在许多家庭中已转化为"妇权"，许多家庭婆媳不和大多因为儿媳说一不二。在我出生之后，我的生活中从未见到过萧红三十年代小说中所描写的、受到欺压的童养媳，也很少见到被醉酒的丈夫毒打和虐待的妻子。我所遇到过最触目惊心的事，是在我中学时代下乡劳动时，生产队长的妻子，怀孕八九个月，还在冰冷的河水里洗菜。她偷偷告诉我，如果这次她生下的又是女孩，婴儿就要被扔到河里溺死。在中国农村，重男轻女是普遍的习俗，买卖婚姻还时有发生。封建时代不死的幽灵还在四处游荡。但是无论它遗留下来的阴影覆盖面有多大，中国妇女那个受苦受难的时代是结束了。她们以主人的姿态走进了社会的各个阶层，从事各种活动。她们中间已有越来越多的人凭借自己的聪明才智加入到科学家、艺术家、实业家的行列中去，并取得显著的成就。从总体趋势来看，妇女问题已向较高层的阶段即精神领域转移。所以既无不堪忍受的压迫，也无深切的悲苦怨仇，就不会有反抗的呼号和血泪文字。在这个确立了妇女的合法权益的制度下，一个旧的浪潮退下去了，一个新的浪潮还未涌上来。也许我们的妇女文学正处于这样一个间歇时期，呈现出一种暂时的稳定与平静。

但这种解释显然还不能令人满意。

我自己就不满意。

我清楚我以往的创作。我想寻根究底。我发现了一个属于我自己的秘密。

我的作品中写过许多女主人公，但如果把她们统统改换成男性，我作品所表现的思想感情和矛盾冲突在本质上仍然屹立。

因为我写的多是"人"的问题。是这个世界上男人和女人所面临的共同的生存和精神的危机。十年内乱中对人性的摧残、对人的尊严的践踏、对人个性的禁锢、思想的束缚，一九七八年以来新时期人的精神解放、价值观的重新确立……这些对于关系到我们民族、国家兴亡的种种焦虑，几乎吸引了我的全部注意力，它们在我头脑中占据的位置，远远超过了对妇女命运的关心，我这样讲绝对没有排斥妇女文学的意思，我只是认为，在相当长的一段时间内，这种作为男人和女人共同的苦恼还会是一个相当突出而又迫切有待解决的问题。由此我们可以看出：妇女的解放不会是一个孤立简单的"妇女问题"。当人与人之间都没有起码的平等关系时，还有什么男人与女人的平等？所以我们如果总是站在一个妇女的立场去看待社会，正像中国古诗所说，"不识庐山真面目，只缘身在此山中"。那个社会只是平面的和畸形的。

我的作品在中国国内受到许多青年的欢迎，男青年也从我的作品中发现自我、认识自己。有一个男青年在读了《北极光》以后给我写信说，他觉得芩芩身上的那种追求精神写的是他。我相信不认识我的女青年，也不会因为我是个女作家才读我的书。而且我的名字听起来根本就是一个男孩子。

这些说明了什么？朋友们，我就是想说，女作家完全可以有一个广阔的天地。妇女文学这个游泳池对于我们来说实在是太小了。我们完全可以到大海里去游泳。

所以，优秀的妇女文学也是给男人们看的。它帮助男人们了解女人那颗丰富易感的心灵，也因此认识他们自己。

但这个说法还不能使我完全满意。

关于当代妇女文学在中国的命运，还有一个更大的秘密。这就是苏联《奇怪的女人》这样的作品虽然没有出现在中国，却触动了中国许许多多知识妇女（包括男子）的原因。并没有什么人明令禁止作家们去反映这类题材，而是充满着这个社会的那种封建的道德标准，陈旧的习俗、风气、舆论制约着作家的神经和思路，使这个现代妇女的感情生活领域至今仍是一块无形的禁区，一个难以攻占的堡垒。

事实上，正如我前面谈到，大量的知识妇女正日益要求得到更多的学术发言权、国家和企业的管理权，希望人们首先把她们作为一个有用的人而不是传统意义上的女人看待。她们不愿意通过丈夫体现自己的价值，而希望自己的个性在工作及与人的交往中充分展现，希望自由地发表自己的独立见解，按自己愿望去做事情，成为丰富的、全面发展的人。于是，她们对于夫妇之间的感情生活，有了更高的要求，希望丈夫对自己的个性有更多的尊重，也愿意扩大社交，同更多的男人建立友谊来提高、充实自己，她们在过去与未来之间不断调整焦距，寻找自己新的位置……由于这一切从女人的自我出发产生的行动，便带来了一系列的新问题。离异、分居、独身等新兴的多种生活方式，破坏了以往稳固平和的家庭结构，又一次向实际上依然是男子为中心的社会提出了挑战和反抗，引起了社会的惊慌。这恐怕也是世界性的潮流。她们赋予爱情新的生命、新的内涵、新的乐趣。传统家庭模式不断受到冲击，而爱情却在生长和强化。中国妇女在过去可以忍受无爱的婚姻，而现在却走向不受婚姻和传统舆论束缚的爱情，到底哪一种更为道德呢？在座的朋友们的答复我想是不言而喻的。可是，我却暂时不会去写这样的小说。许多人都不会。因为这意味着我们将把宝贵的时间投入到一场无休止的争议和辩论中去。也许，目前中国的当代文学，最敏感的并不是暴露文学，而是"妇女文学"。要写出这个时代真实的妇女文学，我们还需要做必要的等待和准备。

这也是现代妇女面临的不幸。可悲的是：在一个愚昧落后的社会里，妇女的解放总是最先遭到妇女们的反对。因为传统的意识往往在妇女头脑中沉淀得更加深厚。

于是，问题最后回到，我们女作家——妇女的代言人，怎样认识妇女本身。

历史上以及当代世界上许多优秀的文学作品，都对妇女倾注了深切的同情，塑造了众多的善良、美丽、聪慧而命运悲惨的妇女形象，也有许多作品颂扬了女性勇敢的叛逆、反抗精神。这里我不想再重复这个大家熟悉的话题。

我经常想起《斯巴达克思》中的充满着爱和狭隘报复心理的爱芙姬比达。

还有我们当代文学《人到中年》中那位不学无术、仰仗夫权、自命不凡的马列主义老太太。

无疑，她们也是女人的一个组成部分。

即使是那些优秀的妇女，也具有人类各种弱点。如果我们在作品中回避这些，就会使我们的女读者在认识上发生误差，对自己的不足视而不见，把社会对妇女的偏见的责任一概推给男子，这不但没有维护妇女利益，反而给我们带来不利。

毫无疑问，历史、自然和社会对妇女是不公正的。这种不公正不仅仅表现为男尊女卑、大男子主义的传统意识，还表现为大多数妇女在几千年的封建压迫下，由于遗传和生存适应等自然规律的碾磨而形成的心理缺陷。许多妇女缺乏自强自爱的坚韧意志，难以摆脱自己的依附性和惰性，对于家庭、丈夫孩子的兴趣总是大于对自身的智力开发……如此种种，便成为许多男人轻视妇女的理由。我们就是在这样一种恶性循环中爬行。如果我们真心希望唤起妇女改变自己生活的热情，那么我们在作品中一味谴责男人是无济于事的。我们应当有勇气正视自己，把视线转向妇女本身，去启发和提高她们（包括我们女作家自己）的素质，克服虚荣、依赖、嫉妒、狭隘、软弱等根深蒂固的弱点。只有当我们用自己的劳动证明了我们的价值，才能有力地批判男性中大量存在的大男子主义、自私、狂妄、粗暴、冷酷等痼疾，也才能真正赢得男人们的尊敬。

妇女文学真正的责任在于提高妇女。提高妇女的自我意识将是长期而艰巨的。

我想举一个例子，一次有一群男女大学生激烈地讨论问题，其中一个女生责怪男生说："你们真没有大丈夫风度，也不让着我们点儿。"——这就是弱女子意识。她缺乏足够的自信，只能依靠对方的让步，来获取胜利，这种以不平等心理去换取的平等，决不是真正的平等。正如一些慷慨的男士总要表现出"保护妇女"的姿态，而大多数妇女也很乐意接受这种"恩惠"。她们并没意识到，当她们把自己作为"弱女子"去乞求保护的时候，她们就如同旧势力希望的那样贬值了。最可怕的不是社会轻视妇女，而是妇女总把自己当成完美的弱者。

不能说男人和女人谁比谁更好或更坏。他们都有各自的和共同的问题。不要把男人和女人绝对对立起来。事实上，生活中同性之间的矛盾往往比异性之间的矛盾更为严重。

我们需要两个世界。

我们必须公正地揭示和描绘妇女所面对的外部和内部的两个世界。所以，如果能够把女作家所写的关于女人和男人以及整个社会生活的作品，统称为妇女文学，它的内涵和外延就会更加广泛和深刻。

我的发言本该结束了。请允许我讲完最后几句并非题外的话。

七十年代的中国历史上，妇女的地位曾突然变得"至高无上"。大批女钻井队员、女消防队员、女矿工应运而生。出现在文学作品中的她们，都是些浓眉大眼、气势汹汹、只谈革命不谈爱情、不爱红装爱武装的男性化的人。这样的形象被当成妇女解放的标志。实际上却是一次更大的倒退。这是对于人性的严重歪曲，对女性的精神侮辱。如果扼杀大自然赋予我们的女性美和女人柔韧温婉的天性，无异于扼杀我们的生命。中国几乎经历了一个没有女人的时代。教训沉重而惨痛。而生活在今天这样一个开放的时代的妇女，她们比任何时候都更珍视自己的女性特质。她们并不一定非要和男子做同样的事情，而是要以与男子同样的自信和才能，去做适合她们做的事情。她们决不仅仅希望同男子一样，而是要更像女人，与男子有更大的不同，比男子们更富于魅力。她们需要事业、成功和荣誉；也需要爱情、孩子和友谊，她们同一切陈规陋习的斗争将旷日持久。

当然新的问题总是层出不穷。事业和爱情难以两全其美，事务和工作的矛盾日益突出。献身于科学文化事业的妇女，不容易寻觅到满意的伴侣，因为男子们更愿意选择能够为他们服务的贤妻良母。有成就的中年妇女，承受着照料家庭和事业竞争的双重负担，智力上优势的强度和持久度也总是低于自己逐渐上升的生理劣势。这种不公正是上帝的错误，我们所能做的只是努力把这种劣势变为优势。以我们的优势去战胜和改变劣势。我们只能以自己加倍的勤奋和努力，以我们潜在的力量，使男人们不仅在口头上，而是真正在行动上承认妇女参与管理这个世界的权利。

只有当不再需要用三八国际劳动妇女节来提醒男人们尊重妇女的时候，妇女才有自己真正的节日。

原载《文艺评论》1986年第1期

女性世界和女性文学

——致张抗抗信

吴黛英

抗抗同志：

你好！最近，我有幸看到了你在西柏林举行的妇女文学讨论会上的发言稿，很受启发，也感到意外地高兴。因为近年来我一直对妇女文学问题很感兴趣，也写过一两篇有关这方面的十分幼稚肤浅的文章。而你的这个发言，尽管明确表示不甚赞同妇女文学这个提法，但字里行间却表现出强烈的女性意识，可以说是近年来我国女作家就妇女文学问题发表自己比较全面而系统看法的第一个。这个发言，对我来说，无疑是一份极为宝贵的研究资料。

可能因为作家与批评者观察生活和思考问题的出发点常常不尽相同，对于你发言中的某些看法，我不敢苟同，但也未必能提出正确的、有说服力的论点和论据。我只是想，凭借《文艺评论》提供的这块争鸣园地，就这些问题，大胆、坦率地与你这位已经誉满国内外的作家进行一番讨论，意在通过这次讨论，能把对妇女文学的认识引向深入。

你在发言一开始就对妇女文学的提法表示了疑义，这是有道理的。因为，至今为止，国内外流行的妇女文学这一概念，其外延和内涵一直比较模糊。不过，总的来说，大致有广义的和狭义的两种。广义的泛指一切描写妇女生活的文学作品（也包括男作家的此类作品）。如我国近年来有一个新创办的杂志《女子文学》，其宗旨就是"女子写，写女子"（也发表男作家作品），可以视作广义的妇女文学。而狭义的一般指女作家的作品，有的定得更为严格，限定只有由女作家创作的，描写妇女生活，并能体现出鲜明的女性风格的文学作品方能归入妇女文学。这几种分法是从不同角度和层次划分的，各有道理。我个人赞同狭义的概念，并认为，与其用"妇女文学"这一提法，不如改用"女性文学"（这一概念如是从国外引进，翻译时似应为"女性文学"更妥）。虽然仅是一字之差，但侧重点不同，后者更突出了性别特征。我可能在这方面太狭隘了，过于执着于两性间的差别而忽视了它们之间的相互联系。但我以为，既然称之为"女性文学"，就应有较为严格的规定，它是相对于"男性文学"而言的（国内外也已有此提法，并已有所研究），应是能体现出鲜明女性特征的文学作品。当然，我不否认，作为人类的两种不同性别的群体，确有许多可以相通甚至完全相同的地方，否则就不能共称为"人"，但他们之间又确确实实存在着某种差异（包括生理、心理及由此派生）。随着现代科学技术的发展和人类对自身认识能力的日益提高，各国对两性间差异的研究也更加深入。生理学、心理学等学科的分类已很细，其中也包括按性别分类的学科，如妇女心理学等。男女两性由于生理和心理上的某些不同，必然导致他们在感知世界、认识世界以及改造世界能力诸方面的差异，并由此派生出诸如思维方式、行为方式等多方面的差别。这一点，目前已为公众所接受，因为生活实践和科学研究已提供了这方面的有力证据。正是基于以上认识，我曾翻阅了有关科研资料，并借助于自身作为女性的感受体验，试图从女作家的创作中寻找和探究"女性文学"的若干特征。（见《文艺评论》1985年4期）尽管这种研究显得粗浅狭隘，甚至被某些人视为毫无价值，但毕竟对两性间的生理、心理差异如何投影在文学创作上这个问题作了初步探讨。令人欣喜的是，在评论界，已有人开始对此注意，也有了为数不多的几个知音。估计在不久的将来，对女性文学的讨论和研究将会日渐深入。

另外，从文学作品的分类来看，自古以来，就有多种分法。除了按体裁、题材、艺术形式等对文学作品进行基本分类之外，还有许多其他分法，如按纵的时间年代和历史时期划分的（像中世纪文学、文艺复兴时期文学、古代文学、近代文学、现代文学……），或按横的空间地域分的（如欧洲文学、亚洲文学、中国文学……）。到了现代，伴随着新的艺术形式的层出不穷和文学研究的深入，对文学作品的分类也越来越细。仅新时期文学，人们就可以从各个角度加以划分如所谓的伤痕文学、反思文学、改革文学、知青文学等，是从题材角度分的；乡土文学和现代文学，是从表现手法角度划分的；海洋文学、森林文学、草原文学等，则是从作品所着力表现出来的自然环境特色来界定的；

如此等等，不一而足。这些划分都未必十分科学、合理，但经过社会的约定俗成，也都已被接受。更重要的是，通过这种越来越细的、多层次、多角度的交叉分类，我们对文学的研究也更加深广，并趋于立体化，同时也更加有利于我们对新时期文学作总体的宏观把握。正是从这个意义上，男性文学和女性文学也不失为一种按作者性别（更准确地说是按作品表现出来的性别意识和性别特征）来对文学作品加以区分的分类法。所以，从英国女作家弗吉尼亚·伍尔夫在一九二九年的一次演说中提出要创造一种女性的文风以来，尽管有不少人从这样那样的角度加以反对，但女性文学的提法却已被普遍接受。这次西柏林召开的妇女文学讨论会就是一个有力例证。

你在发言中还肯定地认为，中国当代文学的森林中尚未长出妇女文学这棵大树，并以谌容等作家及你自己的创作为例，加以证明。我不否认，在建国之后直至一九七六年，这二十多年间，确实未形成女性的文学盛况。但进入新时期以来，由于大批女作家的崛起，女性文学虽然尚未长成参天大树，但也已枝叶丰茂，正在走向繁荣了。绝大多数女作家都从自身体验出发，创作出了大量反映妇女生活、探索妇女命运的作品（这是广大读者有目共睹的，不必一一列举了）。其中，也不乏"在千百万妇女中引起轰然回响的作品"，如张洁的中篇《方舟》和航鹰的中篇《东方女性》，都曾在广大女读者中引起过强烈反响甚至心灵的震撼，尽管这两位作家的妇女观并不相同。

即使在你认为并非反映妇女问题的作品中，我也十分容易地感受到了渗透其间的女性意识和作家有意无意地表现出来的妇女切身问题。谌容《人到中年》的主题，并不像你所总结的那样单纯，仅仅是反映了中国中年知识分子的苦恼，这篇作品之所以引起社会的轰动，在于其蕴含的丰富的社会、历史的信息以及成功的艺术典型。我们且不谈它反映了当代中国知识分子的命运和各种社会矛盾，写出了民族性格和民族心理在陆文婷身上的积淀和投影，仅就陆文婷因过分劳累猝然倒下这种事本身，就可看到我国当代知识妇女普遍面临的家庭和事业的尖锐矛盾。另外，全篇所刻意描写的陆文婷在病重期间的心理感受和情绪变化，是那样细腻、优美、柔和、深挚，这些，都表现出鲜明的女性特点。

至于你的中篇《北极光》，尽管你以为它不属于妇女文学之列，而写的是我们这代人对生活的态度，并以许多男读者的积极反响为例。实际上，古往今来，几乎没有过单为女读者或男读者所创作的作品。正如你在发言中所说的，妇女文学也决不单单是给女性看的。大凡优秀作品，由于蕴含的信息量比较丰富，可以给人以多种感受和启示。鲁迅评《红楼梦》的一段话想来你也一定很熟悉（恕不转引），他的意思是说，不同的读者以不同的角度去读《红楼梦》，会获得不同的感受。你的《北极光》写得内涵较深，且有一定的象征寓意，使作品超越了一般小说的情节模式，而获得了对人生的探索这一更高层次的意义，这就使正在从各个方面探索人生的青年都能产生较为强烈的共鸣。但芩芩的追求又显然带有她自身鲜明而又强烈的女性特点。打个不恰当的比喻，她的追求是安娜式的，而不是列文式的。（他们的追求代表了男女两性在不同方向上的对人生的探索。托尔斯泰的原意可能也在此。）因此，你的《北极光》曾不止一次地被我作为新时期"女性文学"的代表作品之一加以分析和研究。

在发言中，你还探究了自己所以对妇女文学不甚注意的原因。你认为，这个世界上男人和女人面临着共同的生存和精神危机，特别是十年内乱时对"人"的问题的思考，几乎吸引了你的全部注意力，所以你一直无暇顾及妇女命运问题。你有一条条看起来似乎很有说服力的道理："当人与人之间都没有起码的平等关系时，还有什么男人与女人的平等？"而我的看法正与你相反。我认为，妇女解放是人类解放事业中不可或缺的重要组成部分，而且，它往往成为社会解放的某种先导，如考察各国妇女运动史，这类例子比比皆是，恕不赘述。究其原因，也很简单。因为女性较之于男性，受压迫更深，而且在两性之间，自夫权制以来，女性一直受到男性的奴役。这并非我的杜撰，而是许多社会学家包括马克思主义者早已证实了的。从时间顺序和因果、逻辑关系上看，妇女解放是人类解放的前提（同样，男女平等也是实现人与人平等的前提），而不是它的后果。只有当妇女首先解放了，随之，作为妇女统治者和压迫者的男性也最后解除了来自异性的反抗威胁，获得自身的解放（尽管两性的"解放"含义不尽相同），因此，没有妇女的解放，人类的解放只是一句空话。正是从这个意义上，傅立叶首先提出了"妇女权利的扩大是一切社会进步的基本原则"这一论断，得到了恩格斯的肯定和赞许。

我想，如果你想通了这个道理，就会强烈地意识到自己作为一个女性作家对我国妇女解放运动的责任，从而自觉地为妇女利益而斗争。令我感到高兴的是，你在发言最后部分突出地强调了作为妇女代言人的女作家的职责，并明确指出"妇女文学的真正责任在于提高妇女"。这就有力地证明，尽管你声称自己不怎么关心妇女命运，实际上，你始终没有抛开你的女性意识，而且并非对妇女命运漠不关心。不过，你的关心，不像别的作家，更多地体现在同情和理解上，而主要表现为对相当多的同性自我轻视的焦虑甚至不满，颇有点"哀其不幸，怒其不争"的意思。

确实，现在是到了中国女性正确地认识自己，了解自身所具有的种种长处和弱点，以使自己进一步从形形色色的束缚中（包括外在的和内在的），解放出来的时候了。你的见解是深刻的，你的焦虑与不满甚至要比同情、抚慰更有价值，这对我很有启发。以前，我一直较多地从外部去探讨妇女受歧视受压迫的宏观原因，而较少从内部挖掘其主观因素，甚至由于自身的狭隘和偏爱对女性的某些弱点作了较多的美化，这对读者实际是有害无益的。在实际生活中，也是如此，当遇到种种因性别造成的不利条件时，我就常常怨天尤人，一味谴责社会和他人，实际上这也是弱者意识的表现。这种积淀在心理深层的潜在的弱者意识，在大多数妇女身上不同程度地存在。我们这一代女性有责任在提高自己的同时，也去努力提高广大妇女群众。我作为你的一名忠实读者（有时也是一个颇为挑剔的批评者），迫切地期待着你能早日写出这一类作品来。

这封信本应到此打住，但看了你发言结尾的并非题外话，又忽发联想，很希望与你共同探讨，故又添了这条蛇足。你对中国七十年代社会上出现的女人"男性化"现象持激烈的反对意见，这我很赞同。但我以为这只不过是在特殊历史条件下人为造成的，如果生活迫使我们不得不向"男性化"发展时，我们又该怎么办？这是我近年来一直颇感苦恼的理论问题，同时又是一个实践问题。现代社会剧烈的竞争（包括知识、能力、体力等方面，并非指经济意义上的），往往使我们不知不觉地在某些方面日益男性化起来，譬如进取、好胜、强悍等原本属于男性的一些性格特征已在越来越多的女子身上体现出来。张辛欣是女作家中比较早意识到这一点的，她曾在一篇文章中谈到过自己的矛盾心理，"作为一个女性分析自己，我深知自己的软弱和渴望依靠的天性。但是，在社会生活中，你必须完全依靠自己的力量不断往前走"。她的中篇小说《在同一地平线上》比较鲜明地体现了这种思想，作品女主人公在家庭与事业发生尖锐矛盾时毅然选择了后者而舍弃了前者，这种选择完全可以视为是男子式的。

对于这种社会现象到底怎么看？评论界有不同见解。有人认为，这是历史的进步，是妇女解放和社会发展的必然趋势，也有人把它看作是西方女权运动的末路，是一种违反天性的畸形的病态。我以为，这种现象的出现只是暂时的，它是一种对妇女压迫的矫枉过正，是在恢复女性本来面目过程中的必经阶段。值得注意的是，东西方在当代都出现了这一类社会现象。在西方，受过教育的中产阶级妇女也大多面临这样抉择——要么成为家庭主妇、消费的奴仆，要么同时担当起两项工作的重担。西方社会把后一种既操持家务又有职业的妇女叫作"超级妇女"，在这类"超级妇女"身上，也出现了某些类似男子的性格特点。这种相似现象表明，东西方的妇女解放运动出现了同步前进的某些迹象，它对于考察妇女解放运动的发展趋向和某些规律提供了依据。从这一现象，我们是否可以得出这样的结论：只有通过这种英雄式的抗争，女性才能争得与男性真正平等的地位，而后，才有可能在男女平等的前提下，恢复女性的本来面目（即所谓女子的天性）。我以前曾把这种男性化看作是现代社会对女性的异化，现在我仍持这种看法，不过更深了一层。我以为，这种异化比起尚束缚在家庭中，处于人身依附状态的家庭奴仆式的异化，是不同形态，甚至是不同性质的异化。前者比起后者来，又高了一个层次，升了一个阶段，即使仍是异化，毕竟距离人性的复归更近了一步。因此，这种男性化很可能是妇女解放过程中的一个必不可少的环节。这个结论真有点耸人听闻，可能难以为人接受，但生活自有它钢铁般的逻辑。

　　从发言的结束语，我看到，我们俩的看法又达到了一致，你凭艺术家的直觉也已意识到了这一点，并毫不犹豫地作出了自己的选择，以我们的优势去战胜和改变劣势。这一选择，充分显示出一位强者对生活的自信。

　　拉拉杂杂写了许多，文笔枯涩又多说教，大有裹脚布之味。只因对此问题十分关注，所以不惮浅陋，冒昧请教。抱歉。

　　祝

　　笔健！

吴黛英

一九八五年九月二十五日

原载《文艺评论》1986年第1期

女性文学研究资料

张辛欣小说的内心视境与外在视界

——兼论当代女性文学的两个世界

王　绯

张辛欣说自己是"幸运儿"。

在新时期璀璨的女作家群中，她确是最为独特的一个。然而，我们却不是从获奖作者的名单中，在批评界对女性作家并不过分地匡护和褒扬声中认识的她。人们对她的注意，恐怕主要来自她的几篇作品在当时所引起的较大争议。与桑晔合作的大型口述实录文学《北京人》的发表，使得一度沉寂的张辛欣，再一次集聚起社会异常关注的目光。

作为一个女性作家，张辛欣的创作活动是由女性的和带有普泛意义的人两部分构成的。她的作品可用内心视境的展示和外在视界的开拓来牢笼，以主观型的内心视境小说和客观型的外在视界小说划界。这两类作品分别代表了当代女性作家所创造的两个不同的文学世界（即女性文学的第一世界和第二世界），标示着当代女性文学的双向发展前景。张辛欣的小说，无论在思想上还是艺术上，都是女性文学很有价值的研究对象。

上篇：内心视境小说

走进张辛欣的内心视境小说，你觉得自己仿佛徜徉在女性心间幽深的小路，倾听着思绪翻腾的涛声，沐浴着感情飞流的瀑布，在那强悍而又柔弱的女性心房的颤动中，隐隐传来——美好憧憬的长笛，和着艰难挣扎的呻吟、痛切反省的忏悔、亢奋的呐喊、喃喃的倾诉、温情的呼唤、沉郁的叹息，这一切汇成了女性心灵乐章的交响曲。

这是浸润着哲理化的感觉和诗化情绪的内心视境，是一个主观化、女性化的文学世界。我把这个由女性作家创造的特殊的文化领域称为"女性文学的第一世界"。

女性文学第一世界与第二世界的划分，是从女性文学的创作主体必须是女性的这一根本基点出发，在对创作客体的现状和未来发展趋向的总体把握中，按照创作主体观照世界的不同眼光，及创作客体的特定内容作出的大致归类。张辛欣的内心视境小说之所以归入女性文学的第一世界，是因为这部分小说所展示的乃是纯然由女性的眼光所观照的社会生活、是女性心灵的外化，也是一位女性作家对妇女自我世界的开拓，其中最大限度地负载着女界的生活和心理（包括潜意识）的信息，可以说是女性在文学上的自我表现。这是最基本意义上的女性文学。张辛欣的这些属于女性文学第一世界的作品，展示出真正的女性文学较之男性作家写作的妇女题材作品，具有后者难以企及的美学优势，表现出与女性的气质、心理机制最贴切契合的美学特色。

张辛欣最善于描写性格倔强、执着于事业的青年知识女性的感情，这之中不能说没有她的自我写照。那贯注于作品的充满女性的热忱与温情，以其独特的深刻、透辟与清醒，使张辛欣有别于其他女性作家。《我在哪儿错过了你》《在同一地平线上》《最后的停泊地》所构筑的是心理的艺术空间，作品所刻画的女主人公，就都是这样的青年知识女性。一种被艺术化了的富有哲理性的和诗意的感觉及情绪，从人物心间涌流而出。但是，这些小说人物的主观情绪和迅速闪回的一系列内心意象，并不完全是单个人的精神再现，在那主观的、个性化极强的内心视境里，却蕴蓄着客观性的、非个人化的深广内容。作者在感的描述、情的宣泄、理的生发中，探索女性精神生活的奥秘，使作品涵纳着女界人生的深邃知识，对这样的女主人公的刻画，对这样的女性心灵的剖露，使张辛欣的这些作品呈现着一种合成了阳刚之美的阴柔风格。

《我在哪儿错过了你》通过一位普通的青年售票员在对事业的追求和对爱情的思慕中心灵的骚动，倾吐出自强自立的年青女性寻求理解、呼唤知音的心曲。处在妙龄时节的女主人公本可以尽情地畅饮青春的美酒，但是一种使命感，使她自觉放弃一切享乐和可以得到种种实惠的机会，把业余创作的重轭硬套在自己的脖子上，依靠男子汉一样的强悍精神，支撑着自己在工作和事业上站立。她几乎是用鞭子不停地赶着自己在前进的路上一寸一寸地爬。但她毕竟是一个青年女子，她那颗心也有柔弱的部分，有时难以承载生活和事业的重荷，常留下空白，带来孤寂和苦恼的折磨。她也有基于女子天性的依赖感。在人生艰苦的跋涉中，希望能靠在男性坚实有力的臂膀上得到慰藉。她的剧本的导演带着理想中男性的魅力，闯进了她的生活。为了得到爱情，她精心地用标准女性的言行检点自己。但是，一种类乎男性的强悍精神已深深渗入到她的气质中，她终于因此而失落了自己的爱。这篇作品的深度就在于，作者把人物的主观世界与客观的外在世界结合起来，放大自己的观察点，在主人公心灵的内省中，蕴含着对历史、社会、人生的深沉思索。十年"文革"的特殊历史条件，使她不得不戴起中性甚至是男性的面具，在人生的旋涡中奋力挣扎。而在现实生活里，她也必须像男性一样承担工作生活和事业的重负。她说："上帝把我造成女人，而社会生活要求我像男人一样！我常常宁愿有意隐去女性的特点，为了生存，为了往前闯，不知不觉变成这样！"历史和社会生活以自己权威的巨掌雕造着人、改变着主人公的女性气质。爱情机缘的错过由于带着人物性格的必然性和时代生活的必然性，从而超出一般的情场风波，具有了历史哲理含义。女主人公爱情失落所引起的个人痛感，在历史和社会生活的反思中，转化为对女性价值观和对女性的要求及评价标准的思考，表达了作者对早已渗入到人们意识深层的某些凝固化的传统女性观是否合理的推问，作者面对这种传统女性观如此束缚人的思想、约制人的情感、困扰人的行为，不能不生出一种惆怅之情。这篇作品在个人情感的跳荡里，融入了相当分量的社会历史内容，作者在女主人公的内心反省中，向历史叩问，向时代叩问，向生活叩问，向传统叩问，向人心叩问，抒写了在女性的全面发展受到许多障碍的当代生活中，奋斗型强女子得中有失的孤寂悲哀的典型情绪，显示出作品在反映妇女问题、妇女意识和妇女生活方面所特有的历史高度、哲理深度和现实力度。

《在同一地平线上》内心视境的展示不是完全女性化的，作品采用复线式并行结构，男女主人公的内心视境在对比中彼此参照、互补、衬托。虽然作者在几乎一半的篇幅中借用男性的目光观照社会生活，披露男主人公生存竞争意识扭曲的内心世界，但是作品的感情基调、题旨的具体要求，赋予了女主人公的内心视境以无形的主导地位，并在其中凝聚着小说的思想内核，因而还应把它纳入女性文学第一世界。

这篇小说反映了作者追求两性价值对等的妇女观，抒写了与男性站在"同一地平线上"的女子，面对社会生活各种正常竞争的压力和挑战，不得不抛掉天性里、生活中、情感上许多难以割舍的东西，以实现自身价值的十分矛盾和复杂的感情，使人看到在各种条件尚不十分完善的当今社会生活中，女性全面发展所受到的障碍，展示出当代女性从痛苦的"非我"阶段挣扎出来，走向既有清醒的妇女自我意识，又能超越个人和家庭的局限，以求得全面自我发展的"大我"阶段的艰难历程。从这样的意义上讲，不少曾经谴责这部作品鼓吹社会达尔文主义，宣扬生存竞争思想的不乏有见地的批评文章，似乎有些喧宾夺主，乃至在相当一个时期影响了对这篇小说作出公正的评价。

小说的男女主人公是一对青年夫妇。她与他曾热烈地相爱过，为了爱人事业的发展，她放弃了最后一次报考普通大学的机会，希望在结婚的归宿中，从爱人那里找到人生的支撑和依靠。但是，从小受到的理想教育，青春时期奋斗的本能，使她对自己的存在若有所失，在温存和抚爱的满足之后，她体尝到的是迎面袭来的惶恐感。妇女的自我意识使她对自己的现状不满，内心深处渴求发展。她意识到，现存世界使当代女性"同样面临生活的各种竞争"，这之中不存在"女性第一"的绅士口号。女子同男子一样，面对的是整个世界，她必须逼迫着自己和庸惰的自我抗争，依靠自身的力量去奋击、去获取。她终于找到了真正的"自我"，有了生活主见，从"非我"状态中超离出来，以顽强的毅力练习写作，专注于自己该做的事，努力去实现自身的价值。自私自利的丈夫因此而不满。社会虽然向女性提出了许多和男性一致性的要求，但是现实生活并没有真正实现两性价值的对等，时代的具体要求与生活的实际状况间出现的某些脱节，必然造成一部分家庭关系的失调。在家庭生活和事业的竞赛场上，她与他就未站在同一地平线上。他把她看作自己的附庸，只"需要她温顺、体贴、别咋声、默默做事、哪怕什么也不懂"，对生活给予她的压力视而不见，对她的努力和奋斗不屑一顾，这就使性格倔强、事业心极重的她与他的离异成为必然。但事业上的顽强拼搏、自强自立精神的获得，并不能改变她既是美点又是弱处的女子天性，她在"不变地去爱的本能和不断地保持自己的奋斗中"苦苦地来回挣扎，恨他，可还是不能完全把他从自己的感情世界中摒弃。作者把人物内心视境的展示推到了女性心理结构的一个很深的层次，真切地再现了人物隐秘而幽深的心灵世界，使人透过那举手之间的断然抉择，看到女性争取自身的全面发展和彻底解放，不仅受到社会的、历史的局限，还必须跨越来自女子天性的层层心理和情感的高栏。对于人性的全面表现，只有深入到人的本性、人的潜意识层次才能真正完成，这篇小说反映了作者在人性深度的开拓上所作的努力。当然，时时缭绕在女主人公情怀中的依恋之情，还来自她认识上的模糊，这种模糊在一定程度上反映了作者本人的思想局限。虽然她厌恶他的"艺术家气质全被商人气淹没"，却没有认识到她与他的竞争观有着本质上的差异。她的竞争观来自新时期社会生活对人的新要求，没有超越社会主义社会合理竞争和竞赛的界限，她所理解的社会的生存竞争对人的压力和挑战，亦属于新的正常的社会现象，她的所作所为是无可非议的。而他则把这种正常的社会现象与局部社会生活中某些带有资本主义自由竞争性质的现象等同起来，乃至把社会发展的历史看成是弱肉强食的生存竞争史。错误的认识导致错误的行为，而她却用自己在"事业奋斗中的全部苦恼和探索去理解"他，美化他，崇拜爱慕他的硬汉子气质，并在他身上不断发现自己"所缺少和需要的许多东西"。这就使她在思想的判断上发生了偏差，在情感的释放中出现了偏激，影响了作品的思想深度，削弱了作品的现实批判力量。

如果说《在同一地平线上》是从事业和爱情生活的冲突中打开缺口，探入女性的多层次心理结构，那么，《最后的停泊地》则倒转了一个圈儿。它不是写爱情与事业的冲突，不是写这两者之间必居其一的选择，以及这种选择所带来的感情的潮动，而是写事业对爱情空缺的补白，写人生的真正依托和最终归宿，把事业看作是人在失意的爱情生活里最高的精神慰藉，最后的停泊地。因而，这篇主要抒写女性在爱情波折中内心体验的小说，获得一种潜在的积极力量的托举。小说的情感不像前两篇那么热烈，更趋于老成和理智，某些意识的跳跃、闪回由于主观性过强，思维间隔空间过大，而失之隐晦，令人难以捕获和确认，反映了张辛欣创作中普遍存在的一个问题。

这篇小说十分真切地传达了在爱情的选择还不可能达到充分自由的社会历史条件下，一部分知识女性的典型情绪，这种情绪是作为女性在爱情的深刻内心体验中上达于哲理认识的演化。女主人公是个年青的戏剧演员，她曾经希望在爱情中找到人生的依托和归宿，但是爱情的大门前设置的诸多来自社会和家庭现存秩序的、人心理的、人与人之间关系的障碍，使她在一次次爱的失望中感到无力握住那通达人生归宿的航标。小说弥漫着一股对爱情的茫然和惶惑的情绪，在女主人公内心视境的展示中，却倾注了作者对爱情问题的严肃思考。

中国当代文学史资料丛书

尽管这之中存在着这种偏激情绪，却相当尖锐地触及了特定时代的历史局限所造成的社会爱情生活的某些畸形和缺憾。这篇作品的积极意义就在于女主人公并没有一味蜷缩在自我的感情世界中，她努力从个人的不幸境遇中超脱出来，在角色里，在舞台上，在实实在在的事业中找到自己的感情的最后停泊地。在女主人公的内心视境里，使人看到个人生活不幸却更执着于事业的知识女性的闪光的灵魂，了解了部分知识女性压抑在意识深层的内心希求，展示出一种真实而可贵的人生态度。这篇作品在写法上亦很有特点，女主人公的内心视境是在人生和戏剧的两个不同的舞台上展示出来的。人物在爱情生活中的内心体验与她进入角色之后的舞台体验交相渗透，后者往往是前者的强化或升华，两个不同的舞台将压抑在女主人公意识深层的内心希求从不同角度释放出来，既深入全面地表现了人性，又不是只沉溺在人的本能和天性中，从而生发出积极可贵的妇女意识。

从社会观上看，女性文学自然应该反映妇女自身的特殊社会问题，但是反映此类问题并不是女性文学唯一的使命。女性文学的社会观不是一个封闭的系统，它的天地可以包容得更广。随着妇女解放程度的提高，当代女性在自身的现代化实现过程中，目光不仅仅盯视在个人狭窄的天地里，感情也不只局限在自身命运的憾叹上，女子与男子一样面对的是整个的社会生活，这就使得女性的眼光和思维方式从自身世界不断向外部世界拓展，从而开阔了当代女性作家的审美视野，使得女性文学的第一世界成为一个开放的世界，一个以开放的女性眼光观照社会生活，表现具有开放性的妇女意识、妇女的感情和生活的文学世界。这是当代女性文学的一个十分突出的特点。

《我们这个年纪的梦》《浮土》《清晨三十分钟》，在女主人公内心视境的展示中，就不同程度地超越了妇女自身的问题，反映了当代妇女对社会历史、现存世界、人类生活的敏锐感受和认识，表现出当代妇女意识的开放。

《我们这个年纪的梦》从女性的角度，展示出作者对城市生活现状的平庸，生活内容的乏味，生活方式的呆板琐碎，生存空间的狭小拥挤，人际关系的微妙复杂的深切感受和积极态度。作品的女主人公不甘心在碌碌无为中淹没自己，却又无力自拔于庸碌，寻求到更有价值的生活，因而不得不到虚妄的理想和荒唐的梦中去讨生活。那不时撩拨着她的情怀，激扬着她精神的梦，是一段系在她心里的童年时与一个男孩子的邂逅，这个男孩子在想象中成为她理想的偶像，并以此画饼充饥，填补自己充满缺憾的生活空白。当她知道自己日夜思恋的男孩子恰是与自己住在同一单元，暗地里给她穿过不少小鞋的顶头上司时，她失望了，开始正视本色的现实。荒唐梦的破碎，虚幻理想的失落，反衬出女主人公生活的可悲，作者正是想以此来唤起自己的同辈朋友，"正视我们所处的外部世界和内部世界的真实现状，不断摆脱我们的茫然感"。小说中的童话作家刘晓的形象，使笼罩着蒙蒙灰色的平淡生活闪出了光亮。这个形象是对女主人公的参照和衬托，在他缓缓流淌的生活小河里，有丰富的生活潜流，有饱含着人生价值的微波细澜。他心中的梦和实在的生活之间，不是处在相互冲突或隔绝状态，而存有一种自觉的交流，仿佛在其间架置了一座无形的小桥，使理想延伸到生活，生活又在理想的推进下向前伸延。作者凭借自己出色的想象力，在刘晓的形象中寄寓了自己对于理想和现实人生态度的暗示，向人们发出"面对前进的生活，重新寻找更加切合实际的，更具有建设性的理想"的内心呼唤。

《浮土》中十年"文革"被遗忘的往事和在"合理解释"覆盖下的历史真实，经过女主人公成熟而深刻的心灵透视，如同"在强烈的阳光下升起阵阵烟尘"的浮土，一览无余。作者所感兴趣的显然不是外部的历史事实，而是女主人公走向成熟后重温历史事实时的内心体验，使小说的内心视境上达于哲理层面。展示一个充满稚气的十三岁女孩子眼睛里的"文化大革命"，是个极妙的角度。幼稚的狂热，好奇的心理，冲淡了血雨腥风的严酷，凸现了这一历史大难的荒谬，像是用轻喜剧的形式处理悲剧的内容，笑声里有泪水，轻松之中使人感到沉重。作者在"我"对往事的痛切反省和虔诚忏悔中，对一向以"那都是因为信念犯下的过错"为盾牌，"把个人真诚的愚蠢算在历史的总账下边，请它一起付清"的普遍的社会心态和认识方式，作了彻底否定。通过历史的反思，把人们早已心安理得地推诿给历史的个人应该偿付的那部分责任突出来，重视对人自身的思考和建设。作者在静观、宏观历史时，以历史的深刻教训提醒人们不要忘记反省个人在历史中应负的责任，应该"写写我的错误和失败"，以保持整个民族清醒的头脑。这就使小说在反映"文化大革命"的同类题材中具有独特的思想深度。女主人公的内心视境，是童稚心灵和成熟心灵的结合，是幼稚的思想和深刻反思的统一，像蜿蜒的小溪，隐曲而有韵味，像深不可测的湖，明澈而含厚蕴。《浮土》虽是一个不长的短篇，却表现出张辛欣高出许多女作家的对社会、历史、现实的概括力、解剖力和干预力，表现出她创作风格的老辣、犀利，富于男性力度的艺术特色。这样一个创作特色在《疯狂的君子兰》等作品中，得到了更充分的展示。

张辛欣的内心视境小说不是采用传统的叙事方法，客观主义的冷静态度，描写无评价的现实，而是以现实主义的手法，再现人物（主要是女性）的内心世界和心理秘密，描写女主人公的意识对客观世界的感知，把主观化的精神世界作为一个心理化的客观世界展示在读者面前。这是经过主人公心灵透视后的心理现实，有人把这称之为"心理现实主义"。这种"心理现实主义"不仅是张辛欣，而且是女作家在女性文学第一世界的创作中所表现出的异常普遍的创作倾向。女性作家的创作实践表明，"心理现实主义"不仅是女性文学第一世界创作的主要艺术手段，也是其创作的直接目的。这种文学就是要在作品所构筑的心理艺术空间中展示妇女意识、妇女的感情和生活，从而使女性文学的第一世界成为艺术文学的一个特殊文化领域。女性作家与男性作家在"心理现实主义"的选择与运用上亦存在着某些差异。"心理现实主义"在女性文学第一世界的创作中带有普遍性和必然性，而在这个文学世界之外，它的选择和运用带有更多的创作主体的随意性。张辛欣的内心视境小说运用心理现实主义构筑的心理艺术空间，是作为自我封闭的空间而存在的。在女主人公的意识里，时序是自在的，一系列事件虽在不同的时间层次中进行，却不表现为毫不关联、支离破碎的遐想，它们都系在女主人公的身上，在主人公的意识中有机地衔接起来，联合成一个整体，表现为明白、清晰、严谨的叙述。

下篇：外在视界小说

这里所说的外在视界，是针对女子世界而言的。外在视界小说指的是张辛欣以辩证的眼光（中性的眼光）观照社会生活，在艺术表现上超越妇女意识、妇女的感情和生活的那类作品。张辛欣的外在视界小说属于女性文学的第二世界。

女性文学的第二世界是女作家对妇女自我世界之外更广阔的社会生活的艺术把握，是女作家与男作家站在文学的同一跑道上所创造的一种不分性别的小说文化。按照心理学家的一般看法，在创作才能方面，女性从整体上居于男性之下，如果是，则女性作家要想在这一文学世界里，在与同性作家和异性作家的双重较量中，达到出类拔萃之境，难矣。

张辛欣却出乎其类。好像没有几位当今女作家能像她的外在视界小说那样，以自己的锐意创新，在文学的疆域里作如此丰饶的开拓。《疯狂的君子兰》采用荒诞的手法，对现实生活和民族生存状况作出了既变形又如实的特写；《封、片、连》打破通俗文学和雅文学的界限，熔现实与历史、文化与心理、知识性与趣味性于一炉；《北京人》以直接传达中国人的当代意识的口述实录文学形式，把握时代心理的全景。张辛欣的外在视界小说，显示出作者极强的创作张力。和她的内心视境小说比较，张辛欣在外在视界小说中更多地是以客观、冷静的态度追踪现实，作者不直接参入作品，而是以旁观者的身份进行叙述。

《疯狂的君子兰》突破了生活外相的有限真实，截取社会生活整体的一个侧面进行适度的夸张变形，在荒诞的小说氛围中展示现实生活的真实图景，怪异的故事体式里深涵着真实的生活元素。疯狂的君子兰拜物教显然是作者对某种社会精神生活的畸变现象的哲理概括。人们纷纷拜倒在君子兰下，希冀以它打开自己合理、不合理欲念的大门。君子兰被尊为神，以它空前的实利显示出惊人的魅力，主宰着社会的灵魂，使人失去了理智，丧失了道德和社会责任，整个小城被它无端地搅动着，疯狂起来。作者以冷峭的笔墨，荒诞的手法凸现出现实生活中已成为见怪不怪的精神生活畸变现象，给人以强刺激，将人的心智唤醒，达到惊世骇俗的目的。作品里那位卢大夫是个饶有深意的人物形象。作者写了这位清廉正直的中年知识分子在君子兰拜物教的疯狂袭击之下，精神的惶惑、人格选择的困顿，并通过他所做的那个荒诞不经的噩梦，对现实世界存在的荒谬进行强化，以超经验梦境的创造深化对于经验的感性世界的理解和认识，对人非人的社会异化现象作深刻揭露和激烈抨击。小说的结尾深藏着人生哲理的高度，从噩梦中惊醒的卢大夫回到了现实，找到了自我，送还了病人用来酬谢他的一盆名贵的君子兰，从此自甘寂寞，在一无所有中保持自己的高尚人品。这个形象寄寓了作者热烈呼唤的理想人格。小说笔锋犀利、机智而老练，荒诞手法的运用亦很娴熟。作品对于社会生活的解剖力和干预力，在当代女性文学中是不多见的。

《疯狂的君子兰》或许会使人误认为张辛欣是个钻到社会问题中皱着眉

头深思，一头扎在人生哲理中作严谨探察的女作家。可是，她除了专注于写不乏深度、高度、力度的严肃文学，也喜欢写像《封、片、连》这样的"非常好玩"的东西，寻求一种文学的消遣、娱悦的美学价值。她对文学的看法有很大包容量。她以为文学中"绝对有一部分展现出来的世界，是相当的读者不能接受的"，她创造了这样的世界，却又并不以此心安理得，可能她也会时时反省，经常回视自己与最广大的读者群之间是否间隔着很大的距离，因而她提出了文学要顾及读者，觉得自己乃至所有的作家都该做一做通俗作家，"不断地争取不断变化着的读者"，这使得她的美学追求不是单向的，而是多方位的。如果说她的右手紧紧握住的是一把文学的解剖刀，那么她的左手却能十分惬意地玩着一根很有意思的娱乐棒。

但张辛欣在《封、片、连》的创作中走着的是一条与一般通俗小说家不同的路。这部小说与她以往的创作风格大相径庭，富有故事性、娱乐性、知识性、趣味性、消遣性，"是一个俗文学和纯文学相结合的故事，是发生在当代的推理、侦破、历史拼盘"。张辛欣在这篇小说中铸造了一把打开俗文学和雅文学通道大门的钥匙。作品保持了俗文学故事性强、情节一波三折，引人入胜的特点。作者围绕着一枚临城"大劫案"珍邮孤票的命运，卖关子、系扣子、设悬念、层层铺衍，引出一个个人、一件件事，又将这些分散的人物与事件圈在一个有机的连环套里，在相互对立统一的矛盾运动中，展开情节。同时还借用西方侦破、推理小说的手法，把心理学与逻辑学结合起来，使情节的展开获得一种内在的逻辑推动力，为作品的可信性提供依据。由于扣子系得多，悬念设得绝，作品始终紧勾着读者的心。当人们怀着对珍邮孤票的好奇心，在历史、集邮知识、世相人情中寻觅它的秘密的时候，当人们沿着这张"大劫案"无疑是被一个蓄谋已久的人盗去的逻辑判断，紧张地追踪着小说中一切可疑人物的时候，一个出人意料的事实，把故事引上另一条逻辑轨道：邮票是被一个根本不懂得它价值的农村小保姆顺手拿走的，她剪下"大劫案"上青色的小龙，寄到家乡去给弟弟做小兜肚的花样。奇峰千仞的情节忽然跌落平阳，推动情节展开的逻辑内力骤然来了个一百八十度大转弯，一直被作者不断铺垫而又有意掩饰起来的暗线蓦然明晰凸现，一场似乎是正儿八经的重大侦破案，被轻松幽默的误会所取代，一张具有世界意义的珍邮孤票如此轻巧而富有诗意地被毁灭，就像一个傻乎乎的小孩对大人耍了个令人啼笑皆非的小把戏。这篇小说在语言上亦保持了俗文学明白晓畅、富有地域性和大众化的特征，采用淳厚的北京方言写世情、讲史实、论世理，描画出一幅栩栩如生的北京市民生活的风俗画。聚集着集邮爱好者的邮票总公司的门外奇景；异常喧嚣噪杂的闹市；马路电影广告牌下悠然晒太阳的"一溜青衣、灰裤的老年人"，津津乐道的古今逸事；不同家庭的生活内幕；"大劫案"和邮学的历史知识；细腻而生动的民俗和民情，娓娓叙来，对读者有很大吸引力。为了最大可能地"争取低层次读者"，张辛欣确实在娱悦性效果上下了功夫，然而她却不以此降低作品的审美水平，而是在雅文学作家审美眼光的观照之下写通俗小说，追求通俗性与文学性的统一。这篇小说没有把注意力只放在编撰故事上，而是自觉地去写人，小说中各类人物的塑造，反映了张辛欣对市民生活的谙熟，对社会不同类型人的深刻体察，说明她的目光并不局囿于某一或某些社会点，某一或某些社会圈，能够穿透社会的不同层面，把握不同类型人的心灵世界。"大劫案"的制造者、收藏家、博学深居的老知识分子徐邦翰，投机取巧、心怀叵测的邮学权威黄效骞，在钱财上算尽机关、俗不可耐的马筱芳，深谙世事、精打细算的马世昌，像谜一样不露声色、专抓"倒爷"的谭子，纯洁无瑕的小姑娘端端，泼皮又软弱的待业青年四儿等等，排列成作品小小的人物长廊。作者对这些形象不同的心理类型的准确把握，使他们不是那种像昙花一样随着情节的展开一现即逝的人物，亦没有染上通俗文学中人物仅仅是为情节和主题服务的工具，人物性格被情节所消融的弊病。另外，作者避免了在人物塑造上把审美注意力只侧重于人物的外部行动上，而是注意在人物的命运中抒写他们情感的波澜，在复杂的人际关系中透视他们内心泛起的涟漪，使这些人物进入较高的审美层次。

大型口述实录文学《北京人》，最能反映张辛欣广阔的社会视野，也最能反映这位女作家审美趣味和艺术追求的广泛游动与转移。《北京人》是一百位普通中国人对自己的生活和理想的叙述。这部作品以最迅捷的方式切入现实生活形态，借助于社会学的某些研究方法和成果，在时代心理的全景把握中，表现中华民族的当代意识。作品虽然较完整地涉及了社会中的个体的"文明程度、自我生活、社会互助、群体及组织意念"，"也反映了社会的不平等，也就是层次、性别与性角色"，但是《北京人》在审美上的认识价值并不低于其社会学的认识价值。《北京人》的创作和它在社会上引起的巨大反响，使我们获得了当今社会由于"审美趣味的循环变易"所带来的一种文学的审美简化的信息。

文学艺术伴随着社会进程的发展，为审美主体开创了越来越广大的欣赏空间。空间的开阔，亦使审美主体获得了越来越多的选择自由，也为新的时代审美趣味的萌生、发展创造了条件。现代生活节奏的加快、现代生活内容的特殊构成，一次又一次地冲击着传统的审美观念，造成了社会审美重心的偏移。有时，审美主体脱离了纯文学的某些趣味，更倾心于一种简洁、明快、爽利的风格，希望能通过文学作品贴近真实的社会、真实的人生、实实在在的人和未经修饰的心灵，从中获得最充分的当代人的信息。《北京人》以口述实录的文学形式，向社会呈献出一束文学审美简化的锦簇花团，这是张辛欣对新的时代审美趋向的呼应。

《北京人》的审美简化特征突出地表现在作品所呈现出的艺术与非艺术之间的模糊性上，它使人很自然地联想到西方的"真实电影"。这种形式亦不是张辛欣的首创，它在西方文学中早已被人采用。口述实录的文学形式，抛弃了小说艺术离不开的"虚构"概念，放弃了通常所谓艺术"源于生活、高于生活"的创作原则，以一种超乎寻常的复制能力，用非艺术的形式艺术地再现真实的生活、传递动态中活生生的人与事之真，追求临场感和实况感。"因为这种体例更接近真实，它能够使文字与读者，文字所表达的内容与现实之间的空间缩小。"（张辛欣语）《北京人》使我们真真地听到一个个普通老百姓的倾心之谈，仿佛那真的就是作者与人物原封不动的录音谈话。但是张辛欣说："不可能有纯客观的记录，肖像画传达被画者，亦表现了绘画者。……我们在《北京人》所做的，和纪实性影片一样，其实都是借助新的技术手段获得新的创作思路，都是在模拟一种更接近这个时代的人们的欣赏、接受心理的现场感、真实感。"因而，《北京人》显示出的审美简化的特征表现为：极力将艺术隐藏起来，简化艺术与生活的中介或中间层次，创造真实生活的非艺术形式的艺术境界。

文学审美简化的特征决定《北京人》的创作不是一个简单的整理录音带的过程，张辛欣说："事实上，我们从来没有指望过录音机"，"在忠实地按原叙述结构的复现中，可能不知不觉地丢掉了叙述者本来具有的底蕴"。它的创作难点大异于一般虚构小说，需要作者精心地选取看上去似乎是偶然相遇的采访对象，需要作者敏锐地捕捉住能够恰切反映出叙述者心理结构的关键字眼儿，需要在采访、交流中迅速抓住闪出的问题，制造"由冷静的提问所构置的规定情景中的心灵碰撞"，并且需要"在心里不断抓住对象有意味的瞬间形态"。审美简化是创作实录文学的观念前提，审美简化制约着实录文学的创作方式，《北京人》以逼真的艺术模拟，显示出文学审美简化的生命力和艺术魅力。实录文学对当代人所特具的强大审美简化效应，使张辛欣都觉得"真不必写小说了"。（以上引文均为张辛欣语）

《北京人》以一百位具有各类典型意义的代表人物的自述，对时代心理的全景进行宏观把握，在一定程度上补偿了当代社会由于空间的局限，心理的隔膜，人与人之间难以达到的最充分的信息和心理能量的交流，使读者感到自己在直接倾听别人的恳谈，从而超越了人的某些现实存在，达到心灵的共鸣和沟通，消除了当代人在现实生活中的孤独感和隔膜感。《北京人》的审美简化特征所显示出的逼真艺术效果，以及它所负载的较多心理能量，较高的社会信息量，不同程度地满足了现代人寻求各种途径排遣孤独感和隔膜感的渴求。

以上这些，就是迄今张辛欣在女性文学第二世界创造的实绩。张辛欣的外在视界小说表明：她不仅在女性文学的第一世界占有了自己的独特位置，她也在女性文学的第二世界印上了自己那深深的有力地向四面八方延伸的步履。到目前为止，张辛欣在女性文学的两个世界里表现出来的开拓精神和沛然不可御的创造力，都给人深刻印象。她还会在我国当代女性文学的双向发展中做出更多的贡献吗？她会的，我信。

原载《文学评论》1986年第3期

她们是全部世界史的产物

—— 文学创作中妇女地位问题的再反思

钱荫愉

近年来，文学理论界已有不少同志瞩目于妇女文学的研究和妇女题材作品的探讨，这是一个令人振奋的现象，它至少说明了我们已经开始不再回避从性别这个特殊的角度去探讨作家的创作意识、读者的接受意识（包括编辑意识）以及性别在作品中人物生存方式上的意义和作用了。孙绍先同志发表在《当代文艺思潮》一九八六年第四期上的《文学创作中妇女地位问题的反思》就是一篇颇有见解的文章。这篇文章虽然短小，却发人深省地提出了几个值得引起创作界和批评界重视的问题。诸如文学作品中的妇女问题能否仅仅归结为婚姻问题；妇女所要做的全部事情是否就是争取自我择偶的权利；妇女题材的创作重心是否要放在引导妇女树立强者意识上来等等。孙文认为封建时代的文学对妇女地位的探讨实际上还是在妇女精神依附和人身依附之下进行的，而近现代文学虽然开始接触到了妇女精神解放的课题，但事实上仍未超出精神依附的范围，并且这种现象直到新时期同类题材的作品中也没有实质性的突破。因此孙文呼吁，妇女题材的作品应该大力探讨妇女自身的独立价值，打破婚姻关系上传统的平衡观念；妇女应当自强不息，站立起来也同男子并肩成为一棵树而不是一棵藤。孙文的这些看法，仅就其理论表层而言，笔者是赞同的。

但同时又感到，对一个事实上极为复杂的妇女地位问题仅作一种限于文学意义上的单纯的理论反思，而且仅只强调妇女单方面认识的提高，或许会使作家的创作意识与真实的人生之间出现较大的偏离角；而有时，读者方面一种以偏概全的理解也会使问题走向另一极端而恰恰违背了反思者的初衷。假如这种担忧不是多余的，假如孙文的观点又能成功地影响作家和读者的话，我感到有必要对文学创作中的妇女地位这样一个事实上复杂而又沉重的问题，进行一些不仅限于妇女自身，也不仅限于文学意义上的历史反思。

1. 文学创作是人类社会生活的反映，或者说是作家对人类社会生活所作的带着主观色彩的艺术思考。而人类社会的发展归根结底是一个自然历史的过程，任何人无法随心所欲地改变或改造历史。作为人类的重要成员，妇女不是一个孤立的、抽象的存在物。她们生活在历史、现实、未来的一切社会关系之中，受着多种因素的制约。所以即使对于文学创作中的妇女地位这样一个敏感的话题，也无法离开人类活动的时间结构来进行孤立的思考与表述，或者仅据一种良好的愿望去塑造她们的未来形象。妇女和所有人类的其他成员一样，都是"以往全部世界史的产物"，是由历史的妇女发展而来的，她们具有历史性；妇女又处于现实的种种社会关系之中，这种现实性使她们无法不受到今天错综复杂的时代因素的制约和社会因素的影响；而妇女终究要发展，要不断创新和丰富自己的内涵，更新自己的形象，因此她们又拥有未来性，这使她们以无限可能奔向明天。这样一种事实使我们必须把考察妇女问题的起步点，放到人类历史长河的滥觞处。而妇女问题所以成为历来文学创作的一个重要主题，也就因为妇女与人类历史生活的这样一种关联性。我们反思的注意力就无法仅集中在"现在"这一个时间点上而不瞻前顾后。毕竟，妇女问题在人类的全部生活中，是太复杂了、太微妙了，也太不轻松了。假如我说它复杂和微妙到甚至与谈论者的性别意识都不无关系的话，相信不会遭至太大的误解。

2. 妇女要在生活中找到应有的位置，当然必须摆脱自身心理上的依附感，但这种依附感或残余对妇女精神的约束以及它在创作中的表露，又并不单是妇女克服自身"已经有了做强者的条件，却偏偏要把自己当成弱者"这样一种意识就可以轻易消除的。妇女的价值并不在于寻找男子和战胜男子，她们要战胜的是客观世界，找到自己作为人的存在，在这样努力的途中，自身的弱者意识其实只是种种阻力的一种，此外还有男子的阻力、家庭的阻力、社会的阻力等，这一切使妇女的奋斗夹带上隐隐的悲观意识，而对于男子的失望其实正是她们对于现实的难以征服性的一种折射。而这种失望感和悲观意识又成为她们透彻认识自身生存的不合理的一个动因，由此促成她们反叛旧有，渴求新生，因此也就不能把她们对男子由希冀转为失望说成是一种简单的无可依附的茫然，抹掉认识这种"失望感"的积极价值。说到底，妇女不是一个只接受各种规范的被动客体，她们的主动性决定了她们无限可能的生命活动处处要受到全人类经验的制约和社会的调节。这里首先必须考虑的，就是妇女有史以来所承担的与男性不同的历史活动和由此而来的不同的历史积淀。

由于生理的客观差异（这是重要的、无法消除的因而不可忽视的），从野蛮时代开始，"纯粹自然产生的""只存在于两性之间"的分工就形成了，"男女分别是自己活动领域的主人：男子是森林中的主人，妇女是家里的主人"。①"妇女的家务劳动现在同男子谋取生活资料的劳动比较起来已经失掉了意义；男子的劳动就是一切，妇女的劳动是无足轻重的附属品。"②然而这也就形成了建立在妇女世代共同的生活体验和社会经验之上的女性认识论和女性价值观。这些，当然受制于她们自身的自然属性，也受制于她们自身的社会属性。女性的眼光、女性的感知方式、女性的逻辑和女性的能力以及这一切世代积淀的结果，就影响着她们价值观念的浮沉起落。因此，即使在今天这个为男女平等提供了前所未有条件的社会里，女性要彻底摆脱精神依附感而肆无顾忌地去争取自身的独立价值也是谈何容易的，不只是社会政治的问题，还是历史心理的问题。

既然"母系权利的被推翻，乃是女性的具有世界历史意义的失败"，既然"最初的阶级压迫是同男性对女性的奴役同时发生的"，既然"我们从过去的社会关系中继承下来的两性法律上的不平等，并不是妇女在经济上受压迫的原因，而是它的结果"，③那么不要忘记，一切心灵戕害都会超越世纪而留下痕迹的。妇女的被奴役感、屈辱感和依附感正是人类历史的作品，它们最后只能随着造成这种历史恶果的因素的消除而逐渐为平等感、自由感所取代。时至今日，妇女仍然面对千万年遗留下来的强大历史惰力，在这个尚存缺陷且发展极不平衡的世界上，特别是与私有财产相联系的种种经济考虑还无法全部排除的社会里，两性的平等摆脱不了种种生理的、心理的、经济的、政治的甚至科学发展等方面的限制，社会还没有为妇女单方面实现强者意识提供普遍性的可能。正如我们呼吁加速精神文明的建设，却不可能超越现有的物质文明条件一样，妇女地位和妇女自身价值的争取，同全社会的进步程度也只能取同步的进程。君不见近代"鉴湖女侠"秋瑾对"男女平权"的呼号何等锐利酷烈，她的强者意识何等身体力行，然而她毕竟只能成为一切历史的必然要求与这个要求实际无法实现之间的悲剧英雄。

女性文学研究资料

3. 孙文认为，"古往今来，绝大多数文学作品都把全部妇女问题归结为婚姻问题"，"而妇女所要做的全部事情就是争取自我择偶的权力"。姑不论这两个"全部"是否失之武断，我以为文学作品中这种现象的出现也正是一种历史的必然结果。毕竟爱情、婚姻、家庭在任何时代都是人类生存的基本问题、社会的基本问题。我们必须注意如下的事实：人类的生产活动归根结底只有两种，"一方面是生活资料即食物、衣服、住房以及为此所必需的工具的生产；另一方面是人类自身的生产，即种的繁衍"④。后一种生产客观上只能由妇女来直接承担，而它长期以来由于仿佛并不创造剩余价值往往受到轻视，妇女所充当的为妻为母的角色使她们日益沦为生育工具而无足轻重，以至到了今天，女人为家庭和男人牺牲事业还在不少的文学作品中被当作美德竞相赞颂，这是一方面。另一方面，正是这种沦为繁衍工具的地位，使妇女从一开始就格外注重生活中一组与自身关系密切的环节，即与种的繁衍和间断相关联的婚姻、家庭、生育、哺养和离异、流产、死亡等。这成为她们最重要的生存经验、选择经验和价值判断。称心的丈夫、融洽的家庭、健康的孩子是她们最本能的理想，而这一切的基础就正是自我择偶权的争取和对这种权利的恰当运用。今天的妇女当然已极大地投入了社会生产劳动，然而她们并不能摆脱对人类自身生产的承担，因而文学作品中的妇女除了继续徘徊在"寻找男人"的世界里，她们的面前还展开了一个与此有关的"男人"与"事业"冲突的新天地。那里的一切悲欢苦乐事实上都仍旧植根于旧有的世界里。

我们还需要注意的是，家庭迄今为止仍是社会的一个基本细胞，一个基本的经济单位。妇女地位的争取首先要在家庭内实现。而从一个家庭的风风雨雨来看一个时代的动荡变迁，正是历来文学作品好取的一个精神角度。它不是唯一的却是合理的。这也使得文学作品中的妇女问题往往与婚姻问题有相当牵连。

婚姻的演进从蒙昧时代的群婚制到野蛮时代的对偶婚制，妇女都没有实际的择偶权。到了文明时代，由于子女生育和财产继承而形成的一夫一妻制，从一开始就使妇女地位更加恶化而决不是她们个人性爱的结果。正如恩格斯所说："个体婚制在历史上决不是作为男女之间的和好而出现的，更不是作为这种和好的最高形式而出现的。恰好相反。它是作为女性被男性奴役，作为整个史前时代所未有的两性冲突的宣告而出现的。"⑤因此在婚姻关系上，迄今即使最进步的法律，也无法顾及夫妻幕后真实的情感生活。（当然，对这一问题认识的多义性使它事实上正在理论界搁浅。）历史上从血缘家庭、普那路亚家庭、对偶家庭一直到一夫一妻制家庭以及今天或许已有相当性爱基础的一夫一妻制家庭，婚姻和家庭都并没有肯定地失掉由于它们的起因而打上的烙印，一种建立在公开的或隐蔽的妇女家庭奴隶之上的个体家庭在相当时期内就还有存在的充分合理性。妇女的择偶还不可能消除一切派生的经济考虑而获得仅出于相互爱慕的自由感。除了寻找依托而外她们的自我奉献还往往由于盲目和不觉悟导致被欺骗的惩罚。处于这样一个阶段，妇女题材的文学作品要始终瞩目于婚姻问题并执着于妇女择偶权的争取就不仅是一种历史的必然，而且是一种历史的进步了。

进一步讲，婚姻、家庭在两性生活中的比重是不尽相同的，男女对社会责任感的考虑也持不同的角度。妇女题材的作品较之其他题材的作品的不同处，就是它难以绕开这样一些颇为复杂的问题而去展示通体透明的远景。也因此，女作家的创作一旦认真地观照妇女自身的命运，探讨所谓"第一世界"时，作品就由于联系到她们个人的遭际而不可避免地丢失了"优美"和"典雅""轻松"，而为一种"焦躁"和"沉重"所取代。她们与笔下的女性人物无可奈何地进行混声合唱。张洁的《方舟》、张辛欣的《在同一地平线上》《我在哪儿错过了你》、李惠薪的《老处女》、徐乃建的《因为我是三十岁的姑娘》等都是这样的佐证。你指责她们丢失了美学上的间距感也好，你愤激于她们艺术把握上的失态也好，但她们是真实的妇女，她们的作品是她们个人生活或她们同胞生活的折射，这种生活无法超越历史和现实的真实。性别意识使作家在涉及妇女地位的作品中极难以稳当的中立姿态出现，即使明知会令一部分读者烦恼，认为她们和她们的人物都"不可爱"，她们仍然这样写了。当然，她们中的一些人出于种种更明智的考虑，或许只是不想"把宝贵的时间投入到一场无休止的争议和辩论中去"⑥，于是她们在开拓自身以外的"第二世界"时也取得了毫不逊色的成功。然而这成功极难说清是属于女作家自己还是属于社会，因为从她们对"第二世界"的切入点和观照心理看来，翅膀依旧沉重。事实上，女作家作为妇女的一员，她们特有的生活积淀和心理积淀虽然是一种局限，但同时更是一种给予、一种选择，是历史赋予她们的一份可贵财富。做妻子的经验使她们学会体贴和奉献，做母亲的经验使她们学会妥协和倾听，这些在她们感知生活方面都是难得的。她们拥有一个男性作家难以企及的把握世界的方式，一个她们自己的领域。我以为，虽然古往今来的男性文学家，如托尔斯泰、茨威格、曹雪芹、茅盾、张弦、李宽定等等对于妇女的描写也已达到相当的历史深度，然而这丝毫不能成为女作家要主动撤离这片渗透了她们血泪的阵地的理由。

4. 妇女题材的作品对于帮助妇女克服依附心理和弱者意识、变革传统择偶观念、追求自己的独立价值并合理协调家庭与事业的矛盾，是责无旁贷的，不如此，作家便是对社会和妇女的不负责任。不过在这样努力的同时，更要注意到问题的艰巨性。目前在我国，还存在着三大差别和按劳分配造成的人们经济地位事实上的不平等，在偏远的乡镇和城市的一些角落里，包办婚姻、买卖婚姻、虐待妇女等现象并不鲜见，早婚早育和学龄女童的受教育问题还正在受到重视。就是在受过较高文化教育的知识女性那里，成为女强人也并不是普遍性的可能。（这也是直到目前妇女题材的作品较之近现代难有实质性突破的原因。）我们要考虑的是，妇女在这种现状下去找一个比自己弱的男子作为终生伴侣，或者去"成为一个家庭中精神上的主导力量"，就还不是一个可能性和可行性大小的问题了，（生活中也有这样的例子）首先是这种情况所面对的强大社会舆论和这种女强者内心的真实感受。难道一种已成定势的社会心理不是有它存在的合理性而使妇女自己无法置若罔闻吗？很难相信在现阶段一个女强人会拥有幸福安宁的情感生活和心安理得的内心世界；反过来，作为女强人伴侣的男子也如此。生活中更多的倒是妇女往往将事业上的成功作为有缺陷的情感生活的一种补偿、现实中一种追求的继续、内心里一种压抑的发泄。成功感在这里事实上是一种感情的补白，是她们的"最后的停泊地"。妇女所要面对的是整个世界史的积淀，这里任何单纯的理想主义都显得无济于事。事实上，她们一直在努力。

我们还特别要注意，别把妇女由于自然属性形成的生理依附和由于社会属性形成的精神依附混为一谈，这将使问题更加扑朔迷离。男女由于生理的差异，对社会的贡奉和对家庭的贡奉并不能完全相同。仅就这一点，可以说两性事实上是互为依存的。这些都是我们讨论妇女地位时不可忽略的一些参照系。

5. 最后，孙文以藤和树的关系来说明妇女对男子的依附感，这不失为一个贴切的比喻，尤其是已经强壮如大树一样的青藤不该为找不到依附对象而苦恼。这个比喻很可以起到宽慰人心和缓和矛盾的作用。只是并非"出路很简单"。只要人类的性别差异无从消失，那么由此而派生的一切心理因素和社会因素就会以不同方式永世长存。妇女们（或者首先是"妇女中最有头脑的人"）即使有一天全都与男子并肩成为大树了，谁也不能担保柳树不会因为不是松树而苦恼。再说，在人类生机勃勃的森林中，假如不再既有大树，也有青藤，还有千姿百态的花草和小鸟的歌唱，那么世界不也太单调和枯燥了吗？

这些话已有偷梁换柱之嫌了。我希望理解和宽容与人类同在。

一九八六年八月

注释：

① 恩格斯《家庭、私有制和国家的起源》，北京：人民出版社，1972年版，第156页。

② 同上，第159页。

③ 同上，第54页、第63页、第71页。

④ 同上，第3页。

⑤ 同上，第62页。

⑥ 张抗抗《我们需要两个世界》载《文艺评论》1986年第1期。

原载《当代文艺思潮》1987年第2期

走向广阔的人生

——对新时期“女性文学”的再思考

陈志红

1. 从女性作家的创作趋势谈起

近来，关于“女性文学”的讨论似乎成了热门，一些刊物陆续刊出了一些颇有见地的关于女性文学的探讨文章，尽管评论者们对“女性文学”这一概念至今仍各持己见，未有一定之规，但他们都不约而同地将关注的目光投放在新时期活跃于中国文坛的一大批女性作家身上，并以她们的作品作为自己立论的依据。由此看来，“女性文学”这面旗帜非女性作家莫属了。但值得注意的是评论家的努力似乎并未被许多著名女作家所认可。据悉，张辛欣、张抗抗、张洁就非常反对提什么“女性文学”①，张抗抗则宣称：“严格说，中国当代文学的森林中尚未长出‘妇女文学’这一棵大树，中国还没有形成‘妇女文学’的主潮。”②事情开始变得有点复杂。本来，评论家的意见不为作家所接纳乃常见之事，不必大惊小怪，但似这种富有群体意识的不认同，仍值得评论家们所重视。

这种表现在许多著名女作家身上的“逆反心理”现象，使我们不得不正视这么一种状况：尽管新时期以来能够在中国文坛占据一席之地的女作家们可以列出长长的一份名单，但这并未使“女性文学”因此而枝繁叶茂。相反，如果把女性作家对女性世界的关注看成一条曲线的话，那么，这条曲线是呈下滑趋势的。如果我们再细心一些，就会发现以《爱，是不能忘记的》《方舟》《在同一地平线上》《北极光》《东方女性》等一批女作家创作的很有女性色彩的作品，与女性世界已相去甚远。还有近期在文坛引起较大反响的《北京人》《小鲍庄》《减去十岁》《你别无选择》等女作家的作品，如果将它们纳入"女性文学"的范畴，无疑是勉强的。这部分作品无论从主题意蕴、取材内容以及艺术表现的风格特点都已基本不见女性痕迹。虽然在作批评时给某种文学现象进行内涵与外延的界定是必要的，但是，近一两年来文学创作上所产生的那种相互交叉、渗透、难以分门别类的合流现象使"××文学"似乎越来越难包容它原先固定的文学现象和作家群体，越来越多的作品似乎具有了越来越大的内在膨胀性而使它们的内涵和外延得到不断的拓展，文学开始进入一个新的、更高层次的综合时期。艺术视角的独特，表现技巧、手法的充分个性化、多样化并没有吞没作家们对生活思考所表现出来的趋同性，反而促成了一个个新的、富有共通性和普遍性的聚焦点的形成。对深藏于现代人的生活方式、思维方法、人生观、道德观等等生活现象下面的粗大根部——民族文化传统、心理积淀的挖掘，对人类自身生存环境（既指自然环境，更多的是指社会生活环境）的困惑、迷惘和思考、探索，开始统摄今日的中国文坛，这使得表面看来使人不易捉摸、互相游离的各种文学现象、作家群体被这股强大的力量聚合成一个充满生命力的、有机的、富有整体性的生态系统。在这个生态系统里，我们可以清晰地窥见的是作家们颤跳着的生命脉动，是关于理想与现实这对人类所面临的永恒的困扰的死死追寻。

活跃于新时期文坛的女作家们同样在这个系统中编织着自己的人生之梦和文学之梦。考察新时期以来女作家们的创作实绩，我们会发现她们对生活的考察、思考乃至表现并没有与其他男性作家产生泾渭分明的、实质上的区别。她们与男性作家一样在一个相同的政治、文化氛围中生活着，共同承受着独特的中国社会倾泻在她们身上的风风雨雨，在一个相当长的时期里，中国的女人和中国的男人一样背负着沉重的精神上的十字架，跋涉在生活的泥泞中。正如张抗抗所说："十年内乱中对人性的摧残，对人的尊严的践踏，对人个性的禁锢、思想的束缚，一九七八年以来新时期人的精神解放、价值观的重新确立……这些关系到我们民族、国家兴亡的种种焦虑，几乎吸引了我的全部注意力，它们在我头脑中占据的位置，远远超过了对妇女命运的关心……"[3]这也是绝大多数女性作家们的创作状况。在她们笔下，对整个民族和人类的痛苦的表现远远超过对女性痛苦的表现，或者可以说，对女性痛苦的表现被融化在对整个民族和人类的痛苦的思考和表现之中了。

　　这并不意味着用共性、普遍性吞没个性、特殊性。不能否认女性作家有着自己独特的心理历程，有着由于是女性而产生的独特的对生活的感受和体验，一些评论家从这些角度研究新时期以来女作家们的创作值得我们尊敬。但我以为，那些仅仅属于女性的感受和体验并没有多少被直接传送和体现在新时期以来女作家的创作中。中国当代女作家自身的生存环境决定了她们生活范围、思想视野的广阔。一方面，她们并没有将自己的创作局限在妇女生活范畴，她们对社会生活的关注程度、思考深度并不亚于任何男性作家；另一方面，即使是被一些批评家认为较纯正的"女性文学"作品如《爱，是不能忘记的》《方舟》《在同一地平线上》等，也并不仅是女性痛苦经历的观照，同样也包含了对我们民族的痛苦的审视。新时期以来的女性作家们对"人"——大写的"人"——所有的男人和女人的深切关注，对提高整个中华民族人的素质、改善人们的生存环境使之向着能使人更自由、更解放的方向发展的热切期望，使她们的作品早已跳出纯粹的女性世界而进入了一个更为广阔的天地并由此具有了一种恢宏的阳刚之气。她们的创作在更多的情况下与男性作家的创作交融在一起，显示出一种对生活思考的共通性和普遍性来。女性作家们的创作呈现出的正是这么一种趋势：她们不再将目光集中于女性生活的范畴而投向更大的社会层面，她们正在走出狭小的自我世界去对人生进行更为阔大的开拓，在她们的作品中也极少再见到鲜明的女性风格、女性作家的个性特点，那种由于是女性而产生的独特的感受和体验正在被一种"不分性别"的表现所替代，对女性世界的观照与对整个社会人生的思考交织在一起。因此，我认为至少在现阶段用"女性文学"这个概念来囊括或估价新时期以来女性作家的创作是不合适的。

　　为叙述的方便，我试图通过对一个很有影响的女作家的最有代表性的作品的分析以及女性意识与人的共同意识的交叉和重合来说明自己的观点。

2. 痛苦的"二律背反"——人生的困惑与选择的两难

　　张洁提供了一个认识人类永恒矛盾的完整模式。

　　追寻着新时期以来女性作家的创作轨迹，我不能不对张洁产生由衷的敬意。她那么深刻透彻地了解中国当代女性，尤其是知识女性的全部痛苦，又将这种痛苦放到一个大的文化、心理氛围中去观照，使作品远远地超越一般妇女解放的高度而进入一个更高的层次。

对人类命运的富有悲剧性的昭示始终是文学具有魅力的原因之一。这种悲剧性最充分地表现在人类生活中的主观与客观、理想与现实、自由与限制的尖锐的矛盾冲突以及人们在自己的行为选择中经常处于无可奈何的状态之中。张洁的小说就具有这种强烈的悲剧意识。应该把张洁最有代表性的三部小说：《爱，是不能忘记的》《方舟》《祖母绿》看成一个具有内聚力的完整模式。在这个模式中，张洁时而不动声色、时而淋漓酣畅地"将人生的有价值的东西毁灭给人看"，充分展示了理想与现实的不和谐状态，并由此完成了她自觉或不自觉地对女性乃至整个人生的永恒的矛盾和痛苦的思考，为我们准确地把握新时期女作家们的创作提供了一把钥匙。

《爱，是不能忘记的》是一个简单得不能再简单的爱情故事，何以引起那么强烈的社会反响？如果我们能够公平一些，摒弃那些对文学作品简单的道德评价，那么，我们就可以毫不困难地悟出这个简单的故事所负载的是一个沉重而痛苦的人生。没有必要再去重复这个千百万人都已熟悉的故事。我只是想说，当我读着一个女人的心曲时，当我随着钟雨的质询去试图作出解答时，我发现自己立即陷入了一个无法解脱的"怪圈"之中：钟雨与那位老干部的行为选择对？不对？这种提问别提有多愚蠢了。我们为什么没有感觉到，他们事实上是别无选择，如果这也算一种选择的话。无论他们作出何种选择，他们的心灵总是难以安宁的。即使他们能够结合，那又怎么样呢？同样会在"我给别人带来了痛苦"的自我谴责中煎熬自己。好在他们终于选择了自我牺牲。这既是一种沿袭了几千年的传统文化心理在钟雨们身上的必然结果，也很符合现阶段的道德规范。这里被牺牲的是最纯挚美好的东西，可你又不得不礼赞这种牺牲。尽管自我牺牲是一种宝贵而值得敬重的人类品质之一，但它往往又是以自我压抑为前提的，因而它有着深刻的矛盾性。它既将人类引向崇高，但又是以悲剧性为基色的，它包含着对人性的压抑甚至摧残。这种矛盾性被如此深刻地表现在《爱，是不能忘记的》之中，使我们几乎可以忘却主人公是女的而陷入对人类不能解脱的痛苦的体验里。钟雨们行为选择上的两难让人想起康德哲学中一个著名的术语：二律背反。这里既有选择的痛苦又有别无选择的痛苦，有一种深深的无可奈何。无论你作何种选择都有合理性，但无论你选择了什么都无法摆脱痛苦。这真是痛苦的二律背反！这种对行为选择的评价使我们得以超越生活具象而进入对人生的哲学层次的思考。这种行为选择上的两难也使我们感到人生之谜的不可解，感到冥冥之中那命运之神的不可抗拒的力量。《爱，是不能忘记的》在引导我们进入一种哲学思考时又常使我们陷入一种人生的困惑，滋生出一种命运不可违的接近宗教情绪的东西。钟雨不就是希冀着在天国相聚吗？那种今生无望、但求来世，对现世的无可奈何以及深深的绝望让我们在一片朦胧中似乎看到了巴黎圣母院墙上的"宿命"二字。这种效果也许是张洁始料不及的，而且似乎也被批评家们轻易地忽视了。

钟雨们以巨大的克制、自我牺牲来保持与外部世界的和谐与平衡，这种坚忍、顺受的精神正是被我们这个东方古国长久地视为美德的东西，它与我们的民族缓慢而沉重的历史步履有着惊人的神合之处。我们从这个爱情故事中得到的启示远远超过了爱情、婚姻及女性解放等主题。从女性生活体验出发又超越女性生活达到对人类生活的整体理解和把握，既是张洁的又是新时期女性作家的一个重要特点。

张洁没有停步。她继续以那犀利的笔锋去触那痛苦的人生。人生选择的困惑和两难，在《方舟》里得到了更为强烈的表现，《方舟》里的荆华们，对现实采取了一种毫不妥协的进取精神，尽管她们也在不时地克制和忍受，但在精神上却具有一种钟雨们所不曾有的反抗，这是她们生活中的主调。于是，与外部世界的强烈的不和谐、不平衡出现了。她们不得不以一个女人所能付出的全部牺牲来换取作为一个真正意义上的人所应有的权利。在《方舟》里，张洁以她特有的勇敢和真诚给人们展示了一个充满矛盾和痛苦的女性心灵世界，这种矛盾和痛苦乃在于人的意识的觉醒以及这种觉醒不能与外部世界对应的痛苦。尽管荆华们与钟雨们是那么地不同，但同样无法摆脱主观与客观、理想与现实、自由与限制等种种矛盾编织而成的人生之网，

从《方舟》到《祖母绿》，则表现了一种人生态度的达观。曾令儿在经过深重的磨难后终于在生活中找到了自己的坐标，达到了与外部世界的某种谐和。但矛盾并没有消失——过去的生活成了永远无法弥补的空白——曾令儿达到人生这一高度，是以她的全部青春和幸福为代价的。它明白无误地告诉我们：人类所面临的永恒矛盾是我们永远无法超越的地平线，尽管我们可以无限

逼近它。（应该指出的是，张洁的《祖母绿》比起前两部作品来说，思想锋芒无疑磨钝了许多，作者显然在寻求一种对人生的较为理想的解释，人与外部世界的尖锐冲突被作家最后人为地制造出来的和谐化解了，作品所可能产生的震撼人心的力量由此削弱，这不能不使人觉得遗憾。）这使我们理解了，为什么张洁笔下的女性几乎全是生活中的不幸者，这显然不仅仅是为了表现女性的不幸，更重要的是表现了人类永远无法摆脱的永恒的矛盾，只是由于作家对女性的深刻同情以及自身的深刻体验，所以将承载这一深刻思想的任务放到女性身上了。

人类永远处在这种与外部世界的矛盾和不平衡状态之中，理想与现实、自由与限制的斗争永远左右着人类的生活，于是人类永远有痛苦、有烦恼，于是也就永远有文学。新时期文学发展到今天，这种人类深层的痛苦正在被作家们越来越深刻地表现出来，而张洁笔下的钟雨、荆华和曾令儿们，则较早地为我们认识人类永恒的矛盾和痛苦提供了一个由迷惘、困惑和思索、觉醒浇注而成的完整的模式。她的作品的更重要的价值正在于此。由此推想到其他女性作家的创作，他们对女性生活的观照越来越多地与对整个社会生活的观照融合在一起，她们的绝大多数作品并不以女性的心灵世界的展露作为主要表现内容，她们的作品更深刻的内涵和更重要的价值并不在于表现妇女解放这一主题，那么，我们还有什么必要使用"女性文学"这一概念呢？

3. 女性意识与人的共同意识的交叉与重合

人们总喜欢在女性作家的创作中寻找能够与妇女解放进程相吻合的东西，这恐怕也是一种思维定式。这自然有利于我们去把握女作家们创作的某种独特性，又极易使我们的思维局限在一个既定的框框之中。

其实，男性与女性在生理机制和心理机制上的不同是一种无法改变的客观存在，它们最初更多地属于自然属性的范畴，用张抗抗的话来说，它属于"上帝的错误"。随着人类的发展，这种属于自然属性的东西就逐步社会化了。社会对男性与对女性的不同要求，既表现了自然对人的旷日持久的左右，又深刻地反映了社会按照一定的文化传统、心理习惯去雕塑它所认可的男性和女性的强大力量。公平地说，男性对女性的要求，如温顺、贤惠等等，并不是男性的错误，就如同女性多要求男性刚强、果敢、豁达一样，这种更多地来自自然属性的要求并不会从根本上造成男女不平等，只有在社会对男性的这种要求不断地认可并强化到将女性固定在一个狭小的生活范围时，这种不平等才具有了实质性的意义。而且，由于人类固有的惰性，总是极愿生活在习惯为我们铺定的轨道之中。原本属于自然属性的东西一旦被社会化，就形成一种行为准则和价值标准左右着人们的思想和行为，这是一种难以超越的习惯性力量。女性的痛苦从来不是孤立的，这种痛苦带有鲜明的时代烙印，而这一烙印不仅落在女性身上，同样也落在男性身上，妇女解放运动的进程从一开始就被包括在人类解放的进程之中。当然，妇女解放运动有着自己的独特要求，但社会越发展，这种独特性就越被人类发展的共同要求所覆盖。所谓女性意识，我认为它一方面既源于女性特有的生理和心理机制，在体验与感受外部世界时有着自己独特的方式和角度，这实际上是一种性别意识，这时它更多地属于自然属性的范畴，另一方面，它又与人类社会的发展有着不可分割的关系，不同的社会历史阶段决定着女性意识发展的不同层次和不同的历史内容。社会生产力水平越低下，女性的生活范围就越狭小，她们对自身解放的要求层次就越低，反之，社会越进步，为女性提供的生活范围就越大，女性与男性的要求就会越来越趋向一致。在这种状况下，女性的解放更重要的取决于她们自己，取决于她们能否"以充分的自信和自强不息的奋斗来实现自身存在的价值"（《方舟》）。这种"充分的自信和自强不息的奋斗"已不能从一般的女性意识的意义上去理解了。经常看到一些评论文章用"女性意识"的觉醒来评价女性要求实现自身存在价值的行动，这并不准确。要求自我价值的实现说到底是人的共同意识的觉醒。所谓人的共同意识，简单说来可以用马克思的一句话来概括："人以一种全面的方式，也就是说，作为一个完整的人（着重号为引者加），把自己的全面的本质据为己有。"④人的共同意识的最高层次是人的全面和自由的发展，是自我价值的真正实现。当代女性意识正是在这一点上越来越多地消除了它的自然属性而与人的共同意识趋向同一，从而使女性意识发展到了它的最高层次，而在这一层次，女性作为真正站立起来的人，是与男性站在同一地平线上思考生活、参与生活的。女性意识与人的共同意识是交叉中有重合，越到后来这种重合的覆盖面就越大。考察女性作家的创作，应该充分注意这一点。过多地强调"女性眼光"和"女性意识"，并不能够准确地估价女性作家的关于女性生活题材的创作，更不用说那些完全不以女性生活为表现内容的作品了。张洁的《方舟》和张辛欣的《在同一地平线上》总被人们视为纯正的"女性文学"作品，而我则以为它们更重要的价值在于表达了中国当代社会的民众心态和时代情绪。

我们大概不会忘记发端于一九七九年的那场关于马克思主义与人道主义的讨论。这场讨论对新时期以来中国文坛的巨大影响，将随着时间的推移而被人们更加深入的认识和估价。如何具体评价这场讨论已超出本文所议话题，但有一点是可以肯定的，它打开了被封闭已久的思想禁区，使人们的大脑空前地活跃起来。对人的尊严、人的权利、人的价值的重新认识和表现，为沉寂已久的中国文坛注入了一股生气，新时期以来活跃于中国文坛的女作家们，也正是在这种社会思潮和时代情绪中进行她们的创作的，这使她们的作品无论从主题意蕴还是表现手法上都与男性作家产生一种趋同性，"女性"这一规定不再对她们的创作具有特别的意义。《方舟》和《在同一地平线上》尽管表现手法不同，但题旨却是相通的：小说中的主人公都在寻找一种能实现自我的最佳方式，寻找自己作为完整的人在生活中应有的位置。这是女作家们创作中透露出来的最具现代意识的信息。这里不仅有对女性自身生存价值的思考，也渗透着对整个人类生存价值的思考。正是在这一点上，活跃于新时期中国文坛的女作家们表现出了丝毫不亚于男性作家的思力和才力，尽管她们的作品是那样迥然有异：张洁更多的是在对现实的批判中表现出一种理想主义的追求，张辛欣在对生活的冷峻审视中不时表露出一种强烈的怀疑精神，刘索拉则在貌似迷惘中进行着真诚的思考……。她们都不约而同地将视线焦点对准了当代人的生存环境，她们的作品潜藏着一种对国家、民族、人类的忧患感，也正因为如此，她们得以从狭小的自我中超越出来，走向更为广阔的世界和人生，并由此成为中国当代文坛最有希望的一群。

注释：

①王干、费振钟：《"男性"的声音》，《文艺评论》1986年第4期。
②③张抗抗：《我们需要两个世界》，《文艺评论》1986年第1期。
④马克思：《1844年经济学哲学手稿》，77页。

原载《文艺理论家》1987年第2期

女性诗歌：从黑夜到白昼

——读翟永明的组诗《女人》

唐晓渡

当我想就这部长达二十首的组诗说些什么的时候，我意识到我正在试图谈论所谓"女性诗歌"。

男女肯定不止是一种性别之分。因此，"女性诗歌"所涉及的也决非单纯是性别问题。并不是女性诗人所写的诗歌便是"女性诗歌"；恰恰相反，在一个远非公正而又更多地由男性主宰的世界上，女性诗人似乎更不容易找到自我，或者说，更容易丧失自我。我们已经一再看到这样的女诗人：她们或者固守传统美学为她们划定的某些表面风格，诸如温柔、细腻、委婉、感伤之类；或者竭力模仿某些已经成名的男诗人；或者在一种激烈的自我反抗中，追逐某种与自己的本性并不契合的男性气质。在所有这些情况下，她们都自觉不自觉地按照某种男性设计的价值法则行事，从而表明自己不能摆脱现实和文化的历史性附庸地位。

女性诗人所先天居于的这种劣势构成了其命运的一部分。而真正的"女性诗歌"正是在反抗和应对这种命运的过程中形成的。追求个性解放以打破传统的女性道德规范，摈弃社会所长期分派的某种既定角色，只是其初步的意识形态；回到和深入女性自身，基于独特的生命体验所获具的人性深度而建立起全面的自主自立意识，才是其充分实现。真正的"女性诗歌"不仅意味着对被男性成见所长期遮蔽的别一世界的揭示，而且意味着已成的世界秩序被重新阐释和重新创造的可能。

在我国，形成"女性诗歌"的可能性是随着"五四"前后民主主义运动的开展而获得的。尽管如此，迄今为止我们很少看到充分意义上的"女性诗歌"。此一现象当然不构成现实生活中女性的政治和经济地位业已得到广泛改善这一基本事实的否定，却反映出她们在精神上获取真正独立的艰难。这里的原因是多方面的。然而归根结底，"女性诗歌"的形成不是一两个人可以孤立创造的文化奇迹，而是一种历史现象。翟永明的这个组诗出现于"文革"后又历经动荡而终于稳步走向开放的1984—1985年间，正透露出某种深远的消息。

《女人》中很少那种通常的女性诗人的温情和感伤。而造成这一特色的，与其说是作者的个人性格，不如说是某种命运感的渗透：

> 穿黑裙的女人黉夜而来
> 她秘密的一瞥使我精疲力竭
> 　　　　　　　　（《预感》）

温情产生于认同世界的时刻，感伤则出自对理想的软弱的偏执。二者皆烟散于命运的黑衣使者那"秘密的一瞥"。这意味深长的一瞥是如此地富于威慑力，以至"我"刹那间完全被某种毁灭的预感所充满，丧失了一切意志而"精疲力竭"。这里似乎存在着某种残酷的默契。在这种默契中结局已经被事先设定，可供选择的只是达到结局的方式和途径而已。

女性文学研究资料

可以从一个方面把这种现象称之为女性特有的变态心理；另一方面，作者正是经由它折射出女性所曾历史地面临、并仍在不断面临的现实命运，尤其是精神上的现实命运。《女人》从一开始就抛开了一切有关自身和命运的美丽幻觉和谎言。这一点使得它几乎是径直切进了女性的内心深处，并且在那里寻求与命运抗争的支点。因此，"精疲力竭"之下决不是无言的恐惧和怯懦；恰恰相反，正因为意识到自己是自身命运的独立的承担者，"我"才"精疲力竭"。而尖锐的对峙和紧张的反抗即已蕴含其中：

> 默默冷笑，承受鞭打似地／承受这片天空，比肉体更光滑／比金属更冰冷……
> 　　　　　　　　　　　　　　　　　（《瞬间》）

这里，无论是对峙还是反抗的方式都足以令人战栗。这是一种典型的施虐和受虐的方式！"天空"这一在全诗中反复出现的意象，弥漫性地象征着那无从摆脱又高高凌驾的命运压迫（类似的意象还有"一只手"，它作为暗中操纵和定夺的最终主宰而给全诗带来了一种强烈的不安全和不稳定感）。于此之下，"承受"似乎成了唯一可能的选择，而"默默冷笑"成了唯一可能的表达。但是，这一笑却赋予了双方的位置以某种微妙的相对性。倾斜的命运天平由于这致命的机枢触动而趋于某种平衡。作者因而有可能获得一个"瞬间"。这是一个被以往"所有的岁月劫持"的瞬间，同时又是一个足以挽回所有被劫持的以往岁月的瞬间。

于是有所谓"黑夜"的创造。使我们诧异的是，在这场独特的东方式的以柔克刚的命运之战中。从一开始就"精疲力竭"的"我"，此时竟变得如此自信和强大，以至不但宣称"唯有我／在濒临破晓时听到了滴答声"《（瞬间》），而且宣称"我目睹了世界／因此，我创造黑夜使人类幸免于难"（《世界》）。在这神秘的先知、崇高的母性和妄诞的救世思想混合创造的奇迹之下，是否还隐藏着更深一层的悲哀？阿Q式的不得不诉诸臆想的悲哀？尽管如此，与作者所创造的"黑夜"一起到来的不是虚无，而是充实。有这一点也就足够了。

但事实上作者的本意远为宏大。她并不想仅仅停留于与现实命运作上述微妙的精神游戏。在为组诗撰写的类似自序的短文中，她把所谓"黑夜意识"称之为"一个个人与宇宙的内在意识"；她接着从女性独特的角度阐释道："每个女人都面对自己的深渊——不断泯灭和不断认可的私心痛楚与经验……这是最初的黑夜，它升起时带领我们进入全新的、一个有着特殊布局和角度的、只属于女性的世界。""它是黑暗，也是无声地燃烧着的欲念。它是人类最初也是最后的本性。就是它，周身体现出整个世界的女性美，最终成为全体生命的一个契合。"

因此，"创造黑夜"意味着在更深刻的意义上达到对宇宙和人类本体的亲近，意味着女性在人类永恒的精神历程中可能做出的独特贡献。"以柔克刚"的东方辩证法在这里得到了更高的体现。

　　我是软得象水的白色羽毛体／你把我捧在手上，我就容纳这个世界／穿着肉体凡胎，在阳光下／我是如此眩目，使你难以置信

　　　　　　　　　　　　　　　　　　　　　　　　（《独白》）

在这篇短文中我不打算对作者的上述意图以及《女人》在多大程度上实现了这一意图进行全面评价，而只希望请读者注意到意图本身。如果说作为与外部的现实命运相抗衡的支点，它不可能不是虚幻的话（说到底，物质的力量只能通过物质来摧毁），那么，在一个远为深邃复杂的内部精神现实中，它却依靠自身建立起了真正的主体性。而在我看来，这正是充分意义上的"女性诗歌"所具有的重要标志。

作为一个完整的精神历程的呈现，《女人》事实上致力于创造一个现代东方女性的神话：以反抗命运始，以包容命运终。"黑夜"的真义亦即在此。黑夜使白昼那过于明晰因而被无情切割和抑制的一切回复到混沌状态，却又不会遗漏任何一个真实的环节，因而更具有整体性；况且对于敏感到多少有点神经质的女性来说，黑夜无疑是更适合于她们灵魂飞翔的所在。毫不奇怪，这黑夜中诞生的有关黑夜的神话更多地是以预感、臆想、渴望、夜境、憧憬乃至噩梦等等作为集合经验的契机和依托的：

> ……我在梦中目空一切／轻轻地走来，受孕于天空／……就这样／世界闯进了我的身体／使我惊慌，使我迷惑，使我感到某种程度的狂喜
> （《世界》）

在《母亲》中，作者再次借用有关女性受孕的原始神话。以表达对所来无由的迷茫困惑并暗示命运的代代相袭：

> 那使你受孕的光芒，来得多么遥远，多么可疑，站在生与死／之间，你的眼睛拥有黑暗而进入脚底的阴影何等沉重

而新的女性神话就从这"黑暗"和"阴影"中诞生！《女人》中反复使用某种创世和先知者的口吻，并非出于狂妄和虚荣，而正是出于对这一使命的深刻自觉；某种巫术氛围的笼罩也并非意在故弄玄虚，而正是创造神话的自然产物。

所有这些都不仅造成了这首诗强烈的超现实效果，而且带来了浓重的东方

色彩。作者的艺术追求显然很大程度上受到例如塞尔维亚·普拉斯等西方女诗人的启发和影响。诸如《母亲》中那种深挚的沉痛、《独白》中那种刻骨的疯狂和《沉默》中那种不动声色到近乎残忍的死亡礼赞，确也表明女性诗歌作为一种世界现象所可能产生的内在沟通和普遍联系。但是从根本上说，每一个女诗人只能依据于她独特的生存状况和文化背景写作。正因为如此，她们才彼此无可替代。《噩梦》中的"你整个是充满了堕落颜色的梦／你在早上出现，使天空生了锈／使大地在你脚下卑微地转动"明显参照了普拉斯"我整个是一朵巨大的茶花／生长，来了，去了，红晕衬托着红晕"的诗意和句式，但是，还有比这两节更能彰著地标明两种根本不同的生存感受和生存姿态的区别吗？

需要经过细读对《女人》进行更具体的本文分析。作为总体评价，毋宁说它更多地启示了一种新的诗歌意识。如果翟永明是通过"创造黑夜"而参与了"女性诗歌"的话，那么可以期待，"女性诗歌"将通过她而进一步从黑夜走向白昼。

一九八六年岁末于北京

原载《诗刊》1987年第3期

面对"自己"的角逐

——评王安忆的"三恋" ①

程德培

> 阿波罗神殿的箴言"认识你自己"表达了人期求认识自身与他人。这条格言乃是全部心理学的渊薮。
>
> ——E. 弗罗姆

王安忆的那篇题为《面对自己》的精彩发言，不仅博得了同行们的许多掌声与感叹，而且也使得以往许多对作者创作的精彩判断和展望，重新面临着一次考验。当王安忆在1986年写作她的"三恋"时，当她在构思那篇精彩发言时，事实上，她也正面对自己以往所有的作品，同样，当我们面对作者1986年创作，事实上也面对了自己以往对作者的评论，我们欣喜说过的话已经应验，我们惊讶以前未曾被发现的新景观，很有可能，我们曾经自信的判断已经开始部分失效，我们曾经有过的错误猜测现在更加刺目，我们曾经忽略的现象变得愈加耀眼，我们消除了旧有的谜团继而又陷于更深的困惑……评论如同创作一样，都是一场面对自己的角逐。

一

王安忆的创作犹如钟摆，她不仅经常变化，而且频繁地来回于钟摆的两端：论题材，从农村到城市；论体裁，从散文到小说，从理论、评论到人物印象；论叙述的变化，从关心自身的命运到冷眼的旁观；论风格的不同，从主观的"自我中心状态"到冷峻的"非自我中心状态"；论笔墨，从重人情到重世

67

女性文学研究资料

故，从重抒情到重心理分析……由于她富于变化的多产，致使对其创作的描述与概括，多免不了马不停蹄式的浮光掠影。对创作来说，即使是表面轨迹，也是活动体，而对批评来说，即使是再灵活的观照，也不能摆脱其静止的命运。这样，静注目与活动体的冲突是不可避免的了，活动体的运动是自由自在，无拘无束的，而静观不仅是有对象的，且本身人是有视角限制的。所以，把王安忆1986年引人注目的"三恋"，作为一个创作过程，又放在这么一个认识的侧重面来考察，其不全面也是难以摆脱的。但是，对此刻的我来说，没有别的路可选择。没有片面性的创作面面观，此事古难有，想到这，我心安了。

王安忆的早期有过写"我"的阶段，所谓"雯雯的情绪天地"的概言便是一说，那时候叙述的，是"我"的插队经历、"我"在劫难平复后的骤变、文工团的琐琐碎碎，甚至在隐隐约约之中还追溯到了儿时的经历。这种种叙述之中又包括了这样一些冲突：舒适家庭之中娇小躁乱的心灵；热闹的儿时生活所掩饰的孤独；养尊处优、衣食无虑的女孩的自寻烦恼和心绪不宁，轰轰烈烈时代混乱中的寂寞与慌乱……那时候叙述的对象是"我"，但"我"所要叙述的动因则更多是为摆脱某种外在的压力，尽管如此，照作者的说法，也是很累人的，压力非但没有解脱，反而为外在的沸腾的生活激流所吸引，"和那些心与心彼此能够关照的平庸之辈，携起手来，开始了另一种远足与出发"。从此，叙述"小女孩"命运的"我"开始偏向了局外人，而关心局外人的命运又使得叙述者本身成了局外人。她开始冷眼，亦开始了旁观。她那与"雯雯"同声息的暖色曾赢得了许多许多的读者，而如今她那不露声色的说话竟也同样使许许多多的人感到吃惊，人们不免担心这位叙述者成熟得太快，忧虑她有没有老得太快的危机。持这种担忧的心理，事实上是太执着叙述视角与口吻的外在差异，当我们被作者创作上的变化所吸引的时候，是很可能忘却那不易被人注意的内在共同体的。要感谢作者1986年的献礼，以往的作品一旦与作者这"三恋"放在一起的时候，那遗忘了的共同点就作为另外一种差异而浮现在我们面前。在一个更大的钟摆面前，那原先小小的摆动也只能局限在大钟摆一端的那个变化不大的弧度之中了。

王安忆最初的作品，是让情绪沉浸在"我"的眼睛与话语中，而后的作品，的确又是过滤掉这种沉浸的情绪。这一点是变了，但是，有一点根本性的东西则始终没有变，那就是困扰作者的人与环境的冲突，人在某种环境压抑的苦闷、烦恼，以及人对环境的抵触与对出路的渴求。"雯雯"的命运是如此，《大刘庄》《小鲍庄》中的村民与知青们依然如此，还有那长期生活在都市中的好阿姨、谢伯伯们仍然如此。

而这种"依然如此"一直延续到眼下的"三恋"才有了改变，从《荒山之恋》到《小城之恋》到《锦绣谷之恋》，作者开始燃起了愈演愈烈的面对自己的战火。面对自己，谈何容易？一个人要看自己的脸，除了借助镜子一类的手段外，还能如何观照自己的容貌呢？然而，灵魂与心灵的面对自己毕竟有其奇特的效应，所谓反省自己，不就是把灵魂与心灵的一半分裂出去，作为另一半审视的对象。而我们呢？当我们面对这些作品的时候，不又是从另外的角度观望这一半灵魂与另一半灵魂的角逐、一半心灵与另一半心灵的撕咬吗？

二

三个作品因同有一个"恋"字，被我们放在一起，而它们本身又都因有着"荒山""小城""锦绣谷"的不同地名，表现了各自的独立性。三个"恋"字，归根结底都是几对相似而又不同的他与她、她与他，三个地名尽管不同，但却又都是"恋"的所在地，不同的是"荒山"是她与他的殉情之地，它是结尾，亦是开始；"小城"是他与她纵欲与灭欲之地，它是一个漫长的过程，回顾起来则已是瞬间；"锦绣谷"则是她聊以寄托愿望的地方，它是短暂的，却要长久地保存在记忆之中。若硬要说，三个"恋"有什么不同的话，那么实际上三个作品是涉及了情爱、性爱与婚外恋三个不同的母题的。

一个拉大提琴的他，一个生长在金谷巷的她，命运使他与她在应该碰见的时候没有碰见，而又使他们在不应该碰面的时刻走到一起，结果导致了一场荒山的悲剧。一场荒山的殉情是足以使人感动的，人们还能指责他们什么呢？而活着的人们偏偏又要讨论他们为什么而死。对他们来说，无疑是为了爱，为了诅咒今生今世命运分离了他们，无奈以求来生来世的拯救，为的是回报那些蔑视他们的眼神与口舌，他们的死不但结束了这场沉闷的故事，同时也确实摆脱了所有的烦闷。人们都说爱情是幸福，而他们好不容易碰到一起了，结果却适得其反，情爱收获的是一片烦恼，如果事情果真是纯粹的话，如果爱情果真就等同于幸福，那么他们聚合的愿望与爱情的等号，是值得怀疑的。问题在于，这种烦恼的到来，还掺杂着种种社会的烦恼、焦虑与偏见。

可以说，荒山的悲剧不仅是爱的悲剧，同时也是性格的悲剧。他过于纤弱与卑微，他对强大有着一种天生的依赖感，从小有着需要保护的欲望，他没有力量，从来都是孤独地和看不见的障碍作战，寂寞地在无名的苦闷中挣扎，被一种莫名的力量折磨，他是个太畏缩太懒散又太呆板的人。因之，他听到大哥洪亮的声音，就有了依靠，见到哥哥的魁梧，便有了安定感；他喜欢老师，喜欢老师是女的而又不像一个女的，实质上，他喜欢的是一位母亲的形象，母爱的力量与温暖，这也决定了他以后那又幸又不幸的婚姻。他的庆幸在于，当他处于最孤独、最寂寞、最懦弱的时刻借助婚姻的爱才得以安慰，他的不幸也恰恰在于他并不会适可而止，继续地把他对母爱的贪恋扩大到一个男人对女人的依恋，他超越了对母爱的需求，事实上也就宣告了原有家庭的破裂。事实上，他的幸与不幸在一段时间里便构成了他的幸福与悲痛，对他来说，幸福就是对昨天的遗忘，忘掉昨日的畏惧与屈辱，打消那纠缠不清的自卑情绪，同时，他的悲痛也正始于这种幸福的到来，一旦他得到了充分的母爱，一旦他那颗弱小的心灵在母爱的庇护下成熟了，他的男性的自觉也随之到来，他事实上已成熟到了不需附加条件地去追求爱的时候，于是，那以母爱作为基础的婚姻便受到了实质性的挑战，尽管他的挑战依然是不露锋芒的，甚至外表上看也是胆怯的。

《荒山之恋》在结构上是双轨型的，这位叙述者在为他铺下一条通往荒山的轨道时，也同时把另一位的她推上另一条与之平行的轨道。她的行程恰恰与他相反，她的幸与不幸偏偏在于她的早熟，太有主张，太懂得如何支配别人，她是一个精力与智力都过剩的那种人物。当他因着惧怕回避世间的一切而独独面对自己的时候，她却因着不怕嘲弄世间的一切而独独忘却面对自身，他有着太多的孤独、寂寞，她却过于喜欢崇拜、羡慕和豪华，他是个自卑的畸形人，她却是优越感很强的人物，他与她，在各自的墓穴解脱了各自的负担，终于有了这么一场情爱的殊途同归，共演了弃家庭婚姻于不顾而走向荒山的一幕。悲剧导源于人生出路的泯灭，而对他与她来说，这没有出路的悲剧才是可能的出路。没有出路的出路并不一定都包含叙述者的多少用意，对创作来说，完全可能的顺序有时是倒过来的。当人们在搜索着荒落落的山村，"一片草丛里那四只交错在一起的脚"惊动了发现的人们，也许正是这幅图景，才唤起了叙述者的许多灵感与追寻，才打开了通往《荒山之恋》的大门。

三

　　"荒山"中他与她的命运，很大程度取决于他们各自的性格，可到了"小城"，甚至连性格的作用也开始消退了。叙述者在《荒山之恋》中种种关于男女爱的战争的描述与言语，在那枯燥乏味的小城，在那积蓄情欲的练功房，在那顶楼永远没人的房间与那瞬间没人的幕后更衣室里，像命中注定的预言一样应验了。她与他这才开始了一场真正耗费情欲的战争，一场命中注定的没完没了的劫数。他与她的在一起，我们尽可以为他们寻找千条万条的理由，可以理解的理由与应该指责的理由，但有一条是最基本的，那就是作为符号的他与她，其性爱的不可避免。精神有自己爱的位置，性爱自然也应有性的位置。性爱是男女，所有的爱恋，不管其呈现的外观是如何地奇不可言，实际的基础却离不开性的本能。但是，性爱既是天使又是魔鬼，它既能把人带入天堂，也能把人推入地狱。现在，圆胖肥硕的她与有着孩子般形体、加倍成熟心灵的他，正在这地狱之门进行着一场真正的角逐。性爱无疑为情欲提供了宣泄处，性爱的爆发又以其奇特的快感满足了男女间原始的生命活动与同样原始的贪婪，平复了他与她无名的狂躁。但恰恰也在这满足的同时，他们却也跌进了那无底的深渊，被一种破坏力所驱赶、所逼迫而难以自制、难以自拔。当爱展现出原始的形貌，不可抗拒的本能便以欲的骚动驱迫着他与她的结合，同样的冲动迫使他们的肉体结合，在某种意义上讲，这种结合扯离了他们的灵魂。当他们拥抱的时候，夹杂着同样的依赖与孤独，夹杂着同样程度的爱与恨，他们彼此没完没了，涨潮落潮似的揪斗、撕咬和角逐，亲近与疏远、虐待与苛酷培养了同样的对虐待的期望，她与他加倍地消耗精力来寻求自身的喜乐，但也同样加倍地承受彼此的苦痛，他们付出一切与承受一切都是为着一个未具的生命。果然，新生命的到来也改变了这场战争的进程。在这个新生命面前，他们所面对的再也不是孤独的异性了，他们要摆脱这精疲力尽"游戏"的渴望也有了一个阶梯，顺着这个阶梯，他们各自跨出了相反的一步：对他来说"那生命发生在他身上，却不能给他一点启迪，那生命里新鲜的血液无法与他交流，他无法感受到生命的萌发与成熟，无法去感受生命交予的不可推卸的责任与爱"。奇怪，这生命中明明一半是他的，他将自己的生命分出去一半再面对他的时候，竟然却不能与他交流，而叙述者甲认为"需要隔着肉体去探索"的理由又委实太牵强了。不管怎样，这不能交流便沦陷了他，我们便认定这是堕入情欲所应得的惩罚，却又很少把他的必然归宿与叙述者的主观意志放在一起加以认真考虑。但有一点是肯定的，那就是他最终被流放在赌博台上的根源，明显地是由于他对新生命的抛弃。

相反，她没有这层肉体上的隔膜，她一旦熟悉了新生命，就和他疏远了，时时感到他的陌生，而那多年来折磨她的那团烈焰终于熄灭，在欲的熊熊大火之中，她获得了新生命的启悟，"心里明净得如一潭清水，她从没有这样明净清澈的心境，新生命的声音对一个母亲来说，犹如来之天穹的声音"。叙述者如此宽厚，以一种崇拜母性的仁慈，让她升入天堂。这位"腿粗、臀阔、膀大、腰圆"而又缺乏心计的她终于超越了他。透过这归宿性形象，自然地使我们联想起"荒山"上的那位拉大提琴的他第一次对女性的选择——他以其忧郁格外打动了她的柔情，唤起了她那沉睡着的母性，她不是那种女人，表面上柔弱文静而内心却很强大，有着广博的胸怀，可以庇护一切软弱的灵魂。心中洋溢的那股激情，是爱情还是母爱，永远也分不清……从"荒山"到"小城"，女性的美德之中竟有着那么多的"强大""广博""圣爱"的桂冠，使我们不得不为之感叹：女人！你的名字原来叫"强者"！

四

现在该轮到"三恋"之中最辉煌亦最需有诗意的一个名字"锦绣谷之恋"。这个作品显然是涉足了婚外的第三者，由于这样，以往几恋中的男女平衡在这里被打破，她首次面临着两个男人，但这并不妨碍女性依然是作品的主动脉。这个故事是从一个女性的心理开始蔓延开的，连景观也是颇具情结色调的：最后一号台风、最初那秋叶沙沙、腐烂的落叶、凉爽的秋风、清澄的太阳，宁静的心绪、平静的叙述之中映现一对夫妇平凡乏味的日常生活，当大自然要进入收获的季节时，这个由他与她组成的家庭都开始进入了它们的疲惫状态，彼此间的深知底细，使双方都不留恋对方，双方都互相不能彻底战胜，又不能相互地彻底打败，难以逃脱的微微恶心，时有的发作与争吵，时高时低、

中国当代文学史资料丛书

忽明忽暗的心理。一切的矛盾纠葛都似乎是由着她的情绪挑起来的，而一切的道理又似乎是生来为她准备的。

叙述者试图证明一种精神的需要，也就是人的精神世界不能全然的公开化、规范化，犹如夫妻间的那种知己知彼，那种习惯化的沉闷与疲惫，所以不止是男女间，而且就是人世间的许多东西，凡涉及精神，便免不了有更新的欲望，这如同人体内的呼吸系统与血液循环，总包含了大致上的新陈代谢。这种需求，从本质上讲，一方面是残酷的，一方面又是充满生机、充满活力的，包括了它的宽容与未解的期待。《锦绣谷之恋》的他与她之所以能恋得那么美好，是因为它事实上是他们俩都参与否定过去的行为，他们之间全部关系的美好，虽然是和她的全部心理上的预感有关，但根源还是在于他们对各自过去的厌倦。叙述者对她与他采取一实一虚的叙述方法，使得我们在了解了她是如何从这种新的关系中获得新的激情、灵感，如何重新体验到女性的魅力与男性的魅力，一种天底下只有两人才知的隐私以及它的神秘感，一种彼此间美好的诱惑哪怕是当中掺进了大量的幻象与虚构也不会逊色，因为这一切对他们来说都是全新的、未曾有过的，能容纳期待与美好寄托的，能克制与隐藏个人陋习，能为已经陈旧枯燥的自我提供一次重新塑造的机会……所有这一切，我们能从实在的心理情感活动中想象补充影子般的他。应当说，他们之间的所有美好都是建立在希望扼杀旧有家庭关系的基础上的，但是，他们必须保留这旧有关系，如果不是在扼杀过去的同时又容纳、保留过去使它继续存在的话，新的关系又难以继续地保持自己的一切美好，而最终做否定对象的预备梯队，重蹈被否定的命运。

所以，她在经历了锦绣谷的一番欢恋之后，又心安理得，甚至带有某种侥幸心理回到那个令她非常厌倦的家庭，而那场全然由她一手导演的婚外恋则纯粹地退回到了记忆的领域，它不仅是一段美好的回忆，而且还是这对夫妻处理相互间关系的理想平衡器，靠着它，她才能有效地平息内心的一切不耐烦；靠着它，她才向婚姻的宿命表示了她的默认与虔诚。锦绣谷之恋成了一种记忆，一种永远留存精神之中的逝去，也只有这样，记忆才对她有了管束与督促，她才避免了那难以避免的自暴自弃。锦绣谷之恋就这样给予了一个家庭以平静，以维持生存的能力，这到底又算得什么呢？这个家庭毕竟有其可怕的一面呀！问题还在于这种家庭生活的厌倦情绪是偶然的一个回合，还是所有家庭必然的一段，如果是前者，她的平静也同样令人吃惊，如果是后者，她的选择才表现了耐人咀嚼的深层。

《锦绣谷之恋》大概并无意去向人们证明一个家庭是否应该重新组合，它恰恰向我们证明了关于解决家庭疲倦的改良性对策，正如她最后所悟到的那样，"只是，有一串闲话，如同谶语一般跳到她脑子里，放大在她眼前，那便是：

算了
你要走了
我不和你吵了
屋里挺闷的
还不如出去走走——
——再说
走吧
时间到了
要回去了！"

五

统观"三恋"，恋的核心无非就在于审视男女间对于融会的渴望，而这种渴望无非正是"三恋"的三种出路：要么在一起，人体的一起留在荒山，而让灵魂的融会留在对天国的期待；要么是"小城"那样的分离，它是天堂与地狱的分离，也是灵与肉的共分离；要么就是"锦绣谷"的分离，让现实的可能成为逝去，而让渴望的可能留在了永远的记忆之中，这是可能与不可能的分离。

把"三恋"作为一个整体来看，那么这个世界的缔造者无疑将是叙述者，这个叙述者与作者有着很多不同，考虑到作者对叙述者行使自己艺术职能只是全部艺术活动的极小一部分，考虑到作者已将其部分的愿望、思考、意图、情绪的宣泄"托梦"给了叙述者，考虑到叙述者的另一半主人已是叙述语言的生存了，那么我们对叙述者的考察，完全可以不必太多考虑作者本人，作者也许现在正在把其另一部分的生命交付给另一位叙述者。叙述者是这样的一位角色，他一旦出现，就脱离了作者，但你要他脱离作品，那可是万万办不到的。当然，这位叙述者在"三恋"之中还是扮演了三个不同的角色的："荒山"之中，叙述者是全知型的角色，因为知道的太多，才导致了小说的双轨型结构，叙述者不仅知道这一男的过去与现在，而且还知道这一女的过去与现在，甚至连祖父隐秘的身世也都知道，他不但知道这一男的心里在想什么，而且也知道这一女的心里在想什么，因为知道的太多，以至我们都难以确知叙述者本身了；到了《小城之恋》，叙述者有所收敛，他的视线不仅局限于小城文工团中的这一男一女，而且也是很晚才认识他们的，连他们的身世都不太清楚，自然也无法交代他们各自的性格历史，所以，叙述者的话语画面感、动作性都很强，分析、交代、描述则停留在"旁白"的位置。整个"三恋"，在叙述者知与不知的问题上，基本是处于越来越少的减退过程，发展到了《锦绣谷之恋》，叙述者不仅不在幕后，而且登台表演了，做了女主角的朋友、影子、心理活动的话筒与辩护者，但是，他（她）对故事知道就更少，几乎仅局限于那个女的一个了。而对其余所有的人物的了解开始与读者处于同一视界，唯有通过女的才能了解他们，也正因为知道的少，才决定了《锦绣谷之恋》的叙述特色在于出色的、细腻而富有女性魅力的心理分析。至此，我们才可以完全地看清，小说是如何地完成那面对自己的审视的。从某种意义上讲，《荒山之恋》讲的是四个人的故事，《小城之恋》讲的是两个人的故事，《锦绣谷之恋》则讲的是一个人的故事。

既然三部作品都涉及男女之恋，又都涉及家庭、爱情、婚姻诸般问题，那么，我们探讨叙述者对于性爱的态度也是难以避免的。《荒山之恋》中的那个类似妖精的金谷巷女人，她尽管早熟，尽管有许多相好，尽管过早地从母亲那里知道了一些她不应该知道的男女纠葛，尽管她也有着无尽地折磨男性与吸引男性的本领，但是在女人应该信守什么的问题上，她独独坚信"只有将这个藏着，才是神秘的，深不可测，有着不尽的内容，叫男人不甘离去，叫男人爱也爱不够"。无独有偶，《锦绣谷之恋》的她，在男女问题上，那叫她等了几十年，又是意味着一生灿烂的锦绣谷之恋，其最精彩不过的剧目，也不过是一次次的精神之会，一次次记忆的陶醉。不错，《小城之恋》是彻彻底底地越过这个防线的，可敬的读者与评论家也为此争论不休，但是，叙述者又是毫不留情地使他与她彻彻底底地告别了性欲，无论是上"天堂"，抑或是下"地狱"。

这样，叙述者就露出其厌弃具体性爱的面目。"三恋"的字里行间处处隐匿着一种为难的情绪，那就是他一方面承认作为具体的、活生生的异性间的需求，或者是因异性而带来的情爱、性爱、婚姻诸方面需求的实际，叙述者用其锋利无比的叙述解剖了想掩饰的内里，但另一方面他（她）又确实否定了因需求而引出的行为本身，追求的必然与改变处境的必然；叙述者一方面让他与她认清改变现状的必然，另一方面又让他与她静静地默守着存在的事实，不管它如何需要改变。同时，叙述者又在这两难的抉择中，胜任地完成自身的美学，一种旁观者静默的美、一种叙述者透辟的美，对作者来说，这种美学在《锦绣谷之恋》中表现得最为圆满。我曾经说过，"三恋"实际上就是作者让自己的一半成为审美的对象，而自省另一半则又悄悄地糅合到了叙述者身上，然后通过叙述来看他与她的心理，来讲述他与她的故事，这样，既满足了人要窥视他人隐私的欲望，同时又悄悄地将某些自爱、自怜、自尊、自我掩饰欲、自我满足欲付诸可能的现实，这实际上是件多么激动人心的事。正因有了滔滔不绝的叙述与默默无声的窥视的双重满足，才造成了"三恋"的叙述，在畅快淋漓的心理分析之中又完满地透露出解脱、豁达、理解的喜悦。关于这种喜悦之情，我们只要看看"三恋"中一个个结尾的念头就可以了。一个是"荒山"那女孩儿妈想："女孩子在一辈子里，能找着自己的唯一的男子，不仅是照了面，还说了话，交代了心愿，又一处去了，是福分也难说了"；一个是"小城"中那位刚做母亲的她，陶醉于孩子把"妈妈"叫得山响，这声音令她感到一种博大的神圣和庄严；另一个则更是在透明的阳光里穿行，仰起脸，让风把头发吹向后边，心情开朗起来。这些心安理得的自我净化的收尾法，不仅是王安忆一贯的收尾模式，而且更是从作者在面对自己的角逐中，不断认识自己，解剖自己、掩饰自己、反省自己、升华自己的一整个过程中提炼出来的，我们也可以同时把它看作是角逐之后独有的静穆。

如果我们把"三恋"之中那一对对的"他"与"她"重新组合成一对他与她的话，那么，我们所指的自己并不是指的作者本人，而恰恰是那个可以作为集合概念的"她"。"她"是某种女性的细胞，"她"包含了女性所独有的敏锐、自私、偏见与局限的生命经验，对神圣母爱的崇拜，对女性一切力量、长处、智慧的自信，以及由此而来的对柔弱男性、差劲男子、不堪崇拜的男子陋习的印象与厌弃。实质上，作品中所表露出的对男女间的那些不满，归根结

中国当代文学史资料丛书

底都是由男人来承担的。天哪！在这个世界里，男人不得不改变自己的名字，而写上"弱者"两个字，他们不是窝囊地、糊里糊涂，没有主见地跟着别人去死，就是永远进了那个该死的赌台，他们不是被抛弃，就是做一个靠着女性的宽宏大度过日子的丑陋角色，而那唯一的一个侥幸地成为值得女人爱的男人，至多也只能生活在女人心里"怀的一个灿烂的印象，埋葬在雾障里，埋葬在山的褶皱里，埋葬在锦绣谷的深谷里，让白云将它们美丽地覆盖"。

这是个很有趣的现象，它充分地说明这场面对自己的角逐有着很大程度上的自我欺骗，所谓面对自己，就是一种自我的分裂，它一方面是对自己的反省，另一方面也是对自身的偏爱，它一方面是自我的解剖，另一方面又是一种自我辩护。这个"面对自己"的头脑，在很长一段时间里，总被一个问题所纠缠，"究竟，男人是怎么一回事，女人又是怎么一回事？"她的思考是很有意思，至少她那种女性中心状态的思考与特有的敏感，确实纠偏了世界上许多男性中心状态的偏见。这一点，我们只要读一下作者的那篇引人注目的关于男人与女人的思考录就清楚了。但是，很有可能的是，这种颇具锋芒的思考也会同时带来另一种偏见。这位曾决定叙述者思维命运的作者曾直言不讳地写道："上帝待女人似乎十分不公，给了女人比男人长久的忍饥耐渴力，却只给更软弱的臂力；生命的发生本由男女合成，却必由女人担负艰苦的孕育与鲜血长成，承继的却是男人的血缘和家族，在分派所有这一切之前，却只给女的一个卑微的出身——男人身上的一根肋骨。""女人生下来就注定是受苦、孤寂的、忍耐的，又是卑贱的。光荣的事业总是属于男人，辉煌的个性也总是属于男人。岂不知，女人在孤寂而艰苦的忍耐中，在人性上或许早早超越了男人。"这些再明白不过的话，完全可以看作是"三恋"的注脚。于是，这位女性在不平中呜呜不已，于是，便给了那位男人下"地狱"的出路，因为他被新生命的到来吓昏了头，所以理所当然地剥夺了他的继承权，剥夺了他们的光荣与辉煌，给了那位纤弱而又缺乏忍耐力，并不十分地爱情至上而又有许多牵挂的男人以荒山的丢弃；叙述者在所有这些对男人的贬斥之中唯独给了那寻找自我局限于迷惘的女性以很高的境界。小说的成因当然是复杂的，如果我排除去许多因素不论的话，光就这一点，作者却是为女性结结实实地出了一口气，而且这口气是如此不露声色、妙不可言，以至"三恋"中许多披露男性弱点的笔墨是那么地酣畅。如同女性的诸多特性只有男性才能觉察一样，这位"女性中心论"者在保卫女性尊严时，也主动地揭穿了男人们惯于掩盖自身的隐私。也像我们刚才谈到的那样，这种成功的主动出击及时地满足了女性的窥私欲。有人说，"三恋"写了"男人与女人"，我说，"三恋"写的是一位"女性中心主义"的目光是如何审视情爱、性爱与婚姻中的男人与女人。

概言之，还是那句话，面对自己的角逐，事实上也包括了认识他人，如果这"自己"是指的女性的话，那么解释一下就是，面对女人的角逐，事实上也包括了面对男人，而这种对女人的自我反省与自我认识，还会带有几分自爱，那么，它也必然地包括对男人的几分洞察与几分偏见。上帝把智慧与眼力给男人与女人，那么谁也别想占全。

1987年元月写于上海

注释：

①《荒山之恋》载《十月》1986年第4期，《小城之恋》载《上海文学》1986年第8期，《锦绣谷之恋》载《钟山》1987年第1期。

原载《当代作家评论》1987年第2期

女人：在神秘巨大的性爱力面前

——王安忆“三恋”的女性分析

王　绯

如果说王安忆“雯雯的世界”使人看到的是一种纯净文雅的少女的眼光，《小鲍庄》使人看到的是一种成熟的人老练地穿透人生的眼光。那么“三恋”使人看到的却是经过受戒后深谙世情的妇女的眼光。王安忆笔下的男人和女人正是在这样的眼光观照下，被神秘巨大的性爱力推入新的生命情境，在《小城之恋》《荒山之恋》《锦绣谷之恋》经受爱的炼狱。

在女性的感觉世界里，“三恋”的炼狱并不单纯以伦理的仲裁为归结，而是深入到人物心理最隐秘的角落，摆开情欲所酿制的生命难局与永恒困境，揭示出性爱在人类经验里所具有的神秘深度，赋予了作品性爱力之于女界人生的认识价值。正是由于每一次炼狱对于女人的特别意义，使我更愿意把它们当作女子写给女子看的、研究女性生命本体及命运的小说。

女人经过热烈情欲的骚动与洗涤，在母性的皈依中圣化自己，达到从未有过的生命和谐，是《小城之恋》最有深味的一笔。小说中那个近于憨愚的女孩子，在性爱力的驱策下不可遏制的原始生命的冲动，以及伴此而生的内在焦虑与罪恶感，表明了女人在性爱中穿越非人格意识层面、人格意识层面、超人格意识层面，从生物的人到社会、文化的人的深刻矛盾与痛苦。当她与他在剧团练功房同出入、两小无猜的时候，她保持着女孩子憨稚的脾性，占据着人世间最坦荡平和的心境。但是一旦男女以各自发育成熟的存在激起了异性意识，便一下子被性爱力推到阴阳的对立两极，产生一种不同寻常的相互吸引、诱惑的动力。于是，她和他的练功失去了以往明澈的心情，具有了加强异性特质的表

女性文学研究资料

演意味，极力在对方面前自我表现，以身姿的扭曲、肉体的疼痛，彼此的佯装仇视和谩骂，宣泄性饥渴燃起的焦灼苦闷之火。"他们并不懂什么叫爱情，只知道互相无法克制的需要。"她堕入情欲的深渊，被毫无节制的偷欢和随之而来的罪恶感淹没了。每天，她拖着幸福的疲乏，像幽灵似的在黑暗中摸回自己的宿舍，"又必得将这幸福牢牢地圈在心里，不可泄漏一点一滴"。就像在伊甸园的神话里偷吃了禁果而有了羞耻感的夏娃，"什么都不懂"的她由于文化习俗的熏染，不用教养就知道"什么是不应该的"，知道自己的纵欲偷欢"全是罪孽"，为自己"小小的年纪就不洁净了"而忏悔。但是她又难以抵御"自然的大能"（亚里士多德语）的驱迫，感到"这罪孽是那样的有趣，那样的吸引人，不可抗拒"。她在贪欲和罪恶感的忏悔中苦苦地来回挣扎，甚至想以死来逃避无法摒弃的肮脏欢情，摆脱性爱力的巨大诱惑。显然，王安忆在她与他的偷欢中赋予了一种人类嗜欲的原始生命力的象征，并通过人在这种盲目的原始推动力下的恐惧与内心挣扎，揭示出根深于人类生物本能中的性爱力，在社会与文化的交动关系里生存，并身不由己地为社会所修正为文化所训练的事实。谁能超离社会、文化孤零零地生存在这个世界上呢？谁也不能。她同样。因而，尽管她那么平凡那么卑微那么年轻，也必得像每一个为性爱力所驱动的人一样，负载着在社会修正和文化训练中，将生命主体的原始冲动从非人格性上达人格性，再进入超人格性的自我剥离的痛苦。王安忆的聪明恰恰表现在她能凭着女性的直觉，洞穿这种剥离对于男人和女人的不同意义。

不管她与他在神秘巨大的性爱力面前如何放纵自己，在肉体之上的灵的搏斗如何相同，或如何有差异，她和他无意播下的生命的种子，只孕育在她的体内。如果那是一颗罪恶的种子，男人所承受的一切仅仅是伦理式法律意义上的，女人却必须以鲜血和生命为代价，用一整个身体独自去承担那"罪孽"，被损害的最终是女人。从社会生物学的角度看，"女子一开始就以其巨大而营养丰富的卵子付出了比男子更多的投资额，而从怀孕起，对幼儿承担的'义务'就比男子更大。母亲对子女的投资大于父亲，不仅在一开始，孩子的整个发育阶段都是这样。十月怀胎，一朝分娩；哺乳喂养，照料教育，所有这一切，基本上都是由母亲承担的。从纯粹的生殖意义上讲，男子做父亲不费什么力，而女子当母亲则必须付出重大的代价"。（见《新的综合》）因性爱力之于男性总是侵略的、进取的、自私的；男性即使沉溺最无廉耻的贪欲和肮脏的欢情之中，亦能完整地保持住一个原本的自己；他们的自我剥离往往是伦理、法律意义的驱迫。而性爱力之于女人，在本质上是被动的无私的；她们的自我剥离更多的是来自生命本体的驱迫，这是一种天性的驱迫。对于这一点，罗洛梅在《爱与意志》中引用了如下的话进行说明：

> 男人初尝男女之欲后仍照旧保存他原来的样子。但是女人则变成另外一个人。这种新的改变有时持续终生而不变。……女人会怀孕，她在体内把爱的结晶滋养了九个月。爱的结晶在她体内慢慢滋长，这结晶不仅涉入她的生活，而且终生不离。她成为一个母亲，即使她的孩子不幸死亡，她仍然是一个母亲。当她的孩子涉入她的心灵时，这孩子便永远不会离开她。即使孩子不幸死亡亦然。这一切是男人所不知道的……男人不知道"爱"前与"爱"后的区别，不晓得做母亲之前与做母亲之后的差别。只有女人才知道它、谈起它……她必须永远保持着处女之身，否则她便得永远当一个母亲。在爱前，她是一个处女，在爱后，她便永远是一个母亲。

性爱力把两性合一的新生命真的留在了她的体内，像所有的女人一样，她的母性便由这孕育着的小生命唤起。她"极心爱那腹中的生命，好奇得不得了"。母性还了她早已失控的自制力量、弃戒了骚动着她的性妄念，她"非常的平静，心里清凉如水，那一团火焰似乎被这小生命吸收了，扑灭了"。她怕他会扼杀这生命，躲着他，在领导面前否认和他的关系，拒绝去做手术，甚至忘却了这小生命一旦喷薄而出，自己所面临的危难。只是不顾一切地临在一个神秘莫测的深渊，把那贮藏着人类整个生命的小东西，守护在宁静的心田。当一对双胞胎从她的体内分娩出来的时候，她彻底超越了他。一双真实的生命给了她最好的教育，她感受到的是生命交予她的不可推卸的爱与责任，于是曾经堕落的灵魂在母性的皈依中圣化了。借着母性博大无私的力量，她那么自然迅捷地升入超人格性的意识境界，在艰苦的劳作中独自负起养育儿女的重担，"比以往任何时候都更干净，更纯洁"。他呢？却"被他自己的痛苦攫住了"，被不期而至的新生命吓坏了。隔着皮肉，男人无法直接得到生命的教育，无法强烈感受到生命给予人的爱与责任，他只能从"越长越与他相似"的血缘的圈套里逃遁。她则永远成为一个母亲。

比起男人，女人在神秘巨大的性爱力面前所必须承担的繁衍种族和养育世界的母性责任，是太沉重太艰辛了。因为有了母性，才使女人活得伟大，活得崇高，活得独特，活得艰难。作为类的存在，她们似乎永远也摆脱不了某种生存的可悲意味。尽管西方女权主义运动曾表现出偏激的反母道倾向，在现代女性中也出现了许多反母道的逆人性思想和行为，但是母性作为文化进步的最大成就之一，已经不是个人的非社会性的表现，而是作为一种文化遗业，一点点积淀成为女人的社会本性，并代表了一种不可毁灭的自然基本规律。这就决定了女人只有在"自然的大能"与伟大的文化职务的结合中，才能达到生命主体的和谐。《小城之恋》所展示出的由于母性的皈依，使女人在"人类的人格"的许多方面对男人的越超，表明了王安忆对性爱力之于女界人生的一种深刻的理解。这是只有女作家才可能有的理解与体悟。

有必要说明的是，在能够自由控制新生命发生和滋长的现代科技时代，拓展了人的行为约束领域，减少了某些因生育问题而引起的恐惧与焦虑心理，并带来了某些相应的观念变化。这使得性爱力对于女性的困扰从生物层面的无意识领域，向内转至心理领域。从此，对于大多数女性，母性的皈依并不一定仅仅是实体性的选择，而表现为一种向社会文化心理的就范。女性为人母的社会本性作为一项社会遗业，牢牢地积淀在女性的心理深层，使她们难以拒斥类天性中的文化职责。女人在向母性的皈依中圣化自己的文化性格，自然不会因为时代的前进而发生质变或泯灭。这就使《小城之恋》所写的一个女人在爱的炼狱中的涅槃，具有了普遍性的认识价值。还应强调一句，作品中的她对于由道德传统和法律所限定的"正出规则"的反叛（任何文化，都规定女子先婚后育，并对非婚女子的生育采取贬斥态度，认为只有女人和子女不能构成完整的家庭单位），并不体现伦理的意义，而是暗示着女人在爱的炼狱中的涅槃，所包含的以自我牺牲为代价的悲剧精神。

也许，永世的夏娃们在神秘巨大的性爱力面前所要承受的比男人多得多。使得她们的性爱更是灵的。时常，女人借性爱力打破与所爱对象的隔离、孤立的僵局，把自己给予对方，并不是为了寻求肉欲的满足，而是希冀在两性合一的统一关系里，在一种新生的共存状态中，实现个人性的充实完满的自体感受，达到精神上的自我肯定。她们的欲望常常是属情的。这里的两个女人——

"她"和金巷谷的女孩儿，竟然拼命去爱同一个根本不值得那么去挚爱的性弱的男人，一个忍辱负重，一个慷慨殉情。她们为情爱所付出的与所爱对象的价值太不相称，让人觉得女人的某些奉献与牺牲十分可悲。王安忆就是在这样的可悲里，塑造了两种能够揭示性爱力之于女界人生某些奥秘的心理类型，使《荒山之恋》有别于一般的言情小说。

女人并非都倾心于坚硬的男子汉。像她那样独立性很强，并以母性融化爱情、用母爱包容一切的女性，情爱像是一双用心展开能够给人以庇护、能够被人所偎依的柔软温暖的巨大羽翼，永远与给予、怜悯、保护连在一起。

当社会的进步把女人从附属的地位变为独立的个体时，这种愿望更有了实现的可能。于是，这种心理类型的女性往往绕开那些过于自负，各方面都很强的男性——她们不钟情于硬汉子，在这样的男子面前她们永远是弱者、依赖者，感觉不到自身温床存在的价值，更难以唤起女儿般的柔情，舒展开深厚博大的母性——在比较弱的男子那里找到了实现自我的温床。对于她，爱情的先导不是一般女孩子家那种对男人的崇拜、羡慕，而是深深的同情。她与他结成伉俪之爱，是因为他女人般纤弱的气质中流溢出的忧郁打动了她少女的情怀，唤醒了沉睡的母性，"她愿意被他依赖，他的依赖给她一种愉快的骄傲的重负，……也使她深厚的柔情和爱心有了出路"。她像个小母亲，熨帖着他少时留下的心灵创痛，小心翼翼地维护着他的自尊，爱护着他的事业和前程，使他在融入了母性滋养下，像一个瘦弱不堪的婴孩，一点点长大起来，强壮起男性意识。"他觉得，她的爱抚将他整个生命挽救了"，而且要一辈子全心全意地对她好，回报她温柔的爱抚。但是，他的软弱使他不足以抵御婚外之恋的巨大诱惑。当他背叛了她，堕入新的情网，她的一切痛楚、怨愤却被博大宽厚的母性软化了，就像圣母高高地站在圣台上，怀着爱心接纳一个个肮脏负罪的灵魂。他的每一次堕落，都使她"忍住心里的苦楚，将他抱进怀里，……求他魂兮归来，徒然地希望用自己的温暖召回他来"，乃至他为了婚外之恋弃绝了人世，她也不恨他，因为太心疼他而怀着宿命的怨悔。如此的挽救与谅解，并不是单纯出于传统妇女观中千方百计维系现存家庭秩序的利害考虑，更不同于旧式妇女那种软弱可悲的奴隶情感，而是为了在母性之爱的最完备的实现中，获得自体感受和自我肯定——"女人爱男人，并不是为了那男人本身的价值，而往往只是为了自己的爱情的理想"——王安忆洞穿了许多女子为不配她们那样去挚爱的男人去牺牲、奉献的心理奥秘。

值得回味的是，母性的情感态度和为人准则，使她像一个被宠坏了的儿女们置于死地的可悲的母亲，本希冀以宽厚、温爱、良善来校正人生，却反被人生的恶、冷酷、狭隘所报应。这不能不说是女子母性过剩所带来的适得其反的人生悲哀，也是一种像她这样的"保姆型"女人的性格悲剧。如果女子们在向母性皈依的圣化情绪里，在母爱过剩的自体感受中，能少一点对于天性的屈从，多一点对它们的主宰与改造（当然，这样的改造不等于对天性的毁灭），或者使自己的行为带上几许"反天性"的意味，也许永世的夏娃们在性爱力面前获得更多的人的自由。其实，母性不仅是生物本能的，也是社会、文化的。人类社会学所暗示的人的本能的可变性，为人类母性的改造提供了可能。但愿经过几代、几十代妇女的共同努力，在社会高度发展、人性获得全面解放的未来，和母性相携手的永远是人间喜剧。

金巷谷的女孩儿则属于另一种心理类型。她喜欢在与异性的调情中实现自体感受、达到自我肯定。因而她的行为带着某种对于在社会文化的限制之下，两性不能自由地屈服于原始冲动的反抗试探。她鄙薄文化习俗，在两性关系的各种周旋中玩乐人生，聪明地驾驭男人，在爱情的游戏里永远扮演自主的角色，表现出极强的征服欲。然而，爱的真正价值在于它能高度地体认到自我，同时又能高度地专心于他人，在一种自由的境界里达到两性合一。她的那种包括与丈夫在内的嬉戏式、调情式的爱，却有着无法弥补的内伤——不能扬弃与对象之间的疏离，在相互隔膜的孤立状态下更难以获得"自我投入"的忘形欢乐。于是，她倾心于调情的性习性衰疲了，"想找一个人让自己使劲爱爱，看看自己究竟能爱到什么程度"。由于这种强烈的自我投入的欲望，使她陷入了新的与社会文化相冲突的两性试探的险境，毁灭了自己，也断送了那个怯弱的有家室的男人，她和他都是已经得到人生受戒的成熟的人，各自都有着曾为之心荡神怡、自足自乐的婚姻，一旦在具有毁灭力量的性爱力面前斗胆进行两性试探时，便身不由己地解除了将夫妻关系范畴起来的文化禁忌，失去了对本能的节制。他便"明知她是逢场作戏却不由自主地被引动了心"；她确是"逢场作戏"，不料却"弄假成真"；互相的渴望"犹如大河决了堤"。她和他都忘形地投入了，却又因为都不是自由人，而不能达到自由境界的真正合一，于是，投入得愈深，就愈感到压抑和痛苦。人类婚姻和家庭的缔结本是复杂的文化引诱的结果，一旦打上社会的印记，就要在法律、道德等的认可中受到限制和干预。社会文化的这种近乎天命的力量，同两个斗胆解除了文化禁忌的人在性爱中盲目的推动力的驱迫下进行两性试探的行为尖锐冲突。她难以抗衡，深深的投入又总是伴随着与所爱对象在自由的境界中合一的强烈欲望，于是想用离婚摆脱困境。但是她面对的是一个既舍弃不了她，又舍不得斩断与妻子、女儿所结下的血缘关系的男人，根本无法选择积极的方式来实现自我。爱——真正的自我投入，意味着自身对积极方面或消极方面的撇开。如果说最初的两性试探使她在积极的方面感受了自我投入的忘形欢乐和喜悦，那么两性试探的结果给她带来的却是消极方面的绝望与焦虑，她只能在与他"生不能同时，死同日"的殉情里，达成在生的现存中无法获得的自体感受，实现精神上的自我肯定。她依照自己的愿望和方式结束了她与他的生命，有点像玩火自焚。她的悲剧，不能归结为对无爱婚姻的反抗，或为有价值的性爱献身这样的悲剧意义，而是昭示出社会文化使两性关系超过了生物本能的赋予和自然状态所潜在的人类不自觉地进行两性试探或反抗试探的危险，宣喻了社会文化与生命永恒的矛盾与悲剧冲突。正如马林诺夫斯基所说的："亚当夏娃以来，大多数的纷扰都是性的冲动作了渊源的，它是大多数悲剧的原因。不管我们所遇的是在今日的事实，或是过去的历史神话，和文学作品。然而纷乱事实的本身，就已指明有些势力在制裁着性的冲动；人并不是对于自己不可满足的欲望容易投降的，乃是创设了藩篱，制定了禁忌；而且藩篱和禁忌的势力非常之大，大得等于天命的力量。"（《两性社会学》）如此，在性爱力面前"节制自己的身体、节制自己的情感、节制自己的享乐纵欲"，"克制自己以保持我们的笃正"，对于女性也许是特别必要的。这是弗洛伊德的主张，他有一个关于升华的学说，强调对于情欲的控制和疏导对文化的发展及个人的性格都具有特殊的价值，认为"经常压制自然本能的结果，反使我们获得一种优雅的气质"。金巷谷女孩儿的悲剧所揭开的性爱力之于女界人生的重要意义，恐怕就在这里。

　　我一直以为，女人在性爱力面前比男性更注重、更强烈需要的，不在于性本身，而在于一种关系。她们对于性爱中自然的接受性、持久的亲密性、充实完满的自我肯定性格外重视。可能因为女性的这种心理特点，才使西蒙·波娃感叹："男性的欲望急切多变，朝生暮死有如蜉蝣；一旦满足后马上就消失了。女人常常在这之后变成爱情的俘虏。这就是伟大的文学、诗词、音乐的主题所在。" （《第二性——女人》）应当说，这是一个属于女性感觉和经验的主题。《锦绣谷之恋》就蕴含了这样的主题。王安忆立基于对同类的"心相知"，在这样的题旨下展示出较为普遍的女性之爱的内在状态。

她和丈夫因为太认清彼此，夫妻间"早已将对方拆得瓦无全瓦，砖无整砖"，没有一点隐讳、秘密可言，"消失了性别差异"，也麻木了她作为女性的全部感觉，却"既没有重建的勇敢与精神，也没有弃下它走出去的决断"，只是紧紧地互相捆绑着，锁闭在狭窄的小窝里，"互相糟践"。"太认清彼此常常会破坏爱情"（西蒙·波娃语）。而世俗平庸、乏味的婚姻家庭状态，使源于爱者双方的彼此需要和渴望克服隔离、实现合一的亲切经验成为一种多余，爱情的贞洁性和永恒感也一点点被消损。一次庐山的邂逅，瞬时的恋情复苏了她已经麻木的感觉，"她以她崭新的陌生的自己"，"又体验到许多的崭新陌生的情感"，"重新发现了男人，也重新意识到了，自己是个女人"。虽然，她在锦绣谷之恋中所寻求的并不是性，而是一种关系，她与他（作家）在无言的缄默中彼此强烈的感觉，神圣的交流，吸引着她的首先是"一切都是几十年前就预定好了似的，是与生俱来的"自然的接受性关系。于是，她感到自己逃脱不了，"也不打算逃脱了"，全身心融化在那爱里。她时时神秘感觉着的，事事幸福地陶醉着的，同样是一种性爱中持久的亲切性关系，一种对于自己作为人和女人的肯定和确认。正是这种寻求，使她（女人）一旦爱了，就不能不变成爱的俘虏，庐山的分手，实际上是她与他即时性爱的终结，她却依然渴望着、寻求着这种关系的延续，在苦苦的思恋中"焦灼得就犹如热锅上的蚂蚁"，徒劳地等待着他的来信。他却蜉蝣一般永远地离开了，留下了一句谶语般真切的话：走吧，时间到了，要回去了！轻轻松松地告别了难忘的一切。她和他的爱仿佛雨后出现天边的一弯七色彩虹，很快就褪去了迷人的颜色，留下的是一片无际的空白，一段用回忆维系的五彩梦。即时性的爱制造出最美丽的幻觉，在极自然的接受性关系里呈现出充满亲密的诱惑，却终归要演变成逃离性或蜉蝣般的爱。她不可能凭理智认辨这种爱，过度地将自我投入到即时经验中，在美丽的幻觉所临时架起的亲密关系的诱惑里寻求一种实在和永恒。这就不能不使她像天真的孩提执着地做着大人们不屑于认真对待的荒谬的游戏。纯然女性的感觉方式、切入角度、叙述口吻，使这篇作品的男性主人公——作家处在陪衬的被感觉的地位，心理内容显得糊涂而抽象。他的情感形迹的来无影去无踪，则在作品中延宕出许多心理空白，使人感到他就像一只蜉蝣，爱的唤起与逝去同样那么轻易，淡淡的，没有清晰可感的痕迹。这之中似乎潜藏着一种象征的意味。与他相比，她的心理空间的显层次和潜层次均被充塞得满满的，描绘得具体可感、纤毫毕现，使人看到她（女人）一旦掉进爱河里（即使那是瞬时性的爱），便实实在在地燃烧起来，由于渴望和寻求的不是一时性欲的满足，而是一种具有自然的接受性、永恒的亲密性、切实完满的自我肯定性的情爱关系，她便成为那爱的俘虏，被情爱中的关系牢牢牵挂住。使女性之爱逝去很难，失望也最彻底的同样不是性本身，而是性爱中的关系（她对丈夫的失望，对作家的爱以及后来的淡忘，都是这样）。

王安忆把自己讲的"一个女人的故事"，称作"一个什么故事也没发生的故事"，显然不是在故意饶舌。她在女主人公对于爱情的故事的宿命和虚无情绪里，暗示着一种女人命定的沮丧，又从这沮丧里伸展出女人打破伊甸园的天真而走向成熟的希望。她不是就眼看着这个做了爱情俘虏的女人，在一个早晨想通了一切，"平静下来"，认定"什么事情也没有发生"后，踏着金黄色的秋叶"一个人没有故事地远去了"么？

当一个古老而伟大的主题，蕴含在被作为最后判定为"什么故事也没有发生的故事"里，以虚渺的不和谐音中悄悄溢出的是反拨的余韵。

原载《当代作家评论》1988年第6期

两个69届初中生的即兴对话

王安忆　陈思和

陈：你看过《出道》没有？就是发表在《上海文学》去年第九期上的那篇。作者真写出了一个"文革"时代上海市民社会中的少年阿Q。他的人生开端，适逢一场史无前例的灾难，他的许多朦朦胧胧的感受中，都含有悲壮的味道。

王：我看过的，好像这个人物是71届中学生，也有点儿接近69届、70届的那一伙。

陈：差不多。他与你笔下的69届初中生一样，你的人物都偏重于自我心理分析，属于理智型，而《出道》里这个人物则是懵里懵懂的，在行动上比较受外界环境的支配，他的自尊、自豪抑或愚昧在这里还只是表面现象，更主要的是揭示了无知的价值，它多少证明了十年以前的那场上山下乡运动，正是在无知的基础上展开的，它与俄国民粹运动不一样，没有丝毫的神圣性。志强这个人物更具市民社会的特征，可以说是你所写的69届形象的一个补充。

王：69、70、71届这代人其实都是牺牲品。我们不如老三届。他们在"文革"以前受到的教育已经足以帮助他们树立自己的理想了，不管这种理想的内容是什么，他们毕竟有一种人生目标。后来的破灭是另外一回事。可69届没有理想。

陈：我记得你有过一篇短文章，对"6"和"9"的颠倒字形作了分析，是很有意思的。69届初中生，就是颠三倒四的一代人，在刚刚渴望求知的时候，文化知识被践踏了，在刚刚踏上社会需要理想的时代，一切崇高的东西都变得荒谬可笑了。人生的开端正处于人性丑恶大展览的时期，要知识没知识，要理想没理想，要真善美，给你的恰恰是假恶丑，灾星笼罩我们的十年，正好是13

岁到23岁，真正的青春年华。

王：即使到了农村，我们这批人也没有老三届那种痛苦的毁灭感，很多都有《出道》中志强那样朦朦胧胧的，甚至带点好奇和兴奋的心态。而在我们这一代人的朦朦胧胧之中，整个社会就改变了。我们这一代是没有信仰的一代，但有许多奇奇怪怪的生活观念，所以也是很不幸的。理想的最大敌人根本不是理想的实现所遇到的挫折、障碍，而是非常平庸、琐碎、卑微的日常事务。在那些日常事务中间，理想往往会变得非常可笑，有理想的人反而变得不正常了，甚至是病态的，而庸常之辈才是正常的。

陈：这一代实际上是相当平庸地过来了，作为一个作家能够表现这种平庸本身并加以深入发掘，实在要比虚构出一段光辉的历史更有意义。

王：记得我刚刚写完《69届初中生》时，你说过这样的话：雯雯在前半部分是写我自己，后半部分走到平凡人中去了。这有道理，雯雯当然不是我的全部，我后来当了作家。为什么能当作家？就是因为我比雯雯复杂得多。这也是《69届初中生》简单化的地方。人还是有差别的，我有时候会相信古典主义，喜欢起华丽的辞藻，向往崇高。

陈：那是浪漫主义。其实69届一代人很难有浪漫气。

王：不过人的精神境界的高低还是有的。境界高的人，有时有点孤独。

陈：其实每个人都有同样的体验能力。你能感受的，人家也能感受。只是有的人意识到了，有的人没有意识到，没有领悟。即使是庸常之辈，也有很复杂的心理。我喜欢看你的小说，就是因为你把普通人写得很丰富。雯雯就是一个丰富的庸常之辈。在你写了《墙基》《流逝》之后，许多评论家都很高兴，赞扬你从雯雯的"小我"走到了"大我"。但我始终认为你更适合于写雯雯这样的人物。问题是一个作品的深刻程度不仅表现在它所展示的场面的大小，还可以表现在人物心理挖掘的深刻程度上。有时很奇怪，一个经历很复杂的人，不一定感受就很深刻，有些人"文革"时期挨过整，受过苦，恢复原职以后反而变得麻木、卑琐，这是为什么？是不是经历过多，更压抑了心灵感受新事物的能力？有些人经历不复杂，可是他对生活体验得深透，心灵的感受能力强，认识事物就深刻。你说歌德的经历有什么惊天动地之举，他的作品也没有托尔斯泰那样的宏伟画面去概括德国整个时代吧，但他就是把人物写得相当深刻，一个维特，一个浮士德，都展现了时代的精神。我觉得也应该从这个标准来要求你。我写了《雯雯的今天和明天》，我不希望雯雯没有明天。你完全可以把这个人物写得更深刻。我喜欢这个作品，是因为你写了一个很平庸的人物，没有英雄气，与外国的教育小说不一样。这是我们这一代人的最大特色，作品毫无做作地刻画了这一代人。

王：我们这一代人被捉弄得太厉害。叶辛曾告诉我这样一件真人真事：他在贵州插队时有一个女孩子，在知青回城时，唯独她还留在那儿。后来，村里有一个又丑又穷的无赖打她的主意。那无赖就对她说，你应该结婚，不然就要灾难临头了。不信你将一只电灯泡放在哪个地方，如果三天内打碎了，那就是真的。那女孩子真的这样做了，到第三天，一不小心果然把电灯泡打碎了，她就哭着去找那无赖。无赖说，你再去把一件东西放好，如果三天内又打碎了，你就必须嫁给我，不然你就大难临头了。她便又去把一个灯泡藏在箱子里，心想这下不会再打碎了吧？一天、两天过去了，第三天恰是好天气，她忽然想去晒晒箱子，结果真的又把灯泡跌碎了。她真信了，就嫁给了那无赖。后来叶辛去看她时，她一句话也不说，抱着孩子，坐在门槛上，就是哭，一个劲地哭。你看，人到这种时候，什么都会相信，一张扑克牌都能决定一个人的终身命运。

陈：可惜的是这些事在知青文学中反映得太少，知青作家始终没有像西方现代青年厌恶战争那样去厌恶这场上山下乡运动，没有对它的反动本质给以充分揭露，实在是使人失望的。中国历史上任何一次人口大迁移都是残酷的，或者战争，或者专制性的迫害，但人口的迁移在客观上也促使了文化的横向交流，在惨重的代价下也多少推动了社会生产力的发展。知青上山下乡运动除了给国家，给一代青年白添了巨大的损失以外，我真不知道促进了多少文化的交流。知青原来在城市多少经过一点现代文明的熏陶，他们刚刚下乡时也确实抱有天真的想法，可是下乡后遇到了什么？中国落后的农村文化像汪洋大海一样包围了他们，吞噬着他们身上萌芽状态的现代文明，经过几年下乡，到底有几个人的素质提高了？恐怕是极个别的吧。但文学作品并没有把这种倒退的历史悲剧写出来，即没有把落后的文化怎样抹杀现代文明萌芽的事实写出来。

王：不过情况不太一样。老三届下乡时，大多是满怀理想的，要他们承认自己的失败是很痛苦的，他们把这种失败也看得很悲壮。

陈：归根结底，还是没有正视自己的勇气。

王：还有许多人去过边疆，也许他们所接触的民众，还带有原始的先民风味，感受要好一些。但我就不一样，第一是69届初中生没有理想，第二是我插队的江淮流域，那里的农民已经受到较重的商品经济的污染，所以我在农村的两年中，很少有农民对我真心好过，有时表现得对你好，也是从私利出发的，不能说他们很坏，但也决没有那种无私、博大的气质，他们太穷，贫穷实在是件很坏的事，人穷志不穷是少数人的事，多数人是人穷志短。

陈：中国农民的贫穷是值得同情的，它是历史所造成的，这个责任不是由哪一代、哪一些农民能负得了的。但我们在同情他们的人生的同时，不能不认清他们身上的许多弱点。而许多知青文学，包括你的在内，却把农村写得一片纯朴，一片仁义，把城市人原来的各种烦恼、痛苦、厌倦的心情，在农村中予以解脱，一派民粹主义的味道，这显然是片面的。

王：我只插队两年，我总不能用我两年的经历去否定别人的经历。但就我自己来说，我对下乡本来就没抱多大的希望，我那时只觉得上海的生活太无聊了，无聊到病态，就想改变一下环境。但一到农村，马上又后悔了。以后就整天想上调，找出路。我那时跟我妈妈写信说："你当时阻拦我去，只要花一笔钱，让我先到我姐姐下乡的地方去住几天，我马上就会改变主意的。"真的，下乡以后，我后悔极了。就是后来进了文工团，我还是感到寂寞无聊，早上起床后不知干什么，这是很不好受的。在阳光明媚的下午，我感到更加惆怅，总感到这么好的天，我干什么才能对得起它呢？

陈：所以，你作品中每写到人物的百无聊赖的情态时，特别传神。

王：是吗？现在就没有这种情绪了。我发觉我的人生似乎是这样的，一个是写小说，一个是谈恋爱，经过一段时期，我小说写得成功了，也结婚了，这两件人生大事是同时完成的，这样，我好像就找到自己的路了。我现在的心境的确很平静。

陈：对了，你在作品中几处写到主人公三十岁以后，有了孩子，就感到人生似乎完成了，这是怎么回事？是否是某种心理暗示的幻觉？我觉得人生在三十岁之后，会面临更多更深的内心不平衡，这种不平衡不比青春期的幼稚与冲动了，往往是变得更加深刻、更加压抑了。生了孩子以后，在自我价值的辨认上恐怕会更加痛苦。

王：但这对于平凡的人生来说，这一些也就够了，我自己有时也感到这种心态很糟糕，可我也不太愿意打破这种平静，没办法了，生活环境已经把我铸成这个样子了，定型了。

陈：中国过去的女作家，如冰心等，在三十岁之后，都没有写出更好的作品，这是很可惜的事。往往人到了而立之年，社会形象已经确立，作家是作家，学者是学者，一般人都没有勇气打破这种心理平衡了。打破这种平衡，便意味着你以前所营造的一切将全部失去，这当然是很困难的。但在对自身，对人的认识上是应有不断的更新和深化的。托尔斯泰在这一点上不仅是作家的典范，也是所有人的典范。所以，怎样进一步认识自己，是三十岁以后人生面临的重大问题。对于文学创作来说，社会经历不是最重要的，关键是认识自己。对自我认识得越深，在文学上就越有创造。

王：在这一点上我也感受极深。我现在没有改变自己生活状态的需要，在创作上，过去写作是情绪的宣泄，是一种内心骚动所致，现在感到是在创造，为创造而创造，我可能遇到一种危机了。

陈：也不能说是危机。你有危机感，那说明你还是有清醒的自我意识。当你意识到自己需要改变自己时，这种意识就明确了。也用不着硬是去寻找需要。主要取决于心理上的变化，倒不是外在生活境遇的人为变化。而这种心理变化是很不容易的。所以，我对你能写出《小城之恋》，实在是抱着极大的喜悦。

王：可是我也挨了不少骂。现在人们把我列为"性文学"的作家，我当然无置可否。但我知道很多人都不理解我。

陈：你在创作这些作品时，最初想表达、探索些什么？这是我希望得到你的证明的。从我的理解来说：看了《69届初中生》以后我就感到你应该回到你自己。后来看了"三恋"，以为这是对《小鲍庄》的一个突破，你又回到了雯雯的反身收视状态。

王：这个感觉我也有。我曾告诉李陀说，我写"三恋"又回到了写雯雯，李陀不同意。其实我的小说确是回到了写人自身了。

陈：当然不能讳言你写了人所具有的性的欲望。这在新时期小说中有一个发展过程，认识性是与认识人自身同步深化与成熟起来的，一开始从极左思潮的禁锢中挣脱出来的时候，连爱情都只能写成柏拉图式的，后来写了人有爱的欲望，有性的欲望，但仍然是小心翼翼地躲藏在政治社会的盾牌后面。像张贤亮的"性文学"，还不是真正地写"性"，他是写人的"食""色"，两种人的最大自然欲望，在不正常的政治背景下被可怕地扭曲了。而这一点，恰恰是现在的许多批评家们最欢迎的，他们以为这不是单纯地写"性"，而是通过"性"来反映社会历史文化内容，这比单纯写"性"要有意义得多。我认为，这样来理解"性文学"，说明我们的文学还没有认识到写"性"的意义，进一步说是对人的认识没有进入一个自觉的阶段。这样一些作品，当然有它们自己的贡献和长处，但这种贡献主要还体现在把人当作作家表达自己社会评判的工具这一层面上，作品最终表达的还是社会问题，如社会历史环境是如何压抑人的正常生理欲望的，这里的"性"本身，只是被借来用于揭露社会的工具。所以，这种小说可以说是社会小说，但不是真正地对"性"———这种人的生理本能进行探索的小说。把"性"作为"工具"来描写，是"性文学"的庸俗化。

王：他们对这种小说容易理解，也容易评论。

陈：这类小说有很虚伪的地方，即使在审美趣味上也是这样。一方面写性，赤裸裸的，让你得到潜在的满足，另一方面又要罩上"社会意义"的外衣，你明明是对他写性感兴趣，可进入理性评判的时候，却心安理得地大谈其社会意义，摆出一副道学家的面孔。

王：我认为有两类作家在写爱情。三四流作家在写，是鸳鸯蝴蝶类的言情故事；二流作家不写爱情，因为他们知道自己难以跃出言情小说的陷阱，所以干脆不写；一流作家也在写，因为要真正地写出人性，就无法避开爱情，写爱情就必定涉及性爱。而且我认为，如果写人不写其性，是不能全面表现人的，也不能写到人的核心，如果你真是一个严肃的、有深度的作家，性这个问题是无法逃避的。

陈："三恋"的一个明显特点，就是把作品中所有的社会背景都虚化了。按理说，《小城之恋》中两个演员的恋爱婚姻，如果放在社会环境中加以考察，肯定发现它是受社会环境的多种制约的。但你把背景淡化了，从而突出了这两个人。你有意把读者的眼光集中在人自身之上，似乎打出这样的旗号：我的作品就是写人自身。人果然不能离开社会群体，但人本身又有他的独立性。你的作品就是强调后者，强调人的本体的生命力对人行为的支配、生命存在的意义、生命的延续等等。这就好比把人放在手术台上细细地解剖一样。

王：我写"三恋"可以追溯到我最早的创作初衷上去。我的经历、个性、素质，决定了写外部社会不可能是我的第一主题，我的第一主题肯定是表现自我，别人的事我搞不清楚，对自己总是最清楚的。一个人刚创作时，虽然不成熟，但他往往很准确地质朴地表达出一个人为什么而创作。我写《墙基》《本次列车终点》时，很清醒地意识到自己在追求什么，是在追求改变自己的创作路子，当时也的确感到走出雯雯世界很好，有很多新鲜的感受。但我在写"三恋"时却并无感受到很强冲击力，也没有执意去追求写性，我觉得很自然。我写的第一个故事是四个人的故事，是有生活原型的一出爱情悲剧，四个人好像在作战。爱情双方既是爱的对手又是作战的对手，应用全部的智力与体力。爱情究竟包含多少对对方的爱呢？我很茫然。往往是对自己理想的一种落实，使自己的某种理想在征服对方的过程中得到实现。《荒山之恋》中的那个男人很软弱，但他也要实现自己逃避的梦想，而那女孩其实是一种进取型的女子，他们其实都是为了实现自己的理想而走到了一起。当然爱情还包括许多很隐秘的东西，如到底什么样的女人才能战胜男人，往往很自卑的女子却能得到男子的爱，这为什么？第二个故事是写两个人的故事，《小城之恋》中的人物行为如不用性去解释，他们的心理和行为的谜就始终解不开。这个作品你已经评论过了。第三个故事是一个人的，一个婚外恋的故事，女主人公感到自己已在丈夫面前什么都表现尽了，丈夫对她也熟悉无余了，她有角色更新的欲求不能实现的感觉。其实她并不真爱后来的那个男子，她只爱热恋中的自己，她感到在他的面前自己是全新的，连自己也感到陌生。所以，爱情其实也是一种人性发挥的舞台，人性的很多奥秘在这里都可以得到解释。

现在我的处境很尴尬，有人说我写性，这一点我不否认；还有人说我是女权主义者，我在这里要解释我写"三恋"根本不是以女性为中心，也根本不是对男人有什么失望。其实西方女权主义者对男人的期望过高了，中国为什么没有女强人（确也只在知识分子中存在），就是因为中国女人对男人本来没有过高的奢望，这很奇怪。所以，我写"三恋"，根本不是我对男人的失望……

陈：真正严肃地涉及性，实际也就是触及人性本身。在巴尔扎克的时代，人是在社会学的意义上来确认自身的全部价值，把人看作是纯粹的社会动物，应该说这也是一种极端，但这种极端是被传统认可的。十九世纪下半叶遗传学开始发展，它使人意识到人性的构成除了社会文化的因素外，还确实存在着某种命定的力量。于是人们开始研究遗传学，强调遗传等生理视角来补充人物的性格缘由。这就出现了左拉的自然主义。过去我们往往承认左拉对人的社会性一面的描写，否定他对人的遗传性一面的开掘。其实应该反过来认识，左拉在巴尔扎克之后，他对社会性的描写没有超过巴尔扎克（当然也有个别方面是超过巴尔扎克的，譬如他写了工人斗争），但他对遗传方面的开掘则是新贡献。遗传科学的意义在当时还没有被人充分认识，然而到二十世纪就完全不同了。左拉对遗传的描写是凭才气想象的，没有科学根据，但他对人类认识自身提供了某种想象的基础。我觉得你的近期小说有点左拉味道，当然你的格局要比左拉小，只顾到人的自然主义的一面。

王：我确是感到遗传对人有重要的影响。

陈：关于这一点，我发觉你在《好姆妈、谢家伯伯、小妹阿姨和妮妮》这个中篇里已经接触到了，"三恋"又有了发展。所以我说这几个作品有意义，写性，在你只是为一种更为宏大的研究人的自我确认的目标服务的。《小城之恋》突出地强调了在文学上被长期忽略的一个角度，就是把人看作一个生命体，揭示它的存在、演变和发展过程。这就必定会涉及人的种种生理与心理欲望。人之所以有性，是人作为生命体所自有的，而不是一种社会现象。人当然有与社会不可分割的一面，他的奋斗、交际、欲望等，但"性"却完全是人所"私有的"，而不是社会的。在社会上人们所追求的是公有的——对公众有意义的东西，而性恰恰是私有的、隐秘的。过去从社会角度探讨人的性欲，总是把性欲看得很肮脏。对于性的描写，西方文学史上除了人文主义时期对之有强烈的赞美之外，一般也把性看作丑恶的。即使有性描写，也是因为"有利于揭露资产阶级的生活糜烂、精神空虚的丑恶"而存在的。连左拉似乎也没有摆脱这一点。而你的《小城之恋》则完全是从遗传学角度写性，性不再是一种丑恶的现象，而恰从生命的产生到生命的延续的重要过程，是人体不可缺少的、正常的有时是美好的现象。这样得出的结论与用社会学眼光得出的结论就显出不同，它不是从道德去看"性"，而是从生命本体价值上去肯定"性"。这样，"性"是与整个人类对自身生命体的研究的科学联系在一起了，这才会使"性"在文学中得到公正的评价。从这个角度说，劳伦斯的作品也有其值得肯定的一面。如果在他的人物中寻找社会性，其意义是不会太大的，他是把人作为独立的生命现象，他的性描写丝毫没有丑恶的感觉，完全是一种美好的感受。这是伴随着对人的更深刻的认识而产生的。这种用审美眼光来描写性的方式，在中国文学中几乎是没有的。

王：这可能与中国文化传统有关。中国文化中没有一套美好的"性语言"。中国人在饮食烹调上可以有无数好听的名词，光面叫"阳春面"，蛋白叫"春白"等等。即使是《红楼梦》，它涉及性的语言也是狎妓性的。这可能是因为中国封建文化发展过早，性太早就已经被功利化的缘故，像鲁迅说的，看见一条胳膊就会"三级跳"到私生子，因而在中国传统文化中不可能用审美的态度对待"性"。

陈：如果光从语言来说，中国古典文学中也有写性写得漂亮的，《西厢记》里就有。但关键是语言背后是否隐含了健康的文化心理。中国文化传统中当然有写性的语言，只是没有健全的眼光，把性作为人性的淫恶来对待。所以，这样的说法有其合理性：在文学中用审美的眼光来描写性活动，是不符合中国文化传统的。中国人的吃倒是审美的，非功利的。而性是为了传宗接代，是功利的。

王：中国人讲究吃也可能是性不自由的转移。中国文学中也有表现性的文字，只是并不直接去表现，而是寻找别的途径去表现性。我记得萧红有一个小说，写一个人每天独自匆忙地吃蛋炒饭，上面放着葱花，他的心理冲动给人的感觉就是一种性冲动，只有用性心理去解释他的冲动，才能了解他为什么这样吃有葱花的蛋炒饭。

陈：好像是《马伯乐》。

王：也许是的。我读了以后，再也不吃有葱花的蛋炒饭了。

陈：所以我说关键还在于语言背后的作者的情绪是否饱和，如果有饱和的情绪，情之所至，到时就非这样描写不可，决无猥亵的感觉，读这种文字，也给人以净化之感，而决非挑逗或发泄。

王：阿城曾跟我谈起在陕西观察到的农民对性的看法，他说那里的农民把性看得很崇高，很神圣。我没有去过这种地方，所以没有感受到这一点。我插队的地方，农民的人口也很多，也需要繁衍，但也许他们已经比较有钱，讨老婆不太难。所以，那里流传的许多关于性的故事以及笑话中，一点儿看不出性的尊严感、神圣感。不知阿城说的现象更有代表性，还是我感受到的更有代表性。

陈：追溯历史，在中国的神话和传统中对性也没有很好的描述，中国人对人体就没有正确的认识，这正与希腊人相反。中国礼教文化对人体的压迫很深重，总以为身体发肤受之于父母，不敢毁伤，连头发都不能剪削，否则就是不孝。这跟古希腊崇尚健美的风气完全不同。

王：我读《中国娼妓史》，作者追溯娼妓的起源，以为是古代巴比伦的宗教卖淫。巴比伦的少女，一生中必有一次是在一个清晨，跪在Venus的圣堂，第一个丢钱给她的男人，她则与他做爱，而此钱于她则成了一个神圣的东西。作者以此为印证，又找出一些模棱两可的史例，推想出我国娼妓的起源是殷代的巫娼。我却觉得他的推想并无可靠的根据，反而觉得我们大约正是缺少了这一个宗教"行淫"的起源，而使得"性"在我们民族心理中，永远无法美丽、光明和神圣。

陈：古典的不说，在中国现代文学史上，郭沫若、郁达夫等是中国现代文学中第一代赤裸裸地写性的作家，他们是在西方人文主义、浪漫主义思潮的影响下写性的，写得很直率。特别是郁达夫，他毫不掩饰地写性苦闷，写手淫，写窥浴，写歌妓等等，都写得坦然，但语言也很粗俗，表现了内心的痛苦和渴望。他是把性作为人自身的痛苦加以表现的。

王：他的《茫茫夜》所表现的是一种变态性心理，而且还带有中国文人的"士大夫式"的自我压抑感。

陈：对，士大夫的高雅气质是郁达夫意识中的一个方面。另一方面，他的本性又是非常从俗的，行动被从俗的欲求所驱使，高雅的一面马上从理性上对之限制和批判，于是出现了灵与肉的分离。这是郁达夫最痛苦的，而真诚地表现这种痛苦又是他小说中最精彩的地方。

王：有人批评我的小说完全脱离背景。我想现在批判写性的，最好先研究这么一个问题：为什么中国人谈到性总是摆脱不了一种肮脏感？为什么日本人对性有一种犯罪感？为什么西方人对性则习以为常就像吃饭走路一样？这种心态的差别已明显地带有社会性了。所以，社会性与人性是不可分离的，我以为，性既是极其个人的，又不是个人的，它已带有社会性了，我们以前太强调社会对人性的决定作用而忽略了人性对社会的决定作用。

陈：中国文化把性已弄得非常扭曲、非常阴暗了，现在不能再给性添以更多的阴暗了。对人类自身要有一个客观全面的认识，至少就不应该口是心非，不应该过分地虚伪。说性不符合民族欣赏的习惯，作为外交辞令是机智的，但要是拿来作为文学创作的规范则无异于赤裸裸地提倡虚伪，这倒不仅仅是对性的不同看法问题，而是一个国民性问题。

王：你看过话剧《马》吗？那个男孩是在追怀人类的童年。他带着人类初民对性的观念，性对他们来说还不是能完全公开的。我们认为，性行为是爱情的最高形式，但西方人却对之如此随便。那么，他们所面临的问题是，爱情的最高形式是什么呢？《马》是重新提出性的羞耻感，是对西方人对性的过分随便态度的反叛。而这种性的羞耻感已经带有对性的宗教般的神圣感，与中国人对性的肮脏感是两码事，这里还存在着一个否定之否定的差距。总之，人性这东西真是太微妙，太丰富了，每当我接触这种主题时总感到它是无穷无尽的。

（宋炳辉整理）

原载《上海文学》1988年第3期

"女性诗歌"与诗歌中的女性意识

翟永明

  "女性诗歌"似乎已作为某种风格和流派被广泛使用和被评论家界定，许多女诗人就此盖棺论定，成为"女性诗歌"的代表人物。但是，"女性诗歌"目前仍是一个含糊其词、模棱两可的概念，它的确切定义是什么？是否严肃的学术讨论对此有过检验标准？如果说女性写的关于女性的作品是"女性诗歌"，那么男性写的关于女性的诗歌是否属于这个范畴？"女性诗歌"作为一种现象已越来越引起诗坛关注，但把女性题材的作品从诗歌中划分出来，是否会带来一些混淆？此外，"女性诗歌"这个提法也许会使女诗人尴尬，似乎她们的创作仅属旁支末流，始终未真正进入纯粹的诗歌领域。如果确有"女性诗歌"存在，那么，真正重要的纯正的文化标准是否应以性别这个偶然因素影响对女诗人的作品进行鉴定和评价？事实上，仍然存在着一种对女作者居高临下的宽宏大量和实际上的轻视态度，尽管现在有时是以对"女性诗歌"报以赞赏的形式出现。编辑和评论家对女诗人大开绿灯，于是渐渐形成读者喜闻乐见的"女性诗歌"；然而，涉及对具体作品的分析评价，就会有许多限制性及大打折扣的方式。通常对女诗人的作品评论有一种定见。譬如我有两位诗友，平常对我的诗甚有好评，一次我却听见他们这样评论我的《静安庄》：女人嘛，写到这种地步就不错了。于是，有价值、有意义的就不是作品本身，而是性别的偶然性。基于这种普遍心理，对"女性诗歌"的赞誉就未见得让我们心安理得。也许我一直感觉到这种微妙差别的存在，或者是出于狭隘的女权心理，因此在1986年"青春诗会"上表示过这种心愿："我希望自己首先是诗人，其次才是女诗人。"

  我一直认为：作者有男女之分，诗歌只有好坏之分，诗人唯一存在的是才气、风格和创造力之分。每个诗人都希望对诗歌本身有所贡献。这种贡献必须是诗人广博的才华和独特的体验通过作品的坚实和深度而显现，而不是诗歌存在领域之外的其他因素。但是目前评论界对"女性诗歌"更多地是从社会学观点、妇女问题考察及女性内心世界分析等方面作定向研究，很少把诗歌文本孤立出来。从纯粹的诗歌价值和艺术的基本要素上进行具体分析，因而"女性诗歌"的批评辨别标准仍然混淆不清，进而影响到女诗人的创作。大量"女性诗歌"的范本表明这种探索已被推向一个遥远的与诗歌无关的领域，充斥其间的泛滥说教和煽动情绪，对现状不满的自我宣泄，以及灌输女性精神解放的概念，不失为妇女运动活动家有分量的宣言，但毕竟不能代替诗歌的艺术创作，使人难以信服它们的美学价值。

女性自身的局限性也给"女性诗歌"带来灾难性的后果。题材的狭窄和个人的因素使得"女性诗歌"大量雷同和自我复制，而绝对个人化的因素又因其题材的单调一致而转化成女性共同的寓言，使得大多数女诗人的作品成为大同小异的诗体日记，而诗歌成为传达说教目的和发泄牢骚和不满情绪的传声筒。没有经过审美处理的意识，没有用艺术的眼光观察与现实接触的本质，更没有有节制地运用精确的诗歌语言和富于创造与诗意的形式，因而丧失了作为艺术品的最重要的因素。

"女性诗歌"正在形成新的模式。固定重复的题材、歇斯底里的直白语言、生硬粗糙的词语组合，毫无道理、不讲究内在联系的意象堆砌，毫无美感、做作外在的"性意识"倡导等，已越来越形成"女性诗歌"的媚俗倾向。不知何时起，更形成了一股"黑旋风"。黑色已成为"女性诗歌"的特征，以至于我常开玩笑说，应该把我的《黑房间》首句"天下乌鸦一般黑"改为"天下女人一般黑"。不容否认，我在1984年曾为《女人》写下过序言《黑夜的意识》，后来又写过《黑房间》，不免又被评论家称为"黑衣""黑裙"的"黑女人"；如果说我开了个很不妙的头，那么这种群起而攻之的"黑"现象仍使我担心和怀疑，它使"女性诗歌"流于肤浅表面且虚假无聊，更为急功近利之人提供了捷径。

缺乏对艺术的真诚和敬畏，缺乏对人类灵魂的深刻理解，缺乏对艺术中必然会有的孤独和寂寞的认识，更缺乏对艺术放纵和节制的分寸感，必然导致极其繁荣的"女性诗歌"现象和大量女诗人作品昙花一现、自我消失的命运。真

中国当代文学史资料丛书

正的"女性意识"不是靠这些固定模式来表现,它必定会通过女诗人的气质在她的作品中有所表现,无论她写的是何种题材以及何种表达方式。问题不在于"写什么",而在于"怎样写","写得怎样",这才是关键。

说到这里,我发现我对"女性诗歌"的看法过于悲观了。事实上,一些女诗人已逐渐超越了仅仅寻求自身特性的阶段。她们通过作品显示女性的能力和感受,并试图接近艺术中最为深刻和广泛的问题——人类普遍的命运及人生的价值。东北的林雪,现在海外的张真,上海的陆忆敏也许是我通过作品接触而最能理解的女诗人。她们的诗歌代表了少数女诗人的艺术追求和价值取向,使我们欣慰:女诗人已越来越意识到自身的局限并逐渐置身其外,她们已有足够的自觉更关注艺术本身。她们正在扩展"女性诗歌"的写作方法、内容和主题,并比她们的前辈诗人更注重诗歌的形式感。因此,我们期待这种时刻:"女性诗歌"不仅仅是凭借"女性"这个理由在文学史中占据地位,但也不仅仅因为"女性"这个理由就无法与男性诗人并驾齐驱,站在最杰出诗人之列。

一九八九年三月十五日于成都

原载《诗刊》1989年第6期

女性文学研究资料

关于中国女性文学

刘思谦

　　80年代的中国文坛，伴随着女作家创作的繁荣，出现了一个对多数人来说还相当陌生的概念：女性文学。什么女性文学？怎么不来个男性文学？有的女作家对称自己为"女作家"也很反感。据30年代谭正璧的《中国女性文学史话》云，当年张若谷编《女作家》杂志，也遇到过类似的质问：你何不再编一份《男作家》？谭氏感慨道："夫女性而成为问题，女性之不幸也；为男性者，当本'同为人类、悲乐与共'之旨而扶掖之，赞勉之。今乃不此之务，反从而非嗤之；若昔张若谷氏编杂志《女作家》，或讥其何不另编《男作家》而只取悦女性。呜呼，有见此书而讽以何不另编男性文学史乎？"[①]"女作家""女性文学"之说，在相距半个世纪的历史里一再遇到相同的诘难，这里面可能潜伏着某种历史的奥秘，不是三言两语所能够解释清楚的。

　　女人其实并不怎么乐意把自己作为一个问题不断地被提出来，也不认为在自己的社会角色面前特别冠以"女"字是什么殊荣[②]。女性之成为问题，确实是女性之不幸，这不幸的历史根源是如此地悠久深厚，以至当历史地出现了"女性文学"这一新的文学现象时，人们还认为这是女性的什么优厚待遇。

1

　　两性关系是人类诸关系中最悠久的基本关系，它贯穿于人类历史的全过程，同人类历史相始终。两性关系就其产生的原初状态来说，是相互平等，相互需要的自然的关系，是人类进化过程中基于生存、发展这一生物进化的基本规律而形成的。然而，历史的发展却违背了这种自然的两性平等协调的关系。

自从父权制社会以来，人类便朝着性别统治、性别依附的方向发展，出现了漫长的以男尊女卑、男主女从的两性关系为基础的社会诸关系，成为各种人对人的压迫、依附的基础。正如恩格斯在《家庭、私有制和国家的起源》中根据摩尔根的考古发现所分析的，这是因为生产力发展到有了私有财产和私有财产观念，为了"生育确凿无疑的出自一定父亲的子女"来继承财产，而这自然必须以男子对女子的人身占有和妻子对丈夫的忠诚和依附为前提。恩格斯把这看作是"女性的具有世界历史意义的失败"。不言而喻，相对于原始的母系氏族社会而言，父权的奴隶制、封建制是划时代的历史进步。而历史的进步必然要求着历史的代价，人类的一半——女性作为一个性别群体为人类这种历史性的进步付出了沉重的代价。她们从此成为臣服于父权统治之下的一个被统治被规定被掩盖和被言说的性别。中外历史典籍和神话传说中，充斥了大量专为女性制定的行为道德规范，它们无不具有父权统治男性中心意识的鲜明烙印。

由母系制到父权制这一两性关系的重大转折，在中国大约是从夏禹传位于其子启，启又传位于其子太康的"家天下"开始，到商周逐渐完备再经过秦汉以来漫长的封建社会一步步地强化完善，形成了庞大和牢固的父死子继的以男性血缘为系统的统治链条，把皇权、族权、神权、夫权这四条绳索牢牢地束缚在女性身上，把她们打入了等级森严的社会结构的最底层。《周易》说："有天地，然后有万物；有万物，然后有男女；有男女，然后有夫妇；有夫妇，然后有父子：有父子，然后有君臣；有君臣，然后有上下；有上下，然后礼义有所措。夫妇之道不可以不久也，故受之以恒。"这段话，道出了父权统治人伦秩序的秘密。人伦，便是人与人之间的差别秩序。从这一统治秩序的发生顺序来看，它始于男女两性这一天然的性别关系，所谓"有男女，然后有夫妇"里的"男女"是指自然的性别，而"夫妇"则是指家庭的角色区别。"夫妇"之后，便再也找不到女人的位置了。如果偶尔有那么一两个女人走出家庭担任了某种男人的角色，那也只不过是历史的特例，是"母鸡司晨"！女子的痛苦和有限的欢乐都在家庭之中，她的全部人身价值也只能体现在她的家庭角色上，所谓"夫受命于朝，妻受命于家"。而"妻"的这个"命"的全部内容，包括同其他家庭成员的关系，日常礼节应对家庭劳作乃至一举手一投足，都在她出生之前就给她规定好了，我国的《女儿经》《女戒》《女训》《女论语》等等便是对女人"三从四德"的详备规定与教化。法国女权主义理论家西蒙·波伏瓦对"女人是什么"的回答，便建立在对这些父权制意识形态对女人的强制性规定的反叛上。她拒绝接受任何有关女性本质属性的论断，指出父权制以来女人一直被降为男人的"他者"，女人被规定被铸造为男人的"一部分"，而女人自己也习惯了这一点，把这种外在的强制性规定内在化心理化，心安理得地扮演社会为她规定的角色。她的"女人不是天生的，她是被变为女人的"的名言，便是把女人放到漫长的两性关系的历史中来看，从而超越了女人的自然性，指出了父权制社会的性别统治、性别压抑和它的一整套意识形态，是怎样铸造了历史性的女人，使女人朝着男人的价值期望标准来要求自己塑造自己，变成了所谓的"女人"，即人类的"第二性"或曰"次性"。

2

两性关系演变史，是我们理解女性文学的历史大背景，从这个大背景才说明了何以会在一定的历史阶段出现以性别标志命名的"女性文学"。正是由于父权制以来女性的被奴役被压抑的历史地位，她们文学创作的权利和能力被剥夺被压抑，使一部文学史实际上成为男性文学史。这是包括东方和西方、各个民族和地域的普遍情况。英国女作家伍尔夫在她的著名女性主义批评论文《自己的房间》里，设想莎士比亚有一个和他一样的极富天资的妹妹朱迪斯。但是却不能上学，如果朱迪斯心血来潮偶尔躲在阁楼里写上几页，却一定得小心翼翼地把它藏起来或者烧掉，如果她按捺不住像她哥哥莎士比亚那样想演戏的冲动，必定会引起男人们的一阵哄笑。最后，由于她正当妙龄，她被某个经理或演员强奸了，在一个冬天的夜晚自杀了。伍尔夫说："如果某个莎士比亚时代的妇女具有莎士比亚的天赋，故事大概就是这么个样子。"[3]父权制以来女性被压抑的历史处境，决定了她们的历史性沉默。她们没有历史，没有文学，只能听凭男人去描写她们，在文学作品中把她们写成仙女或者妖妇，然而实际上完全不是那么回事。"在想象中她是最重要的，实际上她却毫无意义。她撒满一本复一本的诗集，历史上她却被付诸遗忘；在小说里她掌握着帝王和征服者的命运，实际上却只要哪个男人的父母在她手指上戴上戒指，她就成了那个男人的奴隶。"[4]在这样的情况下，上层社会妇女中偶尔出现几个诗人、小说家，也不过是文学史上罕见的特例和点缀。

把女性文学看作是一个在一定历史条件下出现的历史概念，关系到我们对整个文学史和女性文学的基本看法。女性文学虽然以性别标志命名，其内涵却并不是仅仅限于自然性别，它的产生和它的内涵都是历史的、现代的。西方女性主义文学理论就曾这样提出过问题：女作家写的就一定是女性文学？身为女性就具备了以女性身份说话的全部条件吗？她们的回答是：不一定。女性文学出现的历史条件，是现代知识女性的出现和她们作为人的女性意识的觉醒。这在中国就是现代反封建的民主革命，使父死子继、子承父位的父权统治结构出现了断裂，是以维护这种统治为根本目的的意识形态体系出现了某种裂痕、缝隙，这便是发生在20世纪初的两次社会变革——辛亥革命与五四新文化运动。在这之前，尽管历代文学从来也没有忘记过对女性的描写，尽管在某些朝代里男作家旁边也点缀着一些女作家的名字，但从根本上来说无改于一部文学史实际上是男性文学史这个事实。

我们不妨以中国古典文学为例，进行一些粗略的解析。据康正果的《风骚与艳情》根据《历代妇女著作考》（胡文楷）所得出的结论，明代妇女的诗作超过了明以前各代妇女创作的诗词的总和，而清代妇女的诗作又超过了历代妇女创作的诗词的总和。善诗能文的所谓才女的成批出现，大致集中在魏晋、唐宋、明清这几个时期而以明清为最。尤其是清代，士大夫们心目中的佳人标准，已不仅仅是"落月羞花之貌"，最好还能"妙解文章、尤工诗赋"。由"女子无才便是德"，悄悄向色才兼备、才貌双全转移。《红楼梦》大观园女儿们的吟诗结社，便有这样的社会风尚做背景。我们透过历史上这三次妇女诗词创作繁荣的表象，仍然不难看出女性对男性的依附。至于历代诗词戏曲中大量歌咏桑妇织女或弃妇怨女的作品，或者本身便或隐或显地表彰"三从四德"，或者由历代文人微言大义，从中发掘出合乎这一道德规范的有利于维护父权统治的意识形态功能。诗三百篇是"一言以蔽之曰思无邪"，是"经夫妇美教化"，是"温柔敦厚怨而不怒"，是"正妇名"。乐府名篇《陌上桑》写罗敷之美固然不落俗套，而更重要的还得是她对丈夫忠贞不贰，即既美且贞。《孔雀东南飞》的刘兰芝也不是反抗封建礼教的人物，作者能把她放在值得同情的正面人物位置上，首先也得她在妇德妇工等方面完全合乎规范，所谓"奉事循公姥，进止敢自专？昼夜勤作息，伶俜萦苦辛"。总之，文学中的女性形象，凡荣幸受到同情、赞美者，或者本来就在父权规范之中，或者想方设法纳入这一规范，所谓"发乎情、止乎礼"是也。像曹雪芹那样真正超越了父权意识男性中心的偏见，把女性视为同男性在人格上平等的人来同情和钟爱者，实为千年绝唱、空谷足音。

还应该看一下这些女诗人们文学上的自我表述。如果就文学才情而言，其中佼佼者如蔡文姬、李清照、朱淑真等也许还在须眉之上，但如果就她们作品中所体现的价值观念、思想感情而言，大致是抒发遇人不淑的痛苦或知音难觅爱而不得所爱的苦闷，难有达到对自身命运、自我生存境况的自觉意识。甚至由于她们大多出身名门望族，自幼知书识礼，所受封建礼教之毒害反比普通平民百姓家的女儿为甚。如袁枚的三妹袁素文，自幼许配给有恶疾的高姓之子，后来高家提出解除婚约，而她却信守"从一而终"执意要嫁到高家，直到受尽了折磨，丈夫要卖掉她以抵赌债才不得已回到娘家，以咏诗弄文消磨残生。袁枚在《祭妹文》中说："使汝不读诗书，或未必坚贞如是。"⑤这里的问题，是这些古代才女们所读的诗书所识的礼义，是以存父权统治之"天理"灭女性之"人欲"为宗旨的，她们熟读和通晓这样的诗书礼义，可以以"有才"来否定"女子无才便是德"，却否定不了社会对女子之"德"的规定和阐释，而且在一定的意义上还可以说她们所读的诗书强化了男性中心意识对她们的影响、教化，使"三从四德"内化为她们对自身价值的主动追求，以所谓"坚贞"来肯定、确认自己，将外在的束缚变为自我束缚，自己背上殉葬于封建礼教的十字架。

这里顺便举出现代女作家改写古典文学作品的两个例子，以便从比较中看出两者的根本区别。一是袁昌英对《孔雀东南飞》的改写。古诗《孔雀东南飞》里的焦母一向被看作是"恶婆"的典型，是刘兰芝、焦仲卿悲剧的制造者。而袁昌英却一改先例。将自己艺术思维的焦点放在焦母难言的内心隐痛上，并把她写成了与刘兰芝、焦仲卿同样值得同情的悲剧主人公。袁昌英在《自序》中说，此剧创作的触发点是她从焦母"年龄还轻"，"性格剧烈而不幸又是寡妇"中看到了她命运中的悲剧因素，并且和她对自己的母亲的不幸和内心隐痛的体验相契合。⑥在剧情发展中，袁昌英充分展示了焦母的内心痛苦，展示了她由性压抑而导致的孤僻暴戾，把传统文学作品中一个没有生命活力的"恶婆"代码还原为一个活生生的人。⑦作者感受到冰冷的贞节牌坊下面吞没、掩盖了无数孤苦无告的女人的血泪，倘没有对女性命运的自觉意识和对她们内心痛苦的深切体验，是写不出这样的话的。

再就是张爱玲十六岁的"少作"历史短篇小说《霸王别姬》，对传统文学作品中写滥了的英雄爱美人、美人伴英雄或为英雄殉情的模式进行了重写。变为太阳和月亮的象征模式："如果他是那炽热的、充满了烨烨的光彩、喷出耀眼欲花的ambition火焰的太阳，她便是那承受着、反射着他的光和力的月亮。"当项王垓下突围前，在帐中的虞姬独自静夜沉思，"她怀疑她这样生存在世界上的目标究竟是什么"，想到无论项王成功与否，她都"仅仅是她的高亢的英雄的呼啸的一个微弱的回声"。

在这里，思维与感知的主体是虞姬，行为与话语的主体也是虞姬，或者可以说是她作为一个独立的人对自己不独立的"为了他而活着"并因他的富贵而富贵的人生价值目标的否定。她不愿意继续做"月亮"了，于是"霸王别姬"实乃"姬别霸王"。⑧

3

20世纪初，鉴湖女侠秋瑾从日本回国创办了中国第一张女性自己的报纸《中国女报》。她在该报发刊词中说："我中国女界之黑暗何如？我女界前途之危险更何如？予念及此，予悄然悲，予抚然起，予乃奔走呼号于我国同胞姐妹，于是而有《中国女报》之设。"⑨然而她自己却先被这"黑暗"和"危险"吞没了。《中国女报》随之暗哑。"秋风秋雨愁煞人！"当秋瑾临刑前提笔写出这中国女性觉醒的绝唱时，她的心是何等地寂寞！

秋瑾是辛亥革命的先驱之一，也是中国女性文学的先驱。秋瑾殉难后四年，1911年的辛亥革命推翻了封建皇朝；又过了八年，五四新文化运动爆发，封建父权意识形态受到了猛烈的冲击。迎着"五四"的晨光，从幽暗的历史隧洞里走出来一批现代女作家：陈衡哲、冰心、庐隐、冯沅君、石评梅、凌叔华、袁昌英、陆晶清、苏雪林等。这是中国文学史上第一个现代女作家群⑩。从此，中国女性登上了文坛，宣告了她们作为一个性别群体已不再缄默无语。这批女作家脱颖而出的特点是时间、地点的集中。时间集中在五四新文化运动从酝酿到高潮、落潮期间，即通常所说的"五四"十年，地点则集中在北京，而且基本上集中在北京女子高等师范学校。这个特点说明女作家群的出现同历史变革的某种内在联系，说明它的确需要某种历史的机遇和条件——

20世纪有的兴办女学和大学开女禁、招收女留学生等教育制度的重大改革。她们的学历一般都是从家学私塾到在本地读初级女子师范学校或教会女中再到青年时代在北京这个政治文化中心和新文化运动发源地读大学，其中谢冰心、冯沅君、苏雪林等又进而出国留学。她们全都受惠于现代高等教育，接受了传统文化与西方现代文化的双重文化教育。从这个意义上说，现代高等教育是她们得天独厚的精神摇篮，也决定了这一代女作家特殊的文化素质。她们已不是传统的名门望族、书香门第里熟读诗词曲赋的大家闺秀或风流才女，而是中国第一批现代知识女性和女学者。这一点至关重要。由受过传统文化影响的封建大家庭的女儿到受过系统的现代高等教育的现代知识女性，像是在身体里注入了两股文化血脉，它们的相互渗溶和交战，带来了这一代女作家独特的思想艺术气质。而对待传统文化与现代文化不尽相同的文化态度，又在一定程度上决定了她们各自的思想艺术个性。

五四新文化思想启蒙的精神成果——人的发现和女性的发现。以民主、科学为旗帜的五四运动，锋芒直指非人的封建专制、非人的封建礼教和非人的文学。从封建意识形态的桎梏下解放人、解放个性成为一个时代的精神价值目标。对民族历史与现状有所反省的思想前驱们，在这一目标下不约而同地也是顺理成章地提出了妇女解放的思想命题。他们意识到妇女是封建专制、封建思想最深重的受害者，意识到人类的一半——女性的身心被摧残、才智受到压抑的社会文明，是一个"半身不遂的""畸形的""冷酷干燥的"社会，这样的文明是"偏枯的""残缺的"文明，唤醒民族的活力不能不唤醒妇女，妇女解放的命题就这样同人的解放、个性的解放同时提了出来。周作人把"五四"人的发现与女性的发现同等齐观，认为人的发现最突出的贡献是女性的发现。他在《人的文学》这篇著名的论文中，提出"辟人荒"，"重新发现人"，"用这人道主义为本"，以"人的文学"反对"非人的文学"。应该说，女性的发现是人的发现的具体化，它的理论基点是尊重人的价值和个性的独立人格的平等的人本主义思想，以这样的理论基点去观察、思考中国人的现实生存状况，妇女问题便不会不进入思想者的视野。可见女性与人性、个性同命运，而人本主义思潮正是它们共同的精神母体。

关于女性的发现，需要特别提出来的一件事是李超事件。李超是北京女高师学生，家产丰厚，姐妹三人，无兄弟。为了有人能继承家产，其父从远亲中过继来一个儿子。这个过继的兄长为了独吞家产，为李超包办了婚姻。李超由家乡广西梧州逃婚北上考入北京女高师，却被其兄断绝了经济供给，贫病交加于1919年8月病逝。李超死于五四运动高潮中，等于是妇女问题的一个曝光点，暴露了"父死子继"的父权统治对妇女的残酷性，涉及"不孝有三，无后为大"和"有女不算有后"等封建意识问题，引起了思想界与文化教育界的重视。1919年11月29日，北京教育界为李超开了追悼会，北京大学校长蔡元培作了演说，李大钊、陈独秀、胡适等参加了追悼会并散发了胡适写的《李超传》。会后，陈独秀等发表文章，把妇女解放问题和贞操问题的讨论引向了深入。⑪

中国第一个现代女作家群便诞生于这样的思想文化环境和氛围中。他们从时代潮流中吸取了理性启蒙的精神乳汁，如同夏娃摘取了智慧树上的禁果，从漫长的精神沉睡中苏醒过来，发现了自己作为人的价值和尊严。从此，"去过人类应过的生活，不仅仅做个女人，还要做人"⑫，便像一道绚丽的彩虹，悬挂在她们的思想地平线上，憧憬、追求、彷徨、幻灭、理想和现实、传统与现代、理智与情感、灵与肉的矛盾在内心交织、激战，文学便成为她们自我言说和分辨、确认自己精神价值的一种方式。

对"五四"女作家影响最为深远的，是挪威剧作家易卜生的名剧《娜拉》⑬。在人的觉醒与女性的觉醒的思想潮流中，娜拉的形象可以说是中国现代女性文学的原型。她的离家出走，构成了整整一代人的行为方式，而她的名言"首先我是一个人，跟你一样的一个人"则成为她们精神觉醒的宣言。而且，无论是行为方式还是精神气质，娜拉的影响远远超过了"五四"这一代人。从一定意义上可以说，现代女作家都是中国的"娜拉"。

从离家出走这一行为方式上看，中国的"娜拉"面前有两道家门：父亲的家门与丈夫的家门（对新女性来说是自己选择的丈夫）。无论是从哪一道门出走，都要经过剧烈的内心斗争，心理上、经济上都要承受沉重的压力，才能迈出一步或者半步。这两道门之间的徘徊、踌躇、出出进进，构成了"五四"女作家作品的心理空间，弥漫着浓重的感伤、痛苦，有的还在这里付出了她们的生命，如没有成为作家的李超在迈出第一道家门之后倒下了，而成为作家的石评梅则倒在第二道家门的外面。三十年代的萧红，作为父亲的叛逆的女儿在迈出第一道家门之后被父亲开除了"祖籍",作为萧军的"不合格"的妻子在与他共同生活的几年中不得不三次默默出走而每一次都不得不默默地回来。40年代的苏青,结婚十年后不得不离婚。走出了丈夫的家门后,她饱尝了独身女人谋生所受的艰难与酸辛,由真诚地相信爱到不得不承认人世间没有或很难有真挚而永久、专一的爱,两性之间尤其是这样。鲁迅曾极有预见地提出了"娜拉"的现实出路问题,深刻指出她们"梦醒了无路可以走"的现实困境。到了后来,40年代上海沦陷区的张爱玲,大概是见过了太多的"娜拉"的窘迫困境,便以调侃的语调来说这件曾经是十分庄严的事情了:"中国人从《娜拉》一剧中学会了出走。无疑地,这潇洒苍凉的手势给予一般中国青年极深的印象。""走到哪儿去呢? 走! 走到楼上去! ——开饭的时候,一声呼唤,他们就会下来的。"⑭

张爱玲把"娜拉"的出走看作是一个"潇洒苍凉的手势",而"娜拉"的现实出路,她认为因人而异,不能一概而论。做花瓶,做太太,改编美国的《蝴蝶梦》,抄书,收集古钱等等,就女作家而言,大约也还是免不了结婚和生儿育女,这是女人的角色命运,无论走到哪儿也很难摆脱,只不过有的比较幸运而有的则很不幸罢了。不过,作为一种信念、憧憬或精神立场,女作家们可以以非凡的毅力隐忍痛苦,却不愿放弃心中那一片绿洲那一块温馨的精神家园、一个珍藏在心中的属于自己的"好的故事":那"一天云锦,而且万颗金星似的飞动着,同时又展开去,以至于无穷"⑮。即使是40年代的杨绛、苏青、张爱玲,也没有完全割舍她们的"好的故事",只是那理想的色彩在渐渐地淡下去、淡下去。

"五四"时期,在冲出"黑屋子"、掀翻"吃人的筵席"这同一个神圣的目标下,觉醒了的男女两性之间有一种精神的默契和无形的同盟,围绕着"娜拉"的出走这一共同的行为方式,男作家也写了一些作品为"娜拉"代言。但是或许是出于某种历史无意识,他们的代言同"娜拉"自己的言说存在相当的隔膜和距离,一般来说,他们感兴趣的只在出走这一行为本身,而且他们笔下的"娜拉"出入于两道门时都显得相当"无畏"和"决断"。胡适的《终身大事》里的亚梅出走前给父母留了个纸条——"孩儿的终身大事孩儿应自己决断"——便走了。她是"坐了陈先生的汽车"走的。她写纸条前心里是怎么想的? 她对陈先生有爱情吗? 从陈先生的汽车出去走进陈先生的家门之后她满意吗？这些似乎不在胡适的视线之内。他看重的是亚梅的反叛姿态，即那张违抗父命的纸条，就像易卜生看重的是娜拉的那一声关门声一样。然而，代言者所特别看重的这个反叛的姿态，却并不被女作家自己所特别看重，她们大都对自己这最有可能是有声有色的一幕采取避而不谈的态度。冯沅君是个例外，然而这唯一例外的文本却无意中写出了她们在迈出父亲的家门时徘徊犹疑无所适从的心态。也许正是冯沅君这无意间写出的心态，才解释了别的女作家何以对此表示缄默。在她们的文本中，父亲是缺席的，母亲是神圣的；有对性爱的渴望（常以象征、隐喻来表现）而没有性爱本身；有男人而没有对他们的认识，没有具体的现实的两性关系；有婚姻而没有现实的婚姻生活。她们回避了时代重大主题也回避了现实的爱情婚姻生活。具体地说，除了凌叔华，"五四"时期的"娜拉"们艺术思维的触角，只在爱情婚姻、家庭亲情关系的情感的与思辨的层面徜徉，是浪漫的、理性的和散文化的女性话语。直到苏雪林1929年出版的自传体小说《棘心》也依然如此。⑯

　　30年代以来，民族救亡与大众文学的呼声日益高涨，女作家有的走向战场有的走向乡土走向大众，笔下出现了战争硝烟，出现了"大众"这样的复合形象。在一些滞留都市的女作家那里，则艰难地保留着一份属于自己的女性体验女性话语，如白薇、沉樱、林徽因、萧红、赵清阁、关露、梅娘、张秀娅等。写过《梦珂》《莎菲女士的日记》的丁玲，尽管在《莎菲日记第二部》（未完）中全盘否定了"莎菲"时期的自己，可她毕竟又在40年代初延安文艺整风前夕写出了《我在霞村的时候》《风雨中忆萧红》《"三八"节有感》这样的作品，仍旧成就了她那份独特的女性的敏锐和犀利。这差不多可以解释后来何以唯独在上海沦陷区才出现了《风絮》（杨绛），《结婚十年》（苏青），《金锁记》《倾城之恋》《红玫瑰与白玫瑰》（张爱玲）这样成熟的女性文学作品，也可以看出女性意识也就是女性对自己作为人的价值的体验和醒悟，这是只有女性自己拿起笔来"我手写我心"才成。中国的"娜拉"们从被男性代言到自我言说，从有史以来文学的被言说的客体到言说的主体，从对自己、对男性混沌无觉到有了比较清晰、深入的认识，贯穿于女性文学的发展过程之中。她们是被现代理性启蒙之光所照亮的、走出了伊甸园的夏娃，她们的痛苦是智慧的痛苦。

　　兴起于80年代中期的中国女性文学研究，短短几年就出现了相当可观的势头，进入90年代以来更呈现出方兴未艾之势。在我国自己的文学批评史上，它可以说是没有先例可循，其理论思维与方法论均来自对西方女性主义文学批评[17]的借鉴，甚至也可以说它就是在西方女性主义文学批评的影响下兴起的。西方女性主义文学批评与西方的妇女解放运动特别是与20世纪60、70年代席卷欧美的女权主义运动紧密相关。玛丽·伊格尔顿在她主编的《女权主义文学理论》的引言中，开篇便说道："妇女解放运动——我们这个时代为争取完美的人类生活而掀起的种种运动的一部分——在大多数情况下，都第一次崭新地激起了我们对女性文学及女作家的兴趣，而围绕该问题的讨论也应运而生。"[18]

　　我们这里的情况则不同。中国有史以来从未发生过自发的、独立的妇女解放运动。妇女的解放从来都是从属于民族的、阶级的、文化的社会革命运动，作为历史上反抗压迫的社会革命运动的"酵素"（马克思语）[19]而附属于该运动之中。辛亥革命前后与五四新文化运动以来，妇女中少数先觉者投身其中或受其影响而拿起笔来进行文学创作，于是乃有今天所说的女性文学。与西方不同的是，中国女性文学发生发展的特点是以较大规模的社会革命、思想文化革命为历史际遇而悄然出现悄然运行，没有女性自己的以反抗父权制性压迫、性别歧视为目的的妇女解放运动作后盾，也没有成熟的妇女理论作指导，或多或少的女作家分散在作家队伍之中，犹如撒在夜空中的一个个星辰，寥落而寂寞，相互之间虽有辉映而无有组织的联系，所谓"某某女作家群"，不过是批评家为研究方便计的概而言之，并不是一支自觉的有自己的性别理论的文学队伍。

　　中国女性文学发生发展的这一特点，对我们的女性文学研究有利也有弊。重要的是要从研究对象的特点出发，理清思路，有分析有选择地吸取西方女性主义文学理论的合理部分，找到我们自己的女性文学研究的理论基点。

　　不利的方面自然表现在理论思维不成熟，从谢玉娥编纂整理的我国第一部女性文学研究资料汇编《女性文学研究教学参考资料》[20]来看，众多的议论和争议基本上还停留在一些低层次的问题上，如女性文学概念界定、女性文学与传统文学的关系、女性意识与人的意识的关系等等，对这些问题的一些论述表现出理论上的不成熟。如仅从作者性别及题材、风格上界定女性文学，在对女性美、女性风格论述中不自觉地认同男性中心意识对女性的价值期待，如在女性文学与传统文学的关系上，把女性文学或妇女作家群看作是对男作家为主体的传统文学的丰富等等。[21]这些都说明了我们的女性文学研究尚处于初创阶段，对研究对象的认识总的来看还没有上升到理论的自觉。

有利的方面也不可低估。并非产生于独立的妇女解放运动这一特点，在一定程度上倒带来了我国女性文学研究的自主与独立，有利于研究者把思维的重点更多地集中在女性文学本体上。西方女性主义文学理论大致经历了三个阶段和三种理论态度：一是强调男女的不平等要求平等的权利；二是强调男女的差异要求超越男性权利的激进的女性至上主义态度；三是超越前两个阶段的形而上学的男／女二元对立思维模式，强调女性理论立足于一个对抗性的边缘，并且由这一边缘位置出发去解构父权结构和男性中心意识。这一发展脉络和西方女权主义运动的发展是联系在一起的。而我们的女性文学研究并不从属于任何一个社会运动，和这三个阶段也不存在共时态的关系，这样我们便可以自觉地避免一些对他们来说是难以避免的理论上的狭隘或偏颇之处，将其三个阶段的三种理论思维的可取之处推到一个时间平面上有鉴别地吸收借鉴。早期伍尔夫对女性写作特点的论述，西蒙·德·波伏娃对女性生存处境和女性神话虚幻性的揭橥，女性美学对女性文学中的女性意识及文学传统的论述，解构主义对历史及父权意识形态的洞察力以及晚近以克里斯多娃及托里尔·莫瓦《性／本文政治》为代表的女性主义文学理论，都不妨结合我国女性文学的实际拿来一试。可喜的是，我们已经有了一些这样的研究成果，其中有代表性的和产生了较大影响的是孟悦、戴锦华的《浮出历史地表》[22]。这部专著的特点是综合运用了解构主义、符号学、阐释学等理论方法来研究我国现代女性文学，提出了"两千年：女性作为历史的盲点"和"女性所能够书写的并不是另外一种历史，而是一种已然成文的历史无意识，是一切统治结构为了证明自身的天经地义、完美无缺而必须压抑、藏匿、掩盖和抹煞的东西"等发人深思的论断[23]。以这一论断为基点，该书在历史的大背景上建立了自己的女性文学历史框架，界定了女性文学的历史性、现代性，体现了对父权制统治结构及其意识形态的解构力。然而，在具体到对女作家本文的分析时，由于受到德里达、克里斯多娃等"把女性主义限制在否定和解构之内""否认存在着一个认识论上有意义和具体的主体"㉔，有时不免显得玄虚，给人以削足适履之感，如对冰心文本的分析等。

尽管人类的一半——女性的不幸和屈辱是父权制的产物，尽管她们的命运和"权"这个字结下了不解之缘，然而这一切又不是靠女性文学或女性文学研究所能够改变的。女性文学及女性文学研究既无力为女性争得权利，也无力颠覆任何权力。女性文学就是女性文学，是她们对自我生存的体验与感悟，是她们的心灵之声和心路历程，女性文学研究首先是对这些发自她们血肉之躯的体验和声音的认真阅读和细心倾听。它不是要从中寻找什么女性的性别姿态或先验本质；不是代替她们向不公正的历史诉苦；不是要以女性至上来代替男性至上、以女权来代替男权；也不是以一连串女作家和作品的名字来点缀、丰富以男性为中心、为主体的传统文学。它的观察焦点和思维重点应放在女性文学本文和女作家本人上，重新发现被埋没和被曲解的女性文学作品和女作家，从女性自己的书写中发现被意识形态压抑、藏匿、扭曲了的女性的生存体验和生命存在的真实。如果说女性文学研究有它的价值目标的话，那便是包括男性在内的人的价值的全面实现，便是社会压抑的解除和人的彻底解放这一十分遥远的价值目标。

注释：

① 《中国女性文学史话初稿自序》，百花文艺出版社1948年版。

② 丁玲在《"三八"节有感》中就说过："妇女这两个字，将在什么时候才不被重视，不需要特别的被提出来呢？"

③ ［英］玛丽·伊格尔顿编：《女权主义文学理论》第83页，湖南文艺出版社1989年版。

④ ［英］玛丽·伊格尔顿编：《女权主义文学理论》第79页。

⑤ 转引自康正果：《风骚与艳情》第349页。

⑥ 袁昌英的母亲年轻时即守寡，所生四个女儿除袁昌英外均夭亡。由于无夫且无子，袁母在亲戚邻里的白眼和耻笑中抑郁终生。

⑦ 袁昌英：《孔雀东南飞》，《中国新文学大系（1927—1937）》第15集第191页，上海文艺出版社，1985年版。

⑧ 张爱玲：《霸王别姬》。原载上海圣玛利女校《国光》创刊号，经陈子善同志多方努力找到原文。此处转引自《台湾文学选刊》1989年第3期。

⑨ 《秋瑾集》第12页，中华书局1960年版。

⑩这里主要根据他们文学活动开始的时间。如陈衡哲的白话小说《一日》《小雨点》《波儿》和白话诗《人家说我发了疯》等均属于新文学初创期的第一批作品。胡适说："当我们还在讨论新文学的时候，莎菲（陈衡哲）已经开始用白话作文学了。"

⑪在这前后发表的重要文章有陈独秀的《敬告青年》《孔子之道与现代生活》，李大钊的《妇女解放与Democrcy》《战后妇人问题》，鲁迅的《我的节烈观》《我们现在怎样做父亲》，胡适的《祝贺女青年会》《贞操问题》《论女子为强暴所污》《美国的妇人》，李达的《妇女解放论》，叶绍钧的《女子人格问题》等。叶绍钧有一篇小说写一个女子悲惨屈辱的一生，原题为《一生》，后改为《这也是一个人？》。

⑫庐隐：《今后妇女的出路》。

⑬1918年6月号的《新青年·易卜生专号》上。刊登了《娜拉》全剧和《人民公敌》节译。另有胡适的专论《易卜生主义》及袁振英的《易卜生传》。当娜拉之宣布独立，脱离此玩偶之家庭，开女界广大生机，为革命之天使，为社会之警钟。

⑭张爱玲：《走！走到楼上去！》，《张爱玲散文全编》第88页，浙江文艺出版社1992年版。

⑮鲁迅《好的故事》。

⑯《棘心》1929年北新书局出版，署名绿漪女士。主人公醒秋徘徊在包办婚姻与自由恋爱的两个男性之间。最后还是为了"孝心"而顺从母亲奉命结婚。婚后，她把丈夫叔健当作爱的偶像来崇拜并且从中陶醉自己："这偶像是完全的、伟大的、圣洁的，不但叔健当不起，恐怕这世界上没有一个男子当得起吧。"

⑰英文feminism一词，国内常见的翻译是"女权主义"及"女性主义"。有的研究者认为：从这一词语本身来看，feminism原指女性，汉译"女权主义"的"权"字是根据feminism的政治主张和要求而意译出来的，尤其是根据西方妇女争取选举权的运动。而具体到文学批评而言，它是西方女性主义话语的一部分，它以文学本文和妇女文学为研究对象重新审视西方文化传统，使传统性别角色定型论受到前所未有的冲击。根据我国女性文学的实际情况。笔者以为采用"女性主义"为妥（参见张京媛：《当代女性主义文学批评·前言》，第1、4页，北京大学出版社1992年版）。

⑱［英］玛丽·伊格尔顿编：《女权主义文学理论》第1页，湖南文艺出版社1989年版。

⑲马克思的原话是："每个了解一点历史的也都知道，没有妇女的酵素就不可能有伟大的社会变革，社会的进步可以用女性（丑的也包括在内）的社会地位来精确地衡量。"《马克思恩格斯全集》第32卷第571页。

⑳河南大学出版社1990年出版。

㉑如有论者认为："之所以打出妇女文学的旗号，并不是要和传统文学分庭抗礼，而是试图召唤出一支新的文学队伍——妇女作家群，以女子的特殊生活体验和女性的创作风格，去有意识地丰富以男作家为主体的传统文学。"《夏娃的探索》第253页，河南人民出版社1988年版。

㉒河南人民出版社1989年版。

㉓《浮出历史地表》第2、4页。

㉔张京媛：《当代女性主义文学批评·前言》第13页，北京大学出版社1992年版。

原载《文学评论》1993年第2期

中国现代文学中的女性传统

——东西方女性主义比较谈

Lydia H. Liu　著　马宏柏　译

如何理解跨国界的女性和女性主义？性是如何构成跨文化历史分析中的实用范畴的？西方的女性主义是否适用于第三世界中的女子？这些问题被西方的女性主义者提了出来。他们试图把自己的处境和非西方国家、文化中的女性的处境作比较探讨。无疑，这样做会有把自己的价值观念强加于别人之嫌，对女性主义理论的发展也不利。笔者认为，要研究非西方国家中的女性问题，女性主义理论就必须超越它所负载的民族性和文化性。

在二十世纪的中国，女性、女性主义和性政治之间的复杂关系，将对女性主义理论和文化研究产生重要影响。因此，问题的关键不在于西方女性主义是否在女性研究上适用于中国女性，因为它在中国早已存在。问题是，在与宗法制度的斗争中，中国女性与世界其他地区的女性的区别何在？这种区别该如何明确表达出来？本文旨在将这些区别，即女性、文化、民族的区别，置于上下文的联系中去探讨，而不是逐一地作本体论研究。

中国政府一直是重视妇女问题的。他们主张男女平等，但实质是否定了女子与男子有任何不同的权利。在社会主义现实主义文学中，塑造解放了的女性和坚强的党的女性领导者的形象并加以赞颂，证明女性并不像宗法观念所宣扬的比男性差，但结果却又否认了女性自身的个性特点。在"文化大革命"期间，中国女性和男子一样，一律穿灰色衣服，留短发，不用化妆品，失去了女性的性别特征。我并不是说女子一定得女性化，而是想指出，中国妇女所面临的是和西方妇女完全不同的局面。这一情况直到最近才有所改变。

"feminism"这个词在中国通行着两种译法。旧译"女权主义"，意指通过暴力争取妇女的参政议政权利，这使人联想起早年在中国和西方发生过的女权运动；新译"女性主义"强调女性自身的政治主张与见解，过去十年里一直在台湾流行，最近才在中国大陆上传开。前者是直截了当地否定，后者听起来有些含糊。当代女作家不愿把自己的名字和以上的任何一种说法联在一起。张洁、王安忆、张抗抗甚至对女作家这一称呼提出质疑。对她们来说，一旦被贴上"女作家"的标签（更不用说"女性主义者"了），那就意味着她的平庸，成不了气候，只能做次要作家，入不了主流。而对中国当代的评论家来说，他们时时刻刻要回避的概念不是"女作家"，而是"女性主义"。大多数女学者都尽量避开这个词，尽管她们发表的有关女性问题的政治见解、观点或许会被西方的一些同行认为是女性主义的成熟之论。要理解这一复杂情况，就须考虑到中国妇女与政府、与官方妇女机构——妇联之间的关系。结果，评论家们创造了"女性意识""女性文学"等名词，企图把女性传统界定为在不贬损女性的前提下，最低限度地确认女性自身的要求。八十年代出现了一批杂志，以发表女作家作品、女子文学为特色，或专门发表一系列研究中国妇女问题的争鸣性评论文章，这些不仅证明女子作为集体反抗力量的高度觉醒，而且表明中国妇女也已开始从总体上摆脱法定女性主义的束缚。由于上述新名词的发明，有关女性话题的讨论得以进行。当代女性评论家们开始重新评价女性文学并确认女性传统在中国现代文学史上的先锋作用。

本文将讨论三位女作家——丁玲、张洁、王安忆，当代文学评论家认为，她们堪称女性传统卓越的建筑师。丁玲代表了二十世纪初期的遗产。她在多方面预兆了当代女子文学发展的趋势：女性自我意识的实现，对宗法思想、宗法制度的批判；更重要的是，通过女性经历的叙写来提出问题、发表意见。她的小说《莎菲女士的日记》在1928年2月的《小说月报》上一发表，立即引起重视轰动。评论家称她是中国第一位"喊出了陷于困境中的中国解放的女子的苦闷"的女作家。她对现代女性的理解要比与她同期的其他任何作家都深刻。大约五十年之后，张洁的小说《爱，是不能忘记的》标志着中国文学的又一个转折点，这篇小说同样引起争议与轰动。习惯了社会主义现实主义文学的中国读者为这位女性作者的主观抒写和敢闯禁区所震惊，由此引发了关于爱情、女性以及作者在作品中应处何种位置的争论。与张洁相比，年轻女作家王安忆似乎没有引起多少争议，但她的一些近作（如《爱情三部曲》）中出现的大胆的性描写、强烈的女性自我意识也使读者震惊。1989年3月发表的小说《弟兄们》则对被传统文化规范婚姻所束缚的异性爱的思想提出挑战。张洁的《方舟》主要写离婚女子的姊妹情，《弟兄们》则展现了婚姻与姊妹情感之间的冲突，戏剧性地突出了欲望与选择的矛盾。

女性、作品、作者

丁玲《莎菲女士的日记》中有这样一个关键细节：叙述者莎菲把日记给她的追求者苇弟看，希望能得到他的理解。但苇弟没能领会日记中的真意，而只注意了他与莎菲、凌吉士之间的三角关系，抱怨莎菲竟爱上了凌吉士。事实上莎菲爱的只是她自己，而不是他们之中的谁。但是苇弟还是误解了莎菲。由于大男子主义心理作祟，苇弟是注定不可能理解莎菲的女性自我意识的，因为他是不可能设身处地为莎菲着想的。

作品的主人公莎菲选择一个男性作为她的日记的读者，把两性区别直接渗透到作品文本的创作中，而让女性处于作者（叙述者）的位置，在她与凌吉士的关系上，也让她处于主动的位置。在她的女性视角里，男人成了女性的性目标，甚至女性化了。这就把男性在男女关系中总是处于主角地位的传统完全颠倒了过来，把男女主客体的位置倒置了过来。作品的性描写中突出了这种权力斗争。

张洁的《爱，是不能忘记的》也展示了作品、女性和作者的关系。与丁玲的《莎菲女士的日记》不同：所叙故事发生在叙述者珊珊和她已故的母亲钟雨之间——珊珊极力读解母亲遗物中的一本笔记并引出一些回忆，也就是说，她不是自己写日记，而是去读母亲遗留下的类似日记的笔记中写的断断续续的故事，并巧妙地取出其中的一句话作为她所叙述的故事的标题，有时就让她已故的母亲充当小说的叙述者。这样，这部小说就成了作品、阅读和批评阐释的连缀。母亲笔记的中心是"爱，是不能忘记的"，显得有些模糊。笔记记载了钟雨与一个已婚男子的不寻常的爱情。但这句话作为女儿叙述的标题，听起来又成了对她以及其他人的一种警诫：应该记住母亲的悲剧，不让它在自己以及其他人身上重演。

女儿读笔记所重构的母亲的爱情故事也透露了文学与创作的关系。她母亲本人就是一个小说家，她偏爱浪漫爱情故事，总是把爱情理想化并强调人的心理活动和道德冲突。她的爱情笔记中的文学因素在她自己的一部小说中也有体现。在这部小说中，她把自己写成浪漫的女主角，男主角则是她的情人。很有趣的是，她的情人就是她的小说的忠实读者，因此写作与批评也就成了他们谈恋爱的话题。有一次见面正好女儿——年轻的叙述者也在场。男的说，"您最近写的那部小说我读过了。我要坦率地说，有些地方写得不准确。您不该非难那位女主人公……要知道，一个人对另一个人产生感情原没有什么可以非议的地方，她并没有真的伤害任何人，那男主人公对她也许有感情，不过为了另一个人的幸福，他们不得不割舍相互间的爱"。也许是对她的情人的自我牺牲精神的一种让步吧，从那以后，母亲只有把笔记本当作是他的替身。在这上面和他交谈，寄托自己的爱，直到她离开这个世界。

假如像有些评论家所提到的小说仅仅写的是爱情故事，就不会有那么大的吸引力了。事实上，小说中的叙述者坚持以第一人称出现，明显降低了叙述语言的透明度，浪漫悲剧的说法便也成了问题。母亲的故事由儿女来讲述，因为她自己正面临着是否嫁给男朋友乔林的两难抉择。乔林人长得漂亮，但缺少灵气。她想起母亲的忠告："珊珊，要是你吃不准自己究竟要的是什么，我看你就是独身生活下去，也比糊里糊涂地嫁出去要好得多！"当然，那忠告之中，隐含着母亲的不幸：她自己的婚姻失败了，结果爱上了一个连跟他握手都不能的男人。女儿不愿重演母亲的婚姻悲剧。非但如此，她还对这样的浪漫爱情提出了疑问："这要不是大悲剧就是大笑话。别管它多么美，多么动人，我可不愿意重复它！"女儿最后选择了反抗——对她母亲作为一个小说家、主人公和一个女性所恪守的文学传统的反抗。作品通过重新建构母亲的生活，使叙述者有可能改写一个女人的命运，把独立性而不是浪漫地依恋于男性放在首位。临近小说结尾，叙述者宣言："不要担心这么一来独身生活会成为一种可怕的灾难。"这样，她的创作就超越了母亲的智慧，超越了母亲为之付出生命代价的浪漫爱情悲剧。这里表现的不同于母亲作品的风范使叙述者获得了自主的存在。

就女性题材而言，作品总是一种（男性文本的）再创作，处处受到作者自身的控制。王安忆的小说《锦绣谷之恋》也是如此。尽管与上面所举小说不同。它变戏法似的采用第三人称叙述。我说"变戏法"是因为叙述者的主观性不时显现，提醒人们意识到她在编撰着一个年轻女主人公的故事，而这个女主人公的生活与叙述者本人的生活在时间空间上完全吻合。由于叙述者也是个女性。所以情况就变得特别复杂。小说中经常出现的落叶和窗户的意象，既是虚幻的，又是真实的，突现了叙述者和主人公共有的个性特征——在身份、性别和其他方面都与主人公接近。小说结尾的一段描写更充分地体现了这一点。其中"什么事也没有发生"，重复三次之多，说明叙述者不仅与主人公吻合，而且还在主人公的生活中得到延伸，她通过创作和想象，创造了另一个新的自我。而小说中，主人公试图摆脱现状，在去庐山锦绣谷的旅途中也创造了一个新的自我。在这样的叙述者、主人公以及其重建的自我的复杂关系中可以看出作者关于女性主观意识的娴熟的抒写。假如叙述者只是强调女主人公的观点，那么这种强调并不意味着像通常文学写法中叙述者完全消隐在人物后面。叙述者并没有消失，她不时介入主人公的故事中，宣称她自己比主人公知道的还要多。当然，她也不是一般意义上所谓全知全能的叙述者，她对作品的控制主要来自于她与主人公的认同感。叙述者知道她的主人公将会遇到什么情况，因为主人公就是作者写下来的自我。简言之，是叙述者写她自己的故事，她本人造就了故事的主角。

《锦绣谷之恋》不同于王安忆其他爱情小说。强调人的性欲的无处不在的力量。这部小说与其说是关于无法控制性欲的，不如说是通过传统通奸题材的叙写表现女性对自我的寻找。女主人公渴望摆脱婚姻加给她的旧的自我，重建一个新的自我。因此，当一个完全陌生的男子（后来将成为她的情人）在庐山上第一次走近她时，她一点也不感到突然。"他确是在她的等待和预料中来的，所以她不意外。"这种语言很容易使人想起叙述者曾用过的全知全能的口气，她曾说过她知道另一个自我将会遇到什么情况。女主人公设想着自己的故事，像作者一样操纵着故事的发展。这种女性自我意识的觉醒和才智使她不同于福楼拜笔下的包法利夫人，使她能够改写古老的通奸题材，让主人公处于叙述者的位置。如果说爱玛·包法利是一个出色的读者，用宗教观念来自我欺骗，那么《锦绣谷之恋》的主人公及其创造者即叙述者则拒绝做这样的读者，而是像"作家"一样，创造性地重新建构自我。

建构女性自我意识

自丁玲以来，女性自我意识一直是女子文学的一个中心话题，虽然后来丁玲的兴趣从性别转向阶级，把女性自我意识放到了第二位，偶尔提及。她的第一部小说《梦珂》中有一个情景：年轻的女主人公为能当上电影演员，被迫在导演面前按要求做展示自己身体的某些部位的动作。作者憎恶这种将女性身体当作玩赏对象的行径。由此导致她第二部作品《莎菲女士的日记》的诞生。小说带着一种报复心理突现了女性自我意识。第一篇日记就记录了一个很有趣的照镜子的场景：这镜子"可以把你的脸拖到一尺多长，不过只要你肯稍微一偏你的头，那你的脸又会扁得使你自己也害怕"，一切都令主人公生气了又生气。在镜子里审视自己似乎表明她的自赏心理；如此则写日记反思自己也可看成是对自我的一种反映。莎菲既是作者，又是写作对象，又是读者。在这篇小说中，镜子和日记对读者都有力地隐喻了莎菲的女性自我意识。具有讽刺意味的是，镜子对她的形象的歪曲，使她生气烦恼，似乎是说她的自赏自恋心理还比较脆弱，就像日记没能完全反映她的个性一样。莎菲对待写作和自我的态度反映了一种女性的苦闷困惑：既想拒绝男子的女性观，但她处在男性中心主义的语言世界里，又无法找到完全满意的词语，因此，日记里的文字充满了既爱又恨的矛盾心理。

对日记的叙述者来说，要想把自己写得与众不同——不同于一般文章中的某人的女儿、姐妹、情人、朋友，而是一个有独立的自我意识的女性，这是相当困难的。她不知道所谓"自我"是什么意思，因为具有独立女性自我意识的"我"在中国传统文学中几乎没有出现过。莎菲常常问自己："我能说出我真实的需要，是什么呢？"并试图理解她所自叹的"可怜的、可笑的自我"。自审自问、自我矛盾犹豫充斥着整篇日记。叙述者力图创造一个清晰的真实的自我形象，但找遍日记没有一个形象令她满意。不过她还是成功地打破了作品中男子称霸的一统天下。她的痛苦、欲望、自赏、自怜、偏执、乖僻、自怨、自责，构成了作品的一大部分。她一直在自我挣扎着，最终没有找到出路。

半个世纪后，张洁的小说《方舟》仍然面对着女性自我意识这个话题。《方舟》中也有一个梁倩照镜子的场景，令人联想到丁玲笔下的莎菲。面对自己，梁倩面对着一个困惑的欲望，这使得她无法接受自己。她被既要做女人又要干事业的矛盾折磨着，觉得自己不是个好母亲，但她又不能想象自己放弃事业后将如何生活。与她住在一个单元楼里的另外两个女子也有同样的困惑和不安，她们的住所被叙述者戏称为"寡妇俱乐部"。不像比她们年轻的莎菲，她们必须面对离婚和分居的后果，同时面对年龄、疾病带来的问题，面临上司或分居丈夫的骚扰和同事们的耻笑。

为了突出一个女子的共同困境，作者用女性集体意识来体现女性自我意识。小说的标题就是这集体意识的象征。方舟在中西文化都有出典，这个词最初出自《后汉书》，《圣经》中的典故是后来译介进来的。正如评论家指出的，《圣经》的方舟象征着人类的再生；在小说中预示着另一个世界将取代这几个女子生存的世界，在这个世界，"你将格外地不幸。因为你是女人"。而《后汉书》中提到的方舟，强调了妇女在通向自由的航程中勇敢面对困难、反抗传统的斗争精神。事实上，张洁早期小说《祖母绿》已有这方面的描写，其中："帆船"象征着自立女子的胜利和作为一个自立女子所须付出的代价；舒适却靠不住的"游艇"则象征着婚姻生活。如果说在西方词源学里，方舟一词是设计的意思，用来设计希望、设计一个新世界，那么，在中文意思里它同样是通往这个新世界的途径。概言之，都必须用集体女性意识展望未来，而且随时随地决心为未来而奋斗。

谈到作品中女性保护自我尊严的愿望，不难理解这三个女子为什么在对外界接触中，都那么重视个人空间，害怕被人侵犯。他们的寓所可说是女性自我意识这一方舟的具体化，使她们免受充满敌意的外界侵犯。即使在这个避风港里，她们还是经常遭到白复山和好管闲事的邻居的侵扰，受到侮辱和伤害。

在《祖母绿》中，女主人公曾令儿不是通过与其他女子的认同，而是通过长期忍受孤独的煎熬并超越自己的浪漫爱情而获得女性自我意识。作为一个年轻的姑娘，她随时愿意为她所爱的男子左葳牺牲一切。她曾几次救左葳，甚至代他受过，被流放到偏远乡村。在那里，她生下了左葳的私生子。并因此蒙受羞辱与排斥。与之同时，左葳却与另一女子结了婚。长年累月的艰难困苦与儿子淹死的悲哀并没有压垮她。相反，她从一个浪漫的充满幻想的女孩变成了一个独立的、有韧性的、意志坚强的女子，小说的标题《祖母绿》——曾令儿的诞生石，便是她的这种精神的象征。

如果说自立和集体女性意识是张洁对丁玲所创造的富有自我意识的女性

的响应的话，那么王安忆的《锦绣谷之恋》采取了不同的写法。小说中也有一幕照镜子的场景，拿来与上举两个场面比较是很有趣的。《莎菲女士的日记》和《方舟》两篇小说中照镜子场景所表达的是对自我的不满。女主人公在女性与自我意识的对立冲突中徘徊着。王安忆这篇中照镜子的场景所在地庐山，在中国古典诗词中常被提及，这里作为女主人寻找自我的场所。隐藏在云雾中的庐山的面目，象征着深不可测的自我，随着雾霭、白云溶化、变形、成形。这是一个想象、梦游、幻想的世界，在这里，自我变得流动而易于改变和重建。这位女主人公，为她奇迹般地变成了一个她不再能认识的陌生人而感到无比兴奋："那形象是美好的，美好得竟使她自己都陌生了。她为自己也为他爱惜这新的自己，如若有了什么损害。便是伤她，也伤了他，伤了他的注视，也伤了他的感情。"男性的注视在丁玲早期小说中表现为女性自我意识的威胁，在这里，却有助于增强女主人公想创造一个新的自我、重新获得由于婚姻而使她失去的女性的欲望。和自我意识一样，性别意识是可以通过与其他人接触谈论而获得和建立的，而不是一个固定不变的特性范畴。女主人公的婚姻，虽然固定了她的性别特征，迫使她与可变的性的意识加大了距离。而现在在与另一个男子接触中流失了的性意识却重新找到了自我。她很自豪：她与男人不同并从男人的注视中发现了这个不同。这一点对她作为一个女人的自我意识是至关重要的。更重要的是，她的爱情故事是虚构多于真实：欲望的真正对象是女主人公自己。

　　和丁玲、张洁一样，王安忆也是把女性自我意识放在向世俗的女性观念挑战的过程中，但通过打破宗法观念，她又试图让男性一起参与女性意识的建构。这就拓宽了性别描写的范围——性关系并不是通过单个的男人和女人的欲望而论定下来，而是通过男女性各自的自我意识及其相互交融而确立下来的。

爱情、婚姻和女性联结

　　在文学中，爱情和婚姻几乎一直是女性人物的同义语。但是，二十世纪女作家对此却表现出对文学传统写法的背离。她们的作品集中描写婚姻和自我实现、爱情和女子独立之间的冲突，浪漫爱情和婚姻通常被拒绝，因为女性一直在寻找自我。这就可以解释我们讨论的作品中的女主角大多是单身、离婚，或有着种种不幸婚姻的原因。在《莎菲女士的日记》中，叙述者爱上了英俊的凌吉士，但这不是一般的浪漫爱情。欲望的主客体平衡是维持他们关系的关键，换句话说，叙述者对凌吉士的主动追求，正是表现出内心的害怕：怕她会成为凌吉士欲望的客体对象。所以，当凌吉士来到她的房间，表达他的欲望时，莎菲因为害怕和厌恶而退缩了。结果，征服情人的欲望净化了她自己的欲望。这说明，在宗法观念盛行的社会，异性爱不可能摆脱权力之争。莎菲赢得了胜利，但失去了情人。

莎菲厌恶凌吉士的另一个重要原因是，凌吉士用大男子主义的口吻教她如何做一个女人。凌吉士关于婚姻、家庭、经济成功乃至婚外性爱的理想，是一种典型的以男子为中心的资本家的梦想。莎菲看穿了资本主义制度和宗法文化间的关系，表明她的女性主义有坚实的思想基础。她不愿把自己写成宗法社会中的妻子或情人（她后来知道凌在新加坡有个妻子），想到自己像妓女一样献给凌吉士玩弄就痛苦万分。这些传统的女性角色使莎菲与她所爱的男人疏远开来，情人的幽会成为两种完全不同思想的较量。最终是情人分手，莎菲绝望。

相比之下，莎菲对另一个女性蕴姊的感情依恋却没有这样的对立：她对蕴姊的回忆总是美好的。但丁玲在本篇以及其他如《暑假中》等篇中对女子感情联结的处理并没有把它看成是比浪漫爱情更可取、更可肯定的选择。而到当代张洁、王安忆的作品中，女性联系就成为和女性自我意识同样重要的一种观念形态的选择。《方舟》的结尾，梁倩向同伴提议："为了女人，干杯！"宣布了三个女性的结盟。她们中的每一个人都对自己的丈夫感到失望，对男性统治的社会失去了信心。曹荆华与丈夫离婚了，因为她不愿按丈夫的意志（养家、生孩子）生活，未经允许私自去流产；柳泉的吝啬的丈夫在夫妻生活中虐待她，好像她是他用钱买来的；而梁倩的丈夫白复山却把婚姻当作是一种交易。"去他妈的丈夫，我们必须依靠自己。"于是这三个女子便在自己的小圈子中相互寻找支持。如果说《方舟》中的离婚女子竟然创造了一个她们自己的方舟——女性自我意识的方舟，来和充满敌意的男人支配的社会抗争，王安忆《弟兄们》中的三个女子没有那么成功，最后都相互疏远了。这篇小说不仅写男女间的冲突，还就诸如欲望选择，女性联结，女子与男子、与家庭的关系等等提出了问题。

和《爱，是不能忘记的》反思性标题一样，《弟兄们》提到一个女主人公想搞而未搞成的画展，还涉及女主人公们自身之间的关系。这关系与画展一样以失败告终。小说选"弟兄们"，而不是"姐妹们"作标题，提醒人们注意：女子，特别是已婚女子缺少正常的社交和知识上的联系。在崇尚男子结交联系的社会，这种选择更具象征意义。和《方舟》中三女子一样，"弟兄们"互诉衷肠，把她们与男人的性牵连称作自我毁灭，称她们自身间的联结是自我拯救。临近毕业时，每人都面临着不同的选择：老三决定过传统的生活，履行对丈夫的义务，老大老二，一分上海，一分南京。毕业后，三"弟兄"间只剩老大老二还有过联系，后来她们互称老李老王。与《方舟》中白复山等男人不同：老李老王的丈夫是模范丈夫，他们对自己的妻子都很尊重理解，干家务很勤劳。但当毕业分离多年后老李拜访老王时，还是觉得自由又突然回到身边。那以后，这两个女人每隔几天就通一封很长的信，连自己都惊诧，她们互相间的联系居然比与丈夫的联系要密切。最后她们之间的关系因老李母爱的插入而告破裂。这种女性联系的脆弱和易破裂表明，在一个崇尚异性爱的社会中，女子要理清自己的欲望是很困难的。

尽管有代沟存在，三位作家都探讨了女性主观意识，女性与权力、意义和占统治地位的文化的关系。这种女性传统六十年前从丁玲开始，当时是作为对宗法制度的一种反抗，但不久就被社会主义现实主义所取代。和她那个时代的大多数左翼作家一样，丁玲放弃了女性的主题而转向共产主义集体精神的创作。直到七十年代末和八十年代初"文革"结束后，女作家才又重新开创了女性传统。她们想通过关于女性和女性主观意识的创作，在文学史上确立自己的位置。

原载《扬州师院学报（社会科学版）》1993年第4期

女性的自觉与局限

——张洁小说知识女性形象①

荒　林

与其把张洁小说《爱，是不能忘记的》（短篇，1979）、《方舟》（中篇，1981）、《祖母绿》（中篇，1984），看作是对女人故事的叙述，对女人、人的生存境遇的现实关怀，不如把它们当作张洁女性问题思想的形象表述。事实上叙述者张洁与她的人物形象始终处在同一思索、探求和前进的层面。承接"五四"新文学史上丁玲们对妇女解放道路的探寻，张洁走向了女性精神建构层级。在张洁小说里，我们能读到女性充满智性思辨的自我定位、自我人格价值认定。与丁玲们在小说中塑造的女性形象依赖外部社会环境重大变迁而多少有点类型化不同，在张洁小说中的知识女性，就充满了对自我完善、自身解放的自觉，从而，她们有强大的承担社会、命运的主动性。

一

《爱，是不能忘记的》问世后，曾引起强烈社会反响，在80年代初"人"的问题为主潮的背景下，男女主人公爱情对于旧的道德价值体系的冲击成为人们关注的焦点。而事实上，这篇小说精妙的构思本身代表了另一个寓言。珊珊和钟雨二代知识女性执着于爱情本质的追求，意味着随着人的觉醒，女性精神深处某种沉睡已久的东西苏醒了。这当然有一个前提，女人是"人"而不是"性"，但是，女人是"什么样的人"这一形象的确立，确乎呈现了隐形而漫长的历史。只要把《爱，是不能忘记的》与鲁迅的《伤逝》略作比较，张洁这篇小说的女性寓言性质就昭然若揭。

在《伤逝》中，涓生是子君的精神启蒙老师，涓生向子君表白了感情之后，他对于爱的本质尚未把握。随着共同生活的深入，外在经济、精神压迫的加剧，涓生开始思索爱情的本质，他发现："爱情必须时时更新、生长、创造。"而子君自始至终被动认同涓生所给予的"爱"，然后又听从涓生取走它，从未过问爱为何物，虽为爱情冲破了家庭和外界强大阻力，而事实上子君并未领悟爱的实质。为一个抽象的"爱"字而奋斗，这是"五四"知识女性的写照。爱，在当时仅仅标志着青年一代与旧家庭、旧社会的对抗，而未落实到具体男人与女人的实体上。对于女性而言，爱其实是一个空洞的能指，娜拉出走以后怎么办？她们没有属于自己的思索和追问，而社会也无法外在地给予她们所需的——当女性意识到自己是"人"而不是"玩物"，还需要确立是"什么样人"。可是，有史以来的生活和文学，不可能为她们提供启迪和参照——女性角色模式。这便是为什么丁玲在《莎菲女士的日记》中，最终不能完成莎菲内心对于爱的渴求的原因。莎菲在她的日记中记载了活生生的女性经验，即她对于情欲、性爱和自身境遇的崭新的体验，可是她一直处于灵与肉的分裂状态，她之不爱苇弟，在于苇弟是一个"孩子气"的男人，她并不爱凌吉士却又投入其怀抱，因为凌吉士有一具美的男子汉的躯壳。莎菲无疑虚置着一个爱的对象，这是现实不能提供给她的外在与内在统一的男子汉形象。沙菲唯独没有为自己设置镜子，她在日记中暴露的阴暗心理和本能冲动，其实是没有自我前景的宣泄。莎菲作为苦闷的典型，说到底，是女性不知自己应是"什么样人"的苦闷典型。和子君的盲信盲爱一脉相承，莎菲无信无爱，她找不到寄托爱的对象。如此，女人的爱是以依附男人为前提的局限就暴露出来了。她们没有如涓生那样独立的爱情思考，没有自己独立的爱情人格。

出现在张洁《爱，是不能忘记的》中的知识女性，却和涓生站到了同一地平线。珊珊面对追求自己的乔林，既不像子君那样盲从，也不像莎菲为其美的外表而沉醉，她思考着爱为何物的问题，她敢于大胆追问"你为什么爱我"。钟雨对于自己年轻时代爱情更是充满了自我批判勇气。在她上了年纪之后，对自己超越生理年龄的对一个老干部的爱，虽从未付诸实际行动，仅仅出于一种心灵渴求和充实，却能因为"真正地爱过"而"没有半点遗憾"。

从爱的对象回到爱情本身，说明女性对自身爱的能力、爱的动因已经自明。但这和《伤逝》中涓生爱的彻底独立性仍然有别。即使在这里，珊珊为维护这种独立，钟雨为坚守自己的感情甘愿承受着巨大的外在压力，包括价值的、道德和良知的种种方面。然而，《爱，是不能忘记的》意义也正在这里，围绕爱的核心，女人是"什么样人"的悬念获得提示。在爱什么和怎么爱的具体展开中，我们看到了张洁苦心经营的当代知识女性人格构想，或者说，张洁为我们提供的女性自我形象设计。无疑，张洁不同于"五四"女作家之处，是她对女性的思考，开始就从女性本体出发，而不是在女性之外。珊珊是一个未完成的，却可以预想的新的知识女性，她的情感尚处于开放状态，而她自觉地探求爱的本质，对母亲灵魂的寻根，预示着女性的思想前景。钟雨作为一个被探寻者出现，使小说不仅具有浓郁诗意，而且获得了结构上的女性角度定向。钟雨是一位事业上的成功者，她的小说得到社会承认并受到读者欢迎，她不为自己婚姻失败而垂头丧气，去除无爱的婚姻是她自觉的选择；她爱老干部，爱这种灵魂的呼应，她爱的方式极其自律。为了"别人的快乐"而自我牺牲，在爱的过程，即克制和自我充溢中，她享受了灵魂完满的幸福。"我是一个信仰唯物主义的人，现在我却希冀着天国。倘若真有所谓天国，我知道，你一定在那里等待着我。"当珊珊以钟雨为自我定位参照，而不是从男性对象角度确立自己的情感，《爱，是不能忘记的》便充满了直接的思辨性。"到了共产主义，还会不会发生这种婚姻和爱情分离着的事情呢？""不要担心独身生活会成为一种灾难"……珊珊并不想重复钟雨爱的方式，却认同对爱的本质坚守到底的原则。

张洁没有像后起的残雪那样创制一套女性自己的叙述话语，她在探求女性问题的小说中，总是将女性形象塑造放在女性自我审视、探寻的视域里。这样，她的小说中女性形象的自我独立意味，便因疏离了男性目光而获得强调。钟雨是爱的化身，又是女性爱的承前启后的桥梁。她不像子君是被动的爱的盲目者，也不像莎菲因无爱而去乱爱，爱得明确，爱得执着，在爱中获得自我人格的升华。钟雨在爱情中是一个独特的、独立的女性形象。张洁把她放置在爱得不到世俗化实现的环境，显然把她的爱推进到了理想化的层次，钟雨理想化地实现了张洁女性情感人格的设计。事实上，从子君的被启蒙、莎菲的个人苦闷、到钟雨的获得珊珊发现，张洁承接了一部女性情感寓言。因为自"五四"开始的中国妇女解放运动，在文学中的表现形式，主要是依靠爱——反侵犯性话语来实现的。"与男性大师们注重寻求社会、民族的理想——政治乌托邦恰成映照，女性寻求的是爱——情感的乌托邦。"②在女性历史处境和历史功能未得到根本改变之前，寻求爱的目的"旨在为包括女性在内的弱者——被统治者提供生存的文化依据"③。爱作为中国女性解放最初的精神源头和话语源头，在妇女政治、经济获得保障的今天，由外求转向内树，标志着其话语功能的独立，意味着女性精神本体的自由。钟雨"爱"的精神性质，正由于在这样的高度而具有崭新意义。

二

《方舟》堪称一部女性新生活的艰辛"创业史"。荆华、柳泉、梁倩三位知识女性、独身女人，同舟共济，患难与共。在她们之间存在着真正意义的"姐妹情"，即对女性命运深入探寻、结盟承担的高度理解、默契。小说对"方舟"的注释是引自《后汉书·班固传》中句子"方舟并骛，俯仰极乐"，而与之呼应的副题说："你将格外地不幸，因为你是女人。"小说展示了三位独身知识女性在工作、事业展开上遇到的种种艰难挫折，和她们互相帮助、在艰难竭蹶中不懈努力的历程。荆华从事理论工作，梁倩是电影导演，柳泉精通外语，不幸的婚姻和离婚事实，丝毫没有损伤她们强烈的事业心，对事业的驾驭能力和强大的思想，使她们对社会、人生的评判绝不同凡响。然而，她们"格外不幸"的是，悬置在她们头顶的男性压迫：色情的男人（对柳泉）、妄自尊大的男人（对梁倩）、思想僵化的男人（对荆华）带给她们重重阻碍和打击，甚至周围男性价值评判的眼光也对她们实行精神围困（如邻居居委会雷主任）。与三个女人组成的小小方舟相比，男性世界广大而无边。虽然柳泉终于调到外事局，荆华的理论却尚在遭受批判，梁倩的电影也未被审批下来，这些人格独立、心灵健全的独身女性，大部分时间与精力仍得继续与男人、与性别歧视作战。《方舟》在情节上呈未完成式。

在《爱，是不能忘记的》中，女性独立自我形象，是在领会爱、确认爱的本质中获得的。尽管如此，老干部毕竟是一位外表严峻、潇洒、精神强大令人倾倒，并能理解、支持钟雨的男性形象。到了《方舟》中，张洁把三位知识女性的处境格外严峻险恶化，她们不但没有遇到值得爱的男人，甚至也难有相容共处的男性上级、同事。除了三位老的男性，张洁没有提供能引起女性共鸣的男性形象，相反，色情、僵化、妄自尊大和卑琐的男性，和由他们发起的一次次攻击，构成了荆华、柳泉、梁倩的绝对对立面。处处与她们作对的男性，并非因为她们有过错、低俗、不美或不合时宜，仅仅由于她们是女人，并且是独身的，拥有自己独立人格的女人。在这里，张洁的男性批判态度既明朗又尖锐、激烈。她毫不宽恕地为梁倩塑造了一个卑劣的男性形象白复山。作为梁倩名义上的丈夫，他既不尽夫道，又不讲义气，明目张胆地利用梁倩的父亲，肆无忌惮地婚外享乐，丧尽人格地去破坏梁倩的影片过审。

从《爱，是不能忘记的》到《方舟》，间隔仅两年，张洁对执着追求的女性的关注，显然经历了纵深和广延的发展。事实上，一场一生加起来在一起的时间总共"也不会超过二十四小时"的共处，虽可以感人至深地把钟雨推到读者面前，让我们看到真爱的本质，却不能不让我们怀疑，是否存在如老干部那样完美的男人？很显然，张洁最初关心的重点不在女性境遇，而在女性作为人，自我心灵的辨认和确证。能爱并爱着，爱的对象并不是重要的了。《方舟》所要表达的，并不是与爱对立的主题，而是关涉女性独立人格的另一主题，社会价值实现或称事业追求，它与爱的主题构成互补，在这里，女性境遇引人注目（严格说是外境遇，与心灵情感内境遇对应），荆华、柳泉和梁倩，在经过了女性人生种种挫折之后，把事业作为"支撑点"，但她们无疑首先是情感人格独立的女性。如同钟雨自觉否决无爱婚姻，她们也都是否决了旧生活的成熟女性。当荆华想到："六十岁以上的人怎么就不能恋爱呢？如果她活到八十岁，终于遇到一个可爱可敬的男人，她绝不会像老安那么犹豫，只可惜她遇不到就是了。"钟雨的影子确乎就隐藏在她身后。不过，在《方舟》中，张洁要突出强调的是女性社会人格——女性在事业追求、社会价值实现过程中所呈现的精神标数。

如果说《爱，是不能忘记的》通过钟雨和爱的牺牲实现了女性情感人格，那么，《方舟》则通过荆华、柳泉、梁倩三位女性对男性压迫的不懈斗争，对自己事业的执着坚持和负责到底的勇气，呈现了女性社会人格的坚强和自觉。荆华沉着冷峻，梁倩豪爽侠性，柳泉敏感优柔。她们气质个性各异，却有最为共同的品性，即对男性压制和迫害的抵抗，对女性人格尊严的彼此关注、维护。

应注重张洁对小说中女性年龄的看重，排除未成年少女（她们是父母的女儿），也回避热情的青年女性（她们尚未受理智引导，极易认同他人标准，是社会的女儿），张洁选择而立之年和不惑之岁的、有过丰富女性生活体验的知识女性，强调她们对已存生活模式的否决，突出她们对新生活的自觉追求，正是她们的独立人格（独立女人身份）和对自我、社会评判的相当稳定的女性立场，使《方舟》所呈现的女性遇境具有普遍意义，即女性被排斥、受压迫，在本质上，是这一性别群体（女人，而不是女性）拥有属于自己的权利、价值尺度，拒绝认同男性提供的依附和附和标准。张洁对她的女性人物的年龄选择，服从于她对女性独立人格的要求。

但张洁并未停留在女性是"人"而不是"性"的简单取舍上。张洁在她全部创作中，确乎是回避了具体的"性"描写的，她也许放弃了从"性"的深度寻找男女本质，但她对于"人"的深度把握，却达到了一个前所未有的高度，不是一般地肯定女性首先是"人"，而是具体地展现，女性首先作为人，在社会中能做什么和怎么做。这里不但存在女性自我定位的问题，更涉及能否到位的问题。张洁设置了这个三人"女儿国"，在这排除男性的小天地里，三位事业型女性不但各有专长，而且深知自己能做什么，因为从小是同学，也相互知道和理解对方的追求。但是，她们自己的定位，必须通过社会外在的价值确证，才能获得最后的意义。《方舟》的主旋律恰恰在女性定位后无法到位的矛盾中展开，荆华、柳泉、梁倩的女性社会人格磨砺，恰恰在她们为了实现社会价值怎么做的过程中实现。

构成她们对立面的男性压迫，在"女儿国"之外无处不有。压迫是形形色色的，色情、蔑视、冷歧和拖延，设置种种阻碍、关卡。压迫的目的是共同的，即阻止她们获取社会承认，取得自身社会价值的肯定。荆华的论文引起了争鸣，刀条脸在机关主持的座谈会上用卑鄙的手段坑她；梁倩的演片不断被卡审，甚至被枪毙；柳泉为外国客人当翻译，被一再想侮辱她的魏经理弄出一场风波。对于荆华、梁倩和柳泉来说，艰难的不是做什么工作，而是在做工作过程中的被迫害，工作成果的被拆解。当张洁把三位女性彼此安慰，互相帮助，齐桨共进的动人场景展示在我们面前时，《方舟》所传达出的并不是她们工作事实的意义大小，而是她们为实现自己社会价值去做工作而必须不断与男性压迫作斗争。在苦涩的"为了女人，干杯！"的艰难努力和自觉行为中，包含了卡夫卡式绝望中的希望。而女性作为"人"的特别高贵、不能被打败的人格力量，也就获得了揭示。

在《方舟》之前，中国新文学史尚未出现过女性群体形象。而《方舟》的意义，不仅仅是它写了一群与男性世界对抗的女性，更在于它对女性社会人格的前所未有的发现。妇女形式上已获得政治自主，经济自立，但实质上的真正解放还是艰巨和漫长的。《方舟》表明，妇女的社会解放也和心灵解放一样，必须依靠女性自身。

三

《祖母绿》承续了《爱，是不能忘记的》的主题，然而又深化和拓展了这一主题。张洁非常诗意地将女性"怎么爱"和"怎么做"的哲学思考，整合到爱与行的统一体曾令儿身上，塑造了一位"无穷思爱"女性价值完美人格形象。

和"方舟"一样，"祖母绿"也具有强烈象征意味。祖母绿是曾令儿的诞生石，无穷思爱是张洁赋予曾令儿这一女性形象的理想内核。和钟雨爱、自我牺牲而得到灵魂充盈一脉相承，曾令儿通过爱、无穷奉献而获得博大广阔的精神世界。

为了爱、无穷奉献的实现，张洁把曾令儿塑造为一个力量、智慧和美的统一体。曾令儿为左葳补一年的课，劳累仓促中被车撞倒了，爬起来继续走，回到海边的家借阳光和海产康复身体；曾令儿从险恶的大海涡流中救出昏迷过去的左葳；曾令儿只身承担左葳一家的政治苦难；曾令儿被打成右派在边陲小城艰苦的20年中，不但生育了陶陶，承受了全部屈辱和生活艰辛，忍受了失去爱子陶陶的巨大悲痛，还以惊人的毅力坚持科学研究，成为杰出的计算机软件专家；到了中年，曾令儿不仅保持着渔家女儿那种自然美，而且有一种超凡脱俗的气质美，连理发师和养尊处优的卢北河都望而叹佩；曾令儿不计个人恩怨，为了社会和集体利益，决定参加左葳的微码编制组。

张洁把曾令儿形象丰富的内容，放在一个极其巧妙的构思里，即曾令儿与卢北河互为审度、衬比。曾令儿、卢北河以左葳为轴心，又在以左葳为同一反光镜而存在的女性命运比照中，以女人衬托女人，以女人反观女人。张洁很自然地将曾令儿近似的母和女神的品性，转化为理想的女性人格。两个女人对于同一个男人的爱，一个是彻底奉献，另一个是占领（最终她自己也承认其实是奉献），并以排除前者为代价；后者借助外力将前者远送边陲，又凭借对前者人品的信赖和手中的权力，将前者召回来。这一情节模式，无非是两个女人同时爱上一个男人的男性话语形式模仿，然而，在张洁这里，并未出现男性小说中那类充满矛盾斗争的情节，也根本找不到善恶交织的刀光剑影。表面上，曾令儿是爱情的失败者，而实质上，由于她对自己命运的承担，成为精神本质上的胜利者。卢北河，在情场上貌似全盘皆赢，作为一个女人却既是命运的奴仆，又是精神的溃败者。这是因为，在以女性为主体的《祖母绿》中，尽管左葳也颇似受庇护的被爱的弱女人，可是，并不像男性占有者对于弱女人的征服带有暴力和压迫性，卢北河对于左葳的占领，在实际上置换为她自己的被占领，她充当了左葳的保姆和母亲式的人物，她为左葳生育、抚养，为左葳事业长进、地位升迁而心力交瘁。在这里，卢北河逃不脱一个女人的宿命。正是在女人命运这一宿命的背景下，两个女人对于同一个男人的爱，主要的不是导致两个女人之间的冲突，而是引起两个女人各自具体命运的变异，而与命运的斗争，最终代替了女人之间的交锋。张洁的高明之处，便是用一个模仿男性话语形式的结构，非常鲜明地突出了女性命运问题——张洁无疑是坚信远离男性的爱，像曾令儿的（包括《爱，是不能忘记的》中钟雨的），是女性承担命运和战胜命运，并最终拥有独立人格的理想途径。曾令儿无疑是中国当代知识女性最高典范，她的无穷尽的爱、无止境的奉献，在拥有左葳和失去左葳之后，都不曾改变，而对于各种厄运的承担，也源自她内心强大的爱的力量。其实，张洁在曾令儿身上，注满了她自己相承于钟雨的爱的精神，甚至，读者难以看到曾令儿对左葳爱情的性欲成分。

曾令儿确实与左葳有过一次具体的性行为，但却不是性爱的延伸，而是性爱的终止。因为这一夜之前，左葳已不爱曾令儿。作为一场爱的祭奠，曾令儿把一夜转换为奉献的仪式。自此，曾令儿获得一种超越性的永恒之爱。或者说，由对具体个人的奉献，走向无穷奉献。

与曾令儿的超越性爱而无穷爱相反，张洁让卢北河的性爱与占领结盟。卢北河是左葳微笑的俘虏，在她爱上左葳多年，直至与左葳共同生活了20年之后，了解了左葳的无能懦弱及左家的种种乏味，她仍然因左葳的一笑而怦然心动。卢北河为了获得左葳，不择手段，为了拥有左葳，竭尽心血。张洁非常大胆地把一个包裹在灰色衣装、生活在伪装套子中的女人的欲望，和其自私无度性揭露出来。特别是当卢北河与曾令儿晤面——或者说，张洁设计的女人两种命运交织对照时，卢北河的性爱和占领对于这位自私的女人自己，更显得黯然无光。曾令儿的回来，不是当初送远者的回归，而是经历过命运并战胜了命运的另一种女性的出现，曾令儿的不能被打倒，只有在卢北河面对她时，才真正升起了象征价值。这便是，曾令儿的女性为中心的价值世界。无论卢北河怎样努力，她在结果上总是处于左葳的附属地位，她没有获得自己的存在——她把一个真实的自己深深埋葬，曾令儿的到来，使卢北河发现了她自己从不敢直视的事实。首先是曾令儿毫无受苦痕迹，却充满脱俗气质的外形震动了卢北河，如同所有女性都敏感于青春变迁一样，卢北河悲哀地意识到一生的灰色和沉闷。对于卢北河而言，这意味着她潜在的对自己婚姻生活的失望，对自己所选择的生活方式的失望。她原以为自己是命运的主宰，不料命运却使她突然明白"她这一生并没有目的，也就永远没有目的可达到"。她已经清醒"她的船翻了"，她整个的成了命运的奴仆，在没有任何第三者介入的两个女人会晤的纯粹的女性空间，布满了不受外社会价值控制的女性心理感觉价值的微光，卢北河在这种女性自我反射、反观里，看到了真正无意义的自己，这正是她本我觉醒的深刻悲哀。

曾令儿的人生经历，却展示了另一种价值系统的强大魅力。曾令儿从爱左葳的一刻起，便把爱与奉献（即爱与行）结合在一起，她只懂得为左葳补课、记笔记，忙得连头发都没时间洗，却不懂得如何取悦左葳（张洁显然嫌恶她的女主人公以性取悦对方，因此曾令儿自始至终是一个无欲望女人）；她不顾自己的安危从老虎头大海涡流救出左葳，她又在政治的风险口代替左葳受过；更为动人的是，她独自生下陶陶，承担一切舆论歧视，甚至生理歧视，而终未对任何人说出左葳，也未曾哪怕在精神上求救于遥远的左葳。她是那样刚强、隐忍；但她的刚强坚忍之所以动人心弦，却在于她这些行为方式是在尖锐地、自觉地拒绝认同外在价值和俯就他人意志的张力中展开的，用一个简单的句式概括，即她原可以不这样做，她却这样做到底。

小说对曾令儿刚强、隐忍性格的表现，正是建立在她不惜一切坚守自己内心价值选择的努力上。她坚守陶陶，坚守对内心爱情的忠诚，她坚持不懈地做数学难题。曾令儿的坚守是对内心渴望的负责，因此，尽管她最终失去了陶陶，最终根本没有属于自己的爱人，最终以软件专家的才能却被当作左葳的助手，她仍然以其内心不可战胜的强大力量宣告了感情价值不以外在标准为尺度的自我完善功能。曾令儿的存在，化作了女人不败的象征。

曾令儿和卢北河的比较，不是两个女人外形、情趣、为人，甚至一般性格的比较，而是两种女人命运的比照——人物对于人生价值的不同领会、认取，决定着人物命运结局。

卢北河追求并竭力获取外部价值，这样最初以政治，最后落实到以具体男性（丈夫）为中心的价值实现，决定了她作为女人自我沦丧的实质性悲剧。曾令儿拒绝外部价值认同，在与时间的较量中，耸立起以自己（女性）为中心的人格完美高度。源于爱，而后超越爱，曾令儿女性价值人格的具体内塑有近乎圣徒的神圣专注，而张洁把曾令儿形象宗教化式的处理（远离男性和禁欲中博爱之恩），也意味着作家对女性价值人格自我完足的坚定维护。

对卢北河的贬抑和对曾令儿的褒扬，体现了张洁显而易见的女性中心价值立场。从这一立场来看，对左葳形象的弱化处理，就具有策略意义。左葳和卢北河的婚姻，是男性价值中心系统的一个活生生细胞。诚如卢北河以曾令儿为参照而发现的事实："我们从来没有拌过嘴，吵过架。幸福得如同一个随心所欲的主人，和一个唯命是从的奴隶一样。"在这个婚姻细胞中，依存的男女关系当然是非平等、非对值的。而左葳之所以不会对曾令儿为他所做的一切牺牲深感内疚，在骨子里，他认为自己不欠曾令儿什么，以他的男性价值观，爱情具有交易性——而他已履行他能履行的开结婚介绍信作为对曾令儿牺牲的补偿；以曾令儿撕碎这一交易开始，他们已经走向彼此无关的生活。应当说，张洁的《祖母绿》既设置了曾令儿与卢北河的对比，而这一对比又是建立在曾令儿与左葳的对比基础上的，曾令儿这一形象的深度质感因此获得完美展示。曾令儿与左葳的永诀，带来了曾令儿女性中心价值的确立，卢北河与左葳的结盟，象征男性中心价值归认。如此，两个女人的命运，一个由男性出发，超越男性；一个向男性归附，终止于男性。这样，《祖母绿》中爱的主题，其实是女性"怎么爱"／区别于男性所要求的爱的方式，和"怎么做"／行为符合女性中心价值逻辑而区别于男性中心价值要求的二重合一。和《爱，是不能忘记的》强调爱的精神性质相比，爱的精神性别在《祖母绿》中获得了揭示。无疑正是《爱，是不能忘记的》对爱的精神性质定位，与《方舟》对女性性别立场

中国当代文学史资料丛书

定位，带来了《祖母绿》爱的精神性别价值表现。张洁三篇小说呈现了作家对女性问题思想的连续深入和统一性，表现了作家对女性新的价值确立的强大热情，然而，张洁显然无力排除男性中心意识的强大辐射。由于要实现理想中的绝对抗争，小说人物钟雨、曾令儿们便成为理念的化身而失去了活生生气息。这正是张洁小说的局限。

注释：

①本文限于探讨张洁小说《爱，是不能忘记的》《方舟》和《祖母绿》。

②③孟悦、戴锦华著：《浮出历史地表》，河南人民出版社，1989年7月第1版。

④《外国人笔下张洁的身世》，见孙绍振著《孙绍振如是说》，三联书店（香港）有限公司，1994年5月香港第一版。

原载《福建师范大学学报》1995年第2期

陈染：个人和女性的书写

戴锦华

个案与个人

在她登场之初①，陈染是一个个案。而在“女性写作”多少成了一种时尚、一种可供选择与指认的文化角色的今天，她仍是一个个案。她始终只是某一个人，经由她个人的心路与身路，经由她绵长而纤柔的作品序列走向我们又远离着我们。以一种并不激烈但执拗的拒绝的姿态，陈染固守着她的“城堡”，一处空荡、迷乱、梦魇萦扰、回声碰撞的城堡，一幢富足且荒芜、密闭且开敞的玻璃屋。那与其说是一处精神家园，不如说只是一处对社会无从认同、无从加入的孤岛。

从某种意义上说，陈染并非一位“小说家”——说书人，她并不试图娓娓动听地讲述故事，这当然不是说她缺乏叙事才能，无论是凄清怪诞的《纸片儿》，哀婉舒曼的《与往事干杯》，诙谐温情的《角色累赘》，还是机智巧妙的《沙漏街卜语》，都证明着她的才情与潜能；她也不是哲学迷或辨析者，然而她又始终在辨析，始终在独白——自我对话与内省间沉迷在意义与语言的迷宫中，但她所辨析的，只是自己的心之旅，只是她自己的丰富而单薄的际遇、梦想、思索与绝望。所谓“我从不为心外之事绝望，只有我自己才能把我的精神逼到这种极端孤独与绝望的边缘”②。似乎作为某种“断代”（？）的标识，对于六十年代生长的一代人说来，他们在拒绝意义与传统的写作者的社会使命的同时，写作成了写作行为目的的动因与支撑物。而对于陈染，写作不仅缘于某种不能自己的渴求与驱动，而且出自一种无人倾诉的愿望；一种在迷惘困惑中自我确认的方式与途径。因此，她由直觉而清醒的拒斥寓言，在描述一种自我精神状态的同时，规避对某些似无可规避的社会状态的记叙与描摹。她仅仅在讲述自己，仅仅在记叙着自己不轨而迷茫的心路，仅仅是在面世中逃离：凭借写作，逃离都市的喧嚣、杀机，逃离"稠密的人群"这一"软性杀手"。写作之于她，既是"潜在自杀者的迷失地"，又是活着的重要的（如果不说是唯一的）理由，是写作为她营造着一种"需要围墙的绿屋顶"，一个中心处的边缘。

或许可以说，八十年代中后期，陈染获得机遇是由于一种必然的指认（误识）方式：陈染由于她选题与书写方式的别致，由于其作品的非道德化的取向而获得指认、赞美或质询。于彼时的社会文化语境中，个人、个人化写作意味着一种无言的、对同心圆式社会建构的反抗，意味着一种"现代社会""现代化前景"的先声；而非道德化的故事，不仅伸展着个性解放的自由之翼，而且被潜在地指认为对伦理化的主流话语的颠覆，至少是震动。的确，个人，或曰个人化，是陈染小说序列中一个极为引人瞩目的特征。我们间或可以将陈染的作品，以及围绕着她作品的喧闹与沉寂，视为某种考察中国社会变迁的标示与度量。然而，这种寓言式读解的先在预期，不仅有意、无意地忽略了陈染小说之为个案的丰富性，同时无疑遮蔽陈染小说中从一开始便极为浓重的性别写作色彩。一个个人，但不是一个无性或中性的个人；一个个案，却从一个都市少女的个人体验中伸展出对无语性别群体及其生存体验的触摸。

复苏的性别

陈染，作为生长于六十年代中的一个，幸运地或不幸地成了"后革命"的一代。尽管"革命之后"的时候，仍会出产寓言家或"后先知"，尽管陈染的记忆库中仍会有着"尼克松访华"或"红小兵大队长"之类的片断，但那与其说是大时代的记忆，不如说更像是彼时日常生活的残章；诸如彼时"不卑不亢"的"政治口径"只因成了少女时代的自指、自怜之镜而留存在记忆之中。相对于"69届初中生"或"57女儿"③。对于陈染，童年时代的政治与社会底景，远不及父母间的婚变、破败的尼姑庵中的夏日，更为巨大、真切地横亘在她的人生之旅上。相对大时代、社会舞台，陈染所经历的只是某种小世界，某种心的帷幕之内或曰玻璃屋中岁月。在一种别无选择的孤独与自我关注之中，陈染以对写作自身的固恋和某种少女的青春自怜踏上文坛。间或可以视为某种社会症候：尽管包含着误读的因素在其中，陈染式写作获得有保留的接纳，仍意味剧烈的社会变动毕竟呈现一些空间裂隙，一种个人化的写作，已无须经过意义的放大与社会剧的化妆便可出演。当然，这无疑是某种"小剧场戏剧"。设若我们将"个人化"定义在个体经验与体验的探究、表达，由个人视角切入历史与时代，而不仅是艺术风格。那么，这一久已被视为中国文坛内在匮乏的写作方式，是由一个富于才情的少女、而不是她同时代的才华横溢的男性作家来开始，便无疑成为一个颇为有趣的事实。

从某种意义上说，陈染的作品序列从一开始，便呈现了某种直视自我，背对历史、社会、人群的姿态。或许正是由于这种极度的自我关注与写作行为的个人化，陈染的写作在其起始处便具有一种极为明确的性别意识。作为某种必然或偶合，陈染似乎第一个豁免于新中国女作家难于逃离的性别疑惑：作为一个准男人或"女人"？抑或作为"人"？尽管在陈染最初的作品无疑带有《百年孤独》（深刻影响了中国新时期文学写作的若干本翻译作品之一）的印记，但即使在她的"乱流镇"或"罗古镇"传奇中，呈现亦非民族历史或文化寓言，而是某个"古怪女人"故事。如果我们一定要为陈染寻找外国文学的源流，那么它会是尤瑟纳尔、弗吉尼亚·伍尔夫、玛格丽特·杜拉，而不是加西亚·马尔克斯或米兰·昆德拉。作为一个无法也拒绝认同任何集团、群体的个人，她自己的生命体验无疑成了她最重要的写作思考对象。她无法或不屑于在作品中遮蔽自己的性别身份。似乎十分自然地，陈染作为一个女人而书写女人；作为一个都市、现代女性来书写现代都市女性的故事。几乎她所有重要作品，大都有着第一人称的女性叙事人④，而且大都以当代都市青年女性为主人公。如果说陈染的作品仍是某种人物的假面舞会，那么她披挂的是一张几近透明的面具。裸脸面世，与其说意味某种"暴露"，不如说更像一次无遮拦的凝视。不是男人对女人的凝视，不是潜在欲望视域中的窥视；而是有自恋、有自审、有迷惘、有确认。在镜像中迷失，在镜像中穿行，在绝望的碎镜之旅中逃亡。在经历了漫长的历史地表之下的生存，经历了短暂的浮现，以及在平等、取消差异——"男女都一样"的时代于地平线上迷失之后，这是又一次痛楚而柔韧的性别的复苏。如果说，新时期，中国女性再次面临着继续花木兰——化

中国
当代
文学史
资料丛书

装为男人而追求平等，与要求"做女人"的权力而臣服于传统的性别秩序的两难处境；那么陈染的作品序列及"陈染式写作"标示着诸多第三种选择中的一种。固执并认可自己的性别身份，力不胜任但顽强地撑起一线自己——女人的天空；逃离男性话语无所不在的网罗，逃离、反思男性文化内在化的阴影，努力地书写或曰记录自己的一份真实，一己体验，一段困窘、纷繁的心路；做女人，同时通过对女性体验的书写，质疑性别秩序、性别规范与道德原则。

始自父亲场景

在陈染的作品序列中，她从那个十六岁时的、胡同深处破败的尼姑庵向我们走来。如同一个鲜红的印记，如同一段复沓回旋的低吟，一个梦魇或一份"不能忘记"的爱。它不断浮现、不断被书写。如果我们加上一原型场景的变奏："九月"或"秃头"或父恋的意象，那么我们极易发现一个鲜明的序列：从《纸片儿》到《与往事干杯》；从《无处告别》《嘴唇里的阳光》到《私人生活》；从《站在无人的风口》到《巫女与她的梦中之门》《秃头女走不出来的九月》。经历了八十年代原旨弗洛伊德的冲击与教化的人们，不难对其做一次完满的精神分析操练。

事实上，在九十年代的文化语境中，精神分析为陈染的写作提供了一份最为直接而有效的指认方式。人们不难从上述作品序列中，发现一个深刻的创伤性情境：童年——少女时代的家庭的破裂，父亲的匮乏，使她未曾顺利地完成一个女性的成长；不难从中找到一个典型的心理情结：厄勒克特拉情结，或曰女性的俄狄浦斯情结——恋父。一个因创伤、匮乏而产生的某种心理固置：永远迷恋着种种父亲形象，以其成为代偿；不断地在对年长者（父亲形象）、对他人之夫（父亲位置的重视）与男性的权威者（诸如医生）的迷恋中，在寻找心理补偿的同时，下意识地强制重视被弃的创伤情境。事实上，陈染八九十年代之交的写作与其说是提供某种精神分析的素材，不如说是在其作品中进行着某种精神分析的实践；与其说她的作品充满了丰富的潜意识流露，是某种梦或白日梦，不如说那是相当清醒而理智的释梦行为与自我剖析。如果说，她在自己的作品中出演了一个类似少女杜拉的角色，那么她同时扮演自己的医生。事实上，陈染本人确实是"以善于出色的心理描写和精神分析的作家身份，参加国际精神科学协会"⑤。如果我们将《纸片儿》视为一个原型情景，将忧伤、温婉的《与往事干杯》视为一次原画复现，那么《巫女与她的梦中之门》便是一次自我分析与释梦。篇章中甚至有主人公这样明确的诗句："父亲们／你挡住了我／／……即使／我已一百次长大成人／我的眼眸仍然无法迈过／你那阴影"⑥。

然而，使用精神分析的"套路"无疑可以使分析者获得完整的对陈染叙事的叙事，同时可以陶醉于弗洛伊德的无往不利；但必然的削足适履，会损失一个文化个案的丰富性的同时，精神分析作为一种再经典不过的男性的、关于男性的话语，必然使陈染的"父亲场景"隐含的（此后愈加清晰而强烈）复杂的女性表述继续成为盲点。不仅在《巫女与她的梦中之门》里，早在《纸片儿》中已存在着双重"父亲"形象：单腿人乌克和祖父。其中所包含的不仅是关于女性欲望的话语，而且潜藏着对父亲——男性权力的直觉表达。在那首给"父亲们"的诗句中，接下来是："你要我仰起多少次毁掉了的头颅／才能真正看见男人／你要我抬起多少次失去窗棂的目光／才能望见有绿树苍空／你要我走出多少无路可走的路程／才能迈出健康女人的不再鲜血淋漓的脚步。""父亲"的阻隔，不仅是心理成长意义的，而且是在男性权力的意义上。在陈染的作品序列中，自我精神分析必然地延伸为对性别、对自己的女性身份的思考。如果说陈染曾将某种"恋父情结"书写为心灵的创痛，那么继而它便成了女性自我书写的、自认为异类的红字——一种抗议，一份自决。事实上，一如弗洛伊德所无从阐释的母女之情（这无疑是陈染作品中同样丰富的表达之一），在《巫女与她的梦中之门》中，所谓"恋父"的情境，已被一个弗洛伊德理论所无法完满的女性的复仇心理与"弑父愿望"所取代；其中那位"替代性的父亲"已堕落为一个性变态者并在叙事情境中为死亡所放逐，而"我"终于充满快感地将一个"光芒四射的耳光"还给了"替代性的父亲"。从某种意义上说，陈染确实曾将精神分析的阐释接受为一种自我指认，极为痛楚地表达着"真正看见男人"，成长为一个"健康女人"的渴望。在《嘴唇里的阳光》中，她让她心爱的人物黛二小姐终于找到了一个温情而权威的男人、一位医生的爱，作为"一个驯顺而温存的合作者"，她"坦然地承受那只具有象征意义的针头"，在拔掉两只坏死的智齿的同时，根除"深匿在久远岁月之中的隐痛"。但在此前后，在《无处告别》中，她却让黛二的情感旅行、让她无保留地接受一个有权威感的男性之诱导，成就了另一位医生的不无无耻的实验，于是她只能在绝望的想象中"看到多年以后的一个凄凉的清晨场景：上早班的路人围在街角隐蔽处的一株高大苍老、绽满粉红色花朵的榕树旁，人们看到黛二小姐把自己安详地吊挂在树枝上，她那瘦瘦的肢体看上去只剩下裹在身上的黑风衣在晨风里摇摇飘荡……那是最后的充满尊严的逃亡地"⑦。（当然，我们无疑可以对陈染所谓"反'胡同情结'"⑧，对胡同、榕树、悬在繁花灿烂的大树上的黛二小姐进行恰如其分的精神分析，但这并非笔者所关注的。）这不仅是在文学创作中常见的作家对同一素材、记忆的二度处理——以其充分发掘其中丰富而彼此悖反的意义，不仅是一种女性经验中的挫败与梦想，不仅是如男性的恋母般的、恋父者爱恨交织的情感；陈染对一己经验的真实写作与理智内省，必然在成就某种分析的叙事的同时，以经验及体验自身的诸多歧义裂解这一男性元话语的权威。

有趣的是，在不断地勾勒又不断地裂解这一"父亲场景"之后，在渐次清晰而有力地获得了女性的立场与表达之后，陈染仍固执地宣称："我热爱父亲般的拥有足够的思想和能力'覆盖'我的男人，这几乎是到目前为止我生命中一个最致命的缺残。我就是想要一个我爱恋的父亲！他拥有与我共通的关于人类普遍事物的思考，我只是他主体上的不同性别延伸，在他的性别停止的地方，我继续思考。"⑨换言之陈染并未被"治愈"，或者说，她拒绝被治愈；因为在女性的"父亲情结"之中，潜藏着的不仅是潜意识、欲望的诡计，而且是女性现实困境与生存困境。一如对"父亲"的憎恶与固恋，本身便是对父权、男权社会的抗议、修订与剪不断理还乱的复杂联系；个案中的父亲场景必然伸延至更为广阔的性别场景中去。

性别场景、拒绝与逃亡

陈染在其作品中的双重角色：精神分析者与分析对象，或曰弗洛伊德与少女杜拉，使她实际置身于某种镜式情境——在镜前或在两面相向而立的镜之间。陈染始终着魔般地凝视着自我，在孤独与挫败中与自己面面相觑，她所书写的始终是"私人生活"⑩。于是，她不得不直面的事实之一是，尽管她难于舍弃一个理想的、父亲样男人处获救的梦想，而她在现实与文化意义上遭遇

143

女性文学研究资料

到的却只能是失落与挫败。一如萧钢在与陈染的对话《另一扇开启的门》中指出：

> 你的恋父情结和弑父情结在你早期作品里反复表现过，当你认为要信赖和依恋的东西变得大大可疑的时候，一个成熟和孤独的女性的困境就更加清晰可感了。在《麦穗女和守寡人》中你有一句话："无论在哪儿，我都已经是失去笼子的囚徒了。"失去笼子的囚徒成了所有觉醒女性的新问题。这是一个具有毁灭性和再生的思辨。新的价值观尚在无序状态之中，往前行的摸索像自我一样变化无常，无限伸延。这是特别痛苦的经历。

事实上，在她的尼姑庵故事的多重复沓中，父亲场景已然开始转换为性别场景。到了《站在无人的风口》，已是女人占据了舞台。男人的"表演"成了其中挥之不去的梦魇，"我"与无名老妇间的对视无疑只是她着魔的自我凝望中的一种。两把狰狞的彼此格斗的高背扶手椅的梦魇，红色与白色的两件男人长袍间厮杀的幻象，伴着老妇的注释："男人"；并行于"我"必须记熟的英国历史上王位之争的"玫瑰之战"，使这一故事成了一个陈染小说中为数不多的寓言：关于性别，关于男性的文明与历史。遍布阴森杀气的历史，被血污所浸染的历史。如同特洛伊之战或"不可见的城市"⑪。这些因女人而生的争斗，或为女人而建的文明，无视女人的存在，忽略女人的愿望，以女人的"缺席"为前提。在"特例"《沙漏街卜语》中，陈染第一次显现了她的幽默和结构故事的才能。这个类似侦探故事中，陈染涉及了权力的争斗和黑幕、欲望的游戏、个人"推理"与相互揭发；其中不无妙处的是"枉担虚名"的女资料员小花及郎内局长的欲望表演。当故事在一个超现实场景中解决之时，陈染却笔锋一转，以"我"——昔日的受害者、今日的远离权力构造的隐居者的身份揭秘，为这一滑稽模仿的故事赋予了性别色彩：一个女人冷眼中的权力丑剧，一个以牺牲无名女人为背面、为秘密的丑剧。

一个有趣的文化悖论在于，激烈的反叛者常是那些曾将既存秩序深刻内在化的人们，他们常比某些"顺民"更为紧密而痛楚地联系着权力结构；他们在反叛秩序与主流社群的同时，是在与自己厮杀拼搏。如果说，激进的抗议者常是某种至纯的理想主义者，是形形色色的战风车的堂吉诃德；那么反抗之舞，同时也是镣铐之舞。从某种意义上说，陈染的恋父与弑父故事的复沓，正是由于她比他人更为深刻地将理想之父内在化，始终生活并挣扎在其硕大阴影之下。不仅是《与往事干杯》等作品系列中的弗洛伊德式的恋父，不仅是她在与萧钢对话中直白表露的对理想之父的渴望，而且是《沙漏街卜语》中执掌正义的"上帝"。因此，在陈染的作品中另一个突出的意象群便是逃亡。所谓"我最大的本领就是逃跑，而且此本领有发扬开去的趋势"。"然而每一次我都发现那不是真正的我，我都以逃跑告终。我耗尽了心力与体力。每次逃跑，我都加倍感到我与世界之间的障碍"⑫，从此地到彼地，从此角色到彼角色，从黑衣到"秃头欲"，从孩子气地试图隐遁到"疯人院"，到不断徘徊在"潜在自杀者的迷失地"，从隐遁在写作之中，到逃入为盲目所庇护的想象里。陈染试图在逃离那阴影笼罩中逃离"不安分"的自我，但一个女人的生命经历必然地使她发现，她不仅无处告别，而且无处可逃。逃亡，是某种无力而有效的拒绝。她必须逃离的角色累赘，不仅是社会的伪善与假面，事实上，她不断逃离的是女性的社会"角色"——一个如果不是"规范、驯顺"的，便是暧昧不明的。然而，她和她的女主角的逃亡之行，同时是某种投奔，在逃离女性的"规范"角色时，也是在逃离一个"不轨"女人的命运。如果说，逃离成就了一个多重拒绝的姿态，但它无疑不能给陈染一处没有角色累赘的纯净处。陈染始终在为自己构想或追寻一个"家"，从体验的母亲怀抱的天顶，到对一个理想的父亲的庇护，从"自己的一间屋"，到她对姐妹情谊欲行还止的渴求。她始终在逃离与投奔间往复，一如她曾往返于"阿尔小屋"与母亲之家⑬，于是，陈染渐次用"出走"字样取代了"逃亡"。她说："也许正是这种离家在外的漂泊感，迎合了我内心始终'无家可归'的感觉。"⑭如果拒绝或不安分于一个传统的女性角色，那么"无家可归"便成为她必然的"宿命"。而在另一层面上，无家可归正是女人——失去或未曾失去笼子的"囚徒"——在男性社会中的文化"宿命"。

母女之情与女性场景

　　如前所述，为许多陈染的批评者所忽略的，是在陈染前期作品中的"恋母"场景，事实上陈染叙事中的父恋与母恋确乎并置同存。人们甚或精神分析理论娴熟的驾驭者这一有意无意的疏漏，间或显露了弗洛伊德学说——男性话语预设的盲点。陈染的母亲场景和父亲场景一样爱恨交织、错综奔突；它间或亲情融融、诙谐幽默，相依为命、休戚与共；间或令人窒息、奔逃无门，犹如又一处微型的萨特式地狱；它间或是一种爱的联结，是亲情、血缘与友谊的融合，多少像《世纪病》中令人会心一笑的"姐妈"关系，像《角色累赘》中那样轻松、温暖，不无默契与戏谑，甚或是某种女人间的同盟或密谋；它间或是一种血缘的枷锁，一份无终了磨难，一如《无处告别》《另一只耳朵的敲击声》中无休止的情感敲诈与梦魇。这一在陈染作品序列中的母女场景，始终存在的是在温情中对占有之爱的忧惧，是在孤独与爱的祈愿间对情感敲诈的疲惫、厌恶与无奈。陈染小说中这种极端对立的母亲场景，与其说是一种精神分析意义上的症候，不如说是一种女性文化的症候：一边是血缘、性别、命运间的深刻认同，一边是因性别命运的不公与绝望而拒绝认同的张力。在陈染的母女情境中，制造痛苦的不光是下意识的对父子秩序的认同：权力、控制、代沟与反抗；而且更多的是不再"归属"于男人的女性深刻的自疑与自危感的盲目转移。无法为自己独自生存建立合"法"性与安全感的女人，其生命压力的出口，便可能富于侵犯性与危险的爱。

　　事实上，始终与陈染对母女关系的书写相伴随的，是她对女性——同性间的姐妹情谊与复杂情感的书写。所谓"我对于男人所产生的病态的恐惧心理，一直使我天性中的亲密之感倾投于女人"⑮。在她早期的作品《空心人的诞生》中，她便记述了一个试图逃离男人的暴力与蹂躏的女人与另一个女人心心相印、相濡以沫的深情。而多为人们所忽略了的，是陈染最典型、最著名的恋父故事《与往事干杯》是写给一个女性挚友乔琳的。尽管这位文本中读者的出现，多少破坏了小说叙事结构的完满，但它却在第一页便将这定位为女人间的私语，"我"将自己至为惨痛而隐秘的情感经历倾吐给另一个女人。然而，不仅由于陈染在其起始处是一位"父亲的女儿"——她不断书写着同性间的丰厚而繁复情感，又不断地界定它与"性倒错"或"病态""毫不相关"。由于某种真切的经历与体验，她对姐妹情谊的书写呈现出一个清晰而曲折的轨迹，因而成了她作品中另一处丰富的描述。从某种意义上说，在陈染的情感历程之初，她所谓将"天性中的亲密之感倾投于女人"，多少像庐隐不断营造而不断失落的女儿国乌托邦。但很快，陈染的作品涉及了女性情谊间更为丰富的层次，同时充满了更为深刻的矛盾之情与忧惧。但值得注意的是，陈染对同性情谊的忧惧，从不曾与关于男人的争夺与嫉妒相伴行，那始终是对感情伤害与"危险诱惑"的恐惧。"与同性朋友的感情是一种极端危险的力量"⑯。她细腻地描述了年轻的单身女人间的情感以及在意识到同性情感的疆界时所感的"彻骨的孤独"。它来自于单身女人间的情感何其深刻而脆弱。这固然会在男人介入的时刻溃散；但对于陈染的女主人公来说，同性间的叛卖，带来的与其说是现实的伤害，不如说是远为深刻的心灵的绝望；至少在陈染成熟期的作品中，较之男人，"她"原本对于自己的女友有着更高的希冀与不设防的心灵（《饥饿的口袋》《潜性逸事》）。

姐妹之邦

而在另一些时候，陈染对于姐妹情谊所发出的慨叹，与其说是信赖感的匮乏，不如说是对其合法性的巨大自疑（《麦穗女与守寡人》）。在《无处告别》中，她记述了黛二的三个"典型梦"，其中第三个场面，"就是一两只颜色凄艳的母猫永远不住地绊她的脚。黛二小姐冥冥中感悟到，……那凄厉的艳猫正是危险的友情"⑰，一如爱之深恨之切，惧之深恰在于欲之甚。恰在《麦穗女与守寡人》《另一只耳朵的敲击声》《凡墙都是门》《破开》这一作品序列中，陈染对于女性和女性情谊的书写充满了丰富的文化症候。事实上，她已在自己的情感与生命旅程中实现了又一次的奔逃与回归。如果说，她曾直觉地将"天性中的亲密之感倾投于女人"，而后在初恋中遭遇了"对于男人""'城墙'被击倒、坍塌"，因而"懂得了男性的温馨与美好"之后，在又一次经历了对男人、也对女人的失望之后，再一次进入了对姐妹情谊乃至姐妹之邦的触摸与思考。从某种意义上说，在这一作品序列的写作阶段，陈染除了"与假想的心爱者在禁中守望"，她的世界渐次成了一个女人的世界。其间有绝望、有温情、有恐惧、有获救的可能，姐妹之邦开始被构想为一个归所，而不是一个少女生涯的过渡，一个庐隐式的停滞或绝望的规避，出现在陈染主人公的视域之中。

一个有趣的情形在于，当陈染的母亲场景温馨平和地封闭了两人的"城堡"，那么母亲事实上充当着"我"至亲的女友；而在所谓萨特式的母女"地狱"情境中，则是一个女性的救助者成为"我"获救的希冀。如果说，在《无处告别》的恐怖的想象中，"母亲"以阴森的杀手形象逼近"我"的床头时，"我"所能面对的只是灯亮后的眩目与空洞；那么到《另一只耳朵的敲击声》里，则是那个成熟、迷人而难于索解的、叫伊堕人的女人将"我"从那令人悚然的"爱的试探"中救出。于是，姐妹场景似乎间或成了母女之情的替代与延伸。如果说，《另一只耳朵的敲击声》与《凡墙都是门》正是像一组梦想（梦魇？）与现实场景的参照，那么正是在后一篇中，雨若成了"我"与"母亲"共同的朋友，是她再度带来这一女人世界的温情与和谐，并且支撑着一个美好的女人之家的畅想。在女性写作的意义上，《麦穗女与守寡人》这一可以读作迫害妄想者自述的作品，无疑可以获得另一种读解。在这部作品中，陈染的性别场景与她多重的性别疑惧得到了最为充分的表达。我们可以将它读作一篇关于女性生存现实的寓言，一篇以梦魇的方式出演的女性心理剧。其中"我"——守寡人（在此之前，陈染已多次以"年轻的寡妇"作为她女主人公的身份辨识）和生活幸福、完美女友麦穗女英子之间的关系，既可以视为充满张力与隐秘愿望的女性情谊，又可将其视为陈染女性自我的双重投射。一反其作品女主人公"我"尽管外柔内刚、但毕竟固执而绝望地企盼着来自男人（父亲？）或女人的关怀、柔情、救助与庇护，这一次，"我"以自刚的方式，试图充当另一柔弱而爱娇的女性的庇护者，甚或"诱拐者"。因为"我"更为清醒地意识到男性社会针对女性的威胁、敌意与暴力，而"我"试图在这残暴的现实中庇护至亲的女友。其双重反转的外投之意在于，它间或是对性别秩序的一次僭越："我"所尝试充当的是经典的男性角色；同时它显然成了《另一只耳朵的敲击声》中"我"与伊堕人之间场景的反转，"我"成了主动者与"诱拐者"，这或许意味着一次新的（至少是渐进的）认同与自刚过程。但它同时可以读解为另一个层面上的心理或想象场景，出租车上的恐怖遭遇或许一如"附魂的钉子"一样，只是"我"的想象，而造成这想象的，不是或不仅是所谓的"精神病"——边缘人格或迫害妄想，而是我对于英子的某种强烈而执拗的愿望：在男性世界的暴力（有形的或无形的，非法的或合法的）面前挺身而出使她免遭女人无法豁免的宿命；同时是将她从世俗的幸福中拖出，迫使她介入甚至分担"我"的命运。这是至为无私的愿望，也是令人惊惧的侵犯。一如在《另一只耳朵的敲击声》中，伊堕人于我，既是巨大的感召、呼唤，又是别一种的挤压与情感敲诈，是又一样的诱惑与威胁。尽管在这部作品中，陈染第一次确认了一种对立："我们——女人，你们——男性的世界"，但这并非简单的黑白、善恶、是非的对立。事实上，这是一部过度表达的作品，每一细部都包含着多重读解的可能。从某种意义上说，陈染经由女性的生命经历与心路再度涉足姐妹情谊这一命题时，她实际上面临着一个她难于或不愿逾越的临界点：或则彻底否定性别秩序，坦然宣告自己对这一秩序的无视与僭越，宣告同性之爱与姐妹之邦的合理性，同时承受一个真正的边缘人与被逐者的命运；或则背负着女人"熟悉的痛苦"，继续无名无语的挣扎，这便是所谓"失去笼子的囚徒"。自由，却依然被囚禁，被废止却依然有效的秩序律条所囚禁，同时为内在化秩序阴影所自我囚禁。或许，也可以说《麦穗女与守寡人》是一部颇为"单纯"的作品，内里的一切，只是面临这一临界状态的女性内心恐惧的化装舞会而已。至此，她并未彻底走出"父亲"光焰万丈的阴影。其间抉择的艰难，确乎充满了绝望，乃至狂乱。

这一艰难的心灵历程，在论文《超性别意识与我的创作》和小说《破开》中告一段落。如果说，至此陈染尚未彻底逃离女性的"埃舍尔怪圈"；那么这两部相继出现的文本，却无疑指称着九十年代女性写作写女性文化的一种新的姿态。在公开质疑男权秩序并申明自己的女性立场[18]的同时，陈染再一次尝试从角色累赘中突围，只是这一次，是明确的性别的角色累赘。或许这正是质疑性别秩序与本质主义的性别表述的重要一步。现当代中国历史充满了众多有趣而浓缩的瞬间，对于女性与女性文化亦如此。曾几何时，"我首先是一个人，然后才是一个女人"是反抗与解放的强音；未几，它便成了某种询唤女人的国家认同的主流话语。从这一新的权力话语及其规范中脱出的努力，使新时期女性的再度浮现伴随着对性别差异的重提并强调。但这性别复苏的过程，很快使中国女性文化面临着新危险与陷阱：做女人，固然意味着某种异己与他者的姿态，同时却难于回避性别本质主义的窠臼。于是，此时此地，超性别意识的重提便别具意味。在《超性别意味与我的创作》中，陈染重复了她的散文《炮

《仗炸碎冬梦》中的一段话："一个具有伟大人格力量的人，往往首先是脱离了性别来看待他人的本质……"而在《破开》这个题词"谨给女人"的小说中，"我"曾与我的朋友殒楠商量"建立一个真正无性别歧视的女人协会"，在小说中，她们拒绝以"第二性"作为协会的名称，因为"这无疑是对男人为第一性的既成准则的认同和支持"。她们要把这个"女人协会"叫"破开"。此时，再次重申"我首先是一个人，然后才是一个女人"，已不再是基于某种"解放"与"平等"的幻觉，基于某种花木兰式的情境与心境，而是对女性现实情境的清醒与自觉。因为她们深知："有的男人总是把我们的性别挡在他们本人前面，做出一种对女性貌似恭敬不违的样子，实际上这后面潜藏着把我们女人束之高阁、一边去凉快、不与之一般见识的险恶用心，一种掩藏得格外精心的性别敌视。"她们深知，在男性与女性的性别立场间存在着深深的"沟壑"。

有趣的是，陈染的《破开》和徐坤的新体验小说《从此越来越明亮》[19]都有着某种文体的杂陈。在小说中大量出现颇有力度的论战式文字——关于女人，关于女性文化。她们同时出演着小说家与批评者的角色。这不仅因为"男人在议论女性作家或艺术家的作品的时候"，"看到的只不过是她们最女性气的一面，是一种性别立场，他并不在乎她的艺术特质"；而且是明确的对话语权的争夺：她们拒绝仅仅被阐释。从小说的意义上说，《破开》并非陈染最优秀的作品，但较之《超性别意识与我的创作》，《破开》更像是一部关于姐妹情谊与姐妹之邦的宣言。但正是在这部中篇里，陈染逃离了（或许是暂且？）不断缠绕她的迷乱与绝望，找回了她早期叙事中那种痛楚、萦回而温馨的叙事语调。似乎是第一次，陈染的女主人公在姐妹情谊，而不只在爱情回忆中找到了一份心灵的富足和宁谧。在梦中的生离死别之时，"我"短暂的天堂之旅遭遇到了一位母亲（在小说中她正是殒楠已故的母亲），或者说是一位女性的上帝。从她那里，"我"得到的是关于姐妹情谊的忠告：不再是在陈染作品中反复出现的意象："女人像剃下的头发，落地纷乱"，而是散落在地下、彼此隔离、互不觉察的石子，一旦穿起，便成为珍贵闪光的珠串。——老妇人的馈赠，无疑是一个关于姐妹之邦的启示和象征。第一次，不是在人生、伤害、背叛、友谊的脆弱的意义上，而是在为男性社会所分散、所间隔的意义上，陈染书写女性情谊。似乎从庐隐而陈染，经历了近一个世纪的步履，再度出现的姐

中国当代文学史资料丛书

妹之邦的书写，不再仅仅是一个提供命运延宕与规避的乌托邦，而是直面严酷现实之后的女性社会理想。终于，陈染让她的人性迈出了徘徊、忌惮已久的一步："我"面对着如同"虚构"的现代城市的迷宫，"大声地"对"我的朋友殒楠"说"我要你同我一起回家！我需要家乡的感觉，需要有人和我一起面对世界"。如果说，这毕竟是决绝的一步，但陈染并未因此而表达出单纯的希望与乐观。继而出现的情景，不仅是我感到朋友伸出的手（事实上陈染使用的是伸出的"衣袖"）如同"溺水中的稻草"，同时伴着"我"的"某种预感"那天国中老妇人赠予的晶莹的珠串在"我"的慌乱中散落一地。故事的结尾不是"嘴唇里的阳光"，而是"我的舌头僵在嘴唇里像一块呆掉的瓦片"。

舒婷曾写下这样的诗句："大道扭动触手高声叫嚷：不能通过／泉水纵横的土地却把路标交给了花朵"[20]。从某种意义上说，陈染的写作始终是个人的，而她由个人化而女性书写的过程，使她及其作品的位置变得愈加难于指认与辨识。在已颓破但仍巍然伟大的叙事传统面前，类似作品毕竟难免其暧昧与微末之感。这间或是些脆弱的"花朵"，但它或许会在大道阻断的地方成为九十年代的女性写作的路标之一。

注释：

① 陈染的小说处女作是《嘿，别那么丧气》，发表于《青年文学》1985年第11期。第一部小说集《纸片儿》，作家出版社，"文学新星丛书"第五辑，1989年2月第1版。

② 陈染：《一封信》，《断片残简》第26页。

③ 王安忆早期的长篇小说为《69届初中生》，并曾与青年学者陈思和发表名为《两个69届初中生的对话》。铁凝则在其散文中接受了作家古华对她的称谓"57女儿"。

④ 在笔者所读到的陈染作品中，《空心人的诞生》似乎是唯一的例外，但仍是一个男孩子的视点中呈现的两个女人的故事。

⑤ 陈染：《没结局·补记》，《断片残简》第10页。

⑥ 陈染：《巫女与她的梦中之门》，《红罂粟丛书·潜性逸事》第130页。

⑦ 陈染：《无处告别》，《嘴唇里的阳光》第113页。

⑧ 陈染散文《反"胡同情结"》提到《无处告别》中自杀想象的原型记忆，《断片残简》第109页。

⑨ 陈染、萧钢对话录《另一扇开启的门》。承蒙陈染寄赠初稿。

⑩陈染的最新作品也是她的第一部长篇名。作家出版社出版。

⑪在荷马史诗《伊利亚特》中,特洛伊之战因争夺美女海伦而起。而在意大利作家卡尔维诺的小说《看不见的城市》中,一些男人为了寻找并留住一个梦中女人,建立了一座城市。

⑫陈染:《一封信》,《断片残简》第29—30页。

⑬陈染:《阿尔小屋》《这个人原来就是那个人》,《断片残简》。

⑭陈染:《写作与逃避》,《断片残简》。

⑮⑯陈染:《与往事干杯》,《嘴唇里的阳光》第10页、第93—94页。

⑰陈染:《无处告别》,《嘴唇里的阳光》第116页。

⑱在《超性别意识与我的创作》一文中,陈染写道:"就整个世界范围而言,目前基本上是男权的世界和规范……",《断片残简》第120页。

⑲徐坤:《从此越来越明亮》,刊于《北京文学》1996年第1期。

⑳舒婷:《会唱歌的鸢尾花》,《舒婷的诗》第86页,人民文学出版社,1994年11月第1版。

原载《当代作家评论》1996年第3期

两性对话：中国女性文学十五年

王光明　荒　林

王光明：1995年可以说是女性文学的狂欢节，是女作家神采飞扬志得意满的一年。中国女性写作经过几年的过渡，终于在1995年达到了一个高潮。这个高潮的标志就是质量不俗的女性文学作品成批出版，像"风头正健女才子丛书""她们文学丛书""红罂粟丛书""红辣椒丛书""海外女作家丛书"及你们三人的《女性独白》等。很多的女性文学、女性文化理论专著出版，像《性别与中国》《西方女性主义研究评介》等，加强了这个高潮的质量。女性文学的研讨会在天津和北京相继召开，也促成着高潮喜庆的氛围。中国女性文学的这个高潮如果不是后无来者也至少是史无前例。是否可以这么说，1995年是对中国女性写作成果一次集中的检阅，女性写作的成就和局限都已得到充分展示。我想我们今天的女性文学话题围绕1995年展开回顾和思考，将是颇有意义的。

荒　林：中国女性写作在1995年确实达到了一次高潮，但这一高潮不是突然到来，而是经过15年的漫长行进终于抵达的。中国女性写作从80年代到90年代中期，经历了三个发展阶段，最初随着人的解放出现的女性文学，表达社会理想、一种新的人与人的关系的渴望，和男性写作的根本目标是一致的，戴厚英的《人啊，人》就是一个典型。随着社会转型与写作推进，社会理想表达偏位向两性关系思考，妇女解放问题从人的解放问题中抽离出来，张洁的《方舟》成为中国女性写作真正起点。女性写作以两性关系为重心，反对妇女在历史中被书写的处境，和现实中丧失话语权力的遭遇。张洁在她的小说中借人物之口喊出了"为了女人，干杯！"这是女性写作自觉的信号。妇女解放问题在女性写作中从此成为探索重点。残雪是继张洁之后中国女性写作重要的一环。

残雪小说一反男性写作的线性历史时间,深入梦幻潜意识空间展开叙述,从《山上的小屋》到《黄泥街》,个体生存和集体生存的合理性被彻底质疑,男性中心话语被彻底解构。残雪的写作推动中国女性写作步入深化的第三阶段,也就是90年代真正的个人化女性话语时期。这时的女性写作呈现出作家以个人生存体验表达妇女集体生存体验的自觉,许多女作家寻找到了个人化的话语方式,如林白的女性欲望叙事,陈染的女性文本实验,蒋子丹的游戏诡计,徐坤的解构策略,张欣的现实再现,等等。在我看来,主要是90年代女性文学的奇异景观构成了您前面所说的1995年女性写作高潮,但这一高潮确有其由来和背景,是女性文学自身合乎逻辑的生成。

王光明:我认为王安忆也是女性文学发展中不能忽视的一环。她在1987年开始创作的《荒山之恋》《锦绣谷之恋》《小城之恋》即"三恋"小说,企图通过男女两性的关系去拓进人性的复杂层面,这种对两性心理深度的探索,对推动女性文学发展是必不可少的。

荒　林:不错。王安忆"三恋"以压缩的形式较早地表现了妇女经验中一向被遮蔽的欲望体验,这同时也是中国特定历史结束后个人欲望的呼唤。王安忆把张洁小说取消欲望的局限给弥补了,这一点非常重要。两性关系的根子正是植于人性的欲望之中。女性写作不仅不能回避欲望,相反必须深入欲望本体才能达成超越。张洁、王安忆、残雪作为女性写作的开拓者,分别在女性价值、女性欲望和女性话语角度,为90年代女性写作做了铺路工作。

王光明:确实,女性文学浮出历史地表通向它的高潮,需要一个过程。开始时我们看到她和男性相似的面孔,逐渐地我们发现她自己的特色和姿态,最后我们面对的是一个独立的主体世界,她有自己的声音和风格。应该说,独立的女性意识的觉醒,给中国文学带来了崭新的东西。90年代的文坛有许多令人耳目一新的作品都出自女性作家之手。最有影响、最先锋的女作家,如诗人翟永明、伊蕾,小说家林白、陈染、徐坤、蒋子丹等等,散文家也有斯好、叶梦等,她们的确写出了具有强烈性别意识的作品,而且也自觉地表达女性的立场。

荒　林:90年代的女作家几乎都拥有自己的女性立场。所谓女性立场就是从性别差异去观察世界和人自身,就是自觉的女性意识表达,对于人和妇女存在经验形式作艺术提升。这是人的深度解放给予女作家的馈赠,它使文学从反映外部世界进入到人性的内部世界，从而也带来文学崭新的景观。我们已经看到陈染的"超性别意识"，蒋子丹的"新女性主义"，最近引起争论的林白长篇《一个人的战争》，传达的是一个女人自我成长的经历，由于明显的女性立场和令人惊异的个人话语特色，被称为"反文化"的"超道德"的写作。在女性小说引起注意之前，女性诗歌也曾给诗坛冲击性影响，著名的"黑夜意识"就是一个例子，它引发了大批女诗人的创作。斯好表达女性存在意识的女性散文也曾给散文界送去一股清新的风，受到广大知识女性欢迎。

王光明：我注意到女性写作几乎覆盖了各个文类，似乎都经历了开始写女性的感觉，然后逐渐找到女性意识的过程，像伊蕾从写爱情诗到《独身女人的卧室》，叶梦从写女性身体感觉散文到写巫楚女性散文，陈染从写女性的情绪到写女性思考和追求。似乎到90年代中国女性写作的女性意识才得以确立。

荒　林：女性意识的确立经受了时间磨炼。从女性的感觉发育到女性意识，是人的觉醒到人的解放的成果，人的觉醒是女性意识觉醒的催化剂，而人的解放未受到阻碍与压制，必然带来女性意识健全发育。八九十年代中国女性写作恰逢机遇，其一是人的解放潮流，其二是社会转型中心旁落带来的话语空前自由、写作空前繁荣。这里提到人的解放，我想指出，只有关心人的问题，才会关注妇女问题，而与此相关女性的觉醒成为可能与现实。"五四"妇女问题之所以未能最后深化，妇女的自我觉醒即女性意识之所以未发育成熟，即在于"五四"文化运动的重心由人的问题转移到了民族的问题，这样，妇女的问题也随之流失。八九十年代中国人的解放潮流随社会转型而深入并内在化了，这正是妇女问题获得深层发现的机遇。女性作家对性别问题的关注、女性意识的建立，由不自觉走向自觉也是一个必然。

王光明：女性作家的写作从女性感觉到女性意识的推进，确实给文学带来了不同的东西。我从男性的角度看，觉得当代一些女作家的作品，不仅与过去女作家作品比如丁玲《莎菲女士的日记》不同，与茹志鹃60年代小说区别很大，甚至也与80年代张洁小说、王安忆小说有不一样的东西。这是一些新的东西，是90年代女性作家提供给当代文学的新东西。这是些什么样的新东西呢？

荒　林：90年代女性作家作品很多，不少男性读者认为看不懂，有些人不喜欢看，也有人拒绝看。或许正是您说的这种新东西引起了种种不同反应。我想您刚才说从男性的角度感觉到一种新的东西，这是一个颇有意味的说法。从男性的角度，或传统批评的角度，《莎菲女士的日记》、茹志鹃小说或王安忆作品，甚至张洁，能够认同的东西更多，能够接受的、女性表达中理所当然的东西，似乎与男性的期待和理解不会有很大出入；而90年代的女性写作却不能再按传统批评来看待，一旦进入90年代女性文本，你会觉得进入了一个陌生的领域。

王光明：我的阅读感觉首先是惊异，同时作为一个男人，我对她们的一些东西持保留态度。

荒　林：这很有意思。分析一下中国女性写作从一个能够被接受到有点不能接受的过程，一定会揭示一些根本的东西。"五四"丁玲和冰心的写作，是中国妇女解放最早的话语表达，她们却能被广为接受——我想冰心最有代表性，她表达"母爱、童贞和自然"，这是一个极妙的话语策略，因为这是男女双性都能认同的主题。冰心的贡献在于书写了女性自己的母亲，由女性来写母亲就是一个贡献。丁玲则不同，她把女性和革命结合起来，这本也可以作为一个策略或过程，但丁玲在受欢迎的同时却被革命所遮蔽，她不甘愿同化时她的女性话语就分离出来受到不欢迎甚至扼制。男性认同丁玲的革命话语及女性与革命重叠的部分话语，这是丁玲"存在的合理性"。我想丁玲是一个象征，她表明女性话语或依附男性话语而取消自己，或最终得从男性话语中独立出来。80年代张洁的写作重复了一段丁玲的历程，张洁把女性和改革或称社会进步结合起来，张洁最终涨破了男性话语包裹，这使她写得很苦，因为一种对峙性写作是十分损耗精神的，这就是为什么张洁说她是"痛苦的理想主义者"。90年代女性写作的特点就是完全不依附于男性话语，个人化的女性话语充满了各种女性文本，女作家集中书写女性个人经验成了普遍性特征，女性就是女性，既不与母亲、革命，也不与改革话题相伴生，这或许是看起来"怪戾""形而下"，甚至近似"隐私写作"的根本原因。表面上看起来"女性"泛滥了，这是不是不被接受的实质性问题？

王光明："五四"女作家表达的主题，说到底是一个易卜生式的"娜拉出走"问题，这是社会问题的一个部分，这也是男性不得不关心的问题。而90年代女作家不是从社会问题角度去看女性，她们从男女两性的关系场去浮现女性经验、放大女性感受，她们把文学引向了微观世界。这世界对于男性可以说是一个盲区，阅读接受不那么容易。

中国当代文学史资料丛书

荒　林：女性意识在90年代明确化，甚至成为女性写作理想时，确实给文学带来了前所未有的变化。首先这使女性作家的写作完全区别于男性写作，它站在女性立场观察世界；其次这也使90年代女性写作区别于以往女性写作，与以往女作家在强大的社会理想或社会问题背景下表达女性感觉不同，90年代女作家多半没有社会理想的负荷，她们写女性对于社会、对于理想、对于人生别一种认识和反映。性别理想是她们新的期待。比如翟永明诗歌就是在男女两性对立感觉间激发激情，陈染用《破开》的理性表达建立女性文化价值的系统理想。

王光明：80年代女性写作与"五四"女性写作有一脉相承之处，就是对于社会重大问题关注；90年代女性写作却要求绝对独立的女性世界的表达，因此它们很不一样。

荒　林：90年代女性写作区别于80年代和"五四"女性写作的地方，就是对于两性关系的凸现，或者说，对于有史以来"性政治"的揭露。为了反抗"性政治"中女性被压抑和被书写的历史和现实境遇，90年代女性写作强调"书写自身"，有时就是直接书写"女性之躯"。

王光明：这就直接是西方女权主义理论的影响啦。

荒　林：90年代女性意识在写作中的确立，是境遇与话语相逢的结果。一方面中国人的解放、社会的转型必然深入到女性问题深处，两性关系就成为女性写作不能回避的领域。另一方面西方女权主义理论给女性写作带来了话语参照，世界妇女经验的共鸣使西方女性文学作品对中国女作家直接发生激活作用。典型的比如美国自白派女性诗人普拉斯对于当代中国女性诗歌生成的影响，可以说从诗的意象、语言和节奏诸方面都可看出来。不过，中国的"性政治"说到底也就是社会政治，因为中国的父权制社会是建立在"父父子子、君君臣臣、夫夫妇妇"的关联结构网上，没有独立和绝对的男性对于女性的统治。性别统治是社会统治的一个策略。中国女性写作的反"性政治"，说到底也仍可归入社会和人的解放深化进程之一环中去。因为从根本上说，人的社会意识、性别意识的转变不是一朝一夕的事，文学的作用止于灵魂。中国迄今没有西方的女权运动，恐怕今后相当长时间也难产生实践意义的女权运动。女性写作也未必不是启蒙性的"和平演变"方式。

王光明：这么说"女性意识"也是反意识形态话语的一种策略。在男性主体虚拟的整套意识形态话语中没有女性主体的位置，女性被作为"肋骨"附属存在。现在的"女性意识"就是要求从附属的位置站到主体的位置，要求女性反抗过去的意识形态话语，说出自己的声音。看来女性文学的发生不仅有其必然性，而且担负着自己的使命。

荒　林：在女权主义理论中女性意识是对于"性政治"的直接对抗，是女性对自我主体的自觉。但是"女性意识"的概念不能成为文学，"女性意识"的理念化表达也不能出好的女性文学作品。女性文学的使命，当是对"妇女特殊存在"的自觉反映，反映女性在历史、现实中真实的处境，她们生存的真相。在过去的男性文学传统中，妇女形象只是男性愿望的载体，她们或者是天使，或者是魔鬼，以满足男性欲望的标准来衡量。女性文学要求真实的妇女经验再现，要求妇女自己的文学形象。女性文学的最终使命是书写女性自身来颠覆男性中心历史对于妇女的遮蔽与扭曲，从而达成人类双性文化的建构。

王光明：男性中心历史的缺点，就是无视女性的存在，已有的历史中没有女性的席位。那么，女性文学就可以给女性争来历史和席位吗？

荒　林：女性文学想把已经缺失的东西找回来，当然很艰难。女性过去没有历史，但女性一直在历史边缘存在着，女性文学通过想象去填补女性的历史，通过想象性意象营造时间和空间，也就是以女性个体的经验体验历史经验。这就是为什么我们目前的女性文学想象非常特别，超出了传统批评理解范围。比如有的女作家钟情"月光"，有的女作家热爱"黑夜"，还有的喜欢"对镜独坐"。这些无非都是女性写作的想象方式或想象通道，一种个体向集体领悟的企图，它们神秘、幽深、没有干扰，时空交叠，就像历史不能剥夺的女性的潜意识，在女性的生命和身体中保存着一切作为人的秘密。

王光明：女性意识从女性写作方式上体现出来，这对文学来说也是新的东西。女性过去被书写，文化上无历史，写作中不想以男性话语为参照，就"对着窗帘写作"。很多女性文本中出现"拉上窗帘""对着镜子""对着照片"的表白，似乎是为了证实女性写作的独立性和想象性，以区别男性写作依靠文化记忆的传承关系。

荒　林：男性写作遵循某种成规和想象，就是依靠男性中心话语的逻辑进行。女性写作只有挣脱成规想象，才可能找到妇女自己的形象、表达女性自己的话语。文化记忆对于女性来说是一片难堪和空白，但女性的身体记录着沉默的一切。这大约是女性写作"自恋"倾向明显的原因。

王光明：女性只好从身体记忆提取写作源泉，写作的时间概念就变得不重要了。这样陈染的小说集叫《在禁中守望》，林白的创作笔谈叫《室内的镜子》就变得好理解了。还有，林白《一个人的战争》所谓"一个女人自己嫁给自己"也就不奇怪了。

荒　林：个人生存经验的发掘，由个体经验推及集体经验的情感联想方式，这是女性身体记忆提供给女性写作的基本方法。要对90年代女性写作进行解剖，陈染和林白可以作为代表。如果说女性写作有什么意义的话，就是它促进了当代写作的"现代性"，因为"现代性"的根本含义是人的个人性和艺术对个体的存在的关心。

王光明：一些女性作品使我发现了许多新的感觉，它们写出人性的幽妙和丰富，这是过去的作品所未能给予的。女性似乎不像男性那样有文化的负重，因此想象离奇浪漫、多姿多彩。更彻底的个人写作恐怕是女性作家做得更好。像林白《一个人的战争》，写一个5岁女孩成长到30岁所有的身体、意识发育经历过的林林总总现象，我认为是女性身体写作的范例，因为这里有的是以身体为中心的时间、空间体验，对于外部大事件没有什么表达头绪。女人独特的感觉确实表达得相当出色。

荒　林：人要先认识自身才能认识世界，女性书写自身也是为了书写世界。没有自身就不能拥有世界。林白写作表面上采用"回忆"的视点写自我，实际上是"双视点"，就是通过对女性自我经验回溯审视女性现实境遇，审度女性成长历史和现实，揭示女性命运的独特性和连续性。说到底是对女性现实命运的书写。这是绝望和希望、恐惧和孤独、无奈和期待坚持的诸种女性现实交织。

王光明：我觉得林白小说本质上是怀旧的，因此很伤感。她的方式是追想往事，她的经验是往事的碎片，表现出一种现代人的无奈和忧伤。

荒　林：妇女经验具有普泛性、人类性，女性写作就是由个体生存抵抗集体经验，表现一种现代人的无奈和忧伤，这说明了小说的成功。林白的《守望空心岁月》在表达现代性上也很突出，小说中女性和男性一样在现代都市生活中陷入存在无望和无奈，不同的只是小说从女性主体的角度写，强调了女性欲望与境遇的冲突，暗示出妇女历史与现实共通的无望与无奈。

王光明：林白小说身体写作的特点十分突出，她在过去回忆的钩沉和现实想象的交织点上，企图让女性过去的经验穿上语言的外衣。她向我们揭示女性成长中某些东西，又向我们隐瞒和伪装另一些东西。

荒　林：我认为她揭示的是与女性主体生长有关的女性欲望经验，隐瞒和伪装的则是不利于女性主体出现的受制经验。因为要强调女性的主体，美化和强化女性欲望经验成为策略，这能唤醒妇女记忆、寻找女性文化精神。正是在写作策略上林白体现了女性写作的话语自觉，她不需要通过说教，而是通过艺术世界的营构强调女性欲望、宣谕女性内在的力量。

王光明：通过回忆往事拓展自身，把自己的趣味、自己的意愿凸现出来。《日午》中有一句话挺能说明林白，她说："沙街对我来说是一片沼泽地，我陷入其中无力自拔，我总有一天会被沙街所吞没，这是我命定的悲剧，在这一天尚未到来之前，我还要再次回到沙街和女人的故事当中去。"

荒　林：林白有两个虚构世界，一个是回忆中的"沙街"，一个是现实中的"北京"。它们互为呼应和映照，表现身处北京的林白对过去和现实中个人命运、女性命运关联性思考。林白使我想到沈从文。40年代沈从文在北京写出"湘西世界"，寄寓他对现代都市生活绝望和本真人性世界向往的感情。林白的"沙街世界"则寄托着商业时代女性写作者对女性精神家园的渴望。林白小说是一部商业时代的女性寓言。

王光明：我读林白的《回廊之椅》，联想到白先勇的《永远的尹雪艳》；而看林白的《一个人的战争》，就想到遇罗锦的《一个冬天里的童话》。这种联想一定有种内在的原因。90年代女性写作不同于80年代女性写作。遇的童话是一个小人物的悲剧，而林白的是一个普通人的，这不一样。前者是社会悲剧，后者是人的悲剧。

荒　林：林白小说内在的东西，是对于人的精神、女人的内在气质的揭示。《回廊之椅》把女人间同性恋之情与革命的话题结合在一起，历史反被褪色成一个遥远的背景，小说也有时间，但浮现在小说中的并不是社会事件和历史变迁，而是一种不凡的女性的美、人性的内在气韵。《永远的尹雪艳》中，白先勇也是极写一个女人独特的冷与美。它们在艺术上有共通魅力。

王光明：《一个人的战争》题材无疑是独特的，写一个5岁女孩手淫的经验，这是很大胆的。是不是必不可少呢？

荒　林：在我看来，《一个人的战争》没有特别不堪的描写。一个女孩成长为女人的经验，主要是欲望经验（包括身体和意识两方面）的描写，超出了传统男性写作框定的范围，这不言而喻。因为在男性写作中女性的欲望压根就被取消。值得一谈的是，这种描写也超出了女性写作的一般范围。包括80年代在内的过去的女性写作中，女性欲望仍是一个禁区或保守的领域，或掩掩盖盖中有所表现，或将之移到"荒山""小城"里去表演。林白完整地叙写了一部女性欲望成长史，这自然要惊世骇俗。但我认为，正是对女性欲望本体的表现，有可能真正促使女性文学进一步深化。它带来的不仅是女性自我认知，主要还在于女性语言的生成。女性欲望本体是女性语言真正的源泉。林白这部长篇还有许多不足，但在语言的流转和章法上打破男性文本"开端——高潮——结局"惯例上，已经做出很先锋的工作。

王光明：《一个人的战争》没有一般小说的结构，确实如此。语言也非常女性化。不过，还是有些东西，比如结尾，我不能接受。

荒　林：《一个人的战争》结尾将年轻的林多米嫁给一个老头，是一个残酷的事实，而多米自己选择出嫁老头，更是一个令人难接受的非光明的事件。这反映出林白不是一个女性理想主义者，她不想给我们塑造什么可供"仿效"或"参照"的女性形象。这也许提醒我们，置身商业时代的女性写作，更接近妇女现实生活和真实物化处境。

王光明：把女性写作看作保存女性经验的一种方式，我可以接受。真正个人化的写作都是对个人经验的保存和提升。但我觉得林白很难谈到超越，如果说她有什么超越的话，那么她的超越确实与男性作家不同，男性作家总是往根本关怀的方向去提升他的经验，但林白《一个人的战争》显然没有。主人公是一个失败者，无论对自身对世界她都没有战胜。她只有无奈，只有逃避。

荒　林：这也许与女性经验直接相关。我注意到正是女性经验的未完成带来了林白小说形式的开放。"一个人的战争"并没有打完，你不知道她逃避这次之后下次又怎么打。提升也许是男性写作惯常模式所要求的吧。

王光明：林多米是谁？一种经验还是一个想象？女性作家把想象和事实、艺术和生活的界线抹平了，把生活体验为艺术，或者把艺术体验为生活，这种爱好就像她们把化妆品和梳妆台、室内装饰等当作生活世代相传的爱好一样，林白的作品表明，她似乎也在体验女性艺术家和艺术接近的神奇生活。男性作家身上那许多文化负担在林白身上是不存在的。

荒　林：因此有些男性批评家把林白小说称为"超道德写作"。

王光明：我觉得"超道德写作"有一个好处，即作家的感觉和经验可以充分发挥，当她们真正面对自身的时候，得到一种解放和开发。不管是保存个人记忆还是展开想象，这种解放会带来女性写作不同于男性写作的体验和经验。林白小说给我的阅读感受是"第一次书写"的任性，没有德里达说的那种"反复书写"不断擦去的痕迹。

荒　林：以林白长篇为一个范本来谈论女性写作特征，认为女性的写作不受制于文化道德传统，这实际上是承认90年代女性写作已经从男性写作中独立出来，正在发出自己的声音。比如《一个人的战争》写5岁女孩手淫，极其自然而未被进行道德评介，相反，作家认同这种女孩排解孤独和自我认知的方法。这在传统写作中会显得不可思议。但实际的女性自我成长史，类似的、确乎要经历的不可言说的经验，确实无时不在。这也是曾被长期湮没的生命经验，与女性的文化命运悠共相关。林白着意叙写它们是有意味的。也可以说，是女性书写自己的声音。

王光明：女性作家写作的随意性还表现在材料的任意组织，没有题材界限，以及互相生发主题。比如林白小说中北京的护城河与沙街的圭河连接起来，都是地狱入口。林白小说中写的死亡秘密，在蒋子丹的作品中也出现了呼应。真实和虚构拼贴，材料出于表达的需要被多次不同使用，女性写作大有"滥用"话语权力的倾向。

荒　林：我想这与女性写作从传统写作中独立出来有进入无人之阵的自由感有关。书写的轻松和亟望解构传统的迫切，都可能导致女性写作仓促和粗糙。另外妇女经验的相似也引起写作主题近似以及形式上的呼应等。

王光明：主要的问题是纠缠于个人体验，自恋甚至于自我抚摸是一种普遍现象。一些女作家对于男性世界过于失望至于绝望，另一些女作家则对男性世界渴望又恐惧，结果女性写作中同性恋现象大量出现，女性形象雷同感多，男性形象被漫画化、抽象化至于抽空也很明显。

荒　林：对新的人类前景、合理的两性关系的期待，应该说是女性写作一直存在的潜文本，女性写作对个人体验的提升也是沿这一潜文本的指向。但提升得如何，还在于艺术形式的完成。台湾女作家李昂的《杀夫》在这方面是一个成功的例子。她把两性问题、生存问题拉到同一平面，揭示性政治与人的愚昧、贫困、非人道姻亲关系，从而十分深刻地把握住了妇女经验与人类经验的共生性，由性的不合理透视生存的不合理，由女性的不幸透视人类的黑暗和宿命。在这里个人的性别遭遇上升为普泛的性别遭遇，甚至涵盖人类人性的遭际，因此具有震撼人心的效果。大陆的女性作家似乎还没有写出这样的力作。

王光明：大陆女性作家中陈染和林白可以说是目前最有代表性的。陈染是一个朝向未来的作家，而林白更多怀旧，是一个比较现实的作家。她们的共同特点是把注意力集中在知识女性的体验和经验上，微妙的心理刻画往往占据作品很大篇幅，把现实和想象拉平。也许离现实真正妇女的经验还是有相当大距离。

荒　林：西方女性写作是以女权运动实践为背景，而当代中国女性写作却没有女权运动作为支撑，这使知识女性的形象多少带有启蒙者影子，也就是写作女性自我幻象的影子。比如我们在陈染小说中可以看到"自画像"式的女探索者、女先知形象；在林白小说中那位无所不在的潜在叙说者，以一位女性成长引导者身份出现。这种情况使90年代女性写作担负了更多女性话语表达的使命，离真正的妇女现状有很大距离。

王光明：不过，彻底地面向个人的写作，能够保留下来知识女性细腻的感受和敏感的女性经验，这丰富了文学审美，成为我们这个时代写作一片特异的风景。

荒　林：或许您愿意谈谈对于这片特异的风景的总体评介。

王光明：女性写作彻底地面向个人，对于知识女性细腻感受和敏感女性经验的深入，对于个人记忆，对于性的问题，这些过去文学中较少和没有触及的领域的开拓，使文学的路子更广了，语言也更丰富了，写作的方法也多元化了。1995年高潮性女性写作给我们文坛注入了新的活力和希望。但我有一种感觉，我们的女性写作还处于一种青春期的发散感情、表达欲望的阶段，尚未进入冷观生活的真正成熟的沉静期。90年代商业化对于女性的召唤，世妇会和西方女权理论等外力对于女性的推动和影响，这些过多外力作用使女性写作有如怀柔非政府论坛，有一种即兴和随风飘散的性质。我认为借外力形成的高潮总是要过去的，现在女性文学的发展就要看它如何面对我们充满焦虑和混乱的现实，和实实在在的日常生活，作家怎样在普通生活中提取诗情和灵感，怎样在读者对文学日益淡泊情况下坚持女性写作的探索。女作家在天上飞来飞去的时光不会再存在，回到地面怎么走，这就是女性文学的前途：把文学运动变成一种从生命出发的扎扎实实的创造。

　　荒　林：您刚刚谈到女性写作高潮与外力影响的关系，这确是非常引人注目的一面。但正如我前面所讲，中国女性写作在90年代进入一个高潮是有一种内在必然的。外力只是促成了必然的完成。没有世妇会女性文学的高潮可能不这么喧哗，但仍是要达到的。我很赞同您提出女性文学在她的高潮之后，应当冷静地沉潜下来，回到更广阔的现实面前，深化自己的写作。过去的15年女性写作走过了非常不易的道路，首先是摆脱男性话语引力场，然后是女性话语摸索建构，90年代女性写作才进入自由、开放和清明，要维护这种女性话语自由，女性作家将要经受前所未有的自我考验。如何抵达并表达存在的深度，写出大气度女性文学是女性文学发展面临的问题。

原载《文艺争鸣》1997年第5期

女性文学与"70年代出生的女作家"的讨论

孟繁华　谢冕　等

主持人语：女性文学和"70年代出生的女作家"，已成为当下文学的"热点"，也是文学批评中的"显学"。尤其对"70年代出生的女作家"卫慧、棉棉等评价相去甚远，本期特选取了有关这方面讨论的言论，欢迎积极参与，发表高论。

孟繁华：女性文学在90年代成为显学并非偶然，启蒙话语受挫之后，女性文学所具有的"解构"功效，从另外的意义上满足了文学的内在需求。大概从林白、陈染们开始，女性文学的面貌焕然一新，她们写出了文学不曾表现过的东西，写出了我们尚未认知——有些是我们（作为男性）永远无从体验的东西。那些隐秘的体验和决绝的表达，为90年代的文学添加了巾帼的英武。也正因为如此，女性文学在90年代成了前沿领地。

但女性文学在中国90年代的发展，显然又受到了西方不同传统的影响。应该说，林白陈染们是伍尔夫的中国学生，在她们的作品中，我们经常读到的是，窗帘低垂，门闩紧锁，那是她们"自己的一间屋"。女性正是借助这一意象表达自己的独立地位的。另一方面，"性"是她们突破禁忌的主要能指。诸如"破开""疼痛""一个人的战争""私人生活"等等，都大胆坦率地写到了人类生活最隐秘的领域。但林白陈染们的写作，尚有悲壮性可言，那里隐含了她们对自由的争取，以及对女性压抑已久的内在激情的表达渴望。

与"60年代"出生的女作家不完全一样的，是卫慧、棉棉、周洁茹等"70年代"出生的女作家。这些作家更年轻，更多地受到90年代自由之风的影响，在文学师承上，则更迷恋亨利·米勒、杜拉斯、普鲁斯特等。可是，她们的作品就更具爆炸性和市场效果。但是，卫慧棉棉们的写作，在表达女性独立勇武英姿的同时，可能不经意地走上了另外一条道路，即向男性和世俗表现出的迎合。她们那半自传性的作品，再也不必用"窥视"来表达男性的欲望和阅读期待，所有的和性有关的能指在这些作家那里已经应有尽有了。这不是用"道德化"的思路在批判，我想说的是，女性文学如果仅仅在"女性"层面上有所作为，那么它的未来可能就会远不是那么令人感到鼓舞的。在我看来，作为一种极颠覆性的写作，它可能达到和拥有的，远远不止我们已经看到了的。

李学武：1996年第1期的《小说界》在推出新人卫慧的同时推出"70年代以后"栏目，随之，"70年代人""70代出生作家""70年代人作品"等栏目在《芙蓉》《山花》《长城》等杂志上出现。或许人类文学天赋的发育与生理发育类似，总是女性先于男性，这一时段登台的"70年代写作者"除丁天等寥寥少数外多为南方城市里年轻时尚的女性，如卫慧、周洁茹、棉棉、魏微、朱文颖。她们的创作往往采取准自传体，以第一人称貌似真实地讲述个人经历／经验，或虽采取第三人称（隐含的第一人称），但努力将人物的体验与作家形象重叠。有趣的是，她们的小说总是伴随美丽时尚的照片发表。或许，就某种意义而言，写作同照片一样，都是塑个人／70年代形象的手段。

"70年代出生的女作家"，尤其是卫慧、周洁茹、棉棉等公认的"更新代"成员迷恋亨利·米勒，追随杜拉斯，熟读普鲁斯特，深受张爱玲的影响。同时，音乐（例如Nirvana的摇滚），凡·高、达利的绘画也对她们的创作起着不同程度的影响。几方面的文化基因使她们的作品缠绵着阴柔的调子与亨利·米勒式的反叛与疯狂。音乐的影响使她们的语言中纠葛着丰富的意象但却只是情绪的表达没有意义的实指。然而，她们直接吸吮的还是"60年代"——尤其是陈染、林白等女性写作者的乳汁，甚至，她们踏入文坛的最初动力就是效仿或推翻"60年代"的冲动。正如夏商所指出：70年代出生的作家中很大一部分沿袭了"新生代"的创作路数。

在评论家眼里，"70年代写作者"写就了这一代人的共同经验，她们的形象也成为一代人的能指，成为对"70年代人"进行精神分析的病例。许多批评认为："70年代写作者"带来的"新"主要体现在这些"共同经验"及"另类"形象昭示的精神层面上，尤其体现在她们对"性"这个古老的命题的态度上。在她们笔下，"性"是"例行公事"是"公开的秘密"，也是"单纯的欲望"，而不再是前代女性写作者笔下的"自恋的媒介"。然而，细读"70年代人"提供的"另类文本"，我们会发现，性描写依然执着地言说着权力与禁忌。

我们似可以选择"初夜"，那一切故事与想象的生长点作为探询"这一代人"性意识的突破口。在《床上的月亮》《像卫慧那样疯狂》等小说中，卫慧使我们遭遇了惊悚的初夜描写：十几岁的女孩爱上成熟的男人，男人却拒绝她的处女之身。于是，女孩将什么东西塞入自己身体。菲勒斯意指由阳具所代表的观念和价值，在这里，卫慧的女孩们在撕痛中强加给自己的正是男性的游戏规则：拒绝处女、拒绝责任与承诺的游戏规则。通过习得男性的观念与价值，她们拥有了自由。周洁茹更多地是在想象"性"。她小心翼翼地用一个词来概括两性关系的实质：疼痛。在一篇名为《花》的小说中，叙事者"我"向四位女友进行了关于"疼痛"的执拗地追问，但她们谁也没给出真实的答案。最终，"我"在想象中告诉自己：疼痛肯定是与强迫连在一起的。在棉棉的小说《啦啦啦》中，"初夜"与"交易"联系在一起，男人对女孩说："小姑娘你想搞清楚生活是怎么回事嘛！我把我的故事都告诉你你就跟我回家好吗？"此时，女孩的要求是"搞清楚生活是怎么回事"，换言之，她想搞清生活的本质。男人的答复是：我把我的故事都告诉你。潜台词是：生活是怎么回事＝男人的故事；或者说，男人的故事规定生活的本质。交换条件是：性，女孩的身体。渐渐地，棉棉的女人们在熟知男人故事的同时也习惯了自己的故事中的角色，渐渐地学会"享受痛苦"，并以此为麻醉剂。

可以看出：在70年代女性写作者笔下，两性关系并未与前代有本质的区别。如果说，棉棉以"享受痛苦"来顺应这种关系，卫慧与周洁茹则将性重新变成了自恋的工具。以卫慧的《说吧说吧》为例：酒吧间里，美丽的女性充满了"听"的欲望，不断要求对面的陌生男人"说点什么吧"。而在男人的房间里，身为摄影师的男人充满了"看"的欲望，用相机捕捉床上女人的姿态。此时，男人的欲望代替了女人欲望，但女人的主体性并不就此沉睡，在男人看的同时，她也在通过"梦的反光"，通过男人的目光看自己的身体。男人便如一根光纤导管，将女人欲望的目光宿命般地引向自身。在《到常州去》等小说中，周洁茹讲述了"男人勾引女人"的故事：旅途中，富有的男人不断向美丽的女人献殷勤，但女人保持沉默。然而这不是勾引的故事，却是拒绝的故事，真正的导演／表演者是女人。通过吸引与拒绝，女人控制了男人的欲望，并以此获得权力欲的满足。可以看出，在卫慧与周洁茹的小说中，欲望的主体是女人，最终的欲望客体还是女人／自身，她们讲述的仍然是自恋的故事。

如果我们回到"70年代女作家"登场的原初情境中，我们会看出：她们的写作深受编辑口味的影响，例如：观念化地表达"代"际之间的文化差异；以极端个人的方式展现"70年代"的共同经验。但她们展现的多为都市里的"另类人生"。再如，对"新"与"独特"的极端追求，以至于她们的文字走向了"非文学"的道路。可以说，在恶性的自我重复与自我膨胀中，她们的作品已失去了最初的生命力。

谢冕：中国文学的女性写作，受到时代环境的极大影响和制约。近代以来，有以秋瑾为代表的"反闺阁"的写作。那些受到旧文化熏陶的女性，卸去裙钗脂粉，换上宝刀战马，以摒却性别特征为写作的目标。那是一些先觉者对于时代变革的文学回应。秋瑾的写作在那时是近于孤绝的，但却开了风气之先。

秋瑾所代表的抗争精神为新文学运动所接纳和继承，但"五四"却是一个崭新的开始。新文学革命初期的女性写作，其性质是新女性的写作。那时代张扬的个性解放精神，唤醒女性对于改变自身命运的思考。"五四"时期的女性解放思想，是与当时全社会的反对旧文化、旧道德、旧礼教的思潮相联系的。关于恋爱自由、婚姻自主以及男女平等的主题，大量地涌入了女性写作的作品中。这些作品传达了时代女性的心声，它是"五四"精神的一道夺目的风景。

但是中国的环境太严酷，国势的危弱诱使文学向着救亡倾斜。这种倾斜最终也使自近代以来所积累的女性写作，消除了它的性别差异。当文学的功能被限定在只能是服务于救亡的范围，甚至当女性外在的服饰特征也被忽视时，无性别特征的"女性写作"便是自然而然的事实。这种倾斜贯穿了自30年代至70年代的漫长时段——其间可能有例外，但也只是例外而已。这是女性写作的异化时期。

这一异化的进程终止于新时期的开始。女性主义和女权主义的思潮进入了中国文学的视野。女性的性征受到文学写作的重视，不仅是女性外表的特征，而且深入到她们的心理、生理，包括那些最隐秘的男性很难涉及的领域。于是有了女性文学空前的发展繁荣。这是70年代以来除了朦胧诗之外的文学的大收获。至于90年代的女性文学，从总体上看，它无疑是继承了新时期女性文学的成果，但又提供了新的经验以及新的倾向。

新时期女性写作为反抗男性霸权所进行的努力，至今尚给人以深刻的印象。但在当今的市场经济的笼罩下，新一代的女作家却表现出对于世俗的迎合。她们不是如同年长一代作家那样拒绝男性的趣味，而是竭力体现出配合的趋势——她们不仅不反对男性的"窥视"，而且主动地"展示"。"我优秀，所以自恋且偏执"，"我的写作是在寻欢作乐之后"——一位现今当红的女作家这样说。她们的确展现出与她们的前辈完全不同的写作姿态。

岛由子〔日〕：我对女性写作这个概念的疑问发端于前两次我们讨论的"个人化写作"这个问题。谈"个人化写作"特点最鲜明的是女性写作，比如陈染、林白等一些女作家的"私人"小说。那时我感到的疑问就是女性写作和先锋小说有什么区别。当然有性别的差异，不过，我觉得还有别的把女性写作突出的理由。

也许从女权主义的观点来分析这种现象更能说明问题。不过，对女权主义，我现在还不太清楚中国"女性解放"到底是什么样的状态。因为大家说像中国这样社会主义国家基本上都曾实行男女权力上的平等，但好像没有完全实现男女文化意识上的平等，所以，在中国还存在着强调性别意识的女性主义、女权主义这样的概念。

现在我不想把这个问题孤立地谈，想再回到文学创作中考查，我觉得"女性写作"这种词突出还有其他的原因。

读小说文本和文学评论时，我们发现"权力话语"常常是一种"男性"的话语，用一种男性的目光关注社会及个人的问题。那么，"女性写作"象征的是写作和语言的扩散性，即以女性独特的角度关注这些问题，特别强调女性个人身心真实的感受和体验，这样就形成了一种不同于前者的"边缘性"话语，并使得原有的写作规范有所松弛。

这样看，女性小说也好，先锋小说也好，诗歌也好，都抱有一种构成上语言上的扩散性，所以我想90年代文学的"个人化写作"在脱离规范方面有许多相同的东西。然而，它们之间又有一些细微的差别，这样，才能更好理解"女性写作"这个文学现象。

看看陈染的小说《私人生活》，我们能看到主人公的女孩子对父亲抱有的恐怖之念和反抗心，也能看到被父权，或者说"男性"的侵略。但尽管如此，我想陈染绝对不放弃作为"女性"。我想这象征着现代女性的处境，就是说装作男性参加或只反抗男性社会的时代已经结束，女性要寻找自己，现在好像是这样的时代。这样的情况，我们从陈染的小说能看出来。

同时，我想，这种象征着专心反抗规范或权力的时代已经结束的90年代文学，开始走向寻找能依靠的新的视角、新的规范这样一种写作处境。

肖鹰：身体叙事学意义的绝对化和实在化为女性写作设置了一个封闭领地：女性作家在现实存在的巨大的虚无境遇中，拥有一个超现实的存在——她的躯体。这是她唯一确切的真实。栖居于这个唯一确切的真实，使90年代女性写作不仅必然是女性化的，而且必然是个人化（私密性）的。女性个人化叙事的核心是对男性叙事的反叛，即抗拒男性叙事对女性的权利欲望化书写，从而把自我躯体由被动的欲望对象改写为主动的欲望主体（如陈染《私人生活》中女主人公的同／异双性欲望的表达）。但是，因为固执于绝对独立的自我而拒绝世界，女性个人化叙事的反叛不可能逃避女性自我躯体的再度典出：它或者成为女性自我与男性性别斗争的工具，并且与男性躯体一起作为欲望作恶载体同归于尽；或者成为孤芳自赏幽禁的囚徒，在自闭的忧郁中萎缩、病变。这种内在危机，不仅使女性个人化叙事的反叛意义似是而非，而且瞬间即末路穷途。女性个人化叙事的危机在于它所包含的非历史化欲望——它企图实现一种在男性对面的超历史的独立。西苏认为，女性个人／身体写作的目标是"进入潜意识的栖居之地，以便届时从自我挣脱，走向他人"。陈染们的个人化写作，因为被实在化为自恋的工具而变成了自我监禁的牢房。因此，沉重的自恋既是90年代女性个人化写作的根源，也成为它再次自我丧失的宿命。

赵枬："作秀"的女孩——这是浏览"70年代出生的女作家"小说后的第一感受，也是今天讨论我想展开的基点，因为理性地思考一下，事情并不这么简单。首先，毋庸讳言，"70年代出生的女作家"这个有些可疑的文学命名，是小说编辑颇为煽情地灌输给我们的，即有着极强的商业策划的成分，当然这也很正常。但同时，这种理念也反过来影响着它的作者，使她们自觉不自觉地要凸现出都市"新新"女性与这之前作者们的"代"的不同，并刻意把这种很个人化的"另类人生"推向极端。这就产生了一个悖论：一方面，因其作品带有鲜明标志而引人瞩目；另一方面，又潜伏着拒绝人们惯常的大众情怀、"人文精神"的危险。

其次，回到文本，卫慧、周洁茹、棉棉等人的小说，主要是讲述当下都市女孩成长中的故事片段。"准自传体"形式，实际上是女性写作不可替代的优势。在她们的笔下，最显著的特点是这些女性对性的探寻的欲望和体验，以及通过这一过程对人生的感受，而这一切本身都带着浓重的自恋情结，以求在被其简化为流行的都市生活的背景下得到平衡。这里没有张洁、王安忆们对社会问题执着细致的反思，也没有陈染、林白们对自我意识复杂微妙的体认，更多的是一种流畅而浅显的迎合时尚的情绪表达，这样，在貌似疯狂的后面难免给人留下一种缺乏深度的"平面化"的感觉。

但是，第三，为什么这些带有情绪化、平面化的东西就一定要受到我们一些批评家的指责呢？这是我感兴趣的问题。换句话说，从今天的文化情境上来考察，难道她们的小说就没有存在的真实基础，或者，难道我们所认定的"深度模式"就一定是考察一切的正确标尺？这恐怕值得我们思索。退一步说，在传统型社会向现代型社会转换的今天，原有价值观念向更加多元的方向发生着变化，如果现代都市青年在生活的某些方面持有"另类"的姿态，那么，一些文本所强化的传统美学趣味和精神维度的消解，并非是件可值得大惊小怪的事情。

第四，就女性文学的角度看，我们所引入的"女性主义"概念，事实上在西方20世纪经历着一个女权——女性——女人的发展阶段，即从争取权力平等，到强调性别差异，再到注重话语互补的变化过程。虽然在我国难以简单地作此描述，但它多少会给我们在文学动态的考察上带来一些启示。回溯80年代以来蓬勃兴起的女性文学，是否有其借鉴意义；在人类共同走向现代社会的进程中，新一代女性文学所流露出的淡化单一对抗、主张多元对话的愿望，是否有其可能。

最后，我还想说的是，上述女孩的小说，准确地说只是"七十年代出生的女作家"的多种话语中的一种，从写作姿态到写作内容仅体现当下都市语境中部分知识女性的风貌，而且，她们自己尚在"成长"变化之中。如果从这一视角来看问题，也许大家的心态会从容一些。

林风：近期媒体陆续推出以卫慧、棉棉等人为代表的70年代出生女性作家的小说。这些作品以女性意识的身体主义写作为主，在大众媒体操作下，她们登场引起了文坛的关注，为寂寞的文坛，吹来一阵阵热风。一群带着行为艺术倾向的都市文化中"尖叫的蝴蝶"扑面而来。她们一反林白、陈染们在窗帘后的身体抚慰、自我体认，冲出帘外，大胆裸露灵魂与肉体，在无底的棋盘上狂欢、尖叫。一群末世的狂花，对当下世俗生活的极力涂抹，使她们消解了历史记忆的"空场"。她们女性意识的写作，颠覆了男性权威话语和男性意理中规范的女性客观现象，她们的颠覆来得更彻底。

在一些讨论会上，我听到了很多男性批评家对这群70年代出生的女性小说家不少非常中肯的批评。问题是其中有些批评已走出文本之外而限于对她们性别的贬斥，甚至她们的"靓相""酷形"都成了能在文坛"火"一把的火源（掀风起浪的"祸水"之源），强调了女性作家的性别效果。有些女性学者在发言中不自觉地充当男性思想、意向、立场的代言人。我曾一度是个"超性别论"的写作生产者，今天打算改变以往态度，决定站出来，在女性主义精神立场上为她们说几句话。我认为考察这批70年代出生的小说家女性意识的小说，应与当下的后现代文化语境和女性的生存环境联系起来。

这些女性小说家在作品中表现出的理想的破灭、个性的无度张扬、技法的无选择、无中心意义、结构的分裂，这恰是后现代表征。后现代主义思潮所具有的广泛包容性对中心的颠覆、消除，为受压抑的群体提供了出场的权利。西方女权主义先驱西蒙·波娃认为女人不是天生的，女人是环境塑造的。如果说她们的女性气质下的个人化欲望写作是这欲望化时代造成的，她们的自我命名、自我阐释及身体写作对"无史"命运的抗争与反叛，"角色的焦虑""影响的焦虑""蝴蝶的尖叫"则是长期受压抑的环境造成的。在当下多元化文化语境下，女人摆脱多年来受压抑的社会地位，在全面生长的春天，拿起笔杆用女性意识、女性视角、审美观照方式、女性隐秘经验、历史经验、心理经验、生理经验重构女性形象，进入女性历史书写、挑战男性传统的客观历史，颠倒了男性神话、意识形态神话、政治神话，势必宣告新历史主义的到来。女性主义是后现代主义一个不可忽视的重要流派。这个流派在特定的历史遭遇下有着不可阻挡蓬勃发展的生命力，女性主义（feminism）也译为"女权主义"。但我回避用"女权主义"这个名词。女性主义在20世纪的发展经历了女权、女性、女人三个不同阶段。90年代女性主义浪潮中一反初期的"注重平等"的策略，转而强调性别差异和独特性，强调"女性"与"男性"的"性差异"，并以差异性为名否定男性秩序。将失落在男权中心文化中的"女性残片"重新聚拢，重复过去历史文化中的盲视，以新的洞见切入历史。

在继1998年9月承德召开的"第四届中国当代女性文学学术讨论会"之后重庆召开的女性文学座谈会上，谢冕先生在发言中指出：近年来女性文学繁荣是中国当代文学的骄傲。中国女性文学在中国新文学历史中，大体经过了三段历史进程，即女性觉醒争取女权的时代；投身社会运动的时代；突出性征，女性反归自身的时代。他认为第三个阶段是中国社会改革开放的产物，呈现出与世界同步状态，是女性文学最接近求真的性别写作阶段。要是说中国当代作家在个别和总体上未曾超越他们前辈的话，那么当代女性写作是唯一的例外。我认为谢冕先生对女性文学的成就高屋建瓴的评价是非常中肯且值得关注的。同时谢冕先生对女性文学表现出对于"男性窥视"的"自觉迎合"这种极其严重、恶劣的悖论的现象表示了"隐忧"，如果我对女性文学有所批评的话，我的批评也在这一点上。同时我对它们作品缺少对现实大主题的关注、大叙事的丧失、批判精神的丧失，我们需要对在自我之外世界的全部加以体认——我们需要对人类历史命运和现实境遇下的一代人的思想写作进行思考——我在这一点上表达我的深深忧虑，希望"她们"能够处理好个人与公共空间、内视角与外视角关系、自恋与自强意识的关系。我在这里提出特别要警惕大众传媒以男性窥视的视点染指女性文学的商业操作，将女性写作作为巨大市场资源开发利用，造成虚假繁荣，使女性文学重落男权文化陷阱不能自拔，这是拒绝被放逐的时代？！

刘索拉在1985年创作《你别无选择》奠定了女性话语基础后，较为激进的一派作家是铁凝、林白、陈染们，她们创造了一个女性特有的世界，男性的主宰地位被彻底放逐，无情拆解和颠覆。继"她们"之后的70年代出生的"她们"是"革命"得更为彻底的"她们"，反秩序、反神圣、反异化从一种语言真空中发掘存在昭示于世，无所信仰，无所羁绊，"如果上帝不存在的话，什么都是允许的"在叙述过程的冷静与癫狂中透着虚无主义、怀疑主义的倾向，一群绝望的乐观主义者，失落、焦灼、欲望化写作表征之下，是她们沉重的难以羽化的轻薄肉身，她们是世纪末"废都"中开出的一朵朵颓败的"恶之花"，这粢丽的末世狂花。

杨克：我觉得现在就给"70年代出生的女作家"一个定论为时过早，因为我们尚不清楚她们的写作边界最后在哪里，她们仍"在路上"，而更年轻的"卡通一代"正在走来。从好的方面说，她们是真正"都市化"的一族，笔尖揳入大都会或明亮或阴暗的各个角落，天生有一种承受肮脏的能力。她们告知读者爱情摇摇晃晃的真相，字里行间涌动着生命的活力。而从不够好的方面讲，以年龄界限和性别来命名一种写作本身就是很可疑很滑稽的事情，且连爱情都不再相信的"新新人类"，她们到底还有没有写作信念？我们完全有理由把她们的"消解深度"的文学看作商业文化的"共谋"。我们能够期待的是，但愿新的美学原则最终在新一代都市生存的背景中确立。

原载《中国女性文化》2000年第1期

当代女性文学批评的三种资源

贺桂梅

从20世纪90年代后期以来，女性文学研究界频繁地使用"困境""危机"这类字眼来形容自身的处境，女性文学批评丧失了90年代前中期那种广受瞩目的冲击力，尤其在关于"个人化写作"的延伸讨论中，女性文学被等而下之地视为"身体写作"或"美女文学"，而女性文学批评界却未能对此作出更为有效和有力的回应。在分析这种状况时，很多研究者将问题的根源指认为女性文学过度追随西方女性主义批评，而忽视了中国的"国情"。同时，伴随着全球化过程的深入，国际／国内学术之间的互动也使得女性文学研究界内部发生分歧，"西方"的女性主义理论是否适用于中国"本土"被作为问题提出。批评现状遭遇的困境，批评理论的合法性问题，都使得我们必须重新考察当代女性文学批评所借重的理论资源及其具体的实践过程，从而为当下的处境勾勒出一幅相对明晰的图景。

一、"女性文学"与新启蒙主义话语

"女性文学"是当前研究界普遍使用的一个概念。考察当代女性文学批评的理论资源，首先需要对这一概念进行追问，进而辨析它与具体历史语境中的思想／理论资源之间的关系。"女性文学"（或"妇女文学"）这一提法在20世纪20—30年代就已出现，但作为一个引起广泛争议的范畴，却是出现在1984—1988年间①。这是1949年后中国（内地）首次从性别差异角度讨论女性与文学的关系，它的提出有着明确的针对性，即针对50—70年代妇女解放理论及其历史实践的后果。在毛泽东时代，尽管在社会实践层面上，女性获取了全方位的政治社会权利，成为与男性同等的民族国家主体，但在文化表述层面上，性别差异和女性话语却遭到抑制，女性是以"男女都一样"的形态出现在历史舞台之上，缺乏相应的文化表述来呈现自己的特殊生存、精神处境。正是在这样的情形下，"女性文学"首次将"女性"从无性别的文学表述中分离出来，成为试图将性别差异正当化的文化尝试。

如何界定"女性文学"，在当时即引起了争议，它的具体内涵被人们认为是"模糊"的。对"模糊"这一性质的认知，表明当时的人们希望寻找一个确定的表述，以使"女性文学"与普泛意义上的"文学"或"男性文学"具有相区别的固定品质。形成较为普遍的共识的，是对这个概念做"广义"和"狭义"的区分。"广义"内涵侧重的是文学中的女性形象，"狭义"内涵强调的是作家的性别以及特定的"女性风格"②；或者把"女性文学"规定为女作家的文学作品，由其是否表现"女性生活"来划分"广义"和"狭义"③。这种区分建立在对文学／女性关系的不同层次上，由作家的性别区分，到作品所表现内容或形象的性别区分，最后到作品是否有特定的"女性风格"与"女性意识"，做了或宽或窄的限定。与"广义"和"狭义"的分辨相伴随，"女性文学"逐渐被纳入"两个世界"格局之中。这种说法最早出现在作家张抗抗1985年在西柏林举行的国际女作家会议上的发言《我们需要两个世界》④。这篇发言稿提出"女作家的文学眼光既应观照女性自身的'小世界'，同时也应投射到社会生活的'大世界'……在此基础上，顺理成章的结论是：成熟的女性文学应同时面向'两个世界'"。相关的说法还有"内在世界"／"外在世界"、"第一世界"／"第二世界"等。"两个世界"的说法，可以很明显地看到刘再复的"主体论"论述的影响⑤。

值得分析的是，这种说法似乎是在平面地处理"女性"／"人类"、自我／社会、女性经验／社会经验，但关于这两者关系的论述却不自觉地透露出一种"等级"关系。如："女性文学的第二世界，是女作家对外在世界的艺术把握，是女作家与男作家站在同一地平线上，不仅作为女性，而是作为一个人创造出的一种不分性别的新文化"⑥，或者"应该是女性以女性化笔法用女性化生活来表现超乎女性的全人类生活的一切精神和意义的文学"⑦等。可以看出，在"女性文学""女性意识"之"上"还存在一种"人类"的文学，一种"超越"了性别的文学。这一点事实上构成了"女性文学"的内在悖论。一方面，这一概念的提出，是为了给"女性"的文学提供正当性，但是，当"女性文学"与"人类的文学"并列时，它又必然地处在"次一等"的位置上。而这种悖论的出现，是因为在80年代的语境当中，"女性文学"关于"女性"差异性的表述，受到新启蒙主义思潮的直接影响。"女性文学"的提出和80年代新启蒙主义话语有着直接的关系，或者说，它本身就是新启蒙主义话语的构成部分。新启蒙主义将80年代视为"第二个'五四'时期"，它对当代中国问题的讨论是在"救亡（革命）／启蒙"、"传统／现代"的框架内提出的，这两组二项对立式有着同构并互相替代的关系，50—70年代的当代历史被指认为"传统""保守""落后"的时期，而80年代则在延续"五四"启蒙主题的意义上，成为另一个"现代"时期。这一现代化运动的一个重要指标是"人性"的解放，强调个体的价值和丰富性。但有趣的是，在80年代的中国，作为对"阶级"话语的反拨，"性别"成为标识"人性"的主要认知方式。人们很少从父权制的社会文化结构层面来谈论性别关系，而把女性文学的提倡视为对毛泽东时代的"无性"状态的反拨，以达成"两性和谐"作为目标。女性的独特经验和文学表述，一方面丰富着对于"人性"的理解，同时也丰富着文学的表达。"女性文学"这一范畴的讨论，因此被限制在一种关于"人""人类"的抽象想象之中，女性文学的差异被视为"人性"修辞的一部分。

在如何阐述"女性意识"的合法性这一点上，80年代有两种方式：一种是把毛泽东时代与封建时代等同，认为这一时期"似乎是中国当代的女权运动的兴起，是在鼓吹男女之间的平等。然而，骨子里除了'四人帮'的政治用心之外，其实是封建意识的泛滥。封建时代把女性看作'性'的动物，是女性的物本化；这里则把女性看作'神'的抽象物，是女性的神本化。两者殊途同归，都不是把女性看作血肉和灵魂相和谐的人，是彻底的女性主体的异化"⑧——这种表述，不仅是"五四"复归式的现代想象的重申，而且丰满的人性被理解为"血肉和灵魂相和谐"，"人性"被充分地自然化了。这使得对"女性"差异性的认知必然导向"生理"和"心理"差异。正是这种新启蒙主义思路影响，"女性文学"的倡导者侧重从生理、心理等"自然"而非"文化"的因素来界定女性，从而把性别差异导向一种本质化、经验化的理解。另一种论证80年代"女性意识"合法性的方式，是首先承认，经历了社会主义革命之后，女性已经获得了"平等"的社会地位，但没有获得与社会地位相匹配的自主意识，因此，倡导"女性文学"和"女性意识"，就是以"文化革命"的方式确立女性的主体性和独立意识。"在社会已最大限度地提供与男性同等政治权利的今天，女性要获得真正的女性平等和显示她们生存的价值，她们所面对的已不再是封建道德观念的外在束缚，也不是男性世界的意识压力，而主要的是她们自己的觉醒和自主意识的复萌。"⑨在这种解释中，女性的政治解放和自主意识的文化解放被区分为两个层次：在前一层次上，中国女性被判定为"解放"的，在后一层次上，中国女性又被判定为"未解放"的。"女性文学"在这样的意义上，被看作是女性发出她们独特的声音、表达其自主意识的"文化革命"的步骤。这就使得关于女性／文学的讨论必然从统一的民族国家话语中分离出来。但由于这种讨论遵循了新启蒙主义话语关于"人"的重新想象，试图在抽象层面上建构一种普泛的"人类"共同的本质，女性文学"必然"地置于"次一等"位置；另一方面，对性别差异的强调由于局限于生理、心理等"自然"因素层面，而不能深入到文化分析的层面，因而无法与"男女有别"的传统性别秩序划清界限。这使得"女性文学"始终处在尴尬而暧昧的处境之中。

"女性文学"及其连带产生的语义形成于80年代的特定历史语境之中，但这一范畴迄今仍被女性文学批评界广泛接受。厘清其与80年代新启蒙运动之间的关系，有助于我们了解这一范畴的独特内涵及其局限性。它设定了一个"男女和谐共存"的、"不分性别的新文化"理想，针对民族国家内部以"阶级"话语建构的主体想象提出性别差异问题，但并没有明确反对父权制和批判男权意识。自80年代后期开始引入的西方女权／女性主义理论，则在一定程度上使女性／文学批评从新启蒙主义话语中分离出来，明确地将批判对象指认为男（父）权制，从而形成了独特的表述体系和话语方式。

二、男（父）权批判和西方当代女性主义理论

80年代中后期对西方女权／女性主义论著的译介，是"西化热"的一部分。有趣的是，西方女权运动"第二期"的四本重要论著（西蒙·德·波伏娃的《第二性》、贝蒂·弗里丹的《女性的奥秘》、弗吉尼亚·伍尔夫的《一间自己的屋子》和凯特·米利特的《性的政治》）中，与文学和文学批评关系最

密切的《性的政治》，却翻译得最晚，直到1999年。这本书难以被80年代中国批评界接纳，大约是因为它如此敏锐而激烈地抨击男权制，并且把男／女两性关系纳入"政治"范畴，对于以"两性和谐"为理想的中国批评界，显得过于激进。除了这些专著，不同的杂志都对英美女作家和女性主义理论有介绍。这一时期对西方女权／女性主义理论的介绍主要偏重英美，而另一流脉，法国的女权／女性主义理论的译介则相对较少。这主要因为中国对女性主义理论的接受来自英语世界（尤其是美国女性主义批评）的影响，同时也和英美派注重女性经验的表达，法国派则注重与同期理论（尤其是结构—后结构主义理论）的对话，有着密切关系。80年代中国批评界对于（后）结构主义理论并不十分熟悉，文学批评的主流还停留在前"语言学转型"时期，由于缺乏对法国女性主义理论的上下文的理解，对其接受相对困难一些。即使到1992年，张京媛主编的《当代女性主义文学批评》中较多地收入了法国的埃莱娜·西苏、朱莉亚·克里斯多娃和露丝·依利格瑞的文章，以及80年代以后英美"受到欧洲文学理论的影响"的"后结构主义的女性主义批评"如佳·查·斯皮瓦克等的文章，但在中国批评实践中产生影响的，主要还是注重女性经验和女性美学的表达那一部分。而"女性文学"讨论中已经显露出来的从女性经验角度为"女性文学"特质寻找命名的倾向，也使得中国的女性／文学批评较为倾向于"经验的女性主义"一脉。这事实上已经症候性地呈现出了当代女性文学批评的接受视野。

与西方女权／女性主义理论的引入相伴随，女性文学批评中出现了"女性主义"一词。90年代之前，"feminism"主要被译成"女权主义"。1992年张京媛在《当代女性主义文学批评》中把它翻译成"女性主义"，并提出理由："女权主义"和"女性主义"反映的是妇女争取解放运动的两个时期，前者是"妇女为争取平等权力而进行的斗争"，后者则标志"进入了后结构主义的性别理论时代"。但无论是"女权主义"还是"女性主义"，在中国语境中，似乎并不是一个受欢迎的词。不仅作家和批评家们拒绝被称为"女权或女性主义者"，而且文学批评中使用这一概念也不多，人们更愿意使用内涵较为模糊的"女性文学"。造成这种情况的原因，是"女权／女性主义"引起的反应常常是"女人霸权""女人控制男人""反对男人"，或种种女性的负面品质。另外的反应是，"feminism"本身就是一个西方的概念，只有产生过独立的女权

179

女性文学研究资料

运动的西方社会才接受这一概念，而中国则未必需要接纳这个"西方"概念。值得一提的是，美国黑人理论家贝尔·胡克斯在她2000年的著作《女权主义理论：从边缘到中心》中也谈到美国社会对"女权主义"这一称号的拒斥，"女权主义"被人们当作一种"讨厌的、不愿意与之有联系的东西"，说自己是"一个女权主义者"，通常意味着"被限制在事先预定好的身份、角色或者行为之中"，诸如"同性恋者""激进政治运动者""种族主义者"等⑩。——引述这段讨论，我企图说明，即使在西方，对"女权／女性主义"也并非一概接受，中国女性作家或批评家对"女权／女性主义"的回避或拒绝，并不能简单地在中国／西方关系中做出说明，也不能作为"中国"（本土）拒绝"西方"女性主义理论的证明。

尽管对"女性主义"一词的接受有着上述的犹疑，但在文学批评实践中，越来越多的研究者开始借重女性主义理论资源，将"女性意识"的讨论推进到女性主义立场的层面。这种批评实践主要由两个主要部分构成：一是挖掘文学史（尤其是现代文学史）上被淹没、遮蔽的女作家，通过重新阐释她们的作品来建构女性文学的传统；另一是对同期女作家创作的关注和阐释，对其中的女性独特美学做出阐释。而这两种主要的批评方式几乎一致地采取了"女作家批评"。这一方面是延续了"女性文学"讨论时的界定方式之一，即把所有女作家的创作都视为"女性文学"；另一方面，90年代提出的"女性写作"这一范畴，则更将批评的重点转移到女性作家和文学创作的关系上来。"女性写作"一词来自法国批评家埃莱娜·西苏，她关于创作与女性身体关系的阐释，即"写作是女性的。妇女写作的实践是与女性躯体和欲望相联系的"⑪，引起了评论者和作家们的很大兴趣。从80年代中期提出"女性文学"范畴到90年代普遍使用"女性写作"概念，其中一以贯之的，是"性别差异"论，即试图将"女性"从统一的主流话语中分离出来，寻求其独特的文学表达传统、特定的女性美学表达方式。80年代后期西方女性主义理论的引入，在这一特定文化期待视野中，主要被吸收的是其对性别角色文化构成性的揭示，即波伏娃所表述的"一个人之为女人，与其说是'天生'的，不如说是形成的"，从而为女性差异性的阐释寻找更为有效的文化资源。"所有的父权制——包括语言、资本主义、一神论——只表达了一个性别，只是男性利比多机智的投射，女人在父权制中是缺席和缄默的"⑫，成为对波伏娃的"女人形成论"更有力的解释。90年代初期"社会性别"概念的引入，使得人们对于性别差异的讨论不再限制在"sex"，即生理、心理等"自然"层面，而是进入"gender"，即性别角色、性别制度等"文化分析"层面。这在一定程度上破解了新启蒙主义话语中的"女性文学"范畴所遭遇的困境。新启蒙主义话语主要从非历史化的抽象"人性"话语的角度来谈论性别差异，它将女性的生理、心理的差异视为文化差异的自然转换，并且认为突出女性差异是为了完善"人性"的丰富性，而非对男权文化的批判。西方女性主义对父权制结构的批判，在这一结构中来解释女性从属、被压抑的位置，使得人们意识到，所谓"大写的人""人类"背后的男性属性。将西方女性主义理论应用于中国文学研究实践，影响最大的是《浮出历史地表——现代妇女文学研究》[13]。它提出，所谓"人类"的历史，就是男性统治女性的父权制结构的历史，并且因为压制女性的事实始终是以"自然"的方式呈现，因此，男性话语和父权制结构也始终是以"人类"的形象出现。20世纪一百年历史中女性并没有能够摆脱她作为"空洞的能指"的命运，随着1949年新的民族国家的建立，女性的历史"走完了一个颇有反讽意味的循环，那就是以反抗男性社会性别角色始，而以认同中性社会角色终"。使女性写作"浮出历史地表"，就不仅仅是完满人类的两性，而是对整个父权制结构的颠覆，所有历史和意识形态话语都需要重新解释。正是在这一点上，《浮出历史地表》为女性写作的正当性和必要性提供了有力的解释。

90年代之后，由于1995年第四届世界妇女大会在北京召开这一事件造成的广泛影响，同时也因为"全球化"进程使得女性文学批评与国际学术资源之间产生了直接互动关系，译介西方当代女性主义著作再次形成一个高潮，并且促成了多项国内外合作研究项目和研究成果。这种状况的形成，使得中国女性／文学研究不再如80年代那样仅仅是单方面的引入，而是一个双向互动的过程。正如90年代中国卷入全球化格局之后，已经很难分清何谓"国内"何谓"国外"，女性／文学批评也进入到这样一种不能由单一的民族国家视野衡量的情境之中。一个"老"问题被重新提了出来，这就是"西方"的女性主义理论与中国本土文化实践之间的适用性问题。一些批评者再次强调了中国历史现实问题的特殊性，及其与西方的女性主义理论的不相容。但问题的实质不在"西方"的理论解决不了"中国"的问题——事实上20世纪中国诸种关于男女平等思想的讨论始终在借重"西方"的思想资源，关键问题在于，不能把讨论框定在抽象的"中国"／"西方"的本质想象之上，而应当深入讨论中国／西方之间的互动中已经构成本土传统的历史实践，在一种开放的视野中，寻求解决本土问题的更有效方式。

三、被遗忘的资源：马克思主义女性话语

90年代前中期，"女性文学"及其批评，开始成为一种引起社会广泛注目的文化热潮。经历80—90年代的转折，80年代统合性的主流意识形态话语趋于分化，新启蒙主义遭到种种质疑。在这样的情境下，"个人"话语已经丧失了80年代处于民族国家内部并在话语象征层面上形成的对抗性关系。颇为有趣的是，正是在这个时期，"个人"话语与"女性"话语有效地结合在一起，成为标识身份政治的主要符码。90年代女性写作中，最为引人注目的一个脉络被称为"个人化写作"或"私人化写作"。陈染、林白、徐小斌、海男等女作家注重个人经历的自传性小说被当成了"个人化写作"的代表作品。在这些小说中，主人公的成长经历被放置在带有封闭性的私人空间当中，比如家庭、独居女人的卧室、个人的性爱经验等。在这些封闭的空间当中，性别身份成为最重要甚至唯一的身份标志，女性成长经验，尤其涉及身体经验，在某种意义上构成90年代讨论女性写作的背景和想象空间。

"个人化写作"被视为"女性写作"的主要形态，既是女性主义理论和文学创作之间的互动，同时也是注重女性差异的女性文学探索的必然延伸。从80年代中期提出"女性文学"，到80年代后期注重反叛父权制社会的"女性真相"，都在指向一种经验化、本质化的女性想象和认知。"个人化写作"对女性成长的性经验的重视，对父权制社会中性别压抑意识的自觉，并有意营构女性主体形象和一种独特的表达风格，正是试图实践一种基于女性独特体验的女性美学。但"个人"与"女性"连接在一起，造成的一个难以解脱的困境是，尽管女性可以呈现被父权制文化所压抑、擦抹的女性经验，但这种关于女性经验的书写仍旧必须在以父权／男权为等级结构的社会／文化市场上流通。也就是说，关于女性差异的表述，固然可以撼动或瓦解大众文化和社会常识系统中关于女性的定型化想象，但由于把"女性"与"个我"、私人性空间直接联系在一起，又在另一层面落入女性作为父权社会文化的"他者""私人领域

的女性"等等级结构当中。在"个人"／"私人"维度上对于女性"差异"的展示，事实上没有改变社会性别秩序，而正好满足了后者的想象和需要。这也正是"女"字成为商业卖点的原因。另外一个更值得重视的问题是，"个人化写作"所确立的女性主体想象，在单一的"男人"／"女人"性别维度中谈论问题，而忽视了女性内部的差异。被越来越多的批评者指出的是，"个人化写作"中的女性个体，多是一些"中产阶级"女性。王晓明颇为尖锐地写到：被女性批评者所认为的90年代前中期的这次女性"解放"，"绝对不是面向所有的妇女，下岗的女同胞根本没有这种幸运。时代给予一部分女性自由与自主，给予她们一间自己的屋子，她们不再为柴米油盐而烦恼，……说得直截了当一点，是一部分提前进入'小康'的女性，这样的女性才有时间与兴趣专门研究性别问题，才有可能把性别问题与其他有碍观瞻的事情区别开来"[14]。

　　"个人化写作"带出的问题，为我们讨论90年代以来女性文学批评在资源引用上的偏向性提供了一个切入点。从80年代与新启蒙主义话语的结盟，到80年代后期以来对西方当代女性主义理论的借重，当代女性文学批评往往忽略或忘记了，女性解放与20世纪（尤其是毛泽东时代）左翼历史实践之间的密切关联。作为一个有着丰富的革命传统和社会主义实践最为成功的国度之一，中国妇女运动和左翼运动始终有着紧密关系。而毛泽东时代施行的一系列保障妇女权益的政策，更确保了妇女广泛地参与社会政治、经济和文化活动，使得妇女的社会地位有了前所未有的提高。但这并不意味着妇女运动与左翼运动的密切协作关系中就不存在问题。中国左翼所持的女性观念基本上属于马克思主义女性主义，强调性别问题与阶级问题的重叠，或者说，民族国家话语以一种同一的主体想象抹去了性别差异的存在。毛泽东最早在《湖南农民运动考察报告》中，认为女性是处在各种封建压制的最底层，但对解放步骤的设想是"家族主义、迷信观念和不正确的男女关系之破坏，乃是政治斗争和经济斗争胜利后自然而然的结果"[15]，亦即只要政治斗争和经济斗争胜利，妇女解放将是"自然而然"的事情。周恩来也提出了这样的观点："妇女运动解放的对象，是制度不是人物或性别，不是因我是男子，才来说这种话。事实却是如此。要是将来一切妨碍解放的制度打破了，解放革命马上就成功，故妇女运动是制度的革命，非'阶级'的或性别的革命。"[16]这种以"阶级"问题替代"性别"问题的观念，取消了性别问题被讨论的可能性。"文化大革命"结束之后，80年代中国的女性文化（如果不能够称为"运动"的话）一个核心问题，即是对毛泽东时代妇女政策的批评。这种批评集中于"男女都一样"的妇女政策所掩盖的父权制结构和性别差异问题，女性在被作为一个准男性主体的社会性质秩序当中遭受的压抑得到公开表达，尤其是女性的双重角色（社会角色和家庭角色）问题、文化表达和主体风格上的"女性特质"问题，以及传统的性别观念对女性社会处境和自我认知的规约问题等，成为80年代重新关注性别问题的重点。当代女性文学批评正是在这样的起点上开始建构自身的合法性和独特表述。由于20世纪妇女解放与阶级解放的历史实践有着这样的渊源，当代女性文学批评始终在有意无意之间"遗忘"了自身承受的这份独特的遗产。这使得女性文学批评从80年代以来一个基本的趋向，是过分强调女性话语和阶级话语之间的分离，而将研究重点集中于女性话语从20世纪中国文学整体格局以及左翼话语分离出来的部分。更重要的是，对左翼运动与女性解放运动之间的成败经验的分析也相应被忽略。"个人化写作"对其女性主体的阶级身份的盲视，正是这种遗忘的直接后果。

　　90年代后，中国社会的变化，尤其是社会阶层结构的重组、资本市场造成的贫富分化，使得"阶级"问题再次浮现于文化视野当中，并在一定程度上构成对女性话语的冲击。但是，需要特别提出的是，以"阶级"身份质疑"女性"身份，并不是中国的特殊问题，而是妇女运动遭遇的世界性问题。60年代西方女权运动，即是从新左翼运动中分离出来的，那些与男性战友并肩战斗在民主运动前线的女性发现，她们同时必须面对男人的压制，因而有了"个人的即政治的"口号，并提出女性必须在反对资本主义和父权制这两个"战场"上作战[17]。在90年代后中国语境中重提性别／阶级的关系，不是要简单地以"阶级"政治的合法性去否定女性问题——毋宁说，对于这种在男性精英知识界渐成主流的观点，需要予以认真的回应和讨论，而是正视从中透露出的当代女性文学批评对自身历史资源的盲视。正视女性解放与阶级解放的密切协作所形成的这份20世纪中国的独特遗产，需要我们对现代中国的女性解放的历史作更深入细致的考察和辨析，就西方／本土的关系而言，这或许是真正的现代中国的"本土传统"；另一方面，将这一历史遗产浮现于当代女性文学批评的现实视野之中，并不是要简单地重复过去的经验，而需要在对历史遗产作出反省的基础之上，寻找解决女性问题与阶级（民族）问题更适度的方式，以打开女性文学批评的新视野。

厘清这三种资源，有可能使当下女性文学批评寻求更适合自身情境的解决方案。"女性文学"这一范畴中蕴含的新启蒙主义式的"人"的想象已经被越来越多的研究者认识，但它关于性别差异问题的讨论，仍足以成为当前女性文学批评的重要参考资源。西方当代女性主义理论为女性文学创作与批评批判父（男）权制提供了有效的理论依据，但由于忽略了妇女运动与左翼运动的复杂历史资源，这种批评往往从单一性别角度考虑问题，而无法更广泛地面对妇女在现实处境中所遭遇的社会／文化问题。将女性问题纳入更为开放的历史／现实视野之中，在主体身份多样性——诸如阶级、民族、世代等——之间寻求适度的结合点，或许是女性文学批评走出所谓"困境"的一种有效方式。

注释：

①相关资料参见谢玉娥编撰《女性文学研究教学参考资料》，河南大学出版社1990年版。

②吴黛英：《女性世界和女性文学——致张抗抗信》，载《文学评论》1986年第1期。吴黛英同时认为"女性文学"比"妇女文学"这个概念"更突出了性别特征"。

③马婀如：《对"两个世界"观照中的新时期女性文学——兼论中国女作家文学视界的历史变化》，载《当代文艺思潮》1987年第5期。

④载《文艺报》1985年8月10日。

⑤刘再复《论文学的主体性》（载《文学评论》 1985年第6期）提出"内宇宙"和"外宇宙"的分别，并认为"内宇宙"是人的"灵性"的取之不绝的内在源泉。

⑥王绯：《女性气质的积极社会实现——读〈女人的力量〉兼论女性文学的开放》，载《批评家》 1986年第1期。

⑦徐剑艺：《论新时期"女性文学"的超越》，载《文艺评论》1987年第1期。

⑧阮忆：《女性文学和女性意识——新时期女性文学断想》，载《文艺评论》1987年第4期。

⑨彭子良：《新时期女性意识构成初探》，载《当代文坛》1988年第3期。

⑩参见贝尔·胡克斯《女权主义理论：从边缘到中心》，江苏人民出版社2001年版。

⑪张京媛主编《当代女性主义文学批评》"前言"，北京大学出版社1992年版，第8页。

⑫张京媛：《从寻找自我到颠覆主体——当代女性主义文学批评的发展趋势》，李郁编选《女性主义文学批评文选》，春风文艺出版社1993年版。

⑬孟悦、戴锦华：《浮出历史地表——现代妇女文学研究》，河南人民出版社1989年版。

⑭王晓明：《90年代的女性——个人写作》，"文学视界"（http：//www.white-collar.net）。

⑮毛泽东：《湖南农民运动考察报告》，《毛泽东选集》第1卷。

⑯周恩来1926年3月在广东潮汕纪念三八国际妇女节上的讲话（《毛泽东、周恩来、朱德、刘少奇论妇女解放》，人民出版社1988年版，第69页）。注释中说明文中的"阶级"，是指男性对女性的压迫。

⑰参见罗斯玛丽·帕特南·童《女性主义思潮导论》第三章，华中师范大学出版社2002年版。

原载《文艺研究》2003年第6期

个人言说、底层经验与女性叙事

——以林白为个案

董丽敏

林白曾经被公认为个人化写作的代表性作家，她定格在读者头脑中的印象是一位沉迷于自恋中的坦荡女性，她呵护自我的情感世界和自我的女性躯体，情感和性，构成了她的小说世界的基本元素，她把情感和性精心扎成唯美的花朵，这种花朵封闭在她的自恋的精神堡垒里，也许过于脆弱，外面世界的风会把它吹得凌乱不堪。……然而自恋中的林白也在悄悄发生变化①。

作为上世纪90年代有代表性的女性小说家，2004年林白发表了一部形态奇特的小说《妇女闲聊录》。该小说浓重的民间文学气息使得其无论是叙事、立场还是表现，都与林白之前特别散发出强烈个人色彩的作品迥异。而文学评论界对此变化的态度也颇为耐人寻味：一向对女性文学或者对林白之前的创作颇有微词、颇为不屑的男性主流批评家一致对此表示肯定，或者认为其代表了陷入困境的当下文学的某种突围②，或者意味着林白已经走出了女性叙事的狭隘天地③。与此相对应的是，将林白当作女性文学宠儿的女性文学研究者们，对此也表示了某种意味深长的冷落甚至缄默，这暗示着质疑、失望还是无法定位的艰难？

很显然，这一系列现象烘托出了《妇女闲聊录》的独特性。尽管这种独特性在目前可能还未能清晰地被解读出来，但搁置在当代文学特别是女性文学的发展历程中，我们还是能够感觉到其间蕴含的挑战意味——从女性文学的角度如何来把握《妇女闲聊录》，怎么来评价其种种令人困惑的叙事表现，甚至怎么来看待不同的性别阵营对其作出的不同评价？

在《妇女闲聊录》的解读过程中，我越来越意识到，它的出现，一定程度上触及了中国女性文学的某些一直在回避在遮盖的关键问题。

一、个人言说：有问题的女性书写

> 多年来我把自己隔绝在世界之外，内心黑暗阴冷，充满焦虑和不安，对他人强烈不信任。我和世界之间的通道就这样被我关闭了。许多年来，我只热爱纸上的生活，对许多东西视而不见。对我而言，写作就是一切，世界是不存在的。
>
> ——林白：《低于大地》④

如果了解林白在上个世纪八九十年代创作的基本情形，就会惊讶于林白上述的表白。在这篇为《妇女闲聊录》所写的创作谈中，林白很坦率地总结了自己创作的某些经验教训，而这种"隔绝于世界之外"的写作，其针对性不言而喻——作为90年代女性写作的标志性人物之一，林白向来以"个人化"写作著称。而在眼前的这篇创作谈中，林白显然对自己早期的个人化立场有了相当明晰的反思和批判，前后的断裂是显而易见的。那么，到底是哪些因素促使林白有了今天的转变，这样的转变到底又意味着什么呢？

也许应该先梳理一下个人言说与女性书写之间的渊源。20世纪中国女性文学史，在我看来，某种程度上可以称之为女性个人的书写史。从庐隐、丁玲、萧红、张爱玲一直到90年代的陈染、林白，一代又一代的女性文学书写者，都在孜孜不倦地呈现着独特的女性个人，因而，带着明显自传色彩的个人言说似乎成为中国女性文学最重要的存在形态之一。

女性文学意义上的所谓"个人言说"，其包含的内容可以说是相当宽泛的。既是指其在题材选择上，对个人性内容的情有独钟，特别是带着小说家亲身经历痕迹的题材几乎成为作者最为热衷的描写对象。也是指作者在处理这些题材的时候旁若无人的个人立场，对主流历史、文化及宏大事件的有意回避。还指作者在表述上也具有明显的排他性，大量的个人记忆、梦魇、意识、隐喻等充斥叙事表层，对他人明显构成一种距离感、疏离感。

而这样的"个人言说"，其核心，是小说家对"女性个人"的发现和肯定。

中国当代文学史资料丛书

我们可以理解中国女性文学的这一选择。毕竟，在一个男权文化极其强大、女性传统过于微弱的国度中，女性书写的资源是相当匮乏的。个人言说作为"五四"新文化革命引进的西方资源之一，在反抗与颠覆传统伦理道德、旧的文化结构方面，显得相当锐利，自然也就成为女性书写的重要借鉴。从中国妇女运动的发展来看，由于其一直未能以强有力的独立姿态进入社会并影响历史，因而表现在文学中，相对孤立的个人化的女性命运探索，也就成为女性文学较为集中的主题。

　　但这样的女性个人言说是否就没有问题呢？

　　以林白的创作为例，可以较为完整地看出，女性"个人言说"潜在的危机正伴随着其蔚为大观而逐渐显露出来。从《子弹穿过苹果》等早期作品开始，林白就表现出对于个人言说的某种依赖。不过，此时的个人言说，很大程度上体现为文学书写者对文学独立性的向往，因而在书写前提上，有着较为明确的对于宏大叙事的回避及背叛。《子弹穿过苹果》这一系列作品正是在这一前提下确立了自己的写作原点，东南亚风味的背景设置显然有着对主流的中原汉族文化的逃离，宿命般的人物命运也正在挑战着光明、热烈、进步的当代文学传统，而其情节安排的断裂和反逻辑性，则更容易让人看出其与1985年以来先锋文学之间的渊源关系。很大程度上，早期的林白对于个人言说的迷恋，应该还不是一种个人的很明确、很自觉的追求，它更多是小说家对于当时小说书写潮流的一种回应，是借鉴了当时颇为壮观的个人化先锋写作模式的结果，因而它更多是一种小说叙事行为，而不太涉及女性作家之于世界与生命的深切体验，其提供给人的解读空间并不是太丰富。

　　将"个人言说"打上林白作为女性作家的烙印，在我看来，要到其上世纪90年代的创作中。《瓶中之水》《回廊之椅》《青苔》等作品特别是《一个人的战争》的发表，意味着林白在个人言说的行程中发掘出了属于个人的小径。

　　这一时期的女性个人言说，对于林白来讲，首先是建立在女性个人欲望的体验前提下的。《一个人的战争》一开始，林白就让主人公多米通过对女性自身欲望的发现，感觉到了自己的存在：

　　　　灯一黑，油就变得厚厚的，谁都看不见了。放心的把自己变成水，把手变成鱼，鱼在滑动，鸟在飞……⑤

按照西方女性主义的理论，女性对自己被压抑的欲望的发现，不仅意味着觉醒与反抗的开始，而且也标志着女性开始创造全新的自我，埃莱娜·西苏就认为：

> 我曾不止一次的惊叹一位妇女向我描述的一个完全属于她自己的世界，从童年时代她就暗暗的被这世界所萦绕……，它以对身体功能的系统体验为基础，以对她自己的色情质热烈而精确的质问为基础。这种极丰富并有独创性的活动，尤其是有关手淫方面的，发展延伸了，或者伴随着各种形式的产生，一种真正的美学活动。⑥

童年时代的多米通过黑夜、蚊帐的遮盖，成功地发掘出了自己的欲望，这就注定了她自己的世界的分裂：一方面，她很清楚那个外在的有道德感、羞耻感的现实世界对她的挤压和修改。另一方面，她又坚持回到自己的身体以及欲望这个令人兴奋的狭小世界作最后的守望。显然，后者才是其个体性降落的地方。多米在以后漫长的人生中，不断地用本能和欲望来决定自己的行为，甚至以此来标榜自己的"这一个"的独特性，也正说明作者对于欲望与女性个人之间对应关系的某种信赖。

可以理解这样的女性个人其明显的挑战性。当性或欲望更多地被当作男性独占的领域，当理性造就的现有人类话语系统处处打上了男性的烙印，当觉醒了的女性发现自己无路可走甚至无法用现有语词来表达自己以至于失语的时候，回到身体、回到欲望、回到前体验，似乎也就成为女性先行者们唯一的选择。从这个意义上说，从性到女性个人，再到女性言说，其逻辑关系是相当清楚的。

问题在于，仅仅是"性"，或者如西苏所说的性象征的女性美学活动，是否能够成为建构女性个人（特别是中国女性个人）的核心内容？

对欲望的肯定应该是西方现代性的重要内容之一。对于有着浓厚的天主教氛围的西方国家来说，至少在文艺复兴之前，对人的理解还是停留在对人的本能的严酷压制上的，"性""情爱"等个人性的内容，总是被宗教精神所扼杀和取消。在这样的语境中，以个人主义为核心的人本主义思潮就选择了"性"

作为突破口，向天主教提出了挑战。由于人本主义体现了打破封建等级观念、肯定人的世俗幸福等一系列历史的合理要求，因而成为正在迅速崛起的资产阶级意识形态的基础。就这一点而言，西方式的"个人"的确首先是和"性"连接在一起的。

但值得注意的是，"个人"也好，"性"也好，并没有成为人们可以任意放纵的无边际的概念。马克斯·韦伯在经典之作《新教伦理与资本主义精神》一书中，对此就已经论述得很明白，经过宗教改革后的神学精神是如何有效参与到资本主义发展进程中去的，日益膨胀的个人主义又是如何将神学精神资源纳入自己的体系，从而有力地规避自己走向极端的反面的[7]。在这样的层面上，也许更应该说，受理性限制的"个人"和"性"才能在现代社会中发挥出自己应有的作用。

西方早期的女性主义很大程度上，亦是在这样的意识形态滋养下逐渐成形的。其对于女性被湮没、被忽视的历史与现实的抨击、对理想女性的设计，无论在思路还是在资源上，与人本主义是一脉相承的。像埃莱娜·西苏这样的激进女性主义者尽管其姿态较为彻底，彻底到将欲望当作女性得以呈现的最后浮标。但在其背后隐现的规约"性""个人"的文化底线，依然是我们不能忽视的。事实上，女性对"性"与"个人"的强调，只有与理性主义文化传统有机地勾连在一起，并将后者作为言说与定位的有效文化结构，其意义和价值才能凸现出来，而并不是说，以"性"全盘颠覆和取消理性主义，回到前文明时期，就是女性主义追求的最终目标。

相形之下，搁置在中国的语境中，个人、性与女性这三者的关系问题，就要复杂很多，我们似乎还不能用西方女性主义的相关论述来加以套用。尽管中国有着数千年冗长的封建王朝，有着比西方更强烈的群体伦理道德对于个体的遏制，但这并不意味着在设计个人的时候，我们就只要简单地将思路设定为反群体、反伦理、反道德，设定为让个人的欲望喷薄而出，就可以了。事实上，缺少了对彼岸世界的敬畏，缺少了宗教精神的规约，甚至在没有悠久的理性文化传统的支撑下，一味地放纵"性"以及建立在此基础上的"个人"，不仅无助于超越封建主义的禁锢，相反，还会使个人沦为生物性的存在，为欲望所奴役。甚至成为一种因为脱离了自己的文化结构因而可以被无限诠释的"奇观"，走向它的对立面。

林白的创作恰好印证了这一点。《一个人的战争》作为一部女性成长史，原本是为了抽丝剥茧地分离出女性的欲望到底是如何参与到女性个体的建构的隐秘途径，但多米对自身欲望的守望，显然并没有达到作者预设的初衷，相反，它却是在不经意间勾勒了多米迷失自我的轨迹——验证自我价值的冲动与少女的虚荣心的混合，使多米坠入了"抄袭事件"。对欲望反道德的看法，让多米与意欲强暴自己的青年结为朋友。一意孤行地行走在寻找爱情的旅途中，却发现自己只是更快地沦为男性骗子的玩物。在自身欲望的辉映下，多米的确显得与众不同，她是叛逆的，她是比较清醒地意识到个人的存在的，但是，仅仅听凭欲望的召唤，放纵感觉行事，多米的叛逆很大程度上还是无的放矢的，其对女性个人的建构其实还是相当表层化的，不仅无力与现实世界形成真正的对抗，而且还可能被强大的现实所改造、所吸纳。所以，我很赞同林白自己对此的认识——在《一个人的战争》的题记中，她就写道："一个人的战争意味着……一面墙自己挡住自己。"对她的创作来说，这堵墙显然就是女性的欲望，就是建立在这种欲望信赖之上的对个人的过分放纵。这堵墙的存在，很大程度上，妨碍了林白对女性命运的书写，影响了她对中国女性个体如何脱颖而出的问题的思考。

林白之后，女性个人言说在上世纪90年代的遭遇在更广泛的层面上论证了这一点。当个人言说以其对性与欲望的极度关注演变为"身体写作"，当女性作家对自己内心隐私的挖掘泛滥得毫无边界的时候，女性个人言说在"七十年代出生"的女性小说家手中，已经蜕变为一面商业号召的旗帜，一种更迅速更便捷地成为男性与商业文化玩物的途径。女性个人言说的困境可以说展露无遗。

二、底层经验：待发掘的女性书写

> 忽然有一天我会听见别人的声音，人世的一切会从这个声音中汹涌而来，带着世俗人生的全部声色和热闹，它把我席卷而去，把我带到一个辽阔光明的世界，使我重新感到山河日月，千湖浩荡。
>
> ——林白：《低于大地》[8]

在解释《妇女闲聊录》的创作动因的时候，我注意到林白用了一个很新颖的词，"别人的声音"。的确，在林白的语词系统中，"别人的声音"一向是缺席的。而现在，"别人的声音"恰恰成为一种令人豁然开朗的存在，成为疏解个人言说所引起"不安和焦虑"的一种有效途径。那么，是什么促使林白开始重视起"别人的声音"，它又是如何表现在作品中的呢？

　　应该说，在《妇女闲聊录》中，林白对"别人的声音"的接纳是相当彻底的。首先，就题材选择而言，林白无疑在进行一种冒险，湖北王榨农妇木珍的生活无论从社会环境还是从地域文化来说，都是她所不熟悉甚至是隔膜的。更为冒险的是，在讲述木珍故事的时候，林白全然放弃了自己的立场，完全用木珍的第一人称叙事来展开情节，而且从句式到词汇还比较完整地保留了方言特色，林白本人的知识背景、价值观念、美学风格等，几乎荡然无存。

　　很明显，林白有意识地弃绝了自己早期擅长的个人言说。

　　这样做的一个结果就是，林白（包括大多数的女性作家）向来所漠视的底层世界，以一种无比强悍的姿态出现在人们面前。在这个世界中，一切都是陌生而遥远的。从价值立场来看，王榨所拥有的是一种典型的民间伦理道德体系，它混沌未开却有着强大的生命力，既不同于主流意识形态，也不同于知识分子立场，有着适应乡土社会的很强的操作性。《妇女闲聊录》所呈现的价值空间显然是以前的林白难以想象的，她原本已经很明晰的女性书写者的形象也在这样的混沌中受到了挑战，变得难以归类：

　　　　木匠的妈妈心疼钱，当着大儿子、二儿子媳妇对三儿子媳妇喜儿说，你大哥跟别人好还要花钱，不如跟你好算了，你闲着也是闲着，他大哥也不用给别人钱。

　　如果单列出来，类似于上述的话语显然可以被归入反女性文化的行列，那个将儿媳视为性工具的婆婆，自然也是男权文化的象征——要作出这样的判断是相当容易的。问题在于，这样的判断对于大多数"王榨女性"的实际生活来说，到底有什么意义？

　　之所以有这样的发问，是因为多少年来，女性文学本身就面临着这样的困境，一个女性言说与女性实际生存相脱节所造成的困境。从"五四"以来，女性文学在反映女性生存困境、展现女性觉醒程度方面，是激进的、独立的、前卫的。但这种激进或者前卫，很大程度上是相当个人的，往往演变为一种对某一群落人群（如女性知识分子）的特殊关怀，而散发出自恋的气息。女性书写者以外的世界特别是底层世界，很自然地被排除在外。其结果就是，女性文学尽管担当了女性主义运动的先锋，但其影响却是相当有限的，更多地被局限在知识精英的范围之内。

造成这种困境的缘由，从一般意义上说，当然首先是基于"五四"新文化运动以来的知识界对于底层世界的基本判断。在启蒙文学的观念下，底层世界已经被先验地判定为一个前文明、愚昧落后的世界，它和作为先知先觉者的知识精英之间，是对立而隔膜的。女性文学作为"五四"新文化运动的重要组成部分，在这一点上是与启蒙文学主流之间一脉相承的。表现为，"五四"时期的女性文学中，基本上看不到底层妇女的影子——尽管这其中有着书写者（像冰心、庐隐等）自己生活经历的局限所造成的底层经验的匮乏，但也不无对于底层世界的偏见与蔑视。上世纪30年代以后，尽管女性文学开始涉及底层，但底层要么像《水》《田家冲》《生人妻》那样染上革命的光彩而被理想化，要么像《生死场》《在医院中》那样被继续搁置在启蒙的砧板上拷打，而呈现出依然如故的晦暗色泽。因而，女性文学与底层世界之间，一直存在着一种错位的关系，某种意义上，可以说，女性书写者没有真正进入底层，而底层也从来没有被真正认识过、理解过。

女性主义对宏大叙事的规避，从另一个方面造成了女性文学与底层世界之间的隔膜。由于女性长久以来一直被排斥在主流历史与文化之外，因而女性主义自它诞生之日起，就有着一种对于主流历史与文化的反省与警惕。而20世纪中国社会的大变动，很大程度上，是和底层的觉醒与暴动联系在一起的。"底层"，某种程度上，成为"革命""战争""共和国"等宏大之物的最大驱动者与支撑者。而女性在宏大之物中的弱势地位以及宏大之物对她的排挤与压抑，决定了她会以一种相当偏激的态度来肢解、消解底层，如同丁玲在《三八节有感》中做的那样。

诚然，女性文学似乎有充足的理由来回避底层、排斥底层，但它显然不得不面对这样的漏洞：如何来处理底层中的女性群体？是取消她的性别意义，毫无区别地将她当作底层的一部分，还是仍然要坚持性别立场，将其区分开来，从而拥有新的角度来重新定位底层？

林白的《妇女闲聊录》的意义也许可以放在这样的思路下来进行考察。从林白所选择的"他人的声音"的呈现方式来看，她并无意坚持早期的先验的女性主义价值判断，而是让底层特别是底层的女性直接发出了声音。尽管这种声音是陌生的，晦暗不明的，大多数时候甚至是颠覆和消解已有的女性主义价值观念的，但至少，它是比以往在观念先行的情形下所描绘的底层生活更为真实的。而这一点，应该是发掘和建构中国的女性主义所需要的重要前提——当你只是用现成的启蒙文学观念或西方女性主义的理论来覆盖中国女性生存的时候，当你甚至不敢面对在这样现成的理论观照下变得千疮百孔的中国女性生存状态的时候，中国的女性文学永远只能是一种高蹈的不接地气的人云亦云的文学。

所以，林白放弃自己原先比较鲜明的女性主义者形象，在我看来，恰恰是她的聪明之处，这不仅不能说意味着其女性书写者姿态的退化，相反，可能还标志着其女性立场的深化。至少，她开始让有可能蕴蓄着中国本土经验的女性生存状态无拘无束地呈现出来，在此基础上，探索属于中国女性主义的言说方式。也许这种探索还是稚嫩的，但探索本身就是有意义的。

正是在这样的层面上，当我们回过头来看《妇女闲聊录》所呈现的底层妇女的生存状态的时候，会发现有一些新的想法产生出来——对前面"木匠妈妈"这些女性形象的判断，不能够简单地将其抽离出具体的语境，从而搁置在纯粹的理论背景下加以衡量。更为重要的，是应该去追问：她为什么会变成这样，她这样说对具体的语境而言有什么意味……对这些问题的探讨，才能使我们回到中国本土的女性问题上来。很显然，"木匠妈妈"这样的人物有着明显的针对性——她不同于建国以来意识形态所塑造的"革命妈妈"形象，她是鲜活的、泼辣的、自私的，并没有被革命意志清洗掉其身上属于世俗社会的烟火气。她也不同于上世纪80年代以来被西方话语所充斥的知识女性形象，她是为生存问题所焦虑，根本无暇考虑其他诸如女性问题的。这样一来，木匠妈妈就很自然地颠覆了之前被各种理论扭曲的中国女性形象，而以一种本真的更难以归类的姿态出现。她让我们意识到，原来底层女性的思维方式、行事逻辑是这样的，既拒绝意识形态，也远离女性主义，更多体现为一种赤裸裸的实用主义，以及在此基础上，将各种观念肢解成碎片为我所用的思维方式。

当这种实用主义完全植根在生存艰难的体验上时，的确，任何外在于这种生存艰难体验的理论评价都显得软弱无力。这也是我反对用现成的女性主义理论对其加以简单评判的理由之一，因为简单的评判除了使自己远离大地之外，根本不会产生什么效应。但这么说，也并不是要下"凡是存在的都是合理的"这样的认同现实的断语，并不是认为木匠妈妈的一言一行都是理直气壮的，不容置疑的。而是说，要想对类似于木匠妈妈的生存状态与思想状态作出能够产生现实效应的评判，我们恰恰应该置身于其话语得以产生的具体文化结构中，去梳理并挖掘能够为我们所用的资源。

事实上，《妇女闲聊录》中已经蕴蓄着这种本土女性主义的可能。当先锋的女性主义者依然要为自己的性解放寻找种种理由，承受来自各方面的非议与毁谤的时候，《妇女闲聊录》中那种较为混乱的两性关系，婚外情，多角情，甚至是带有商业意味的性交易，已经在一定程度上揭示，乡村妇女已经在实际状态中，实现了女性主义所强调的那种女性对于性的自主性。尽管这种自主性更多可能是本能状态的，处在无意识情形之下的，并没有和女性个体的建构挂起钩来，但可以说，它仍然是弥足珍贵的——不仅因为它带有明显的本土特色，而且因为它其实还蕴蓄着对于现存的社会结构、家庭结构乃至两性结构的挑战意味，焉知它不可能蜕变为西苏所呼唤的那种可以诞生真正女性的源泉？

所以，对于《妇女闲聊录》的解读，重要的不是对木匠妈妈这样的人物形象下一个简单的西方女性主义层面上的价值判断，去反思和清理那些和中国女性生存息息相关的东西——诸如民间文化、传统伦理道德、转型特有的社会心理状态等，是如何叠加在一起，形成中国女性的生存结构和价值体系的。它们又是如何释放同时也是制约女性脱颖而出的……，其实是更为关键的。只有在梳理这些问题的进程中，像木匠妈妈这样的妇女其可怜、可悲、可恨但同时蕴含着的那种可以毫无顾忌挑战一切的力量才会被指认出来，她的真实性、她的复杂性才会构成一个有意味的女性生存个案，一定程度上修正上世纪90年代几乎已经被定型化了的中国女性经验。

就这个层面而言，假如说《妇女闲聊录》开辟了女性书写的新空间的话，在我看来，不是在于它提供了某种新的结论，而在于它探寻了一种思路：个人言说、知识分子观念乃至宏大叙事，这些原本被言之凿凿地看作是女性文学书写特色或者是与女性文学背道而驰的东西，现在有了被重新定位的可能。这种可能性包括，原本立足于"个人言说"的"现代性话语"前提下的中国女性文学，有了挣脱并反思这种西方意味十足的话语的意识，尽管这种意识可能在林白这里还是模糊的，未成型的，但这种意识本身，应该包含着中国女性文学未来的本土的发展路径或写作资源在里面。在此前提下，中国女性文学的写作立场、叙事方式乃至评价体系等，应该也有可能发生相应的调整。上个世纪以来的"现代知识分子"观念以及由此出发产生的中国女性文学建立在自我书写基础上的自恋乃至自我封闭的倾向，应该也会在这样的反思意识下，得到某种程度的清算。这种清算，其意义可能是多方面的——不仅对女性文学而言，亦是对整个中国当代文学而言，可能都意味着一种转向，一次在直面当代中国现实基础上的对知识分子自身价值使命的重新设定。由此，那些被西方的"现代文学"与"女性文学"所排斥、所贬斥的"民族""革命"等第三世界国家所特有的宏大叙事，才有可能被正视并真正成为中国文学的有机组成部分。因此，尽管《妇女闲聊录》在当下的语境中是充满争议的，其基本追求还是显得相当模糊的，但我宁愿认为，这正是中国女性文学乃至中国当代文学本土言说的开始。

注释：

①贺绍俊：《叙事革命中的民间世界观》，搜狐网·视觉阅读。

②施战军：《让他者的声息切近我们的心灵生活》，《当代作家评论》2005年1期。

③陈晓明：《不说，写作和飞翔》，《当代作家评论》2005年1期。

④《当代作家评论》2005年1期。

⑤林白：《一个人的战争》，江苏文艺出版社1997年版，第4—5页。

⑥埃莱娜·西苏：《美杜莎的笑声》，载张京媛主编：《当代女性主义文学批评》，北京大学出版社1992年版，第189页。

⑦参见马克斯·韦伯《新教伦理与资本主义精神》，生活·读书·新知三联书店1987年版。

⑧《当代作家评论》2005年1期。

原载《社会科学》2006年第5期

女性话语的文学境遇

林丹娅

为了方便阐述起见，本文把相对于或针对于男权意识形态的、具有一定女性主体意识的性别话语，统称为"女性话语"。在具体阐述中，女性话语将有涉"女性文学"与"女性主义批评"二部分内涵。

今天的一个中国知识女性，如果她能够对自己的某种表达进行审视的话，她有可能会，甚而是更着重地在此层面上进行审视：由她表达出来的那些观点究竟来自何方，是出于司空见惯的男性意识下的强势话语，还是真正出于"女性"自己？这种对自身属性进行文化性别的审视与质疑的行为开始之日，才是真正的女性意识萌生之时。女性意识相对于有史以来存在于人类社会中的男权既成思维范式，无疑具有反叛与挑战的先锋性。她在中国的萌生到今日成为一种越来越趋向广泛的、有异于曾一统天下的男权话语的形式存在，已历经百年发展过程，而现代女性文学便是其主要生成物。换而言之，要考察女性话语在中国的境遇，现代女性文学可提供最有效的研究文本；反之，女性文学亦凭借具有女性意识的话语形态而获得实质性的命名与存在。

20世纪初的社会变革与新文化浪潮，催生了挣脱旧文化秩序与角色锁链的现代新女性，在此基础上，催发了中国历史上第一次女作家群体介入社会性书写的文学亮相。伴之而显的也是前所未有的女性书写自己的力度、强度与密度。人们可以像感受她们的文学文本形态那样直接感受她们的生活形态、生命形态与心理形态。如果对这一时期前后出现的女性文学文本进行系统考察与梳理的话，会发现她们具有两种显明的话语特征。这两种特征后来也一直贯穿在她们的文学表现中，反映着女性话语在不同时代的不同境遇。一种是以"出走的少女"为表征的、基于寻找自我解放之需求而构成的倾诉式文本，具有"妹妹找哥哥泪花流"之特征。当时，易卜生《玩偶之家》中的娜拉，因其表现出的女性自主性和与旧生活决裂的姿态，正与新文化运动所倡扬的意志自由、个性解放与人格独立等精神导向相吻合，似乎成为中国女性现代性的形象代言。然细察之，娜拉出走的言行虽为新女性所效仿，出走的主题亦为现代女作家所青睐，但她们写的则是一个完全中国化的文本——以少女为主角，以"妹妹找哥哥"为心理依托。首先是出走的"少女"形象，其原型其实更多地是来自中国古典文学中的反规女性：不管是女扮男装代父从军的花木兰，还是女扮男装金榜题名的孟丽君；不管是聊斋志异中那些自主随意的狐精花妖，还是闺阁后园里那些灵魂出窍任情奔放的倩女丽娘们，全都是少女身；再加上新文化运动提出的妇女解放具体目标，如废除缠足，恋爱自由，教育平等，其适应对象正是少女们。以当时出现女作家最为集中的北京女子高等师范学校来说，来这所新式学校就读的大多数女学生身上，几乎都带有同封建家庭奋争过乃至决裂后出走的痕迹。这种痕迹留在名噪当时的庐隐、冯沅君、石评梅、陆晶清、苏雪林等女作家身上，并大量地、鲜明地出现在她们的作品中。如庐隐的代表作《海滨故人》中出现的女学生，她们有的为家庭环境所不容而出走，接受新式教育以谋求生路与自立；有的是为逃避包办婚姻，学校成为她们的避难之所；有的则反而不惜以婚约为条件，换取进入学校的短暂自由与朦胧的希望。她们都有一个潜在的心病与危机，那就是一旦毕业，她们将往何处去？社会还没有为她们准备好相应的自立位置，她要么嫁人，要么回家，这恰是花木兰杜丽娘式反规少女的翻版：她们的反叛多发生于女儿期，一旦到了嫁为人妇的年龄，所有的精彩都结束了——一个关于女性反规的故事已然无能为继，她们以嫁人回家的形态，回到了传统角色的本分之中，回到了文化成规之中。再者是"少女"们的出走，都有一个心理依托，如孟丽君[①]式是以女扮男装为依托的，倩女式[②]则是以爱情男主角的引领为依托，而后者是大多数普通少女反叛家庭出走成功的原因与动力。女作家沉樱以《某少女》这个模糊指称，来命名她的一部表现"出走"主题的小说，很能揭示这两个特点在当时的普遍性及其共性特征。

"某少女"是一位革命时装剧女主角的扮演者，剧中角色对扮演者的影响，正如五四氛围对一个生逢其间少女的影响，这使"某少女"有把自己的人生也"戏"一把的勇气。她给一见钟情的"情人加同志"式的"哥哥"，写了五十八封渴望哥哥带她出走的信。但这哥哥"不过觉得她是个可爱的，天真的小妹妹，说是想把她作为自己的恋人，那是没有这意思的。……于是便下了决心和她断绝了"。对"哥哥"来说，他断绝的只是爱情，但对"某少女"来说，断绝的却不仅是爱情，更重要的是她"出走"的路，她追求新生的希望。所以"某少女"如此哀哀而泣："我的前途是空虚，我的目前是晕眩，我的心已经碎了，我不知什么叫作人生，也不知道我为什么还活着……我只好带着这快将我压毙的沉重的疑问，回到那黑暗的家乡！"③这就是为什么"五四"女作家们笔下的少女们，总会出现"莎菲女士"一样的精神病状。那其实是些正在经受着或预感着自己的"出走"正在夭折的少女们。她们的未来，已被诸如鲁迅的《伤逝》所明明白白展示："出走"成功后的"少女"并没有得到《爱情的开始》之后的理想，她们在《胜利之后》《喜筵之后》写下的只能是诸如《丽石的日记》《鸽儿的通信》一类的哀伤，发出诸如《春痕》《或人的悲哀》之类的悲鸣。把代表着出走不成功的"某少女"，与代表着出走成功的"子君"放在一起看，她们恰好完整地勾勒出"五四"前后"出走"女性的命运：意欲出走的"某少女"们会因"哥哥"的无情，致使出走流产而坠入无望的黑暗；出走成功的子君们，会因"哥哥"的抛弃，而使出走无功而返，重坠绝望的黑暗。"妹妹找哥哥"的依赖性，使"泪花流"成为必然。这种以哥哥作为先进表征，引领妹妹脱苦海的意象，后来成为革命话语中女性解放的模式，比如大春之于喜儿，常青之于琼花，余永泽、卢嘉川之于林道静等。这种具有"少女式"与"依赖性"之特征的反叛，在潜伏着女性个人命运悲剧性的同时，也潜伏着中国女性解放的一个更为深层而漫长的命题。

　　相对于"少女"形象，成年妇女通常是以充任"妻子、媳妇、母亲"之角色作为表征的。现代文学中的妇女形象大致有两类：一类是被压迫与被侮辱的女性，这类形象展示了中国封建宗法制统治下的妇女所身受的苦难与凌辱，代表作品如鲁迅的《祝福》、叶绍钧的《这也是一个人》、柔石《为奴隶的母亲》等等。而另一类就是以"万能的母爱"为表征的、基于反父权制文化秩序之需求而构成的讴歌式文本，它具有"以母亲的名义建塑无名的自己"之特征。"五四"时期，新青年对父权制封建统治造成"祖国／母亲"苦难的不满，对"天地君臣父子"秩序的破坏，首先表现在对家庭父权制的决绝上。反映在文学表现上，就是"母爱"话语的涌现，形成文学儿女们联手抬出"母亲"形象的文本景观。这无疑是新青年反父权专制的一个策略，他们由此获得反叛父权传统最充足的理由与力量，"祖国／母亲"相对于"国家／父权"的专制与现实腐败，便成为儿女们深情怀念、讴歌、渴求、理想的对象。而另一方面，在父权制"国／家"弱肉强食的替代中，"母亲"作为冷酷的、破坏性的"父子之争"中唯一的维系纽带，而具有她特殊的地位与作用。她是"父子"这对矛盾中互相联系、相互转化的一面；是体现生命与情感，和谐与安宁的一面；是具有弥合与重生的一面。因此，这个"母亲"与其他文本中出现的母亲符号所指有所不同："母亲"不再只是作为被排除在父权宗法统治秩序之外的软弱无能、自身难保的生育机器；也不是一个逆来顺受、被压迫被奴役被侮辱的对象，而是一个可以与不合理的"父"系统治现实构成相互抗衡的理想的力量。在文学表现中，"母亲"常常在儿女们的梦幻与回忆中出现，带来温馨甜蜜生活场景与高度人性化的情感世界，这恰与"父权"秩序下冷酷无情、僵化教条、死气沉沉的现实环境构成鲜明的对比。此类意象以冰心的代表作《超人》为典型：主人公何彬在现实生活是一个冷漠、颓丧、了无生趣的病态青年，但他在由梦幻带来的母亲世界中的表现却判若两人，可见是"母爱"使行尸走肉般的儿子回到血肉与爱心之中，使僵尸般的青年获得拯救与复活的希望。在冰心的笔下，凡被她作为与黑暗现实对比面或对立面出现的人物，一般都具有此类"母爱"之特征：在《两个家庭》和《第一次宴会》里是妻子或母亲；在《别后》里是好朋友；在《斯人独憔悴》里是姐妹；在《最后的安息》《世上有的是快乐与光明》和《小橘灯》里，则是未成年的孩童。冰心把"五四"时代启蒙话语的一个层面与自己的救世之理念，构成她与其他作家遥相呼应的讴歌母爱的文本。如果从反父权政治的大背景来看，此类文本意在借"母亲"之美善，与"父"之丑陋现实做势均力敌的较量，从而构成对后者的否定；从考察女性话语形成的角度来看，这未尝不是现代女性借"母亲"符号之特定所指，在理直气壮张扬性别团体对社会的不满与谴责的同时，宣扬自己的理想与功用。

　　具有以上两种特征的文学文本，对于女性介入历史性书写、建构自身话语无疑具有历史性意义，但它们所体现出的局限也显而易见：就"倾诉"式话语本身来说，"字字血声声泪"的告苦与讨虐，必是建立在一个可为倚仗的支持者与解救者存在的心理基础上，这表明此时的女性解放意识仍然存在着的被动性与依赖性；而以"找哥哥"为表征的少女解放，正是以嫁为人妇为标志的"妇女"阶层，无法彻底实现解放初衷的隐患所在。就"讴歌母亲"式话语本身来说，抬出"母爱世界"虽意在与父权现实分庭抗礼，但却不能不沿袭传统文化的价值观与道德规范，来完成对"母亲"角色的审美，这表明此时女性话语中依然存在的、也不能不袭用的男性视角。也正是上述这些缺乏独立性与自主性的局限所在，才使她们在错综复杂的历史境遇中无法避免如此遭遇：当反封建制主流话语被反映民族与阶级矛盾之现实危机的话语所替代后，与人文主义、人道主义、个性解放意识互为一体的女性意识，无疑也被排斥出主流意识之外，女性在历史与文学的双重文本中，对自我角色跃跃欲试的表现与探索明显中止了。这也就是为什么那些能够反映女性意识深化的文学文本，诸如"姬别霸王"式的、解构母爱"金锁记"等反规话语，反而会出自处于时代主流边缘位置上的作家张爱玲笔下的原因。

中国现代女作家第二次群体性写作景观，出现在20世纪的八九十年代（台湾约于七十年代始）。中国大陆的又一次思想解放运动带来社会变革的思潮与实践，也带给女性重写自身的又一次契机。此时全社会性的自审与反思、中心转移、权威消减、边缘置换等诸种文化现象纷至沓来，原以社会政治文化大一统的中心话语为背景，产生在女性文本中的"哥哥意象"无形消解，这也是为什么会在新时期伊始，出现近乎全社会性"寻找男子汉"之话语现象的深层原因之一；而异邦男子高仓健、史泰龙式的所谓硬汉子形象，也正是借此"哥哥缺失"的心理需求才得以风靡一时。20世纪初以来一直伴有依赖"哥哥"情结的女性文本，在此背景下，出现"不见哥哥心里愁"的话语倾向。"寻找男子汉"成为新时期初女性文本的一个显明主题，其代表作如张抗抗的小说《北极光》，作者用可遇不可求的"北极光"意象，作为女主人公孜孜以求的象征，把新时期女性寻求理想对象的心理动态表现得淋漓尽致。但同时，包含在此意象中的诗化与虚化，却也隐约透露出这种寻求的并非乐观。值得庆幸的是，女性新文化进程与中国社会文化进程一样没有被历史简单重复，女性心理定式铸就的文本形态已渐失现实生活之依托。女性几乎是在当时的思想大变革、时代大转换的特定情景下，在两性共有的困惑与茫然中，但对真理的求索与社会实践的勇气与热情却愈加澎湃的特定情景下，开始"寻找自己"的。从张洁、谌容到年轻的伊蕾、陈染、林白等作家、诗人的笔下，我是谁？我从哪里来？我是什么？我有什么病？……一系列有关女性生命本质、生活状态、生存境遇的问题，在历史与现实之中，在真实与虚构之间，被女性自己所追寻、所探索、所思考、所描述、所呈现。历来在男性话语中"失语"或者说是"附言"男性话语的女性书写，在"不见哥哥"的文化大背景的成全之下，终于看见了自己，并尝试着说出自己的声音。此前"寻找哥哥"的文本，至此逐渐被"寻找自己"的文本所替代。这一步的替代对中国女性来说，无疑是别具重要意义的。因为它可能表征着中国女性摆脱自古而来的依赖性的结束与独立性的开始。中国女性意识从朦胧觉醒的状态中产生的女性话语，至此才获得一种实质性的突破与进展。

反应在文学表现中，自20世纪初绵延而来的前述两种特征有了显著的变化：一是以"母亲形象"为代表的一系列传统女性角色形象，被置放在社会与家庭、文化与心理的结构和关系中重新审视并显示，传统角色尤其是"母亲"角色的美感，在女性自己的书写中，表现出一种共性的、同时也多少令人有点发懵的解构趋向。这种趋向也许从张爱玲笔下的曹七巧就开始了，到了新时期后便大有发扬光大之气象，从写实闻名的方方、池莉到以现代派称雄的残雪；从诗意情怀的铁凝、迟子建到敏思凌锐的蒋子丹、陈染、林白（这份名单几乎可以把新时期以来最负盛名的女作家们都罗列进来）……直至以一篇传记《我有这样一个母亲》重拳出击的李未央，在她们的笔下可以十分清楚地看到传统的审美倾向被具有现代性的审丑意识所取代。这种变化当与女性"自省"意识的自觉与强化有关。她们从习惯性审美的母亲形象上进行"审丑"，其深层则意在审视包括自身在内的具有传承性、延续性的女性丑陋本质，从而揭示这种本质构成背后的文化成因。显而易见，审丑意识与话语的形成，才使她们的文学文本真正拥有批判的精神与意义，才使她们拥有摆脱成规塑造与丑陋既定的可能。二是在破除以"哥哥"为文学隐形主角的"男性神话"阴影后，女性寻找并重现自身的过去与现在便成为一种必要与必然。应该说，也只有在这种情势之下，女性寻求自身的解放才可能进展为生命全过程的、具有独立意识的、自觉性主动性的行为。反映在女性文学中，寻找、挖掘、重现、表现女性生存境遇与生活形态，描述身置其间的女性生命状态与心理体验的文本开始出现并有愈演愈烈之势。一种有史以来约定俗成或司空见惯的书写格局被打破。如果说，从前的女性——如果她在写的话，那么她几乎就不能不是一边模仿男性塑造的女性形象在塑造自己，一边却不得不让没有被描述出来的那一部分成为空白的话，那么，今天的女性感应着时代激励多元话语齐生并存的大气候，愈来愈大胆地、愈来愈有意识地尝试对既成女性形象进行"正本清源"式的反塑造。同时，她们还尝试把那曾经是"不能言说"或"不可言说"的那部分，表现在"再现本身"之中④。一些关注灵魂状态、重视内心体验、强调内在感受的女性文本，把被遮蔽的或沉沦已久的性别体验，个体的和集体的，从被覆盖的记忆、被封闭的身体深处唤醒，形成独特的言语形态，冲破习惯性的话语规范与阅读期待，浮出语言，成为今天众声喧哗中一道不应或缺的"自己的声音"。

二

应该看到的是，今天女性话语之成势与女性主义思潮在中国的传播不无关系。无可讳言，女性主义的理论话语与女性文学的写作实践一样，从她出现的那一刻起，便同样身置于有史以来以男权文化历史为背景的话语一统性的危机与陷阱中。但是，生其中而异其质，在质疑的基础上颠覆与消解男权话语的权威性与不平等性，使女性主义批评获得有别于彼的理论立场与视域。从文学实践来看，但凡有体现社会思潮新动向的文学作品产生，就会有对其做出反应的批评理论的应运而生，从这个意义上来说，中国女性文学批评无疑是中国八九十年代风起云涌的女性写作现象所需要的产物。但她的性质与理论来源又远不止如此简单，她同时还是人类进入能动地探索，并试图改善性别文化这个历史现象所需要的产物——女性主义理论——在中国文学批评领域的实践。显而易见，如果没有有别于习以为常的男性立场、视角、观念与方法的理论话语，就很难识读包括文学在内的人类文化现象中的男权话语体系之"蔽"与"弊"，当然也就没有被识读的女性文学。

"女性主义"一词译于英语"feminism"，一般用于泛指欧美发达国家中反对性别歧视、主张男女平等的各种思潮。从最初的追求男女平等的"人权"

基本诉求与理念出发，"女性主义"逐渐形成了一系列在发展中不断变化的多元理论体系。在当代美国，从理论研究分野上命名的女性主义就有自由主义女性主义、马克思主义女性主义、社会主义女性主义、精神分析女性主义、后现代派女性主义等等。除此之外，与欧美主流文化思潮的全球化趋势一致，在欧美女性主义思潮的全球化趋势中，还有自认可以代表本土与本民族立场与利益的第三世界女性主义。尽管西方女性主义理论经历百年发展，至今似乎仍缺乏（似乎也不追求）统一性与一致性，甚至在女性主义内部，也有着持久而激烈的理论论争，但这似乎并不影响她作为一种从根本上有别于有史以来由男权意识形态与社会结构所滋生的哲学观与方法论，对思想、文化、社会、学术各个领域产生广泛的话语渗透与深刻的影响，反而证实了她不拘一格的理论活力与实践生机。比如后现代女性主义理论中存在着两大阵营"本质论"与"构成论"的论争，在不乏激烈中并非是抵消了各自的优长处与影响力，而是在论争的过程中不断地补充、丰富、精致了女性主义理论的内在肌质与肌理，否则，以黛安那·法司（Diana Fuss）为代表的观点，就无法在二者之间发现并总结出它们内在的辩证统一性：本质论中包含着构成论，构成论也离不开本质论。⑤

与女性主义理论的这种在发展中变化、在变化中发展的探索欲求相反，在中国的理论境遇中，这种情形则往往会被认为是缺乏最后定论式的严密体系与完整性，而被怀疑其合理性、科学性，或者说是权威性。这样一种与女性主义理论本身生成期待就存在着南辕北辙的看法，当然无法准确阐析出女性主义理论的意义与价值。以上述例证而言，无论是"本质论"的争取两性平等，还是"构成论"的解构既定社会意识、思维习惯以及男权思想与话语对女性主义的影响，应该说都具有很强的理论性与实践性，这是因为女性主义所关注与讨论的问题始由是人人都涉及其中的具体问题，是人与人构成的社会关系的问题，她的理论就不可能不是政治的理论。

从世界不同国家与地区的"女性主义"发展态势来看，可以说走向成熟的"女性主义"是理论与实践紧密结合的产物。在信息互通、资源共享的今天，欧美"女性主义"话语对世界文化的影响与渗透是不争的事实，但各种"女性主义"对欧美女性主义的传播与借鉴并没有妨碍，甚至还有助于她们根据本地区的社会特征与文化特点，建立自己的理论体系与方法观，以此指导自己改造社会现状的可能性与途径、突破口与侧重点。从萌发的那天起便具有反"权"

性质的女性主义（可参照毛泽东曾指出的中国妇女身上的四条绳索：神权、皇权、族权、夫权），具有一个十分重要也十分显然的思维特征：她不会建立，也不会欢迎唯一或者统一的权威理论，她更注重在实践中被实践者不断地自我纠偏与修正，在内部思想的冲突与理论批判中不断补充与发展新理论，丰满多元化的思想体系。在我看来，"女性主义"既不是机会主义的，也不是教条主义的。正因为如此，"女性主义"才可能在不同的国家、地区、民族与种族中，在不同的学科学术领域里，获得自己存在的土壤与生机。

女性主义批评理论，便是以二百多年来西方女权运动与女性主义思潮为背景而产生的。女权运动与在以文学文本为对象的研究中萌发的女性主义思想，有着异乎寻常的互动关系。女性主义者在进行解读历史与现实的文本实践活动时，文学文本常常是她们最为关注的对象。对文学文本的女性主义研究，推动了世界性女性文学的勃兴；而大量具有女性自觉意识的文学作品的产生，更促进了女性主义批评理论的发展。美国著名文学批评理论家乔纳森·卡勒认为，自20世纪七八十年代以来，西方文学批评理论发生了一场深刻的变革，引起文学批评理论的根本的变化，随着文学研究性质的改变，西方出现了三种影响最广的研究方法，以女性主义理论分析性别（sex）和社会性别（gender）在文学和批评各个方面的作用是其中的一种。甚至有学者认为，女性主义是当今后现代主义批评理论的中心。"作为一个流派，女性主义文学批评将性别和社会性别作为最基本的出发点，打破了将男性的眼光看作是放之四海而皆准的神话，彻底动摇了以男性为中心的文学批评传统。同时，女性主义文学批评深深地影响了西方文学批评，它多重角度的批评方法与充满活力的特征，开放了整个文学批评领域固定的疆界，赋予文学研究跨学科的性质和创新意识。"⑥这个概括要言不烦地道出了女性主义文学批评的理论功能。的确，女性主义文学批评理论，以一种有别于有史以来男权文化所形成的意识成规与思维定式的全新视角、立场、思维与方法，审视并描述文学的历史、现状与未来，而由此实践活动所产生的全新哲学观与方法论，波及并影响到人们对其他人文学科的研究，甚至包括对自然学科研究对象与方法论的研究。比如美国理论物理学家、女性主义作家凯勒（Evelyn Fox Keller）为代表的学者，便是从女性主义所特有的关注社会性别的视角出发，重新探讨近代科学的起源，以及历史上存在的社会性别意识形态在其发展间所起的作用。⑦也许正是看到并意识到女性主义文学批评与理论的现行与潜在的巨大功能，卡勒才会如此热情地描述她：女性主义批评比其他任何批评理论对文学标准的影响都大，它也许是现代批评理论中最富有革新精神的势力。⑧

就中国具体的历史状况而言，"妇女解放"的话语是派生在辛亥革命前后的倒皇思潮与"五四"前后追求民主科学反封建制运动所产生的革命话语中。对文学女性形象的关注，也是派生在这样的一种话语需求中。正如孟悦、戴锦华在考察"五四"时期出现的一批女性形象时所曾敏锐地指出的那样：作为封建剥削阶级的对立面，受难或被扭曲的女性形象是最为鲜明的，她们代表着原来阴属阶层（指阳在上阴在下二元对立中属于被统治一方的弱势群体、阶层）所有苦难深重的一面，所以女性形象在表层意识上作为一种新女性观的观照与审视对象被提出来，而实际则是作为一种反抗、推翻"阳属"统治的同盟力量被提出来的。⑨显而易见，当矛盾的、敌对的、斗争的双方对象与性质发生转变后，裹挟其中的女性问题、妇女解放议题，就有可能被搁置或牺牲。但在当时，文学中的虚构女性形象与现实女性的不良生存状况与生命状况一体，成为反抗阶级反不良或罪恶现实的最佳案例。这也在一定程度上表明了女性主义思潮（妇女解放思想）、女权运动（妇女解放行为）与文学、文学批评之间可以产生的一种多么密切而互动的关系。但这种密切而互动的关系由于中国国情，没有发展成为本土性的理论资源，从而不仅使批评一直滞后于女性写作，同时也带给西方女性主义理论在本土的特殊境遇。

首先是外来的女性主义与本土女性文学实践之间被怀疑的游离状态。如果我们承认当下的确有"女性话语"存在的话，那么她的理论资源显然更易于被人们认定来自于西方。于是，一个有代表性的问题常被人们理所当然地提出：来自西方文化资源的女性主义话语是否与中国女性的历史进程与实际情况相吻合？由此围绕着"女性主义""女性文学"等概念内涵本身，不仅有诸多争议，甚而怀疑它的存在，进而怀疑是人为划分的。⑩这些争议的深层原因，实际上是出自对中国女性意识是否具有主体性自主性的怀疑，从而导致殊途同归的两种看法：一是继续忽略本土女性话语的产生与存在；二是即使承认存在，但也可以把她看作是一种严重脱离国情实际的话语来忽略。而事实上，我们可以看到新时期以来的女作家和她们的文学文本，在二十多年间发生的在叙事意识上的巨大变化。如从张洁的《爱，是不能忘记的》到《方舟》；从王安忆的《雨，沙沙沙》到《长恨歌》；从铁凝的《哦，香雪》到《玫瑰门》；从张抗抗的《北极光》到《赤彤丹朱》……男性意识下的男性话语模式显然被女性意识下的女性话语所逐渐取代。一大批具有鲜明女性主义写作立场、倾向、观念、方法的女作家，如伊蕾、翟永明、唐亚平、海男、斯妤、叶梦、残雪、陈染、林白、徐坤、蒋子丹、方方、徐小斌、池莉等等，与她们的作品一齐涌现。但我们至今仍然无法准确知道，她们与从那时以来主要通过译介进口的"女性主义"之间究竟是怎样一种关系。"女性主义"对中国女性话语究竟有何影响，影响有多大？也许是基于上面论及的话语背景，大部分女作家，包括女文评家都会下意识地或有意识地避开或者干脆否认自己与西方"女性主义"之间的关系或者影响。不要说在20世纪80年代，由王蒙带领出访的我国女作家，在不巧被人问及有关女性文学、女权问题时，"没有一个女作家承认自己关注女权问题……性别问题……更不要说是承认自己是女权主义者了"，[⑪]时至今日，又有几个女作家与女批评家会这样承认呢？在中国特殊的境遇里，要承认这样的问题，实在不是那么简单的。她们似乎更愿意认同这种说法：我是女性，但不主义。承认西方女性主义对她们的影响会带来那些负面的阅读与认知后果？脱离中国实际？嘲弄与冷遇？被读成"妖魔化"的西方翻版？女性主义话语的这种尴尬境遇，在其他第三世界国家中也有类似发生。比如在秘鲁，尽管女性主义一词早出现于1920年，但女性主义是否是舶来品，是否与拉丁美洲的具体国情格格不入的争议一直存在。与此相反，有一部分女性主义学者则认为，女性主义不是外来的意识形态，这个词与"社会主义"一词一样，没有具体的民族和种族属性。[⑫]

还有一种情况是，与国内理论界对20世纪西方理论所做的积极回应相比，对女性主义理论的回应显然要微弱得多。譬如在后现代主义批评理论、后结构主义理论、后殖民理论的热介与研究中，对包含其中的女性主义声音就有淡而化之或略而不涉的倾向，本土"性别歧视"意识似乎就直接地反映在诸如此类的学术行为中。[⑬]于是我们可以看到一些十分有趣的或者说是有意味的现象：一个对"女性主义"话语嗤之以鼻或极为反感的学者，却可能极为沾沾自喜地使用解构主义、后现代主义、后殖民的理论与概念以表明自己的思想先锋、学术前卫、与国际思潮接轨。就如一些人从不怀疑自己是人文主义学者并以此为标榜，但却对"男女平等"的理想怀有根深蒂固的怀疑甚至抵触一样，浑然不觉"如果两性之间的关系不能平等的话，人文主义传统就是一场笑话"。^⑭而与之相反的另一种情况则是对女性话语做望文生义的、想当然的甚而是特具男性思维与意识的诠释，然后再给予非难，这是女性话语在文化生活中最常遭遇到的情景。比如上世纪90年代流行文坛而颇受非议的"小女人散文"，公众对其"小女人"之解显然与作者原意大有出入。^⑮而最典型的莫过于在用"身体写作"这个概念来诠释当下女性文学个案时所发生的意义间离、扭曲甚而南辕北辙。男权中心历史化社会化的"女性问题"言说，不仅不可能就此终结，甚至只会更趋复杂化——从被忽略的空白，到不屑的冷漠，到眼下热闹得呈扑朔迷离状——这是因为对于进入公共空间试图进行任何交流的女性话语来说，在交流过程的任何一个环节上，她们几乎都不可避免地要受到来自历来就是以男性视点为中心的文化所"操作"，甚至在这样的过程中，她们本身即同化为操作机制的一部分。误读、曲解、遮蔽、利用、篡改乃至代言……以天经地义的名义，以理所当然的强势。这对女性主义话语在中国的传播、交流与理解，显然更是一重障碍。

中国的女性文学批评实践状况表明：她既是八九十年代中国女性文学文本批评之需要，又是八九十年代改革开放、思想解放、众声喧哗的大气候下产生的一个质疑、挑战男权话语体系的声音，同时她还是受世界性的女性主义批评思潮与理论话语启蒙、互动下有机生长的一部分。由于中国社会历史文化沿革所具有的复杂性，注定了女性寻找自我、追求性别平等的努力，不仅是"最漫长的"，同时还是错综复杂的。尽管从文学艺术扩展至社会生活层面上的女性话语，已成一定程度的态势但正因其虽成势而非定势，更因女性话语^⑯所涉的源远流长，并关乎每一个具体人、具体家庭、具体社会组织的性别文化成分，在文学文本乃至社会层面的阅读、理解与实践上，都存在着十分错综复杂的情况。曲解与误读，冷置与利用，批评与反批评，陷阱与突围，传统男权话语对女性话语资源的误识、误导与误用比比皆是。举证与分析、辨识与澄清、论证与批判，不仅是当务之需，也是当下"女性话语"摆脱男权话语所造成的窘迫与困难境遇的必要。相对有史以来既成的男权话语体系而言，女性主义话语也许不成"体系"，但她提供了有别于他类的具有认识论与方法论意义上的崭新视野，是开启、帮助、推动人们更为全面地认识自己的一个有效思路。女性主义话语在中国文学及其他学科领域里的渗透，不仅表明了她的被需要，同时也表明人们改善自我，争取性别平等，更文明地生活的决心。在此背景下，有理由相信，女性话语的中国境遇，将会得到有效的改善。

注释：

①孟丽君是清代弹词作家陈端生的作品《再生缘》中的女主人公。

②倩女是元代戏剧作家郑光祖的作品《倩女离魂》中的女主人公。

③以上引言见沉樱小说《某少女》，北京：人民文学出版社，1979年版。

④"后现代在现代中，把'不可言说的'表现在'再现本身'之中……后现代寻求新的表现方式，并非要从中觅取享受，而是传达我们对'不可言说'的认识。"笔者在此引用此言，主要是想强调中国后新时期的女性写作，笔者以为含有此种特质。让·弗朗索瓦·利奥塔：《后现代状况》，湖南美术出版社1996年版，第209页。

⑤黛安那·法司：《从本质上说》（Diana Fuss, Essentially Speaking），见鲍晓兰：《西方女性主义研究评介》，北京：三联书店，1995年版。

⑥刘涓：《"从边缘走向中心"：美、法女性主义文学批评与理论》，见鲍晓兰：《西方女性主义研究评介》，北京：三联出版社，1995年版，第96页。

⑦凯勒（Evelyn Fox Keller）等：《女性主义与科学》，Feminism and Science. Oxford UnivPr（Trade）1996。

⑧乔纳森·卡勒：《解构主义：后结构主义理论与批评》，On Deconstruction: Theory and Criticism after Structuralism. Ithaca, Cornell University Press, 1982。

⑨孟悦、戴锦华：《浮出历史地表》，河南人民出版社1989年版。

⑩参见南帆、丹娅、荒林对话录：《女性主义——性别之间的战争》，见阿正：《世纪对话》，北京：中国社会科学出版社，2000年版。

⑪王蒙：《序》，见刘慧英：《走出男权传统的樊篱》，北京：三联书店，1995年版。

⑫苏红军：《第三世界妇女与女性主义政治》，见鲍晓兰：《西方女性主义研究评介》，北京：三联书店，1995年版。

⑬一些学者已注意到此种现象，如胡玉坤"有感于国内学界对后殖民研究的积极回应及对女性主义声音的忽视"而着意介绍《后殖民研究中的女权主义思潮》，见《妇女研究论丛》，2001年第3期。

⑭阿伦·布洛克：《西方人文主义传统》，北京：三联书店，1998年版，第285页。

⑮参见黄爱东西：《男女有别》，陕西旅游出版社1997年版，第419页。

⑯从各各自高校学生开的课程上来看，2001年7月，大连大学举行"妇女／性别研究与高等教育实践"国际论坛，该论坛属于一项国际合作教育项目的部分，其主要目的在于"推动妇女／性别研究的可持续发展和在中国教育／学术领域中的主流化进

程"。从来自国内高校各个研究领域与学科的学者身份与报告内容来看，性别研究在历史学、文学、哲学、社会学、政治学、人口学、教育学、心理学、医学等等方面都取得成果，可佐证女性主义话语渗透的情况。

原载《东南学术》2004年第1期

新时期女性文学与现代国家意识

乔以钢

在新时期女性文学发展进程中，现代国家意识是一个不容忽视的存在。实际上，当代学界对"文学新时期"的命名本身，首先依据的就是国家的历史经验，而并非文学自身发展的阶段性。不仅如此，"现代性"作为一个国家形态的政治、经济目标，被指定为文学的叙事核心。这样的"叙述语言"所体现出来的历史连贯性，向我们提示着历史戏剧的"秘密"：新时代否定的是旧的历史时期的具体政治目标与手段，而继承的却是百年来知识分子建立现代性民族国家的信仰本身。它作为男、女知识分子共同享有的思想文化背景和资源，以文学的形式展示了国家的政治转型过程。

正因为如此，当研究者试图在20世纪的中国女性文学创作中寻找所谓比较纯粹的"女性写作"时，总不免陷于迷茫。于是，有关"女性"和"女性意识"的阐发，往往不得不进入对女性与其所处的民族国家文化状况关系的分析。这种状况的形成，既是基于现代女性对国家、民族责任感的内在觉悟，同时也反映着中国近现代民族国家状况对包括女作家在内的文化人士提出的外在规约。

一

20世纪80年代女性文学的现代国家意识，首先体现于女性自我经验的倾吐。"终于，我冲下楼梯，推开门，奔走在春天的阳光里。"（王小妮《我感到了阳光》）这虽是年轻女性的青春抒怀，却也可看作新时期女作家精神状貌的描述——这是一个骤然洞开的精神空间，景象朦胧却又富于魅力。类似这样

212

的表达比起“文革”时代的诗歌来，显然更重视作者主体经验的原生性。80年代初的女作家提供给文坛的许多作品，如小说《三生石》（宗璞）、《爱，是不能忘记的》（张洁）、《爱的权利》（张抗抗）、《老处女》（李惠薪）、《一个冬天的童话》（遇罗锦）；诗歌《致橡树》（舒婷）、《给他》（林子）等文本中，都明显隐含着一个经验主体“我”，讲述的是“我”的故事，抒发的是“我”的情感。其中所书写的创伤性体验，来自人之身心的不同层面，既涉及肉体，更触碰灵魂。

　　近代人文主义者曾经借助于日常经验的合理性，对经院哲学进行抨击，义无反顾地进行世俗生活启蒙。20世纪的实用主义思潮也再次肯定了经验对真理的认识作用。总的来看，“经验”的被重视，趋向于对人的感受合理性的拯救，力求消除各种知识话语的蒙蔽，返回到事物未被异化的原初状态。正是在这个意义上，西方的女性主义批评家埃莱娜·西苏等人主张女作家应该实践一种自传性的纯粹经验写作，认为循此途径可以消除那些男性话语对女性身体的统治，实践将女性从潜在的历史场景恢复到前台的可能性。而在中国新时期以人道主义名义进行创作的女作家中，对“日常经验”的叙述，无论是从作家自身还是从社会效果来看，都具有明确的追求现代性的启蒙功能。

　　有学者指出，80年代中国人道主义的主要任务是分析和批判反现代性的现代化的意识形态及其历史实践，“在中国向资本主义开放的社会主义改革中，它的抽象的人的自由和解放的理念最终转化为一系列现代性的价值观”，并且由此“催生了中国社会的‘世俗化’运动”。①实际上，最初的人道主义的世俗生命关怀，就表现在那些曾被“革命理念”压抑的自我经验重新成为文学的叙述对象之时。研究者发现，那些被命名为“伤痕文学”的作品一个重要的特征是“对日常生活的正面书写”②。新时期文学的世俗化运动催生的正是现代社会中个体日常生活经验的复杂性与原生性。林子《给他》中有这样的诗句：“我送过你一缕黝黑的长发，／在我们订婚的那天晚上，它上面滴落过／纯真少女幸福的眼泪，像一串最珍贵的珍珠。”这里以纯情的回忆语调倾诉了一个初恋少女的记忆，也许曾经是真实的感情事件。诗中通过叙述者“我”诉说昔日经验的方式娓娓道来，格外富于感染力。

　　与此相联系，这种文学化的生活感受能够得以复原，很大程度上是伴随着第一人称“我”的叙事功能重新获得合法性而实现的。叙事视角的转化本身就意味着主体放弃了先验性地对世界本质的占有与构造，转而在日常生活领域重新寻求经验个体存在的合理性。如果按照埃莱娜·西苏的观点，呈现自我经验的自传性叙事对女性意识的生成是有利的，因为借助于这种写作方式，女性可以驱除意识形态话语的遮蔽，实现对自己身体的把握。比如，宗璞的《三生石》中有关主人公梅菩提在医院中透过显微镜观察自己身体的一段描写："她很容易地看到了镜头下的几个细胞，颜色很深，显得很硬。最奇怪的是它们竟给人一种很凶恶的感觉。菩提猛然觉得像触到蛇蝎一样，浑身战栗起来。要知道，这些毒物，就在她身体里呵……正常细胞颜色柔和，看上去温润善良。菩提默默地看着，那种毛骨悚然的感觉消失了。"这里，作者采用隐喻的方式来表达女主角梅菩提细腻的身体感受，其中传达出来的、仿佛可以触摸到的历史动乱所施加于个体的创伤与疼痛，在"十七年文学"中是读不到的。这样的叙述的深切与格式的特别必须借助于一种人道启蒙的整体语境才能产生，因此，这种梅菩提式的女性对身体的复原描写就有了明确无误的历史"反动"意味，不仅在文学启蒙意义上突破了"寓言式"的革命意义模式对女性的惯有叙述，而且在性别意义上也是对性别本质主义的一种反动：女性经验叙事致力于超越作为男性想象的女性温柔本质，写出女性日常存在的本真状态。

在80年代女性文学正面叙述女性生活经验的作品中，我们还可以看到，《恬静的白色》（谷应）中，年轻的邵雪晴斜倚在病床上，双腿像两根麻秆，只剩下一双手还残留着女性的美丽；《方舟》（张洁）中的梁倩在已分居的丈夫眼里，"又干又硬，像块放久了的点心，还带着一种变了质的油味儿"。后者将男、女两性直接置于被审视的地位的描述，在当代文学传统中是具有启示意义的，它包含着作家本人那些被灼疼了的女性生命体验，因此，这一"对视"的讽喻性质也就不言自明：它消除的是相互想象的性别浪漫主义传统，女作家在此"谋杀了家庭中的天使"③，这一"冒险"带来的则是新时期文学男、女两性描写趋于自然。

依靠知识分子新启蒙主义的思想力量，新时期女性文学开始了意欲重塑个人经验空间的努力。实际上，以"日常经验"叙述所展开的文学主题，从一开始其内在的精神向度就不是单一的。新时期初年的"伤痕"作品都有一个明确的批判对象，这一对象的具体所指与国家制度有关。如果对1978年至1982年发表的表现女性命运的作品进行抽样分析，就会发现这些小说的叙事结构非常相似，内容则往往具有双重意味。对女性主人公生活经验的叙述仅仅是作品的表层，而作品的意义的深层支点则主要集中在"国家""民族"之类语义的介入。于是有关内容可以毫不费力地转化为明确的社会批判意识。例如，竹林在长篇小说《生活的路》中对主人公娟娟的描述，作者在深入描写女性的经验世界以及心理波澜时，始终没有忘记叙述的目的：揭露虎山党支部书记为代表的极左势力的罪恶。

不过有些时候，文本或经验的二重性质是在一种不自觉的矛盾状态中结合着。比如，舒婷的诗作《祖国啊，我亲爱的祖国》，从叙述者的心理经验来看，诗句应属一个历经沧桑的历史参与者的自我感触，但在书写过程中语言主体不知不觉地转换为国家。也就是说，这并不是一首单纯的祖国颂，而是承载着女性个体经验的"小我"与国家"大我"合而为一的产物。舒婷曾表示："我从来认为我是普通劳动人民中间的一员，我的忧伤和欢乐都是来自这块被河水和眼泪浸透的土地……纵然我是一支芦苇，我也是属于你，祖国啊！"④新时期女作家出自自然地参与了时代语言的交替，呈现出"过渡"的特征。而其中程度不同地包含着的叙述个人经验的指向，并非埃莱娜·西苏所倡导的性别自觉，而是基于对建立特定的国家目标的渴求。只不过她们有时会近乎本能地从个人经验出发，批判现存的社会结构。

如果进一步追问80年代女性文学中这种现代化理念的性别标准，就不难意识到问题所在，即新启蒙主义思想本身所具有的片面性。正因为如此，这一时期女性创作中有关女性经验的叙写，主要体现的并不是女性性别的苦难，而是对国家、民族苦难的承担，其实质仍是一种国家话语的美学形式。与此同时，那些似乎不带有意识形态色彩的个人感情空间的存在意义也不能不受到制约。

二

新启蒙主义的现代国家意识在80年代女性文学创作中是"具体"的，其具体性的一个重要表现就在于，即使像"爱情"这样的文学话题，都因为时代赋予的批判功能而承担了启蒙精神。比如，张抗抗《爱的权利》、李惠薪《老处女》、乔雪竹《荨麻崖》、叶文玲《心香》、航鹰《金鹿儿》、铁凝《没有纽扣的红衬衫》、遇罗锦《一个冬天的童话》和《春天的童话》等作品中有关男女情爱的表达。

在这些作品里，张洁的《爱，是不能忘记的》是出现较早的一篇。尽管批评家围绕女主人公钟雨与老干部的心理活动进行了许多有关道德的争论，但是这部作品其实未必如一般所认为的那么超前。就其内在的叙事结构来看，作品反映的仍然是一个知识分子挑战革命婚姻的老故事。钟雨与理想中的爱人"老干部"所有的麻烦都因为老干部有一个合法的妻子，而且，由于这个妻子具备革命道德理念等最基本的价值"代码"（出身工人阶级，父亲为革命而牺牲），因而具有道德权威性。虽然这个妻子在小说文本中并没有正面出场，但是围绕她的那些道德裁决构成了文本的叙述基础，也使钟雨的内心表白带上了原罪性质。其实，这样的爱情故事在20世纪50年代的"百花时代"就曾有过短暂的上演，比如，邓友梅的《在悬崖上》、丰村的《美丽》等。作为当代文学史上带有连贯性的一种"精神原型"，它表达的是以"没有爱情的婚姻是不道德的婚姻"为宗旨的，知识分子之间相互寻找共同经验的努力，是以一种"纯"精神的姿态来试图维护那些被排斥在秩序外的东西的价值。

比较富于时代新意的是，在这些爱情故事里，自"五四"以来的女性创作中关于"理想爱人"的焦虑被强化了。《爱，是不能忘记的》故事中潜在地包含了"寻找男子汉"的主题，这一主题后来演化为具有一定代表性的性别审美意向。而张洁《方舟》中一位女主人公的愤激之言将这种焦虑做了更为突出的表现："难道中国的男人都死光了？"当然，新时期女性文学对"理想男性"的焦虑与"五四"时期是有所区别的。"五四"时代女作家对"父亲"家庭的否定，旨在否定压制子辈的父亲权威，表现的是个性解放与民主思想对封建传统的反抗，而非女性主义精神，故而有人认为，那时的女性文学"只反父亲，不反男性权威，女性只不过从父亲的家庭逃到另一个男性的家中"。随着文学革命事业的开展，文学观念中"社会革命这一性质的突出和极端化，给中国女性解放运动带来了两个结果。首先它淡化了男性批判，其次它淡化了女性的自我反思"[⑤]。而前一结果不管是从思想观念上还是从实践效果上来看，显然更为突出。因此，新时期女性文学爱情叙事中所具有的将性别批判对象由"父亲"角色向"丈夫／男性"角色转移的内涵，就具有了继20世纪前期部分女作家（例如白薇、庐隐、萧红、袁昌英等）之后，重新将启蒙主义精神从社会领域引申到性别内部的意义。

这一转移的实现是以道德的现代性重塑为突破口的。80年代女作家引起争议的爱情题材作品，往往都是由女性主体的反传统而引起的。有时这种道德挑战达到相当激烈的程度。例如，1981年11月26日《光明日报》在组织讨论张抗抗的小说《北极光》时加了一段按语，指出："近几年的创作实践说明，如何对待文艺创作中的爱情描写，已经成为关系到我国社会主义文艺健康发展的一个很值得注意的问题。"按语强调广大读者和观众对一些作品在"爱情与革命""爱情与社会主义事业"及"爱情与道德"方面的"不正确观点"表示了"强烈的不满"，当时也有不少人认为这样的爱情题材作品是"冲破禁区，解放思想"的表现。从这篇按语的措辞中，不难看到主流媒体对类似作品的微妙表态。既然爱情描写"是一个很值得注意的问题"，因此，像《北极光》这样的借爱情描写探索"青年们所苦恼和寻觅的""丰富深广"的努力引起争议就是不可避免的了。争论的焦点集中在女主人公陆芩芩一而再地更换恋爱对象是一种"资产阶级的人生观"，还是一种新型的社会主义道德⑥？争论双方都引用马克思、恩格斯、列宁的有关言论为依据。然而，马克思本人虽然赞赏自由的爱情，但同时也批评过那种仅仅是"夫妻个人意志"的"幸福主义"⑦；列宁既明确批评婚姻生活中"杯水主义"的做法，指出"那个著名的杯水主义是完全非马克思主义的，并且还是反社会的。在性生活中，不仅表现着自然所赋予的东西，而且也表现着文化所带来的东西，尽管程度上或有高下之分"；同时也阐明了"克己自律并不是奴役"的思想⑧。于是，革命导师前后似乎不无"矛盾"处的说法使争论多少变成一种策略性的事件，而爱情选择本身的私人化性质，也往往让道德评判者流于琐碎的动机分析。

实际上，在80年代整体化的启蒙语境中，关于爱情的道德与非道德的争论往往隐含着在现代化实践中传统价值观与现代价值观的对立。那些主张对爱情选择采取更自由姿态的论者主要是出于一种营造现代道德范型的启蒙信念。因此，如果仔细探究陆芩芩那些"超前的观念"的内在本质的话，主要还是体现为一种由现代性信念所激起的前倾式的价值准则，这使她对未婚夫傅云祥悉心构造的大众型日常生活有一种本能的厌倦。当傅云祥问她"你希望的生活是什么样子"时，陆芩芩回答"反正不是现在这个样子""一定不是像现在这个样子"！这里看不到两性之间作为日常生活形式的交流，而只是超越物质主义的对"未来"的崇拜与想象。其实在陆芩芩的生活空间中，已经呈现出中国80年代特有的现代化表征。

小说中有一段关于"新房"的叙述："确实什么都齐了，连芩芩一再提议而屡次遭到傅云祥反对的书橱，如今也蠢立在屋角，里面居然还一格格放满了书。芩芩好奇地探头去看，一大排厚厚的"马列选集"，旁边是一本《中西菜谱》，再下面就是什么《东方快车谋杀案》《希腊棺材之谜》《实用医学手册》和《时装裁剪》……她抿了抿嘴，心里不觉有几分好笑。这个书橱似乎很像傅云祥朋友们的头脑，无论内容多么丰富，总有点不伦不类。"从这段描写中可以看出，现代社会特有的大众文化消费已经开始与精英文化抢占市场，虽然尚处在萌芽阶段，但是，那种戏谑深度、消解意义的存在方式已经对精英文化形成了包围之势，不过由于它在当时的新生性质，反而显得有点"不伦不类"。应该说，消费主义文化是现代化进程中必然伴随的现象，它通过多种信息资源的共享、生活目标的实用化，打碎了人们曾经赖以生存的古典意义模式，使人们的生活经验趋于无序化、平面化。但是在80年代，类似的现代化征候常常被理解为是一种失去了生活目标的混世哲学，因为，启蒙主义的理想有自己的生活信条："不管生活是什么样子，反正不是现在这个样子。"

鉴于80年代女性知识分子自身文化冲突与文化选择的普遍性，一篇分析文章指出："回顾本世纪初20年代的'莎菲'，70年代的'钟雨'到80年代的'芩芩'，再后来《在同一地平线上》中的'我'，皆以女主人公的西方现代意识与传统文化积淀的冲突构成作品的内质核心。"⑨这种看法颇有代表性，即通过强调女性知识分子对"西方现代意识"的价值选择，明确了这些带有先行色彩的女性人物在情感冲突中的"启蒙者"地位。不过，我们或许有必要分析这些评论在启蒙语境中所运用的独特的修辞方式，即以"现代西方"与"传统积淀"这两个主词构成一种对立关系。它正反映了中国80年代启蒙思想本身的逻辑构成：传统／现代、西方／东方、现在／未来……显然，这样的二元判断不免失于简单，因为它抛弃了事物存在的丰富性及其发展的多元性。事实上，在80年代由现代性启蒙话语所叙述的爱情故事中，矛盾的构成主要并不是出于女性价值与男权传统的对立，而更多的是性别模糊的现代人群与传统人群的冲突。但与此同时，作品对女性文化身份的认定，又往往透露出女性参与现代化事业的困境。

比如竹林写于80年代的小说《蜕》，虽然作者牢记自己作为一个女性知识分子要时刻保持社会批判的锋芒，但是，如果仔细辨析小说的叙事结构，就可以看到在强大的现代启蒙话语的生产过程中女作家自身视界的有限性。这篇小说的基本情节是：乡村女性阿薇不甘心做丈夫的附庸，想发展自己的事业。尽管丈夫一再阻挠，阿薇仍然去听回乡好友克明讲课，并帮助克明努力改变村办工厂的落后面貌。当村中传出他们两人的流言，丈夫金元以自杀相威胁时，阿薇反而提出离婚诉讼。在克明事业遇挫遭到排挤不得不离去的前夜，阿薇勇敢地踏进他的小屋，奉献自身，为之壮行。在这篇小说的叙事结构中，有着现代性启蒙叙述最为常见的结构模式：作为"启蒙"的一方，克明有着开放的思想、科学的信仰和不拘于传统的新型性别交往方式；而作为反启蒙的一方，金元具有的则是保守的观念、乡土意识以及对男主外、女主内的传统模式的认同。在这两个男性之间展开的现代与传统的争夺中，女性阿薇归属的选择很自然地突出了女性的精神地位问题。

在作品中我们看到的是，虽然阿薇自主地选择了"现代"，但是，在她倾慕于克明那一套具有积极拯救意义的行为模式时，两者之间的精神地位并不对等。这不只表现在女主人公所向往的现代化事业在没有男性参与时就无法独立开展，更关键的是阿薇的女性"身体"在这场现代与反现代的较量中所充当的角色。无论"现代"还是"反现代"，都只是男性精英的事业，阿薇并没有在这场轰轰烈烈的现代化进军中获得自我人生意义的完整性，而只是在向克明奉献了自己的身体以后才部分地具有了意义。在这个有关现代性启蒙的悲剧故事中，女性的身体显然并不属于自己：当阿薇选择了"传统"的金元时，她是"物"；而在选择了"现代"的克明时，她依然是"物"。

可以看到，在新时期女性创作中，即使像"爱情"这样的文学话题，也因时代赋予的批判功能而承担了启蒙精神；与此同时，女性于其间也有着自己的突破和创造。

三

家庭是社会空间的延伸，家庭中所存在的仪式以及相关成员的活动组成了社会的有机生命体，家庭通常又成为女性生命展开的重要场所。然而，对新时期女性文学的叙述来说，尽管家庭是作为一个与国家意识形态相区别的文化领

女性文学研究资料

域，但作家主要仍是力图通过对它的描写来达到深化"社会批判"的目的，而不是立足于表现个人情感、个人生活。因此，新时期女作家对这一叙事空间的开拓，从思想的层面来说，主要仍属于新启蒙的文学成果。

《家庭史》的作者认为："社会的现代化，不是排斥家庭的，而是和家庭的现代化一起实现的。"不过现代家庭是灵活的亲族网络中的"核式家庭"，这一点上有别于传统的亲族家庭，因而"核式家庭也就成了现代和个人价值提高的象征，成了反对沉重的门第和'家'的束缚的自由的象征"⑩。中国家庭模式由传统型向现代核心家庭的转化是"五四"反传统思想的重要组成部分。新时期女性文学在继承"五四"启蒙主义传统的基础上，"家庭"的文学表现功能不再以"反传统"为主要追求，而主要是作为现代性空间的一个延伸出现的。在新时期初年的女性文学创作中，"家庭"作为叙述话语，承载的并非个人经验的言说，而是更近于一个政治思想的启蒙地，一个意识形态话语最普遍的寓所。在这里，"家庭"作为知识分子"参政议政"的场所，起着普遍的政治仪式中"广场"的作用。比如《沉重的翅膀》中知识女性叶知秋在工业部副部长郑子云家中的一段议论，就具有这样的性质。当郑子云问叶知秋为什么关心制造工业时，她回答说：

> 这个问题，是影响全国十亿人民生活的根本问题。物质是第一性的，没有这个，什么发展科学、文化、军事……全是空谈。……前十几年经济建设花的力量不小，大干苦干，实际效益却远不及我们付出的代价。为什么会搞成这个样子，又怎样才能搞好？我却说不出道理……我们为什么老是瞎折腾呢？再有多少钱，也经不起这么瞎折腾！大的不说，就说我上班每天经过的那条马路，从去年到今年，路面翻了三次……好像人们都不知道，工人的开支，推土机、汽油、沥青、砂石全是重复的消耗！能不能不这么干呢？

这是在80年代作品中经常能读到的"客厅政治"语言。从这样的表达方式中，我们可以触摸到现代性民族国家话语的一些重要特征：这里不存在完全意义上的个人，说话者实际上是以代表国家、人民的"我们"出现，并获得一种精神上的正义感和崇高感。这样的现代化信念并不曾将现代市场准则下个人空间的塑造理解为现代化本身的命题，而是将现代化所必然带来的集体重塑与对个人空间、个人选择的必要保留看成是一种相互对立的矛盾体，于是现代化成了一种与个人具体生活情形无关的文化信念。

出现这种状况，应该说与中国现代化的本土性质密切相关。有学者在对比了欧洲和中国不同的社会形态后发现，"在欧洲这个现代社会类型的起源地，民族—国家和现代性是作为制度而逐步建立起来的。然而，在中国这样一个经历了半殖民地的文化阵痛后才进入现代国家和文化建设的社会中，民族—国家和现代性的建构首先不是一个制度建设的过程，而是一个意识形态的过程。也就是说，原来属于制度创新的东西，在中国首先通常是被作为符号引进的"⑪。因而从"文化层次"来探讨中国的现代化问题，就"构成了中国现代性的一大特色"⑫。中国现代化这种符号化的文化特征，虽然缺少对现实问题的具体分析力度，但它作为中国新启蒙知识分子的一个基本信念，与他们根植于现实的落后经验联系起来，就引发了一种普遍的"话语焦虑"。前边所引叶知秋的"客厅言论"中，正有着知识分子基于现代性目标而诱发的焦虑。而女主人公沉湎于"民族代言人"的那种不假思索的心理状态，则从一个侧面反映出现代民族国家话语对个人发展多种可能性的压抑。至于发言人的性别，在这里几乎完全没有意义。

不过，叶知秋借以发言的场所——郑子云的"家庭"却是具有"寓意"性质的。在叶知秋眼里，"郑子云的房间里打扫得很干净，但给她一种谁也不打算在这里住一辈子的感觉。墙壁没有任何装饰——家具全是从机关里借来的——就连窗帘，也是办公室里那种常见的浅蓝色细布的。从这间屋子里，绝对猜不到主人的爱好、兴趣"。这是一个相当程度上具有现代化表征的家庭：不仅是它整体布局的大众化与一般化，包括房间里仅有的几件家具是从办公室"借"来的这一细节，也已经在暗示现代化的民族国家对大众生活的调节力度。家庭空间正是由于与集体空间的衔接才有意义，但也可以说真正属于家庭的私人话语空间在当时女作家的现代性叙事中还不存在——小说中郑子云的妻子夏竹筠的境遇揭示了这一点。夏竹筠的个人追求（"烫发""赶时髦""讲究吃穿"）主要体现为在现代化的市场交换行为中，劳有所为、劳有所得这样的维护家庭日常生活合理性的价值原则。但是，她所试图建立的生活标准由于与郑子云、叶知秋等超越日常经验的现代意义目标格格不入，因而在这个实际处于前现代语境而又被现代性话语强制叙述出来的家庭中，她只能处于被排斥的地位。而且，在读者的阅读经验中，夏竹筠这个人物也很容易被认为带有一些"市民气"。

然而，在80年代新启蒙主义的"问题视野"中，我们看到的往往是对妇女问题的另一种诊断方式，比如对谌容的中篇小说《人到中年》的解读。多数评论文章认为，作品塑造了一个"光彩照人的社会主义新人形象"[⑬]；"在陆文婷身上看到了一代社会主义新人的面影"[⑭]等，认为作品虽然揭露了生活中的"消极阴暗方面"，但并没有使人怀疑社会主义制度，"作品的整个背景是明丽的"[⑮]。当时最具说服力的一种解释是"社会主义新人说"。在此基础上自然形成80年代女性文学解释女性家庭问题的惯性模式：社会主义革命的终极目的是消灭阶级，"女性和'家庭'的一切自由或活动只在符合'新人降生'这个总的终极目的的情况下才被承认"，因此"也无须承认妇女运动的某种自治，因为男人和妇女应该团结起来，共同行动，去建立社会主义"[⑯]。巴齐勒·克尔布莱的话说得也许尖刻了些，不过他从一个侧面提示了在当代中国的"社会主义化"过程中，现代性的启蒙主义妇女理论所包含的现实矛盾。

当代中国的妇女解放理论，是以西欧古典社会主义和马克思、恩格斯的科学社会主义为蓝本的。空想社会主义者充分意识到了妇女作为生产力要素的必要性，因而妇女解放的"水平"是他们描述一个社会解放程度的主导性话语。恩格斯在《家庭、私有制与国家的起源》中以对私有制的批评提出了自己的妇女解放观点，认为如果妇女"只限于从事家庭私人劳动，那么妇女的解放，妇女同男子的平等"，将"都是不可能的"[⑰]；妇女解放的第一个条件就是"一切妇女重新回到公共的劳动中去"[⑱]。这里隐含的前提是，必须有一个充分现代化的社会形态来提供保证，而对处于现代化进程中的妇女来说，家庭具有什么样的存在意义，提出者并未给予详细的说明。在当代中国的社会主义实践中，妇女由家务劳动中解放的问题，正是在解放生产力的框架中得以解决的。这种理论模式在60年代以后激进的现代化想象里，鼓励了由家庭空间向社会集体空间的倾斜。而另一方面的问题则被忽略：社会主义实践虽然借助政治手段扩展了妇女在社会上的生存空间，但并没有将这种影响渗透到男性对家庭的意识之中。

《在同一地平线上》（张辛欣）中女性对丈夫在家中大男子主义的幽怨

与无奈并不是没有原因的，至少它在"半边天"式的本土语境中清晰可辨。然而，80年代的女性知识分子在高度认同启蒙主义的历史意义之时，并不曾意识到"革命文化"作为一种思想文化传统的连续性。这样，当"日常生活"叙述成为女性的合法性话语之后，却并没有相应建立起与其密切相关的道德基础与心理基础，因此才会出现《人到中年》中陆文婷那样的对"国家与人民"深重的"赎罪意识"，以及由此诱发的在家庭角色与社会角色之间心力交瘁的生活悲剧。从《沉重的翅膀》那种带有女性想象色彩的社会现实感，到《方舟》中女性以"集体"的形式同外部世界对抗，某种意义上或许都可以看作新时期女作家力求走出"启蒙话语"的覆盖，向日常生活经验还原。

综上所述，在中国20世纪80年代的历史情形中，知识分子植根于落后的社会现实，建立现代"国家"与树立现代性的"人"的努力几乎是同步进行的。这一时期的女性文学创作大体上同样遵循着这一思路。女性文学实践者和倡导者所强调的女性意识和女性解放的目标也正是于此之间具体化了。也就是说，既然是依照启蒙的思想逻辑来思考女性问题，那么启蒙的思想目标也就在很大程度上制约着女性解放的目标，从而使女性解放问题转化为女性与"国家"、与"人"的启蒙的关系问题。在此过程中，中国的女性文学创作呈现出不同于西方的发展特点。它是80年代女性文学对"五四"传统轨迹的延伸，也理所当然地成为我们考察80年代女性文学与启蒙思想关系的一个重点。

注释：

① 汪晖：《当代中国的思想状况与现代性问题》，《文艺争鸣》1998年第5期。

② 孟繁华：《1978：激情岁月》，山东教育出版社1998年版，第54页。

③ 朱虹：《中国当代小说中的病妇形象》，载李小江等主编《性别与中国》，三联书店1994年版，第274页。

④ 舒婷：《生活、书籍和诗》，《福建文艺》1981年第2期。

⑤ 禹燕：《女性人类学》，东方出版社1988年版，第154页。

⑥ 参见陈文锦《创作意图与作品实际倾向的矛盾——评〈北极光〉》，《光明日报》1981年11月26日；怡琴《从〈北极光〉〈方舟〉谈婚姻道德》，《解放日报》1982年6月27日；曾镇南《恩格斯与某些小说中的爱情理想主义》，《光明日报》1982年4月22日第3版。

⑦ 《马克思恩格斯全集》第1卷，人民出版社1972年版，第183页。

⑧ 克拉拉·蔡特金：《回忆列宁》，人民出版社1957年版，第59、62页。

⑨吕红：《从情感到欲望：女性文学的流向》，载高琳主编《论女性文学——中外女性文学国际研讨会文选》，中国妇女出版社1995年版，第44页。

⑩比尔基埃主编：《家庭史》，三联书店1998年版，第756页。

⑪王铭铭：《安东尼·吉登斯现代社会论丛·译序》，载安东尼·吉登斯《社会的构成》，三联书店1998年版。

⑫罗荣渠：《现代化新论——世界与中国的现代化进程》，北京大学出版社1993年版，第373页。

⑬丹晨：《一个平凡的新人形象——谌容新作〈人到中年〉读后》，《光明日报》1980年3月26日。

⑭梅朵：《我热爱这颗星——读〈人到中年〉》，《上海文学》1980年第5期。

⑮朱寨：《留给读者的思考——读中篇小说〈人到中年〉》，《文学评论》1980年第3期。

⑯参见比尔基埃主编《家庭史》"苏联"卷部分有关论述。

⑰《马克思恩格斯选集》第4卷，人民出版社1995年版，第162页。

⑱同上书，第72页。

原载《天津社会科学》2006年第3期

自恋与自审间的灵魂历险

——陈染、林白、徐小斌的女性观及其创作

乔以钢　王　宁

20世纪90年代，中国文坛上的女性写作消弭了80年代张洁式的理想之光，减弱了王安忆、铁凝式的心理探究，进入一个更为自觉的时期。在这个阶段，陈染、林白、徐小斌常被视为最具"女性意识"的作家，同时也引起了颇多争议。而争议的焦点，也是其最为突出的特征，即在于对女性自我的发现与书写。正如"认识你自己"的千古箴言凝结着人类痛苦的追索与思考一样，认识女性自我同样是灵魂的历险，而且，由于女性分裂的文化身份，这一过程变得更加复杂与曲折，于是，她们的女性观充满了纠结与悖论。本文并不属意于全面铺展女性写作的主题与关怀，而是选择陈染、林白、徐小斌等几位90年代很有影响的女作家的创作为主要研究对象，从女性观这一角度，探讨文本所展开的繁复的视界。

一、自恋：自我的张显与沉迷

确如众多学者业已指出的，陈染等的写作带有明显的自恋倾向。

"自恋"原本是心理学范畴的概念，来源于一个美丽的希腊神话：一个名叫纳克索斯的美少年在水中看到自己的影子，沉迷其中，最后在自我欣赏时落水而死，变成水仙花，因而自恋又被称为"纳克索斯情结"或"水仙花情结"。20世纪以来，弗洛伊德、弗罗姆、拉康、克里斯特瓦、吉登斯、马尔库塞等曾分别从不同的角度阐释这一概念，为其合理性做出辩护，"自恋"从而逐渐具有了彰显自我生命价值的意义。

225

女性文学研究资料

在这三位女作家的文本中，"我"是最经常出现的叙事者。而且无论是陈染笔下的黛二、倪拗拗、秃头女，林白笔下的林多米、北诺、老黑，还是徐小斌笔下的陆羽、卜零、肖星星，一定程度上都是"我"的化身。而自恋的重要标识还并不在于热衷叙述"我"的故事，关键在于叙事者的态度。陈染的叙事中贯穿着一个纤弱、敏感的女主角。她的外貌通常是清秀而瘦弱的，而身体往往相当丰满而充满成熟女人的魅力。《凡墙都是门》写道："她的头颅微微仰起，烟头一亮一黯。她的头发柔软而不对称，右耳长垂过耳际，荡漾着黑蓝色闪光，仿佛晴天之雷随时会在她绷紧神经的头颅里炸响，左边的头发很短，不讲道理地突然中断。不协调之协调，刻意制造不刻意。"①这是"我"的基本外貌特征与精神气质。

此类作品中，叙事者在评述"我"的外貌气质时最常使用的语汇是"高贵""脱俗""病态的美"等，显示了毋庸置疑的审美倾向。与此同时，陈染的"我"还是一个富有思想和智慧的女性。在《破开》中，殒楠对"我"说："我们这种女人，有成熟而清晰的头脑和追求，又有具体的应付现实生活的能力，还有什么样的男人能要我们呢？"同样，在《凡墙都是门》中，伊堕人也有类似的感慨："告诉你，黛二，没有男人肯于要你，因为你的内心同他们一样强大有力，他们恐惧我们，避之唯恐不及。"可见，叙事者对"我"的智慧、能力，以及内心的坚毅、强大充分肯定，坚信这是"我"所以孤独、没有对手的原因。

较之陈染叙事中纤弱而美丽、智慧而坚毅的"我"，林白的小说叙事突显出一个外貌、气质迥然不同的"我"。这里的"我"往往有着"纯粹的橄榄色"皮肤、番石榴一般大而饱满的乳房、厚而性感的嘴唇，看起来易被误认为是马来人或者越南人；这样的女人有着与众不同的异域风情，往往被叙事者认为美到了极致。"我"（《子弹穿过苹果》）曾在北京的大街上，被美术馆的两个女孩评价为"你很美，极有特点"，并被邀请做模特。"我"独特的、艺术的美时常为独到的眼光所发现，"我"的陶醉之情当然是溢于言表。并且，这样的女性总是以漠然的表情面对世界，因木讷的处世方式与人群格格不入，更平添一段"飘零"之美。与身体之美相得益彰，"我"有着聪慧的头脑。二帕（《瓶中之水》）的服装设计、邸红（《飘散》）的诗画也都才华洋溢。林白往往以迷恋的语调来叙述"我"天马行空的思想与神奇的艺术才华。林白叙事中的"我"与陈染叙事中纤弱、智慧的"我"有诸多不同，异曲同工的是对"我"的精神世界与物质肉身的无限迷恋。

相比之下，徐小斌的"我"更丰富一些。陆羽（《羽蛇》）、景焕（《对一个精神病患者的调查》）等是纤弱、病态的——"她的湿漉漉的长发沉甸甸地披散着，沉得几乎让那细瘦的身子难以负担。她的腰很细。细得让人想起花瓶的颈子，乳房只有一点点微微的隆起。腰胯之间是柔和修长的流线形，走起路来，两条流线就一闪一闪的，射着水光，好像一个灰色的水妖，在有星星的夜晚出现"；卜零（《双鱼星座》）是带有异域风情的——有着"半透明的杏子黄的石榴石"一样的乳房，浓妆后像一个阿拉伯公主；肖星星是清新而可爱的——"给他的感觉是像那个早晨一样清新……她全身似乎都沐浴在青春的光照里"②。虽然不同的女性风格迥异，但是叙事者都以迷醉的笔调叙述了她们各自的美丽，并且她们的美丽绝不是俗艳的，而是来自内心精神力量支撑的智慧、神秘、不同凡俗之美。"我"对绘画有着超凡的天赋、对生活与生命有着神谕般的感知、对人性之恶有着深邃的洞见，正因为如此，她们孤独、怪异，与世事格格不入。"我"同时有着与尘世污浊不容的真纯，冰雪般的智慧与孤高的灵魂，这些铸就了与人群的天然屏障。在艺术神秘的顶级、在自我心灵那不胜寒的高处，"寂寞嫦娥舒广袖"，孤芳自赏着危险而美丽的智慧的"弧光"。

在她们的叙事中，陈染的倪拗拗们是纤弱的，林白的林多米们富有马来风情，徐小斌的卜零们像是阿拉伯的公主、陆羽们像是海底的水妖、肖星星们清新得像早晨一样……她们的外在世界各个不同，但在叙事中都异常美丽；倪拗拗们拥有哲性的思考、不断叩问生活，林多米、"穿月白绸衣"的女人们异常聪敏、冷漠木讷于人情世故，卜零、陆羽、肖星星则富有艺术才华、洞透人生、倾听着来自天国的神谕……她们的内在世界也是各相差异的，但在叙事中都智慧而孤高，无人能够分享其独特而丰富的内心世界。并且，文本的叙事往往是以女性的感觉为中心的，成为心灵与皮肤的叙事。叙事者在感觉化的文本世界中凸现出具有独特精神气质的"我"，以迷醉的热情彰显着"我"之外在世界与内心世界的独特价值，叙事者之"我"因而具有明显的自恋特征。值得一提的是，这些作家文本中"我"的成长经历、精神气质乃至外貌特征，往往与写作者本人具有一定的相似性。

克里斯特瓦将原初自恋移至前俄狄浦斯场域，认为自恋是母子二重体的自体快感增生出来的，是对母亲——他者的认同。有趣的是，陈染、林白、徐小斌的写作中普遍充满了对"母亲"的迷恋之情，而这种迷恋又直接与自我密切相关。陈染在屡次描述"母亲"优雅气质的同时，指出了"母亲"与"我"的同一性："现在，我是新一代的年轻寡妇。我承袭了她的一部分美貌、忠诚的古典情感方式和顽强不息的奋斗精神；也发展了她的怪僻、矛盾、病态和绝望，比如：我穿黑衣，怪衣；有秃头欲……"③林白的"母亲"记忆则来自于与自己皮肤、身材都非常相似的蓼，或者命运相似的朱凉（《回廊之椅》）、月白绸衣的女人（《同心爱者不能分手》）。林白往往交叉叙述"我"与这些女人的故事，并且于"月白色绸衣""黑色的裙子""指甲花"等意象中蕴蓄着意味无穷的美。徐小斌文本中母系家族的女人们往往与"我"的心智形成抵触，但正如《羽蛇》讲述的，她们同样来自太阳家族。在母系神话的谱写中，对"母亲"之力的描述同样蕴含着对自我的迷恋之情。总之，三位女作家的"母亲"之恋与克里斯特瓦的自恋理论存在某种契合，可以说是女性自恋的一种延伸。

"自恋"以至延伸到对"母亲"的迷恋，在女性文化意义上具有重要意义，某种程度上反映出这些作家女性自我的觉醒。女性的身体在传统文化中只是供男人赏玩的，在写作中描述、赞美女性之躯标志着女性对自我的发现、对禁忌的挑战。书写女性之躯显然与西方女权主义理论中西苏等人的主张存在某种程度上的契合，然而，文本中展开的"自恋"情结同时也体现着个人意识的觉醒，作品中的女性人物正是通过对自我身体与精神的确立彰显个人之主体性的。

安东尼·吉登斯认为，自恋是自我认同的一个主要机制，特别是"在日常生活的互动中，身体的实际嵌入是维持连续自我认同的基本途径"④。克里斯特瓦更肯定了纳克索斯自恋在建构主体性过程中的必要性，认为"正是纳克索斯对自我的痴凝促使了主体内在性同化作用成为可能"⑤。依照克里斯特瓦等的理论，这些作家文本中的自恋非但是传统所认为的反常行为，而且对个人——特别是现代性社会的个人之主体性建构具有重要意义。在寻求个体主体性建构的当下社会，陈染等的"自恋"书写同时彰显了"人"的主体性。

二、姐妹情谊：情与智之间的旋涡

彰显女性之我与个人之我的女性观催生了三位女作家写作中的"自恋"情结。这种"自恋"在延伸到对"母亲"的迷恋的同时，还延伸到对同性的迷恋。

镜像理论认为，同性也是镜像化自我的形式之一，因此同性恋可以称作是自恋的一种变异形式。具体到女同性恋，西方激进女权主义理论中"sisterhood"——"姐妹情谊"，或"lesbian"——"女同性爱""累斯宾"则具有更为丰富的内涵。同性恋女权主义者基于性别政治的立场，认为异性爱涉及男权统治，不是一种自由的选择，而女同性爱可以通过女性在情感与政治上的结合表明"妇女之间的关系是第一位的，妇女间应产生一种新的意识……我们认为自己是精英，我们在自己中间寻找中心"⑥，甚至认为"女人的利益在于反对异性恋"。陈染、林白、徐小斌的写作对这一问题多有涉及，批评界对此也极为敏感，如果不单单从激进女权主义理论的角度出发，不仅仅站在泛道德化的判定立场，结合作家女性观来探寻女作家对"姐妹情谊"的态度，将是一个颇有意味的话题。

陈染在谈到同性恋时说："我从来不否认和扼杀人性的丰富和复杂，我尊重一切人道主义、人性主义的态度。"⑦在《超性别意识与我的创作》中，她做了更为清晰、更富有激情的表达："我不是一个追求同性爱的人，也不是一个鼓吹同性爱者。我只是在这里说，人类有权力按自身的心理倾向和构造来选择自己的爱情，这才是真正的人道主义！这才是真正符合人性的东西！"可以说，陈染等人的言说对90年代女性写作表明了一种人道主义的尊重，而不是性别政治的功利意图。这种人道主义的尊重不仅仅是热情洋溢的口号，而且是切实贯穿在作品中的信念。她们的写作也经常涉及姐妹情谊，她们从个体感受出发、融入自身的真实体验，对女性之间微妙的关系作了严肃、细致的体察。也正是基于这种设身处地的同情的了解，90年代女性写作对西方女权主义鼓吹的作为对抗策略的女同性爱表达了疑虑。

《私人生活》（陈染）与《羽蛇》（徐小斌）中的一对同性关系——倪拗拗与禾寡妇、羽和金乌存在某种类似性。倪拗拗与禾情感相依、命运相连——禾寡妇"是我身后的影子"，"我是她的出路和前方"。与其说少女时代的倪拗拗迷恋着禾，还不如说是在向往着成年的自己。而金乌对羽格外宽容，"为了羽的幽闭悲伤孤独不受宠爱不受重视，为了羽的可怕的秘密，更为了羽的不戴假面。……为了羽永远的裸脸"。金乌爱羽则是因为羽的真纯也是自己的本性，其孤独、不受重视也是自己的心理感受。而羽对金乌的迷恋则是因为她的美丽、成年的身体、女性的魅力以及电影中杀婴的行为都对自己形成了一种欠缺式召唤。金乌表面上和羽是不同的，正是这种不同形成了羽潜意识中向往着的另外一个自己。所以金乌令羽着迷，是她少女时代的"仙女"。

总之，禾寡妇之于倪拗拗、金乌之于羽，不如说是精神层面的另外一重主体，通过迷恋她们，主体自我迷恋。在现实层面上，她们更像是一对母女。倪拗拗含着禾的乳房感觉"像小时候吃母亲的奶一样"，金乌之于羽更是避风港、逃亡地。在羽被全家人厌弃时，金乌像一只大鸟呵护着羽，羽依赖地栖息在安全的港湾里。她们的关系都像是两代人的、母女式的。并且男性的加入总是能凌驾于她们的感情之上——尹楠的出现占据了倪拗拗的心灵，直至"零女士"躺在浴缸里，面前出现的最后幻影还是尹楠。同样，金乌与外国男孩的关系甚至使她忘记了羽的存在，羽对烛龙的不惜生命代价的爱也不是对金乌的依恋所能比拟的。精神层面对另一个自我的迷恋落在现实中就仅仅是孤独中的慰藉、无助时的依偎，并且这种情感不能替代，也不能阻绝异性之爱，并不是在绝然意义上对抗男性世界的。

陈染书写了大量精神层面的姐妹情谊，在《另一只耳朵的敲击声》中，黛二对伊堕人的美非常迷恋："黛二看到她美得触目惊心，石头也会发出惊叫。"尽管如此，现实中"我"与伊堕人的关系仍是微妙、复杂、脆弱的，很快被迫终结。《破开》被认为是最具女权主义意义上的同性爱色彩的，其中"我"与殒楠亲密相依的关系、"生活在一起"的请求与许诺、女性上帝的神谕无不给人温馨浪漫的感受，甚至使人感觉到神圣的光环笼罩在姐妹情谊之上。女性要联合在一起，才会获得力量，得到真正的幸福，正如细碎的石子穿在一起才成为美丽的项链，光彩四射。但是，在篇末，由于"我"的"不小心"，小石子散落于地，"我的舌头僵在嘴唇里像一块呆掉的瓦片"。这样的结局透露着一定的象喻意义，陈染自己解释说："我觉得这终归是一堆散沙，不可能像主流的异性格局那么牢不可破。"⑧《破开》可以说是一个最有意味的象喻："我"是执拗的，殒楠是轻松的，但"我们"都是智慧、独立、优雅的，"我们"可以说是同一个人的两面。但是，一场梦醒来，在现实中极有可能成为一片散沙。

相比之下，林白的书写更真切、更富有生活的质感。《瓶中之水》细致描绘了"同性之谊"的亲密与复杂。意萍像一个真正的情人，不但无微不至地照顾着二帕的生活，而且为帮二帕实现做服装设计师的梦想不惜金钱、精力、尊严的代价，放下一切（包括男友）忙碌奔波。二帕相对意萍表现得被动一些，微妙的自卑感使之不敢正视意萍，但内心始终最真诚地牵挂、思念着她。可以说，二帕投向男人的怀抱正是要逃避意萍狂热并且"危险"的爱，也是要逃避自我内心难以遏制的狂澜。就在她们终于同舟共济的时刻，就在她们要幸福地面对来之不易的成功的时刻，一次关于谁"干净"的争吵宣泄了蓄积已久的隔膜情绪，也造成了永远的分离。可见，即便如此深厚诚挚的感情也不能消释因文化、出身、经历、男性形成的隔膜，没完没了的误解使得她们分分合合，并且注定了最终的悲剧结局。她们最后仍互相期待，甚至因为失去对方，生活失去了光彩，但毕竟无法再和好如初。这是一种揪得人心疼的情感，美好、易碎。

总之，陈染、林白、徐小斌往往将"姐妹"作为另一个精神上的"我"，营造了姐妹情谊的纯洁与温暖，反叛着传统加之于女性的种种禁忌。本土的现实文化语境与西方人本主义思潮的影响决定了她们对姐妹情谊存有人文关怀，而不是坚决地将之看作女性主义的一种策略。并且在人性关怀主导下，陈染、林白、徐小斌尝试着突出自恋的重围，逐步走向女性自审。

三、自审：女性与人性的双重拷问

陈染、林白、徐小斌的写作在一定程度上反思着自我，超越了自恋，这是她们女性观的另外一个方面，亦是其写作所达到的人性深度的标尺之一。

三位女作家很少谈及"自恋"问题，但是都屡次强调自己创作的"个人性"，而拒绝"私人化写作"这样的称谓，这是一个极有意味的现象。陈染认为"私小说是书商制作的'噱头'"，实际是否认了写作纯粹是私人经历与感受，而有"个人化"的追求——"我不认为个人的或女性的东西是小，只要它升华到一种人类的高度，反映人类面临的一种困境，就是非常大的东西"。而

231

女性文学研究资料

徐小斌认为："你的小说中表现的叙述方式和内心体验并不是一种完全个人的东西，它与历史和现实都构成了一种张力关系。"与此类似，林白认为："个人化写作是建立在个人经验与个人记忆的基础上，通过个人化写作，将包含在被集体叙事视为禁忌的个人性经历从压抑的记忆中释放出来。"总之，她们都在试图说明自己的写作在"我"之外，存在着人类的整体关怀。当然，这只是她们自我言说的写作理想，究竟在何种程度上达成了此理想仍有待于从文本中考察。

难能可贵的是，她们以自审的精神，对"女性"这一群体进行了灵魂的审视与叩问。弱者之间的相互隔膜、嫉恨，乃至厮杀，意识不到彼此同属于一个弱势的群体，可以说是人性中最为可悲与可怜之处。同是属于弱势的女性，群体的嘲笑与嫉恨可以是对待同一个人的态度。

林白《随风闪烁》中的红环是一个梦想外面世界的女孩，为达到出国的目的，舍弃男友，嫁给了一个70岁的荷兰籍华人。这里包含着触动心灵的无奈。在爱情与生活追求的对立中，红环的选择是可怜而可悲的。但是大家（特别是与之命运与共的同性）对此态度如何呢？说起红环，首先是假道学的轻蔑——"女性们脸上浮现出奇怪的笑容，说不清楚是嫉妒还是幸灾乐祸"，她们一致表示自己绝不会干这种事，"尽管她们当中也许有人为了发表一篇作品而随便跟人睡觉"。虽然她们对红环"为了达到目的不择手段"的指责也程度不同地适合于自己，但是她们非但不同情其中的辛酸与无奈，反而对其大加嘲笑。红环的"一百步"使得"五十步"的女人们感到"红环的事件像是从天而降的大雨，使她们获得洗涤和再生"。继而女人们深深沉默了，陷入了因不能同其一样实现出国之梦而引发的愤怒、嫉妒与后悔（为什么自己早先没有这样）。面对这样的"不公平"，女人们更是着力于对红环的贬损，期待她倒霉。

可见，同性之间因为更大程度上具有可比性，也便有可能在更大程度上表现出激烈的冷酷。如果说，红环的"不择手段"成了同性嘲弄的理由，那么，《同心爱者不能分手》中女人们对姚琼的忌恨则仅仅是因为她的美丽，姚琼没有什么"话柄"落在女人们手中，也没有蓄意侵害过她们的利益，但是她的美丽造成了女人们长久以来艳羡与担心相纠合的复杂感情。直到姚琼的舅舅原因不明地死去，"不少女人暗暗松了一口气，好像总算没有白白担心。好像是一种期待，盼望已久的事终于发生了，她们不知道在她们内心深处是那么希望姚琼倒霉"。

对于"女性"这一群体，林白与徐小斌都进行了深入的心理探究："我们是一群羊，一群疯狂的羊 ／你争我夺 ／——忘记了我们在同一个羊群中。"⑨这可说是对女性群体内部的一种写照。而女性身上所表现出来的群体文化的劣根性，同时也是人性的致命弱点。

哈贝马斯的交往理论认为，作为特殊言说形式的写作应该从个人本体出发而抵达人类关怀的彼岸。从女性自身出发的审视由此也击中了人类的要害。不言而喻，并非仅仅是女性之间如此，同类之间以对方遭遇的厄运作为自身的慰藉，或者带着快慰之情看他人重蹈自己的覆辙，这是一个常见而令人痛心的问题。

在现代社会的生存困境中，人虽然有时会有彼此靠近的努力，但是这种努力往往带来更大的伤害。正如陈染在《声声断断》中所言："你向之倾心交底的那个人，在你和盘托出的那一瞬间便对你拥有了某种权力——你的机密将成为那个人永久的武器。"因此，人与人更不能真正走近。

从女性群体自审出发，几位女作家抵达了人性晦暗的深处与现代人可悲的生存困境。

然而，如前所述，她们写作存在着明显的自恋倾向，而如果对"自恋"没有根本性的超越，势必影响到人性发掘的纵深度。实际上，这些作家文本中的叙事者较多强调了困境对女性的挤压。虽然通过女性个人的困境可以展示人类的困境，但是对自身反省的欠缺仍然一定程度上使之陷于偏激与肤浅。例如，林白《一个人的战争》神奇地描述了林多米的聪明才智，而对于诗歌抄袭等事件则缺乏自省，甚至缺乏基本的道德判断。而徐小斌在郗小雪、安小桃这类女性人物身上也附加了过多的神奇色彩，以至于因主观情感的纵容一定程度上丧失了人性分析的深度。

总之，陈染、林白及徐小斌的写作以"自恋"的姿态彰显着女性之我与个人之我，尝试建构自我的主体性。同性之谊在"情"的维度上成为自恋的延伸，包含着叙事者的无限向往。而一旦回到现实场景中，叙事者即充满了人道主义的同情与关注，同时以"智"的光辉拆解了这一女性主义的乌托邦。

"自恋"是人性解放的风旗，但是丧失了自省的高度，则将成为埋陷自我的泥沼。女性写作在迈向自审的途中步履蹒跚，艰难地尝试着涅槃与飞升。在自恋的感性迷醉与自审的庄严叩问之间，在黑暗的陷阱与灿烂的灵魂之光中，陈染、林白、徐小斌等女作家记录着当代部分都市女性知识分子的心路历程。这是一个人的战争，是灵魂的独自历险。

注释：

①③陈染：《凡墙都是门》，华艺出版社1996年版，第55、35页。

②徐小斌：《敦煌遗梦》，《徐小斌文集》第5卷，华艺出版社1998年版，第6页。

④安东尼·吉登斯：《现代性与自我认同》，赵旭东、方文译，三联书店1998年版，第143页。

⑤转引自罗婷《克里斯特瓦的自恋新诠释及文学隐喻》，《湘潭大学学报》2005年第1期。

⑥邦尼·齐默尔·曼文：《前所未有：女同性爱女权主义批评面面观》，玛丽·伊格尔顿编《女权主义文学理论》，胡敏等译，湖南文艺出版社1989年版，第30页。

⑦⑧⑨陈染：《不可言说》，作家出版社2000年版，第16、83、143页。

原载《江汉论坛》2007年第3期

作为性别的符号：从"女人"说起

林丹娅

要探讨文学语言中的性别问题，符号是一个重要概念与对象。因为符号不仅构成文学语言的有机成分，而且还构成其特定的修辞元素与意义。一个符号所意蕴的性别性，最终都被体现为文学语言的性别性。这种性别性出现在每一个具体文本中的具体形象上，并在融入被塑造或被接受的过程中而发生其不可思议的定向作用。

而要揭示符号所具有的性别性与文学形象之间的关系，"女人""男人"这样的符号与形象，在表征性别的意义上，不仅是首选的，也是本源性的。日本的语言文化学者池上嘉彦曾指出：凡是人类所承认的"有意义"的事物均成为符号，人们不断地在文化的各个方面进行着这种类似"创造语言"的活动，现代符号学所关心的就是探讨这种活动的原型和本质。换言之，现代符号学关心的是人类"给予意义"的活动结构和意义，即这个活动如何产生了人类的文化，维持并改变了它的结构①。因此，本文将借由对"女人"这个本源性的性别符号在文学文本中的形象构成，来探讨人类——一个由"男人／人类"（man／human）所构成的以男性中心的——文化，对男人—女人（man-woman）这个符号在文学中进行了什么样的"给予意义"的活动，它与性别刻板印象形成的关系与过程，而这个过程与结果又怎样反过来加固了性别符号的既定，以期揭示人类的性别歧视文化结构在文学语言结构中的投射、反映与功用。

女性文学研究资料

1

众所周知，著名语言学家索绪尔为"符号"界定做出巨大的理论贡献，择其要点阐述如下：其一是索绪尔经过一番慎重的比对与思考后，确定用"所指"与"能指"这两个概念来表示符号的组成部分。法国著名学者罗兰·巴尔特评价说，在索绪尔找到能指与所指这两个词之前，符号这一概念一直意义含混，因为它总是趋于与单一的能指相混淆，他认为索绪尔的这一主张至关重要，应时刻不忘，因为人们总易于把符号当作能指，而它实际上涉及的是一种双面的现实②。其二就是关于这个"双面的事实"。索绪尔认为语言符号联结的不是事物和名称，而是概念和音响形象。他特别强调说这两个要素都是心理的，它们紧密相连而且彼此呼应，由联想的纽带连接在我们的脑子里，因此，语言符号是一种两面的心理实体③。按巴尔特的总结是：在索绪尔的术语系统中，所指（signified）和能指（signifier）是符号的组成部分。能指面构成表达面，所指面则构成内容面。或者说能指是符号的表示成分或声音，而所指则是被表示成分或概念。所指并不是"一个事物"，而是该"事物"的心理再现。"索绪尔本人明确指出了所指的心理性质并称之为概念（concept）"④。这当然是一个伟大的发现与阐述。但笔者在此想提出的一点是，也许索绪尔的研究是基于拼音语言文字之上的，故他对符号的"能指"面概念只能建立在音响形象之上，而对于如汉语言文字这样的象形文字来说，其符号的"能指"面可能不仅仅只限于其音响形象，应还包括其文字形象，即巴尔特所说的符号的表示成分。如果这个推理可以成立的话，那么，索绪尔所强调的"能指"面的心理性质，应同样也是文字形象这一要素所具有的。

笔者以为，与索绪尔区分符号的能指与所指一样伟大或重要的是，他指出了语言符号的心理性质。这就为我们把对符号进行探究的视野从符号本身的结构，扩展到与人类文化结构的关联上，是特定的人类文化活动在人心理上的投射，造成人类心理在特定符号上的投射。这是我们能够洞察与讨论"女人"被作为一个性别文化的符号与文学形象的理论前提。

当代中国著名作家贾平凹，曾用不愿"一副奴相去逢迎，百般殷勤做妓态"⑤的表述，来表达自己傲然不流于俗的人格与个性。这个境界，是中国从古至今知识分子人格的理想境界，是中华民族人格史上的主旋律，"做人要做这样的人”，说出来完全可以达到一呼百应、心领神会的效果——尽管在现实面前不知有几人存焉，但可以肯定的是，没有一个人会愿意说自己"奴相""妓态"，不为别的，只因为这两个符号所指意指都甚为不堪。作家只在此使用了这两个符号，便轻而易举地就达到不仅是言简意赅的，而且更重要的是形神兼备的传达效果，从而不仅显示了作家的人格境界，同时也显示了作家深厚的文学修辞功力。这种效果无疑得归功于"奴相"与"妓态"这两个修辞意义极为强烈的形容性名词。而这个充满贬义不堪的修辞义，正是人类文化活动所赋予符号的意义。它们共同把这两种原本十分抽象的、既难于表述同时也难于理解的概念性"表达物"——一种人格状态，连带对这种人格状态的价值评判倾向，通过具有一定修辞意义的文学语言——一种符号，具体地、生动地、形象地表现出来，令人一目了然。试问谁愿为奴做妓，任人凌辱踩蹮践踏？被逼可谓惨，自甘则是贱，女人的别称是"贱人"，为人妻是"贱内"，从"贱人"的指事到"人格贱"的会意，于是，心领神会也好，一呼百应也好，人们是很容易产生共鸣的。从这两个符号表示成分（能指）的"女之属"——一种屈辱的文字形象，到这两个符号被表示成分（所指）的"贱人"——一种低贱的人物形象，源远流长的性别等级制与性别歧视文化，已教会人们如何神速地读解出意蕴其内的含义。"我爹爹像松柏意志坚强，顶天立地是英勇的共产党"⑥，这个陈述就是"一副奴相去逢迎，百般殷勤做妓态"的反比，同样经典。与"奴相""妓态"的"女之属"符号的负面形象与特征相反，它充满了男性化的正面形象与特征。顶天立地如松柏一样的形象，即是爹爹与共产党的男人形象，同时也是男性性特征形象，松柏成为能够标志男人精神气质与人格状态的符号，意蕴着顶天立地，意志坚强，光明磊落……阳性的褒义意象与色彩充满其所指，成为阳／男性符号的所指。而作为与阳性二元对立而存在的阴性所指，则充满了贬义意象与色彩，成为阴／女性符号的所指。

作为"女性"的另一个符号"阴"，也典型地反映出性别文化作用于符号结构的组成部分。其实，最早的阴，仅仅只是一个表示方位意义的词，如《说文解字》解："阴，闇也，水之南山之北也。"在清代的段玉裁注里，词义的内涵有了进一步的扩充，意义更详细了："阴，圈也，周者，闭门也。闭门则为幽暗，故以为高明之反。"用以表示并形容阳光照不到的空间，即阴地也。但当"阳清为天，阴浊为地"，"阳在上，阴在下"，"男为阳，女为阴"成为人们的性别习得观念时，当阴阳二极同时也成为男女二性的性别符号时，阴阳二词的词义所指的不再仅仅是自然方位的结构，它承载更多的是人类性别文化的结构。从《说文解字》到《现代汉语词典》，可以直接观察到的是，从古代的"陰"到现在的"阴"，字形简化了，但意蕴则大大扩充了：阴沟、阴私、阴谋、阴险、阴曹、阴间、阴暗、阴沉、阴毒、阴风、阴魂、阴冷、阴霾、阴森、阴翳、阴雨、阴影、阴鸷等等，这里的每一个由表示方位同时也象征着女性性别符号的"阴"所构成的双音节词语，也都同时具有形容、比喻、双关等贬义修辞的作用——当它们进入特定语言陈述系统之刻，便也会是它们开始作用于这个陈述系统的修辞之时。于是，我们可以看到并感觉到的是，阳／男性符号中所蕴有的褒义性修辞有多么自然而深入人心，阴／女性符号中所蕴有的贬义性修辞也就有多么自然而深入人心。从"女"字屈膝跪伏的象形，到如"奴"与"妓"等"贱人"的意会，再到如"奴相"与"妓态"等"贱格"的意蕴，承载着阴／女性符号太多负面修辞意蕴的"女人"，作为文学语言中不可或缺的一个性别文化的符号，就这样产生：她被文化所文化，被符号所符号。

2

女，据《说文解字》解：为妇人也，象形。女人，据《现代汉语词典》解，有两个含义：一为女性的成年人，二为妻子。前者是对生理发育到一定阶段的女性的指称；后者是对处在一定人物关系状态中的女性的指称。如孙犁的《荷花淀》：

> 女人坐在小院当中，手指上缠绞着柔滑修长的苇眉子。（成年女性）
>
> 水生的女人说："又给他们送了一些衣裳来！"（妻子）

以上这两种意义上的"女人"，可以说是"女人"这个符号的初始义。可以看出，"女人"在这里，还只是对处于"自然关系"状态中的女性的客观性命名，本身不含有来自命名者的主观评价而形成的褒贬义。它与一指"成年男性"、二指"丈夫"的"男人"指称一样，同样是表示人物在生物学意义上的和社会学意义上的角色身份的词语，只是它们分别表示着不同的性别而已。因此，按理说，"女人"和"男人"这两个词语的意义，就在于它们是可以用以区分成年人或婚姻关系人的性别，也只能起到区分性别的词语。但在文学语言中，情况却远非如此，它们不仅各自蕴有大大超越于区分自然性别与人物关系身份的客观性词义，而且二者之间还蕴有意义完全相左的、意味微妙的修辞意象，这使它们在文学语言的语境中，从词义到词意，都产生了巨大的差异性，并发生完全不同的修辞效果。这种差异性与不同效果，可从堪为经典的戏文《沙家浜》"智斗"一场中的男女对话中，一窥其奥妙：

> 刁德一：这个女人不寻常！
> 阿庆嫂：刁德一有什么鬼心肠。
> 胡传魁：这小刁一点面子也不讲！
> 阿庆嫂：这草包倒是一堵挡风的墙。

刁德一与阿庆嫂是敌对的双方，当作者让刁德一用"这个女人"来指称阿庆嫂时，就完全可以把刁德一对阿庆嫂的敌对心理、敌对情态、敌对状态完全地、鲜明地刻画出来，表现出来。显然，"女人"在此，已不仅仅只是具有指称"成年女性"的客观性意义，它同时更蕴有某种可以与此表达情景相匹配的具有贬义性所指的主观性词义。或换而言之，是一种含有对"女人"这个性别群体具有约定俗成的、贬义性词义的所指，恰与刁德一所要表示的对阿庆嫂这个女人个体的敌意构成了一致性，才使"这个女人"指称，得以以最简约的话语形态，却可以最生动、最形象、最切合作者意图地，也是最能让读者迅速领会地表现出刁德一对阿庆嫂的敌意，从而达到最佳的修辞效果。

但是，有意味的是，在这同一个场景与情景中，阿庆嫂却不能以其道而用之，即用"这男人有什么鬼心肠"来替代"刁德一"这个个体男人的实名所指。如果从词义所含有的生物学意义上的所指来说（即成年的、女性的），按理说用"这个男人"来指代刁德一，就像用"这个女人"来指代阿庆嫂一样，是没有什么不可以的，因为，这里既不存在语法上的错误，也不存在词义上的错误。那么，是什么阻碍了作者使用同样的修辞手法来表达阿庆嫂的话——这种语言情景几乎也是约定俗成的，具有普泛性的，人们自然而然地不这样用，如果这样用，那么就会有种不得劲、不对味、别扭的感觉。这种不得劲、不对味、别扭的感觉，就是一个词语用在此时此地时所产生的修辞作用，它不是最贴切的与最恰当的，它所产生的修辞效果不是最理想的，甚而有可能是完全败坏的，是它构成了文学语言表述中的所谓"败笔"。那么，这是怎样的一种"败笔"呢？也即作者为什么不能让阿庆嫂沿用刁德一的说法，用"这个男人"来指称刁德一呢？显然，问题就出在"女人"与"男人"这两个本应完全不带有任何主观性评价倾向的表示自然人的词义上。但现在，情况却出现了微妙的变化，如果阿庆嫂也用了"这个男人"来指称刁德一的话，不仅不能产生如刁德一用"这个女人"指称阿庆嫂时所产生的恰到好处的、十分精妙的修辞作用与效果，而且还可能削弱了这种作用与效果。究其原因，奥妙就在于"男人"这个符号里，因为"男人"不仅没有"女人"这个符号中所蕴有的贬义性所指，反倒更多的是具有褒义性所指。因此，如果在贬义性陈述句中用了"男人"这个词语的话，那么，就会与贬义性的陈述句构成意义上的冲突与悖反。具体到阿庆嫂的这句话中，就是说使用它并不能起到阿庆嫂这个人物所要表示的对刁德一的敌意的作用，它不但不能与这种敌意构成一致性的语境，反倒会破坏掉文本所要营造的这种情境。这也就是为什么听众会听到刁德一唱"这个女人不寻常"，而不会听到阿庆嫂唱"这个男人有什么鬼心肠"的内在因素。

同理，作者也不会让阿庆嫂用"这男人倒是一堵挡风的墙"来取代"这草包……"的所指。因为，如果让阿庆嫂用了"这男人"，那么"男人"中所含有的褒义性所指的修辞作用，就会使这句话的意思和味道完全改变，它将不再是这个贬义性陈述句原来所要表达的意思了，它表现的也不再是作者所要表现的人物关系的情景。因为，阿庆嫂在这里要表达的是：利用明知是敌人的胡传魁缺心眼、头脑简单，即"草包"的缺陷，来为自己打掩护。也借此，作者在这里塑造了阿庆嫂形象中智慧的一面。但若用"男人"来取代"草包"的话，这句话的意思和所要表现的情景就会变为：因为胡是男人，所以他成为身为女人的阿庆嫂的挡风墙，这是符合男人保护女人、男强女弱的性别既定与公众心理的，那么，它所起的修辞作用与效果就可能发生一些不必要的歧义，甚而还可能接近褒义，这显然是不符合这个特定情景中的人物关系与情节关系的，不仅词不达意，而且不伦不类。可见，"男人"与"女人"，这样一个原来只是在自然的生物学意义上对人所进行的性别区分的符号，却也正因为其区别的恰恰是性别而不是别的其他，从而就被具有"性政治"意味的性别歧视文化，赋予了远远超出于生物学自然本义的，并且已全然不能对等的社会学、文化学意义上的意蕴。如：

> 你是女人……女人啊，你的名字叫弱者　贬义性
> 你是男人……男人啊，你的名字是强者　褒义性[7]
> 我是女人……做女人难，做名女人就更难　否定性
> 我是男人……要学那泰山顶上一青松　　肯定性

我们还可从否定式反证来证明这二者之间的差别："别看他是个男人，做起事来可一点都不……"因为不像男人，这句话含有对不像男人的男人的贬义；"别看她是个女人，做起事来可一点都不……"因为不像女人，这句话则可能含有对不像女人的女人的褒义。我们可以从类似上述的表述话语中，归纳出这样一种语言心理现象，那就是人们不能像对"男人"这个符号那样来认同"女人"这个符号。这是为什么呢？这是因为，"今天，男子是积极的和中性的人，意即代表着男性和人。而女子则只是消极的人，只停留于女性，每当女子作为一个人做出什么行动的时候，人们便认为这个女人和男人同化了"[8]。与之相佐证的，还有西美尔的发现："在所有可能的领域中，凡有缺陷的表现都被贬为女性的，当人们不知道如何更好地称赞一个女人在同样领域内的成就时，就只能称之为'简直像男的'。这一事实显然得归咎于文化客观因素的男性特征。这不仅因为男人的自大，好像'男性的'是有价值的同义词。"[9]这也就是为什么在实际生活中，我们常常可以发现，如果一个男人被比作女人，那是对这个男人极大的污辱；而一个女人若被比作男人，则多少含有对这个女人从个性到人格，从经验到事业的肯定与嘉许。"男人"的符号成为"女人"是否具有社会价值的标杆，"男人"本身就被性别文化赋予没有缺陷的和有价值的符号，这就是为什么刁德一用"这个女人"的指称就可以到达他对阿庆嫂敌意的效果；而阿庆嫂若用"这个男人"的指称，则无法到达同等效果的原因。所以，作者只能让她选择避开"男人"符号而直呼其名或其类，比如草包、败类、孬种、恶棍等等。

女性文学研究资料

"你有什么话嘱咐我吧！"

"没有什么话了，我走了，你要不断进步，识字，生产。"

"嗯。"

"什么事也不要落在别人后面！"

"嗯，还有什么？"

"不要叫敌人汉奸捉活的。捉住了要和他拼命。"

那最重要的一句，女人流着眼泪答应了他。

这是孙犁小说《荷花淀》中主人公水生夫妇的一段对话，也是最为人称道、引人入胜的文学桥段，它常常被引用来证明孙犁小说的美文特色，进而引用来说明以孙犁为代表的"荷花淀"派的叙事特色⑩。而准确地说，这是孙犁式人物白描的最大特色：它不是通过对人物外形的直接描绘，而是通过人物对话间接来体现的。他的人物形象与人物关系，完全是在对话的场景中，被活灵活现地勾画到读者面前的。他的这种白描对话的手段，是文学描写中的经典。中国最为传统的女性形象与夫妇关系，与最富有时代进步（抗战）气息生活的融合，无疑是这篇小说叫好又叫座的关键。而其中可以肯定的一点是，孙犁内敛的、素朴的，但富有空间想象感的且充满韵味感的白描对话手法，与传统女性形象与夫妇关系的古典模式，形成一种天衣无缝般的诗意场景，是这关键中最为亮点的地方。可以想见的是，如果抽取了这部分对话白描精华，即使这篇小说写的题材有多么重大或应时，恐怕也难成为"荷花淀"派的文学气候与叙事标志。

那么，这个经典的对话场景体现了怎样的人物形象与夫妇关系呢？

在这个场景中，男主角水生作为男人，一名成年男性，在他作为"夫"的身份中，的确完全相应地显示了他作为成年男性应有的成熟与独立，他有独立的心智、人格、意志、思想与主事的能力。而女主角——水生家的女人，一名成年女性，则在她作为"妻"的身份中，非但丝毫没能体现出她作为一个成年女性也应有的与成年男性一样的成熟心智与独立能力，恰恰相反，它显示的是她完整的"没有"。女人的在场，先是只作为一个活动着的男人的沉默背景或活道具而存在，进而是作为烘托男人主事的形象而存在。男人女人的关系在这样的场景中形成了一个鲜明的对比与尖锐的对照。有男人在，凡事有男人做主，女人只要听男人话的干活就是了。但现在男人要出远门了，女人就只好要男人的"嘱咐"——一种可以继续保存男人话语权在女人生活中的、保证男人继续对生活中的女人行使话语权的形态。也只有通过这样的描写，才会把"女人"温顺听话的"正面"价值与传统形象，表现得如此鲜明突出。当然，与此同时的是，"女人"无主见的负面价值与形象便也相伴而生。于是，在这个场景中人们看到的只能是，一个作为成年女性的女人／妻子，全面、完全、严重依附并依赖于作为成年男性的男人／丈夫的语言生活。因此，二者之间的关系，便在实质上被表现得完全不像是处于同一个"成年"阶段的、都具有主体意识与主体能力的心智成熟的男人与女人之间的关系，而更像是有思想能力的、知道做什么怎么做的、心智成熟的成年人，与毫无思想能力的、不知道做什么如何做的、心智发育未成熟的儿童之间的关系。除此之外，这个动人的桥段还有涉及终极性意义上的生命权问题，这也是这一对话情境里最打动人的高潮："女人"因其"性"属而绝不能被"敌人"——潜在的男人——所占有，在一系列温顺的"嗯"之后，最后还得流泪答应男人"最重要"的一件事：只为一个"男人"的性占有而活命的原则。很显然，女性在此关系中是毫无主体性而言的。人们，包括作者与读者，塑造与读解的是把性别文化中的"妻子"作为潜在标准而塑造的女性形象，而不是作为"女人"而塑造的女性形象。女人在此，完全剥离了作为"女人"符号的能指，男权制夫妇关系中"妻"的伦理内涵，成为"女人"符号的潜在所指。这种性别关系塑造的不平等要害之处在于正如劳拉·穆尔维所揭示的那样："男人在这一秩序中可以通过那强加于沉默的女人形象的语言命令来保持他的幻想和着魔，而女人却依然被束缚在作为意义的承担者而不是制造者的地位上。"[11]有意味的是，作者并非是要在此小说中，着意揭示"女人"所具有的这种弱根性，而正相反的是，他完全是从审美的角度上来体现"女人"的这个"温顺如水"的。事实也证明了这一点，绝大多数读者都接受了这样的审美信息乃至熏陶：《荷花淀》能够以美文著称并流传于今，是与其中对"女人"的审美笔致分不开的。这也是笔者要在此举这个文本作为事例的意义所在。因为，它可以使我们更清楚地看到，符号是如何主导了作家的审美意识，这样，我们才可能切入其中的逻辑缝隙，揭示出被

女性文学研究资料

惯常审美表层掩盖了的深层悖谬。

现在，我们可以来做这样一个有趣的实验：如果把上述文本中的"女人"与"男人"的符号与形象互置，那么，文本会产生什么样的修辞效应呢？首先它应该会是非常令人不安的，因为它看上去是这样不真实与不合实际。如果硬要把它当作有意义的文本来看——犹如李汝珍在《镜花缘》里所描写的"女儿国"，那么它即便不是反讽的，至少也是荒唐与滑稽的。但是，如果这些表现是置放在"女人"这个符号下——犹如孙犁的《荷花淀》，那么，它不仅是非常真实的，而且还"看上去很美"。不仅如此，这"女人"被表现得越软弱和弱智，越没有主意与主见，越主动让"男人"对自己耳提面命，越使自己表现得俯首听命，那么，它的修辞效应就会越"美"越"正点"。因为这样的"女人"就越具有人们想象中的东方女性的"美德"，或者说是越满足人们对"女人"的想象——在男性视角、男性观点、男性声音成为普遍性的历史（history）场景中，在与男性同化的艺术审美与社会价值观中。学者朱学勤曾针对性别问题说过这样一段话："在男性为中心的社会，文化是男性文化，性别歧视渗透到最细小的一层文化细胞。女性如有价值，也只有美感价值，而且是生理性的美感价值，不是文化意识上的审美价值。"⑫这个见解固然精辟，但笔者还想说的是，男性文化不唯对女性"生理性美感价值"感兴趣，男性文化其实也"创造"了女性在文化意识上的审美价值。

对"女人"的这种审美价值观，直至今天，它依然根植于人们的意识之中，并且很少受到其他包括政治、经济、职业、教育程度、意识形态差异的影响。换而言之，在这世上，人们对事物的认识会存在太多的差异，但对"女人"这个符号的认知却几乎没有什么差异。举一个生活中的不乏典型性的例子：从事先锋艺术创作并以此标榜于世的某艺术家就曾这样表示："我希望在女人身上看到我所没有的东西，包括她的幼稚、善良，她的容忍性。"⑬他认为这是女人的天性，女人如果不这样，就是"丧失了自己的天性"，他希望女人不要丧失了自己的天性。这番体现说话人女性观的话语反映了男权话语的显著症候：他没有的东西，即所谓"美德"，但却并不想让自己通过后天努力去获得，反而希望"女人"先天就为其所拥有。

显然，与其说这种"美德"是"女人的天性"，莫如说，是说话人通过话语权强加给"女人"的天性。当然，这种话不是某艺术家的发明，他只是在

中国当代文学史资料丛书

重复数千年以来反复被塑造的，而他信以为真的话，用他的话语权，再一次强加给"女人的天性"而已。他不是说这种话的第一个，也绝不会是最后一个；也不是身为男人的某艺术家才会这样说，很多生为女人者也会这样说。因为，这世上的很多男人和女人，都习惯了对重复了很多次的语言信以为真，并把它当作自己的思想。"人类一旦成为语言生类，就有了其他动物完全不具备的可能，就可以用语言的魔力，一语成谶，众口铄金，无中生有，造出一个又一个的事实奇迹"⑭。中国著名作家韩少功把这种事实叫作用语言新造出来的"再生性事实"。因此，他们绝对不排斥男人把什么当作"女人的天性"，女人就把它当作自己天性的事实，无论是在现实生活中，还是在文学语言中。

可见，作为表示人的性别成分的符号，"男人"与"女人"在文学语言中，除了它们的客观词义外，性别文化还赋予它们特有的意蕴。如果注意到索绪尔所指出的语言符号具有的心理性质，我们便可以理解这种语言现象或语言行为的产生：它的确不取决于被什么符号所标识，而取决于人们对被标识的这个符号的心理反应。正因为符号有这样的特质，它启发我们可以继续进行这样的探究：即在文学语言的范畴里，具有特定意蕴的性别符号是如何形成的，又是怎样作用的。一方面是性别符号在形象塑造时的作用，一方面是被塑造的形象对性别符号的固成或改变的作用。

注释：

①[日]池上嘉彦：《符号学入门》，张晓云译，北京：国际文化出版公司，1985年，第3页。

②[法]罗兰·巴尔特（Roland Barthes）：《符号学原理》，王东亮等译，北京：生活·读书·新知三联书店，1999年，第29页。

③[瑞士]费尔迪南·德·索绪尔（Ferdinang De Saussure）：《普通语言学教程》，高名凯译，北京：商务印书馆，2003年，第100—101页。

④[法]罗兰·巴尔特：《符号学原理》，第33页。

⑤贾平凹：《辞宴书》，《长舌男》，北京：作家出版社，2004年，第166页。

⑥引自革命样板戏京剧《红灯记》中李铁梅唱段："打不尽豺狼决不下战场"。

⑦如果女人是强者，一般就会特指其"女"性，即"女强人"，在具体语言使用环境中，非褒义性更多，有另类之意指。

⑧[日]服部正：《女性心理学》，江丽临等译，上海：上海翻译出版公司，1987年，第31页。

⑨[德]西美尔（Georg Simmel）：《金钱、性别、现代生活风格》，顾仁明译，上海：学林出版社，2000年，第141页。

⑩"荷花淀派"为中国当代文学的一个流派，顾名思义便知这一命名源自于孙犁的短篇小说《荷花淀》。一般认为此派叙事的大体特征是具有浪漫主义气息与乐观主义精神，语言素朴清新，描写逼真，心理刻画细腻，抒情味浓，富有诗情画意，主要代表作家还有刘绍棠、从维熙、韩映山等。

⑪[英]劳拉·穆尔维（Laura Mulvey）：《视觉快感与叙事性电影》，中国艺术研究院影视所编：《影视文化1》，周传基译，北京：文化艺术出版社，1988年，第225页。

⑫朱学勤：《书斋里的革命》，长春：长春出版社，1999年，第201页。

⑬此段评述出于《女人是女人，男人是猪》，《北京青年报》2005年8月15日。

⑭韩少功：《马桥词典》，上海：上海文艺出版社，1997年，第149页。

原载《南开学报》2010年第6期

附录

女性文学研究资料索引

一、报纸期刊研究资料（大陆）

孙绍振：《恢复新诗根本性的艺术传统——舒婷的创作给我们的启示》，《福建文艺》1980 年第 4 期。

曾镇南：《爱的追求为什么虚飘？——也谈〈北极光〉》，《光明日报》1981年12月24日第3版。

谌容：《奔向未来》，《文艺报》1981 年第 5 期。

张志国：《主观臆断与文艺批评——评陈文锦同志对〈北极光〉的批评》，《文汇月刊》1982年第1期。

张洁：《我为什么写〈沉重的翅膀〉？》，《读书》1982年第3期。

陈骏涛：《评长篇小说〈沉重的翅膀〉》，《文艺报》1982年第3期。

彭放：《评陆苓苓及其"爱的追求"》，《学习与探索》1982年第2期。

李子云：《净化人的心灵——读〈宗璞小说散文选〉》，《读书》1982年第1期。

房德胜：《努力写好当代青年——评〈北极光〉》，《学习与探索》1982年第2期。

王蒙：《王安忆的"这一站"和"下一站"》，《文汇报》1982年3月。

叶萍：《方舟在哪里——中篇小说〈方舟〉读后》，《文汇报》1982年第3版。

紫谷：《浅谈〈方舟〉的思想和艺术特色》，《文汇报》1982年第3版。

张抗抗：《我写〈北极光〉》，《文汇月刊》1982年第4期。

曾镇南：《恩格斯与某些小说中的爱情理想主义——再谈〈北极光〉兼答滕福海同志》，《光明日报》1982年4月22日第3版。

怡琴：《从〈北极光〉〈方舟〉谈婚姻道德》，《解放日报》1982年6月27日第4版。

李子云：《她提出了什么问题——评〈在同一地平线上〉及其他》，《读书》1982年第8期。

杨桂欣：《"和历史的进行取同一步伐"的力作——评〈沉重的翅膀〉》，《新文学论丛》1982年第2期。

唐挚：《是强者还是懦夫——评〈在同一地平线上〉的思想倾向》，《文艺报》1982年第9期。

《对于张洁创作的探讨（座谈会发言摘要）》，《文学评论》1982年第5期。

张维安：《在文艺新潮中崛起的中国女作家群》，《当代文艺思潮》1982年第3期。

陈淞：《张洁创作二三题》，《当代文学》1982年第1期。

盛英：《她同社会对话——试评张洁的创作》，《当代文学》1982年第1期。

刘景清：《她还缺少些什么——也评张洁的创作》，《当代文学》1982年第1期。

刘慧英：《谈女作家作品的主题倾向》，《当代文艺思潮》1982年第3期。

曾镇南：《上升的螺旋——再谈王安忆的小说》，《钟山》1983年第6期。

吴溪：《远与近——从张洁小说的争论说开去》，《四川文学》1983年第8期。

雷达：《敞开了青少年的心扉——读铁凝〈没有纽扣的红衬衫〉》，《十月》1983年第4期。

吴黛英：《新时期"女性文学"漫谈》，《当代文艺思潮》1983年第4期

夏中义：《从祥林嫂、莎菲女士到〈方舟〉》，《当代文艺思潮》1983年第5期

张炯：《评"人啊，人！"的思想和艺术倾向——兼论"自我表现"与反映时代》，《学习与探索》1983年第4期。

杨世伟：《美——在于真诚——读〈没有纽扣的红衬衫〉》，《文学评论》1983年第5期。

毅歌：《别有一种韵致——评铁凝的中篇小说〈没有纽扣的红衬衫〉》，《光明日报》1983年6月2日第3版。

李又宁、方仁念：《从宗璞看中国当代年轻的女作家》，《文艺评论研究》1983年第3期。

吴松亭：《谌容创作论》，《文艺理论研究》1983年第4期。

韩建芬：《从新时期小说看妇女精神上的追求》，《当代文艺探索》1983年第6期。

李贵仁：《主旋律：社会主义的人道主义——张抗抗小说创作漫谈》，《社会科学》1983年第3期。

周良沛：《殊途同归——读舒婷的几首诗有感》，《当代文艺思潮》1983年第3期。

姚锦权：《一个现实两幅画面：评张辛欣的两部中篇小说》，《新文学论丛》1983年第4期。

王福湘：《"女性文学"论质疑——与吴黛英同志商榷兼谈几部有争议小说的评价问题》，《当代文艺思潮》1984年第2期。

盛英：《王安忆笔下的人物形象》，《青春丛刊》1984年第1期。

顾传菁：《是生活给她的馈赠——略论铁凝的小说创作》，《长城》1984年第2期。

吴宗蕙：《时代呼唤的新女性——评玛丽娜一世》，《光明日报》1984年3月15日第3版。

盛英：《真诚的追求——读部分青年女作家小说随想》，《朔方》1984年第3期。

雷达：《铁凝和她的女朋友们》，《花溪》1984年第2期。

南帆：《王安忆小说的观察点：一个人物，一种冲突》，《当代作家评论》1984年第2期。

吴宗蕙：《人生之船，驶向何方——评〈四个四十岁的女人〉》，《星火》1984年第6期。

杨桂欣：《论张洁的创作》，《当代作家评论》1984年第3期。

张法：《试论张洁的创作个性及其作品的内在意蕴》，《当代文艺思潮》1984年第5期。

王春元：《谌容论》，《现代作家》1984年第11期。

傅书华：《"真的"艺术——试评张洁散文创作》，《当代文坛》1984年第11期。

王春元：《谌容论（续）》，《现代作家》1984年第12期。

杨桂欣：《陈咏明形象更加丰满了——评〈沉重的翅膀〉的修改本》，《新文学论丛》1984年第3期。

王鉴烨：《"性别转换"的历史意义——从"家庭生活"作品的比较看妇女解放运动的意义》，《当代文艺思潮》1984年第5期。

丰润生：《歪曲生活必然使人丧失信心：评中篇小说〈在同一地平线上〉》，1984年第4期。

李以洪：《追求伟大的文化目标——〈沉重的翅膀〉和〈一幅画〉读后》，《读书》1985年第1期。

丹晨：《论张辛欣的心理小说系列》，《文学评论》1985年第3版。

王蒙：《香雪的善良的眼睛——读铁凝的小说》，《文艺报》1985年第6期。

刘登翰：《会唱歌的鸢尾花——论舒婷》，《文学评论》1985年第6期。

王绯：《探寻自己的路——航鹰的伦理道德系列篇评析》，《当代作家评论》1985年第5期。

牛玉秋：《女作家在中篇小说创作中的新探索》，《文艺报》1985年7月6日第2版。

吴黛英：《从新时期女作家的创作看"女性文学"的若干特征》，《文艺评论》1985年第4期。

彭放：《张抗抗和她的"多边形"人物》，《当代作家评论》1985年第3期。

顾国泉：《雯雯——喧嚣与繁杂年代的女儿》，《当代文坛》1985年第7期。

谢望新：《女性小说家论》，《黄河》1985年第3期。

李陀：《张洁笔下的现代儒生》，《读书》1985年第12期。

禹燕：《女性文学的历史与现状——兼论什么是"女性文学"》，《当代文艺思潮》1985年第5期。

童宁：《自甘寂寞的女作家》，《中国广播电视》1985年第11期。

吴宗蕙：《期待女性形象的突破》，《青年评论家》1985年7月10日第3版。

林焱：《幸福迷人的乐曲：漫谈几位青年女作者的小说创作》，《福建文学》1985年第3期。

陈思和：《雯雯的今天和明天：读王安忆的新作〈69届初中生〉》，《女作家》1985年第3期。

青山：《富有青春气息的文学思考：本期女作者专号小说巡礼》，《福建文学》1985年第3期。

张抗抗：《我们需要两个世界》，《文艺评论》1986年第1期。

吴黛英：《女性世界和女性文学——致张抗抗信》，《文艺评论》1986年第1期。

王绯：《女性气质的积极社会实现——读〈女人的力量〉兼谈女性文学的开放》，《批评家》1986年第1期。

王绯：《张辛欣小说的内心视境与外在视界》，《文学评论》1986年第3期。

管宁：《新时期文学中的两种女性美》，《福建论坛（文史哲版）》1986年第3期。

金燕玉：《论女作家群——新时期作家群考察之三》，《当代作家评论》1986年第3期。

［西德］蒂尔曼·施彭勒：《简评中国女作家张洁的两部长篇小说》，李清华译，《当代我国文学》1986年第4期。

孙绍先：《文学创作中妇女地位问题的反思》，《当代文艺思潮》1986年第4期。

许文郁：《晶体——清纯与复杂交合的魅力——张洁小说艺术琐谈》，《当代作家评论》1986年第4期。

薛晨曦：《张洁小说的道德感探讨》，《文艺评论》1986年第4期。

吴蕴东：《航鹰小说中的女性形象》，《南京大学学报（哲学社会科学）》1986年第2期。

　　白烨：《期望更高更多的哲学享受——读〈小城之恋〉》，《文汇报》1986年10月7日第2版。

　　张擎：《女性文学的娇弱、雄化和无性化》，《当代作家评论》1986年第5期。

　　王绯：《张辛欣小说的内心视镜与外在视界——兼论当代女性文学的两个世界》，《文学评论》1986年第3期。

　　李子云：《近七年来中国女作家创作的特点》，《当代文艺思潮》1986年第5期。

　　李小江：《妇女研究与妇女文学》，《文艺评论》1986年第4期。

　　顾亚维：《时代的女性文学》，《文艺评论》1986年第2期。

　　胡河清：《张洁爱情观念的变化——从〈爱是不能忘记的〉〈方舟〉到〈祖母绿〉》，《当代文艺思潮》1986年第6期。

　　王绯：《读航鹰的〈谐谑〉二题》，《天津日报》1986年1月18日第4版。

　　田原：《张洁小说中的婚姻爱情观》，《今日文坛》1986年第1期。

　　玛丽·皮埃尔著，孙海伟、王耀林译：《张抗抗——中国当代女作家》，《文艺评论》1986年第4期。

　　翟传增：《试论张洁及其笔下的中年知识女性家族》，《殷都学刊》1986年第3期。

　　董德兴：《都市风情凝笔端：访女作家程乃珊》，《文学知识》1986年第8期。

　　万晓红：《女人的错误就是想做男人吗？关于李永芹三部中篇小说中女主人公的个性心理分析》，《芙蓉》1986年第6期。

　　赵玫：《知识女性的困惑与寻求——女性文学在新时期十年中》，《当代作家评论》1986年第6期。

　　赵玫：《父亲、图腾及幻灭——女人从理想走向现实》，《文艺评论》1986年第3期。

　　刘钢：《她有自己的世界——评王小鹰的小说创作》，《社会科学》1986年第4期。

　　于青：《苦难的升华——论女性文学女性意识的历史发展轨迹》，《当代文艺思潮》1987年第6期。

盛英：《爱的权利　理想　困惑——试论新时期女作家的爱情文学》，《当代文艺探索》1987年第1期。

徐剑艺：《论新时期"女性文学"的超越》，《文艺评论》1987年第1期。

李小江：《当代妇女文学中职业妇女问题——一个比较研究的视角》，《文艺评论》1987年第1期。

钱荫愉：《她们是全部世界史的产物——文学创作中妇女地位问题的再反思》，《当代文艺思潮》1987年第2期。

戴剑平：《一种道德观念与一种文学模式》，《当代文艺思潮》1987年第1期。

陈志红：《走向广阔的人生——对新时期"女性文学"的再思考》，《文艺理论家》1987年第2期。

樊苏华：《略谈军事题材"女性文学"的创作特色》，《昆仑》1987年第2期。

马婀如：《对"两个世界"观照中的新时期女性文学——兼论中国女作家文学视界的历史变化》，《当代文艺思潮》1987年第5期。

邹平：《女性视野里的〈烦恼人生〉——阅读反应批评》，《当代作家评论》1987年第6期。

唐晓渡：《女性诗歌：从黑夜到白昼——读翟永明的组诗〈女人〉》，《诗刊》1987年第2期。

王绯：《女性文学批评：一种新的理论态度》，《当代文艺思潮》1987年第5期。

郭银星、辛晓征：《建立女性主义批评的可能性》，《批评家》1987年第5期。

李子云：《女作家在当代文学史所起的先锋作用》，《当代作家评论》1987年第6期。

刘慧英：《生存的思索和爱情的内省——谈女性文学的主旋律》，《文学自由谈》1987年第2期。

程文超：《新时期女作家创作的情感历程与时代意识》，《批评家》1987

年第4期。

马婀如：《从张洁的"女性系列篇"看张洁的妇女观》，《文艺评论》1987年第2期。

陈惠芬：《找回失落的那半："认识你自己"——关于女性文学的思考兼及人类意识的提高等等》，《当代文艺思潮》1987年第2期。

陈惠芳：《性别——新时期文学的一种"内结构"》，《上海文论》1987年第1期。

于青：《女性文学成熟的曙光——论女性文学审美品格之演变》，《文学评论家》1987年第2期。

孙绍先：《从女性文学到女性主义文学：兼与钱荫愉等人商榷》，《当代文艺思潮》1987年第5期。

李洁非、张陵：《〈轻轻地说〉：女性问题思考》，《当代作家评论》1987年第4期。

陈雷：《张辛欣创作心理轨迹探微》，《人民文学》1987年第Z1期。

《关于"女性文学"的讨论》，《飞天》1987年第5期。

时空整理：《关于"女性文学"的讨论（二）》，《飞天》1987年第6期。

禹燕：《作为潜流的当代女性艺术思潮》，《文艺学习》1987年第3期。

叶鱼：《也谈"女性文学"的含义》，《文论报》1987年8月1日第3版。

阮忆：《女性文学和女性意识：新时期女性文学断想》，《文艺评论》1987年第4期。

杨斌华：《生命的苦闷与饥渴：读王安忆的中篇〈小城之恋〉》，《小说评论》1987年第1期。

马婀如：《女性作家笔下爱情文学主题的推移与嬗变》，《天津社会科学》1987年第2期。

刘慧英：《自我经历与女性文学》，《语文导报》1987年第12期。

孙立：《新时期女作家群在创作题材上的特点初探》，《理论学刊》1987年第6期。

韩少功：《她们是不该替代的》，《天津文学》1987年第11期。

陈墨、朱霞：《爱的悲剧与人的命运：评王安忆小说"三恋"》，《当代

中国当代文学史资料丛书

文坛》1987年第6期。

王晓峰：《新女性的抒情赞美诗：评〈中国现代文学女性形象初探〉》，《辽宁师范大学学报》1988年第6期。

于青：《试谈女性文学及其研究的心理底蕴》，《文学评论家》1988年第4期。

彭子良：《新时期女性意识构成初探》，《当代文坛》1988年第3期。

徐萍：《女作家创作的特殊情绪》，《浙江学刊》1988年第2期。

王安忆、陈思和：《两个69届初中生的即兴对话》，《上海文学》1988年第3期。

任一鸣：《女性文学的现代性衍进》，《小说评论》1988年第3期。

王绯：《女人：在神秘巨大的性爱力面前——王安忆"三恋"的女性分析》，《当代作家评论》1988年第3期。

黄浩：《女性文学论》，《吉林日报》1988年9月15日第3版。

何志云：《评〈当代中国女性〉系列——兼谈纪实文学的新闻价值》，《光明日报》1988年10月7日第3版。

张广崑：《知青籍女作家扫描》，《当代文坛》1988年第6期。

施叔青：《又古典又现代——与大陆女作家宗璞对话》，《人民文学》1988年第10版。

胡河清：《程乃珊的"俗"》，《文学自由谈》1988年第6期。

韦建玮：《"女性文学"引起评论界的兴趣》，《文艺报》1988年3月5日第3版。

任一鸣：《女性文学一种新的审美流变——"荒诞"》，《艺术广角》1988年第1期。

任孚先、王光东：《女性文学对自身价值的艰难寻求：从爱情婚姻的角度看新时期的女性小说（待续）》，《文论报》1988年2月5日第3版。

任孚先、王兴东：《女性文学对自身价值的艰难寻求：从爱情婚姻的角度看新时期的女性小说（续完）》，《文论报》1988年2月15日第3版。

段崇轩：《生命的河流：对王安忆"三恋"的一种理想》，《文学自由谈》1988年第1期。

徐循华：《女人的自信，男人的尴尬：对近来女性文学的初步考察》，

《文学评论家》1988年第2期。

姚一风：《女性文学研究的新开拓：评〈女性主义文学〉》，《社会科学辑刊》1988年第8期。

孙立：《新时期女作家群成才的因素初探》，《理论学刊》1988年第3期。

张勤：《从张洁女性小说看新时期女性作家的创作轨迹》，《盐城师专学报（社会科学版）》1988年第2期。

柏文猛：《追求更深的艺术境界：张洁小说的审美观照》，《盐城师专学报（社会科学版）》1988年第2期。

叶红彬：《一幅乡镇女性当代心态的素描：读孙惠芬短篇小说〈接壤〉》，《海燕》1988年第5期。

曾镇南：《论一种现代的创作情绪：从陈染的小说谈开去》，《作家》1988年第6期。

彭子良：《女性意识·贵族化·它的困境：换一种眼光看新时期"女性文学"》，《文艺评论》1988年第4期。

任一鸣：《三点缺憾：女性文学新的审美流变 "荒诞"的再思考》，《西部学坛（哲学社会科学版）》1988年第4期。

张玉田：《慵懒的人生：读谌容中篇小说〈懒得离婚〉》，《文论报》1988年8月25日第2版。

冯亦代：《读谌容近作〈懒得离婚〉》，《文艺报》1988年9月10日第2版。

彭子良：《理想人格：女性文学的美学内涵》，《当代文坛》1988年第5期。

陈继会：《女性自我意识的双向探寻：新时期农村题材小说一瞥》，《中州学刊》1988年第5期。

于青：《两性世界的对立与合作：谈女性文学的社会接受与批评》，《小说评论》1988年第6期。

郭小东：《女性，在倾斜的世界里：论文学的一种女性心理现象》，《批评家》1988年第6期。

纪众：《〈隐形伴侣〉评论二题》，《当代作家评论》1988年第6期。

李井隆：《新时期文学中的爱情悲剧与女性主体的文化心态》，《黑龙江教育学院学报》1988年第4期。

陈坚、魏维：《从新时期小说看妇女观念的变化》，《江汉论坛》1988年第12期。

谢望新：《为张欣和张欣的小说而作》，《小说家》1988年第6期。

蜀沙：《近几年"女性文学"的讨论与争鸣》，《社会科学述评》1988年2月3日。

张抗抗：《我很怀疑中国是否有女性文学》，《文艺报》1988年5月2日。

盛英：《女性主义批评之我见》，《文论报》1988年6月5日。

吴黛英：《女性文学"雄化"之我见》，《文艺评论》1988年第2期。

张晓松：《谈中、美当代妇女文学的一个情绪特点》，《贵州教育学院学报（社会科学版）》1988年第1期。

赵玫：《以血书者：张洁印象》，《文学自由谈》1988年第1期。

晓舟、夜萍：《张辛欣与张抗抗：不安宁的女性生灵》，《当代文坛》1988年第2期。

魏维：《在炼狱的出口处——论当前女性文学的理性超越》，《云南师范大学学报（哲学社会科学版）》1988年第5期。

刘慧英：《女人，并非特殊——张洁访问记》，香港《文汇报》1989年6月25日。

《张洁答香港记者问：谈女权问题与"女性文学"》，《当代文学研究资料与信息》1989年第12期。

孟悦：《两千年，女性作为历史的盲点》，《上海文论》1989年第2期。

李幼苏、张长青：《论新时期文学的三大潮流及其审美特征》，《学习与探索》1989年第1期。

王绯：《性扭曲：女界人生的两极剖视——来自〈中国女性系列〉的报告》，《上海文论》1989年第2期。

李昂、王安忆：《妇女问题与妇女文学》，《上海文学》1989年第3期。

陆文采：《沉思在女性文学研究的园地里》，《社会科学辑刊》1989年第Z1期。

谌强：《当代女性作家的自足与不足》，《光明日报》1989年7月11日第3

版。

段崇轩：《悲剧人生和诗化人生的冲突——评谌容的家庭系列小说》，《当代作家评论》1989年第1期。

盛英：《她们更向往现代文明——试论新时期女作家对社会人生的思考》，《天津社会科学》1989年第3期。

刘敏：《天使与妖女——生命的束缚与反叛——对王安忆小说的女权主义批评》，《文学自由谈》1989年第4期。

严平：《略谈近七十年来中国女性小说的发展》，《批评家》1989年第4期。

荒煤：《关于女性文学的思考》，《批评家》1989年第4期。

戴翊：《女性母题的超越——王小鹰论》，《上海社会科学院学术季刊》1989年第3期。

席扬：《王安忆十年创作批判》，《批评家》1989年第4期。

王绯：《张洁：转型与世界感——一种文学年龄的断想》，《文学评论》1989年第5期。

彭放：《缪斯钟情的女儿们——女作家成才规律初探》，《北方论丛（哈尔滨师大学报）》1989年第5期。

于青：《并非自觉的女性内审意识——论张爱玲等女作家群》，《安徽大学学报（哲学社会科学版）》1989年第4期。

赵福生：《现代知识女性的心理踪迹——丁玲和张洁的小说比较》，《河南大学学报（哲学社会科学版）》1989年第5期。

程光炜：《女性诗歌语言结构的功能分析》，《上海文学》1989年第12期。

马伟业：《善恶美丑之间——论现代文学中的一类知识女性形象》，《学术交流》1989年第5期。

赵玫：《你的星群不坠落——张辛欣、刘索拉、王安忆、残雪印象》，《文学角》1989年第1期。

赵园：《试论李昂》，《当代作家评论》1989年第5期。

张浩文、陈海燕：《传统文化中的妇女人格模式与当代文学中妇女形象的关系》，《海南师范学院学报》1989年第2期。

刘慧英：《淫荡乎，贞洁乎：两种传统女性类型的对立和转化》，《文学自由谈》1989年第4期。

应雄：《中国女人的智慧和知识分子的人道：关于池莉的〈不谈爱情〉》，《中国青年报》1989年6月24日第3版。

刘火：《为了女性意识：读李晶的〈白色杂色〉》，《文论报》1989年11月5日第2版。

曾镇南：《评长篇小说〈玫瑰门〉》，《人民日报》1989年3月28日第5版。

郭小东：《白杨林的倒塌——论赵玫的小说》，《上海文论》1989年第2期。

翟永明：《"女性诗歌"与诗歌中的女性意识》，《诗刊》1989年第6期。

董瑾：《作为女性文批的蓝本》，《北京大学研究生学刊》1989年2月3日。

罗田：《女作家的精神痛苦与小说的"病态美"》，《文艺评论》1989年第4期。

赵玫：《父系图腾及幻灭——女性从理想走向现实》，《文艺评论》1989年第3期。

陆星儿：《女人与危机》，《上海文论》1989年第2期。

朱虹：《妇女文学——广阔的天地》，《外国文学评论》1989年第1期。

程光炜：《由美丽的忧伤到解脱和粗放——新时期女性诗歌嬗变形态内窥》，《文艺评论》1989年第1期。

吴玉柔：《寻找自我——刘西鸿、刘索拉小说的女性意识》，《文论报》1989年2月5日第2版。

朱虹：《当代小说中的病妇形象》，《上海文学》1989年第2期。

季红真：《女性主义——近十年中国女作家创作的基本倾向》，《萌芽》1989年第10期。

孙雅歆：《迈向黎明和自由——从新时期女性文学的发展看中国女性文化意识的演进》，《中国妇女管理干部学院学报》1989年第00期。

于青：《只有一个太阳——也谈大陆女性文学与港台女性文学之比较》，

《妇女学苑》1990年第2期。

莲子：《试谈海峡两岸女性文学的发展》，《文学自由谈》1990年第1期。

张抗抗、刘慧英：《关于"女性文学"的对话》，《文艺评论》1990年第5期。

李晓峰：《女性文学腾起后的失落》，《文学评论家》1990年第3期。

林树明：《评当代我国的女权主义文学批评》，《文学评论》1990年第4期。

张景超：《"谎花"：一种女性文化人格和文化意识》，《呼兰师专学报（社会科学版）》1990年第2期。

蒋华：《谈现当代"知识女性"形象的"情感缺憾"》，《东疆学刊》1990年第3期。

谭解文：《也谈"女性文学"（与吴戴英等同志商榷）》，《中国文学研究》1990年第3期。

李虹：《女性自我的复归与生长——新时期女性散文创作的流变》，《文学评论》1990年第6期。

陈志红：《永远的寻求：一代人的精神历程——兼谈知识女性形象的形而上趋势》，《当代作家评论》1990年第6期。

单荣：《艰难的超越——从现、当代女作家的创作中看妇女解放问题的复杂性》，《呼兰师专学报（社科版）》1990年第3期。

李小江：《女性在历史文化模式中的审美地位》，《上海文论》1990年第1期。

孟悦：《性别表象与民族神话》，《廿一世纪》1991年第4期。

于青：《走出"玫瑰门"：谈女性文学中的"自赏意识"》，《文艺争鸣》1991年第1期。

游友基：《新文学初期女性文学中的人生追求》，《长沙水电师院学报（社会科学版）》1991年第1期。

王挺：《在西方文学影响下中国女性文学的崛起和衍进》，《绍兴师专学报》1991年第1期。

赵清阁：《中国女子文学的开拓者》，《文艺报》1991年4月6日第8版。

吴山芳：《论范小青小说近作中的女性意识》，《创作评谭》1991年第1期。

陈慧君：《从当代中、西文学中的女性形象看女性意识的嬗变与潴留》，《济宁师专学报》1991年第2期。

李炳银：《南国女性的现实报告——论柳明的报告文学创作》，《文论月刊》1991年第7版。

乐黛云：《中国女性意识的觉醒》，《文学自由谈》1991年第3期。

董瑾：《困惑与超越——铁凝、王安忆作品之解读》，《上海文论》1991年第4期。

陈晓明：《反抗与逃避：女性意识及其对女性的意识》，《文论月刊》1991年第11期。

郑然：《家庭与知识分子：黄蓓佳近作的一个主题》，《文艺报》1991年3月9日第2版。

何令华：《妇女解放道路的探寻者：谈张洁小说中的知识女性》，《湖南教育学院学报》1991年第1期。

白崇人：《壮族女作家岑献青和她的散文》，《文艺报》1991年6月29日第7版。

张福贵：《关于二十世纪中国女性文学的主题批评》，《延边大学学报（哲学社会科学版）》1991年第3期。

李玖：《一个女人的精神世界：评小说〈生为女人〉》，《作品与争鸣》1991年第9期。

吴培显：《刚柔的对比与相容——新时期"女性"文学审美品格的流变》，《理论学刊》1991年第5期。

乐铄：《困惑与选择：试谈大陆妇女文学的内在矛盾》，《莽原》1991年第6期。

晓华：《黄蓓佳：对男性的无效反抗》，《钟山》1991年第6期。

胡印斌：《女性生命意识的觉醒：评彭见明中篇小说〈三八妇女节阳光烂灿烂〉》，《张家口师专学报》1991年第2期。

张明芳：《九十年代女性散文管窥》，《文艺报》1991年1月5日第2版。

陈晓兰：《女性：作为话语的主体》，《上海文论》1991年第2期。

盛英：《女性的自觉与突进：漫话新时期女作家笔下的女性形象》，《文学评论家》1992年第1期。

黄克琴：《跨越国界的女性意识——〈北极光〉与〈盐是怎样到大海里去的〉之比较》，《四川外语学院学报》1992年第2期。

邵薇：《试论新时期女性主义诗歌》，《艺术广角》1992年第3期。

唐晓丹：《新时期文坛上的双子星座——简论王安忆和铁凝创作流变中的契合现象》，《当代文坛》1992年第5期。

林树明：《新时期女性主义文学批评述评》，《上海文论》1992年第4期。

蔡江珍：《女性境遇的吟述及其美感特征——近期两岸女性散文比较》，《当代作家评论》1992年第6期。

李运抟：《观念与生活——说说张欣关于"城市爱情"的思考与表现》，《作品》1992年第12期。

顾易生：《女性文学与文学女性》，《文学报》1992年2月6日第3版。

任一鸣：《女性文学大潮中几朵浪花：评〈新疆回族文学〉女作者专号中的几篇小说》，《西部学坛》1992年第1期。

李子云：《苦难的升华——评于青〈女性文学评论集〉》，《当代作家评论》1992年第1期。

张红平：《批评的滞后——兼谈新时期的女性文学》，《晋阳学刊》1992年第2期。

金鹏善、吴素娥：《女性意识的自觉与女性世界的自主——对新时期女性文学的散点透视》，《阴山学刊》1992年第1期。

张京媛：《解构神话——评王安忆的〈弟兄们〉》，《当代作家评论》1992年第2期。

刘蜀贝：《当代文学中关于女性命运的思考》，《晋阳学刊》1992年第5期。

林树明：《贵州的女性文学》，《山花》1992年第11期。

邓荫柯：《女性创作评论三题》，《芒种》1992年第12期。

张同吾：《女性诗歌与文化流变》，《诗刊》1992年第12期。

戴英姿：《谈新时期女性散文的艺术魅力》，《抚顺社会科学》1992年第

5期。

董之琳：《妇女文学：女权观念烛照下的视角选择》，《艺术广角》1992年第2期。

程麻：《夏娃们的义旗》，《读书》1992年第2期。

虹影：《拒绝萨福的诱惑》，《文学自由谈》1993年第3期。

Lydia H.Liu著，马宏柏译：《中国现代文学中的女性传统——东西方女性主义比较谈》，《扬州师院学报（社会科学版）》1993年第4期。

盛英：《大陆新时期女作家的崛起和女性文学的发展》，《理论与创作》1993年第5期。

张颐武：《话语的辨证中的"后浪漫"——陈染的小说》，《文艺争鸣》1993年第3期。

金燕玉：《从女性的发现到女性的认识：九十年代女性文学的起步》，《小说评论》1993年第1期。

刘思谦：《关于中国女性文学》，《文学评论》1993年第2期。

焦桐：《天生是个女人——谈王安忆》，《小说评论》1993年第3期。

张德明：《人生颖悟与女性情结——王小鹰创作论》，《当代作家评论》1993年第3期。

崔卫平：《当代女性主义诗歌》，《文艺争鸣》1993年第5期。

舟群：《心灵的炼狱——女性文学另一种解读方式的企图》，《文艺评论》1993年第5期。

李洁非：《王安忆的新神话——一个理论探讨》，《当代作家评论》1993年第5期。

乔以钢：《中国女性现代精神的高扬：面向自身与社会的新时期妇女文学（之一）》，《南开学报（哲学社会科学版）》1993年第6期。

金燕玉：《女性文学与女性文学批评》，《文论报》1993年2月20日第1版。

陈旭光、翁志鸿：《论女性诗歌》，《北京大学研究生学刊（社科版）》1993年第1期。

《陈染作品讨论会》，《文艺争鸣》1993年第3期：

（1）赵毅衡：《读陈染，兼论先锋小说第二波》

（2）张颐武：《话语的辩证中的"后浪漫"——陈染的小说》

（3）王干：《寻找叙事的缝隙——陈染小说谈片》

（4）虹影：《记黛二》

（5）陈染：《自语》

傅安辉：《漫步女性文学的理想王国》，《黔东南民族师专学报（哲社版）》1993年第3期。

孙大公：《复仇意识、人格独立和妇女解放——中外文学中几个具有反抗性格的妇女形象比较》，《丽水师专学报》1993年第1期。

韩健敏：《新时期女性散文的美学风貌》，《重庆师院学报（哲学社会科学版）》1993年第3期。

莫少云：《揭示女性心灵的奥秘——我写"女性文学"的体会》，《理论与创作》1993年第6期。

周乐诗：《换装：在边缘和中心之间——女性写作传统和女性主义文学批评策略》，《文艺争鸣》1993年第5期。

王安忆：《可惜不是弄潮人》，《当代作家评论》1993年第5期。

王珂：《心灵之歌——评藏族青年女诗人完玛央金的抒情诗》，《民族文学》1994年第5期。

何令华：《新时期女性小说落潮原因初探》，《理论与创作》1994年第6期。

陈素：《女性的潜隐与实现——五、六十年代的两岸女作家》，《台港文学选刊》1994年第11期。

王丽英：《中国女性文学和妇女解放》，《福州大学学报（社会科学版）》1994年第3期。

胡兆明：《新时期女性诗歌的嬗变》，《华侨大学学报（哲学社会科学版）》1994年第3期。

黄开发：《悄悄的行动——80年代中期以来女性小说的性爱意识》，《江淮论坛》1994年第3期。

戴锦华：《"世纪"的终结：重读张洁》，《文艺争鸣》1994年第4期。

王绯：《张洁对母亲的共生固恋——一种文学之恶的探源》，《文艺争鸣》1994年第4期。

张洁：《无字我心》，《文艺争鸣》1994年第4期。

唐晓丹：《宗璞小说论》，《当代作家评论》1994年第4期。

胡兆明：《现代女性诗歌的诗美取向》，《华侨大学学报（哲学社会科学版）》1994年第2期。

吴宗蕙：《当代女作家笔下的女性世界》，《学习与探索》1994年第5期。

陈晓明：《勉强的解放：后新时期女性小说概论》，《当代作家评论》1994年第3期。

任一鸣：《人生之态与女性之梦——谌容与张洁创作比较》，《新疆大学学报（哲学社会科学版）》1994年第2期。

董之林：《文本深层结构中的女性形象——对近来部分小说女性描写的思考》，《文学世界》1994年第3期。

张兵娟：《论新时期女性爱情婚姻小说》，《河南大学学报（社会科学版）》1994年第6期。

李子云：《女性话语的消失和复归》，《作家》1994年第1期。

王家伦：《谌容小说中女性的人生意识》，《淮海文汇》1994年第10期。

穆萨、王锋：《纯净而深沉的生活之歌——评回族女作家于秀兰笔下的女性世界》，《朔方》1994年第10期。

冯军胜：《新时期女性散文文体风度审视》，《内蒙古社会科学（文史哲版）》1994年第1期。

陆文采：《男女作家塑造女性形象的比较研究》，《辽宁师范大学学报》1994年第2期。

晓音：《意识的空间：新诗潮中的女性诗歌》，《诗歌报月刊》1994年第4期。

季红真：《被囚禁的灵魂——读〈山上的小屋〉》，《当代作家评论》1994年第1期。

丁帆、齐红：《月亮的神话——林白小说中女性形象的"原型"解读》，《当代作家评论》1994年第3期。

陈晓明：《彻底的倾诉：在生活的尽头——评林白〈一个人的战争〉及〈青苔与火车的叙事〉》，《作家》1994年第12期。

戴锦华：《真淳者的质询——重读铁凝》，《文学评论》1994年第5期。

盛英：《20世纪中国女性文学特征》，《妇女研究论丛》1994年第2期。

陈染：《超性别意识与文艺创作》，《文艺理论研究》1995年第1期。

徐坤：《从此越来越明亮》，《北京文学》1995年第11期。

朱洁：《新文学初期女性作家创作散论》，《西北师大学报（社会科学版）》1995年第1期。

荒林：《女性的自觉与局限——张洁小说知识女性形象》，《福建师范大学学报（哲学社会科学版）》1995年第2期。

李正西：《池莉论》，《安徽教育学院学报（哲学社会科学版）》1995年第2期。

金燕玉：《两部长篇小说给女性文学的启示——兼论90年代中国女性文学的风貌》，《江海学刊》1995年第4期。

万莲子：《从〈女性——人〉和〈情海恩怨〉比较论中西女性体验及形态》，《湖南师范大学社会科学学报》1995年第4期。

牛玉秋：《对妇女解放问题的痛苦思考——张洁小说论之一》，《小说评论》1995年第4期。

鲁枢元：《文学中的蒋子丹——女妖·乌托邦·虚掩的门及其他》，《小说评论》1995年第4期。

陆华：《论中国现代女作家的创作追求》，《文学评论》1995年第4期。

沙向明：《女权主义与中国当代小说创作中的性主题》，《福建论坛（文史哲版）》1995年第4期。

何令华：《试论新时期的女性散文》，《湖南教育学院学报》1995年第4期。

陈虹：《中国当代文学：女性主义·女性写作·女性本文》，《文艺评论》1995年第4期。

任一鸣：《女性：认识你自己——论新时期女性自审意识的觉醒》，《中国文化研究》1995年第3期。

赵慧：《当代回族女作家散论》，《宁夏大学学报（社会科学版）》1995年第3期。

谢倩霓：《女性生存及其物质指归——对张爱玲几部中篇的一种解读》，

《上饶师专学报》1995年第4期。

余斌：《论中国女性文学纵深意识的演进》，《云南教育学院学报》1995年第6期。

吴玉杰：《中国现当代女作家的宗教情绪对女性文学的影响》，《辽宁大学学报（哲学社会科学版）》1995年第1期。

刘蕾：《并非纯粹的领地：我看中国女性写作》，《作家报》1995年3月4日第2版。

刘锡诚：《女性文学及其批评》，《文汇报》1995年4月9日第3版。

李金荣：《二十世纪中国女性文学的发展》，《安徽大学学报》1995年第2期。

王素霞：《女性生存的悲壮抗争：从一个角度看近年的女性小说》，《文学世界》1995年第2期。

苏文菁：《当代女性主义文学批评及在中国的发展》，《漳州师院学报》1995年第1期。

林白：《选择的过程与追忆——关于〈致命的飞翔〉》，《作家》1995年第7期。

乐黛云：《女性形象的世纪回眸》，《社科信息文荟》1995年第16期。

宗子寅：《亲情：永恒的人生风景——论新时期女性亲情散文》，《南昌大学学报（社会科学版）》1995年第1期。

张春生：《寻找定位：女性文学研究——评〈中国女性的文学世界〉》，《天津社会科学》1995年第4期。

何桂梅：《性别的神话与陷落：关于九十年代女性文学和女性话语的表达》，《东方》1995年第4期。

许文郁：《飞天袖间的花朵飘落以后——新时期女作家小说考察》，《飞天》1995年第7期。

禹燕：《女人之笔：城市女人与女性文学》，《中国妇女报》1995年8月31日第4版。

禹燕：《乡村女人与城市女人：女性形象的文化批评》，《中国文化报》1995年8月27日第3版。

陈金泉：《梦的追求与现实的尴尬：从三个女作家看江西女性文学》，

《创作评谭》1995年第4期。

张晓全：《她们用笔写出一个天下：首届"妇女与文学"国际研讨会》，《文艺报》1995年9月15日第10版。

任一鸣：《女性文学美学风貌的现代嬗变——女性文学艺术追求的现代衍进之一》，《文艺批评》1995年第4期。

唐利群：《夹缝中的河流——新时期女性文学简论》，《理论与创作》1995年第5期。

水尘：《胭脂盆地水鸟色：新时期大陆女性诗歌描述》，《中国西部文学》1995年第10期。

童蔚：《从未有过的灿烂：评论家、编辑评说95女性文学》，《中国妇女报》1995年10月7日第1版。

龙迪勇：《寻找意义——对〈小城之恋〉及其批评的再批评》，《当代文坛》1995年第5期。

齐红、林舟：《王安忆访谈》，《作家》1995年第10期。

任一鸣：《从理想彼岸的追寻到此岸存在的确认——论现代女性文学的衍进轨迹兼评池莉》，《当代文坛》1995年第5期。

盛英：《中国女作家和女性文学》，《中国文化研究》1995年第3期。

阎纯德：《20世纪中国女性文学的奇异景观》，《中国文化研究》1995年第3期。

刘毅：《"中国女性文学创作研讨会"在京召开》，《理论与创作》1995年第6期。

郭银星：《新时期文学中知识女性的困境》，《中国图书评论》1995年第10期。

裘山山：《话说女性散文》，《当代文坛》1995年第6期。

冷艳丽：《张欣作品中的女性自省意识》，《黑龙江农垦师专学报》1995年第3期。

陈纯洁：《试论张洁小说中的女性意识》，《汕头大学学报（人文社会科学版）》1995年第4期。

黄南珊：《情的迷宫与美的精灵：近年来中西文学女性情爱比较研究综览》，《社会科学动态》1995年第1／2期。

李小雨：《失却女性》，《诗探索》1995年第3期。

翟永明：《再谈"黑夜意识"与"女性诗歌"》，《诗探索》1995年第1期。

王绯：《新纪元："空白之页"上的女性书写》，《中国文化研究》1995年第3期。

王绯：《蒋子丹：游戏与诡计——一种现代新女性主义小说诞生的证明》，《当代作家评论》1995年第3期。

孟繁华：《女性文学话语实践的期待与限度》，《文学自由谈》1995年第4期。

沙向明：《女性主义与中国当代小说创作中的性主题》，《福建论坛（文史哲版）》1995年第4期。

易光：《非女权主义文学与女权主义批评——兼读铁凝》，《当代文坛》1995年第5期。

张宽：《男权回潮——当代美国的反女权思路》，《读书》1995年第8期。

王春荣：《女性文学的三种风格流派——中国现当代女性文学研究论题之一》，《辽宁大学学报（哲学社会科学版）》1995年第3期。

陈旭光：《凝望世纪之交的前夜——"当代女性诗歌：态势与展望"研讨会述要》，《诗探索》1995年第3期。

陈顺馨：《中国当代文学的叙事与性别》，北京：北京大学出版社1995年。

游友基：《中国现代女性文学审美论》，福建：福建教育出版社，1995年。

陈骏涛：《〈红辣椒女性文学丛书〉序言》，《当代文坛》1995年第4期。

乐黛云：《有关五十位女知青自述的话》，《文学自由谈》1995年第4期。

陈骏涛：《"女性文学"刍议》，《光明日报》1995年4月11日。

王萍涛：《论女性文学中的妇女解放主题》，《宜春师专学报》1995年第6期。

女性文学研究资料

任一鸣：《九十年代：女性文学对女性命运新的关注与探索——兼与八十年代女性文学比较》，《小说评论》1996年第1期。

徐坤：《因为沉默太久》，《中华读书报》1996年1月10日。

兰爱国：《女人的命运——新时期乡村小说女性形象类型论》，《文艺评论》1996年第1期。

陈家生：《杨绛〈洗澡〉中的巧比妙喻》，《修辞学习》1996年第1期。

沈庆利：《略论东方女性形象》，《辽宁大学学报（哲学社会科学版）》1996年第1期。

林树明：《新时期的女性主义诗歌》，《贵州大学学报（社会科学版）》1996年第1期。

陈慧：《女人为什么写作？》，《文学自由谈》1996年第1期。

方良：《当今我国文坛女作家透视》，《精神文明报》1996年3月9日第4版。

罗岗：《重复的梦魇——张欣小说的文本内外》，《上海文学》1996年第2期。

陈巧云：《陈染小说的一种解读》，《福建论坛（文史哲版）》1996年第1期。

王萍涛：《论女性文学中的妇女解放主题（续）》，《宜春师专学报》1996年第1期。

方宁：《心灵与历史的寓言——女性生存小说选序言》，《小说评论》1996年第2期。

陈仲义：《从"人学"、"女权"中独立出来的特殊版本——女性诗学》，《山花》1996年第4期。

陈惠芳：《九十年代女性写作三题》，《文学自由谈》1996年第2期。

王蒙：《陌生的陈染》，《读书》1996年第5期。

于文涛：《女人像头发一样纷乱：读陈染长篇小说〈私人生活〉》，《羊城晚报》1996年6月30日第6版。

孟繁华：《忧郁的荒原：女性漂泊的心路秘史——陈染小说的一种解读》，《当代作家评论》1996年第3期。

关仪：《九十年代女性散文流向》，《羊城晚报》1996年8月24日第6版。

杜芳：《走出自我心灵的牢笼——对〈爱，是不能忘记的〉〈祖母绿〉〈方舟〉中女性形象的解读》，《齐齐哈尔师范学院学报（哲学社会科学版）》1996年第4期。

张志忠：《美与爱的抗争：张抗抗新作〈情爱画廊〉简评》，《作家报》1996年8月17日第5版。

夏元佐：《“残忍”：解剖灵魂的一种选择——评张抗抗中篇小说〈残忍〉》，《文艺评论》1996年第4期。

贺桂梅：《个体和生存经验与写作——陈染创作特点评析》，《当代作家评论》1996年第3期。

寒双子：《陈染：走在绳索般的道路上》，《东方艺术》1996年第4期。

河洛易：《心灵追寻——20世纪中国女性小说综述》，《解放军外语学院学报》1996年第4期。

吕红：《从情感到欲望：女性文学的流向》，《文艺评论》1996年第4期。

戴翊：《妇女的命运和女性的辉煌：林湄小说创作中的妇女问题》，《上海社会科学院学术季刊》1996年第2期。

叶少娴：《论文学中女性形象的改变——女性自我意识与性别角色》，《国外文学》1996年第3期。

王宁：《中国当代女性文学中的先锋性和女性意识》，《作家报》1996年9月21日第2版。

丁帆：《逃逸“战争”的谚语：读陈染的〈私人生活〉》，《雨花》1996年第10期。

李孝佺：《女性天空与女性文学的新空间——评袁琼琼〈自己的天空〉》，《青岛大学师范学院学报》1996年第2期。

易光：《消失的男性——近期女性文学一个重要主题的演变》，《当代文坛》1996年第6期。

董兆林：《我爱比尔，米妮呢？——王安忆近作的嬗变》，《文学自由谈》1996年第4期。

李震：《王小妮：“活着”及其方式（评论）》，《作家》1996年第10期。

陈贤茂：《论蓉子的创作》，《华文文学》1996年第3期。

戴锦华：《奇遇与突围——九十年代女性写作》，《文学评论》1996年第5期。

南帆：《躯体修辞学：肖像与性》，《文艺争鸣》1996年第4期。

林白：《记忆与个人化写作》，《花城》1996年第5期。

王绯：《中国女性文学书写的划时期流变》，《钟山》1996年第1期。

丁柏铨、王树桃：《九十年代小说思潮初论》，《江苏社会科学》1996年第1期。

陈岚：《都市与女性的文学二重奏——张欣小说浅析》，《当代文坛》1996年第2期。

王琳：《女性经验与女性叙事——解读〈长恨歌〉、〈游行〉、〈守望空心岁月〉》，《当代文坛》1996年第3期。

胡彦：《女性写作：从身体到经验——兼论当代女作家的创作》，《当代文坛》1996年第3期。

王凤莲：《且看这回黄转绿——九十年代女性小说艺术空间的动态考察》，《文学世界》1996年第3期。

吴义勤：《生存之痛的体验与书写——陈染小说论》，《小说评论》1996年第3期。

陈晓明：《无限的女性心理学：陈染论略》，《小说评论》1996年第3期。

李小江：《背负着传统的反抗——新时期妇女文学创作中的权利要求》，《浙江学刊》1996年第3期。

王干、戴锦华：《女性文学与个人化写作》，《大家》1996年第1期。

黎慧：《个人、性别、种族：九十年代女性写作》，《上海文化》1996年第2期。

戴锦华：《陈染：个人和女性的书写》，《当代作家评论》1996年第3期。

朱青：《论程乃珊小说创作的女性风格》，《小说评论》1996年第4期。

胡颖峰：《着力探视女性的心灵——评胡辛的三部人物传记》，《江西社会科学》1996年第10期。

孟繁华：《逃离意识与女性宿命——徐小斌九十年代的小说创作》，《当代作家评论》1996年第6期。

王光明：《女性文学：告别1995——中国第三阶段的女性主义文学》，《天津社会科学》1996年第6期。

张兵娟：《论新时期女性文学创作中女性意识的演变》，《中州学刊》1996年第6期。

郑淑梅：《"双声话语"中的女性创作——对叶文玲小说的一种读解》，《杭州大学学报（哲学社会科学版）》1996年第4期。

荒林：《陈染小说：为妇女获得形式的写作》，《湛江师范学院学报》1996年第4期。

周梦蝶：《"女性文学"应走出"误区"》，《新闻出版交流》1996年第2期。

王雪瑛主持：《众说纷纭女作家》，《上海文坛》1996年第12期。

王小波：《〈私人生活〉与女性文学》，《北京文学》1996年第11期。

张洪德：《迟子建小说创作的三元构架》，《当代文坛》1996年第3期。

徐坤：《女性写作：断裂与接合》，《作家》1996年第7期。

徐小斌：《走近徐坤》，《当代作家评论》1996年第6期。

陶东风：《旷野上的碎片：关于知识分子的报告——读徐坤的知识分子题材小说》，《当代作家评论》1996年第4期。

林白、陶东风：《对话：私人化写作与女性作家》，《文学世界》1996年第5期。

徐小斌：《逃离意识与我的创作》，《当代作家评论》1996年第6期。

赵玫：《关于〈偿还〉》，《小说月报》1996年第6期。

贺桂梅：《有性别的文学——90年代的女性话语的诗学实践》，《北京文学》1996年第11期。

戴锦华：《女性主义是什么》，《北京青年报》1996年1月16日。

徐坤：《女性写作与写作着的女性》，《博览群书》1996年第8期。

宗子寅：《魂牵梦萦故园情——论新时期女性乡情散文》，《江西师范大学学报》1996年第4期。

王向阳：《作家笔下的女人们——女性意识的解读》，《沈阳师范学院学报（社会科学版）》1997年第1期。

莫显英：《女性诗歌："重述"的陷阱与可疑的策略》，《浙江学刊》1997年第1期。

曹华卿：《论新时期女作家女性意识的觉醒》，《辽宁大学学报（哲学社会科学版）》1997年第1期。

马瑞芳：《文学女性问题断想》，《山东文学》1997年第3期。

金燕玉：《从龙船到飞鸟——女性文学在20世纪中国的掠影》，《山东文学》1997年第3期。

荒林：《回到女性本身的九十年代女性小说》，《山东文学》1997年第3期。

黎超然：《张洁、张辛欣小说对"女性本质"的消解》，《广西大学学报（哲学社会科学版）》1997年第1期。

荒林：《女性话语权力的自觉：评〈当代中国女性文学史论〉》，《厦门文学》1997年第4期。

王凤莲：《平民意识与新女性主义——九十年代女性写作中的两个支点》，《齐鲁学刊》1997年第2期。

张圣康：《张抗抗的一次转轨》，《文学自由谈》1997年第1期。

黄秋平：《陈染小说与女性视角》，《理论与创作》1997年第2期。

马茂洋：《不谈〈私人生活〉》，《文学自由谈》1997年第2期。

黄发有：《行走的灵思：陈幸蕙散文漫评》，《作家报》1997年4月10日第3版。

林白、荒林、徐小斌、谭湘：《九十年代女性小说四人谈》，《南方文坛》1997年第2期。

王宏图：《私人经验与公共话语——陈染、林白小说论略》，《上海文学》1997年第5期。

读思言：《〈私人生活〉：从女性的观点看》，《作家报》1997年6月19日第2版。

孟繁华：《女性的故事——林白的女性小说写作》，《作家》1997年第3期。

王春容：《"女性写作"与传统习俗》，《民间文学论坛》1997年第2

期。

王克楠：《巾帼不让须眉，文坛百花飘香：近期女作家小说作品扫描》，《中国机电日报》1997年7月27日第3版。

易光：《女性书写与叙事文学（上）》，《文艺评论》1997年第2期。

易光：《女性书写与叙事文学（下）》，《文艺评论》1997年第3期。

杨敏：《论陈染小说创作的孤独意识》，《华中理工大学学报（社会科学版）》1997年第2期。

陈实：《散文和女人》，《南方文坛》1997年第3期。

刘安海：《女性文学现状略评》，《理论月刊》1997年第7期。

黄秋平：《女性心理与社会意识——张辛欣张洁作品再分析》，《理论与创作》1997年第4期。

谢廷秋：《"我写世界，世界才低着头出来"——陈染小说的女性主义解读》，《贵州师范大学学报（社会科学版）》1997年第3期。

荒林：《林白小说：女性欲望的叙事》，《小说评论》1997年第4期。

王凤莲：《中国现代女性小说艺术流变论》，《烟台师范学院学报（哲学社会科学版）》1997年第3期。

郑春凤：《八十年代女作家的男性角色》，《松辽学刊（社会科学版）》1997年第3版。

潘延：《对"成长"的倾注——近年来女性写作的一种描述》，《江苏社会科学》1997年第5期。

丁帆、王彬彬、费振钟：《"女权"写作中的文化悖论》，《文艺争鸣》1997年第5期。

降红燕：《关于"超性别意识"的思考》，《文艺争鸣》1997年第5期。

张喜田：《寻找的悲歌——新时期女作家的"精神怪圈"》，《文艺争鸣》1997年第5期。

刘萌：《"自我"的窗口　"心灵"的声音——当代女性散文创作论》，《文艺评论》1997年第5期。

何京敏：《新时期女性散文的主体意识》，《当代作家》1997年第5期。

王爱玲：《毕淑敏小说的女性意识与生命思考》，《山东师范大学学报（人文社会科学版）》1997年增刊。

郭力：《理想与诗情——九十年代女作家创作反思》，《北方论丛》1997年第5期。

王凤莲：《新时期文学中的女性话语》，《泰安师专学报》1997年第1期。

孙欣荣：《女性文学中的女性意识》，《宁夏教育学院、银川师专学报（社科版）》1997年第5期。

李奇志：《新时期以来的女性小说与都市人生》，《湖北师范学院学报（哲学社会科学版）》1997年第4期。

王建琳：《是女性文学还是"写性文学"》，《文艺理论与批评》1997年第5期。

秦俭：《寻找精神家园：论新时期女性文学中知识女性的形而上追寻》，《社会科学家》1997年第6期。

刘大枫：《同情陈染：关于她的"超性别意识"兼及她的"个人代表人类"说》，《天津文学》1997年第12期。

高峡：《女性存在的掘进与瞩望——陈染、林白"个人化"写作的一种解读》，《无锡教育学院学报》1997年第4期。

楼益龄：《关于女性批评的批评》，《杭州师范学院学报》1997年第5期。

黎慧：《徐小斌：遇难航程中的自我赎救》，《小说评论》1997年第1期。

荒林：《世纪之交的中国女性文学——"回顾与重建"：中国当代女性文学第二届学术研讨会综述》，《文艺争鸣》1997年第1期。

王绯：《走出女性心灵的樊篱——新时期女性文学若干心理症结的梳理》，《社会科学研究》1997年第1期。

周艳芳：《世纪末：女性文学话语的复归与重建》，《小说评论》1997年第2期。

张志忠：《半边风景：女性文学的散点扫描》，《文艺评论》1997年第1期。

张志忠：《半边风景：女性文学的散点扫描（下）》，《文艺评论》1997年第2期。

艾晓明：《当代中国女作家的创作关怀和自我想象——以"红罂粟丛书"中若干小说作品为例》，《广东社会科学》1997年第2期。

董之林：《辉映世纪的女性写真——论当代女性小说的历史嬗变》，《社会科学战线》1997年第3期。

魏兰：《毕淑敏小说创作的女性化演进及超越》，《宁夏教育学院、银川师专学报（社科版）》1997年第4期。

徐坤：《重重帘幕密遮灯——九十年代的中国女性文学写作》，《作家》1997年第8期。

赵勇：《怀疑与追问：中国的女性主义文学能否成为可能》，《文艺争鸣》1997年第5期。

王光明、荒林：《两性对话：中国女性文学十五年》，《文艺争鸣》1997年第5期。

陈龙：《自传性：现代女作家"女性写作"的途径》，《中国现代文学研究丛刊》1997年第1期。

周芳芸：《挣扎在畸形生存空间的女人》，《四川师范大学学报（社会科学版）》1997年第4期。

周海波：《城市语境中的女性情感世界——张欣小说论》，《小说评论》1997年第6期。

徐坤：《厨房》，《作家》1997年第8期。

李洁非：《"她们"的小说》，《当代作家评论》1997年第5期。

黎慧：《徐坤：性别与僭越》，《当代作家评论》1997年第1期。

邵建：《Her story：陈染的〈私人生活〉》，《作家》1997年第2期。

舟舟：《张抗抗在什么地方迷失了自己：读〈情爱画廊〉》，《特区青年报》1997年3月14日第6版。

王侃：《当代二十世纪中国女性文学研究批判》，《社会科学战线》1997年第3期。

程光炜：《孤绝的漫游者——论海男的诗歌写作》，《作家》1997年第6期。

刘思谦：《女人 女权主义 女性文学》，《山东文学》1997年第3期。

粟华等：《"私人生活"与陈染写作的私人化结构》，《社会科学探索》

1997年第6期。

文能、迟子建：《畅饮"天河之水"——迟子建访谈录》，《花城》1998年第1期。

李子云：《她们正在崛起——序香港三联书店编〈大陆女作家作品选〉》，《小说评论》1998年第5期。

周乐诗：《跨越文化和性别的鸿沟》，《中国比较诗学》1998年第1期。

徐坤：《双调夜行船——九十年代的女性写作》，《小说界》1998年第4期。

乔以钢：《20世纪中国女性文学研究的回顾与思考》，《天津社会科学》1998年第2期。

刘萌：《"小女人散文"价值论》，《文艺评论》1998年第2期。

丁晓原：《"社会天使"：现代女报告文学家论》，《中国文化研究》1998年第2期。

周晓扬：《女人与"家"——论当代女性文学的漂流身份》，《郑州大学学报（哲学社会科学版）》1998年第2期。

郑大群：《新时期女性角色意识的衍变》，《理论与创作》1998年第5期。

杨书：《"女妖"与"碎片"——对张洁〈只有一个太阳〉叙事结构的读解》，《贵州大学学报（社会科学版）》1998年第6期。

马超：《论王安忆小说的时空背景》，《文艺理论研究》1998年第1期。

南帆：《城市的肖像——读王安忆的〈长恨歌〉》，《小说评论》1998年第1期。

乐铄：《王安忆对妇女命运的新思考——〈长恨歌〉〈我爱比尔〉中的市场经济负面与"红颜薄命"》，《郑州大学学报（哲学社会科学版）》1998年第1期。

刘思谦：《女性文学：女性　妇女　女性主义　女性文学批评》，《南方文坛》1998年第2期。

崔卫平：《我的种种自相矛盾的观点和不重要的立场——关于女性主义批评的反思》，《南方文坛》1998年第2期。

金燕玉：《林白与女性化写作——兼论90年代女性文学的新景观》，《文艺争鸣》1998年第2期。

易光：《女性文学：文化反省的必要与限度》，《文艺争鸣》1998年第2期。

荒林：《问题意识、批评立场和九十年代女性写作——中国当代女性文学第三届学术研讨会评述》，《南方文坛》1998年第2期。

率然：《女性文学批评的建构》，《中国城乡金融报》1998年4月1日第4版。

刘绿宇：《智慧的痛苦——中西当代文学中知识女性的悲剧思考》，《南都学坛》1998年第2期。

冯剑华、马青、李凝祥、吴善珍、丁朝君、于秀兰、虞期湘、哈若蕙：《女作家八人谈》，《朔方》1998年第3期。

梁云：《建立女性的灵魂家园——翟永明〈黑夜的意识〉及其女性观》，《辽宁大学学报（哲学社会科学版）》1998年第2期。

吕洋、闫月珏：《挣脱禁锢：中国当代女作家女性主义写作述评》，《社会科学探索》1998年第1期。

韩素梅：《论新时期女性文学情爱观念的演变》，《赣南师范学院学报》1998年第1期。

朱惠玲：《女性文学发展的新阶段——90年代女性文学写作状况浅析》，《菏泽师专学报》1998年第1期。

吴义勤：《乱花渐欲迷人眼：我看九十年代的女性写作》，《广州文艺》1998年第3期。

陈筱培：《进入往事的一种方式——论林白〈青苔〉》，《当代文坛》1998年第2期。

黄柏刚：《女性主义文学的新觉醒》，《首都师范大学学报（社会科学版）》1998年第1期。

李晓红：《性别与中国现当代女性作家的创作》，《厦门大学学报（哲学社会科学版）》1998年第2期。

李复威、贺桂梅：《九十年代女性文学面面观》，《文艺报》1998年6月18日。

惠转宁：《重构更高层次的情爱——新时期女作家笔下的爱情婚姻观》，

《青海民族学院学报》1998年第2期。

罗婷：《中国当代女性文学中女性意识的嬗变——从〈方舟〉〈玫瑰门〉到〈紫藤花园〉》，《湘潭师范学院学报》1998年第2期。

王琼：《文坛景观：新女性话语现象》，《高等函授学报（哲学社会科学版）》1998年第3期。

郭锐：《文化转型期的女性文学创作》，《齐鲁学刊》1998年第4期。

丁帆、何言宏、丁亚芳：《世纪末文学丛谈：女性文学》，《雨花》1998年第8期。

贺桂梅：《伊甸之光——徐小斌访谈录》，《花城》1998年第5期。

任一鸣：《她们执著于真善美的追求——90年代女性文学流向之一》，《艺术广角》1998年第5期。

陈敢、梁线：《论新时期女性乡情散文》，《理论与创作》1998年第5期。

王建新：《"高潮"过后的反思——关于中国女性文学》，《山东教育学院学报》1998年第3期。

张丽珣：《九十年代中国女性文学发展的新态势》，《中华女子学院学报》1998年第3期。

戴锦华：《世纪之门》，《创作评谭》1998年第4期。

林丹娅：《中国女性文化现状之视听》，《创作评谭》1998年第4期。

任一鸣：《中国女性文学走向恢弘与深刻——中国女性文学现代衍进轨迹之一》，《新疆大学学报（哲学社会科学版）》1998年第3期。

韩小蕙：《关于女性文学的话题：访王绯》，《光明日报》1998年10月27日第2版。

荒林：《现代性中的女性困境》，《创作评谭》1998年第4期。

李仕芬：《软弱与挫败——女性小说中的男性》，《广州师院学报（社会科学版）》1998年第8期。

《首届中国当代女性文学评奖揭晓》，《文艺报》1998年9月17日第1版。

韦玲珍：《夏娃，走出伊甸园：中国现代女性文学衍变历程》，《浙江师大学报（社会科学版）》1998年第5期。

陈卫：《回归女性：论中国现代女性诗歌的一个侧面》，《人文杂志》

1998年第5期。

刘传霞：《关于王安忆小说中女性意识的探寻》，《高教自学考试》1998年第10期。

丁燕：《论张欣的小说创作》，《南通师专学报（社会科学版）》1998年第3期。

曾利君：《女性婚恋心态面面观——张欣小说的一种解读》，《当代文坛》1998年第6期。

陈力：《当代女性文学作品中的独特的女性形象》，《黑龙江教育学院学报》1998年第3期。

崔卫平：《我是女性，但不主义》，《文艺争鸣》1998年第6期。

卢惠淑：《韩、中女性小说特质考》，《东方丛刊》1998年第3期。

蔡世连：《女权、躯体写作与私人空间——女性写作的旨趣悖谬》，《山东师大学报（社会科学版）》1998年第6期。

史小玲：《身体、爱欲、女性主义立场：女性文化空间的浮现》，《怀化师专学报》1998年第4期。

陈惠芬：《城市 女人 散文——女性散文散论》，《社会科学》1998年第10期。

盛英：《90年代：中国女性文学的发展及其特征》，《天津社会科学》1998年第6期。

姚万生：《论80年代女性主义诗歌》，《重庆师院学报（哲学社会科学版）》1998年第4期。

施萍：《当代女性小说与神秘意识》，《南通师专学报（社会科学版）》1998年第3期。

谢玉娥：《"小女人散文"批评话语质疑》，《河南师范大学学报（哲学社会科学版）》1998年第6期。

沈艺虹：《生命的献祭：毕淑敏小说创作漫评》，《漳州师院学报（哲学社会科学版）》1998年第4期。

李琳：《充满磁性的艺术天地：浅谈毕淑敏的小说创作》，《首都师范大学学报（社会科学版）》1998中国语言文学增刊。

王文胜：《焦虑与防御：论陈染心理小说的创作特征》，《福建论坛（文史哲版）》1998年第6期。

瞿大炳、毛翰：《一部女性爱情诗学创造性建构：〈海妖的歌声：现代女性爱情诗〉导言》，《芜湖师专学报：综合版》1998年第4期。

杨红莉：《关于"小女人散文"》，《太行艺苑（太行学刊）（社科版）》1998年第1期。

谭湘、丹娅、戴锦华、荒林：《城市与女人——中国当代女性文学四人谈》，《当代人》1998年第2期。

王绯：《王安忆：理性与情悟》，《当代作家评论》1998年第1期。

南帆：《双重的解读——八九十年代中国文学的一种描述》，《文学评论》1998年第5期。

王侃：《"女性文学"的内涵和视野》，《文学评论》1998年第6期。

戴锦华：《迟子建：极地之女》，《山花》1998年第1期。

荒林：《中国当代女性文学第三届研讨会简述》，《中国文化研究》1998年第1期。

刘思谦：《中国女性文学的现代性》，《文艺研究》1998年第1期。

戴锦华：《重写女性：八、九十年代的性别写作与文化空间》，《妇女研究论丛》1998年第2期。

徐坤：《颠覆：作为一种文本策略——97女性写作回眸》，《山花》1998年第3期。

王向阳：《女性神话与逃离意识——谈当下女性创作中的一种倾向》，《沈阳师范学院学报（社会科学版）》1998年第1期。

李夫生：《男性中心话语的边缘性解构——有关女性私人化写作的几点思考》，《理论与创作》1999年第1期。

大卫：《像卫慧那样疯狂》，《国际服装动态》1999年第6期。

潘延：《历史、自我与女性文本》，《铁道师院学报》1999年第2期。

徐雁：《"私人化"写作孕育的可能与局限》，《文学世界》1999年第2期。

盛英：《九十年代：中国女性文学新话题》，《文艺报》1999年第3期。

吕若涵：《九十年代女性散文综论》，《福建师范大学学报（哲学社会科学版）》1999年第1期。

采薇：《女性文学研究与大文化视野——第四届中国当代女性文学学术研讨会侧写》，《文艺评论》1999年第2期。

陈菡蓉：《倾听自我——陈染论》，《当代作家评论》1999年第2期。

王向东：《孤独城堡的构建与冲决——论王安忆小说的孤独主题》，《扬州大学学报（人文社会科学版）》1999年第2期。

张英：《王安忆：优秀但不畅销》，《中华工商时报》1999年6月9日第23版。

屈雅君：《关于女性主义文学批评学科建设的若干问题》，《学术月刊》1999年第5期。

贺萍：《困惑与寻求：知识女性的精神探索——兼谈女性文学女性意识的历史发展轨迹》，《社会科学战线》1999年第3期。

刘思谦：《爱是什么？——兼谈90年代女性散文中的两性之爱》，《文艺评论》1999年第3期。

邓晓芒：《当代女性文学的误置——〈一个人的战争〉和〈私人生活〉评析》，《开放时代》1999年第3期。

吕幼筠：《试论王安忆小说中的性别关系》，《广东社会科学》1999年第3期。

韩晓晶：《复苏的性别——后新时期女性主义小说探索》，《天津日报》1999年7月26日第15版。

陈骏涛：《关于女性写作悖论的话题》，《山花》1999年第4期。

托娅：《试论崛起于新时期的内蒙古女性文学》，《内蒙古大学学报（人文社会科学版）》1999年第5期。

唐利群：《飞升与坠落：九十年代女性文学的文化悖论》，《文艺报》1999年第11期。

王曙芬、程玉梅：《从性禁区透视女性生存——浅析李昂小说中的女性与性》，《辽宁大学学报（哲学社会科学版）》1999年第1期。

魏兰：《突围 沦陷 构建——新时期女性文学的创作流变》，《宁夏社会科学》1999年第1期。

刘爱民：《放飞心灵之鸽：九十年代女性文学谈片》，《中国文化报》1999年3月11日第3版。

谢玉娥：《永恒的探索与追寻——读任一鸣〈中国女性文学的现代衍进〉》，《新疆大学学报（哲学社会科学版）》1999年第1期。

陈娇华：《生命原欲中女性自我形象的重铸》，《河南大学学报（社会科学版）》1999年第1期。

盛英：《九十年代女作家笔下的女性形象》，《山东文学》1999年第3期。

李万武：《别一种视角　又一番感悟——读肖淑芬的〈女性的星空〉》，《辽宁大学学报（哲学社会科学版）》1999年第2期。

朱青：《爱情的形态学研究——张欣小说谈片》，《当代文坛》1999年第2期。

温宗军：《都市规则与怀旧情绪——张欣小说读解》，《学术研究》1999年第2期。

戴锦华：《女性书写的别样风景》，《羊城晚报》1999年5月18日第14版。

徐坤：《身体叙事：90年代女性写作景观》，《羊城晚报》1999年5月18日第14版。

王金胜：《对话意识与狂欢化指向：九十年代女性写作的知觉形式特征分析》，《鸭绿江》1999年第4期。

董瑾：《痛与快——现代性与女性写作——兼论陈染的小说》，《当代作家评论》1999年第2期。

蔡慧清：《宗璞小说的音乐与女性意识》，《湘潭师范学院学报（社会科学版）》1999年第1期。

王春荣：《现代女性文学批评的独特价值及审美衍进》，《辽宁大学学报（哲学社会科学版）》1999年第3期。

刘日红：《试论女性文学的民间想象》，《河北师范大学学报（哲学社会科学版）》1999年第2期。

王向阳：《关于"姐妹情谊——姐妹之邦"的书写》，《辽宁大学学报（哲学社会科学版）》1999年第3期。

李披平：《可喜可忧的女性文学》，《语文函授》1999年第1期。

唐晴川、唐健君：《家园——割舍不断的女性情结》，《陕西师范大学学报（哲学社会科学版）》1999年第2期。

张清华：《抗争　迷失　寻找——20世纪中国女性意识的变迁与当代女性主义小说》，《山东理工大学学报（社会科学版）》1999年第2期。

陈纯洁：《女性文学与妇女解放50年》，《文论报》1999年7月29日第1版。

朱育颖：《世纪黄昏的低语——九十年代女性个人化小说的叙事策略》，《阜阳师范学院学报（社会科学版）》1999年第2期。

周芳芸：《现代文学东方淑女及贤妻良母形象》，《成都大学学报（社会科学版）》1999年第3期。

任一鸣：《女性文学宏观研究的理论思考》，《中国文化研究》1999年第3期。

王岳川：《女性主义文学在中国》，《科学时报》1999年9月6日第7版。

唐晴川：《论当代女作家创作的主体意识》，《理论导刊》1999年第6期。

朱育颖：《为人　为女　为文——新时期女性文学的流变》，《中国文化研究》1999年第3期。

张学军：《新时期文学中的女性写作》，《百科知识》1999年第9期。

王侃：《概念　方法　个案——"女性文学"三题（续）》，《文艺评论》1999年第3期。

顾广梅：《焦虑：中美两国自白派女诗人的趋同心态》，《烟台大学学报（哲学社会科学版）》1999年第3期。

梁君梅：《一个重视心灵的作家——谈王安忆的小说立场》，《山东矿业学院学报（社会科学版）》1999年第2期。

赵安如：《情爱三色堇：论王安忆的"三恋"》，《上海师范大学学报：哲学　教育　社科版》1999年第2期。

王颖：《卫慧小说印象》，《文学世界》1999年第4期。

陈南先：《女性意识和女性体验的极致——叶梦散文艺术略论》，《广东职业技术师范学院学报（社会科学版）》1999年第2期。

金燕玉：《"罗衣"与"诗句"——新时期女性文学之价值》，《文艺争鸣》1999年第5期。

蔡婷：《女性身体镜象的悖论》，《东南学术》1999年第4期。

吕进：《女性诗歌的三种文本》，《当代文坛》1999年第5期。

金鑫：《自我的书写与诗意的酿造——从冯沅君、宗璞小说看女性文学散文化的倾向》，《沈阳师范学院学报（社会科学版）》1999年第5期。

翟雅丽：《新时期女性散文的魅力》，《当代文坛》1999年第5期。

何大草：《世界的两个春天——我眼中的新生代女性散文》，《当代文坛》1999年第5期。

王晓明、薛毅、张炼红等：《九十年代的女性：个人写作（笔谈）》，《文学评论》1999年第5期。

阎纯德：《女性文学随想》，《文艺报》1999年11月23日第3版。

郑怡、陈鹃：《西方女性主义与中国女性文学》，《外国文学研究》1999年第3期。

庞晓虹、唐晴川：《论当代女性文学创作中女性意识的复归进程》，《唐都学刊》1999年第3期。

祝颖：《新时期女性文学的自觉追求》，《锦州师范学院学报（哲学社会科学版）》1999年第4期。

张文娟：《迟子建：背窗而立——关于迟子建90年代作品的阅读随想》，《临沂师专学报》1999年第4期。

谢廷秋：《早衰心态——从〈私人生活〉看世纪末女性文学动向》，《贵州师范大学学报（社会科学版）》1999年第4期。

陈协、王波：《闲适：90年代都市女性随笔的主调》，《淮阴师范学院学报（哲学社会科学版）》1999年第4期。

李掖平：《自我剖白与民间叙事：九十年代女性小说的两大类型》，《文学世界》1999年第5期。

易晓斌：《新时期女性小说的主题嬗变》，《江西教育学院学报（社会科学）》1999年第4期。

路文彬：《新都市传奇：性别的游戏与较量——从三篇小说看当下女性写作中的三种性别理想范型》，《艺术广角》1999年第6期。

刘卫东：《选择孤独与崇拜自我——论陈染、林白的"私人化写作"》，《社会科学论坛》1999年第4期。

迟子建、阿城、张英：《温情的力量——迟子建访谈录》，《作家》1999年第3期。

任一鸣：《女性文学从理想走向现实——90年代女性文学流向之二》，《艺术广角》1999年第6期。

储双月：《林白小说的女性心理审美历程》，《湖州师专学报》1999年第1期。

郝艳君：《张欣小说漫评》，《吕梁高等专科学校学报》1999年第1期。

贾丽萍：《现代都市女性的倾诉与咏叹——张欣小说浅议》，《淄博学院学报（社会科学版）》1999年第3期。

鲁峡：《张欣作品的规格化、格局化、程式化模式》，《南都学坛》1999年第5期。

王兵：《新时期女性文学中爱情悲剧的主客体思考》，《陕西教育学院学报》1999年第4期。

徐珊：《娜拉：何处是归程——论新时期女性文学创作中女性意识的发展流变》，《文艺评论》1999年第1期。

徐珊：《娜拉：何处是归程——论新时期女性文学创作中女性意识的发展流变（续）》，《文艺评论》1999年第2期。

温宗军：《论张欣小说的节奏艺术》，《广东职业技术师范学院学报》1999年第3期。

马相武：《女性文学走向何方？》，《羊城晚报》1999年1月5日。

戴锦华：《自我缠绕的迷幻花园——阅读徐小斌》，《当代作家评论》1999年第1期。

陈惠芬：《女性形象与文化叙事》，《上海社会科学院学术季刊》1999年第1期。

谢有顺：《羽蛇的内心生活》，《当代作家评论》1999年第1期。

陈娟：《女性救赎的失落——张洁论》，《上海师范大学学报（哲学社会科学版）》1999年第4期。

马超：《王安忆小说的人性形态》，《哈尔滨师专学报》1999年第2期。

王岳川：《女性批评的话语边界》，《文学自由谈》1999年第3期。

王金胜：《身体叙事：90年代女性写作的知觉形式特征》，《鸭绿江》

1999年第4期。

盛英：《亲吻"神秘"——谈徐小斌小说和神秘文化》，《小说评论》1999年第5期。

潘凯雄：《超越性别读〈羽蛇〉》，《当代作家评论》1999年第6期。

王岳川：《九十年代女性写作与身份意识》，《天津文学》1999年第9期。

王侃：《概念　方法　个案——"女性文学"三题》，《文艺评论》1999年第2期。

乐铄：《90年代女性私小说"性别"弱视》，《中国文化研究》1999年第3期。

薛毅：《浮出历史地表之后》，《文学评论》1999年第5期。

余昌谷：《把心中的"景象"呈现给读者——铁凝九十年代短篇小说创作概观》，《江淮论坛》1999年第3期。

陈志红：《他人的酒杯——中国当代女性主义文学批评阅读札记》，《当代作家评论》1999年第2期。

刘思谦：《爱是什么？——兼谈90年代女性散文的两性之爱》，《文艺评论》1999年第3期。

刘思谦：《"女性主义"与"神学"》，《读书》1999年第9期。

张清华：《九十年代女性写作的话语特征：以陈染、徐坤为例》，《文学世界》1999年第1期。

杨新：《女性：无处逃遁的网中之鱼——读林白的〈说吧，房间〉》，《当代文坛》1999年第1期。

徐其超：《少数民族女性文学之花——论彝族双语作家阿蕾创作》，《西南民族学院学报（哲学社会科学版）》2000年第7期。

王芳：《论少数民族女性文学女性意识的蒙昧和觉醒》，《广西民族学院学报（哲学社会科学版）》2000年第4期。

王宇：《性别关怀：当代文化语境中的女性主义写作》，《宁德师专学报（哲学社会科学版）》2000年第1期。

季红真：《向着幽深的心理世界：女性小说丛谈》，《中国妇女报》2000年2月28日第4版。

金文野：《女性主义文学论略》，《文艺评论》2000年第5期。

荒林：《女性文学批评反思的可能》，《文艺报》2000年5月23日第3版。

雷达：《女性命运和心灵的吟味——我读〈大浴女〉》，《文学报》2000年4月27日第6版。

张景超：《卫慧、棉棉与当下文化的偏斜》，《文艺报》2000年5月23日第2版。

陆小娅：《女性文学开出什么样的花》，《中国青年报》2000年9月5日第8版。

王建刚：《拒绝匿名的狂欢：关于女性写作》，《浙江学刊》2000年第4期。

董之林：《女性写作与历史场景——从90年代文学思潮中"躯体写作"谈起》，《文学评论》2000年第6期。

刘慧英：《90年代文学话语中的欲望对象化——对女性形象的肆意歪曲和践踏》，《中国女性文化》2000年第1期。

翟慧清：《90年代女性写作中的"新历史"景观》，《当代文坛》2000年第6期。

殷实：《"发现"女性主义：军事文学可能的空间》，《小说评论》2000年第6期。

孟繁华：《女性文学与"70年代出生的女作家"的讨论》，《中国女性文化》2000年第1期。

金雅：《现代女性迷失何方——评〈婚姻相对论〉中的女性形象》，《当代文坛》2000年第1期。

胡玉伟：《激进与犹疑——张洁小说女性意识评估》，《沈阳师范学院学报（社会科学版）》2000年第1期。

刘光宇、冬玲：《女性角色演变与中国妇女解放——中国现代女性文学的文化透视》，《山东师范大学学报（社会科学版）》2000年第2期。

潘晓生：《精神解放的呼唤与追求——试论70年代末、80年代初新时期小说中的女性形象》，《济南大学学报》2000年第1期。

潘晓生：《私人小说——展示女性世界的独特视角》，《山东师大学报（社会科学版）》2000年第2期。

杨启刚：《“另类”女作家群像》，《东方艺术》2000年第2期。

唐晓玲、梁鸿：《陈染、林白作品中的“性”世界》，《东方艺术》2000年第2期。

谭湘：《“理性”与“激情”：对近年中国女性文学的几点思考》，《红岩》2000年第2期。

韩莓：《新时期女性都市小说主题论》，《江汉论坛》2000年第3期。

韩小蕙：《女性散文：期待的是什么》，《文艺报》2000年4月25日第2版。

马殿超：《中国女性文学探微》，《辽宁师范大学学报》2000年第3期。

黄玉梅：《论中国女性文学的叙事风格流向》，《玉林师范高等专科学校学报》2000年第1期。

朱青：《蜕变中的女性意识——张抗抗创作论》，《当代文坛》2000年第3期。

杜霞：《都市生存的质询——20世纪90年代都市女性话语管窥》，《小说评论》2000年第4期。

董小玉：《现代女性文学三十年鸟瞰》，《呼兰师专学报》2000年第3期。

王爽：《“白日梦”与“自画像”——论贾平凹与陈染作品中的女性形象》，《固原师专学报》2000年第4期。

董小玉：《女性作家个人化写作的精神困境》，《文艺理论研究》2000年第4期。

王又平：《顺应·冲突·分野——论新女性小说的背景与传统》，《荆州师范学院学报》2000年第3期。

金文野：《女权意识与中国现代女作家的创作追求》，《中州学刊》2000年第4期。

丁莉丽：《她们：变动社会系统中的修辞能指——对新时期小说中部分女性形象的解读》，《浙江学刊》2000年第4期。

宫雁冰：《新时期女性文学的发展轨迹》，《克山师专学报》2000年第1期。

张宁生：《新时期女性文学扫描》，《安庆师范学院学报（社会科学版）》2000年第4期。

郭海鹰：《世纪之交中国散文的一道绚丽风景——新时期文学中的"女性散文"》，《中山大学学报（社会科学版）》2000年第4期。

谭湘：《女性文本随笔》，《红岩》2000年第5期。

陈惠芬：《她们能否"与生活和解"？——读铁凝、陈染、林白等几位女作家近作想到的》，《文汇报》2000年8月19日第9版。

储福金：《关于"通俗文学"的回答》，《常州工业技术学院学报》2000年第1期。

李万武：《迟子建近年中短篇小说的情感品质》，《文艺理论与批评》2000年第4期。

张屏瑾：《陈染：性别僭越与文本负荷》，《辽宁教育学院学报》2000年第4期。

罗瑶：《女性文学流程与女性形象悖论》，《平顶山师专学报》2000年第3期。

沈嘉达：《"新新人类"的写作模式》，《阅读与写作》2000年第10期。

金文野：《女性主义文学的内涵》，《当代文坛》2000年第5期。

黄静：《从理想走向现实：女性文学的衍进——张洁与池莉小说比较谈》，《南都学坛》2000年第2期。

《女性文学笔谈二十一家》，《百花洲》2000年第4期：

（1）刁斗：《还是先"人"吧》

（2）马相武：《从新现象看女性文学的发散》

（3）毛克强：《女性文学也应张扬人文精神》

（4）王侃：《90年代女性文学的主题与修辞》

（5）白烨：《读解女性文学》

（6）朱水涌：《女性写作的危机》

（7）毕光明：《女性文学：人性表现的陷阱》

（8）刘思谦：《未来的"女性小说学"》

（9）杨剑龙：《走出"房间"的女性文学》

（10）张春生：《从"本源"上夯实基础》

（11）陈晓明：《女性主义：我们需要的神话》

（12）陈骏涛：《面对心灵和面对市场》

（13）张清华：《在终结处追问》

（14）林丹娅：《她们有什么问题？》

（15）孟繁华：《女性文学：所可能达到和拥有的》

（16）施战军：《女性文学的自在形态》

（17）徐坤：《当前女性主义文学批评的困境》

（18）高松年：《走出局限，走向审美》

（19）夏康达：《女作家文学　女性文学　性文学》

（20）盛英：《漫话女性"自我"的探索》

（21）谭湘：《女性批评与女性小说》

李大健：《20世纪中国文学女性母题略论》，《广东教育学院学报》2000年第4期。

《〈大浴女〉五人谈》，《百花洲》2000年第4期：

（1）雷达：《我读〈大浴女〉》

（2）周政保：《颠簸中的女性〈成长〉》

（3）贺绍俊：《女性的道德深层焦虑》

（4）陈超：《噬心经验的"幽会"》

（5）谭湘：《从性别角度看〈大浴女〉》

《长篇小说〈大浴女〉评论小辑》，《小说评论》2000年第5期：

（1）朱青：《人性解剖的新突破》

（2）王春林：《荡涤那复杂而幽深的灵魂——评铁凝长篇小说〈大浴女〉》

（3）郝雨：《欲的突围与溃败——评铁凝的长篇小说〈大浴女〉》

王向东：《向人类生命本质和生存本义的逼近——王安忆人性、人生小说论》，《唯实》2000年第Z1期。

梁君梅：《从独语式写作到物质化写作——王安忆小说创作历程透视》，《山东科技大学学报（社会科学版）》2000年第3期。

刘敏慧：《城市和女人：海上繁华的梦——王安忆小说中的女性意识探微》，《小说评论》2000年第5期。

王安忆、王雪瑛：《王安忆注视文坛和乡村》，《作家》2000年第9期。

戴翊：《跨出女性世界之后——论王小鹰90年代的三部长篇小说》，《上海大学学报（社会科学版）》2000年第4期。

白烨：《女性文学的新视角》，《文汇报》2000年10月28日第9版。

王又平：《自传体和90年代女性写作》，《华中师范大学学报（人文社会科学版）》2000年第5期。

潘雅琴：《女性镜像中的焦虑》，《海南大学学报（人文社会科学版）》2000年第3期。

孙祖娟：《超度情爱——张洁长篇小说〈无字〉的文化意蕴解读》，《荆州师范学院学报》2000年第4期。

张喜田：《张欣：现代都市女性的歌者》，《河南师范大学学报（哲学社会科学版）》2000年第4期。

邱蓓：《新时期女性写作策略中的误区》，《长沙大学学报》2000年第3期。

王宇：《主体性建构：对近20年女性主义叙事的一种理解》，《小说评论》2000年第6期。

盛英：《中国女性文学：面临新世纪的思考》，《天津社会科学》2000年第4期。

黄佳能、丁增武：《宿命的“娜拉”——对90年代女性主义小说再反思》，《文艺评论》2000年第6期。

杨经建：《90年代女性主义小说的叙事表现风貌》，《理论与创作》2000年第6期。

张玉萍、伏开莲：《徐坤女性小说探析》，《临沂师范学院学报》2000年第5期。

石万鹏：《论“五四”以来女性文学中母女关系的写作》，《山东社会科学》2000年第6期。

张颂华：《别一种声音——谈“七十年代”人中的女性写作》，《思茅师范高等专科学校学报》2000年第4期。

韩袁红：《女性乌托邦——新时期以来中国女性的追求之路》，《丽水师范专科学校学报》2000年第6期。

梁云：《蹚过了忧郁这条河之后——世纪末对女性主义诗歌价值的反

思》，《深圳大学学报（人文社会科学版）》2000年第6期。

黄红燕：《"小女人"散文风行原因初探》，《嘉应大学学报》2000年第5期。

吴惠敏：《试论池莉小说的女性意识》，《文艺研究》2000年第6期。

谭湘：《〈饥饿的女儿〉：女性的自审或救赎》，《百花洲》2000年第6期。

吕颖：《女性主义的写作姿态——池莉〈小姐，你早〉解读》，《宁夏大学学报（人文社会科学版）》2000年第4期。

蒋喻艳：《叛逆和逃亡：陈染论》，《上海师范大学学报（哲学社会科学版）》2000年第12期。

孔逸萍：《从叛世走向媚俗——卫慧创作简论》，《江苏广播电视大学学报》2000年第4期。

朱丽丽：《在边缘的弱者——20世纪90年代女性写作印象》，《江海学刊》2000年第3期。

王少瑜：《九十年代女性文学对城市女性生存困境的抒写》，《西江大学学报》2000年第4期。

潘丽君：《女性天地姹紫嫣红——90年代女性小说艺术探微》，《牡丹江师范学院学报（哲学社会科学版）》2000年第3期。

赵安如：《女性的艰难与人的艰难——方方小说的一种读解》，《上海师范大学学报（哲学社会科学版）》2000年第3期。

肖巍：《为谁用什么以什么话语——也谈女性写作》，《粤海风》2000年第6期。

徐小斌：《读〈中国女性文学新探〉》，《光明日报》2000年9月28日第B2版。

杨绍军：《论90年代女性主义文学》，《云南师范大学学报（哲学社会科学版）》2000年第5期。

陈思和：《现代都市的"欲望"文本——对"七十年代出生"女作家创作的一点思考》，《文汇报》2000年4月1号。

张抗抗：《当代文学中的性爱与女性书写》，《北京文学》2000年第3期。

刘思谦：《代：女人生命的刻度——90年代女性散文中的代际现象》，《文艺评论》2000年第2期。

陈思和：《现代都市社会的"欲望"文本——以卫慧和棉棉的创作为例》，《小说界》2000年第3期。

万莲子：《女性主义文学批评暨中外女性文学研究 20世纪中国女性文学发展的误区》，《湘潭大学社会科学学报》2001年第1期。

胡辛：《中国女性文学纵览》，《南昌大学学报（人文社会科学版）》2001年第4期。

乔以钢：《论中国女性文学的思想内涵》，《南开学报》2001年第4期。

吴思敬：《中国女性诗歌：调整与转型（节选）》，《诗刊》2001年第3期。

阎纯德：《光大女性文学亮色》，《中国教育报》2001年1月2日第7版。

王艳梅：《当代女性写作的自恋主义倾向》，《学习与探索》2001年第1期。

苏晓芳：《林白：一个惊恐的"边缘"女人》，《云梦学刊》2001年第1期。

韩袁红：《对母性主题的重新阐释——当代女性文学中的女性关系之一》，《淮南师范学院学报》2001年第1期。

耿波、许志强：《论中国女性文学的应答叙事》，《江苏教育学院学报（社会科学版）》2001年第3期。

潘虹莉：《不经意中的感悟——谈谈我对女性诗歌的认识》，《文艺评论》2001年第4期。

丁帆：《中国的女权主义文学到底能够走多远？！》，《长城》2001年第3期。

朱红：《把握时代脉搏 拓展写作空间——沪上研讨都市文化与上海女性写作》，《文学报》2001年第1208期。

赵树勤：《自由的飞翔——知识经济时代女性文学的发展趋势》，《理论与创作》2001年第2期。

赵树勤：《当代女性话语权力的欲求与焦虑》，《湖南师范大学社会科学学报》2001年第2期。

张强：《当代女性主义写作的叛逆与歧途》，《百花洲》2001年第2期。

刘明、周怡：《池莉小说中的母性意识与文化立场》，《华侨大学学报（人文社会科学版）》2001年第3期。

徐岱：《民国往事：论五四女性小说四家》，《杭州师范学院学报（人文社会科学版）》2001年第5期。

周瓒：《女性诗歌："误解小词典"》，《诗林》2001年第4期。

金雅：《女性命运的文学风标——二十世纪中国文学与女性解放》，《文艺报》2001年12月15日第2版。

吕智敏：《张洁：告别乌托邦的话语世界》，《中国文化研究》2001年第4期。

周政保：《女性文学不在"女"字》，《中国教育报》2001年1月2日第7版。

王绯：《商业炒作女性文学休矣》，《中国教育报》2001年1月2日第7版。

乐铄：《现代女作家乡土作品及其地位》，《中国现代文学研究丛刊》2001年第3期。

张屏瑾：《七十年代以后："她们"的书写情景与表达方阵》，《文艺争鸣》2001年第3期。

谢有顺：《媒体时代的新女性散文》，《百花洲》2001年第4期。

盛英：《回忆并不亲切：谈我的女性文学研究的"土著性"》，《百花洲》2001年第4期。

《母性意识与生存意识——关于〈生活秀〉的两个话题》，《昌潍师专学报》2001年第3期。

（丹麦）苏姗娜·波斯勃尔格著，梁晓冬译：《残雪——追踪疯狂》，《外国文学》2001年第4期。

王长中：《女性自我的追寻者——论茹志娟的小说创作》，《佳木斯大学社会科学学报》2001年第2期。

王泉、龚蕾：《简论舒婷诗歌的女性意识》，《益阳师专学报》2001年第4期。

刘广涛：《痛苦的升华 泪水的结晶——舒婷诗歌创作新论》，《上海师范大学学报（哲学社会科学版）》2001年第4期。

尚秋：《论〈大浴女〉的叙事特点及其叙事效果》，《沈阳师范学院学报（社会科学版）》2001年第4期。

崔志远：《探寻"人类情感"的心灵艺术——铁凝小说创作综论》，《河北学刊》2001年第4期。

程箐：《都市与女性的有机汇合——张欣小说的文本意义》，《鄂州大学学报》2001年第3期。

赵树勤：《当代女性爱欲书写的历史演变及其审美特征》，《中国文学研究》2001年第2期。

万莲子：《"20世纪湖湘女性文学"文化创造特征》，《中国文学研究》2001年第2期。

王学智：《论"莎菲型"女性形象的爱情意识》，《云南师范大学学报（哲学社会科学版）》2001年第3期。

陈国和：《陈染小说：孤寂、执着的女性探索》，《咸宁师专学报》2001年第1期。

西慧玲：《凝眸自我　抒写灵魂——试论陈染小说创作的表现主义色彩》，《当代文坛》2001年第3期。

何春华：《男权中心话语压制下的陈述与突围——谈〈私人生活〉中的女性情谊》，《华南师范大学学报（社会科学版）》2001年第2期。

崔志远：《解读〈大浴女〉》，《河北师范大学学报（哲学社会科学版）》2001年第2期。

李炎：《希望与迷惘——女权主义与当代中国大陆女性写作》，《思想战线》2001年第3期。

胡慧翼：《文化自审视阈下的"第二性"——从现当代四位女作家的创作看女性文学的一种主题演进》，《荆州师范学院学报》2001年第1期。

王丽：《"寻找我们母亲的田园"——中国女作家的母女话题》，《中国文化研究》2001年第2期。

郭力：《综合与超越：女性文学研究方法论的探讨——文学研究方法论研讨之四》，《文艺评论》2001年第2期。

郭力：《综合与超越：女性文学研究方法论的探讨——文学研究方法论研

讨之四（续）》，《文艺评论》2001年第3期。

赵树勤：《生命末日的女性言说——论中国当代女性文学的死亡主题》，《中国文化研究》2001年第2期。

《对母性主题的重新阐释——当代女性文学中的女性关系之一》，《淮南师范学院学报》2001年第1期。

沈嘉达：《在觉醒与迷惘之间——女性文学论说之二》，《黄冈师范学院学报》2001年第2期。

梁惠娟：《幸福的彼岸在哪里——论20世纪女性文学追寻理想爱情的心路历程》，《河北师范大学学报（哲学社会科学版）》2001年第3期。

鄢莉：《以更开阔的眼光打量"女性文学"》，《文艺评论》2001年第4期。

樊星：《探索女性文学新思路》，《文艺评论》2001年第4期。

赵思运：《男权镜像的破裂——新时期女性诗歌话语考察》，《阴山学刊》2001年第2期。

陈克勤：《复苏与挑战——略论新时期女性小说的内涵》，《常德师范学院学报（社会科学版）》2001年第3期。

谢玉娥：《"大欲"之后的"大浴"——"大浴女"性别意向解读》，《河南大学学报（社会科学版）》2001年第3期。

李万武：《文学对"做爱"的堂皇加冕——也评〈大浴女〉》，《文艺理论与批评》2001年第3期。

黑白：《王安忆的魅力——读长篇小说〈富萍〉》，《文艺报》2001年7月10日第2版。

陈斯拉：《从"三恋"看王安忆的女权意识》，《广东教育学院学报》2001年增刊。

马超：《都市里的民间形态——王安忆〈长恨歌〉漫议》，《天水师范学院学报》2001年第1期。

张燕：《何处泊靠？——池莉小说创作之女性观质疑》，《当代文坛》2001年第1期。

杨剑龙：《精神的探究与艺术的追求：王安忆在当代文坛的意义和价值》，《文艺报》2001年2月20日第2版。

陈福民：《徐坤：智慧精灵之舞蹈》，《青年文学》2001年第5期。

谢小霞：《面向大众的叙述和建构——张欣小说论》，《小说评论》2001年第1期。

陶昌馨：《走向深沉与大气的世纪末女性散文》，《西南师范大学学报（人文社会科学版）》2001年第1期。

赵思运：《呻吟中的突围——女性诗歌对男权镜像的解构与颠覆》，《文艺争鸣》2001年第1期。

吴智斌：《无根的写作：卫慧、棉棉作品对"父亲"的解构》，《当代文坛》2001年第2期。

李开拓：《池莉爱情小说中情感的价值取向》，《北华大学学报（社会科学版）》2001年第1期。

杨爱芹：《池莉：女性化与传统化》，《昌潍师专学报》2001年第1期。

薛海燕：《论中国女性小说的起步》，《东方论坛（青岛大学学报）》2001年第1期。

蔡军：《新时期女性小说概论》，《福州师专学报》2001年第1期。

季爱娟：《荒诞人生的诗性传达——兼论20世纪80年代女性荒诞小说对女性小说文体的意义》，《江西社会科学》2001年第3期。

任一鸣：《自省　自警　自审——20世纪90年代女性文学流向之三》，《艺术广角》2001年第6期。

刘传霞：《女性视域中的历史——评迟子建的〈伪满州国〉》，《当代文坛》2001年第6期。

王莉：《女性文学视野下的舒婷诗歌》，《乐山师范学院学报》2001年第5期。

郭海霞、毛思慧：《父权、种族与女性存在——解读汤婷婷的短篇小说〈无名女人〉》，《四川外语学院学报》2001年第6期。

赵晓珊：《女性意识：时尚与镜像——王安忆小说女性形象分析》，《宁夏大学学报（人文社会科学版）》2001年第4期。

王虹艳：《向历史书写的挑战——现代女作家重写母亲形象的主体心态》，《鸭绿江》2001年第12期。

何彬：《谈谈女作家小说中性别视角的模糊性》，《徐州教育学院学报》

2001年第4期。

鲁峡：《浅论当代中国女作家创作的审美走向》，《河南社会科学》2001年第6期。

西慧玲：《八九十年代中国女性写作特征回眸》，《文艺评论》2001年第5期。

袁仕萍：《20世纪90年代女性散文巡礼》，《襄樊学院学报》2001年第6期。

刘双贵：《女性自尊的觉醒——舒婷的〈致橡树〉解读》，《北方论丛》2001年第6期。

刘传霞：《论20世纪90年代女性小说的写作群体》，《青岛大学师范学院学报》2001年第4期。

武锦华、龙怀珠：《女性话语在革命文本中的隐现》，《山西大学师范学院学报》2001年第4期。

付建舟：《残雪小说的梦魇世界》，《淮北煤师院学报（哲学社会科学版）》2001年第Z1期。

徐德明：《王安忆：历史与个人之间的"众生话语"》，《文学评论》2001年第1期。

赵稀方：《中国女性主义的困境》，《文艺争鸣》2001年第4期。

荒林、王红旗、邢宇皓：《按自己的心愿述说自身形象——以女性立场看女性文学》，《光明日报》2001年11月29日C02版。

王雪瑛：《生长的状态——论王安忆九十年代的小说创作》，《当代作家评论》2001第2期。

陈骏涛、郭素平：《双性共享的精神空间——〈中国女性文化〉评述》，《妇女研究论丛》2001年第1期。

谢南斗：《残雪与女性文学》，《中国文学研究》2002年第2期。

黄柏刚：《女性文学回归现实的新变信号——评方方新作〈奔跑的火光〉》，《当代文坛》2002年第3期。

王珂：《民族性：浓、淡、无多元相存——论20世纪末期少数民族女诗人现代汉语诗的抒情倾向》，《西北民族学院学报（哲学社会科学版汉文）》2002年第1期。

朱小平：《20世纪湖南女性文学的整体轮廓及女性意识的流变》，《理论与创作》2002年第1期。

白烨：《女性写作的个人化与多样化》，《北京日报》2002年3月24日。

王宇：《90年代性别差异性文化想像的尴尬及其原因》，《文艺评论》2002年第2期。

万燕：《当代女性写作的精神空间》，《南方文坛》2002年第2期。

阎纯德：《论女性文学在中国的发展》，《中国文化研究》2002年第2期。

王又平：《新女性小说："后之后"的人文精神建构——澄清关于新女性小说的几种误解》，《华中师范大学学报（人文社会科学版）》2002年第4期。

降红艳：《"女性文学"还是"性别文学"——"女性文学"及相关概念辨析》，《云南社会科学》2002年第5期。

葛红兵：《癫狂体验　耻辱意识　市民精神——当下女性写作的三个问题》，《盐城师范学院学报（人文社会科学版）》2002年第4期。

宋文京：《踏花归来马蹄香：女性写作的现在进行时》，《中国社会报》2002年3月7日第4版。

魏天真：《谁在搅女性主义的浑水》，《中华读书报》2002年3月13日。

田崇雪：《芸娘　莎菲　宝贝——"私人化写作"的风化史》，《小说评论》2002年第1期。

陈千里：《论丁玲、陈染小说的文化内涵》，《南开学报》2002年第1期。

何祖健：《成长体验的女性言说——从〈乌鸦之歌〉〈怀念声名狼藉的日子〉看池莉性别创作立场的位移》，《湖南大学学报（社会科学版）》2002年第1期。

胡军：《神话的坍塌与重建——谈陈染小说恋父、弑父与"回家"》，《株洲师范高等专科学校学报》2002年第1期。

王敏：《廖辉英与张欣小说中的女性形象塑造》，《河南师范大学学报（哲学社会科学版）》2002年第5期。

吴凯：《女人悲歌——读方方中篇小说〈奔跑的火光〉》，《中国保险报》2002年3月8日第3版。

孟繁华：《现代性与未曾消逝的过去——评徐坤的长篇小说〈春天的二十二个夜晚〉》，《全国新书目》2002年第4期。

隋丽君：《张洁与她的〈无字〉（文苑名人近况）》，《人民日报》（海外版）2002年2月20日第7版。

程箐：《翩跹于都市的舞者：张欣》，《赣南师范学院学报》2002年第1期。

毛克强：《人文主义旗帜的高扬与超越——转型期女性文学的二元对立研究》，《西南民族学院学报（哲学社会科学版）》2002年第2期。

孙丽丽：《现代女性自主意识的演变及其审美特征》，《昭乌达蒙族师专学报（汉文哲学社会科学版）》2002年第2期。

薛连通：《从点缀的星火到写作的主力军——白烨透析女性写作热》，《中国文化报》2002年2月27日第2版。

秦弓：《评〈二十世纪中国女作家研究〉》，《博览群书》2002年第3期。

迟子建、闫秋红：《"我只想写自己的东西"》，《小说评论》2002年第2期。

杨静远：《女性意识的萌生和觉醒》，《万象》2002年第4期。

刘传霞：《女性主义的历史叙述》，《扬州教育学院学报》2002年第1期。

张黎玲：《论女性写作的生命意识和历史轨迹》，《云南师范大学学报（哲学社会科学版）》2002年第2期。

赵苹：《90年代女性神话——近年女性个人化写作文本解读》，《广东教育学院学报》2002年第1期。

赵树勤：《寻找家园的孤独之旅——论20世纪女性文学的逃离主题》，《江苏行政学院学报》2002年第1期。

王芳：《女性主义，走不出男权？》，《社会科学报》2002年4月18日第8版。

王周生：《何时才能逃出男性建造的樊篱》，《文学自由谈》2002年第2期。

方彦：《女性文学之伪》，《社会科学报》2002年4月18日第8版。

王爱松：《评赵树勤〈寻找夏娃——中国当代女性文学透视〉》，《湖南师范大学社会科学学报》2002年第2期。

李明明：《中国女性小说的先锋性探源》，《辽宁大学学报（哲学社会科学版）》2002年第3期。

高鸿萍：《论社会经济转型下女性写作中的女性意识的转变》，《黔东南民族师专学报》2002年第2期。

张冬梅、胡玉伟：《群体关怀与个体言说——对20世纪八九十年代女性写作的一种读解》，《北方论丛》2002年第2期。

吴颜媛：《对20世纪90年代中国女性写作的一点反思》，《海南师范学院学报（人文社会科学版）》2002年第2期。

徐虹：《写作进入"她世纪"》，《中国青年报》2002年5月23日第8版。

李丽芳：《精神价值的确证与自我感受的追求——当代女性作家情爱小说分析》，《学术探索》2002年第2期。

王艳芳：《女性文学批评中"拒绝对话"现象的分析》，《文艺评论》2002年第2期。

温存超：《不屈不挠的活——略论池莉小说中的女性形象》，《河池师专学报（社会科学版）》2002年第1期。

《迟子建专辑：小说家档案》，《小说评论》2002年第2期：

（1）於可训：《主持人的话》

（2）闫秋红：《论迟子建小说的"死亡"艺术》

（3）迟子建：《寒冷的高纬度——我的梦开始的地方》

（4）《迟子建作品目录》

计红芳：《新时期妇女解放的宣言书与沉思录——论张洁的小说》，《黑龙江社会科学》2002年第2期。

《张抗抗：先做一个真实的人》，《作家杂志》2002年第4期。

朱青：《女性文学的视域、视力和视点》，《文艺研究》2002年第3期。

张抗抗、李小江：《女性身份与女性视角》，《钟山》2002年第3期。

王干：《女人为什么写作》，《大家》2002年第3期。

沈玲：《割舍不断的情结——试析现代女性文学中的母爱主题》，《徐州师范大学学报》2002年第2期。

廖冬梅：《当代女性文学真的如此"误置"吗？——与邓晓芒先生商榷》，《文艺争鸣》2002年第3期。

王珂：《轻化：女性模式到女人模式（上）——论八九十年代中国女诗人的两大抒情模式》，《艺术广角》2002年第2期。

王珂：《轻化：女性模式到女人模式（下）——论八九十年代中国女诗人的两大抒情模式》，《艺术广角》2002年第3期。

魏兰：《为女性的隐痛而创作——铁凝小说创作的另一种解读》，《宁夏大学学报（人文社会科学版）》2002年第1期。

梁旭东：《王安忆的性爱小说：构建女性话语的尝试》，《广播电视大学学报（哲学社会科学版）》2002年第2期。

张浩：《论王安忆小说的悲剧建构》，《郑州大学学报（哲学社会科学版）》2002年第3期。

安映洒：《论王安忆作品对人性的探索》，《盐城师范学院学报（人文社会科学版）》2002年第2期。

邵文实：《女人与城市　漂泊与寻找——王安忆小说创作二题》，《首都师范大学学报（社会科学版）》2002年第2期。

向叶平：《抛弃与寻找：九十年代的女性写作》，《池州师专学报》2002年第1期。

王志华：《超性别意识与90年代女性写作》，《山东科技大学学报（社会科学版）》2002年第2期。

白烨：《透析女性写作热——在中国现代文学馆的演讲》，《山花》2002年第6期。

吴宏凯：《困境与僭越——论女性写作自我超越的可能》，《淮南师范学院学报》2002年第1期。

赵改燕：《现代都市与女性生存的两种诠释——王安忆、张梅都市小说比较分析》，《韶关学院学报（社会科学版）》2002年第5期。

梅洁：《阅读韩小蕙》，《文学自由谈》2002年第3期。

田玮莉：《重读〈爱，是不能忘记的〉》，《江西社会科学》2002年增刊。

张抗抗：《我为什么写〈作女〉》，《文艺报》2002年第6月25日第2版。

张曦：《古典的余韵："东吴系"女作家》，《书屋》2002年第9期。

乔以钢：《女性阅读与文学研究》，《商丘职业技术学院学报》2002年第1期。

吴素萍：《人生之态与女性之梦》，《丽水师范专科学校学报》2002年第4期。

胡颖峰：《论新时期女性散文的审美价值》，《江西科技师范学院学报》2002年第4期。

陈林侠：《记忆边缘的绝望与呓语——论90年代女性主义写作兼评林白与陈染》，《艺术广角》2002年第5期。

任一鸣：《对世纪末个人化写作的几点思考——兼论林白、陈染与卫慧、棉棉之区别》，《昌吉学院学报》2002年第3期。

晓华：《大视域中寻找写作特征——江苏女性写作研讨会综述》，《文学报》2002年9月19日第4版。

冯秋子：《江苏"女性写作"研讨引发思辨》，《文艺报》2002年9月24日第1版。

程勇：《弱势中的弱势——当代乡村女性命运思考——〈奔跑的火光〉〈玉米〉〈沉默权〉解读》，《当代文坛》2002年第5期。

黄柏刚：《池莉与陈染"女性成长故事"之比较——兼谈新世纪女性主义文学的发展》，《郧阳师范高等专科学校学报》2002年第4期。

陈召荣、张建华：《从边缘到中心：女性主体的物化历程——缪永小说分析》，《河西学院学报（哲学社会科学版）》2002年第4期。

徐岱：《存在的感悟：论王安忆及其90年代小说》，《吉首大学学报（社会科学版）》2002年第3期。

陆梅：《无法归位的王安忆》，《中国文化报》2002年8月3日第4版。

西慧玲：《徐坤的嬗变——试论徐坤女性小说抗争意识的萎缩》，《当代文坛》2002年第5期。

刘婷：《二十世纪上半叶中国女性文学现代性初探》，《人文杂志》2002年第3期。

胡辛：《当代女性文学热点透视》，《南昌大学学报（人文社会科学版）》2002年第2期。

禹建湘：《中国当代女性主义文学面临的困惑》，《湖南社会科学》2002年第4期。

王欢：《向着黎明和自由的艰难跋涉——论〈爱，是不能忘记的〉〈方舟〉〈祖母绿〉中的知识女性形象》，《渝州大学学报（社会科学版）》2002年第4期。

向怀林、彭熙：《超越与迷失：当前女性文学创作的悖论情景》，《西南民族学院学报（哲学社会科学版）》2002年第6期。

李明明：《对女性小说先锋性的文化反思》，《辽宁师范大学学报》2002年第4期。

白薇：《女性的现实困惑与女性人文主义理想——20世纪90年代女性创作的文化追求》，《中国青年政治学院学报》2002年第4期。

李舒杨：《九十年代女性文学的个人化写作特征》，《河北理工学院学报（社会科学版）》2002年第3期。

高侠：《女性存在的掘进与瞩望——对陈染、林白"个人化"写作的一种解读》，《当代文坛》2002年第4期。

罗雪松：《论中国现代女性作家的文化视角》，《社会科学家》2002年第5期。

唐晴川：《论中国当代女性文学的人道主义情怀》，《陕西师范大学学报（哲学社会科学版）》2002年第5期。

林凌：《后期女性主义写作的三次突围》，《文艺评论》2002年第5期。

赵树勤：《快乐原则与主体地位的确立——论当代女性文学的性爱主题》，《文艺争鸣》2002年第5期。

杨梅：《论"时尚女性文学"》，《东岳论丛》2002年第5期。

曹书文：《论李昂、王安忆创作中性爱描写的女性意识》，《河南师范大学学报（哲学社会科学版）》2002年第5期。

蔡育红：《90年代女性写作的独特景观——试论林白、陈染小说的话语形式》，《泉州师范学院学报》2002年第5期。

吴义勤：《新长篇小说讨论之十——女性私语与精神还乡——丁丽英〈时钟里的女人〉、魏微〈一个人的微湖闸〉》，《小说评论》2002年第5期。

周利荣：《论池莉小说的女性意识——兼及新时期女性意识的多元型态》，《陕西师范大学学报（哲学社会科学版）》2002年第5期。

涂险峰：《生存意义的对话——写在残雪与卡夫卡之间》，《文学评论》2002年第5期。

吴宏凯：《自我镜像的言说——论90年代女性写作中的身体书写》，《福建论坛（人文社会科学版）》2002年第5期。

王金霞：《重建女性神话的梦想——浅论20世纪90年代的女性写作》，《临沂师范学院学报》2002年第5期。

向怀林、彭熙：《反叛与建构：女性文学创作的双向主题》，《重庆大学学报（社会科学版）》2002年第5期。

包红英：《东方叛逆的女性——浅论二十世纪八十年代"女性诗歌"》，《松辽学刊（人文社会科学版）》2002年第5期。

方雪梅：《激情时代的终结——20世纪90年代女性诗歌综述》，《当代文坛》2002年第6期。

孙德喜：《性别意识的觉醒与变异——20世纪后20年都市女性小说语言论》，《文艺评论》2002年第5期。

胡颖峰：《论新时期女性散文的精神向度》，《江西社会科学》2002年第9期。

付晓静：《从都市世俗中寻求创作深度——以张爱玲、池莉为中心》，《海南师范学院学报（人文社会科学版）》2002年第5期。

程丽蓉：《个人化写作原野上两株开花的树——陈染、林白小说合论》，《西南民族学院学报（哲学社会科学版）》2002年第10期。

杨柳：《陈染小说文本的诗意核心》，《洛阳大学学报》2002年第3期。

孙梅：《谨防女性书写的陷阱——从张抗抗的〈作女〉谈起》，《文汇报》2002年11月9日第8版。

孙丽玲：《20世纪中国女性文学审美流变与发展》，《济南大学学报（社会科学版）》2002年第6期。

陆雪琴：《从创伤记忆看新时期女性写作》，《中州学刊》2002年第6期。

金燕玉：《由家而族——20世纪90年代女性写作的拓展》，《学海》2002

年第6期。

吴宏凯：《母性存在：从神话到叙事——论九十年代女性写作中的母性重塑》，《齐鲁学刊》2002年第6期。

张红平：《当红女作家点穴：五作家批评》，《山西文学》2002年第12期。

靳小蓉：《浅论林白小说中的阴影原型》，《社科纵横》2002年第5期。

潘晓生：《世俗化社会思潮中的女性文学——对近年女性文学创作的一种分析》，《山东师范大学学报（人文社会科学版）》2002年第6期。

魏天真：《观看男人的三种眼光——池莉近作的女性视角及其意义》，《华中师范大学学报（人文社会科学版）》2002年第6期。

刘彦华：《迟子建小说的忧伤美》，《集宁师专学报》2002年第3期。

庞叶宏：《女性话语的真正复归——读林白的〈一个人的战争〉》，《玉林师范学院学报》2002年第4期。

《林白讨论专辑》，《小说评论》2002年第5期：

（1）林白：《自述》

（2）叶立文、林白：《虚构的记忆》

（3）王均江、叶立文：《"她们"的命运——林白小说的女性人物》

（4）《林白作品目录》

石万鹏：《汇合与错位——论中国新时期文学初期对女性形象的建构》，《东岳论丛》2003年第1期。

王志华：《女性的别一种呼唤——试比较两代女作家的创作》，《山东科技大学学报（社会科学版）》2002年第4期。

何彬：《女作家小说中叙事距离的模糊性》，《当代文坛》2003年第1期。

孔炜灵：《也谈宝贝作家与身体写作》，《绍兴文理学院学报（哲学社会科学版）》2002年第6期。

周艳丽：《爱的无奈 爱的抗争 爱的升华——浅谈女作者笔下爱情婚姻主题的嬗变》，《殷都学刊》2002年第4期。

罗凤云：《沉重的翅膀 飘零的羽毛——对徐小斌小说中女性的解读》，《沙洋师范高等专科学校学报》2002年第6期。

代冰：《梦魇世界的现实折射——残雪小说世界初探》，《佳木斯大学社会科学学报》2002年第6期。

尚琳琳：《走向边缘的女性"个人化"写作》，《肇庆学院学报》2002年第6期。

林丹娅：《女性文学研究的现实境遇》，《光明日报》2002年11月27日。

杨飏：《关于九十年代个人化写作问题》，《文学评论》2002年第2期。

王晓明：《从"淮海路"到"梅家桥"——从王安忆小说创作的转变谈起》，《当代作家评论》2002年第5期。

秦晋：《命运沉重的吹拂——评张洁的长篇小说〈无字〉》，《当代作家评论》2002年第5期。

吴俊：《瓶颈中的王安忆——关于〈长恨歌〉及其后的几部长篇小说》，《当代作家评论》2002年第5期。

王艳芳：《被复制的文化消费品——论〈长恨歌〉的文学史意义》，《当代作家评论》2002年第5期。

陈骏涛：《中国女性主义文学批评的两个问题》，《南方文坛》2002年第5期。

盛英：《从女性的角度看〈作女〉》，《中国妇女报》2002年8月6日第3版。

刘颋：《常态的王安忆　非常态的写作——访王安忆》，《文艺报》2002年1月15日第2版。

傅书华：《从女性独白到两性对话》，《中华读书报》2002年1月23日第19版。

韩莓：《20世纪中国女性都市小说回瞻》，《江汉论坛》2002年第1期。

于展绥：《从铁凝、陈染到卫慧：女人在路上——80年代后期当代小说女性意识流变》，《小说评论》2002年第1期。

傅德岷：《新时期女性散文的审美取向》，《渝州大学学报（社会科学版）》2002年第1期。

穆雷：《翻译与女性文学——朱虹教授访谈录》，《外国语言文学》2003年第1期。

王虹艳：《解构"母亲神话"与重建"母性关怀"——切入女性文本的一

种视角》，《辽宁大学学报（哲学社会科学版）》2003年第2期。

刘思谦：《性别理论与女性文学研究的学科化》，《文艺理论研究》2003年第1期。

王绯：《女性批评：从哪里来，到哪里去》，《文艺研究》2003年第6期。

陈骏涛：《关于当代中国（大陆）三代女批评家的笔记》，《东南学术》2003年第1期。

刘思谦：《女性文学研究学科建设的理论思考》，《职大学报》2003年第1期。

刘思谦：《女性文学研究学科建设的理论思考（续）》，《职大学报》2003年第3期。

任一鸣：《女性文学与女性主义文学及其批评之辨析》，《昌吉学院学报》2003年第2期。

贺桂梅：《"女性文学"的现代传统》，《中华读书报》2003年4月23日。

贺桂梅：《当代女性文学批评的三种资源》，《文艺研究》2003年第6期。

杨剑龙、乔以钢、丁帆、张凌江：《"女性主义文学批评的现状与开拓"笔谈》，《海南师范学院学报（社会科学版）》2003年第1期。

杨剑龙：《中国女性主义文学批评与"女性诗学"》，《海南师范学院学报（社会科学版）》2003年第1期。

乔以钢：《谈女性文学研究的基础性建设》，《海南师范学院学报（社会科学版）》2003年第1期。

丁帆：《女性主义批评与男性文化视阈》，《海南师范学院学报（社会科学版）》2003年第1期。

张凌江：《有差异的声音——女性主义批评之我见》，《海南师范学院学报（社会科学版）》2003年第1期。

荒林：《王安忆小说：自我的成长与孤独的承担》，《广播电视大学学报（哲学社会科学版）》2003年第2期。

朱育颖：《精神的田园——铁凝访谈》，《小说评论》2003年第3期。

阎真：《迷宫里到底有什么——残雪后期小说析疑》，《文艺争鸣》2003年第5期。

郑国庆：《安妮宝贝、"小资"文化与文学场域的变化》，《当代作家评论》2003年第6期。

李文丽：《二十世纪八、九十年代女性文学的先锋品质》，《江西社会科学》2003年第2期。

金文野：《新时期女性主义诗歌创作论》，《当代文坛》2003年第2期。

李保平：《被看群体的激情逃亡——当代中国女性诗歌扫描》，《艺术广角》2003年第2期。

郝雨：《女性：关于疼痛的述说或尖叫——对近年女性半自传体小说的一些理解及文化心理分析》，《社会科学论坛》2003年第3期。

赵树勤：《女性的发现——新时期女性散文论》，《江苏行政学院学报》2003年第1期。

林树明：《现代学者的三位女性文学史考察》，《中国现代文学研究丛刊》2003年第1期。

任玲玲：《浅评当代女性主义作家》，《文史杂志》2003年第2期。

《逃不出的魔掌——读残雪的小说》，《山花》2003年第2期。

彭敏：《解读池莉——浅论池莉的生活观爱情观》，《西藏民族学院学报（哲学社会科学版）》2003年第1期。

乔以钢：《论女性文学的学科建设》，《南开学报》2003年第2期。

乔以钢：《多姿的飞翔——论20世纪90年代女性写作》，《天津社会科学》2003年第2期。

戚学英：《"女性神话"的建构与颠覆——现代女性书写的历史窘困与贫乏》，《理论与创作》2003年第1期。

石潇纯：《文化生态的重构——女性主义文学的文化学意义》，《山西师大学报（社会科学版）》2003年第1期。

王建成：《一半是海水，一半是火焰：世纪之交的中国女性文学一瞥》，《文艺评论》2003年第2期。

董秀丽：《书写符号的突围——后新时期女性诗歌躯体写作的叛逆》，《文艺评论》2003年第2期。

林晓云：《多样化背后的遗憾——20世纪80年代后期至90年代中国女作家写作状态浅析》，《福建师范大学学报（哲学社会科学版）》2003年第2期。

屈雅君：《女性文学批评本土化过程中的语境差异》，《妇女研究论丛》2003年第2期。

刘畅：《从真诚到怀疑：张洁的嬗变——兼及其对女性文学的贡献》，《重庆教育学院学报》2003年第4期。

王红旗：《对知识女性精神再生的探寻——徐坤访谈》，《小说评论》2003年第6期。

《"女性新历史小说"笔谈（5篇）》，《周口师范学院学报》2003年第1期：

（1）刘思谦：《走进历史隧洞的女性写作》

（2）张兵娟：《将一束光带进历史的暗区——评赵玫的3部女性历史传记小说》

（3）沈红芳：《英雄与母亲的另一面》

（4）李仰智：《革命时期的爱情婚姻故事——〈父亲进城〉与〈英雄无语〉比较谈》

（5）付建舟：《"历史"的嬗变与"人"的凸现》

丁伊莎：《中国女性主义文学的兴起与发展》，《中国文学研究》2003年第2期。

董正宇：《当下女性文学"躯体写作"的意义和误区》，《衡阳师范学院学报（社会科学）》2003年第2期。

朱青：《试谈当下我国女性文学的偏差》，《当代文坛》2003年第3期。

周艳丽：《新生代女作家创作谈》，《河南大学学报（社会科学版）》2003年第2期。

孙桂荣：《弱势女性与当代文化书写》，《学术论坛》2003年第3期。

李蓉：《20世纪中国女性诗歌主体意识发展概观》，《浙江师范大学学报》2003年第2期。

周晓丽：《遥远的完美：铁凝专访》，《读书时报》2003年6月11日第3版。

刘莉：《从〈玫瑰门〉看女性小说的反成长主题》，《阜阳师范学院学报

（社会科学版）》2003年第2期。

黄柏刚：《一部标志女性意识流变和女性文学发展的力作——读赵玫小说〈上帝也知道梦不可追〉》，《当代文坛》2003年第3期。

王桂荣：《论中国现代女性文学的文化渊源》，《东北师大学报》2003年第3期。

王桂荣：《论中国现代女性文学的创作母题》，《辽宁师范大学学报》2003年第3期。

金文野：《性别意识与中国现代女作家的创作追求》，《学术交流》2003年第5期。

袁珍琴：《新时期女性文学的起飞与徘徊现象》，《西南民族学院学报（哲学社会科学版）》2003年第3期。

陈娇华：《性别视野中的历史书写——评90年代以来女性作家历史题材创作的特征》，《文艺评论》2003年第3期。

高卫华：《20世纪90年代女性散文的创作心态及其价值》，《中南民族大学学报（人文社会科学版）》2003年第3期。

向荣：《戳破镜像：女性文学的身体写作及其文化想象》，《西南民族学院学报（哲学社会科学版）》2003年第3期。

西慧玲：《寻找母亲的声音——世纪末长篇小说"女性系谱"的拟建》，《文艺评论》2003年第3期。

廖冬梅：《"疯癫"女性对传统男权意识的抗争——20世纪80年代中期以来女性小说中的"疯癫"女性书写》，《嘉应大学学报》2003年第2期。

田小枫：《文学视野中职业女性的"性"生存状态》，《洛阳师范学院学报》2003年第3期。

李琳：《女性成长　女性叙事　女性立场——女性成长文本的意义》，《广播电视大学学报（哲学社会科学版）》2003年第2期。

王粤钦：《90年代女性另类文学分析》，《艺术广角》2003年第4期。

石万鹏：《现实一种：商业化时代的乡村女性》，《济南大学学报（社会科学版）》2003年第4期。

王碧瑶：《使命感消失的背后——当代女作家小说创作探析》，《楚雄师范学院学报》2003年第2期。

李晓峰：《论20世纪中国女性文学的艺术嬗变》，《延安大学学报（社会科学版）》2003年第3期。

叶永胜：《家族　女性　历史——女性家族叙事分析》，《阜阳师范学院学报（社会科学版）》2003年第4期。

陈雅贤：《困惑与挣脱：从中国当代女性文学看女性的成长与解放》，《宜宾学院学报》2003年增刊。

包晓玲：《中国现代女性散文创作流变论》，《求索（长沙）》2003年第4期。

西慧玲：《"传统女性主义"与中国女作家性别意识的萌醒》，《西北大学学报（哲学社会科学版）》2003年第3期。

荒林：《女性写作促进妇女理论建设》，《中国妇女报》2003年8月19日第3版。

金燕玉：《寻找女人与女人寻找——新世纪女性文学的起点》，《江苏社会科学》2003年第4期。

田小枫：《后现代语境中的职业女性与女性文学》，《河南师范大学学报（哲学社会科学版）》2003年第4期。

韩鹏：《逍遥与拯救——20世纪90年代中期以来女性小说的两种新走向》，《宁夏师范学院学报》2003年第4期。

靳弘章：《池莉小说中的女性风情》，《宜宾学院学报》2003年增刊。

吴晓晨：《论陈染的女性自觉写作》，《延安大学学报（社会科学版）》2003年第3期。

刘绍武：《林白的女性文学诗学》，《周口师范学院学报》2003年第3期。

王吉鹏、马琳、赵欣：《百年中国女性文学批评论纲》，《通化师范学院学报》2003年第5期。

胡慧翼：《性别视角的转换和女性主体性的"滑落"——女性文学从小说到影视的文化反思》，《文艺理论与批评》2003年第5期。

贾世传、陆文采：《鸟瞰20世纪中国女性文学的发展轨迹》，《辽宁师范大学学报》2003年第5期。

张灿荣：《女性自由之旅：罪恶或乌托邦》，《泉州师范学院学报》2003

年第5期。

李秋菊：《从女性文学透视女性性别意识的自觉》，《嘉兴学院学报》2003年第5期。

陈坤、周梦焱：《躯体写作——女性文学的又一次迷失》，《北华大学学报（社会科学版）》2003年第3期。

高东洋、金永辉：《男权话语下的女性写作——对近二十年来女性写作的一点思考》，《当代文坛》2003年第5期。

何雁：《当代中国女性文学的三种强调》，《当代文坛》2003年第5期。

施蕾蕾：《从深闺媛秀到问题少女——20世纪女性文学中的未成年人叙事视角透视》，《当代文坛》2003年第5期。

廖文芳：《当身体成为标签——兼谈女性文学的危机》，《当代文坛》2003年第5期。

刘文菊、肖向东：《对中国当代"时尚女性文学"的反思》，《湖北师范学院学报：（哲学社会科学版）》2003年第3期。

安安：《"另类写作"中的女性意识》，《语文学刊》2003年第5期。

罗振亚：《解构传统的80年代女性主义诗歌》，《文史哲》2003年第4期。

廖冬梅：《论当代女性小说对"爱情神话"的解构》，《娄底师专学报》2003年第3期。

张兵娟：《一道奇异的历史风景线——女性新历史小说及其批评概览》，《中州学刊》2003年第5期。

张光英：《在性意识觉醒中酝酿出走——略论中国20世纪80年代至90年代初期的女性小说创作》，《宁德师专学报（哲学社会科学版）》2003年第3期。

傅建安：《张爱玲、王安忆与中国现当代女性小说》，《湖南城市学院学报》2003年第4期。

汪云霞：《女性写作中爱情理想话语的解构——从王安忆、张洁、铁凝到池莉》，《沧州师范专科学校学报》2003年第3期。

徐珊：《私人生活——欲说还休的女性故事——论陈染的〈私人生活〉和林白的〈一个人的战争〉》，《北京教育学院学报》2003年第2期。

张志忠、王永贵：《世事浮沉中的知识者与女性：弱者如何选择——方方近作评述》，《当代作家评论》2003年第5期。

张丽杰：《论新时期中国文学女性形象的时代意蕴》，《江西行政学院学报》2003年第4期。

王金胜：《寻求"自我"生长的历史基点——20世纪末女性历史写作的形态学分析》，《泰山学院学报》2003年第5期。

周淑蓉：《论中国现代女性文学的人性价值》，《湖南文理学院学报（社会科学版）》2003年第5期。

胡慧翼：《自审 批判 超越——试析20世纪女性写作的自审视角》，《海南师范学院学报（社会科学版）》2003年第5期。

张华：《斩不断的"情爱"情结——女性文学情爱主题特征概述》，《海南师范学院学报（社会科学版）》2003年第5期。

张吕：《20世纪女性写作的文学史意识》，《石河子大学学报（哲学社会科学版）》2003年第3期。

曾宪瑛：《从女性文学的发展看中国的妇女解放》，《江西社会科学》2003年第9期。

张兵娟：《历史场景的重新书写——女性新历史小说概览》，《职大学报》2003年第3期。

魏颖：《"嫦娥奔月"神话在陈染女性书写中的当代变形》，《中国文学研究》2003年第4期。

徐燕：《尴尬的时代女性——池莉小说中对女性处境的思考》，《阴山学刊》2003年第5期。

刘莉：《意识形态与性别认同延长期：新时期女作家群性别观念研究》，《长城》2003年第6期。

许妍：《另一种读法——从女性主义意识的视角解读方方和池莉》，《理论与实践》2003年第6期。

杨莉馨：《女性主义文论在中国》，《外国文学研究》2003年第6期。

朱影：《回眸女性小说的兴起》，《图书与情报》2003年第6期。

赵思运：《新时期女性诗歌文本中的躯体意象考察》，《淮南师范学院学报》2003年第6期。

惠百团：《新时期女性文学的爱情观》，《山西大学学报（哲学社会科学版）》2003年第6期。

黄华：《后现代主义语境下的女性主义文学批评——兼论女性主体的研究》，《中华女子学院学报》2003年第6期。

徐国华：《九十年代女性散文隅论》，《淮南师范学院学报》2003年第6期。

刘彦华：《固守"边缘"的尴尬——陈染小说浅谈》，《集宁师专学报》2003年第3期。

吴红光、熊华勇：《陈染孤独之原因论析》，《襄樊学院学报》2003年第6期。

王静：《陈若曦的伤痕记忆》，《沙洋师范高等专科学校学报》2003年第6期。

黄秋平：《描述与分析：女性文学的叙述策略》，《理论与创作》2003年第6期。

孙长军：《大众文化与身体叙事：解读卫慧》，《荆州师范学院学报》2003年第6期。

徐洁：《面对"另类"——谈卫慧写作的个人话语方式》，《阴山学刊》2003年第6期。

滕朝军：《挤迫下的韧与美——评王安忆03年长篇新作〈桃之夭夭〉》，《甘肃行政学院学报》2003年第4期。

任一鸣：《质疑女性主体的一则寓言——解读王安忆〈弟兄们〉》，《昌吉学院学报》2003年第4期。

冯平：《浅论新生代女作家创作的后现代特征》，《焦作工学院学报（社会科学版）》2003年第4期。

李静：《不冒险的旅程——论王安忆的写作困境》，《当代作家评论》2003年第1期。

禹建湘：《突围：中国当代女性主义文学中的一个尴尬命题》，《当代文坛》2003年第2期。

谢玉娥：《关于文学的"性别"思考——大陆"女性文学"研究的学术启示》，《山西师大学报（社会科学版）》2003年第4期。

屈雅君：《女性文学批评的本土化》，《文艺报》2003年3月4日。

杨莉馨：《女性主义诗学在中国：双重落差与文化学分析》，《文艺研究》2003年第6期。

谢有顺：《铁凝小说的叙事伦理》，《当代作家评论》2003年第6期。

冉小平：《从书写身体到身体书写——90年代新生代女作家创作漫论》，《北京大学学报（哲学社会科学版）》2003年第S1期。

唐晴川：《论20世纪90年代女性小说的审美品格》，《兰州大学学报》2003年第3期。

徐坤：《文学中的"疯狂"女性：二十世纪中国女性写作的演进》，博士论文，2003年。

廖冬梅：《论当代女性小说中的"逃离"女性书写》，《闽西职业大学学报》2003年第4期。

李珞红：《痛苦的理想主义者——张洁1985年前作品简析》，《佛山科学技术学院学报（社会科学版）》2003年第1期。

何敏：《别样风情：女性作家笔下的新历史主义小说》，《福建师范大学学报（哲学社会科学版）》2003年第1期。

懿翎：《心灵的狂欢——读张洁与姝娟的近作》，《文学报》2003年2月13日第4版。

张细珍：《女性文学中的非女性意识》，《百花洲》2004年第3期。

杨俊霞、李琨：《从"女性主义文学研究"到"性别文学研究"——女性主义文学研究走出困境的思考与对策》，《河池学院学报》2004年第3期。

赛妮亚：《论王安忆小说创作的误区》，《文艺争鸣》2004年第1期。

林丹娅：《女性话语的文学境遇》，《东南学术》2004年第1期。

金燕玉：《身体与歌——20世纪90年代后女性文学新话语》，《江海学刊》2004年第5期。

冉小平：《女性自我的建构：当代女性书写的主体呈现及其内涵》，《中南民族大学学报（人文社会科学版）》2004年第5期。

马琳、马宇菁：《重蹈失败的女性历史——以〈红玻璃的故事〉、〈玫瑰门〉、〈无字〉为例论悲剧的女性宿命》，《社会科学辑刊》2004年第3期。

孙惠欣：《论王安忆小说中的女性意识》，《东疆学刊》2004年第1期。

中国当代文学史资料丛书

陶东风：《身体写作及其文化思考（笔谈）》，《求是学刊》2004年第4期。

孟繁华：《战斗的身体与文化政治》，《求是学刊》2004年第4期。

黄应全：《解构"身体写作"的女权主义颠覆神话》，《求是学刊》2004年第4期。

彭亚非：《"身体写作"质疑》，《求是学刊》2004年第4期。

吕君芳：《女权意识的提升和掘进——以女权主义批评解读中国世纪初女性写作》，《浙江学刊》2004年第4期。

张文娟：《世纪末女性文学话语的突围与陷落》，《当代文坛》2004年第4期。

岳斌：《关于新时期女性小说创作状态的思考》，《胜利油田师范专科学校学报》2004年第2期。

王传满：《女性的追求、女性的变异和性爱的升华——二十世纪七八十年代（1976-1989）女性文学的衍变》，《新余高专学报》2004年第3期。

李阳：《纷繁的情感世界——当代女性作家作品一瞥》，《文艺争鸣》2004年第4期。

葛延峰：《妻情互补：池莉女性意识的深层蕴藉》，《内蒙古电大学刊》2004年第5期。

黄清玲：《论池莉20世纪90年代小说的女性主义》，《零陵学院学报》2004年第8期。

农莉芳：《淌不过男人河的女人——关于林白小说创作的女性意识》，《广西社会科学》2004年第7期。

夏露：《"个性"何以战胜"性别"：论不彻底的女权主义者：徐坤》，《宜宾学院学报》2004年增刊。

侯海燕：《中国女性文学的三次历史性演进》，《上饶师范学院学报（社会科学版）》2004年第4期。

时红明：《女性作家的"身体写作"刍议》，《成都教育学院学报》2004年第8期。

杜霞：《九十年代女性主义写作的再审视》，《齐鲁学刊》2004年第4期。

女性文学研究资料

王岳川：《女性歌吟是人类精神生态的复归》，《文学自由谈》2004年第4期。

高彦：《女性写作的自身骗局——九十年代女性个人化写作片谈》，《海南师范学院学报（社会科学版）》2004年第3期。

徐国华：《论20世纪90年代的女性散文》，《江西教育学院学报（社会科学）》2004年第4期。

刘钊：《论90年代"女性散文"的概念界定》，《长春师范学院学报》2004年第4期。

李平：《女性话语的别一路径：90年代王安忆的女性写作》，《山东社会科学》2004年第9期。

刘群：《地母的精神——〈桃之夭夭〉读后》，《当代文坛》2004年第5期。

雷鸣：《从灵魂救赎到欲望高蹈——论三代女作家性爱书写的内涵及流变》，《河北建筑科技学院学报（社会科学版）》2004年第1期。

董丽敏：《突围与渗透：走出中国女性文学边界区分的误区》，《河北学刊》2004年第5期。

黄睿：《"身体写作"与女性意识的嬗变升华——中国当代女性写作演变轨迹及其蕴含》，《喀什师范学院学报》2004年第1期。

毛正天：《女性意识的多维张扬——20世纪中国女性文学的书写策略》，《求索》2004年第8期。

李自芬：《20世纪80年代诗歌中的女性形象及其性别意义》，《云南社会科学》2004年第5期。

龚展：《论池莉小说中女性意识的发展演变》，《怀化学院学报》2004年第4期。

周兴杰：《知识女性的性别意识镜像——论陈染小说的女性意识》，《探求》2004年第5期。

冉小平：《王安忆小说中体现的女性意识》，《重庆三峡学院学报》2004年第5期。

祝亚峰：《女性自我认同的一种虚幻化叙事——论徐小斌的〈羽蛇〉》，《阜阳师范学院学报（社会科学版）》2004年第5期。

潘正文：《女性主义误读与90年代女性文学天平的倾斜》，《晋阳学刊》2004年第5期。

王海兰：《六位现代女性作家的女性书写》，《北京印刷学院学报》2004年第3期。

雷鸣：《决断与突围：心灵停泊处的对视——论林白、陈染小说中的女性意识》，《焦作工学院学报（社会科学版）》2004年第4期。

何京敏：《何处家园——论当代女性小说的漂泊感》，《理论月刊》2004年第10期。

张建伟：《知识女性的两难处境——新时期女性小说解读》，《菏泽师范专科学校学报》2004年第3期。

谢海平：《论女性诗歌中的性别意识》，《孝感学院学报》2004年第5期。

丁光梅：《池莉"人生三部曲"的男性形象和女性意识》，《中华女子学院学报》2004年第5期。

王泽庆：《〈上海宝贝〉的海德格尔诗学阐释》，《四川教育学院学报》2004年第9期。

雷岩岭：《"中我"的复沓与叠进——中国女性意识青春期的觉醒与困境》，《甘肃高师学报》2004年第1期。

郑春凤：《关于母性的不同叙事——现、当代女性小说的一种解读》，《吉林师范大学学报（人文社会科学版）》2004年第1期。

蔡圣勤、罗晓燕：《从女性主义和男权中心看文艺作品的西化烙印》，《江汉论坛》2004年第2期。

蒋青林：《论中国当代女性小说的困境与突围》，《北京理工大学学报（社会科学版）》2004年第1期。

梁竞男：《论女性文学中"身体叙事"的缺失》，《洛阳师范学院学报》2004年第1期。

孙桂荣：《可见与不可见：当前女性小说人物塑造的现实性分析》，《杭州师范学院学报（社会科学版）》2004年第1期。

刘莉：《女性作家身份认同与文化合力》，《文艺研究》2004年第2期。

刘志：《迷津中的性别叙事——盘点当下女性写作中的误区》，《石油大学学报（社会科学版）》2004年第1期。

　　胡军：《在绝望中抗争，在虚无中建构——论女性小说中的"逃离"意识》，《新乡师范高等专科学校学报》2004年第1期。

　　林晓云：《从女作家写作到女性主义写作：谈新时期女作家写作形态特征》，《百花洲》2004年第1期。

　　程清慧：《20世纪八九十年代女性文学话语流变》，《许昌学院学报》2004年第1期。

　　王金城：《流行天下：二十一世纪中国女性文学观察》，《闽江学院学报》2004年第1期。

　　孙桂荣：《变动社会的性别修辞：当前女性小说身体话语流变》，《百花洲》2004年第1期。

　　黄芳：《论新时期女性散文的文化内蕴》，《南通工学院学报（社会科学版）》2004年第1期。

　　娄吉海：《从"长女"到"幼女"——当代知识女性的角色困惑与形象转型》，《当代文坛》2004年第2期。

　　朱宏伟：《随波逐流的人——安妮宝贝、郁达夫小说创作比较论》，《当代文坛》2004年第2期。

　　樊星：《新生代女作家：回归传统的尝试——从朱文颖和魏薇的两部长篇小说说开去》，《文艺报》2004年3月11日第4版。

　　何静、胡辛：《细雨的呼喊：胡辛的女性写作》，《百花洲》2004年第1期。

　　袁珍琴：《玫瑰在红尘浊雾中凋谢——张洁长篇小说〈无字〉解读》，《名作欣赏》2004年第3期。

　　钱秀银：《追逐一种理想的生存状态——从张抗抗的创作看她的女性观》，《当代文坛》2004年第2期。

　　冯晏：《女性写作的现状和前景》，《文艺评论》2004年第3期。

　　贺绍俊：《贺绍俊专栏："追风逐云"之三　自恋：女性写作的方式》，《小说评论》2004年第3期。

　　采薇：《21世纪女性文学发展态势——第六届中国当代女性文学学术研讨会综述》，《文艺评论》2004年第3期。

邓如冰：《回眸：新时期女性写作的缘起》，《海南师范学院学报（社会科学版）》2004年第2期。

胡鹏林：《理念·原欲·存在——女性叙事的循环论》，《四川师范大学学报（社会科学版）》2004年第1期。

汪泽：《试析池莉近期小说的女性意识》，《中国图书评论》2004年第5期。

钱秀银：《超性别意识与双性和谐——论迟子建小说价值关怀的独立操守》，《广播电视大学学报（哲学社会科学版）》2004年第2期。

农莉芳：《宿命的夏娃——关于林白小说的性意识》，《咸宁学院学报》2004年第1期。

李海燕：《王安忆女性书写论》，《湖北大学学报（哲学社会科学版）》2004年第3期。

冯晶：《王安忆笔下女性的生命律动——以〈小城之恋〉、〈长恨歌〉、〈逃之夭夭〉为例》，《济宁师范专科学校学报》2004年第2期。

黄柏刚：《徐坤"都市即景"系列作品中的女性意识探究》，《湛江师范学院学报》2004年第1期。

郭怀玉：《绘出阿里阿得涅彩线——在张洁与Feminist和Female literature之间》，《当代文坛》2004年第3期。

王春梅：《中国现当代女性文学对女性本真生命状态的"寻找"》，《辽宁工程技术大学学报（社会科学版）》2004年第3期。

杨联芬：《20世纪初中国的女权话语与文学中的女性想象》，《海南师范学院学报（社会科学版）》2004年第2期。

任继梅：《爱：知识女性的精神家园——兼论90年代张玲、蝌蚪女性散文对爱的思考》，《燕山大学学报（哲学社会科学版）》2004年第2期。

耿占春：《女性诗歌的幻想与隐喻：阅读当代诗歌之三》，《星星》2004年第6期。

吴艳华：《新时期女性文学思潮概论》，《沧州师范专科学校学报》2004年第1期。

彭超、彭燕：《没有航向的诺亚方舟——评现当代女性文学中的女性解放》，《达县师范高等专科学校学报》2004年第3期。

程玉：《"女性文学"存在的合理性及其定义》，《郧阳师范高等专科学校学报》2004年第2期。

王金城、陈盈：《表意策略：大众时尚与欲望消费——论二十一世纪中国女性写作的一种流向》，《闽江学院学报》2004年第3期。

屈雅红：《中国女性文学"身体叙事"的世纪演替》，《理论与创作》2004年第3期。

季红真：《确立女性主体与女性文学创作》，《文艺争鸣》2004年第3期。

易芳：《对女性生命意识的关怀——论陈染、林白、海男的小说创作》，《荆门职业技术学院学报》2004年第2期。

林晓云：《新时期女作家写作的五种形态》，《福建论坛（人文社会科学版）》2004年第4期。

欧阳小勇：《"意义"的消解及"性而上"的迷失——关于卫慧、棉棉等"七十年代后"作家及其写作的思考》，《学术探索》2004年第5期。

陈雯：《论张爱玲、琼瑶笔下的女性形象》，《语文学刊》2004年第5期。

吴苏阳：《茹志鹃、王安忆小说女性形象比较》，《语文学刊》2004年第3期。

雷水莲：《当代女性生存之真：论林白》，《语文学刊》2004年第3期。

陈婉娴：《人本主义、女性主义与理想主义三重奏——论舒婷及朦胧诗审美典范的意义》，《深圳大学学报（人文社会科学版）》2004年第3期。

蒋欣欣：《完型文化　公民意识　双性和谐——评万莲子〈关于女性文学的沉思〉》，《中国文学研究》2004年第2期。

黄柏刚：《以笔为旗，指陈女性文学的弊端——王安忆新作〈发廊情话〉象征意蕴解读》，《名作欣赏》2004年第5期。

施津菊：《从〈无字〉看当代女性启蒙的困境》，《文学自由谈》2004年第3期。

唐夏：《新时期河北女作家群的小说创作》，《牡丹江师范学院学报（哲学社会科学版）》2004年第6期。

李珂：《女诗人的胆量》，《文学自由谈》2004年第6期。

王立坤：《女性文学创作与妇女解放运动互动的探讨》，《理论界》2004年第6期。

李自芬：《母性神话的建构与解构——试论当代诗歌中母亲形象的文化意义》，《江汉论坛》2004年第11期。

西慧玲：《世纪初女性话语表现的新维度》，《台州学院学报》2004年第5期。

吴亚娟：《女性书写的独特风景——双镯式同性爱》，《内蒙古民族大学学报（社会科学版）》2004年第6期。

施津菊：《女性文学的主体性建构与社会认同》，《文艺争鸣》2004年第6期。

朱青：《女性诗学的一种实践》，《中州学刊》2004年第6期。

刘增安、赵志华、甄丽华：《女性心灵世界的独特透视——论铁凝小说的"第三性"写作》，《石家庄职业技术学院学报》2004年第5期。

降红燕：《男女作家写作模式差异及其文化意味——以张洁〈爱，是不能忘记的〉和张弦〈被爱情遗忘的角落〉为例》，《玉溪师范学院学报》2004年第6期。

李鲁平：《摆脱父权家庭束缚的女性话语》，《宁波大学学报（人文科学版）》2004年第6期。

齐钢：《都市女性的亚文化生存与私人化写作》，《浙江教育学院学报》2004年第6期。

黄晓娟：《从边缘到中心——论中国女性小说中的性别叙事》，《江汉论坛》2004年第12期。

金文野：《中国当代女性主义文学思潮的流变》，《深圳大学学报（人文社会科学版）》2004年第6期。

博玫：《〈紫罗兰〉女性定位的意义分析》，《华南师范大学学报（社会科学版）》2004年第6期。

吴思敬、张立群：《对话：当代诗歌创作中的"身体写作"》，《南方文坛》2004年第6期。

刘钊：《女性意识与女性文学批评》，《妇女研究论丛》2004年第6期。

姜波：《试论张洁小说中的女性意识》，《学术交流》2004年第5期。

彭彩云：《女性意识表层的觉醒——论20世纪初的女性文学》，《理论与创作》2004年第6期。

肖向东、刘文菊：《论女性文学视野中的萧红与林白的创作》，《齐鲁学刊》2004年第6期。

李清霞：《女性：如何从肉体回归身体——兼论〈桃之夭夭〉〈青狐〉女性的描述》，《小说评论》2004年第6期。

白军芳、郑升旭：《一种女性文学的新启迪——比较王安忆〈桃之夭夭〉与"身体写作"》，《小说评论》2004年第6期。

赵欣：《张洁女性散文的审美意象》，《内蒙古农业大学学报（社会科学版）》2004年第2期。

邓寒梅：《张爱玲王安忆上海小说的叙事策略》，《湖南文理学院学报（社会科学版）》2004年第2期。

饶翔：《近十年张洁研究述评》，《江汉论坛》2004年第4期。

邓小红：《超越话语性别叙事的维度——王安忆〈长恨歌〉的一种解读》，《平顶山师专学报》2004年第1期。

王光东：《个人化文学话语的开放性》，《文学报》2004年4月29日第4版。

罗振亚：《激情同技术遇合——90年代女性主义诗歌的审美新向度》，《文艺理论研究》2004年第2期。

严昕、严冰：《在逃离中走向孤独——解读陈染小说中的孤独意识》，《南平师专学报》2004年第1期。

黄河：《孤独的陌生人——试论陈染小说〈私人生活〉的个人化》，《佳木斯大学社会科学学报》2004年第1期。

周志雄：《解读〈无字〉的意义与叙事立场》，《名作欣赏》2004年第3期。

李犁：《三个女诗人与一场诗歌的战争——李见心、宋晓杰、朱虹诗歌述评》，《诗潮》2004年第2期。

周群：《女性话语：女性文学的本质属性》，《海南师范学院学报（社会科学版）》2004年第1期。

金文野：《欲望叙事与女性主义文学审美取向》，《当代文坛》2004年第

2期。

顾晓玲：《女性主义的突围与困惑》，《当代文坛》2004年第2期。

郭玉红：《论〈长恨歌〉中王琦瑶的悲剧命运》，《信阳师范学院学报（哲学社会科学版）》2004年第3期。

林丹娅：《解读所指：从"身体"到"宝贝"——一次讨论会记录》，《南京师范大学文学院学报》2004年第4期。

李培林：《对性别研究和女性主义的认识》，《妇女研究论丛》2004年第5期。

林树明：《关于"身体书写"》，《文艺争鸣》2004年第5期。

朱国华：《关于身体写作的诘问》，《文艺争鸣》2004年第5期。

冉小平：《略论当代女性文学女性意识的发展——20世纪中国"女性书写"研究系列（5）》，《湖北民族学院学报（哲学社会科学版）》2004年第4期。

魏天真：《慎重对待身体》，《读书》2004年第9期。

段金花：《20世纪90年代女性文学与女性解放》，《中华女子学院山东分院学报》2004年第3期。

王烨：《论90年代女性写作的叙事策略及其局限》，《文艺评论》2004年第4期。

阎真：《身体写作的历史语境评析》，《文艺争鸣》2004年第5期。

刘思谦：《女性文学的语境与写作身份》，《南京师范大学文学院学报》2004年第4期。

韩袁红：《当代女性文学中的同性恋主题——从林白的小说谈起》，《阜阳师范学院学报（社会科学版）》2004年第1期。

冉小平：《论新生代女作家的女性书写》，《求索》2004年第1期。

王绯：《世纪一瞥：女性游戏小说艺术小史》，《艺术广角》2004年第1期。

王金胜：《寻求"自我"生成的历史基点——20世纪末女性历史写作的形态学分析》，《新余高专学报》2004年第1期。

胡传吉：《美女作家能说话吗？——兼议女性文学评论的语言暴力》，《当代文坛》2004年第1期。

高侠：《城市爱情：经典或现代——20世纪90年代女作家的情感话语》，《当代文坛》2004年第1期。

唐晓渡：《谁是翟永明？》，《当代作家评论》2005年第6期。

霍俊明：《语言纵溺的喧哗与时光沙漏的细响 新世纪女性诗歌印象或潜对话》，《艺术广角》2005年第1期。

马洪波：《寻觅樊篱的出口：张洁与德拉布尔小说中的女性主体意识的觉醒》，《芒种》2005年第1期。

彭国栋：《池莉文本中的女性立场》，《戏剧文学》2005年第1期。

杨彬：《新时期女性主义小说的困惑与出路》，《当代文坛》2005年第5期。

黄晓娟：《从精神到身体：论"五四"时期与20世纪90年代女性小说的话语变迁》，《江海学刊》2005年第3期。

程箐：《试析20世纪90年代女性都市小说中的中产阶级话语》，《甘肃社会科学》2005年第1期。

冉小平：《女性文学略论：20世纪中国"女性书写"研究系列之（3）》，《恩施职业技术学院学报（综合版）》2005年第1期。

程箐：《消费文化时代女性都市写作的意义与局限》，《赣南师范学院学报》2005年第1期。

陈瑶、徐劲松：《从新时期女性小说看女性意识的发展》，《重庆社会科学》2005年第2期。

徐则臣：《小说、世界和女作家林白——评〈万物花开〉和〈妇女闲聊录〉》，《文艺理论与批评》2005年第1期。

傅湘莉：《解构的叛逆与建构的困惑——论世纪转型期中当代女性文学的精神空间》，《佳木斯大学社会科学学报》2005年第1期。

李美皆：《女性主义文学：疯狂的水仙花》，《粤海风》2005年第2期。

朱平：《中国现代女性游记的文化精神》，《鹭江职业大学学报》2005年第1期。

郭旭胜、姚新勇：《被遮蔽的"风景"——转型期文学中农村女性生存困境的揭示》，《湖南社会科学》2005年第1期。

许奇：《梦幻空花 何劳把足——从"烟花情结"看亦舒、安妮宝贝小说的情感走向》，《苏州市职业大学学报》2005年第1期。

王丽霞：《性别神话的坍塌——二十世纪九十年代女性写作批判》，《当代作家评论》2005年第1期。

洪晓：《何为"女性写作"？》，《黔东南民族师范高等专科学校学报》2005年第1期。

王文捷：《性别与现实：女性对存在的求证——虹影作品女性欲望化叙事论》，《理论界》2005年第1期。

贺绍俊：《与男性面对面的冷眼——论铁凝女性情怀的内在矛盾》，《当代文坛》2005年第1期。

张雪梅：《从〈永远有多远〉看铁凝小说对女性生存困惑的关注》，《无锡商业职业技术学院学报》2005年第1期。

池永文：《女性的生存本相及其情感自救——对铁凝小说的一种解读》，《沙洋师范高等专科学校学报》2005年第2期。

任一鸣：《"女性意识"与"社会性别"的理论辨析》，《新疆师范大学学报（哲学社会科学版）》2005年第1期。

谢纳：《"十七年"女性文学的伦理学思考》，《辽宁大学学报（哲学社会科学版）》2005年第2期。

韩袁红：《走出自己的房间——从林白〈万物花开〉看新世纪女性文学的转向》，《文艺争鸣》2005年第2期。

张敏：《"她"的自塑——论新世纪以来王安忆、方方、迟子建笔下的乡村女性》，《平原大学学报》2005年第2期。

邹黎：《试论中国现代女小说家的讽刺风格》，《山东社会科学》2005年第3期。

佘艳春：《女性历史叙事与性别文化》，《河北师范大学学报（哲学社会科学版）》2005年第2期。

王艳芳：《20世纪中国女性诗歌的生命意识》，《江汉大学学报（人文科学版）》2005年第2期。

冉小平、毛正天：《双重书写：女性文学的特质——20世纪中国"女性书写"研究系列之四》，《成都理工大学学报（社会科学版）》2005年第1期。

张华：《爱情：需从女性角度重新阐释》，《昌吉学院学报》2005年第1

期。

王春荣：《中国妇女文学研究的历史与现状》，《沈阳师范大学学报（社会科学版）》2005年第1期。

吴风华：《市场化与女性文学的权力意识》，《当代文坛》2005年第2期。

蓝格子：《文坛女当家风头健》，《出版广角》2005年第3期。

孙桂荣：《"真实再现"下的暧昧之声——对消费时代女性小说的一种批判性阅读》，《理论与创作》2005年第2期。

周瓒：《女性诗歌：自由的期待与可能的飞翔》，《江汉大学学报（人文科学版）》2005年第2期。

张晓红：《焦虑与书写：女性诗歌中的性别意识》，《江汉大学学报（人文科学版）》2005年第2期。

王新菊：《成长的女人——池莉小说中女性世界的重构》，《学术探索》2005年第1期。

王丽臻：《浅论池莉女性主义小说创作》，《中华女子学院山东分院学报》2005年第1期。

王新菊：《试析池莉小说中女性世界的重构》，《南通航运职业技术学院学报》2005年第1期。

管怀国：《"芳草"在哪里——从被误读的迟子建谈她的温情主义世界观》，《改革与战略》2005年第1期。

龙菲、王堂兵：《女人的母性本质与生命意识——铁凝与〈大浴女〉的对话》，《宜宾学院学报》2005年第4期。

贺绍俊：《女性觉醒：从倾诉"她们"到拷问"她们"——论〈玫瑰门〉及其文学史意义》，《海南师范学院学报（社会科学版）》2005年第1期。

张莹、马芸：《张洁小说的女性意识浅谈》，《山东师范大学学报（人文社会科学版）》2005年第2期。

杨睿：《张洁小说审美风格的嬗变初探》，《湖南社会科学》2005年第2期。

姚馨丙：《身体写作：女性意识的张扬与迷失》，《南通大学学报（哲学社会科学版）》2005年第1期。

王虹艳：《女性"新散文"与文体试验》，《广播电视大学学报（哲学社会科学版）》2005年第2期。

孙丽玲：《女性叙事话语的两种美学建构——张爱玲、王安忆小说审美风格比较》，《楚雄师范学院学报》2005年第1期。

王艳玲：《池莉小说创作之女性观质疑》，《开封大学学报》2005年第1期。

孙桂荣：《性别魅力的彰显与女性"主体"地位的确立——对中国大陆女性小说的一种文化解读》，《晋阳学刊》2005年第3期。

钱文彬：《失位的舞蹈——浅论"她世纪"女性阅读与女性写作》，《当代文坛》2005年第3期。

胡军：《论女性小说的"逃离"意识》，《湖南工程学院学报（社会科学版）》2005年第2期。

王光华：《卫慧一代和张贤亮一代对历史的书写心态》，《襄樊职业技术学院学报》2005年第3期。

潘银燕：《陈染小说女性情谊解读》，《丽水学院学报》2005年第3期。

陈红玲：《苏青与张爱玲的女性意识》，《求索》2005年第3期。

李广琼：《女性同盟书写蕴含》，《求索》2005年第3期。

林白：《低于大地——关于〈妇女闲聊录〉》，《当代作家评论》2005年第1期。

王玉春：《20世纪中国女性文学中的母爱主题》，《西南民族大学学报（人文社会科学版）》2005年第3期。

尤杨：《谈新生代的"女性书写"》，《文艺报》2005年7月28日第2版。

刘栋：《"躯体写作"在女性诗学中的呈现》，《淮北煤炭师范学院学报（哲学社会科学版）》2005年第2期。

吕晓英：《女作家视野中的两性关系》，《文艺理论与批评》2005年第3期。

刘明丽：《何处是归程——解读庐隐和徐坤小说中的知识女性》，《湖南人文科技学院学报》2005年第3期。

朱宪云：《身体写作的两类文本——丁玲〈莎菲女士的日记〉与卫慧〈上海宝贝〉作品内涵的一种比较》，《理论观察》2005年第3期。

女性文学研究资料

高选勤：《女性"觉醒"的是什么意识——池莉〈小姐你早〉解读》，《江汉大学学报（人文科学版）》2005年第3期。

黄柏刚：《徐坤创作转型与女性主义文学式微的动因管窥》，《湖北民族学院学报（哲学社会科学版）》2005年第2期。

池永文：《张洁小说的女性意识及其审美局限》，《广西师范学院学报》2005年第2期。

《走不出经典的女性命运——社会现实法则对作家笔下女性命运的影响》，《学术交流》2005年第8期。

张宗蓝：《西方女性主义文论与中国的女性文学发展》，《西安石油大学学报（社会科学版）》2005年第3期。

林进桃：《论女性文学中"母亲神话"的颠覆与解构》，《涪陵师范学院学报》2005年第3期。

孙桂荣：《性别围城之外的话语缺失——对消费时代女性小说的一种文化解读》，《山东社会科学》2005年第9期。

张兵娟：《重塑女性的历史——新历史主义视界中的女性历史传记系列丛书〈花非花〉》，《周口师范学院学报》2005年第4期。

安静：《婚姻解构与原欲构建——当代女性写作中情感历程走向之一种》，《烟台大学学报（哲学社会科学版）》2005年第3期。

刘双：《对后现代女性主义知识观的反思》，《江西广播电视大学学报》2005年第3期。

李盛涛：《沉重的肉身和虚空的反抗——当代女性主义文学批评与创作的悖论》，《江西广播电视大学学报》2005年第3期。

陈林侠：《都市女性的亚文化生存与时尚写作——论90年代女性另类写作兼评棉棉与卫慧》，《艺术广角》2005年第4期。

王玉鹏：《"身体写作"与女性文学》，《胜利油田师范专科学校学报》2005年第2期。

钟琛：《男权背景下的中国女性"个人化"写作》，《当代文坛》2005年第4期。

袁美华：《论新时期女性小说中的"姐妹情谊"》，《曲靖师范学院学报》2005年第4期。

金文野：《新时期女性主义小说创作论》，《学术交流》2005年第8期。

余启明：《当代女性诗歌话语模式的解读》，《黄石教育学院学报》2005年第2期。

尤杨：《池莉小说中的女性情怀》，《黑龙江社会科学》2005年第4期。

曹娜：《试论池莉小说的女性意识》，《天中学刊》2005年第4期。

姜振月、赵彤：《女人，在男人掌中飞舞——〈女贞汤〉中女性声音的张扬和消沉》，《长春工业大学学报（社会科学版）》2005年第2期。

孙桂荣：《纠缠在利用与依赖之间的性别修辞——对消费时代女性小说的一种解读》，《扬州大学学报（人文社会科学版）》2005年第4期。

乔以钢：《世纪之交中国女性文学研究的新进展》，《中国现代文学研究丛刊》2005年第5期。

唐长华：《当代女性文学的生态女性主义批评》，《临沂师范学院学报》2005年第1期。

杨沙君：《个人叙事与女性话语权威的建立》，《株洲师范高等专科学校学报》2005年第6期。

王林彤：《从林白、陈染的创作看女性主义文学创作中的个人化倾向》，《佳木斯大学社会科学学报》2005年第5期。

姜敏、王玉鹏：《身体写作与女性文学》，《新余高专学报》2005年第4期。

秦俭：《论新时期女性散文的尊严追问》，《西南师范大学学报（人文社会科学版）》2005年第5期。

王虹艳：《女性散文与汉语散文新思维》，《海南师范学院学报（社会科学版）》2005年第4期。

穆厚琴：《残雪：从梦魇世界到灵魂王国》，《江苏工业学院学报（社会科学版）》2005年第3期。

李红艳：《普通女性的生存境遇——方方新作〈出门寻死〉解读》，《中共郑州市委党校学报》2005年第5期。

李莉：《匮乏与逃离：试析林白作品中女性生存的两难困境》，《百花洲》2005年第5期。

严琳：《王安忆小说的女性意识》，《西安财经学院学报》2005年第4期。

卢桢：《新世纪女性主体的自由言说——浅谈赵玫近五年来的创作》，《文艺争鸣》2005年第5期。

林晓华：《关于女性写作的悖论与反思——以20世纪90年代中国女性文学为中心》，《西南民族大学学报（人文社科版）》2005年第11期。

张懿红：《伸向窗外的绿叶——从张翎、项小米近作看女性写作的新走向》，《当代文坛》2005年第6期。

刘富华、祝东平：《"被欲望"的梦魇与"逃离"的歧途——陈染小说的"男性态度"》，《文艺争鸣》2005年第6期。

王尧：《文化气质与女性身份的重新书写：长篇小说〈女同志〉阅读札记》，《当代作家评论》2005年第6期。

郭力：《想像中的真实——女作家的"我读我看"》，《文艺评论》2005年第5期。

王金胜：《"日常生活"叙事：20世纪90年代中国女性写作的主体意识》，《石油大学学报（社会科学版）》2005年第6期。

胡敏：《当代女性主义文学的性别意识——兼谈20世纪90年代女性小说的叙事》，《太原师范学院学报（社会科学版）》2005年第4期。

韩春燕：《解读〈女同志〉中的女性风景》，《辽宁工程技术大学学报（社会科学版）》2005年第6期。

郭海鹰：《"她世纪"城市女性生存状态的"档案"——张抗抗〈作女〉解读》，《华南师范大学学报（社会科学版）》2005年第6期。

《陈丹燕专辑》，《小说评论（西安）》2005年第4期：

（1）於可训：《主持人的话》

（2）陈丹燕：《城与人——陈丹燕自述》

（3）周颖菁、陈丹燕：《快乐涨满心灵的时刻——陈丹燕访谈录》

（4）周颖菁：《俗世与宗教情怀——陈丹燕创作论》

（5）周颖菁：《陈丹燕作品目录》

何顺民、樊华：《压抑的人性之花　苦涩的爱情之果——〈爱是不能忘记的〉解读》，《零陵学院学报》2005年第1期。

《徐坤专辑》，《小说评论》2005年第1期：

（1）於可训：《主持人的话》

（2）易文翔、徐坤：《坚持自我的写作——徐坤访谈录》

（3）徐坤：《自述》

（4）易文翔：《智者入世的游戏——论徐坤小说的智性故事》

（5）易文翔：《徐坤主要作品目录》

张志忠：《身体写作：漂浮的能指》，《当代文坛》2005年第1期。

陈晓明：《不说，写作和飞翔——论林白的写作经验及意味》，《当代作家评论》2005年第1期。

刘思谦：《女性文学这个概念》，《南开学报》2005年第2期。

王万森：《女性文学研究、性别诗学与社会》，《济南大学学报（社会科学版）》2005年第2期。

刘思谦：《性别：女性文学研究的关键词》，《洛阳师范学院学报》2005年第6期。

钟雪萍：《后妇女解放与自我想像》，《读书》2005年第11期。

盛英：《漫议安娥的先锋女性意识》，《中国妇女报》2005年10月11日。

陈骏涛、郭素平：《成长中的中国女性主义》，《中国艺术报》2005年4月22日。

陈淑梅：《新时期女性小说话语权威的建立》，《文学评论》2005年第5期。

《陈染专辑》，《小说评论》2005年第5期：

（1）於可训：《主持人的话》

（2）陈染：《陈染自述》

（3）杨敏、陈染：《写作，生命意识的自由表达——陈染访谈录》

（4）杨敏：《论陈染小说人物的心理困境》

（5）《陈染作品目录》

方方：《说"女性文学"之可疑》，《南开学报》2006年第4期。

王晓艳：《浅析女性文学与现代女性意识的觉醒》，《辽宁师专学报（社会科学版）》2006年第1期。

翟永明：《面对词语本身》，《诗潮》2006年第1期。

刘思谦：《性别视角的综合性与双性主体间性》，《河南大学学报（社会科学版）》2006年第2期。

潘延：《女性文学视野中的"身体写作"》，《苏州科技学院学报（社会科学版）》2006年第1期。

武新军：《近年来女性文学研究思路批判》，《学术月刊》2006年第7期。

邓利：《论新时期女性文学批评的三足鼎立之势》，《四川师范大学学报（社会科学版）》2006年第4期。

毛正天、冉小平：《中国女性文学当下生态的审视》，《文艺报》2006年1月26日。

荆歌等：《五作家关于"性描写"的一次对话》，《报刊荟萃》2006年第7期。

蒋晓丽：《女性写作：从"两性对立"走向"两性和谐"》，《文艺报》2006年5月13日。

屈雅红：《从本质到关系：女性写作的来路和去向》，《理论与创作》2006年第5期。

魏天真：《女性写作的"三突出"：反女性主义征候之一》，《华中师范大学学报（人文社会科学版）》2006年第6期。

樊星：《纠缠于女性写作中的几种潜在情感》，《文艺报》2006年6月15日。

凌逾：《女性主义叙事学及其中国本土化推进》，《学术研究》2006年第11期。

佘艳春：《略论女性历史叙事的民间性》，《广西社会科学》2006年第12期。

李梦：《女性写作：逼迫"上帝"重新洗牌》，《文学自由谈》2006年第1期。

刘秀珍：《艰难的言说——中国当代女性文学批评的困惑》，《太原教育学院学报》2006年第1期。

卫泽：《英美女性主义文学批评对中国当代女性写作的意义》，《晋阳学刊》2006年第1期。

王进：《从女性主义回到性别研究》，《粤海风》2006年第2期。

邓利：《追求恢宏博雅之美　创造融合大气之风——论新时期女性主义文

学批评》，《当代文坛》2006年第3期。

陈瑞红：《冷静的书写，温暖的情怀——读〈异域性与本土化：女性主义诗学在中国的流变与影响〉》，《妇女研究论丛》2006年第4期。

张魁：《女性主义话语理论综述》，《宁波大学学报（人文科学版）》2006年第5期。

孙桂荣：《一个需要警醒的女性学话题》，《理论与创作》2006年第5期。

陈晓红：《女性之"在"与女性之"思"——从解释学角度谈女性主义文学解读》，《社会科学辑刊》2006年第6期。

严英秀：《也给男人一点关怀》，《文学自由谈》2006年第6期。

朱国华、陶东风：《关于身体—文化—权力的通信》，《中文自学指导》2006年第6期。

李艳艳：《文化语境中的性别背离——从陈凯歌电影作品〈无极〉谈起》，《云南艺术学院学报》2006年第2期。

张念：《女性主义是一种知识维度》，《山花》2006年第9期。

万莲子：《性别：一种可能的审美维度——全球化视域里的中国性别诗学研究导论（1985—2005大陆）》（下），《湘潭大学学报（哲学社会科学版）》2006年第1期。

李新生：《艺术家创作心理与忧郁女性形象》，《文艺理论与批评》2006年第4期。

孙桂荣：《与学理上的女性主义擦肩而过：对女性小说性别观念的一种解读》，《百花洲》2006年第4期。

金慧敏：《论男性叙事中的天使型女性形象》，《中共郑州市委党校学报》2006年第1期。

丁帆：《超越性别的性别批评——评王宇的专著〈性别表述与现代认同〉》，《福建论坛（人文社会科学版）》2006年第10期。

彭体春：《社会性别、文化霸权与文学研究》，《当代文坛》2006年第5期。

傅书华：《女性文学研究的瓶颈》，《文学报》2006年11月30日。

朱彦芳、降红燕：《"两性和谐"：中国女性文学研究的终极追求——第七届中国女性文学学术研讨会暨中国当代文学研究会女性文学委员会成立十周年纪念会》，《中国当代文学研究》2006年第00期。

徐中佳：《论中国小说现代性流变与性爱问题的关系》，《湘潭大学学报（哲学社会科学版）》2006年第4期。

张光芒：《欲望叙事的溃败：从"个体写作"到"身体写作"》，《湘潭大学学报（哲学社会科学版）》2006年第4期。

张永禄：《身体：如何是其所是？——当下中国文坛的"身体"理论及实践》，《湘潭大学学报（哲学社会科学版）》2006年第4期。

郭力：《生命意识：20世纪中国女性文学的理论生长点》，《江海学刊》2006年第4期。

周艳丽：《论中国女性写作话语权的嬗变》，《殷都学刊》2006年第4期。

郑春凤：《试论中国现当代女性写作中的逃离意识》，《社会科学战线》2006年第5期。

张岚：《本土文化视阈下的启蒙与女性叙事》，《中国女性文化》2006年总第8卷。

魏天真：《作者之"恶"：当前文学中的性描写问题》，《上海文化》2006年第3期。

周志雄：《性别文化视野中的小说情爱叙事》，《山东师范大学学报（人文社会科学版）》2006年第6期。

孙桂荣：《中国当代文学中的女性话语流变》，《山东师范大学学报（人文社会科学版）》2006年第6期。

盛英：《当代女作家婚姻家庭观个案调查报告》，《百花洲》2006年第5期。

亓云：《浅论当代中国女性主义文学现状》，《戏剧文学》2006年第10期。

余艳春：《解构神话，重写历史——论当代女性历史小说》，《北方论丛》2006年第5期。

王宇：《新时期之初的"男子汉"话语——一个性别政治视角的考察》，《文艺研究》2006年第5期。

乔以钢：《新时期女性文学的爱情书写与现代启蒙叙述》，《长江学术》2006年第1期。

崔洁：《试论新时期的女性散文》，《山东文学》2006年第5期。

宋玉书：《新时期报告文学的女性写作特色》，《辽宁大学学报（哲学社会科学版）》2006年第2期。

潘超清：《在历史转折处艰难重现——试论新时期女性剧作的女性意识》，《戏剧文学》2006年第9期。

李美皆：《新生代女作家的身体性自恋》，《小说评论》2006年第2期。

樊星：《世俗情欲的浪漫升华——新生代女作家的"诗化"小说论》，《湖北大学学报（哲学社会科学版）》2006年第5期。

傅晓翎：《从秘密花园到喧闹酒吧——浅论陈染、林白与卫慧的创作》，《福州大学学报（哲学社会科学版）》2006年第1期。

刘雄平：《千年跋涉终上路——论20世纪八九十年代之交的中国女性写作》，《天府新论》2006年第3期。

李静：《20世纪90年代以来女性文学的写实走向》，《重庆教育学院学报》2006年第1期。

马春花：《"房间"、"酒吧"与街道——由空间符码看90年代末期以来女性文学的变化》，《山东师范大学学报（人文社会科学版）》2006年第2期。

谭湘：《女性文本的精神意象》，《中国女性文化》2006年总第8卷。

朱唐林：《喧嚣与骚动的女性文学能走多远——对当下女性写作的再思考》，《广东广播电视大学学报》2006年第2期。

王艳芳：《静默时刻的女性写作》，《文艺报》2006年6月8日。

郭艳：《女性的自我表达与意义建构》，《文艺报》2006年6月8日。

张凌江：《物化：消费文化语境中女性写作的新症候》，《文艺研究》2006年第5期。

董秀丽：《极地的隐遁——90年代女性诗歌语言书写策略的发生动因和审美评价》，《文艺评论》2006年第2期。

贺绍俊：《展示女性的内秀：读〈长篇小说选刊〉女作家专号》，《文艺争鸣》2006年第1期。

刘永丽：《20世纪90年代女性先锋小说发展流变》，《云南社会科学》2006年第5期。

任亚荣：《越界的身体——当代女性小说中的同性之爱》，《书屋》2006年第11期。

祝亚峰：《20世纪90年代成长小说的叙事与性别——从"60年代生"人的成长小说谈起》，《文艺研究》2006年第11期。

刘艺虹：《世纪之交小说情爱主题的沉浮与流变》，《齐鲁学刊》2006年第3期。

孙桂荣：《"女权主义"与女性意识的文本表达——对当前小说性别倾向的一种思考》，《小说评论》2006年第3期。

吴思敬：《从黑夜走向白昼——21世纪初的中国女性诗歌》，《南开学报》2006年第2期。

付艳霞：《当代文学思潮史上的"个人化"写作——以藏在人群中的陈染为例》，《石家庄学院学报》2006年第1期。

刘思谦、李校争：《黑暗中的舞者——性别视角下陈染小说知识女性形象分析》，《湘潭大学学报（哲学社会科学版）》2006年第3期。

李秋菊：《论陈染的镜像叙事策略》，《文艺报》2006年4月27日。

王璐：《"累斯嫔"文学情结与男权文化——对陈染作品的一种解读》，《当代作家评论》2006年第5期。

丁杨：《迟子建：写我所爱 乐此不疲》，《中华读书报》2006年4月12日。

施战军：《独特而宽厚的人文伤怀——迟子建小说的文学史意义》，《当代作家评论》2006年第4期。

佘丹青：《迟子建小说的叙述视角》，《写作》2006年第11期。

李振：《尚未长成的"身体"——以〈北京娃娃〉为例看"80后"写作》，《文艺评论》2006年第4期。

李晓峰：《小说：黑暗灵魂的舞蹈——论残雪的文学观》，《当代文坛》2006年第2期。

陈红旗、廖冬梅：《现代性的倾圮：残雪与街市梦忆》，《当代文坛》2006年第5期。

李晓玲：《立体的图景——〈残雪自选集〉中篇小说解读》，《当代文坛》2006年第2期。

叶立文：《存在困境中的"突围表演"——论残雪先锋写作中叙述模式的嬗变》，《长江学术》2006年第2期。

张玉娟：《存在之维：残雪小说的艺术世界》，《社会科学论坛》2006年第12期。

贾蔓：《灵魂虚幻的编织——深层解读残雪〈温柔的编织工〉》，《当代文坛》2006年第6期。

残雪：《我的阅读历程及对〈收藏者〉的感受》，《大家》2006年第6期。

陈骏涛：《中国女性主义：成长之旅》，《职大学报》2006年第1期。

孟庆澍：《性别理论视野下的多元对话——第七届中国女性文学学术研讨会暨中国当代文学研究会女性文学委员会成立十周年纪念会述要》，《湘潭大学学报（哲学社会科学）》2006年第1期。

陈娇华：《女性写作：从情感倾诉到多声部合唱——从叙述形式的变化看20世纪中国激进女性写作的演变发展》，《当代文坛》2006年第2期。

袁素华：《女性文学及其话语革命》，《当代文坛》2006年第2期。

袁素华：《从"女性作家"到"女性文学"》，《学术论坛》2006年第3期。

肖晶：《一个孤独的写作者——论林白之女性写作》，《学术论坛》2006年第3期。

廖健春：《无处话苍凉——毕淑敏独特的女性话语特征》，《名作欣赏》2006年第22期。

杨梅：《身体文学的女性主义解读》，《陕西师范大学继续教育学报》2006年第1期。

王传满：《俗世化与个人化——二十世纪九十年代多元化女性写作中的主流倾向》，《宁波广播电视大学学报》2006年第4期。

贾舒颖：《新美女作家批判》，《艺术评论》2006年第3期。

金文野：《中国当代女性主义文学的审美特征》，《中华女子学院学报》2006年第1期。

曾娟：《自由的飞翔——论〈小姐，你早〉中的女性意识》，《陕西师范大学继续教育学报》2006年第1期。

《"中国现当代文学与性别"笔谈》，《河南大学学报（社会科学版）》2006年第2期：

（1）刘思谦：《性别视角的综合性与双性主体间性》

（2）林丹娅：《私奔：现代中国性政治的千年隐文》

（3）郭力：《女性历史叙事与性别定位》

（4）朱育颖：《性别之声：当代女性写作的流变》

（5）李玲：《主体间性与中国现代男性立场》

（6）王巧凤：《"十七年"文学中"文学父权"神话解构》

（7）沈红芳：《中国现当代文学与性别——第七届中国女性文学学术研讨会综述暨中国当代文学研究会女性文学委员会成立十周年纪念会综述》

黄艳芬：《不可名状的"娜拉"——从自传体小说创作看中国女性独立人格精神的发展》，《合肥学院学报（社会科学版）》2006年第1期。

张芳：《张欣小说创作关怀与自我体验的独特性》，《鞍山师范学院学报》2006年第1期。

刘虹利：《在出走与回归之间——从〈不明飞行物〉看城市女性的道路》，《西华师范大学学报（哲学社会科学版）》2006年第1期。

沈雪明：《"女性文学"的发展历程与中国当代社会妇女的现实处境》，《黔东南民族师范高等专科学校学报》2006年第2期。

荒林：《重构自我与历史：1995年以后中国女性主义写作的诗学贡献——论〈无字〉〈长恨歌〉〈妇女闲聊录〉》，《文艺研究》2006年第5期。

乔以钢：《新时期女性文学与现代国家意识》，《天津社会科学》2006年第3期。

张文娟：《对九十年代以来女性文学的再思考》，《文艺理论与批评》2006年第3期。

蒋晓丽：《"恋父"——"审父"——"自省"——新时期女性写作对男性形象文化想象的演变》，《理论与创作》2006年第3期。

宋剑华、刘力：《论90年代女性长篇小说现象》，《天津社会科学》2006

年第3期。

郭力：《女人的船与岸——女性散文创作构想的性爱观》，《文艺评论》2006年第3期。

李美皆：《新生代女作家的退化性自恋》，《小说评论》2006年第3期。

周序华：《试论中国军事文学女性主体意识的书写》，《太原教育学院学报》2006年第2期。

程箐：《20世纪90年代女性都市小说中的纪实叙事》，《南昌大学学报（人文社会科学版）》2006年第3期。

杨绍军：《文学创作中的女性意识及其书写》，《昆明师范高等专科学校学报》2006年第2期。

田德云：《新世纪女性写作的新活力》，《新余高专学报》2006年第3期。

汤洁：《女性的城市——论王安忆小说中上海／女性的想象关系》，《重庆文理学院学报（社会科学版）》2006年第4期。

潘慧莉：《池莉小说的女性视角探微》，《学海》2006年第3期。

单元：《从陈学昭的婚恋悲剧看中国的女性解放》，《嘉兴学院学报》2006年第4期。

谢琼：《女性小说中的自传性——再看林白〈一个人的战争〉》，《荆门职业技术学院学报》2006年第4期。

闫红：《"疯狂玛格"：神话窥破之后的镜城突围——论铁凝作品中女性主体身份的现代性诉求》，《理论与创作》2006年第4期。

高铭：《女性写作的"个性遗失"与"共性分裂"》，《南方文坛》2006年第5期。

孙祖娟：《隐忍叙事与边缘之声——江门女作家创作管窥》，《五邑大学学报（社会科学版）》2006年第3期。

《当代女作家关于"性别与文学"的笔谈》，《南开学报》2006年第4期：

（1）王安忆：《"那个人就是我"——评〈北非丽影……〉》

（2）张抗抗：《性与女性——当代文学中的性爱》

（3）陈染：《一些不连贯的思考》

陈明秀：《中国女性文学的崛起、发展及其现代性特征》，《安徽农业大学学报（社会科学版）》2006年第3期。

李凤兰：《女性精神家园的重建：新时期女性小说的家园构想》，《理论月刊》2006年第8期。

王璐：《陈染：肯定性书写——女性性主体意识》，《内蒙古民族大学学报（社会科学版）》2006年第4期。

顾广梅：《女性成长的另类书写——重读〈丽莎的哀怨〉和〈冲出云围的月亮〉》，《名作欣赏》2006年第16期。

孙俊青：《对父权秩序的顽强颠覆和解构——谈王安忆的女性主义创作》，《华北电力大学学报（社会科学版）》2006年第3期。

任一鸣：《中国女性主义：建构与整合——徐坤的意义之四》，《昌吉学院学报》2006年第3期。

胡德岭：《女性个体的生命凸显与历史突围——赵玫新历史小说〈上官婉儿〉的女性主义解读》，《河南师范大学学报（哲学社会科学版）》2006年第4期。

李晓芳：《华裔女性作家的言说策略》，《常州工学院学报（社科版）》2006年第4期。

顾晓玲：《女性文学"性别"意识的话语转型》，《盐城师范学院学报（人文社会科学版》2006年第5期。

朱菊香：《徐坤女性意识的个性特征》，《淮北煤炭师范学院学报（哲学社会科学版）》2006年第5期。

寿静心：《母性神话的解构与重建——论当代女性主义文学中的女性形象》，《中华女子学院学报》2006年第5期。

安杰：《女性"个人化写作"的解读与反思》，《甘肃社会科学》2006年第6期。

王传满：《20世纪90年代中国女性狂欢化写作》，《柳州师专学报》2006年第4期。

王金城、王者凌：《论张抗抗小说女性叙事的嬗变》，《文艺评论》2006年第6期。

刘惠丽：《谈张抗抗男权意识到女权意识的流变》，《西安文理学院学报

（社会科学版）》2006年第6期。

高春霞：《"另类"女性创作的后殖民审视》，《十堰职业技术学院学报》2006年第5期。

李建立：《再成长：读〈爱，是不能忘记的〉及其周边文本》，《海南师范学院学报（社会科学版）》2006年第5期。

张燕：《论徐坤小说创作的言说悖论》，《湖北教育学院学报》2006年第7期。

李美皆：《陈染的自恋型人格》，《小说评论》2006年第5期。

王昌忠：《浅析王安忆"三恋"、〈岗上的事迹〉中的性叙事特征》，《广西社会科学》2006年第7期。

张大为：《走向"类"经验的处置与表达——论当代"女性诗歌"写作的内在悖论及其解决》，《山西师大学报（社会科学版）》2006年第4期。

柳星：《论〈女勇士〉中的"他者"形象》，《湖南社会科学》2006年第4期。

何雪春：《后现代的疯子叙事——试论〈女勇士〉中的疯女人意象》，《西南民族大学学报（人文社科版）》2006年第7期。

张文娟：《意味深长的变化——从林白近期创作变化反思中国当代女性主义写作》，《当代文坛》2006年第3期。

董丽敏：《个人言说、底层经验与女性叙事——以林白为个案》，《社会科学》2006年第5期。

乔以钢：《胸襟·视角·心态——近十年女性文学研究反思》，《天津师范大学学报（社会科学版）》2006年第1期。

刘铁群：《性别视角的开拓与双性解放——对女性文学研究现状的反思》，《职大学报》2006年第1期。

林树明：《论当前中国女性主义文学批评的问题》，《湘潭大学学报（哲学社会科学版）》2006年第3期。

张立群：《论1990年代女性个人化写作的困境及其后现代性》，《徐州师范大学学报》2006年第5期。

吕颖：《缺失、认同与建构——论新时期女性文学批评》，《山东师范大学学报（人文社会科学版）》2006年第6期。

王俊秋：《救赎与忏悔：虹影小说的道德反省与宗教意识》，《当代作家评论》2006年第6期。

杨洪承：《20世纪中国文学性爱与欲望书写的文学史反省》，《湘潭大学学报（哲学社会科学版）》2006年第4期。

荒林、诸葛文饶：《西方女性主义理论在中国的传播和影响》，《海南师范大学学报（社会科学版）》2007年第2期。

林树明：《女性文学研究、性别诗学与社会学理论》，《贵州社会科学》2007年第12期。

孙桂芝：《以文字构建女性角色的历史长河——论当代新疆少数民族女作家作品中的性别角色反思》，《昌吉学院学报》2007年第2期。

李素珍：《王安忆与铁凝小说女性形象之比较》，《河北师范大学学报（哲学社会科学版）》2007年第2期。

罗婷、段湘怀：《女权思想的超前性：白薇创作与马克思主义妇女观》，《湖南社会科学》2007年第1期。

刘萌：《人鱼的舞蹈与歌唱——中国女性写作热潮百年谈》，《职大学报》2007年第1期。

佘艳春：《在历史的背面——女性主义的民间历史》，《名作欣赏》2007年第8期。

佘艳春：《女性写作：抚慰和疏漏——在"断裂"处浮出历史地表》，《江淮论坛》2007年第1期。

刘雄平：《中国女性写作的上路》，《江淮论坛》2007年第1期。

李方木、高艳丽：《木子美、高唐神女与网络女性主义》，《现代语文（文学研究版）》2007年第3期。

翟永明：《成长·性别·父权制——兼论女性成长小说》，《理论与写作》2007年第2期。

胡军：《"嫘斯嫔"情结与90年代女性写作》，《当代文坛》2007年第3期。

陈橙：《中国现代女性文学发展的三个阶段——从肖瓦尔特的女权主义批评看中国女性文学的发展》，《中华文化论坛》2007年第2期。

毕艳：《觉醒·迷惘与抗争——中国早期现代女作家自我书写的三重

奏》，《中国文学研究》2007年第2期。

田皓：《论消费文化时代的"身体写作"及对女性文学创作的思考》，《中国文学研究》2007年第2期。

乔以钢：《"人"的主体性启蒙与女性的自我追求——20世纪80年代女性文学创作侧论》，《中山大学学报（社会科学版）》2007年第2期。

潘超青：《艰难掘进的女性主体性建构——从三部满族女作家的家族史小说谈起》，《民族文学研究》2007年第1期。

乔以钢、张磊：《性别批评的构建及其基本特征》，《天津社会科学》2007年第4期。

孙丽玲：《20世纪中国女性文学中女性意识的嬗变与发展》，《曲靖师范学院学报》2007年第1期。

赵树勤：《误区与出路：当代女性文学创作及批评的反思》，《中国文化研究》2007年第2期。

张岚：《消费时代女性被消费的文化宿命——论20世纪90年代以来的女性创作》，《浙江海洋学院学报（人文科学版）》2007年第1期。

陈淑梅：《叙述主体的张扬——90年代女性小说叙事话语特征》，《文学评论》2007年第3期。

余醴：《玫瑰的故事——中国现当代言情小说及其女性意识的几个典型演变》，《现代语文（文学研究版）》2007年第3期。

沈嘉达：《中国当代小说女性"成长"故事论析》，《湖北大学学报（哲学社会科学版）》2007年第2期。

方维保：《女性文学研究（笔谈）》，《淮北职业技术学院学报》2007年第2期。

刘亚珍：《跃动的夏娃》，《宝鸡文理学院学报（社会科学版）》2007年第2期。

农莉芳：《女性的生存尴尬和情感迷失——论林白的女性文学创作》，《甘肃社会科学》2007年第3期。

缪爱芳：《构建女性未来话语——论小说〈玫瑰门〉在20世纪90年代中国女性写作中的意义》，《电影评介》2007年第11期。

刘明罡：《由〈笨花〉看铁凝作品中的性别观念》，《邢台职业技术学院学报》2007年第2期。

王颖：《从"人"到"女人"的历史性突围——重评张洁〈方舟〉的文学史意义》，《东方论坛》2007年第1期。

陈娇华、闵怡红：《试论20世纪中国女作家笔下的女同性恋书写》，《淮南师范学院学报》2007年第1期。

寿静心：《从中心到边缘——论当代女性主义文学中的男性形象》，《青海师范大学学报（哲学社会科学版）》2007年第2期。

罗小凤：《女性诗歌中"自我"镜像的建构与解构之思》，《梧州学院学报》2007年第1期。

张继娥：《转型期女性散文创作的生命关怀》，《理论月刊》2007年第6期。

张晶晶：《从双性和谐的角度比较舒婷与翟永明诗歌的文化意蕴》，《理论与创作》2007年第3期。

吴鹍：《在生活中寻觅，在探索中成长——试论池莉笔下女性命运嬗变》，《阜阳师范学院学报（社会科学版）》2007年第3期。

梁惠娟：《铁凝创作中的自我确认之路》，《文艺争鸣》2007年第6期。

许陈颖：《男女平衡，和谐发展——浅议王安忆〈长恨歌〉的女性视野》，《十堰职业技术学院学报》2007年第3期。

王连峰：《从两性视角解读王安忆"三恋"》，《山东省青年管理干部学院学报》2007年第3期。

陈凤珍：《女性文学的创新与中国立场》，《文艺理论与批评》2007年第4期。

艾尤：《都市文明与女性文学关系论析》，《江西社会科学》2007年第7期。

何伟文、杨玲：《对女性声音的误读及荒谬推演——与朱大可先生商榷》，《中国文学研究》2007年第3期。

胡敏：《徘徊在水边的那西斯——当代女作家的恋虐情结》，《忻州师范学院学报》2007年第3期。

何京敏：《论当代女性小说的性意识》，《理论月刊》2007年第8期。

毕红霞：《女性文学相关概念的争论与确立》，《琼州学院学报》2007年第3期。

严英秀：《论女性主义文学的男性关怀》，《当代文坛》2007年第4期。

李有亮：《欲望的权力与边界——90年代后期女性写作的精神探险意义分析》，《当代文坛》2007年第4期。

刘秋源：《商品经济对女性文学创作观念的影响及其价值思考》，《文史博览（理论）》2007年第6期。

吴春：《论20世纪中国女性文学的主题》，《中华女子学院山东分院学报》2007年第3期。

王富仁：《一个男性眼中的中国当代女性文学研究》，《文艺争鸣》2007年第9期。

张天景：《爱的复归与表达：构建女性写作的社会群体意识》，《襄樊职业技术学院学报》2007年第4期。

陈凤珍：《谈女性文学的"世界化"》，《邢台学院学报》2007年第3期。

路文彬：《回声的沉寂——视觉、听觉以及女性的现代历史生存境遇》，《海南师范大学学报（社会科学版）》2007年第3期。

李志连：《论当代文学中社会主义女性的人性、社会心理及发展变化》，《忻州师范学院学报》2007年第4期。

包天花：《新时期女性成长小说的叙述声音》，《温州大学学报（社会科学版）》2007年第5期。

刘小妮：《冲进性禁区的叙事策略与困境——20世纪90年代初期女性主义性爱书写》，《甘肃联合大学学报（社会科学版）》2007年第5期。

龙其林：《底层写作视野下的新世纪女性小说》，《洛阳大学学报》2007年第3期。

宋淑芳：《世纪回眸："女性个人化小说"的发展历程及文化意义》，《福建广播电视大学学报》2007年第4期。

王文广：《停在夏娃脸上的两个表情——当代两岸女性诗歌比较》，《中国海洋大学学报（社会科学版）》2007年第5期。

王琳：《中国现代女性文学的自我超越——张爱玲和苏青的小说创作论》，《阿坝师范高等专科学校学报》2007年第2期。

李玲：《女性文学主体性论纲》，《南开学报（哲学社会科学版）》2007年第4期。

吴孜进：《连接此岸与彼岸之桥——论女性主义文学解读的价值》，《语文学刊》2007年第13期。

高明月：《论影响当代女性写作发展的三个因素》，《南宁师范高等专科学校学报》2007年第2期。

毕红霞：《20世纪80年代以来中国女性文学批评回顾》，《海南师范大学学报（社会科学版）》2007年第2期。

苏状：《20世纪末中国女性文学性伦理表现之意义反思》，《兰州学刊》2007年第7期。

《生命张力与存在探究——重评1990年代女性"私小说"书写》，《江汉论坛》2007年第7期。

何金梅：《当代女性小说中"缺父"现象的文化阐释》，《绍兴文理学院学报（哲学社会科学版）》2007年第3期。

姚彤：《在身体叙事学的视野下解读琼瑶小说》，《运城学院学报》2007年第3期。

易芳：《对女性的哲理关怀——论王安忆、铁凝的小说创作》，《荆门职业技术学院学报》2007年第8期。

雷娟：《女性视角下的〈八月未央〉——对安妮宝贝的一种解读》，《绵阳师范学院学报》2007年第6期。

高静：《世纪初的觉醒——中国女性文学的第一个高潮》，《职大学报》2007年第3期。

王海燕：《从〈方舟〉到〈上海宝贝〉　当代城市女性自我探求轨迹》，《襄樊职业技术学院学报》2007年第5期。

乔以钢、王宁：《自恋与自审间的灵魂历险——陈染、林白、徐小斌的女性观及其创作》，《江汉论坛》2007年第3期。

乔以钢：《性别：文学研究的一个有效范畴》，《文史哲》2007年第2期。

贺芒：《当代小女人散文的咖啡馆意象》，《求索》2007年第8期。

高小弘：《20世纪90年代女性成长小说中的隐喻叙事》，《河北师范大学学报（哲学社会科学版）》2007年第6期。

孙桂荣：《在社会视阈与男性视阈的双重"镜像"下——对当代文学中"性别与事业"冲突主题的文化解读》，《南方文坛》2007年第6期。

吴素萍：《和谐社会的多元创作——二十一世纪初女性文学创作概说》，《名作欣赏》2007年第22期。

李雪梅：《试论当代女性小说在影视改编中的变异》，《理论与创作》2007年第5期。

欧阳小昱：《守望与游移——二十世纪九十年代以来女性诗歌写作分析》，《名作欣赏》2007年第21期。

王璐：《陈染创作的超性别意识》，《齐鲁学刊》2007年第6期。

冀艳：《从当下语境看中国女性主义文学的发展》，《前沿》2007年第12期。

刘莉：《女性文学批评理论的本土化构建——"女性人文主义"之探》，《雁北师范学院学报》2007年第1期。

王春芳：《20世纪中国大陆女性作家创作中的女性意识的演进》，《新疆大学学报（哲学人文社会科学版）》2007年第6期。

欧阳艳：《在冲突中走向和谐——当代女性文学创作的自我追寻》，《浙江工业大学学报（社会科学版）》2007年第3期。

陈捷：《略论新时期女性文学的现代衍进》，《山东文学》2007年第12期。

何刘杰：《世纪初中国女性写作的自我拯救》，《语文学刊》2007年第21期。

陈晓润：《"杀夫"与女性主义》，《世界华文文学论坛》2007年第4期。

戴冠青：《对女性写作的一种梳理与审视》，《文艺争鸣》2007年第10期。

金文野：《有"性别"的思想——中国当代女性主义文学的思想价值》，《学术论坛》2007年第12期。

马春花：《〈我爱比尔〉之现代性想象中的性别政治》，《名作欣赏》2007年第22期。

陈惠芬：《空间、性别与认同——女性写作的"地理学"转向》，《社会科学》2007年第10期。

宋毅：《二十世纪九十年代女性小说话语特征管窥》，《学术交流》2007年第10期。

王春荣、吴玉杰：《张扬女性生命本体的性别语言——论"女性声音的诗学"》，《辽宁大学学报（哲学社会科学版）》2007年第4期。

欧阳柏霖：《命运轮回的性别悲剧——〈月牙儿〉与〈棉花垛〉之比较》，《湖南城市学院学报》2007年第4期。

陈蔚：《论朱天文小说中被边缘化的女性》，《南京林业大学学报（人文社会科学版）》2007年第2期。

祝亚峰：《王安忆小说的叙事伦理》，《海南师范大学学报（社会科学版）》2007年第3期。

任一鸣、张淑萍：《维吾尔族女性文学的审美特征》，《西北民族大学学报（哲学社会科学版）》2007年第4期。

刘思谦：《生命与语言的自觉——20世纪90年代女性散文中的主体性意识》，《厦门大学学报（哲学社会科学版）》2007年第4期。

陈耀辉：《寻找和建构精神的家园——评卫慧小说〈我的禅〉》，《阜阳师范学院学报（社会科学版）》2007年第3期。

吕洁：《令人惋惜的另一类——卫慧小说分析》，《阜阳师范学院学报（社会科学版）》2007年第3期。

欧艳婵、田筱鸿：《关于理想的不辍之思——从〈北极光〉到〈情爱画廊〉》，《吉首大学学报（社会科学版）》2007年第3期。

代娜新、高云龙：《对精神世界的执着守望——走近张抗抗的〈情爱画廊〉和〈作女〉》，《湖南科技学院学报》2007年第3期。

陈祖英：《林白小说：想象的飞翔》，《湖北教育学院学报》2007年第3期。

黄晓娟：《女性的天空——现当代壮族女性文学研究》，《民族文学研究》2007年第2期。

俞春玲：《新时期家族故事的叙事与性别——以四部代表性长篇家族小说为例》，《理论与创作》2007年第2期。

朱逸冰：《中国现代女性主体意识的觉醒和发展——谈冰心、张爱玲的女性话语》，《江西金融职工大学学报》2007年第3期。

刘思谦：《女性文学中的父权制解读》，《河南大学学报（社会科学版）》2007年第3期。

张晓红、连敏：《〈女人〉中的女人：翟永明和普拉斯比较研究》，《中国比较文学》2007年第1期。

吕晓洁：《讲述知识女性最隐秘处的疼痛——解读池莉新作〈所以〉》，《名作欣赏》2008年第14期。

陈超：《翟永明论》，《文艺争鸣》2008年第6期。

王春荣、吴玉杰：《反思、调整与超越：21世纪初的女性文学批评》，《文学评论》2008年第6期。

冯晓燕：《女性文学的"彼岸花"——论安妮宝贝的文学创作》，《承德民族师专学报》2008年第4期。

陶春军：《从〈所以〉看池莉小说"女性写作"艺术的嬗变》，《名作欣赏》2008年第14期。

乔以钢、洪武奇：《论当代女性文学批评的空间概念》，《文艺理论研究》2008年第4期。

董秀丽：《身体言说的巅峰——新生代女性诗歌写作分析》，《北方论丛》2008年第4期。

齐红、林舟：《从性别到身体——对"60后"与"70后"女性写作的比较》，《文艺争鸣》2008年第10期。

颜琳：《中国当代女性书写的新径——林白个人化写作向社会化写作的转换》，《求索》2008年第4期。

王挺：《1990年代的女性个人化写作》，《社会科学战线》2008年第9期。

［澳大利亚］萧虹：《铁凝早期作品中的暗流：〈灶火〉和〈麦秸垛〉的分析》，《南方文坛》2008年第4期。

［韩］朴马利阿：《王安忆小说中的性爱描述与个人化空间的建构——以〈米尼〉为中心》，《当代文坛》2008年第1期。

毕文君：《女性　历史　书写——当代女性家族叙事的历史内涵与文学表

征》，《石家庄学院学报》2008年第1期。

张利红：《在喧嚣与骚动中沉寂没落——对"美女作家"女性意识缺失的审视》，《学术交流》2008年第1期。

王金霞：《认同·追求·迷失——论乡村女性的知识分子情结》，《广西社会科学》2008年第1期。

陈静：《新时期女性主义批评的文体研究》，《太原师范学院学报（社会科学版）》2008年第3期。

第小明、闫雪梅：《新时期中国女性文学研究的回顾与思考》，《榆林学院学报》2008年第3期。

唐宏：《论上世纪90年代中国女性主义文学创作中的女性困惑》，《社会科学家》2008年第5期。

陈耀辉：《真实的虚构——叙述声音与当代女性"半自传体"写作》，《宜宾学院学报》2008年第4期。

刘艳：《女性视阈中历史与人性的双重书写——以王安忆〈长恨歌〉与严歌苓〈一个女人的史诗〉为例》，《文艺争鸣》2008年第6期。

仵埂：《城市与女性写作——以张爱玲王安忆为例》，《小说评论》2008年第3期。

林宋瑜：《中国女性书写的"出花园"——论作为先锋文学的中国女性文学》，《大家》2008年第4期。

陈海燕、张启智：《中国当代女性文学创作中的误区分析》，《理论界》2008年第7期。

徐丽萍：《论1990年代中国女性文学创作》，《齐鲁学刊》2008年第4期。

孙桂荣：《新时期以来民族国家话语的女性表述》，《学术月刊》2008年第6期。

李有亮：《情感消费的代价与启示——论1990年代后期的女性写作》，《山西师大学报（社会科学版）》2008年第4期。

张磊、王际兵：《逃亡：无法抵达的生存拯救——中国当代文学转型期女性文本中"逃亡"主题透视》，《湖北大学学报（哲学社会科学）》2008年第4期。

李慧梅：《"70后"的女性都市写作》，《山花》2008年第8期。

张胜群：《女性性格命运的写照——〈永远有多远〉的一种解读》，《现代语文（文学研究版）》2008年第8期。

王侃：《九十年代中国女性小说的主题与叙事》，《文学评论》2008年第4期。

高小弘：《压制与抗争——论20世纪90年代女性成长小说中的身体叙事》，《文艺评论》2008年第4期。

杨春雪、朱丹：《是女性主义创作吗：对迟子建创作的一种思考》，《当代文坛》2008年第5期。

贺义廉：《论女性主体性意识的言说与传播》，《湖北社会科学》2008年第9期。

冯柳：《尹小跳艺术形象解读：评铁凝小说〈大浴女〉》，《南方论刊》2008年第7期。

王新梅：《性别意识下的女性书写策略：细节描述》，《电影评介》2008年第1期。

刘思谦：《我们距两性和谐还有多远？——女性小说文本中的两性关系问题》，《南开学报（哲学社会科学版）》2008年第2期。

谢玉娥：《当代女性写作中有关"身体写作"研究综述》，《河南大学学报（社会科学版）》2008年第3期。

陈仲义：《新世纪：大陆女性诗歌的情欲诗写》，《福建论坛（人文社会科学版）》2009年第1期。

严英秀：《女性主义的格调性写作：蒋韵作品散论》，《当代文坛》2009年第2期。

周静：《从理想的期待到绝望的无言——从〈无字〉看张洁的女性主义写作》，《时代文学（下半月）》2009年第2期。

张欢：《论成长中的青春女性写作——以春树的小说创作为例》，《当代文坛》2009年第6期。

梁勇：《颠覆中的构建——铁凝小说与新时期女性写作》，《文艺评论》2009年第5期。

王春荣、吴玉杰：《女性叙事与"底层叙事"主体身份的同构性》，《辽宁大学学报（哲学社会科学版）》2009年第4期。

刘思谦：《蒋韵小说的女性主义性别美学观照》，《扬州大学学报（人文社会科学版）》2009年第1期。

樊星：《当今女性文学与神秘主义》，《学术月刊》2009年第8期。

谢刚：《分裂的乡村叙事及无效的成长忆述——林白近年写作的衰退兼及女性主义写作之困》，《文艺争鸣》2009年第12期。

王红旗：《历史重构与"自我"超越——21世纪女性写作十年回顾》，《山西师大学报（社会科学版）》2009年第6期。

杨春风：《大众传媒时代的"女性写作"》，《传媒观察》2009年第4期。

刘小妮：《论女性写作理论与中国语境》，《沈阳农业大学学报（社会科学版）》2009年第5期。

贺桂梅：《当代女性文学批评的一个历史轮廓》，《解放军艺术学院学报》2009年第2期。

刘卫东：《"女性文学"：繁荣背后的危机》，《文艺理论与批评》2009年第3期。

陈骏涛：《女性文学批评：在沉潜中行进》，《文艺报》2009年12月5日。

宁大治：《中西方女性文学发展之比较》，《理论界》2009年第6期。

陈骏涛：《沉潜中的行进——2003-2008女性文学理论批评若干著作的笔记》，《南方文坛》2010年第1期。

张莉：《社会性别意识的彰显——论新世纪女性写作十年》，《文艺争鸣》2010年第15期。

申霞艳：《秋水共长天一色——新世纪女性写作考察》，《文艺争鸣》2010年第15期。

王艳红：《女性主义写作：深度反思人类的两性关系》，《文学教育（上）》2010年第2期。

林丹娅：《作为性别的符号：从"女人"说起》，《南开学报（哲学社会科学版）》2010年第6期。

王富仁：《从本质主义的走向发生学的——女性文学研究之我见》，《南开学报（哲学社会科学版）》2010年第2期。

韩丽娟：《幽闭与自我灵魂书写的统一——从〈私人生活〉〈一个人的战争〉看90年代女性文学个人化写作》，《当代小说（下）》2010年第3期。

向颖：《异化与重塑——论当代女性写作中的母女场景》，《文学界（理论版）》2010年第5期。

王侃：《新的批判动向及其危机——新世纪网络女性写作之检讨》，《文艺争鸣》2010年第15期。

赵晓：《女性私语化写作的审美空间》，《小说评论》2010年第4期。

李有亮：《"从"与"领"：1980年代中后期女性写作中的颠覆策略再读解》，《当代文坛》2010年第6期。

陈骏涛：《"她世纪"与中国女性写作的走向》，《海南师范大学学报（社会科学版）》2010年第6期。

刘传霞：《"寻找男子汉"、"女强人"文学与女性性别身份认同》，《湘潭大学学报（哲学社会科学版）》2010年第4期。

黄晓东：《舒婷的文学创作与女性主义》，《当代文坛》2010年第2期。

马季、杪椤：《城市·乡村·郊外：女性写作三人行》2010年第1期。

徐坤：《闪光的女性主义美学原则》，《文艺报》2011年6月1日。

盛英：《转型期：女性文学中的女性自我》，《南开学报（哲学社会科学版）》2011年第2期。

王侃：《论20世纪中国女性写作的历史意识与史述传统》，《南开学报（哲学社会科学版）》2011年第6期。

史莉娟、王侃：《新世纪中国女性文学的写作转向》，《玉溪师范学院学报》2011年第3期。

刘媛媛：《面对疼痛的自己：女性文学视域下的女性与生育》，《妇女研究论丛》2011年第1期。

赵静：《女性书写的时代意义》，《安徽文学（下半月）》2011年第8期。

李素珍、冯鸿滔：《女性主体意识下的爱情婚姻观——以新时期女性文学为例》，《长城》2012年第10期。

李兰英：《从女性写作到中国女性主义文学批评》，《名作欣赏》2012年第2期。

　　陆冰：《新世纪女性写作的多元化趋向》，《时代文学（下半月）》2012年第2期。

　　张莉：《非虚构女性写作：一种新的女性叙事范式的生成》，《南方文坛》2012年第5期。

　　刘成才：《女性写作与当代中国叙事——由〈上海宝贝〉兼及一代人的写作伦理》，《江汉大学学报（人文科学版）》2012年第6期。

　　王雯捷：《从春树〈2条命〉看"80后"女性写作》，《小说评论》2012年第1期。

　　田颖、韦琴红：《女性主义书写：从双性同体到身体写作》，《求索》2012年第3期。

　　张凯默：《中国女性写作自叙传传统概观》，《齐齐哈尔大学学报（哲学社会科学版）》2013年第1期。

　　翟永明、谭光辉、陈佑松、段从学、刘永丽、税雪、余玲、唐梦曦：《黑夜诗人的变化与坚持——翟永明访谈录》，《中国图书评论》2013年第10期。

　　崔羽淇、程亚丽：《陈染女性写作研究综述》，《丽水学院学报》2013年第1期。

　　张莉：《非虚构女性写作：新世纪女性写作的新成就》，《博览群书》2013年第3期。

　　周丽娜：《"弑父"的玫瑰：一个崭新的两性故事——评迟子建新作〈晚安玫瑰〉》，《文艺评论》2013年第9期。

　　林丹娅、郑斯扬：《论近年女性写作中的乡土伦理观》，《东南学术》2013年第5期。

　　周婷：《新世纪女性写作的异质性——盛可以小说创作》，《小说评论》2013年S2期。

　　王侃：《林白的"个人"和"性"》，《东吴学术》2014年第2期。

　　李钧：《柔性报告文学：一种女性主义写作道路》，《齐鲁师范学院学报》2014年第3期。

　　王凤玲：《都市·消费·身体三位一体的狂舞——中国当代女性身体写作的文化学分析》，《小说评论》2014年第5期。

李蓉：《女性主义文学解体之后：问题、处境与发展》，《文艺研究》2014年第10期。

乔以钢：《文学领域的性别研究实践：2006—2010》，《中国现代文学研究丛刊》2014年第5期。

二、报纸期刊研究资料（港台地区与海外）

施叔青：《谈谈台湾女作家》，《工人日报》1985年10月20日第2版。

古继堂：《八十年代台湾青年女作家群》，《台声》1986年第3期。

黄重添：《台湾女性小说的发展》，《文艺报》1987年2月21日第8版。

高华：《台湾女性文学的发展》，《文艺评论》1988年第3期。

张承意：《80年代台湾女性文学管窥》，《四川师范学院学报（哲学社会科学版）》1988年第4期。

高博燕、赵世民：《此情可待成追忆：台湾女作家琼瑶谈创作、谈女性》，《中国妇女报》1988年7月4日第3版。

何龙：《从性的暗孔探视生命和社会：李昂性爱小说片面观》，《当代作家评论》1989年第1期。

金杏：《现代社会女性的困境与自救：评台湾新女性主义小说》，《湘潭大学学报（社会科学版）》1989年第2期。

潘亚暾、汪义生：《台湾、大陆女性文学之比较》，《上饶师专学报（社会科学版）》1990年第2期。

李甦：《台湾新生代女作家笔下的女性形象》，《华文文学》1990年第2期。

潘亚暾：《台湾女性文学初探》，《四海》1991年第3期。

钱虹：《香港人婚恋心态面面观——香港女作家部分婚恋小说的主题分析》，《华东师范大学学报（哲学社会科学版）》1991年第1期。

张秋蕙：《徘徊在现代与传统之间：论香港女作家亦舒小说的女性形象》，《中山大学学报（社会科学版）》1991年第2期。

赵朕：《女性小说：异曲同工的和鸣——海峡两岸小说比较》，《文学评论》1991年第3期。

秦家琪、刘红林：《新时期以来台湾女性文学研究评述》，《台港文学选刊》1992年第3期。

徐学：《山盟海誓：台湾女性爱情散文综论》，《台港文学选刊》1992年第3期。

常征：《台湾女作家的宗教情结》，《台声》1992年第3期。

刘介民：《台湾女性诗歌中的"情欲主题"》，《当代作家评论》1992年第5期。

王列耀：《台湾女性文学中的母性审视》，《暨南学报（哲学社会科学版）》1992年第4期。

何笑梅：《新女性主义和台湾女性主义文学》，《台湾研究集刊》1993年第2期。

王世杰：《台湾女性文学中"新女性"形象概观》，《晋阳学刊》1993年第3期。

古远清：《台湾当代女评论家论》，《海南师院学报》1993年第3期。

朱立立：《当代都市女性的文化困境：论香港女作家钟晓阳的近期小说》，《华侨大学学报（哲学社会科学版）》1993年第3期。

王敏：《廖辉英笔下的女性世界》，《河南师范大学学报（哲学社会科学版）》1994年第6期。

毛毛：《言情模式：女性作家的抒情误区》，《台湾文学选刊》1994年第5期。

应凤凰：《五十年代台湾女性作家——兼比较海峡两岸文学史书的不同注释观点》，《社会科学战线》1994年第3期。

温潘亚：《台湾新女性主义的高扬：谈〈女强人〉中女性意识的特质》，《小说评论》1994年第4期。

钟晓毅：《论香港女作家笔下的爱情模式》，《作品》1994年第1期。

张亚萍：《台湾女性文学的历史和特征简论》，《华侨大学学报（哲学社会科学版）》1995年第3期。

任一鸣：《台湾女性文学的现代衍进——从女性文学到"新女性主义"文学》，《新疆大学学报（哲学社会科学版）》1995年第4期。

玥琴：《对女性人生意义的可贵探索——读旅荷华人女作家林湄的小

说》，《江苏社会科学》1995年第6期。

任一鸣：《香港女性文学概观——中国女性文学现代行进的分支之一》，《新疆师范大学学报（哲学社会科学版）》1995年第4期。

张锦贻：《梁凤仪女性小说的意义及其它：香港女性小说谈》，《文科教学》1995年第1期。

何笑梅：《从小说看台湾女性价值观的嬗变》，《台湾研究集刊》1996年第2期。

樊洛平：《台湾新女性主义文学现象研究》，《北京师范大学学报（社会科学版）》1996年第1期。

朱双一：《台湾文学中的"新女性"角色设计》，《台湾研究集刊》1996年第1期。

张典婉：《台湾男女两性拔河》，《文学自由谈》1996年第1期。

黄发有：《论台湾女性文学的父亲主题》，《晋阳学刊》1996年第1期。

张荔：《台湾女诗人诗风景探幽》，《吉林师范学院学报》1996年第Z1期。

黄红娟：《海外华人女性文学综论》，《华侨大学学报（哲学社会科学版）》1996年第2期。

钱虹：《当代台湾女性文学的发轫及其主题》，《华东师范大学学报（哲学社会科学版）》1997年第4期。

王凤莲：《台湾女作家小说创作管见》，《淄博师专学报》1997年第2期。

艾晓明：《香港"女性主义文学国际研讨会"述评》，《广东社会科学》1997年第1期。

张锦贻：《从梁凤仪的〈花帜〉透视当今香港女性小说》，《内蒙古师范大学报（哲学社会科学版）》1997年第3期。

王确：《香港女性作家的女性关怀》，《东北师大学报（哲学社会科学版）》1997年第4期。

焦玉莲：《论李昂小说〈杀夫〉的反封建主题》，《山西师大学报（社会科学版）》1997年第2期。

王凌云：《女性觉醒的心路历程：评梁凤仪笔下的几个女性形象》，《山西师大学报（社会科学版）》1997年第2期。

张亚萍：《近年马华女性文学的几个特征》，《华侨大学学报（哲学社会科学版）》1997年第2期。

雷达：《马来西亚华文女作家散论》，《文艺报》1997年9月18日第4版。

［泰］曾心：《泰华年轻女性的微型小说》，《台港与海外华文文学评论和研究》1997年第1期。

陈娇华：《"男女两造情境"的不倦营构：廖辉英小说创作模式论》，《世界华文文学论坛》1998年第4期。

陈娇华：《一幅缩微的女性解放发展演变史：评〈婚姻最近缺货〉之于女性文学的意义》，《华文文学》1998年第4期。

邓全明：《个人化写作与代言人写作——陈若曦小说创作的双重品格》，《世界华文文学论坛》1998年第3期。

张宪彬、彭燕彬：《浅谈郭良惠及其笔下的台北女人》，《天中学刊》1998年第3期。

计璧瑞：《女性 政治 叙述策略：论李昂新近的小说创作》，《台港文学选刊》1998年第11期。

张丽琍：《"自我书写"中的性意识：浅析大陆和台湾女性文学作品中的性描写》，《中华女子学院学报》1998年第1期。

庄园：《重构女性话语：论台湾女性主义文学》，《华文文学》1998年第1期。

曾利君：《香港女性文学创作简论》，《西南师范大学学报（哲学社会科学版）》1998年第2期。

于青：《海外华文女作家作品扫描》，《人民日报》（海外版）1998年11月12日第7版。

钟晓毅：《上善如水：澳门女性散文的审美指向》，《世界华文文学论坛》1998年第2期。

黄树红：《台湾女性文学的走向》，《广东教育学院学报》1999年第1期。

李仕芬：《从女性主义文学批评谈到台湾女作家》，《广州师院学报（社会科学版）》1999年第1期。

吴晓川：《关于女性的话题——海峡两岸女性诗歌比较》，《西南民族学院学报（哲学社会科学版）》1999年第4期。

　　陈丽虹：《海外华文女作家的写作选择》，《社会科学家》1999年第1期。

　　王韬：《论台港暨海外华人女作家的创作思想》，《镇江师专学报（社会科学版）》1999年第4期。

　　李娜：《大陆近二十年台湾女性文学研究综述》，《河南教育学院学报（哲学社会科学版）》2000年第1期。

　　王澄霞：《女权主义与女性中心主义：评龙应台〈美丽的权利〉》，《世界华文文学论坛》2000年第3期。

　　李娜：《豪爽女人的呼唤：解放情欲书写——论90年代台湾女性情欲小说》，《世界华文文学论坛》2000年第4期。

　　颜纯钧：《"房子"：精神的居所——香港女性写作的一种景观》，《东南学术》2000年第4期。

　　廖子馨：《澳门现代女性文学特色》，《江苏社会科学》2000年第1期。

　　盛英：《一片冰心在玉壶：漫话澳门女性散文》，《世界华文文学论坛》2000年第1期。

　　刘红林：《试论台湾女性主义文学对身体自主的追求》，《台湾研究集刊》2001年第3期。

　　刘红林：《女性主义文学的同路人：台湾言情文学二三谈》，《学海》2001年第4期。

　　刘传霞：《论海峡两岸女性写作的思想资源和文化身份》，《济南大学学报》2001年第1期。

　　汤淑敏：《海外华文女作家与中华文化》，《中国文化研究》2001年第4期。

　　王庆华：《本色意味与品格追求：澳门女性散文解读》，《江苏社会科学》2001年第6期。

　　古继堂：《林海音——台湾女性文学开山人》，《新文学史料》2002年第2期。

　　刘红林：《无情　疏离　对抗——台湾女性主义文学中的两性关系》，《江苏社会科学》2002年第4期。

刘红林：《试论台湾女性诗歌中的神话因素》，《诗刊》2002年第11期。

陈思和：《许俊雅和她的台湾文学研究：〈美丽岛面面观〉序》，《华文文学》2002年第5期。

彭燕彬：《女性出头一片天：台湾女性文学一瞥》，《河南教育学院学报（哲学社会科学版）》2002年第4期。

金燕玉：《20世纪90年代华文女作家的写作姿态》，《江海学刊》2002年第3期。

彭程：《印尼华文女性小说的"家"、"群"、"和"意识》，《华文文学》2002年第4期。

吴新桐：《以细腻的笔触轻抚爱情留下的伤痕：印度尼西亚华人女性文学初探》，《华文文学》2002年第4期。

曹书文：《论海峡两岸女作家笔下男性形象的文化意蕴》，《当代文坛》2002年第2期。

王烈耀、闫美萍：《女性角色的重新定位：对印（尼）华女作家散文创作的思索》，《华文文学》2002年第6期。

王烟生：《评李昂小说〈爱情实验〉的灰色格调》，《徐州师范大学学报》2002年第4期。

王泉：《简论蓉子、席慕蓉诗歌的乡愁情结和女性意识》，《华文文学》2002年第5期。

贾丽萍：《女性视角：从婚恋到社会现实——亦舒的小说世界》，《华文文学》2003年第2期。

戴岚：《寻找回来的世界：两位华裔女作家笔下的女性世界》，《韶关学院学报（社会科学版）》2003年第11期。

王进、曾明：《论台湾女性散文的艺术品格》，《西南民族学院学报（哲学社会科学版）》2003年第3期。

古远清：《台湾女性作家80年代以来创作综述》，《湖北广播电视大学学报》2003年第4期。

黄睿：《曲折行进中的台湾当代女性文学》，《呼兰师专学报》2003年第4期。

凌逾：《女性主义建构与殖民都市百年史：论施叔青的长篇小说〈香港三

部曲〉》，《世界华文文学论坛》2003年第4期。

徐学：《钟怡雯散文的感性与知性：兼谈台湾女性文学》，《台湾研究集刊》2004年第4期。

张华：《台湾女性文学中的女性意识》，《昌吉学院学报》2004年第4期。

凌孟华：《海峡两岸当代女性诗歌比较》，《重庆师范大学学报（哲学社会科学版）》2004年第5期。

嘉颖妮：《魂归何处：论李碧华小说对女性命运的探讨》，《当代文坛》2004年第3期。

黄河：《试论20世纪留学生文学中的女性写作》，《绥化师专学报》2004年第2期。

张洁：《从自我觉醒到爱情宿命：严歌苓小说中的女性意识及其两性关系》，《百花洲》2004年第3期。

李果：《论李昂女性意识的嬗变》，《世界华文文学论坛》2005年第1期。

张鸿声：《女性生存的新与旧之间：论赵淑敏小说集〈惊梦〉》，《华文文学》2005年第4期。

王征：《此恨绵绵无绝期：谈台湾女性文学的"乡愁"主题》，《哈尔滨职业技术学院学报》2005年第2期。

樊洛平：《社会人生的拆解与颠覆：台湾新世代女作家的小说创作态势》，《郑州大学学报（哲学社会科学版）》2005年第3期。

林丽琴：《台湾女性文学发展概论》，《黑河学刊》2005年第3期。

〔美〕苏炜：《三个女人的戏台：读"海外知性女作家丛书"》，《世界华文文学论坛》2005年第2期。

刘真：《乡土文化中的女性——简析小说〈千江有水千江月〉的特点和魅力》，《妇女研究论丛》2005年第5期。

张杨：《"自己的天空"之异彩：评台湾新生代女作家袁琼琼的创作》，《洛阳师范学院学报》2006年第1期。

徐光萍：《台湾当代女性散文的宗教文化意识》，《太原师范学院学报（社会科学版）》2006年第2期。

林丹娅：《华文世界的言说：女性身份与形象》，《北京大学学报（哲学社会科学版）》2006年第2期。

梁晓声：《这个女人不寻常：读严歌苓长篇小说〈第九个寡妇〉》，《文学报》2006年4月13日第8版。

王艳芳：《女性历史的想象与重构：世纪之交的世界华文女性写作》，《华文文学》2006年第5期。

朱立立：《女性话语　国族寓言　华人文化英雄——从文化研究视角重读当代华语经典〈桑青与桃红〉》，《台湾研究集刊》2006年第3期。

赵妍：《女性主义视野下的80年代海峡两岸爱情诗：以舒婷、席慕蓉的诗歌为例》，《世界华文文学论坛》2006年第2期。

王者凌：《台湾后现代女性诗歌综论》，《台湾研究集刊》2007年第2期。

王军、李艳红：《当代美国华裔女性文学研究与现状》，《山东文学》2007年第11期。

王卉：《历史·女性·救赎：评严歌苓的〈金陵十三钗〉》，《世界华文文学论坛》2007年第3期。

艾尤：《放逐式的同性情欲之女性欲望表达：以朱天文和邱妙津的同性恋代表作为阐释文本》，《北方论丛》2007年第6期。

邓俊庆：《一部女性的传奇史诗：评严歌苓〈一个女人的史诗〉》，《山东文学》2007年第12期。

王平：《一个与众不同的可爱的寡妇：论严歌苓〈第九寡妇〉王葡萄形象的审美价值》，《中南民族大学学报（人文社会科学版）》2007年第6期。

乔以钢、刘堃：《论北美华文女作家创作中"离散"内涵的演变》，《南京师范大学文学院学报》2007年第1期。

吴君：《历史女性的现代回眸：论钟玲诗歌中充满现代意识的女性世界》，《世界华文文学论坛》2007年第1期。

王艳芳：《历史想像与性别重构：世纪之交世界华文女性写作之比较》，《中国比较文学》2007年第4期。

白颖、费小玉：《从沉默到爆发　从压抑到释放——对谭恩美〈灶神之妻〉的女性主义批评解读》，《理论界》2008年第7期。

曹新伟：《女性在民间视角下的诗学观照：严歌苓作品中的女性形象解读》，《山东师范大学学报（人文社会科学版）》2008年第4期。

沈红芳：《在苦难中升腾：论严歌苓小说中的女性意识》，《当代文坛》2008年第5期。

李薇：《台湾当代女作家"鬼话"创作的现代气质》，《华文文学》2008年第2期。

阎纯德：《香港女性文学的历史与现状》，《南京师范大学文学院学报》2008年第2期。

赵小琪、赵坤：《当代香港女性主义文学中的美国形象》，《华文文学》2008年第2期。

司晓琨、赵小琪：《香港女性主义小说的影视改编策略》，《华文文学》2008年第3期。

芦海英：《文化冲突与和谐趋向——谈美国华裔女性文学作品中女性形象的发展脉络》，《文艺理论与批评》2008年第2期。

刘艳：《美国华文女性写作的历史嬗变——以於梨华和严歌苓为例》，《中国文学研究》2009年第4期。

邢楠、王洪：《从底层写作到女性叙事——评严歌苓的小说创作》，《社会科学论坛（学术研究卷）》2009年第5期。

王健、王军：《评美国华裔女性小说家的女性主义写作》，《国外理论动态》2009年第11期。

陆卓宁：《女性·民族·历史救赎——台湾1970年代乡土文学语境下的女性文学"占位"》，《河南师范大学学报（哲学社会科学版）》2010年第3期。

解孝娟：《别样的"身体"写作——论严歌苓的女性书写》，《当代文坛》2012年第4期。

赵颖：《海外华文文学中的女性写作》，《小说评论》2012年第4期。

三、相关著作

刘锡诚、高洪波、雷达学、李炳银：《当代女作家作品选》，广州：花城出版社，1982年。

朱虹编选：《美国女作家短篇小说选》，北京：中国社会科学出版社，1983年。

阎纯德主编：《中国现代女作家》，哈尔滨：黑龙江人民出版社，1983年。

李子云：《净化人的心灵：当代女作家论》，北京：生活·读书·新知三联书店，1984年。

李子云：《现代女作家散论》，北京：生活·读书·新知三联书店，1985年。

白舒荣：《十位女作家》，北京：群众出版社，1986年。

陆文采：《中国现代文学女性形象初探》，沈阳：辽宁大学出版社，1987年。

孙绍先：《女性主义文学》，沈阳：辽宁大学出版社，1987年。

陆文采、张杰：《中国现代女作家论：女性美的探索者》，济南：山东文艺出版社，1988年。

陈素琰：《文学广角的女性视野》，广州：花城出版社，1988年。

[法]西蒙娜·德·波伏瓦：《女性的秘密》，晓宜等译，北京：中国国际广播出版社，1988年。

[美]贝蒂·弗里丹：《女性的奥秘》，巫漪云、丁兆敏、林无畏译，南京：江苏人民出版社，1988年。

杜芳琴：《女性观念的衍变》，郑州：河南人民出版社，1988年。

李小江：《夏娃的探索——妇女研究论稿》，郑州：河南人民出版社，1988年。

伍尔夫：《一间自己的屋子》，王还译，北京：生活·读书·新知三联书店，1989年。

孟悦、戴锦华：《浮出历史地表：现代妇女文学研究》，郑州：河南人民出版社，1989年。

李小江：《女人，一个悠远美丽的传说》，上海：上海人民出版社，1989年。

乐铄：《迟到的潮流——新时期妇女创作研究》，郑州：河南人民出版社，1989年。

谢玉娥：《女性文学研究教学参考资料》，郑州：河南大学出版社，1990年。

魏玉传：《中国现当代女作家传》，北京：中国妇女出版社，1990年。

殷国明、陈志红：《中国现当代小说中的知识女性》，广州：广东高等教育出版社，1990年。

王绯：《女性与阅读期待》，西安：陕西人民教育出版社，1991年。

许文郁：《张洁的小说世界》，北京：人民文学出版社，1991年。

张京媛：《当地女性主义文学批评》，北京：北京大学出版社，1992年。

盛英：《中国新时期女作家论》，天津：百花文艺出版社，1992年。

于青：《苦难的升华：女性文学论集》，合肥：安徽文艺出版社，1992年。

谢无量：《中国妇女文学史》，郑州：中州古籍出版社，1992年。

刘思谦：《"娜拉"言说——中国现代女作家心路纪程》，上海：上海文艺出版社，1993年。

乔以钢：《中国女性的文学世界》，武汉：湖北教育出版社，1993年。

李郁编选：《女性主义文学批评文选》，沈阳：春风文艺出版社，1993年。

张小虹：《后现代/女人：权力、欲望与性别表演》，台北：时报文化出版企业有限公司，1993年。

康正果：《女权主义与文学》，北京：中国社会科学出版社，1994年。

韩健敏：《神秘的空间：女性写作心理探索》，成都：四川文艺出版社，1994年。

石之瑜等：《女性主义的政治批判》，台北：正中书局，1994年。

李小江、朱虹、董秀玉主编：《性别与中国》，北京：生活·读书·新知三联书店，1994 年。

陈顺馨：《中国当代文学的叙事与性别》，北京：北京大学出版社，

1995 年。

吴宗蕙：《女作家笔下的女性世界》，北京：首都师范大学出版社，1995年。

高林主编：《论女性文学：中外女性文学国际研讨会文选》，北京：中国妇女出版社，1995年。

林丹娅：《当代中国女性文学史论》，厦门：厦门大学出版社，1995年。

盛英主编：《二十世纪中国女性文学史》（上、下），天津：天津人民出版社，1995年。

王绯：《睁着眼睛的梦：中国女性文学书写召唤之景》，北京：作家出版社，1995年。

金戈主编：《红硕的花朵——新时期女性小说论》，北京：民族出版社，1995年。

荒林：《新潮女性文化导引》，长沙：湖南文艺出版社，1995年。

王政：《女性的崛起——当代美国的女权运动》，北京：当代中国出版社，1995年。

林树明：《女性主义文学批评在中国》，贵阳：贵州人民出版社，1995年。

刘慧英：《走出男权传统的藩篱——文学中的男权意识批判》，北京：生活·读书·新知三联书店，1995年。

刘纳：《颠踬窄路行：世纪初女性的处境与写作》，北京：作家出版社，1995年。

任一鸣：《女性文学与美学》，乌鲁木齐：新疆人民出版社，1995年。

阎纯德：《二十世纪中国著名女作家传》（上、下），北京：中国文联出版公司，1995年。

闵家胤主编：《阳刚与阴柔的变奏——两性关系和社会模式》，北京：中国社会科学出版社，1995 年。

戴锦华：《镜城突围——女性·电影·文学》，北京：作家出版社，1995年。

游友基：《中国现代女性文学审美论》，福州：福建教育出版社，1995年。

荒林：《新潮女性文学导引》，长沙：湖南文艺出版社，1995年。

王春荣：《新女性文学论纲》，沈阳：辽宁大学出版社，1995年。

陈惠芬：《神话的窥破——当代中国女性写作研究》，上海：上海社会科学院出版社，1996年。

李华珍：《中国新时期女性散文研究》，合肥：安徽大学出版社，1996年。

罗苏文：《女性与中国近代社会》，上海：上海人民出版社，1996年。

张清华：《中国当代先锋文学思潮论》，南京：江苏文艺出版社，1997年。

曾利君：《中国女性文学论稿》，重庆：西南师范大学出版社，1997年。

王安忆：《重建象牙塔》，上海：上海远东出版社，1997年。

李少群：《追寻与创建：现代女性文学研究》，济南：山东教育出版社，1997年。

任一鸣：《中国女性文学的现代衍进》，香港：青文书屋，1997年。

吴义勤：《中国当代新潮小说论》，南京：江苏文艺出版社，1997年。

李银河：《女性权力的崛起》，北京：中国社会科学出版社，1997年

王安忆：《心灵世界——王安忆小说讲稿》，上海：复旦大学出版社，1997年。

金一虹、刘伯红主编：《世纪之交的中国妇女与发展》，南京：南京大学出版社，1998年。

乔以钢：《低吟高歌——20世纪中国女性文学论》，天津：南开大学出版社，1998年。

南帆：《文学的维度》，上海：上海三联书店，1998年。

王政等主编：《社会性别研究选译》，北京：生活·读书·新知三联书店，1998年。

张岩冰：《女权主义文论》，济南：山东教育出版社，1998年。

李银河：《中国女性的情感与性》，北京：今日中国出版社，1998年。

邱仁宗等编：《中国妇女与女性主义思想》，北京：中国社会科学出版社，1998年。

凯特·米利特：《性的政治》，钟良明译，北京：社会科学文献出版社，

1999 年。

叶舒宪主编：《性别诗学》，北京：社会科学文献出版社，1999年。

徐坤：《双调夜行船——九十年代的女性写作》，太原：山西教育出版社，1999年。

盛英：《中国女性文学新探》，北京：中国文联出版社，1999年。

李小江：《解读女人》，南京：江苏人民出版社，1999年。

丹娅：《用脚趾思想》，上海：上海人民出版社，1999年。

李小江、朱虹、董秀玉：《主流与边缘》，北京：生活·读书·新知三联书店，1999年。

陈晓兰：《女性主义批评与文学诠释》，兰州：敦煌文艺出版社，1999年。

戴锦华：《隐形书写：90年代中国文化研究》，南京：江苏人民出版社，1999 年。

屈雅君：《执着与背叛：女性主义文学批评理论与实践》，北京：中国文联出版社，1999年。

王绯：《画在沙滩上的面孔》，太原：山西教育出版社，1999年。

王绯：《自己的一张桌子：二十世纪末中国当代女小说家典范论》，石家庄：河北教育出版社，1999年。

戴锦华：《犹在镜中：戴锦华访谈录》，北京：知识出版社，1999年。

钱虹：《女人·女权·女性文学——中华女性的文学世界》，香港：银河出版社，1999年。

齐红：《心灵的炼狱——新时期女性文学专论》，北京：中国文联出版社，1999年。

刘川鄂：《小市民名作家——池莉论》，武汉：湖北人民出版社，2000年。

阎纯德：《二十世纪中国女作家研究》，北京：北京语言文化大学出版社，2000年。

李俊国：《在绝望中涅槃——方方论》，湖北人民出版社，2000年。

孙康宜：《耶鲁·性别与文化》，上海：上海文艺出版社，2000年。

吴小英：《科学、文化与性别——女性主义的诠释》，北京：中国社会科学出版社，2000年。

李小江：《女性？主义——文化冲突与身份认同》，南京：江苏人民出版社，2000年。

王吉鹏、马琳、赵欣：《百年中国女性文学批评》，长春：吉林人民出版社，2001年。

赵树勤：《找寻夏娃——中国当代女性文学透视》，长沙：湖南师范大学出版社，2001年。

万莲子：《关于女性文学的沉思》，太原：山西古籍出版社，2001年。

康正果：《风骚与艳情》，上海：上海文艺出版社，2001年。

刘霓：《西方女性学——起源、内涵与发展》，北京：社会科学文献出版社，2001年。

李新灿：《女性主义观照下的他者世界》，北京：中国社会科学出版社，2001年。

吴秀明：《转型时期的中国当代文学思潮论》，杭州：浙江大学出版社，2001年。

谭正璧：《中国女性文学史》，天津：百花文艺出版社，2001年。

朱青：《中国当代女作家纵论》，北京：中国文联出版社，2001年。

荒林、王光明：《两性对话：20世纪中国女性与文学》，北京：中国文联出版社，2001年。

荒林：《女性生存笔述》，太原：山西人民出版社，2002年。

陈铉美：《困惑与冲突——当代中韩女性小说之比较》，南昌：百花洲文艺出版社，2002年。

李子云、陈惠芬、成平主编：《百年中国女性形象》，珠海：珠海出版社，2002年。

陈志红：《反抗与困境：女性主义文学批评在中国》，杭州：中国美术学院出版社，2002年。

杜芳琴：《妇女学和妇女史的本土探索——社会性别视角和跨学科视野》，天津：天津人民出版社，2002年。

李小江主编：《文学、艺术与性别》，南京：江苏人民出版社，2002年。

乐铄：《中国现代女性创作及其社会性别》，郑州：郑州大学出版社，

女性文学研究资料

2002年。

徐岱：《边缘叙述20世纪中国女性小说个案批评》，上海：学林出版社，2002年。

王春荣：《女性生存与女性文化诗学》，沈阳：辽宁大学出版社，2002年。

林建法、傅任选编：《中国当代作家面面观》，上海：华东师范大学出版社，2002年。

郭力：《二十世纪中国女性文学中的生命意识》，哈尔滨：黑龙江教育出版社，2002年。

罗婷：《女性主义文学与欧美文学研究》，北京：东方出版社，2002年。

朱小平：《二十世纪湖南女性文学发展史》，海口：海南出版社，2002年。

戴锦华：《涉渡之舟——新时期中国女性写作与女性文化》，西安：陕西人民教育出版社，2002年。

荒林：《用空气书写》，石家庄：河北教育出版社，2002年。

李玲：《中国现代文学的性别意识》，北京：人民文学出版社，2002年。

乔以钢：《多彩的旋律——中国女性文学主题研究》，天津：南开大学出版社，2003年。

西慧玲：《西方女性主义与中国女作家批评》，上海：上海社会科学院出版社，2003年。

白薇：《对苦难的精神超越：现代作家笔下女性世界的女性主义解读》，北京：民族出版社，2003年。

李小江主编：《让女人自己说话》，北京：生活·读书·新知三联书店，2003年。

杜芳琴、王向贤主编：《妇女与社会性别研究在中国1987～2003》，天津：天津人民出版社，2003年。

林白：《万物花开》，北京：人民文学出版社，2003年。

钟雪萍、劳拉·罗斯克主编：《越界的挑战——跨学科女性主义研究》，上海：上海社会科学院出版社，2003年。

林幸谦：《女性主体的祭奠》，桂林：广西师范大学出版社，2003年。

林幸谦：《荒野中的女体》，桂林：广西师范大学出版社，2003年。

于青、王芳：《黑夜的潜流：女性文学新论》，西安：陕西人民教育出版社，2003年。

艾云：《用身体思想》，南京：江苏人民出版社，2003年。

阎纯德：《20世纪末的中国文学论稿》，北京：中国文联出版社，2003年。

任一鸣：《解构与建构：中国女性文学与美学衍论》，北京：九州出版社，2004年。

任一鸣：《抗争与超越：中国女性文学与美学衍论》，北京：九州出版社，2004年。

荒林主编：《中国女性主义》，桂林：广西师范大学出版社，2004年。

夏晓虹：《晚清女性与近代中国》，北京：北京大学出版社，2004年。

王绯：《空前之迹1851—1930：中国妇女思想与文学发展史论》，北京：商务印书馆，2004年。

乔以钢：《中国女性与文学》，天津：南开大学出版社，2004年。

陈顺馨、戴锦华选编：《妇女、民族与女性主义》，北京：中央编译出版社，2004年。

荒林主编：《两性视野：男性批判》，桂林：广西师范大学出版社，2004年。

荒林：《花朵的勇气—中国当代文学文化的女性主义批评》，北京：九州出版社，2004年。

姚玳玫：《想像女性——海派小说（1892—1949）的叙事》，北京：中国社会科学出版社，2004年。

禹建湘：《徘徊在边缘的女性主义叙事》，北京：九州出版社，2004年。

李有亮：《给男人命名：20世纪女性文学中男权批判意识的流变》，北京：社会科学文献出版社，2005年。

贺绍俊：《铁凝评传》，郑州：郑州大学出版社，2005年。

李银河：《女性主义》，济南：山东人民出版社，2005年。

刘传霞：《被建构的女性——中国现代文学社会性别研究》，济南：齐鲁书社，2007年。

寿静心：《女性文学的革命——中国当代女性主义文学研究》，北京：中国社会科学出版社，2007年。

乔以钢、林丹娅：《女性文学教程》，石家庄：河北教育出版社，2007年。

谢玉娥编：《女性文学研究与批评论著目录总汇（1978～2004）》，开封：河南大学出版社，2007年。

邓利：《新时期女性主义文学批评的发展轨迹》，北京：中国社会科学出版社，2007年。